価値生理学序論

坂口安吾、太宰治、亀井勝一郎を読み解くことから

田中健滋
Tanaka Kenji

青弓社

価値生理学序論

——坂口安吾、太宰治、亀井勝一郎を読み解くことから

目次

第4章　対人ストレス耐性小か無である安吾　125

第5章　太宰の生い立ちと青春期まで——対人ストレス耐性中と推定

第6章　「対人ストレス耐性中」についての一般論

第2部 世界へそして現代へ

第1章 「価値生理学」序論 ――「対人ストレス耐性三類型論」がもつ意義 463

装丁——神田昇和

はじめに

価値観というのは、主体の評価的判断である。そのため、生体である個々の主体がもつ価値観には、生体として心地いいものを選ぶという側面があるだろう。つまり、生命第一、愛は大事、家族は大切、郷土愛、ナショナリズムあるいは人類の平和などの価値観には、時代、環境などによる規定以外に、単にヒトとして、一生体として心地いいものを選ぶ、という側面があると考えられる。

そして、生体が心地いいことは、生理的に心地いいということでもある。つまり、人間の価値観には、生体であるヒトとしての生物学的―生理的な要因によって規定される部分がある。それは、正義、論理、原理などではなく、単に生体として心地いいという生理的な側面である。すなわち、価値や理念などは多く形而上的なものと考えられているが、例えば経済的条件（マルクス主義）やこの生物学的生理など、形而下的なものに規定されている部分があると思われる。

筆者は、こうした生理的なものは個々人で違う側面もあり、これによって規定される価値観（価値の内容）や価値意識（価値のもち方）の類型には、大きく三つあると考えるようになった。そして、この三つの類型はどの時代、地域でも存在しているように思われる。それを紹介するために、本書の第1部「坂口安吾と太宰治と亀井勝一郎」で三人の文学者を取り上げる。それは、同時代に同じく日本の北方の比較的裕福な家庭に生まれ、その後著名な文学者、著述家になった、互いに直接の交流もある亀井勝一郎、坂口安吾そして太宰治の三人である。

彼らはともに、明治の末葉のほとんど同じ時期（数年違い）に生まれ、大正中期から昭和初期にかけて青少年期を過ごし、二十代半ばから三十代後半まで、満州事変に始まる大東亜戦争終結までの戦争時代を生き、主に四十代以降を戦後に生きた。この時代はいくつかの大きな思想や価値観が日本を覆っては急激に移り変わっていった。それは、大正期や昭和初期のデモクラシー、マルクス主義、戦時下の大東亜共栄圏思想、戦後の民主主義、国際平和主義思想などである。これらの時代の大きな思想、価値観に対してこの三人がどう反応したのかという点に、この人間の価値観、価値意識に関する、そしてこれらを規定するヒトの生理的あり方の三類型が典型的に示されてくると思われる。それを、おそらく初めての理論紹介になるので、これらの具体例を通じてわかりやすく説明していきたい。

さらに、この三類型は、生理的に規定されているということからは、時代、地域、学問領域を超えて存在すると考えられる。そこで第2部「世界そして現代へ」では、近代から現代、そして国内外の文学者、哲学者、思想家などにもその検証例を広げ、人間の価値観と価値意識そしてそれを規定する生理的あり方の三類型という考え方（対人ストレス耐性三類型論）の、普遍性の一端を提示してみたい。

本書は、人間の価値観と価値意識がヒトの生理的あり方によって規定される部分があるということを示す、「価値生理学」序論ということができる。

第1部

坂口安吾と太宰治と亀井勝一郎

第１章　青少年期までの亀井勝一郎と坂口安吾

１　亀井勝一郎の軌跡

亀井勝一郎とは

亀井勝一郎は、明治末期の一九〇七年に北海道・函館の地に生まれ、大正から昭和にかけて、大東亜戦争前、中、後と活躍した評論家・著述家である。二十代前半まではマルクス主義運動に参画したが、転向後は、ヨハン・ヴォルフガング・フォン・ゲーテと古代ギリシャ・ローマ精神への彷徨のあと、古代・中世の日本仏教、そのなかでも聖徳太子、親鸞の教義に帰依し、その人間原理に根差した宗教論、美術論、文明・歴史論、文学論を展開した。また大東亜戦争期には、当時の日本主義、民族主義に賛同、戦争を肯定してその遂行に協力した。戦後も活躍して日本芸術院賞を受賞したが、その代表的著作には「転形期の文学」「人間教育」「信仰について」「親鸞」「聖徳太子」「大和古寺風物誌」「我が精神の遍歴」「無頼派の祈り」「日本人の精神史研究」「愛の無常について」などがある。

その生い立ち——徒党も組まない、いい子

亀井家は江戸後期に能登の国（現在の石川県）から函館へ移住し、網問屋として財をなした。父は函館貯蓄銀行支配人のほかいくつもの公職に就く函館屈指の富豪だった。亀井によると「祖先の遺産を継いだ富める者として認められ、家族はそこに誇りと安泰を感じて、安らかに暮らしていた。呪いの声は聞かれず、他をしのいで財を積むといった覇気もなく、ただ守ることだけをもっぱらとしていたこの中産の家庭は物質的には至極平穏なものであった」（亀井勝一郎『我が精神の遍歴』〔人間の記録〕、日本図書センター、一九九九年）ということである。

しかしその生母は病弱だったため、亀井は祖母に育てられ、十歳で生母を失い、継母に継がれるということがあった。この継母には当初なかなかなじめなかったようだが、彼女が亀井家の財産を管理し、以後の勝一郎の学資、生活費を生み出したという経緯がある。そして亀井は、小・中学と秀才の誉れ高く、父親自慢の息子であり、生まれながらに富と名声が備わって育ったようである。函館屈指の富豪の子として、亀井は近所の子どもたちと徒党を組んでいたずらをしたり泥んこになって遊び回ったり、といったこともない、しつけが身に付いたいい子だった。その様子を亀井は次のように回顧している。

貧しき人々は、目だたぬ粗末な家に住み、ざっくばらんで、気軽に己を表現しているようにみえる。同じ小学校で机を並べながら、貧しき人の子は、いかに集団的に活発で、自由であったろう。彼らは明るく、仲間を組んで、冒険や賭け事や小さな盗みに興じていたが、僕はかかる自由を享受することができない。近づいていくときは、敵意かあるいは鄭重さをもって遠ざけられた。おまえは特別であるというふうに。（同書）

十代から二十代初めまで――社会主義思潮への反応

このような亀井少年が、大正から昭和初期にわたって、当時隆盛し始めていた社会主義思潮にどう反応したのか、という問いを立ててみる。当時の思想状況は、というと、まず大正時代に入り、吉野作造の「民本主義」（民主主義）、言論の自由、自由教育、大学自治など、自由主義的・民主主義的思潮が各方面で盛んとなり「大正デモクラシー」といわれた。そして一九一七年にはロシア革命、二二年にはソビエト社会主義共和国連邦成立などもあり、社会主義思潮が人々の、特に青年たちのなかに浸透していった時代である。

①雪の朝の貧しい同級生との遭遇――「富める者」＝罪人

そうしたなかで、亀井の社会主義思潮に対する以後の反応性を示唆するだろうひとつのエピソードが生まれた。それは、中学校に入学した亀井少年が、雪のある朝に、金ボタンがついた上質のラシャ服を着て、暖かい外套にくるまって家を出ようとしたとき、継ぎはぎだらけの薄い小倉の服を着て、地下足袋を履いて、ひびだらけの手で電報を届けにきた同年代の少年に遭遇した出来事である。少年は、小学六年時の冬に、教会のクリスマス劇でともに手をつないで羊飼いの役をした同級生だった。二人ははにかみながらしばらく互いの姿をまぶしげに見つめあったが、少年は羨望のまなざしで実に無邪気に「君はいいなあ」と言って、去っていったのである。そのとき受けた衝撃は、「はじめて「富める者」という自覚をもち、かつそれが苦渋であることを知った」（同書）と、何らかの傷跡のようなものを亀井に残すことになった。

その後、中学生の亀井は、世の中には「富める者」と「貧しき者」の二つがあり、その「差別は心の高さや才能によるのではなく、ただ偶然の運命だけである財力に基づくものだ。そうだとすればこれは罪悪ではなかろうかと」（同書）考えるようになった。さらにこの考えは、当時、市の公会堂で催されたキリスト教社会運動家・

賀川豊彦の〝「富める者」は罪人なり〟と宣言した講演で、はっきりとした輪郭を与えられることになった。十五歳の亀井は、悄然として家へ帰り思った。

何ものかによって責められている、迫害されている、（略）「民衆」と名づけられるもの（略）民衆の眼差に対して敏感な少年になっていった。（同書）

また、教会へも通うようになり、「無一物にならざるかぎり神の国に入ることは得ず、神の愛を拒む罪人である（略）言葉のとおり読んで、茫然とした」（同書）のだった。

②群衆という脅威

当時の亀井少年を脅かしたものを、後年亀井自身が分析している。それはキリスト教が指し示したところの富める者の罪責性ではあるが、それ以上に彼を脅かしたのは、「世間」という群衆の目だった。そしてより具体的には、少数の富める者が複数、大勢の群衆の攻撃にさらされうる、自分ら富める者は複数、大勢の側にいない、という物理的大小ともいうべき状況だったようである。

ほんとうに恐怖しているのは、神仏の眼よりも、「世間」という群衆の眼ではなかろうか。聖書は、「富める者」の罪悪性を僕に教えたが、その苦渋を実感として僕に味わわせたのはむしろ世間であった。電報配達の少年の、実に無邪気な声が、なぜ僕にとってつよい衝撃であったか。無邪気な声の中に、彼自身の意識せざる鋭い刺を感じたからだ。それは僕に向って放たれた群衆の第一声にちがいなかったのである。羨望の声を僕は攻撃の声と聞いてしまったのだ。（略）絶えず責められているという脅迫観念をどうすることもできなかった。（略）社会主義思想を抱いたわけではない。なぜ「貧しき者」を幸いとみたのか、そのおりの気持ちを辿ってみると、「貧しき者」の複数性のためであるらしい。「貧しき者」はつねに多勢であり（略）「富める者」として孤独であることは、これは堪えられぬところであった。（同書）

③社会主義思潮との遭遇と運動参加

「富める者」から離脱を望むようになった亀井は、山形高校入学により、弊衣破帽の不潔な服装をすることで「富める者」の罪意識から己を救わんとし、堕ちていかんがための「反逆としての芸術」として、当時流入しつつあった未来派、立体派、表現派などに引かれては「「美」という抗しがたい魅力」に目覚めもしていた。このように、美意識に目覚めつつも、主にそれ以前からの、「富める者」としての罪意識、「貧しき者」の複数性に対する「孤独」に悩んでいた十九歳の亀井の前に現れたのは、東京帝国大学入学後に本格的に知ることになった社会主義―マルクス主義運動である。

それは「新しい神の出現！」であり、亀井は一も二もなくマルクス主義運動に参入していくことになる。つまり、マルクス主義運動の主体は「貧しき者」たち、労働者、農民、学生であり、亀井は「「富める者」として、罪人なりという、烙印をはっきり押されてしまった。（略）僕は深夜ひとり机の前に伏して、幾たび懊悩の涙を流したことであろう」（同書）。彼らの「問いはきわめて峻烈で（略）「汝は富める者の走狗として一生を終わるか、それとも貧しきものの虐げられしものの友として牢獄に死ぬか」といった具合で（略）二者択一を迫り、いかなる妥協も弁解も曖昧さをもゆるさぬ、即刻の決定を迫る口調をもって伝播していった（略）弁解こそ屈辱であり、犯罪人たることを承認すること（略）それは極度の罪悪感をそそりつつ宣伝されていった。反対や懐疑は直ちに没落とみなされたが、青年にとってはそれは死刑の宣告にひとしかった」（同書）のである。

すなわち亀井は、少年期からの「富める者」としての経験やキリスト教の教えから、やや漠然とであるが、

「富める者」は罪人で、より複数の「貧しき者」に責められている、という責めを感じていた。そして、大学生となりマルクス主義に触れることによって、より明確に、富裕者は略奪者で、その不正を正すには政治権力を大多数である貧しき者の手に奪回し、労働者農民独裁を実現すべし、という道を示されていると感じたのだった。それ以外に罪人である「富める者」として救われる道はないように思われたのである。彼らの背後には大きな力があり、それに従わない者に生命存続の道はないと、運動に参入していったのである。こうして亀井は、マルクス主義実現のために、十九歳でマルクス主義芸術研究会の会員となり、二十歳で当時マルクス主義運動家醸成の最先端組織であった東京帝国大学学生社会科学研究会「新人会」に入会、続いて二十一歳で共産主義青年同盟に入党したのだった。

2　青少年期までの軌跡から推定される亀井勝一郎の特性

複数性、大集団側にいること

このマルクス主義運動参加そしてその後の共産党入党の事情をあらためて検討してみると、その主な原動力のひとつは、少年期からの罪責意識の解消のために複数、多数の側に付きたい、という意識だったように思われる。すなわち、前述したが、「なぜ「貧しき者」を幸いとみたのか、そのおりの気持ちを辿ってみると、「貧しき者」の複数性のためであるらしい。「貧しき者」はつねに多勢であり（略）「富める者」として孤独であることは、これは堪えられぬところであった」（同書）というように、亀井は少年時代から「「貧しき者」の複数性」に脅かされるとともに、それに憧れていたのである。そして、「富める者」＝罪人である自らを救い、「背後に大集団があるらし」（同書）い無数の労働者、農民、学生らの側に立たせてくれるので、マルクス主義運動に参加していったのである。彼が求めたのは、自らの救済のために複数の側に立つこと、「孤独」を怖れ「大集団」の側に立つことのようであった。この複数側、大集団側に立っていたいという要請は、マルクス主義運動参加に至る、少年時代以来の最も基本的な動機だったと、亀井自身が認めているように、人間のもつより基本的な内的要請と思われる。

さらにこの要請は、後述するところの、それをまったくもっていないと思われる坂口安吾の例にみるように、必ずしもすべての人々がもつ要請ではなく、その人個人のより基本的な特性ともいうべき性質ではないかと、筆者には思われる。そこで、これを各個人のある特性を示すものとして、「複数側（性）」「大集団側（性）」と呼んでおきたい。ここであらためて、その本質を述べておくと、「複数側（性）」「大集団側（性）」とは、大集団（複数）に適合、所属し、準拠する、すなわちそこでの生をもとにして人間、人生、事象、社会を考える、というあり方を指すものである。ちなみに、ここで「大集団」とは、亀井が、日本に限らず世界中の無数の労働者、農民、学生などを想像していたことからは、その対象範囲は世界の人々、そして本質的には全人類にまで及びうる概念と考えられる。

一方、後述する坂口安吾のように、これとは正反対に、一人、単数（孤独）＝非集団でいたい、あるいはせいぜい家族、恋人、ごく親しい者などの小集団内にあるだけで、特に大集団側にはありたくない、という要請が恒常的、明確にある場合が存在すると思われる。このような性質は、特に「複数側（性）」「大集団側（性）」に対照的なものとして、「非集団側（性）」または「小集団側（性）」と呼んでおきたい。また、単数（孤独）であっても、完全に周囲と関わりなく生きていくということは社会生活上ではまれと思われるので、これをしばしばまとめて「非か小集団側（性）」（または「小か非集団側」）と記したいと思う。またここでも、あらためてその本質を述べておくと、この「非か小集団側（性）」（「小か非集団側」）とは、非集団（単数）または小集団に適合、所属し、準拠する、すなわちそこでの生をもとにして人間、人生、事象、社会を考える、というあり方を指すものである。

信仰の性格

さて、以上のような亀井のマルクス主義運動参入過程をあらためて検討すると、それは事実命題に基づくものであるかを十分に検討したうえで、というのではなく、事実命題に基づくかどうかの検討を十分する余裕もなくその教義を信じて行動する、という信仰に近いかたちでなされたもののようである。それは、「富める者」＝罪人であるために「死刑の宣告」（同書）を受けてしまいかねない者として、マルクス主義の教義が事実命題に基づくものであるかを十分検討する余裕もなく、「僕はぜひとも救われたかった。我いかに生くべきかは、我いかに救わるべきかであった」（同書）と、ただ信じて従わなければ生き延びることができない、と思われたためである。すなわち、再記になるが、「富める者」としての罪人意識に悩んでいた十九歳の亀井にとって、マルクス主義は「新しい神の出現！」だったのである。

異常な力をもって僕らをひきつけるものが前方にあらわれた。それは社会主義の台頭である。（略）僕は友人のあいだに突如として生じたこの情景をどう感じたか。新しい神の出現！　それはまさにそういう雰囲気であった。新しい神はたしかにあらわれたのだ。（略）少年時代に耶蘇に出会った僕は、いま新しい神に出会い、その審判の庭に立たねばならぬことになった。（同書）

そして亀井は、「新しい神に信従するものの絶大なる歓喜、信ずる者に特有の傲慢と感傷を伴いつつ」（同書）運動に参入していったのだった。その活動が宗教的なものであったことは、次のような、亀井が参加した新人会のあり方にも表れていると思われる。

「新人会」の本部は合宿を兼ねていたが、それは共産主義の修練道場ともいうべき存在であった。（略）若い者が大ぜい集まっていたにもかかわらず、女の話をすることは全くなかったし、酒を飲むことも堅く禁ぜられていた（略）破戒者は査問委員会に付され追放される。あたかも厳しいストイックな修道院の生活を彷彿せしむるものがあった。これは無神論という一種の宗教生活であったかもしれない。（同書）

①存在を信じる強度の大中小（無）について

ここで、亀井のこの信仰に関連して、一般的に、人々の特性としての「他存在（人や物事）を信じる強度」について述べておきたい。それは、後述するように亀井が、このマルクス主義離脱後も、古代・中世日本仏教、大東亜共栄圏思想そして戦後の国際平和主義思想などを信奉、信仰するということを繰り返しているからである。また、その一方では、必ずしも人は亀井のようには他存在を信奉、信仰するとはかぎらないことから、「他存在を信じる強度」にはその人の特性が反映しているだろう、と考えるためである。

ⓐ「非信」「信用」

この「他存在を信じる強度」としては、まず、信じるということがまったくない「非信」が考えられる。自由意思をもち基本的には想定外のことをおこないうる他者を信じることはせず、物事についても事実命題に基づくと明確に確かめられたことだけを用いて行動する、というような場合である。現実主義、合理主義の極限ともいうべきあり方である。

続いて、物事についてはほぼ事実命題に基づいていると思われることや、他者に関してもほぼ確かめられうると思われるような能力、業績などに関連した範囲内で、ルール、契約を交わす場合のような、限定された領域で他存在を「信じ用いる」という「信用」である。これは、ほぼ事実命題や客観的に確かめられる他者の能力、業績などに基づくと思われる領域の範囲内で信じて用いるのであって、これらを超えて他存在を信じるというような姿勢ではない。したがって、他存在を信じる強度としては「非信」に順じて小さいものであり、「非信」とあわせて「信用」を「他存在を信じる強度小か無」と考えたい。

ⓑ「信頼」「信義」

続く「他存在を信じる強度」としては、物事については事実命題に基づくと確認された部分とともに、まだ事実命題に基づくと確認されていない部分も含め、また人に関しても客観的に確かめられた人の能力や業績などだけでなく、まだ確かめえないその人格、生き方、その後の人生なども含めて、「ある人や物を高く評価して、すべて任せられるという気持をいだくこと」（松村明／三省堂編修所編『大辞林 第三版』三省堂、二〇〇六年）に相当する、「信頼」「信義」が考えられる。これは、単に契約やルールを交わすことではなく、自らの人格や人生も懸ける部分を伴うかたちで、またそれに見合う利益、支援が得られるだろうと、他存在を「信じて頼ること」（松村明監修／小学館大辞泉編集部編『大辞泉 第二版』小学館、二〇一二年）に相当する。したがって「信頼」「信義」は、まだ事実命題に基づくものとして確かめられていない部分の物事や、確かめえないその人格、生き方、その後の人生なども含めて人を信じ、自らの人格や人生もそれに懸ける部分があるということから、他存在を信じる強度としては前項の「非信」「信用」よりは大きく、次に述べる「信仰」「信奉」よりは小さい、中くらいのもの、すなわち「他存在を信じる強度中」とみることができると思われる。

ⓒ「信奉」「信仰」

さらには、亀井について述べたような、事実命題に基づくものであるという客観的証明がほとんどなされていないか、そもそもそれができない絶対的・超越的な物事や存在（人）に対して、自己のすべてを懸けて、自己の救済や救命などの大きな支援、救いを求めて「信じて奉る、仰ぐ」という、「信奉」「信仰」が考えられる。この「信奉」「信仰」での他存在を信じる強度は、事実命題に基づくと証明されていない対象（物事、存在〔人〕）に対して、全人格、全人生など自己のすべてを懸けてその救済や救命を求めるというのだから、強度小の「信用」や強度中の「信頼」「信義」よりも大きく、その強度は大、すなわち「他存在を信じる強度大」というべきものと考えられる。

例えば、亀井がその青年期にマルクス主義を信奉し、（後述するように）続いて古代・中世日本仏教を信仰し、その後の大東亜戦争期は大東亜共栄圏思想（八紘一宇）、戦後は国際平和主義思想を次々と信奉、信仰しえたのは、誰もがこうした信奉、信仰を得るとはかぎらないことを考えると、その基礎に「他存在を信じる強度大」という特性があったためではないかと推定されるのである。

結局、人々の特性と考える「他存在を信じる強度」としては、「他存在を信じる強度小か無」の「非信」「信用」、「他存在を信じる強度中」の「信頼」「信義」、「他存在を信じる強度大」の「信仰」「信奉」などの、主に三つがあるのではないかと考えられた。

強大理念であること

①理念と価値

さて亀井が性急にも信従していったマルクス主義は「理念」、すなわち「ある物事についての、こうあるべきだという根本の考え」（同書）、あるいはそれを内容から捉えた〝人々にとって善いこと、正しいこと〟ということができるように思われる。つまり本書で用いる「理念」の概念とは、「ある物事についての、多くの人々にとって善いこと、正しいことを指し示すところの、こうあるべきだという根本の考え」ということになる。

なお、この理念に類似の概念としては、「価値」がある。「価値」は主体の評価判断として〝人にとって意義のあること」(意義：「物事が他の物との関係において持つ固有の重要な価値」〔前掲『大辞林 第三版』〕)であるが、この「人々にとって善いこと、正しいこと」だけではないので、理念を含むような概念と思われる。例えば、"個人にとってだけの善いこと、正しいこと"はエゴイズムであり、"人々にとって善いこと、正しいこと"である理念とはいわないが、その個人にとっては価値であるように。

②強理念と弱理念

さて、話を元に戻すと、マルクス主義は自らが絶対的に正しいと信じるので、それに対立する者を孤立させ、攻撃して、破壊、破滅の恐怖を覚えさせるという性格を帯びた理念のようである。それは亀井のマルクス主義に対する次のような言葉に、よく表れている。

永遠の真理であるといった据傲な表情を浮かべながら、人間はみずからそういう言葉を発しつつ、その言葉に脅かされ翻弄されるのである。青年はこの魔術的な暴力の前にもろい。たとい考え深くある場合でも、できるだけその型に順応しようとつとめ、孤立に対しては恐怖するのである。（前掲『我が精神の遍歴』）

その背後には、何か異様な秘密結社があるらしいということが、一種の神秘性を与えた。（略）背後の大きな力、未だ見ざる神とはそも何ものであろうか。僕は漠然と想像し、巨大な煙突と傲然たる機械の間に、黒びかりする肉体をもって働く異様な神々の姿を思い、戦慄を禁じえなかった。（同書）

このような、対立する思想や理念を許容せず、それを信じる者を攻撃し、破壊するという性格、すなわち非寛容性を強く帯びた理念（またはその性格）のことを、特に「強理念（性）」と呼んでおきたい。

というのも、理念はすべてこのような強理念とはかぎらないと思われるからである。例えば、価値相対性を踏まえて、他理念を強く否定していこうとはしない性格の理念もあるように思われる。その具体例はのちに詳しく述べるが、特にこのような他対抗性がほとんどなく他理念を攻撃する性格を帯びていない、すなわち非寛容性をほとんど帯びていない理念については、この強理念に対極的なものとみて、「弱理念（性）」と呼んでおく。なお本書では、以上のような強理念、弱理念などの、理念の性格に焦点を当てる場合は、「理念性」という言葉を用いることにする。

③大理念と小理念、無理念

また、マルクス主義やヒューマニズム、あるいはキリスト教、仏教をはじめとする世界宗教などの理念は、世界のすべての労働者・農民や、貧しき人々、差別・逆境にある人々、さらにはすべての人々の幸福を目指すものだから、その理念対象はきわめて多く、全人類に及ぶ可能性がある大集団だと考えられる。このように、国を超えて全人類にも及ぶ可能性があるような、大集団の多くの人々の〝善いこと、正しいこと〟を主張する理念のことを、「大理念」と呼んでみたい。

これは、今世紀の始まりに前後して人口に膾炙するようになった、フランスの哲学者・ジャン＝フランソワ・リオタールによる「大きな物語（grand narrative）」（ジャン＝フランソワ・リオタール『ポスト・モダンの条件――知・社会・言語ゲーム』小林康夫訳〔叢書言語の政治〕、書肆風の薔薇、一九八六年）にほぼ重なるものである。すなわち、「大きな物語とはリオタールが近代の理念とするものの正当性をしめすための言説で（略）他を超越する物語を提供（略）その理念の下にすべての人間を統括しえる理想を掲げているために、普遍的で（略）人類全体がそれの達成によってのみ救われることを約束する理念」（石毛弓「リオタールの大きな物語と小さな物語――概念の定義とその発展の可能性について」、龍谷哲学会委員会編「龍谷哲学論集」第二十一号、龍谷哲学会、二〇〇七年）だからである。つまり「大きな物語」は、「人類全体がそれの達成によってのみ救われることを約束する」ところの大理念なのである。ジャン＝フランソワ・リオタール自身も述べている。

十九世紀・二十世紀の思考と行動は、ひとつの「理念」によって規定されていた（カント的な意味での「理念」だ）。その「理念」とは、解放のそれだ。それはさまざまな歴史哲学と呼ばれるもの、その下にたくさんの事件を整理しようと人が試みるさまざまな大きな物語の、それぞれにしたがって、たしかにまったく異なったやり方で、みずからを論証する。原罪の愛によるあがないというキリスト教的物語、認識と平等主義による無知と隷属からの解放という啓蒙主義の物語、労働の社会化による搾取・疎外からの解放というマルクス主義的物語、テクノ＝インダストリアルな発展を通じての貧困からの解放という資本主義的物語。（略）それらの物語のすべては、さまざまな事件によってもたらされる与件を、たとえ到達できないものにとどまっていようとも普遍的な自由、人類全体の自己実現と名乗るものを目的としてもつような、ひとつの歴史の中に位置づけているのだ。（ジャン＝フランソワ・リオタール『こどもたちに語るポスト・モダン』菅啓次郎訳〔ちくま学芸文庫〕、筑摩書房、一九九八年）

やはり「大きな物語」とは、「人類全体の自己実現と名乗るものを目的」（前掲『こどもたちに語るポスト・モダン』）とする大理念なのである。そして、亀井が信従したマルクス主義は大理念で、また上記に示されるように「大きな物語」ということができる。

一方これに対比させて、具体的にはのちに述べるが、家族、恋人、ごく親しい者などの少人数からなる小集団を対象とした〝善いこと、正しいこと〟を主張する理念のことも「小理念」と呼んでおきたい。すなわちこれも、リオタールによる「小さな物語（little narrative）」（前掲『ポスト・モダンの条件』）に重なるところのある概念である。というのも、それは「小さな範囲内でのみ共有される規範」（「データベース消費」「ウィキペディア(Wikipedia)」〔https://ja.wikipedia.org/wiki/%E3%83%87%E3%83%BC%E3%82%BF%E3%83%99%E3%83%BC%E3%82%B9%E6%B6%88%E8%B2%BB〕）で、リオタール作品の訳者・菅啓次郎によると「「小さな物語」（みずからが断片にすぎないことを自覚し正当化・全体化をめざさない／めざしえない物語）」（前掲『こどもたちに語るポスト・モダン』）とされるものだからである。ここで「全体化」は大理念化に相当し、「小さな物語」とは大理念・「大きな物語」の対極としての小理念に相当するものと考えられる。リオタール自身のインタビューでも、「これから人々は断片化した自分たちだけの小さな物語の中で生きるしかなくなったのです」（「朝日新聞：大きな物語」「思いつくまま」〔https://blog.goo.ne.jp/sinpenzakki/e/632fe1afcd88a306e25c65d16c5a1f51〕）と述べている。

なお、小理念の極限形として「無理念」が考えられる。つまり少人数が本人だけの個人となる場合の極限形であり、これはもはや〝人々にとっての善いこと、正しいこと〟としての理念とはいえず、エゴイズムあるいは理念性を認めない無理念（ニヒリズム）となる。この小理念と無理念（ニヒリズム）あるいはエゴイズムは、先に述べたように小集団側と非集団側が移行的であることを反映して、近接し移行し合うことがあるので、本書では「小か無理念」（または「無か小理念」）とまとめて記すことが多いことを申し述べておきたい。

④強大理念と弱小理念

なおここで、強／弱理念と大／小理念の関係についても述べておきたい。大理念は大集団にとっての〝善いこと、正しいこと〟を内容とすることから、その支持あるいは準拠する集団は大集団ということになる。そのとき、同じカテゴリーで、その大理念に反対の内容の主張をするようなほかの大理念に対しては、どう対応するのか。それはその大理念に対抗して批判し、罰するという非寛容性を帯びた、つまり強理念性を帯びた対応になるものと推定される。それは、それぞれの大理念が、それぞれ準拠する大集団を背景にして、対立する他大理念、他大集団に対抗、攻撃、排斥していかなければ、その主張する〝善いこと、正しいこと〟そして広くはその準拠する集団の〝利益〟が実現できないからである。

この強理念性は、以上のような状況からは、大理念でその準拠集団が大集団であるほど強まると考えられる。したがって、大理念ほど強理念の性格を帯びて、強理念かつ大理念である「強大理念」になる傾向をもつと考えられる。その典型例は、中世の十字軍運動や、近世・帝国主義時代の植民地拡大の精神的支柱とされたキリスト教や、征服戦争(ジハード)でのイスラム教などである。同様に、亀井が信奉した、世界の労働者、農民、学生など非資産者階級を対象にする「大きな物語」としてのマルクス主義もやはり強大理念だったのである。

一方、小理念の場合は、その準拠集団は小集団なので、対立する理念やその準拠集団に対して、対抗、排斥するという非寛容性―強理念性を十分には発揮できないと考えられる。したがって、小理念の場合は強理念とは逆の弱理念の性格を帯びて、弱理念かつ小理念としての「弱小理念」になる傾向をもつと推定される。

なお、無理念については、それがもはや理念ではないので、理念についての強弱であるこの強理念―弱理念性の属性とは関係がない。しかし、理念対無理念として、つまりそのニヒリズムの立場から理念のすべてを否定、排斥、攻撃するということが考えられる。この側面では、無理念も、理念すべてに対する他対抗性、他攻撃性、否定性、つまり非寛容性が強大理念と同じく大きくなると思われる(しかしそれでも、それはそもそも理念ではないので、強理念ということはできない)。

三特性の関連性

さて以上で、亀井の青年期までの軌跡に認められる集団側性(大、小か非)、他存在を信じる強度(大、中、小か無)、理念性(大、小か無、および強、弱)の三つの特性について述べてきたが、これら三特性は、概略的にではあるが相互に関連するものと思われる。

すなわち、大集団側であれば、そこでもつだろう理念は、亀井のマルクス主義のように、大集団にとっての〝善いこと、正しいこと〟として大理念、そして対抗する理念に対し非寛容性を強めて強理念、すなわち強大理念になるだろう。一方、非か小集団側であれば、そこでもつことになる理念は、非集団＝個人や小集団にとっての〝善いこと、正しいこと〟、すなわち無理念（エゴイズム）あるいは小理念、そして対抗する理念に対して非寛容性を強めることはできずに弱理念、すなわち無理念か弱小理念になるだろう。つまり、大集団側は強大理念と関連し、非か小集団側は無理念や弱小理念に関連性をもつと推定される。

また、他存在を信じる強度については、まず大集団側では、そこでの物事や人を実際に見聞できる範囲からははるかに広くなるので、事実命題にどの程度基づくものか十分検討しえないかたちで他存在を信じることが必要になり、その強度は大になることが推定される。また、亀井のマルクス主義のように、他存在を信じることを媒介する理念が非寛容性を伴う強大理念となることからも、それが事実命題に基づくものか十分に検討する余裕がないまま、ただただ信奉、信仰せざるをえず、他存在を信じる強度が大になることが推定される。

一方、小集団側であれば、身近な物事や人に関して、それらがどの程度事実命題に基づくものであるかを日々身近に検討することができるので、それが十分おこなえない場合の信奉、信仰や信頼、信義を用いる必要がなく、それはせいぜい信用程度でいいものと推定される。また、非集団側（個人）でも、他存在がいないために非信でいいので、小か非集団側における他存在を信じる強度は小か無になるだろう。すなわち、大集団側は他存在を信じる強度大の信奉、信仰と、非か小集団側は同強度無か小の非信、信用と関連性をもつことが推定される。

結局、以上をまとめると、大集団側は強大理念と他存在を信じる強度大の信奉、信仰と関連性をもち、非か小集団側が無か弱小理念および他存在を信じる強度無か小の非信あるいは信用と関連性をもつ、ということが推定される。

連帯性の大、小か無

さらに、以上の三特性の関連性を用いて、「連帯性」の大小（無）というものを考えてみたい。ここで「連帯性」とは、理念性や他存在を信じる各強度などを共有することによって成立する、「二人以上の者が共同である行為または結果に対して責任を負うこと」（前掲『大辞泉 第二版』）をいう。そして「連帯性大」あるいは「大連帯性」とは、大理念や他存在を信じる強度大を共有して、大集団である行為または結果に対して責任を負うこと、になる。一方、「連帯性小か無」あるいは「小か無連帯性」とは、小か無理念や他存在を信じる強度小か無を共有して、小か非集団である行為または結果に対して責任を負うこと、になる。

すると、前述の三特性の関連性からは、大集団側は強大理念と他存在を信じる強度大の信仰、信奉を介して、連帯性大になりやすく、小集団側は弱小理念と他存在を信じる強度小の信用を介して、連帯性小になりやすいことが考えられる。また、非集団側は無理念と非信によって連帯性を形成できず、連帯性無になるものと考えられる。これによるとたしかに大集団側の亀井は、強大理念・マルクス主義への信奉を介して、世界の労働者、農民、学生などとともに、その解放、幸福のために運動を主導したのであり、連帯性大あるいは大連帯性だったといえるだろう。

なお、他存在を信じる強度の表れのひとつとして、「秘密の共有」というかたちがあり、これを介して集団を形成し、「二人以上の者が共同である行為または結果に対して責任を負うこと」である連帯性をなすという場合も考えられる。これは特に、「秘密の共有による連帯性」といってもいいと考えられる。

理想主義と現実主義

ところで、大理念の性格として、それは全人類に及ばんとする多くの人々にとっての〝善いこと、正しいこと〟を主張するものであるから、その実現には多大な努力を要することになるだろう。例えば世界平和やヒューマニズムなどのように、完全な実現の可能性が高いとはいえないにもかかわらず、多大の努力を要し続けるのである。したがって大理念の主張には、究極的価値あるいは至高の理念の実現を目指しどこまでも努力していく、という場合のような理想主義の性格を帯びることが多いだろう。

一方の、無か小理念の場合は、個人かせいぜい少人数にとっての〝善いこと、正しいこと〟を主張するものだから実現可能性が高いものであり、比較的周囲の状況、現実に即して対応、改善していくことでその実現を目指す、という姿勢をとりうるだろう。したがって無か小理念の主張には、理想を追うことなく現実の事態に即して事を処理するという、より現実主義的な性格を帯びる場合が多いものと推定される。

このような検討からは、強大理念のマルクス主義を信奉した亀井は、理想主義的ということが推定される。そしてこれは、その後の亀井の軌跡で繰り返し認められる、その基本的特性になるだろうと思われる。

青少年期までの亀井の小まとめ

結局、以上までの議論をここで整理すると、青少年期までの亀井は、大集団側にあるために強大理念・マルクス主義を信奉、信仰し、マルクス主義運動を主導して連帯性大であり、そのあり方は理想主義的と考えられた。ちなみに、これと対極的ともいえるあり方は、小あるいは非集団側にあり、弱小理念をもつか無理念性、他存在を信じる強度も小か非信で、連帯性小か無であって、現実主義の傾向が強い、といったものになる。そしてその例とは、次に取り上げる坂口安吾だと考えられる。

3　坂口安吾の軌跡

坂口安吾とは

坂口安吾は、亀井に一年先立つ一九〇六年に新潟に生まれ、大正―昭和と、主に大東亜戦争期を挟んで活躍した著名な小説家・著述家である。特に敗戦直後に発表した評論「堕落論」によって一躍戦後文壇の旗手となり、その破天荒な私生活などから太宰治らとともに無頼派と呼ばれた。代表作に、「風博士」「黒谷村」「日本文化私観」「堕落論」「白痴」「風と光と二十の私と」「桜の森の満開の下」「青鬼の褌を洗う女」「教祖の文学」「二流の人」「夜長姫と耳男」「不連続殺人事件」「信長」「狂人遺書」などがある。

安吾の生い立ち

①地域の大富豪の家

安吾の祖先は、阿賀野川流域の素封家である元肥前唐津の陶工・甚兵衛である。〝甚兵衛どんの小判を一枚ずつ並べたら五頭山の嶺までとどく〟とも言い伝えられてきた大富豪で、徳川時代には広大な田地のほか、銀山や銅山をもち、〝阿賀野川の水は枯れても、坂口家の金は枯れぬ〟とうたわれたほどだった。明治以後、この坂口家は祖父・得七による投機の失敗で没落したが、父・仁一郎が刻苦勉励し、県会議長、新潟米穀取引所理事長、新潟新聞社長そして衆議院議員として憲政会新潟支部長などを歴任した。つまり、約千七百十六平方メートル（五百二十坪）の宅地、約二百九十七平方メートル（九十坪）の大邸宅に十三子、多数の使用人、書生、食客を抱えた地方の大富豪だっただけでなく、勲三等瑞宝章を授与され、憲政会総務になるなど中央政界の重要人物でもあった。さらに母・アサの実家（吉田家）も、連綿と続く地元の名家で素封家だった。

②地域のがき大将だった

このような新潟の有力家に生まれた安吾だが、同じく函館の富豪の子としてしつけが身に付いたいい子だった亀井とは対照的に、手がつけられないほどのわんぱくでがき大将だった。つまり、自ら述べるように「私は元来手のつけられないヒネクレた子供であった。子供らしい可愛さなどの何一つない子供で、マセていて、餓鬼大将で、喧嘩ばかりしていた」（坂口安吾「石の思い」『坂口安吾全集』第四巻、筑摩書房、一九九八年）のだった。新潟尋常高等小学入学後も、成績は優秀だったが、次に述べるように、勉強はせずにただ毎日遊びほうけるだけの子どもだった。

学校から帰ると入口へカバンを投げ入れて夜まで遊びに行く、餓鬼大将で、勉強しないと叱られる子供を無理に呼びだし、この呼びだしに応じないと私に殴られたりするから子供は母親よりも私を怖れて窓からぬけだしてきたりして、私は鼻つまみであった。外の町内の子供と喧嘩をする。すると喧嘩のやり方が私のやることは卑怯至極でとても子供の習慣にない戦法を用いるから、いつも憎まれて、着ている着物は一日で破れ、いつも乞食の子供のような破れた着物をきていた。（同作品）

これに対して、地域の素封家に生まれて謹厳実直、気丈の女だった母アサは、新潟の伝統的しつけに反して外で遊び回るこのような安吾を繰り返し激しく叱責した。このため安吾は、兄妹と違って自分だけが母親に愛されていないと思い、母親を憎むようになったという。後年、和解し理解し合えたとはいえ、このような成長期での愛情飢餓体験は、安吾のその後の自己肯定感の弱さや人生に対するその基本的な寂寥感に影響を与えた可能性は考えられる。

安吾の二十代前半までの青少年期の軌跡

さて亀井と同じく、この安吾の二十代前半までの青少年期の軌跡について、その自叙伝的作品などを参考に調べてみると、以下のようである。すなわち、新潟尋常高等小学校をへて一九一九年、十三歳時に県立新潟中学校へ入学。このころから近眼で黒板の文字が見えず、勉学への意欲も低下。授業時間にはほとんど登校せず、晴れの日には砂丘の松林に寝転び、雨の日は近所のパン屋の二階で過ごした。家を憎み、日本海の荒れた海や自然を愛した。心は虚しさ、切なさにあふれ、「私のふるさとの家は空と、海と、松林であった」(同作品)と安吾は後年述べている。十五歳時、英語、代数、博物で落第して二年にとどまった。中学時代の成績表には性質が「粗暴」、挙動が「軽騒」とあり、勤怠は「怠る／勤むれば上達すべし」とあった。そして当時の漢文教師には「自己に暗い奴だからアンゴと名のれ」と怒鳴られ、黒板に「暗吾」と大書されたという。十六歳で三年に進級したが、相変わらず授業には出ず、家人が心配して新潟医科大学の秀才を家庭教師につけた。しかしそれにもかかわらず、白紙答案を提出するなど、再度落第の恐れが生じたため、長兄・献吉が奔走して、同年度に東京の私立豊山中学三年に編入させた。その際、安吾は机のふたに「余は偉大なる落伍者となって、何時の日か歴史の中によみがえるであろう」と彫り付けたという。編入後、長兄の影響もあって文学に関心を抱くようになり、石川啄木、北原白秋、谷崎潤一郎、芥川龍之介、オノレ・ド・バルザックなどを読み、創作欲も芽生えた。また、豊山中学校が仏教関係の学校だった影響か、座禅を組むなど仏教への関心も生まれた。十八歳時には、文学に関心があるも自信がないために、運動を通して自己の価値を確認すべく、野球、水泳、陸上競技などに熱中。走り高跳びでは全国中学陸上競技会一位となり、柔道でも活躍した。なお、安吾よりも一歳下で、同時期に十六歳で山形高等学校に入学した亀井もすでに、ゲーテ、ギリシャ精神、ドイツ文学、日本文学など文学への関心に目覚めていたのだった。

十九歳時に、豊山中学校を卒業。このとき、父・仁一郎の病死に伴う坂口家財産整理によって借金十万円が判明し、さらに学校の嫌いな者が大学へ行っても仕方ないという周囲の意見によって大学受験を諦め、在原第一尋常小学校の代用教員として働くことになった。安吾は「怒らぬこと、悲しまぬこと、憎まぬこと、喜ばぬこと、つまり行雲流水の如く生きよう」（坂口安吾「風と光と二十の私と」、前掲『坂口安吾全集』第四巻）と決心する。この間も、多くの文学に親しみ、特にアントン・チェーホフを熟読、「改造」（改造社）の懸賞小説にも応募した。

しかしながら、小学校の代用教員としての満ち足りた生活にも飽き足りないようになり、一九二六年の二十歳時に依願退職し、学問的に仏教を研究しようと、東洋大学印度哲学倫理学科に入学した。そこには、小説家になりたかったがなれる自信がなく、それを諦めたかわりに宗教的満足を得ようとした、という事情があったようだ。のちに当時を回顧して安吾は述べている。小説に関して「私はとても一流の才能なしと諦めて坊主になろうと考えた」（坂口安吾「処女作前後の思ひ出」、前掲『坂口安吾全集』第四巻）、「何か悟りというものがあって、そこに到達すると精神の円熟を得て、浮世の卑小さを忘れることができると発願した」（同作品）。

大学入学から安吾は、「悟りをひらいて偉大なる坊主になろうと」（坂口安吾「二十一」『坂口安吾全集』第三巻、筑摩書房、一九九九年）睡眠四時間の生活を一年半続け、眠いときは井戸水をかぶりバーリ語の三帰文を唱えて精神統一を図り、仏教書、哲学書を読破するという修行を続けた。この修行生活のため、肉体は疲弊し、「意識は百万に分裂して」（同作品）幻聴や耳鳴りがする、という神経衰弱状態になった。この神経衰弱を克服するためには、孤独を避け「何かしら目的をもって行動しておればいくらか意識の分裂が和ら」（同作品）ぐというので、豊山中学時代の同級生を毎日訪問したり、印度哲学演習に必要な梵語、バーリ語に熱中。さらにフランス語の勉強をして古今の哲学書を読破すべく、二十二歳でアテネフランセ初等科へ入学した。「結局、最後に、外国語を勉強することによって神経衰弱を退治した」（同作品）という。アテネフランセ初等科では、モリエール、ヴォルテール、ピエール＝オーギュスタン・カロン・ド・ボオマルシェ作品を愛読、ほかに芥川、佐藤春夫、正宗白鳥らも愛読した。同級の長嶋あつむ、菱山修三らとの交友も安吾の文学の覚醒を深め、小説家への夢を本格的に固めた。演劇、レビュー、寄席によく通い、デカダンな生活へ飛び込もうとする気持ちも生じている。一方この間、亀井は十九歳で東京帝国大学へ入学、マルクス主義芸術研究会に出席し始め、二十歳で新人会に所属するなどマルクス・レーニン主義に傾倒。二十一歳で東京帝国大学を退学し、共産主義青年同盟へ入党、しかし治安維持法違反の疑いで検挙、投獄されていたのだった。

安吾は、二十四歳時に東洋大学を卒業し、アテネフランセ高等科に進んだ。野心に燃え、有名になりたいという気持ちとは裏腹に、既存の文学者のようになれない自分の資質に煩悶し、「とても一人前の文学者などにはなれないと思っていたから、始めから落伍者の文学をもって認じていた」（前掲「処女作前後の思ひ出」）。既存のリアリズム文学には魅力を感じず、左翼文学は芸術的に低俗と思われたので、モリエール、ボオマルシュのようなファルス（笑劇）文学、つまり「でたらめがでたらめにならない文学」（同作品）を作りたいと願望した。また、その一方では落伍者に憧れ、「誰の目にも一番くだらなそうな職業」（坂口安吾「暗い青春」、坂口安吾／村上護『坂口安吾』〔作家の自伝〕所収、日本図書センター、一九九七年）としてカフェの支配人になろうとしたりサーカスの一座に加わろうとしたりすることもあった。

そしてこのころ安吾は、アテネフランセの友人らと同人誌「言葉」を創刊した。翌一九三一年の二十五歳時、同誌に「木枯の酒倉から」を、「言葉」の後継雑誌「青い馬」（岩波書店）に「ふるさとに寄する讃歌」「風博士」「黒谷村」などを発表。「風博士」を牧野信一に激賞され、「黒谷村」を島崎藤村らに褒められるなどして、一躍新進作家として文壇に認められることになった。一方、亀井はその前年に二十三歳で保釈され、以後五年後の転向表明まで政治と文学の間をさまようことになる。つまりプロレタリア作家同盟に参加し、次第に政治優位から文学優位へと移行し、（亀井自身によると）初めて個人のことを考え始めたのだった。

4　青少年期までの軌跡からわかる安吾の諸特性

非か小集団側

以上のような安吾の青年期までの軌跡をみると、亀井と際立って異なるのが、大集団側の亀井で認められた、生きていくうえで複数の側へ、集団側へというような必死の希求がまったく認められない点である。そればかりか、安吾はほぼ常に孤独を求め、より非集団側にありたいとさえ希求しているのである。例えば、ほとんど登校せずに砂丘で一人過ごし、落第もした県立新潟中学時代を回顧して、安吾は述べる。

これが中学二年生の行状で、荒れ果てていたが、私の魂は今と変わらぬ切ないものであった。この切なさは全く今と変らない。おそらく終生変らず、又、育つこともないもので、怖れ、恋うる切なさ、逃げ、高まりたい切なさ、十五の私も、四十の私も変りはないのだ。（前掲「石の思い」）

白痴の切なさは私自身の切なさだった。私も、もしゴミタメをあさり、野に伏し縁の下にもぐりこんで生きられる自信があるなら、家を出たい、青空の下へ脱出したいと思わぬ日はなかった。私はそのころ中学生で、毎日学校を休んで、晴れた日は海の松林に、雨の日はパン屋の二階にひそんでいたが、私の胸は悲しみにはりさけないのが不思議であり、罪と怖れと暗さだけで、すべての四周がぬりこめられているのであった。青空の下へ！　自分一人の天地へ！（同作品）

この人生の「切なさ」「人の子の悲しみの翳」といった寂寥感には、安吾の幼少期からの、母親との間の愛情飢餓体験が影響していることが推定される。しかし、この「切なさ」がそれを癒やすために集団へと向かうことなく、逆に「逃げ、高まりたい」「青空の下へ！　自分一人の天地へ！」と、孤独あるいは非集団へ向かってしまう点が、当時の十代の、そしてこの「石の思い」を書いた四十代の、さらには終生続く安吾の特徴といっていいと思われる。つまりこれは、生涯続く基本的性向としての安吾の非か小集団側性を示唆する表現と考えられる。安吾は、大集団側の亀井とは対照的に、その生存のためには複数側へ、集団側にいこう、などとはまったく希求しなかったのである。

その後、再度の落第を避けるため編入し、文学に目覚めあるいはスポーツに熱中した東京・豊山中学時代でも、父・仁一郎病死を受けて本当は「世を捨てる」（前掲「風と光と二十の私と」）という思いを秘しての荏原第一尋常小学校の代用教員時代も、さらには「悟りをひらいて偉大なる坊主になろうと」（前掲「二十一」）東洋大学印度哲学倫理学科へ入学した際も、常に安吾は孤独に徹し、親友を作っていない。それは例えば、「坊主になろうというのは、要するに、一切をすてる、という意味で、そこから何かを摑みたい考えであり、孤独が悟りの第一条件だと考えていた」（同作品）ためだった。またその後、この悟りを得るための厳しい修行によって神経衰弱になって仏教には幻滅してしまった安吾は、少年時代からの小説家への夢に立ち返ってアテネフランセに入学し、何人かの文学愛好家との交遊も始めたが、基本は孤独、あるいは少なくとも次に述べるように広い交遊を望んではいなかった。

坊主の勉強から脱け切っていたわけではない私にとって孤独ということは尚主要な生活態度であり、私はあまり広い交遊は好んでいなかった。（略）雑誌がはじまるまでの私の友達といえば長島あつむがたった一人であった（前掲「処女作前後の思ひ出」）

このように、中学以来の安吾の軌跡をみていくと、ほとんど孤独かわずかな友人がいただけのようである。これは同じく青少年期に、その生存のためには複数の側、大集団側にいることが不可欠と考え、必死に大集団側にいようとした亀井とはまったく対極的なあり方だと思われる。それは安吾が、生存のためには複数の側、大集団側にいることをまったく必要としない、大集団側・亀井とは正反対の、非か小集団側の人間であったことを示唆する反応だと思われる。そしてそれは、後述するように安吾のその後の人生の軌跡でも繰り返し確かめられるあり方なのである。

①非か小集団側の生きる根拠――集団に頼らず、「外的評価システム」によること

このように、複数、大集団側によって生きていこうとはしない非か小集団側にある人間は、何によって生きていこうとするのだろうか。それは安吾自身の言葉に見いだすことができる。例えば、東洋大学生時代、仏教に幻滅したあと、少年期からの夢である文学に立ち返った安吾だが、そこには有名になりたいという燃えるような野心があったという。また青年後期でも、生きていくうえでその支えになるのは「仕事、力への自信」（坂口安吾「いずこへ」、前掲『坂口安吾全集』第四巻）と述べている。そこには、ほかの人々との協力、支援、信頼、同盟関係などの、他者の存在、支援を必要とする、という言葉はない。つまりここには、非か小集団側が生きるうえで支えにするものが、間接的にだが示されている。それは、有名になれば生きていける、と考えていることに象徴されるように、自己の能力、業績、仕事に対する社会による客観的な評価（これを「外的評価システム」と呼んでおく）のようである。つまり非か小集団側の人間は、能力、仕事、業績への社会による客観的な評価だけで、社会的な生存、処遇が決定、保障され、生きていける、という意識をもっているように思われる。

これは大集団側の亀井が、理念、信仰などを介した多くの人々の協力、支援、信頼、共感、同盟関係などによって生きていくことができる、さらにはそれなしには生きていくことができない、と考えるのとは相当に異なる意識と思われる。ここでは、内的な理念や信仰保持などに対する社会による評価（これを「内的評価システム」と呼んでおく）が重要なのであり、この内的な理念や信仰などを介して大集団、大連帯性を形成することによって、社会的な生存と処遇が決定され保障され生きていくことができる、という考えがその基底にはあるように思える。これは、内的な理念や信仰の保持などによらずとも、個人の能力、仕事、業績への社会による客観的な評価だけで、つまり「外的評価システム」によって社会的な生存と処遇が決定され保障され、生きていくことができると考える、非か小集団側だろう安吾とは、正反対ともいうべき考え方である。安吾は述べる。

私は小説を書いた。文学に生きると言う。（略）その野心は、ただ有名になりたい、ということであった。（略）野心に相応して、盲目的な自信がある。すると、語るべき言葉の欠如に相応して、無限の落下を見るのみの失意がある。その失意は、私にいつも「逃げたい心」を感じさせた。私は落伍者にあこがれたものだ。（略）思えば落伍者へのあこがれは、健康な心の所産であるかも知れぬ。なぜなら、野心の裏側なのだから。（前掲「暗い青春」）

あるいは、後述するが、青年後期に新進作家になるも鳴かず飛ばずで、蒲田の酒場のマダムお安と同棲、沈潜していた時期の心持ちである。

ただ私が生きるために持ちつづけていなければならないのは、仕事、力への自信であった。（略）逆さにふってふりまわしても出てくるものはニヒリズムばかり、外には何もない。左様。外にうぬぼれがあるか。当人は不羈独立の魂と言う。鼻持ちならぬ代物だ。（前掲「いずこへ」）

つまり安吾は、自己の能力、業績、仕事に対する社会の客観的な評価によって、集団側にいなくても生きていける、と考えていたのである。非か小集団側の生きるうえでのよりどころは、こうした個人の能力、業績、仕事への社会による客観的な評価――「外的評価システム」にあるように思われる。

他存在を信じる強度小か無

次に、安吾の他存在を信じる強度だが、それは小か無であることが示唆される。

それはまず、彼が宗教的悟りあるいは信仰をまったく得られなかったことに象徴されている。すなわち彼は、東洋大学入学以来、睡眠四時間でパーリ語の三帰文を唱えて仏教書や哲学書を読破する、といった厳しい修行によって仏教の悟りを得ようとしたのだが、神経衰弱に陥ってしまい、この宗教的願望は満たされることなく終わったのだった。しかし、宗教的悟りとは、通常の学問である事実命題の検討の積み重ねなどで得られるものではなく、亀井の場合のように、必ずしも事実命題に十分基づいているとはいえない価値命題への信奉や信仰によって得られるものである。したがって安吾の、ただ知識を得ただけで深遠な悟りなどなかった、という言からはかえって、彼が知識獲得＝事実命題の検討以上の価値命題信奉や信仰には至らないこと、つまり他存在を信じる強度小か無であることが示唆されるのである。

倶舎だの唯識だの三論などという仏教哲学を一応知ったというだけ、悟りなどという特別深遠なものはないという幻滅に達して、少年時代の夢を追い、再び文学に逆戻りをした。（前掲「処女作前後の思ひ出」）

これは、他存在を信じる強度大の亀井が、「富める者」＝罪人に対する「死刑の宣告」（前掲『我が精神の遍歴』）を受けかねない者として、事実命題に基づくものかどうかの検討を十分におこなう余裕もなくマルクス主義の価値命題を「信従」し、信仰生活に入るようにマルクス主義運動に参加することで生き延びようとした姿とは、何と対照的な姿だろうか。

また前節で、非か小集団側として安吾が、能力、仕事、業績への社会による客観的な評価―外的評価システムによって社会的な生存や地位、処遇が決定、保障される、生きていける、と考えていると述べたが、これも安吾の他存在を信じる強度小か無を示唆するものである。すなわち彼は生きていくためには、大集団側のように、理念、信仰などを介した大集団側の多くの人々の信頼、共感などによる支援と協力を必須とするとは考えないのであり、これは、このような生き方で必要になる他存在を信じる強度が大ではないことを示唆しているのである。

あるいは、彼の他存在を信じる程度は、能力、仕事、業績に対する社会による客観的な評価がその社会的な生存、地位、処遇を保障するはずだという、外的評価システムに対するせいぜい「信用」までなのである。この外的評価システムに対する信用は同時に、それを運用する人々に対する「信従」や共感、大連帯性などを必要としないことで、他存在を信じる強度を低減させることを可能にしてもいる。つまり非か小集団側だろう安吾の、能力、仕事、業績に対する社会的な客観的評価―外的評価システムへの信用は、かえって彼の他存在を信じる強度の小ささを示唆するものと考えられる。

そして端的には、この青少年期に認められ、後述するようにほかの時期にも認められる、孤独で人の信頼を得ようとしない、また人を信頼しない、そして信仰と縁がないといったあり方に、安吾の他存在を信じる強度小か無が示唆されているように思われる。

安吾の無理念または弱小理念性

続いて、安吾の理念性について検討してみたい。安吾は少年期から小説家への夢をもち、しかし才能に自信がなかったために一時「偉大なる坊主」になることを志望し、さらにこの仏教に幻滅すると再び文学を志した。さて、この悟りを求めての「偉大なる坊主」願望も、少年期からの小説家願望も、個人的な野心、つまり集団を離れた個人としての欲望である個的要請だけ、自分個人のことだけを考える個人志向だったといえる。すなわち、安吾は青少年期を通じてほぼ常に、個人にとって〝善いこと、正しいこと〟を考えていて、これは安吾がエゴイズム、無理念、あるいはせいぜい身近な人々にとって〝善いこと、正しいこと〟を考える小理念だけしかもっていないことを示唆する。

ちなみに、安吾が小理念は有していただろうことは、例えば、病気をもつ母親のために暴風で荒れた海に入り、命を懸けて蛤をとってきた、といったエピソード（前掲「石の思い」）からうかがえるだろう。安吾は母親、そして「私はこの二人にだけ愛されていた」（同作品）と考える三番目の姉、婆やなど身近な人の〝善いこと、正しいこと〟は考えていたのである。

このように無理念あるいは小理念しかもっていなかったようであること、これは安吾が集団を志向しない、非か小集団側の人間であったことの反映と考えられる。たしかに、安吾も社会的・政治的問題を考えなかったわけではない。しかしのちに、「私にとって必要なのは、政治ではなく、先ず自ら自由人たれということであった」（前掲「暗い青春」）と回想しているように、自分個人のことを比較を絶して重要と思って、個的要請、個人志向の非か小集団側であることを選択し、その結果、安吾はエゴイズム＝無理念、あるいはせいぜい小理念だけをもつようになったと考えられる。

これは、青少年期から主に、労働者、農民、学生など世界の無資産階級の人々の〝善いこと、正しいこと〟、大理念を考える、集団志向、大集団側の亀井とは何と対照的な姿だろうか。亀井は実に、治安維持法によって投獄、保釈され二十代半ばを過ぎてはじめて、「個人のことを熱狂的に考え」（前掲『我が精神の遍歴』）ることを始めた、という人間だったのである。もちろん、それ以前の党派活動で、「精神本来の面目である単数性が致命傷をこうむり、『私』固有の問題というものは消滅する」(同書)と問題意識は抱いていた。しかし労働者、農民などの解放、万民の楽土建設のためには「個人の感情は堅く抑制」(同書)し、個的要請や個人志向は封じて大理念(マルクス主義)を信奉し、大集団側に立つことを亀井は選択したのだった。

なお、安吾の無か小理念性は、それが個人または近親の少人数にとっての〝善いこと、正しいこと〟を主張する関係上、それを貫徹していくうえで準拠しうる人は少人数となり、ほかの理念に対抗する理念という性質は弱くなり、弱理念になると推定される。つまり安吾がもつ理念性は、無理念あるいは弱小理念になると考えられる。この点は、のちのちの彼の理念性のもち方のなかで、より具体的に検討していきたい。

三特性の関連性――非か小集団側、他存在を信じる強度無か小、無理念あるいは弱小理念性

以上、安吾の青年期までの軌跡に認められる、非か小集団側性、他存在を信じる強度無か小、無理念性または弱小理念性の、三つの特性について述べてきた。なお、これら三特性は、すでに述べたように、相互に関連するものと思われる。つまり、非集団＝個人か小集団側であれば、そこでもつことになる理念は、個人や小集団にとっての〝善いこと、正しいこと〟、すなわち無理念(エゴイズム)か弱小理念ということになる。さらに、非集団側であれば非信でいることができ、小集団側であっても多くを事実命題に基づくと確かめえたうえでの他存在を信じる強度小―信用レベルでいいだろう。結局、非集団側か小集団側性が、無理念あるいは弱小理念性、および他存在を信じる強度無か小の非信あるいは信用、と関連性をもつと推定されるのである。これは、大集団側の亀井では、大集団側性が強大理念性と関連し、この強大理念を介して信じる強度大の信奉や信仰と関連していたのとまったく対照的といえるだろう。

マルクス主義への無反応――強大理念反対

さて亀井と同様、安吾についても、一九一〇年代から四〇年代（大正から昭和初期）にわたって、当時隆盛し始めていたマルクス主義にどう反応したのか、という問いを立ててみる。端的に答えるならば、非か小集団側に立ち、無理念あるいは弱小理念をもち、他存在を信じる強度無か小が安吾の特性であるならば、当時隆盛をみたとはいえ、大集団側に関わる強大理念であるマルクス主義にはあまり反応しなかったことが推定されるだろう。

さて実際には、亀井の東京帝国大学入学と同年に、同じ文京区の東洋大学に入学した安吾の周囲でもマルクス主義は大きな動きになっていたはずである。事実、東洋大学二年時に入ったアテネフランセの学友と歩いていると、街なかで頻繁に安吾は警官に尋問を受け、何度もこれを相手に口論していた。

私は二十三四で（略）そのころは左翼運動の旺んな頃で、高木と私が歩いていると、頻りに訊問を受けた。ニコライ堂を背にして何遍となく警官と口論した鮮明な思い出もあり、公園の中や神楽坂やお濠端等々（坂口安吾「篠笹の陰の顔」、前掲『坂口安吾全集』第三巻）

また、当時交流があった芥川龍之介のおいである葛巻義敏の自宅を訪れるたびに、マルクス主義運動家の中野重治や窪川鶴次郎ほかの地下運動家と頻繁に行き違いになったり、葛巻自身もマルクス主義運動によって逮捕されたりしていた。そして「青年たる者が時代の流行に無関心でいられる筈のものではない」（前掲「暗い青春」）と、マルクス主義運動に心を動かされる部分もあったようだ。しかしそれは思想や理論よりは、せいぜい彼ら運動家の勇気、ヒロイズムに対してのものでしかなかったようである。後年、安吾は、当時やはりマルクス主義運動に身を投じた評論家・平野謙に「青年期に左翼運動から思想の動揺を受けなかったか」と問われ、「あまりにアッサリと動揺は受けませんでした、と言い切ったものだから、平野謙は苦笑のていであった」（同作品）と述べている。

この安吾のマルクス主義（共産主義）非賛同の理由は、彼あるいは人間は本質的には個的要請だけ——これを安吾は、非集団側での欲望充足として「欲情」と表現した——を考え、無理念＝エゴイズム＝「利己心」あるいはせいぜい自分と身近な人々の〝善いこと、正しいこと〞を考える小理念までしか考えないものだ、という人間観にある。そしてそれは、非か小集団側の本質的人間観と思われる。

私は私の欲情に就て知っていた。自分を偽ることなしに共産主義者ではあり得ない私の利己心を知っていたから。（略）私はともかくハッキリ人間に賭けていた。（同作品）

あるいは同じことの言い換えともいえるが、マルクス主義（共産主義）非賛同の理由は、それが多くの人々の〝善いこと、正しいこと〞を示す絶対・永遠の大理念であり、そのために反対者を打倒していく強理念性を伴っていること、つまり強大理念だったことにあると思われる。これは、安吾の無理念性あるいは弱小理念志向の反映としての、それらとは対極的な強大理念性批判の表れだろうと思われる。

私は共産主義は嫌いであった。彼は自らの絶対、自らの永遠、自らの真理を信じているからであった。（略）我々の短い一代に於て、無限の未来に絶対の制度を押しつけるなどとは、無限なる時間に対し、無限なる進化に対して冒瀆ではないか。（略）政治はただ現実の欠陥を修繕訂正する実際の施策で足りる。政治は無限の訂正だ。（略）自らのみの絶対を信じる政治は自由を裏切るものであり、進化に反逆するものだ。私は、革命、武力の手段を嫌う。革命に訴えても実現されなければならぬことは、ただ一つ、自由の確立ということだけ。私にとって必要なのは、政治ではなく、先ず自ら自由人たれということであった。（同作品）

安吾は「自らの絶対、自らの永遠、自らの真理を信じ」「革命、武力の手段を」使うマルクス主義（共産主義）の強大理念性を批判したいのである。これは、表裏して、理念は基本的に反対者を打倒して主張する性格を強くはもてない、もつべきではないという、安吾の弱理念性あるいは無理念性を示唆するものと思われる。さらにここでは、「必要なのは、政治ではなく、先ず自ら自由人たれということ」として、「政治」＝より多くの人、集団のための〝善いこと、正しいこと〟である大理念よりも、「自由人」＝個人、非集団側であること、さらにここからせいぜいごく身近な人のための〝善いこと、正しいこと〟を目指すことが大事である、と述べているのではないかと思われる。すなわち、より無理念あるいは弱小理念が大事という、非か小集団側の価値を主張しようとしているのではないかと思われる。

三　特性を決める素質あるいは生理的特性

以上で述べたように、安吾はその特性、すなわち非か小集団側に立ち、無理念あるいは弱小理念をもち、他存在を信じる強度無か小であることから、大集団側に関わる強大理念であるマルクス主義にはあまり反応しなかった、というより、むしろこれに批判的だったと考えられた。

一般にこうした社会主義思想への反応は、成育環境、階層とそこでの経験によって影響される、ということがよくいわれる。亀井であれば、函館屈指の富豪の家に生まれ、それによって幼少期から周囲との格差体験が蓄積され、やがてそれが青年期に至ってマルクス主義への反応を導いたのだと。しかし、たしかに函館屈指の富豪の家とはいえ中産階級にすぎず、経済的に大変だったとはいえ、越後の由緒ある素封家だった安吾の生家との比ではなかっただろう。そして、富裕な生家とそこでの成育体験が社会主義思想への反応を決めるとするなら、安吾こそがマルクス主義に大きく反応したはずだろう。しかし安吾は、マルクス主義そのものにはまったく反応しなかった。というのも安吾は、幼少からがき大将として泥んこになって遊び回り「いつも乞食の子供のような破れた着物をきていた」（前掲「石の思い」）ような子だったので、周囲との格差を切実に経験するようなタイプの人間ではなかったのである。すなわち彼の性向、キャラクターがそもそも、周囲の者に格差を感じさせ、自らもそれを感じるようなタイプではなかったと思われる。

つまり、亀井のように、富裕な家庭に育ったことからの対人環境と経験がのちの社会主義思想への反応に影響することは事実としても、その対人環境、経験を最終的に決めるのは本人の性向やキャラクターであり、これがのちの社会主義思想への反応を決めたと考えられる。そしてこれは詳しくは後述するが、安吾自ら「いくらか環境のせいもあっても、大部分は生まれつきであった」「私の気質の多くが環境よりも先天的なもので」（同作品）と述べているように、こうした各人の性向やキャラクターを決めるものとは、早初期からの素質あるいは生理的特性ともいうべきものではなかったかと考えるのである。そしてこれが、前節で分析したように、社会主義思想に対する反応に影響する、大集団側性／非か小集団側性、これから強大理念性／弱小か無理念性や、他存在を信じる強度大／同小か無、さらに大連帯性／非か小連帯性などの諸特性を導くのではないかと、本書では考えるのである。

結局、以上のような安吾のマルクス主義（共産主義）への無反応か批判は、彼の、非か小集団側に立ち、無理念あるいは弱小理念をもち、他存在を信じる強度無か小という諸特性によるものであり、これらは彼の性向、キャラクターそしてこれを決めるだろう早初期からの素質あるいは生理的特性ともいうべきものが影響しているのではないかと考えられた。

現実主義——アンチ理想主義

さて、大理念の主張には、究極的価値あるいは至高の理念の実現を目指してどこまでも努力していくという、理想主義の性格を帯びるのだった。例えば、労働者、農民をはじめ全人類の貧富の差からの解放と幸福をうたうマルクス主義（共産主義）も、この意味では理想主義といえるだろう。一方の、無理念あるいは小理念の場合は、現実に即して実現可能性が高い、限られた対象の改善と改良を目指すという、より現実主義的な性格を帯びる。したがって、無理念あるいは小理念をもつ安吾はより現実主義的であるとともに、大理念批判から理想主義に懐疑的で批判的と推定されることになる。

例えば、マルクス主義（共産主義）に同調しなかった理由のひとつである、「自らの絶対、自らの永遠、自らの真理を信じている」マルクス主義（共産主義）は「無限なる時間に対し、無限なる進化に対して冒瀆」（前掲「暗い青春」）ではないかという見解も、それが理想主義であること自体への批判だった可能性がある。そして、その「政治はただ現実の欠陥を修繕訂正する実際の施策で足りる。政治は無限の訂正だ」（同作品）という見解は、理想を追うことなく現実の事態に即して事を処理しようとする現実主義だったことを示唆している。後述するが、このように理想主義に批判的であることに表裏して現実主義的であることは、安吾のその後の人生でも繰り返し認められる傾向だと考えられる。

連帯性小

また、マルクス主義などの大理念や信仰などの共有を介して大集団側に立って、その実現を目指して運動すること、すなわち大連帯性をなした亀井と比較し、無か小理念しかもたずに他存在を信じる強度無か小の安吾の連帯性は、無か小であることが推定される。

実際、学校をさぼって海辺やパン屋の二階で過ごした中学時代も、悟りを得ようと修行した大学時代も、安吾は孤独で一人だった。その後のアテネフランセ時代でも友人といえるのは長島あつむ一人、雑誌「言葉」刊行に加わったあとも、あまり広い交遊を望まなかった。そして当然ながら、強大理念・マルクス主義を批判した安吾はその運動にも参加することはなく、大理念や信仰などを介して大集団側に立って活動する、大連帯性をなすというようなことは皆無だった。これは同時代に労働者や農民などの大集団側に立ってマルクス主義運動を展開した大連帯性の亀井とは際立って対照的なあり方と思われ、これらには、安吾の連帯性小あるいは無という基本的特性が青少年期からすでに示されていたものと考えられる。

青少年期までの安吾の小まとめ——亀井と正反対のあり方

以上までの議論をまとめると、安吾は常に非か小集団側にいて、そのため個人の「欲情」や個的要請だけを訴えるエゴイズム＝無理念か、せいぜい近親者などの〝善いこと、正しいこと〟を主張する弱小理念をもつだけで、理想主義者とは対極的な現実主義者と考えられた。また、他存在を信じる強度無か小で、理念や他存在を信じる強度を介する連帯性は無か小だった。そしてこれらは特に、当時青少年層の間で隆盛し始めた強大理念・マルクス主義への無反応か批判というかたちで表れた。これらは、すでに述べた亀井とはきわめて対照的か正反対ともいえるあり方と考えられた。

第2章　青少年期までの二人の軌跡からの「対人ストレス耐性」の導入

あらためて述べると、ここまでのような、同時代にともに北の富裕な家に生まれ育った二人の著名な文筆家の正反対ともいえる軌跡はどのようにして生まれたと理解されるのか。それは前述のように、直接には、大集団側性／非か小集団側性、これらから強大理念性／弱小か無理念性、他存在を信じる強度大／同小か無、さらに大連帯性／非か小連帯性といった、両者の諸特性の対極的というべきあり方によるものと考えられる。さらにこの諸特性を決めるものとしては、通常考えられる成育環境と成育歴などよりは、各人の生来的な性向とキャラクターを決める早初期からの素質あるいは生理的特性ともいうべきものではないか、と推論した。そしてそれこそが、続いて説明する「対人ストレス」というものに対する生来的で生理的ともいうべき耐性としての「対人ストレス耐性」だろう、というのが本書の考え方である。このように考えるのは、これが生来的で生理的な耐性と想定されることから、その相違が幼少時からすでに始まっていること、それが各人の生涯にわたる軌跡を最もよく、また一貫して説明できること、さらにそれが第1部で取り上げる三人の著名な文筆家にとどまらず、第2部で述べるように世界の多くの領域でも広く成り立つこと、によるのである。そして、人間の軌跡とは、その価値観、価値意識を反映するものだから、この「対人ストレス耐性」こそは、本書の「はじめに」で述べた「人間の価値観、価値意識そしてそれを規定する生理的あり方」に相当するものと推定されるのである。さて、こうした考えの是非を検討するためにも、まずこれらの新しい概念について詳しく述べてみたい。

1　「対人ストレス耐性」の導入

「対人ストレス」とは

①「ストレス」とは

まず、「ストレス」とは一般に、「生体に精神的・身体的歪みを生じる、外部からの精神的あるいは物理的刺激（ストレッサー）」である。二十世紀半ばにカナダの生理学者ハンス・セリエは、精神的・物理的ストレッサーにかかわらず、このストレスによって自律神経系の反応や副腎皮質ホルモン（ステロイドホルモン）分泌などによる一定の身体的・精神的反応（ストレス反応）が生じることを明らかにした。これは、ストレッサーにさらされた生体が、その刺激に適応しようとして示す適応症候群とみるストレス学説ということができる。そしてここで特に精神面へのストレス反応としては、不安、うつ状態、無気力、記憶障害などが生じるとされた。

②「対人ストレス」とは

そして、本書で用いる「対人ストレス（ストレッサー）」とは、「ルール（規制、慣例、しきたり）、規則、法律、理念、理性などでは制御できないような、対人関係上で生じる摩擦や葛藤」と定義されるもので、前述のストレス学説からは精神的ストレッサーのひとつと考えられるものである。なお、あらかじめこの定義に関して付言しておくと、本書で用いる「対人ストレス」はそもそも、心理学領域で通常用いられる〝対人関係に起因するストレス〟としての対人ストレスと同じ概念になることを意図してはいない。しかしながら結果的に、大体はそれと一致する部分が大きいのではないかと思われる。

そしてそれは、主に次の三つの領域または内容からなっているものと考えられる。一つ目は、〝趣味、嗜好、マナーや生活習慣、個人的生活信条などの食い違いから生じる、日常生活上の些事での摩擦や葛藤〟であり、「日常生活上の些事」ともいうべきものである。日々の生活で生じる、より個人的な関係上で生じる摩擦や葛藤で、「ルール、規則、法律、理念、理性などでは制御できない」対人ストレスのうちの、最も代表的な部分を占めるものがこの「日常生活上の些事」と思われる。

二つ目は、対人関係で生じるだろう、〝他存在（人や物事）を信じる各強度（「信用」「信頼」「信仰」）に対する裏切りによって生じる摩擦や葛藤〟である。人性の不如意や置かれた外的状況の不可抗力的変化などによって、通常の対人関係ではこうした裏切りはある程度避けることができないものと考えられる。したがって「ルール、規則、法律、理念、理性などでは制御できない」対人ストレスとしてのこの部分を、「他存在（人や物事）を信じる各強度（「信用」「信頼」「信仰」）への裏切り」と呼んでおく。

三つ目は、立場や経験などによって意見が相違し、その間の調整がしばしば困難になるという、現実生活で認められる価値相対性のもとでの、各主張や意見の間で生じる摩擦や葛藤である。価値相対主義の成否に関する哲学的議論はさておき、立場や経験などによって意見が異なるという、現実生活での価値相対性は事実であり、我々が日々経験していることだろう。この現実的価値相対性のもとでのそれぞれの主張や意見の対立を、より一般的観点から捉えると、これは〝人々にとっての善いこと、正しいこと〟を主張し競い合う「理念対理念の闘い」とみることができると思われる。そして、価値相対性のもとにある現実生活では、この「理念対理念の闘い」の優劣を一般的・客観的には裁断できないものになり、やはり「ルール、規範、法律、理念、理性などでは制御できない」葛藤や摩擦である対人ストレスを生じる場合があるだろう。そこでこの部分を、現実的価値相対性のもとでの「理念対理念の闘い」と呼んでおく。このような対人ストレスのなかの「理念対理念の闘い」部分は、理念が先に述べた非寛容性—強理念性を帯びるほどその強度が大きくなるものと考えられる。

なお、三領域（内容）には重なる部分があるなど、厳密に区別することが難しい場合もあると思われる。しかし、「ルール、規則、法律、理念、理性などでは制御できないような、対人関係上で生ずる摩擦や葛藤」と定義した「対人ストレス」は大略、以上のような三領域からなるといえるのではないかと考えるものである。すなわち、「対人ストレス」は、主に「日常生活上の些事」「他存在を信じる各強度への裏切り」「理念対理念の闘い」の三つの領域からなるものである、と。

③対人ストレス大、対人ストレス小か無とは

このような対人ストレスの強度の大小（無）については、その三つの領域でのストレスの強度の大小（無）によるものと考えられる。

ⓐ大集団側は対人ストレス大、小か非集団側は対人ストレス小か無

つまり、一つ目の「日常生活上の些事」による対人ストレスであれば、交流する他者が多ければ多いほど強度は大きくなると考えられる。それは、交流する他者が多いほど、趣味や嗜好、マナーや生活習慣、信条などの食い違いから生じる日常生活上の些事での摩擦や葛藤が、人数に応じて〝物理的〟に増えるだろうからである。つまり、先に述べた大集団側であれば大きく、小集団側であれば小さくなるだろう。そして非集団＝個人であれば、対人ストレスそのものは生じず、無になると考えられる。

ⓑ他存在を信じる強度大は対人ストレス大、他存在を信じる強度小か無は対人ストレス小か無を生じる

次に二つ目の「他存在を信じる各強度への裏切り」による対人ストレスであれば、その他存在を信じる強度が大きいほど、すべてを預けて他存在を信じるのだから、裏切られた場合の葛藤や苦悩は大きく、対人ストレスは大になると考えられる。すなわち、全人格、全人生を懸けて他存在を信じるという他存在を信じる強度大の信仰、信奉への裏切りの場合ほど、対人ストレスは大になるのである。

一方、その強度が小さいと、他存在に自らを預ける部分が小さいので、裏切りに遭っても葛藤や苦悩は小さく、対人ストレスは小になるだろう。すなわち、他存在を信じる強度が小である信用の場合は、他存在に自らを預ける部分が小さいので、裏切りによって発生する対人ストレスも小さい。そして、裏切りによって生じた損害などは、信用を成り立たせたルールや規則にのっとった違約（裏切り）への補償によって回復すれば大体いいことになるのである。さらに、他存在を信じる強度無の非信の場合は、そもそも他存在を信じていないために裏切り自体が生じずに、この領域での対人ストレスの発生はないのである。

ちなみに、これはのちに詳しく論じるが、他存在を信じる強度中である信頼や信義への裏切りは、人生や人格を他存在に委ねる程度が信仰と信用の中間くらいであり、これがルールや規則などで補償できない部分になり、裏切りによる対人ストレスは大、小か無の中間の、対人ストレス中になるものと考えられる。

ⓒ強大理念性は対人ストレス大、弱小か無理念性は対人ストレス小か無を生じる

理念性に関しては、先の議論から、大理念は強理念と関連して強大理念になり、小理念は弱理念と関連して弱小理念になる傾向が考えられる。そこで、三つ目の「理念対理念の闘い」による対人ストレスに関しては、大理念で強理念つまり強大理念であるほど、対抗し合う準拠集団が大きく、それに並行するように非寛容性も増して、「理念対理念の闘い」での摩擦と葛藤の程度が大きく、対人ストレスは大になるだろう。一方、小理念で弱理念つまり弱小理念であるほど、対抗し合う準拠集団が小さく、それに並行して非寛容性も減少し、「理念対理念の闘い」でも摩擦や葛藤が小さい対人ストレス小になるだろう。また、無理念の場合は理念性そのものを主張しないので、そもそも「理念対理念の闘い」つまり〝人々にとっての善いこと、正しいこと〟の競い合い、とは無縁である。したがって、理念性に関連した対人ストレスは発生しないと考えられる。

ⓓ三つの内容の関連性

なお、先の議論によると、前述の対人ストレスを構成する三つの主な領域や内容は、相互に関連性をもって表れてくると考えられる。すなわち、大集団側性と強大理念および信奉、信仰が関連性をもち、非か小集団側性が無か弱小理念および非信あるいは信用と関連性をもつものと推定されるのだった。したがって、これら三つの領域、内容は大体は同時に関連し合って、対人ストレス大あるいは小か無を生じてくるものと推定される。すなわち、大集団側では強大理念および信奉や信仰が関連して対人ストレス大を発生させ、非か小集団側では、無か弱小理念および非信あるいは信用が関連して対人ストレス小か無を発生させるだろうと。

ⓔ連帯性大は対人ストレス大、連帯性小か無は対人ストレス小か無

そしてこれら三つの内容に関連して連帯性が考えられるので、連帯性と対人ストレスの関係も大体次のように推定することができる。すなわち、大集団側で、信奉や信仰そして強大理念を介して連帯性大であるほど、三つの形成要因がそれぞれ対人ストレス大を生じて、対人ストレス大になる。また同様に、小か非集団側で、信用あるいは非信、そして弱小か無理念を介して連帯性小か無であるほど、対人ストレス小か無になると。

「対人ストレス耐性」とは

さて、すでに述べたことによれば、ストレスは一般に、一定の精神的・身体的反応としての適応症候群を個体に生じるものだから、このストレスに対する反応性は、その個体の生理的特性を表すものと考えられる。例えば、ストレスによる精神的反応の主なものである不安を生じるのは、脳のなかの扁桃体という部位だが、そこで生じる不安が強くなると視床下部にある自律神経の中枢を刺激し、自律神経系のさまざまな反応をきたすと考えられている。この感受性が大である場合、ストレスに対して交感神経が大いに刺激され、血管収縮、血圧上昇、動悸、ひいては各臓器障害などの身体症状としてストレス反応を生じることになる。一方、この感受性が小の場合、ストレス反応はあまり生じず、交感神経に拮抗する副交感神経がより作用する状態になり、血管は弛緩し、血圧は上昇することなく、ゆったりとリラックスしていられるのである。そしてこのようなストレス反応の大小は、扁桃体の感受性という個人差によって生まれるもので、それは個体の生理的特性を表すものなのである。

そこで一般的に、ストレスのひとつである対人ストレスに対する感受性の小ささ、つまり対人ストレスに対してあまりストレス反応を生じないという、いわば対人ストレスに耐える程度や性能として、「対人ストレス耐性」というものを考える。するとこれは、各個体の対人ストレスに対する生理的特性を表すものということができる。例えば、本章の冒頭に、この対人ストレス耐性がおそらく幼少時から決まっていると述べたのは、この対人ストレス耐性を規定するだろう扁桃体の感受性が、一般に幼少時など早初期の成育環境や遺伝などで決まってしまう各個人の生理的特性と考えるためなのである。

①「対人ストレス耐性大」とは

そこでまず、「対人ストレス耐性大」とは、対人ストレス大に対しても個体の活動を破綻させるほどのストレス反応を生じないような、対人ストレス大に耐える程度や性能としての個体の生理的特性と考える。すると、先の議論からは、対人ストレス耐性大の個体は、対人ストレス大をもたらす大集団側に属し、信仰や信奉を有して、強大理念を保持すること、そして大連帯性といったあり方が可能で、これに適応していられる、ということができる。すなわちこれは、大集団側での日常生活上の些事での摩擦や葛藤には大いに耐えることができ、人性の不如意などからの信奉や信仰に及ぶ裏切りにも耐えることができて、さらに価値相対下での強大理念対強大理念の闘いに及ぶ対人ストレス大にも耐えることができるような、大きな対人ストレス耐性のあり方といえる。これによって対人ストレス耐性大は、大集団側で強大理念や信仰をもって連帯性大で生きることが可能、あるいは適応的な生理的特性といえるのである。

なお、大集団とは全人類に及びうる集団で、それは日本人や国民という範囲に限定されるものではないことはすでに述べたとおりである。つまりそれは、国家国民集団を超えた、ヨーロッパ共同体や東アジア共同体などから、世界の労働者や農民などの無産階級や、例えばキリスト教徒やイスラム教徒など、全人類に及びうる集団ということができる。これに関しては、対人ストレスを扱うという立場からも、大集団は対人関係が生じうるとイメージできる最大の範囲の集団と考えるべきことから、それはその可能性がある以上、全人類に及ぶ集団というべきと考えられる。

②「対人ストレス耐性小か無」とは

一方、「対人ストレス耐性小」とは、対人ストレス小まで耐えうるという程度や性能としての個体の生理的特性を表すものと考える。したがって、対人ストレス耐性小の個体は、対人ストレス大をもたらす大集団側、信仰、信奉保持、強大理念所有そして大連帯性などのあり方は選択できず、対人ストレス小までの状況にだけ適応できることになる。それは、小集団側にあり、他存在を信じる強度としてはせいぜい信用までを用いて弱小理念を保持し、連帯性小で生きるという状況である。すなわちそれは、日常生活上の些事での摩擦や葛藤に弱く、せいぜい信用までに対する裏切りや、価値相対下での弱小理念間の闘いまでの対人ストレス小には耐える、という個体の生理的特性ということになる。

さらに「対人ストレス耐性無」になれば、対人ストレスを生じないような、集団には所属しない非集団側、他存在を信じない非信、理念をもたない無理念、そして連帯性無という状況に、より適応的な生理的特性ということになる。すなわちそれは、日常生活上の些事での摩擦や葛藤に耐えられず、信用の裏切りにも耐えないため他存在を信用するということさえもせず、あるいは弱小理念間の闘いにも耐えないので理念性をもたず無理念、ニヒリズムに生き、非集団側―孤独にある、というような生理的特性のことである。ただし、集団側性の項で非集団側と小集団側の境界がしばしば不鮮明になると述べたように、こうした対人ストレス耐性無の各特性も対人ストレス耐性小のそれとしばしば境界が不鮮明になることが多いと思われるので、対人ストレス耐性小と対人ストレス耐性無をあわせて「対人ストレス耐性小か無」とまとめて記す場合が多いことを、あらかじめ申し述べておきたい。

③対人ストレス耐性大の具体例――「鈍感力」

さて、対人ストレス耐性大とは、対人ストレスに耐える程度や性能が大きいこと、つまり対人ストレスに鈍感であるともいうことができる。この側面から対人ストレス大をちょうどわかりやすく言い表しているのが、作家・渡辺淳一の「鈍感力」（渡辺淳一『鈍感力』集英社、二〇〇七年）だろう。すなわち渡辺は、〝嫌な事、鬱陶しいことを忘れ、何事にも神経質にならず、万事明るく前向きに生きる、いい意味ですべてに鈍感な神経的なタフさ〟を「鈍感力」とした。そしてその具体的内容として、「嫌な事、鬱陶しいこと、周囲の批判、皮肉などを、どこに置き忘れたのかと思うほど見事に忘れ」、組織のさまざまな人の癖や態度などはどうでもいいことだと明るくおおらかに生き、これでいくと決めたら周囲の思惑や批判など「われ関せず」と敢然としていく、「傷つくことを恐れず人と深く関わり、希望をもって世界を広げていい」くような「集団の中で逞しく勝ち残っていける」

（同書）、というような性能を挙げた。

すなわち渡辺の「鈍感力」とは、組織のさまざまな人の癖や態度などはどうでもいいことだと明るくおおらかに生き「集団の中で逞しく勝ち残っていける」というのだから、「日常生活上の些事」での対人ストレス、すなわち集団側での対人ストレスへの耐性がより大であることを指し示す内容になっている。さらに、その集団内で「傷つくことを恐れず人々との深い関わり、希望をもって世界を広げてい」くことができるというのだから、集団を形成・維持しているだろう他存在を信じる強度に対する裏切りへの対人ストレス耐性も大きいことを示唆している。そして、これで行くと決めたら周囲の思惑や批判など「われ関せず」と敢然として行くのだから、強理念間の闘いとしての対人ストレスにも耐性が大きいことを示唆している。つまり渡辺の「鈍感力」は、集団側での「日常生活上の些事」「他存在を信じる各強度への裏切り」や「理念対理念の闘い」での対人ストレス耐性が大きいという、対人ストレス耐性大の方向性の性能を表している概念ではないかと思われる。

ⓐ「鈍感力」も生理的性能

さらに医師（整形外科医）でもあった渡辺は、この対人ストレス耐性大を指し示す「鈍感力」を生理的な特性として捉えている。すなわち、ストレスにさらされると脳の中枢にある扁桃体が自律神経中枢を刺激して自律神経系のさまざまな反応であるストレス反応をきたすと考えるが、「鈍感力」がこの反応性を抑え、ストレスに対するメンタルタフネスをもたらすものであると。つまり、「鈍感力」—対人ストレス耐性大のあり方を、渡辺も本書と同様に人間の生理的な性能とみていたのである。

ⓑ「敏感」を批判、「鈍感力」を肯定

一方、渡辺は、その「鈍感力」と対照的なものとして「敏感」についても述べている。すなわち、「敏感」と

は、〝精神的にナイーブですべてに敏感で些細なことを気にして、一度断られただけで傷ついてしまうなど、集団のなかでたくましく生きていく力がない〟という性能のことで、これは「鈍感力」とは対照的な対人ストレス耐性小か無のあり方を表しているのではないかと思われる。そして、このような道具立てのもと、「敏感」よりも「鈍感」のほうが〝のんびりとおおらかに健康で長生きできる、いろいろな環境変化にも対応でき、集団のなかでたくましく勝ち残っていける、大きなことを成し遂げ未来を開いていくことができる〟と、「鈍感力」―対人ストレス耐性大を大いに肯定している。

さらに渡辺は、「鈍感力」―対人ストレス耐性大について、「些細なことで揺るがない鈍さこそ、生きていくうえでもっとも大切で、基本的な才能」（同書）と述べている。これは、対人ストレス耐性が人を規定する基本的な性能と考える、という面では、本書の趣旨に合致する見解と思われる。

Ⓒ「鈍感力」――対人ストレス耐性大は、「敏感」さを要求される対人ストレス小か無の環境に適合的ではないこと

なお、ここで付言しておきたいことは、対人ストレス耐性大は一般に対人ストレス小か無の環境には当然耐えることを含意するはずだが、それが生理的な特性であることから、むしろ対人ストレス大の環境でなければ生理的に適合しないだろう、という点である。すなわち、対人ストレス耐性大は、大集団側、強大理念性、他存在を信じる強度大などの対人ストレス大の環境に適合するのであって、小か非集団側や無か小理念性、他存在を信じる強度小か無といった対人ストレス小の環境には適合しないのである。

この点を「鈍感力」の観点から述べてみると、「鈍感」であることは渡辺が指摘したように多くの優れた特性が存在するのだが、実はこれらは同時に、その弱点を指し示すものでもある。すなわち「鈍感力」は、まさに「鈍感」であるために相手の気持ちを十分理解しない、状況変化を十分にキャッチしていない、そのため対人関係や仕事などで摩擦や失敗を引き起こす、そしてルールや規則、法律などに一人では厳密、的確、敏感に対処で

きない、などの弱点を有することと考えられる。したがって「鈍感力」がある人間は、自分一人、独力では生きていくことができず、その特性のまま生きていくには、常に多くの人々の助力と支援や協同関係を必要とし、そのため多くの人々にとっての〝善いこと、正しいこと〟を考えざるをえない。さらに他存在の意向やあり方の繊細で正確な理解が十分にできないために、他存在を信じる強度を大にして生きていくしかないのである。

すなわち、「鈍感力」—対人ストレス耐性大には、それが生理的規定を受けたひとつの特性だということから、（大）集団側や強大理念性、他存在を信じる強度大の環境、つまり対人ストレス大の環境に適合的であるとともにそこでなければ生きていくことができないものと考えられる。彼らは、非か小集団側にあって、他存在を信じる強度も無か小で、集団側での支援も得られないまま、ルール、規則、法律などが厳密で機械的に適用されるという、「敏感」さが要求される対人ストレス耐性小か無に適した環境では適応的ではないのである。その数多くの小説やエッセーなどからも示唆されるが、渡辺もおそらく、常に多くの人々の助力、支援や協同関係を必要とし、集団側での他存在を信じる強度を大にして、より対人ストレス大の方向性のなかで「鈍感」に、生きてきたのではないかと想像される。

④集団側性・連帯性と類似のアドラーの「共同体感覚」

ほかにも、対人ストレス耐性という生理的な規定を受けていると考える集団側性あるいは連帯性に類似していると思われる概念について述べておく。それは、精神分析学の創始者ジークムント・フロイトによる性的欲求よりも他者に優越しようとする欲求こそがより根源的だとして「個人心理学」を打ち立てた精神分析家アルフレッド・アドラーによる「共同体感覚」のことである。

アドラーは、第一次世界大戦で軍医として従軍するなかで、戦争神経症などから回復しやすい人々は、人とのつながりや仲間意識が強い人々で、これらによって強いストレスから精神の健康を守っているのではないかと考えた。そしてこれらを生むのが、人間の根源的な欲求である所属の願望と考え、これを「共同体感覚（Gemeinshaftsgefühl）」（アルフレート・アドラー『人間知の心理学』高尾利数訳、春秋社、一九八七年）と名づけた。すなわち、「共同体感覚」とは、共同体への所属感・共感・信頼感・貢献感などを総称した、人間に根源的な集団への所属の願望のことで、それは自分の利益だけでなく相手や仲間の利益を考える相互協力に対する受容力を生むというものである。そしてアドラーは、この共同体は、民族や国家を超えて全人類に及ぶものと考えた。さらにアドラーは、「共同体感覚は、生まれつき備わった潜在的な可能性で、意識して育成されなければならない」（同書）として、これが生来的なものと考えていたようである。

このような「共同体感覚」の概念と内容をみると、これは集団側にありたいとする集団側性、あるいは理念や他存在を信じる強度を介して集団形成して活動するという連帯性の概念と類似のものと考えられる。そしてアドラーは、生来的なものである「共同体感覚」がストレスへの耐性を生むことから、ストレス耐性が大であるあり方と関連していることを述べ、さらに優越への欲求とともに人間にとって最も根源的な欲求だとして、これを特に重視した。これも、生来的で生理的なものである対人ストレス耐性が集団側性・連帯性を導くものであり、これらを（例えば亀井がそのマルクス主義運動参加に至らせた少年時代からの最も基本的な動機と述べたように）人間がもつ基本的な内的要請のひとつと考える本書の考えに、よく合致した理論ではないかと考えられる。

2　「対システムストレス耐性」の導入

「対システムストレス」とは——対人ストレスとは逆の概念

ここで、対人ストレス耐性とはほぼ逆の概念になる「対システムストレス耐性」についても説明しておく。ただし、その前にいくつかの用語をあらためて導入しておく必要がある。そのひとつはすでに概略的には説明している「外的評価システム」である。以前の説明を少し補足して述べるならば、これは〝契約、規則、法律、実績・能力評価、力関係、自然（物理）法則などによって、外的・客観的・機械的に個人の人物評価や社会的価値評価などの判定をするシステム〟のことである。そしてこれとは逆の概念になるのが「内的評価システム」であり、これは〝他者との友情や信頼関係、そして良心、善意、理念、理想や信仰などの内面的な価値意識、つまり人間関係や内面的な理念性の程度によって個人を評価するシステム〟のことである。これは、「外的評価システム」、つまり内的・主観的あり方によらず、契約、規則、法律、実績・能力評価、力関係、自然（物理）法則などといった外的なもので、客観的・機械的に個人を評価するシステムとは逆の評価システムに相当する。ちなみに、生きていくうえでの支えとして「仕事、力への自信」（前掲「いずこへ」）と有名になりたいという燃えるような野心をもって生きてきた非か小集団側の安吾は、能力、仕事、業績に対する社会による客観的な評価だけで社会的な生存や地位、処遇が決定して、保障される、生きていける、という意識をもっていた。それは、安吾が「内的評価システム」をとらず、もっぱら「外的評価システム」によって生きていこうとしていたということを示している。

さて、以上の準備のもと、「対システムストレス」とは、〝外的評価システムにより客観的・機械的に評価されることによって引き起こされるストレス〟と定義される。すなわち、集団側・連帯性形成のための要件ともいうべき、友情、信頼関係といった他者を信じる強度や、良心、理念、理想、信仰などの内面的な価値意識の有無が評価されずに、契約、規則、法律、実績・能力評価、力関係、自然（物理）法則などの外的評価システムによって客観的・機械的に個人が評価されることによって引き起こされるストレスのことである。あるいは、端的に、契約、規則、法律、実績・能力評価、力関係、自然法則などの外的評価システムを用いることによって、他存在を信じる強度である信頼や信仰、良心、理念、理想などの理念性を評価しない、すなわちこれらを否定してくる状況でのストレスといってもいい。

この内容からは、対システムストレスは対人ストレスとは逆方向のストレス概念といえるだろう。というのも、対人ストレスとは、集団側性・連帯性のもとで生じ、それを形成する理念性や他存在を信じる強度によって生じるストレスだから、これらを評価せずあるいは否定する外的評価システムによって生じる対システムストレスとは、逆方向のストレスということができるからである。つまり、対システムストレス大の状況とは、外的評価システムの作用が大で、これによって他存在を信じる強度である信頼や信仰、良心、理念、理想などの内的理念性が十分に抑制か否定されている状況だから、対人ストレスは小か無になる。逆に、対システムストレス小か無の状況とは、外的評価システムの作用が小か無で、（もし評価というものが社会が存続するためにいつも一定に作用しているものであるなら）他存在を信じる強度である信頼や信仰、良心、理念、理想などの理念性が抑制されず十分作用している状況だから、対人ストレスは大になる。

「対システムストレス耐性」とは——対人ストレス耐性とは逆の概念

なお、対システムストレスへの反応性としての耐性、すなわち対システムストレスに対してあまりストレス反応を生じずこれに耐える程度や性能としての「対システムストレス耐性」も、一般にストレスに対する反応として個体の生理的特性と捉えることができる。したがって、前述したように対システムストレスが対人ストレスとは逆の概念ということからは、対システムストレス耐性は対人ストレス耐性とは逆になると考えられる。つまり、対システムストレス耐性大は対人ストレス耐性小か無であり、対システムストレス耐性小か無は対人ストレス耐性大になるのである。

例えば、対人ストレス耐性大は「鈍感力」（大）だから、理念性や、他存在を信じる強度をもって他者の協力と支援を得て、より大集団側、連帯性大で生きていくことができる。その一方では、周囲の状況や変化などに対し、一人でこれに敏感に対応していくということができない。この周囲の状況や変化の最たるものとして、個々に適用される契約や規則、法律、実績・能力評価、力関係、自然（物理）法則などの「外的評価システム」があり、これらの大きな作用に対して彼は敏感、正確に対応することができずに過大なストレス反応を生じることから、対システムストレス耐性は小か無になるのである。

逆に、対人ストレス耐性小か無であれば、周囲の状況や変化に「敏感」だから、ただ一人でもこれを正確に理解し、敏速、十分に対応していくことができる。したがって個々に適用される契約、規則、法律、実績・能力評価、力関係、自然（物理）法則などの外的評価システムの大きな作用に対しても、彼は敏感、正確に対応することができて、過大なストレス反応を生じることもないので、対システムストレス耐性は大ということになるのである。

①対人ストレス耐性大の人が対システムストレス耐性小か無であることから、対人ストレス大の状況にだけ適合的であること

先に「鈍感力」の項で、対人ストレス耐性大の人は、対人ストレスが小か無の状況にも十分耐えることができるはずなのに、ただ対人ストレス大の状況にだけより適合的である可能性を述べたが、これは対人ストレス耐性大の人が対システムストレス耐性小か無であるということから比較的容易に説明することができる。すなわち、対人ストレス耐性大の人は対システムストレス耐性小か無であるから、契約、規則、法律、実績・能力評価、力関係、自然（物理）法則などの外的評価システムが大きく作用する、対システムストレス大のもとでは適合的ではない。そして対システムストレス大は、これを裏返すと対人ストレス小か無の状況に相当するのだから、対人ストレス耐性大の人は対人ストレス小か無の状況に適合的ではないことになる。以上が、対人ストレス耐性大の人が、対人ストレスが小か無の状況にも耐えることができるはずなのに、ただ対人ストレス大の状況にだけより適合的であり、それは対システムストレス耐性小か無だからという説明である。

さて以上の準備のもと、次節からは、対人ストレス耐性を主に用いるにせよ、適宜、これとは逆の概念である対システムストレス耐性の概念も用いていきたい。

3　対人ストレス耐性から推定される人生の軌跡

対人ストレス耐性大の軌跡

さて、ここまでに導入した対人ストレス耐性を用いて、それから説明できるだろう人生の軌跡の概略を述べておきたい。すなわち、まず対人ストレス耐性大の人間がたどる軌跡である。それは典型的にだが、大集団側で生きようとして強大理念を掲げ、そのために理想主義的で、他存在を信じる強度大の信仰や信奉を介して大連帯性をなす、というものだろう。ただし、人生において、人性の不如意や不可抗力的な外的状況変化などによってこうした強大理念や信仰を維持できない場合も避けることができず、それらの破棄そして転向を経験することになって、自らに対する罪責性の認識は大になるだろう。そして長い人生では、この強大理念や信仰の転向は一度ですむとはかぎらず、それらを介して形成した大集団側、大連帯性を繰り返し裏切らざるをえないことも生じ、そこで自らの罪責性に深く悩む、原罪性の意識ともいうべき罪責性意識大をもつことになるだろう。こうして、対人ストレス耐性大の典型的軌跡の概略は、常に大集団側にいようとし、強大理念を信奉あるいは信仰し、理想主義的で、大連帯性のもとにあって、しかしその一方では罪責性認識大と罪責性意識大を伴う、というものになると推定される。

対人ストレス耐性小か無の軌跡

一方、対人ストレス耐性小か無の人間がたどる軌跡の概略とはどのようなものだろうか。それはまず、小集団側か非集団側で生きようとし、せいぜい弱小理念を掲げるか無理念的であって、そのために現実主義的で、他存在を信じる強度小か無の信用あるいは非信を介して、小連帯性か無連帯性（孤独）をなす、というものだろう。そしてやはり、長い人生のうちには、人性の不如意や不可抗力的な外的状況変化などによって、こうした弱小理念や信用さえも維持できない場合を避けることができず、弱小理念や信用の破棄、転向を経験することになり、罪責性に対する認識自体はやはり大になるだろう。しかしこの弱小理念や信用での転向は、それらを介して形成した小集団側と小連帯性への裏切りや約束違反を伴うくらいだから、罪悪性に悩み苦しむ程度が少ない罪責性意識小にしかならないものと推定される。さらに非集団側・非連帯側での無理念であれば、もともとないために、理念性や集団側、連帯性への裏切りや信用違反さえも生じないことになり、罪責性の意識は無のままだろう。こうして、対人ストレス耐性小か無の典型的な軌跡の概略は、常に小集団側か非集団側にいようとし、弱小理念をもつか無理念（ニヒリズム）で現実主義的、信用を用いるかあるいは非信であって、小連帯性か無連帯性（孤独）のもとにあり、罪責性認識大ではあるが罪責性意識小か無を伴う、といったものになると推定される。

第3章　対人ストレス耐性大である亀井

1　亀井が対人ストレス耐性大と推定されること——主に二十代前半までの軌跡から

ここまで、人生の軌跡を説明する生理的規定たりうるのではないかと考える対人ストレス耐性の概念、およびそれから導かれる人生の軌跡の概略について述べた。そこで、それらを用いて、亀井と安吾の対人ストレス耐性がどのようなものだったのかを、これまでに記してきた二十代前半とそれ以降の軌跡から検討してみたい。

最初に亀井だが、前述のようにその二十代前半までの軌跡をみると、対人ストレス耐性大として理解できるように思われる。というのも彼は、いつも大集団側（世界の無数の民衆、無産者階級）にありたいと希求し、それは強大理念であるマルクス主義を信奉（信仰）することによってかなえられ、それをもってマルクス主義運動に参加して大連帯性をなしていたのだから。

亀井には、強大理念・マルクス主義こそがすべて

これをさらに詳細に述べると、彼が対人ストレス耐性大であることは、まず、マルクス主義（共産主義）という強大理念をもってほかの強大理念や他信仰と闘い、小理念やそのほかの日常生活上の些事もそれで整序している姿にみることができるように思われる。

すなわち、まず、対人ストレス耐性大であれば、日常生活上の些事、つまり個人間の摩擦や葛藤は強大理念によって処理できるものと考えているように思われる。ここには、大理念では割り切れないはずと考える個人と個人の闘い、人間に本来的なものと考える無理念的なあり方、といった対人ストレス耐性小か無がもつと思われる視点は存在しない。

僕は雄弁に共産主義を宣伝し、どこへ行っても論敵をやりこめ、あらゆる種類の疑惑や内面の苦悩の訴えに対しても、畏れを知らず「明快な断定」を下すことができた。すべては共産主義の公式によって割り切れた。僕の言うところは「正義」であり、僕の党派の行為はつねに「善」であり、反対するものはことごとく「反動」であり「悪」であった。実に颯爽たるものであったらしい（略）（前掲『我が精神の遍歴』）

また、強大理念の基盤になる複数性、大集団側性という力を背景に、ほかの強大理念や他存在を信じる強度大である信仰に対しても、対抗、打倒できたのである。

反宗教の立場に立たんとする僕もまた傲慢な青年にちがいなかった。（略）「なお神はありと言えるか」と僕が勢いに乗じて押していくと、彼は窮した面持ちで、（略）「ここにある」と言って聖書を叩きつけるように前へ置いた。そのとき僕はあきらかに狼狽したのである。（略）「僕は神を愛している」そう言ったとき、彼の眼には悲憤の涙があった。ところで僕自身、このときどんな態度をとったか。僕は絶対に動じてはならなかった。（略）自分自身の属す党派と無数の民衆と、その多数者が自分の背後に在るという優越感の上に立って、この一人の人間を無視すればよかったのである。（略）党派力を推進するためには、一人人間の固有の念願を無謀に裁断し蹂躪してもかまわぬ。（同書）

このように、亀井が、マルクス主義という強大理念をもってほかの強大理念や他存在を信じる強度大である信仰と闘い、小理念やそのほかの日常生活上の些事をそれで整序している姿には、彼が対人ストレス耐性大だったことが示されているように思われる。

常に大集団側にあったこと――対人ストレス耐性の大きいこと

この強大理念をもっていたことは、それによって無数の民衆や無産階級という複数性、大集団側にあったということである。そして、そのひとつの表れと考えていいのは、亀井が絶えず何らかの組織に属し、その幹部として常に集団側にいようとしたことだと思われる。つまり、その青年期には新人会（幹部）、共産主義青年同盟（幹部）、検挙され出獄したあとは日本プロレタリア作家同盟に、転向後は文壇に、大東亜戦争期は文学報国会評論部会（幹事）に、そして戦後は文芸家協会（理事）と、絶えず何らかの組織に属してその幹部になることで、より集団側にあったようにみえる。このように、組織内あるいは集団側に常にいようとすることができるのは、そこでの理念に賛同したということ以前に、こうした集団や組織に参加すると必然的に生じるだろう対人ストレスが平気である、それに耐えることができる、すなわち対人ストレス耐性がより大きいことが前提としてあったように思われる。

たしかに、一般人であれば、会社などの何らかの組織に属して生活していくことは、それ以外に選択肢があまりないことから、それが対人ストレス耐性を反映するとはいえないだろう。しかし、組織に属する必要が必ずしもない自由業である文筆家が、亀井のように絶えず何らかの組織や集団に幹部として属しているということは、その生理的あり方ともいうべき対人ストレス耐性が大であることを反映している可能性があると思われる。これは例えば、同じ文筆家でありながら安吾が、これらの組織や集団にはほとんど属することなく、常に一人かごく少人数とともにいただけだったのとは、はっきり対照的なことだと思われる。

実際に亀井は、例えばマルクス主義運動からの転向後に、文学領域での集団である文壇にいささかの疑問もなく参入してからは、そこでの相互批評やいろいろな対人関係を苦にすることなく、もっぱら文壇生活をありがたいこと、幸福なことと捉えている。

私の文壇生活はまだ十五年にしかならない（略）私はいつも有難く思うことが一つある。（略）それは伝授ということが、独特なかたちでなお強く残っていることだ。（略）要するに先輩と酒を飲んだり語ったりすることだが、その間に、何ということもなしに、いい教訓をうけたり、泣き出したくなるほどやっつけられたり、その点で容赦のない雰囲気を私はなつかしむのだ。（略）それらの人達は、あらわに何も語らなくても、厳しい眼をもっていて、文章の弱点など、ちゃんと見抜いている。自分が絶えずそういう眼にかこまれていることを自覚することは、私の励しになる。これは一人の人間としてとても大切なことだ。大学の先生で評論をかく人が多いが、どこかにちょろいところがある。それはきっと、先輩とか仲間から、叩きのめされる機会が少ないからだろう。（略）いくつになっても、こっぴどく自分をやっつけてくれる先輩をもつことは、くやしいけれど、人生の幸福である。（亀井勝一郎「私は何をやって来たか――批評家物語」『亀井勝一郎全集』第六巻、講談社、一九七一年）

ここに記してあるような文学領域での相互批評には厳密には絶対的な基準というものはないと思われ、それはルールなき対立や相互評価として、対人間の摩擦や葛藤、そして理念対理念の闘いとしての対人ストレスを引き起こしていた可能性がある。また、そのなかでの対人関係は、それが深く長くなるほど対人ストレスを引き起こすことになるだろう。つまり、亀井がその長い文壇生活に本質的な困難や問題を感じずにあり続け、その結果、戦前は文学報国会評論部会幹事に、戦後は文芸家協会理事になっていったのは、その対人ストレス耐性が大であることがその前提条件としてあった可能性が考えられる。これは、文壇にあまり深入りせず、それを好みもしなかった安吾、そして例えば、文壇とは無縁な現代作家の村上春樹などとは、きわめて遠い生理的あり方を示唆しているように思われる。

信仰であること

そして、亀井が二十代前半までのマルクス主義参加については、それが事実命題にどれだけ基づいているのか十分に検討できていない段階で価値命題を信奉する、あるいは超越的存在や事象に自己のすべてを委ねるという信仰の性格を帯びているものだったことは、すでに述べたとおりである。

つまり、「富める者」＝罪人として「死刑の宣告」を受けかねず、何より自己の救命や救済を願っていた亀井には、当時隆盛を見せ始めていたマルクス主義運動は「新しい神の出現！」であり、「新しい神に信従するものの絶大なる歓喜、信ずる者に特有の傲慢と感傷を伴いつつ」（前掲『我が精神の遍歴』）運動に参加していったのだった。それが宗教的なもの、信仰というべきものであったことは、自ら先にも述べたように、それが何より信じて従うという「信従」だったこと、そして亀井が会員になった東京帝国大学の新人会のあり方が「あたかも厳しいストイックな修道院（略）無神論という一種の宗教生活であった」（同書）ことにも表れていた。

このような宗教的ともいうべき活動にその二十代前半までの精神生活のほとんどを費やしたという事実からは、亀井の他存在を信じる強度が大であり、その対人ストレス耐性も大だったことが示唆される。

対人ストレス耐性大としての軌跡になるだろうこと

さて、このように亀井の二十代前半までの軌跡をみると、大集団側性と強大理念性、それへの信奉や信仰、そしてこれらを総合して大連帯性にあって、彼が対人ストレス耐性大だったことが推定される。

そしてこの対人ストレス耐性大が生理的な規定であるということからは、それはその後の彼の人生の軌跡でも変わることなく継続していくものと推定される。そこで次節からは、二十代前半までの軌跡も一部再検討しながら、その後の人生の軌跡でも、一般的に推論された対人ストレス耐性大としての諸特性がはたして認められるかを検討し、亀井が対人ストレス耐性大かどうかの検証を続けていきたい。

2　亀井の青年期以降の対人ストレス耐性大としての軌跡

亀井の転向——強大理念、信仰の継続

①マルクス主義参加の状態——強大理念、連帯性大、信仰

まず、亀井の理念性や信仰性について、主にマルクス主義信従以降の軌跡について検証していきたい。一九二八年二月に、二十一歳の亀井は東京帝国大学を退学して、共産主義青年同盟会員として共産党へ入党した。亀井は、全世界の労働者や農民、無産階級にとっての〝善いこと、正しいこと〟としての強大理念であるマルクス主義に「真理と原理」を見つけ、これへの信従によって大集団側、大連帯性のなかで「政治的動物」になって反対

者を圧倒して生きていったのだった。

②マルクス主義転向後の彷徨

ⓐマルクス主義転向から、ゲーテ、古代ギリシャ・ローマ精神、キリスト教へ

しかし直後の三月には、当時すでに強まりつつあった当局の左翼活動弾圧に遭い、治安維持法違反の疑いで検挙、投獄されてしまう（三・一五事件）。その二年後、一九三〇年に二十三歳で保釈。亀井はこの機会に、マルクス主義活動時に抑制していた山形高等学校時代に目覚めた文学へ回帰したい、という思いもあったが、その後もしばらくの間は「「左翼的」な波濤の裡に彷徨し」（同書）、政治と文学の間でさまようことになった。すなわち、三二年、二十五歳で、文学をやりたいという思いも満たすため日本プロレタリア作家同盟（ナルプ）に所属したが、なおも政治の優位を説く論文（「ゴーリキー論」）などを書いていた。しかし、同年から当局による左翼弾圧がさらに激化、三三年にはプロレタリア作家・小林多喜二が虐殺され、マルクス主義は目立って退潮してきた。そして三四年、二十七歳時には、日本プロレタリア作家同盟は解散するなど、プロレタリア文学は壊滅する。

そのため、亀井は文学をあらためて純粋に志そうと考えるようになり、同人雑誌「現実」を創刊。その廃刊後の一九三五年には、同人誌「日本浪漫派」を創刊、太宰治、壇一雄らと知り合うことになる。同誌で亀井は論考「人間教育」を連載、左翼からの離脱をゲーテ文学とそれに関連した古代ギリシャ・ローマ精神、キリスト教研究で試みようとした。同年に、公判廷で転向を表明して執行猶予付き判決になり、以後は著術家として生きることになった。しかしそれでも当時、なおも新たな強大理念信奉による安心立命を得ようと、「根底にあるものはこの唯一の祈願だけだ。安心立命の境を一刻も早く得たかった」（前掲『我が精神の遍歴』）と述べている。

ところで、亀井が二十代前後にマルクス主義運動に参加したのは、その対人ストレス耐性大に規定された強大理念希求の結果と考えられた。というのも、対人ストレス耐性大である亀井としては、理念性といえば強大理念

しか想定できず、その時点での最大・最強と思われる強大理念・マルクス主義に信従していなければ、非寛容性を伴うほかの強大理念あるいはそのマルクス主義自体によって罰せられ、生命存続も危うくなると思われたためだった。そしてこれが、その後の当局の弾圧によって壊滅させられていったとき、やはり生命存続を図るため、早急にマルクス主義からの転向、離脱を図る必要があった。そしてそれはやはり、対人ストレス耐性大としては、同じく新たな強大理念に頼らなければならなかったものと思われる。亀井は述べる。

左翼の影響（略）それから脱却しようとするときも、その脱却の仕方が、或る一方的限定を自分に強いるような風になる。これは（略）権力への恐怖もあるが、或る党派、或る主義に、極端に移行して、自分をそこに限定しなければ気がすまぬといった点である。（亀井勝一郎「信仰について」、前掲『亀井勝一郎全集』第六巻）

左翼が崩壊し、我々が名状し難い不安と動揺の裡に在ったとき、私の心は再びゲエテの方にひかれて行った。（略）私はゲエテにもたれかかって、一刻も早く再生せる自分を飾ってみたかったらしい。（同論文）

ⓑゲーテ、国粋主義、そして古代・中世日本仏教信仰へ

こうして亀井は、ゲーテ文学そして古代ギリシャ・ローマ精神、キリスト教などを性急に彷徨することになり、『人間教育――ゲェテへの一つの試み』（野田書房、一九三七年）を著すに至った。しかしそれでも、それが当時の亀井にとって最大で最強の強大理念ではなかった結果として、依然として「安心立命の境を一刻も早く得たかった」状態にあったようである。それは、マルクス主義の場合にそうだったように、最大で最強の大理念への賛同の仕方だろう、信奉や信仰のかたちをとることができるものである必要があったためではなかったかと思われる。例えば、亀井のゲーテ文学、古代ギリシャ・ローマ精神、キリスト教への志向も、信仰に準じる性格を有し

てはいたのである。

ファウスト第二部の最終（略）この荘厳な昇天歌の裡に私は再びゲーテの姿をしのびたい。（略）ヒューマニズムとは一つの信仰である。人間の可能性の無限に関する、人類の青春がいだく信仰である。「人間は万事の尺度なり」というギリシャ哲人の確信がこれを端的に示しているであろう。（前掲『我が精神の遍歴』）

ゲーテは生命の一貫性を凝視し（略）彼のほんとうの苦心の存するところを見つけなければならぬ。ヒューマニズムは、人間の可能性の無限に対する信仰である。（同書）

しかしながら、それは信仰としては十分なものではなく、亀井はその十全なかたちを求めてさらに彷徨する必要があった。それは、ゲーテの古代ギリシャ・ローマ回帰に倣った、亀井による日本の古典文化や歴史への回帰や、支那事変（日中戦争）に前後して隆盛をみせるようになった国粋主義と民族主義思潮への迎合によって、準備されつつあったものである。

日華事変から敗戦の直前までは私の三十代であるが、そのとき私は日本の古典、古寺古仏に接する機会をもった。云うまでもなく「国粋主義」「民族主義」の叫ばれた期間で、流行追従からまぬかれたわけではない。政治性を帯びていたことはむろんである。（前掲「信仰について」）

すなわち一九三七年に支那事変が勃発し、三十歳になっていた亀井は、当時隆盛し始めていた国粋主義や民族主義に賛同すべく「新日本」の会員になった。また、ゲーテの古代ギリシャ・ローマ回帰を模して大和路・古寺めぐりを開始し、同年中には、沈黙の古仏に一挙に示唆されるように古代・中世日本仏教へ入信して宗教的回心の第一歩を歩み始めたのである。翌三八年には、この古代・中世日本仏教に対する宗教的開眼に導かれるようにして亀井は、親鸞そして聖徳太子の教義を信奉するようになり、それらの唱える基本原理に根差した宗教論、文明・歴史論、文学論などを展開し始めるようになった。そして三九年には『島崎藤村』(〔教養文庫〕、弘文堂)、『東洋の愛』(竹村書房)を刊行、「文学界」(文学界社)同人にもなっていた。

Ⓒマルクス主義も古代・中世日本仏教も強大理念に対する信仰

さて、二十歳前後に亀井がマルクス主義に参加したのは、大集団側に立てるような強大理念性を求めたからだった。そしてそこでは、強大理念としてのマルクス主義の妥当性や事実命題に基づくものかどうかを十分検討したあとに賛同したのではなく、自らの生命危救のためほとんど、ただ信従や信奉することによって自らの存続を図ったのだった。マルクス主義は、富める者=罪人としてもはや生きる道がないと思い詰めていた亀井を救う、「新しい神の出現」「黒びかりする肉体をもった神々」(前掲『我が精神の遍歴』)であり、二十歳前後の亀井はこれにただ信従し、〝信徒〟としてマルクス主義に身を捧げる生活を送ったのだった。

そしてその後の三十歳前後での、マルクス主義から転向する過程でも、理念性といえば強大理念しか念頭になかっただろう亀井は、やはりまた一刻も早く新たな強大理念を信奉することによって、ほかの強大理念からの攻撃や懲罰を排し、生命存続、安心立命の境地に立つ必要があったと思われる。そのためには、マルクス主義の場合と同様に、事実命題に基づくものかどうかを十分検討する余裕もなく、やはり信従や信仰によって一刻も早く安心立命の境地を得る必要があったと考えられる。このときの、当局のマルクス主義弾圧による生命存続の危機のもとでの「根底にあるものはこの唯一の祈願だけだ。安心立命の境を一刻も早く得たかった」(同書)という姿勢は、かつての二十歳前後の亀井が生命存続のためにマルクス主義を希求した際の「僕はぜひとも救われたかった。我いかに生くべきかは、我いかに救わるべきかであった」という姿勢と何とよく似ていることだろう。そして三十歳前後の亀井も、再び、新たな強大理念への信従、信仰によって自らを救ったのである。

性急な彷徨が始まった（略）かような彷徨のうちに光明を与えてくれたもの（略）昭和十二年の秋、三十一歳のとき（略）大和の古寺をめぐり、はじめて古仏に接したのはこのときである。（略）沈黙の古仏が一挙に示唆したところは「唯信」であり、告示したところは次の三点につきる。一、いっさいを放下せよ。二、人間を恐るるなかれ。三、すべてを摂取して捨てず。それは罪過を責めず、穿鑿せず、ただその刹那までの自己のいっさいを、その場で放棄することを示唆した。私は歓喜踊躍して拝んだ。（略）超人間的なるものが、人間性を真に解放するのではないか。（略）性急に経文をよみ、新たなる心で聖書を再び手にとる日が来た。像の告示したところは、言霊としてそこに存在していたのである。（同書）

この古代・中世日本仏教が大理念（大きな物語）であることは、それが日本だけでなく、東アジア、そしてゆくゆくは全世界の人々の幸福や救済を希求する理念であることに示されていると考えられる。そしてそれが強理念であることは、それを信奉する者は救い、その教義に従わない者は処罰され地獄へ落とされるという、父性神の性格を亀井が想定していることに示されている。それは、亀井が自らの救済や生命存続のためには一刻も早くそれに入信する必要があると考えたことや、次のような信者に畏怖の感を抱かせる〝恐ろしい〟阿弥陀観にも表れているように思われる。

自己の内面を凝視する能力、というよりは隠れた自己が常に凝視されているという畏怖の念が生じた。（同書）

つまり阿弥陀の凝視、それは亀井にとっては人々の罪を裁こうとするもののようなのである。

自発的で無限定なる罪悪感に己をさらすことを、私は親鸞から教えられた。裁くのでなく、裁きをうけるために。それは罪に対する弥陀の永劫の凝視である。(同書)

したがって、亀井にとってこの古代・中世日本仏教は強大理念なのであり、一刻も早く救われたいと願っている亀井には、それがどれほど事実命題に基づいているものかを十分検討する余裕もなく信従・信奉して信仰することが、その生存維持のためには必要だったのである。亀井は、二十代前後にあってマルクス主義を、三十代前後にあっては古代・中世日本仏教を、それらがどれだけ事実命題に基づくものかどうかを十分検討する余裕もなく、同様に信従し信仰したのではないかと思われる。

一般的にいえば、対人ストレス耐性大の人は、その理念性として強大理念を必須とする以上、その理念がその時点で最大で最強の強大理念でなければ、自らの生命を守ることができなくなる可能性が生じる。そして、各時点でそれが事実命題に基づくものかどうかの完全な検討ができないことと、それにもかかわらずいち早くそれに賛同しなければ生命存続の危機に陥る可能性があることが、一刻も早くその強大理念を信奉し信仰せざるをえないという状況を招くのである。こうして、対人ストレス耐性大の人は一般に、生命存続のため常に強大理念を求め、それに信従し信仰していくしかないということになり、亀井にもそれが二十代前後のマルクス主義信従、三十代前後の古代・中世日本仏教信仰として表れたものと考えられる。

大東亜共栄圏思想への反応——強大理念性、連帯性大

さて、このようにして亀井は、一九三〇年の保釈後にマルクス主義からゲーテ文学へ、さらに三七年には古代・中世日本仏教信仰へと転向を遂げた。しかしこの間、三一年の満州事変と三六年の二・二六事件、三七年の支那事変、そしてその後の四一年の大東亜戦争（太平洋戦争）開戦に向けて、大東亜共栄圏思想が日本社会を席巻した。これは、欧米によるアジア侵略を排し、日本を中心とした東アジアのアジア人による独立と繁栄、共存をうたった、国粋主義的さらに日本を超えてアジア民族主義的な理念だった。そして、そこで掲げられたスローガン「八紘一宇」は、万世一系たる天皇の威光のもと、全世界の国と民族が一家族のように平和に暮らす、という理想をうたったものだった。このような大東亜共栄圏思想と大東亜戦争開戦に対して亀井がどう反応したのか、という問いを次に立ててみたい。

①強大理念——大東亜共栄圏思想と大東亜戦争の肯定

この大東亜共栄圏思想（八紘一宇）の性格を検討すると、亀井にとってのそれはやはり、日本だけでなくアジアさらには世界の人々を対象にした理想、すなわち大理念のようである。

北支事変最終の目的はアジアにおける日本の覇業である。大唐文化の再生を日本人の手によって！これがモットーにならねばならぬ。（略）日本の精神的発展の上に寄与すべきものは世界の上に在る。世界ーそれは日本の祈企である。日本の世界主義者。（亀井勝一郎「ノート（昭和13年）」『亀井勝一郎全集』第二巻、講談社、一九七二年）

釈迦も耶蘇も国家をもたなかった。世界思想と人類への愛。（略）おそらく、この戦争の最后にもたらすものは世界主義であろう。（同論文）

また前述にすでに「日本の覇業」とあるように、その理想実現のためには、対抗するイギリスやアメリカ、中国の抵抗勢力を打倒し殲滅して実現させようとする考えだから、これは強理念である。

資本主義的世界主義が崩壊し、各民族自律へ帰った。一度そこを通って今度は民族を超えた汎世界主義を、日本民族のヘゲモニーのもとに確立する事。(同論文)

以上の二点をあわせると、大東亜共栄圏思想(八紘一宇)は強大理念ということになる。したがって、基本的にそのときどきの最大で最強の強大理念を求め、大集団側で連帯性大に生きようとする亀井は、これに反応せざるをえなかったものと推定される。すなわち亀井はまさに、この大東亜共栄圏思想(八紘一宇)を奉じて、さらに大東亜戦争開戦に対しても大賛成の立場をとったのである。

幾多の暗鬱な日の後、大東亜戦争の宣言は、かような状態に対する果敢な決断である。百年の課題に答え、試練をすすんでうけようとする民族の正気の、おのづからなる発揚であったと云ってもよかろう。(前掲「信仰について」)

私は戦争に対し、極めて肯定的であった。大東亜共栄圏という言葉、あるいは東洋民族の平和というスローガンを、立派な理想と信じて、日本人の最高の夢と思っていたのである。(略)私の戦争肯定には、明治以来の西洋に対する過度な屈伏的態度に対する反省もあった。真の敵は中国に非ず、敵は英米。英米に対する自衛と民族独立は、十年にわたる戦争中の合言葉であったが、私は同感したのである。(前掲「私は何をやって来たか」)

②絶えることがない強大理念希求

これは当時の日本人であれば、全員そうだったかというと、たとえこれに賛成であっても、そこには温度差があったものと思われる。例えば、後述する安吾は、一貫して大東亜共栄圏思想にはまったく無反応で、大東亜戦争開戦時には直ちに日本の滅亡を確信し、戦争に寸分も協力することなく無理念で淪落の日々を送るだけだった。ほかに同時代の太宰なども、当時、大東亜共栄圏思想には距離を置き、より個人的な良心と信頼をテーマにする著述をなすばかりで、やはり開戦時には日本の滅亡が念頭に浮かんだものの、日本人だからそれに付き合いはする、という態度を決めたくらいだった。すなわち、同じ文学者でも、亀井が特に大東亜共栄圏思想や大東亜戦争賛成の度合いが大きかったのは、亀井に固有な特性の反映だと思われる。そしてその固有な特性とは、常にそのときどきの最大で最強の強大理念を信奉することで大集団側にありたいとする、亀井がマルクス主義信奉以前から認めた特性であり、これによって当時最大で最強の強大理念の大東亜共栄圏思想（八紘一宇）そして大東亜戦争に賛同、信奉という反応がなされたのだろうと考える。

たしかに亀井としては、ゲーテの古代ギリシャ・ローマ精神回帰に倣って「日本の古典、古美術、上代史などを勉強していたが、そこからきたナショナリズムが、私の戦争肯定の心理にむすびついた」（前掲「信仰について」）というように、日本古代・中世文化や仏教研究に関連して国粋主義と民族主義に参入するようになり、そこからナショナリズムに導かれて大東亜共栄圏思想に賛同するようになった、といいたい側面もあっただろう。しかしながら、この国粋主義や民族主義への参入自体が、マルクス主義という強大理念を失い一刻も早く新たな強大理念を信奉する側に立ちたい、という側面をもつ迎合的反応だったと思われる。すなわち、「マルクスからゲエテへ（略）然るに日支事変が始まると私は忽ち狼狽してしまった。東洋人はまづ東洋へ還れ、西洋の美に追従することはやめてもいい――こんな無責任な声に耳を傾けたり、日本主義者になってみたり、（略）要するに外部の影響に他愛なくひきずられて行った」「日支事変前後には、周知のとおり、実に様々の主義主張が流れて行った。所謂日本主義が唱えられた頃、私はまたもやあわてて「新日本」の会員になったりし」（同論文）たのである。したがって、この国粋主義や民族主義に導かれたという大東亜共栄圏思想（八紘一宇）信奉自体も、そのときどきの最大で最強の強大理念を信奉せざるをえないという、その絶えざる強大理念希求への反応、つまり二十歳前後で亀井が示したマルクス主義信奉と同様の反応の側面が考えられるのである。

さらには、亀井は、戦争に大いに賛同することに加えて、そこに自由と理想、世界史的意義そして信仰などの大理念性も見いだしていった。一九三七年の支那事変の年に亀井は述べる。

戦争は我らに最大の自由を与えた。（略）一切外国の力をかりず、独自の力で改革を可能ならしめようと決心したとき日本は最大の自由国となった。この事情は戦争のおかげである。戦争が日本の政治に理想を与えたのである。強力な統制力によって財閥の独断を抑えつつ、貧富の差をちぢめて行き、そこに一の協同体を創り出すならば、それは世界史的意義をもつ。たとえそこに曲折があり障害があろうと、民族の運命に同化することは我らに不滅の自由感を与えるのである。（前掲「ノート（昭和13年）」）

一九四一年の大東亜戦争開戦の翌年も、亀井は戦争を肯定してそこに神々への信仰さえも見いだす。

ハワイ爆撃はむろん尊く美しい。しかしそれまでの長期の試練は更に尊く美しいと思う。この眼にみえぬ苦行を、我々は己が日常の糧としなければならぬ（略）我々が祖先より継いだ百年の課題に答えようとし、国の再生を思うとき、畢竟心底に湧きあがるものは神仏への祈念であろう。戦争のもたらした最大の賜ものは何かと問わるるならば、私は躊躇なく答えたい。それは神々の再誕であると。（前掲「信仰について」）

③連帯性大

そして、社会行動的にも亀井は、文学者の立場から戦争に積極的に協力して推進する側に立った。すなわち一九四二年に、内閣情報局指揮下の大政翼賛会の肝いりで文学者を戦争協力させるために結成された日本文学報国会評論部会の幹事になり、『定本国民座右銘』（日本文学報国会編、朝日新聞社、一九四四年）の編集と愛国百人一首の選定、当局の依頼原稿の執筆、さらに地方講演旅行などを通じて戦争の遂行に協力した。また、大東亜文学者大会（一九四三年）開催に関わり、占領地域の中国や朝鮮、台湾などから文学者を集めて気勢を上げ、「東洋の平和の真の基礎になればよいと願」（亀井勝一郎「現代史の中のひとり」、前掲『亀井勝一郎全集』第六巻）った。このように亀井は、文学者の立場から大東亜共栄圏思想（八紘一宇）の理念を介して日本国民と東アジアの他民族とも連帯する、すなわち連帯性大としてあり続けたように思われる。

また彼は、『聖徳太子』（創元選書）、創元社、一九四六年）執筆の都合のために東京からは疎開せず、敗戦の日まで防火群長として町内防護にあたった。そして、空襲激化のもとで兵役を免除された第二国民兵として三日間の軍事訓練をおこなったあと、大東亜戦争敗戦を迎えることになったのである。

敗戦後、さらに強大理念信奉と信仰へ

大東亜戦争敗戦後、アメリカ軍を中心にする占領が始まって戦前からの皇国体制は崩壊し、大東亜共栄圏思想も維持することは困難になった。こうして、戦前から戦中と大東亜共栄圏思想を信奉してきた亀井は、またもやこれから転向し、新たな強大理念に帰依することで存続を果たさなければならなくなったものと推定される。それは、二十歳前後の亀井が当局の弾圧を受けてマルクス主義から転向し、ゲーテ思想・古代ギリシャ・ローマ精

神・キリスト教精神をへて、古代・中世日本仏教へと帰依することによって存続を果たしたのと同じようにである。亀井には、マルクス主義そして大東亜共栄圏思想の挫折を受けて、もう大理念を奉じることはやめにしよう、これからは小理念でいい、などと反応する経過はなかったようである。

かつて永遠と思いこんでいた「神国」もすみやかに去った。理想主義はひどい致命傷を受けた。ただ苛烈な混乱のうちに、さらなる変貌の迫られることはたしかと思われる。（略）一つの夢が空しく去った後、人はまた一つの新しい夢を追う。戦争放棄による永遠の平和国家という、諦念とも祈念ともいえる境に己が生存の拠点を求めんとしている。これが真に強烈な信仰と化すか、（略）日本の光栄と化すか、（略）ただ新しい夢は新しい苦難を我々に課すであろう。（前掲『我が精神の遍歴』）

①強大理念、信仰としての国際平和主義思想

つまり、敗戦後亀井が、再び転向して帰依しようとした新しい理念とは、それまでの国粋・民族主義の大東亜共栄圏思想とはほぼ逆の、やはり当時の戦後日本社会で隆盛をみることになった「永遠の平和国家」「平和の道」という国際平和主義思想だった。それは日本人だけでなく人類の平和を考える大理念であり、次に「神の道」「仏の願」とあるように信仰としての性格をもつものだった。

敗戦日本に向けられたすべての誹謗、あるいは憐憫。（略）私はすべての批評に虚心に耳を傾けよう。しかし雷鳴のごとく私の心底にひびいてきた声はただ一つ、今よりおよそ千九百年前（西暦）における使徒パウロの叫びだ。「義人あるなし一人もあるなし　悟れる者なし神を求る者なし（略）彼らは平和の道を知らざるなり　神を畏るるの懼れその目の前にあるなし」これほど明確な断罪の叫びはない。人の世のつづくかぎり、この叫びは絶えぬであろうが、敗戦国の一人としていまこれが最もこたえる。「平和の道」とはいうまでもなく神の道である。政治の構想せるいっさいの平和はもはや信じるに足らぬ。ただ神の、また仏の願による平和のみが人類にゆるされている。人はこれを空しい夢と笑うだろうか。しかし政治や人為の構想は空しくないのか。パウロの叫びがたとい夢であっても、私は謀略や権勢欲のない「平和の道」をとろう。（同書）

彼の国際平和主義思想（「平和の道」）が強理念の性質をもつものかはそう明らかではない。しかし、強理念性とは対抗する理念に対して非寛容ということである。したがって彼がもつ理念性が一様に非寛容の性質を帯びるものであるなら、この国際平和主義思想もまた強理念であることを推定できるかもしれない。そして実際に彼は、次に引用するように、青年期のヒューマニズムやマルクス主義、戦時の大東亜共栄圏思想、そして戦前から戦後にわたるキリスト教や古代・中世日本仏教などすべてに非寛容性を求めたようである。つまり、このような理念性に付与された非寛容性の性質は、おそらく彼が抱いたすべての理念性にも付与されたと思われ、戦後日本でのその国際平和主義思想（「平和の道」）もまた強理念だったのではないかと推定されるのである。

私は非寛容というものに対して、危惧と同時に一種の魅力を感じている。明治のピューリタニズムも、共産主義も、それから戦時の国粋主義も非寛容であった。（略）自己を律するに足る宗教的権威を欲するものは、非寛容を欲するものである。（略）明治のキリスト教が堕落したとき、それはものわかりがよくなって社交的になったとき（略）慈善事業になったときであった。ヒューマニズムもそうである。この言葉の日本における曖昧さが私にはやりきれない。単なるお人好しの人情家をヒューマニストなどと呼んでいる。共産主義も、ものわかりがよくなったときが危険である。（略）ところで寛容とは何だろう。寛容こそ美徳だというだろうか、私に即していうのだが、人間の寛容は非寛容よりも疑わしいと思っている。それは実にしばしば、拒絶を知らぬ精神の怠惰に発していることを見るからである。もしほんとうに寛容というものがありえるとすれば、必ずしも暖いものではあるまい。（略）この「寛容」を人間が自力的に行使して成功した例はなさそうだ。名僧と云われるほどの人はそれを畏れたのである。俗流仏教徒の寛容とは、際限のない妥協とゴマ化しにすぎない。（亀井勝一郎「我が思想の歩み」、前掲『亀井勝一郎全集』第六巻）

このようにして亀井は、大東亜戦争敗戦二年後の一九四七年には早くも文学家協会の理事に、さらには日中文化交流協会理事などに就任し、戦後社会体制下での大集団側に位置している。つまり、文学界のリーダーとして戦後日本社会で勃興した国際平和主義思想を信奉し、またかねてからの古代・中世日本仏教（浄土真宗）信仰をもって日本国民そして世界へと連帯し、大連帯側に立っていたように思われる。

その後亀井は、太宰の自死（一九四八年）と同時期には、人生論や恋愛論による流行作家になり、同時に『島崎藤村論』（新潮社、一九五三年）、『現代史の中のひとり』（文藝春秋新社、一九五五年）など文芸評論や社会時評でも数多くの著作を発表した。講演やラジオ放送出演でも多忙になり、安吾が病で急死（一九五五年）した前後には、『亀井勝一郎著作集』全六巻（創元社、一九五二―五三年）や『亀井勝一郎選集』全八巻（講談社、一九五七―六五年）を刊行し、その後も『日本人の精神史研究』全四巻（文藝春秋、一九六七年）をライフワークにして旺盛な執筆活動を続け、一九六六年五十九歳でがんで死去した。

②一貫して、強大理念、大集団側、連帯性大に

こうして、亀井は、青年期のマルクス主義信従に始まり、転向後の古代・中世日本仏教帰依、大東亜戦争期の大東亜共栄圏思想（八紘一宇）信奉、そして戦後の国際平和主義思想信奉と古代・中世日本仏教帰依と、そのときどきでの強大理念への信奉と帰依を繰り返し続けたと考えられる。そしてそれらを用いて、常に大集団側、連帯性大であり続けた。こうした、青年期以降の亀井の軌跡は、対人ストレス耐性大のものだったといえるのではないかと考えられる。

亀井は理想主義

①対人ストレス耐性大は理想主義的

すでに述べたことだが、大理念は最大で全人類のための〝善いこと、正しいこと〟を説くものだから、その内容はより基本的で普遍性があり、その実現のためにはきわめて多大な体系的・具体的展開が必要になる。このことから、大理念は現実化が困難な超越的な規範や価値という性質を帯び、その実現を目指す立場は理想主義の性格をまとうことになる。また、その強理念性―非寛容性は、より純粋で強い意志をもって臨む印象を与え、これもまた理想主義の印象を与えることになる。こうして、対人ストレス耐性大はその強大理念性をもって理想主義的と推定されるのだった。

②亀井は理想主義的

この理想主義的か現実主義的かという観点からみると、やはり亀井は常に理想主義的だったといえる。例えば、青年期にマルクス主義に参加しようとした亀井の弁である。

僕は人間を愛そうとしていた。貧しき人々の友たろうとしていた。（略）自分の前途にあるものはたしかに「理想社会」である。労働者と農民の世界である。万人が働き万人が楽しみを一つにしうる楽土であるはずだ。（前掲『我が精神の遍歴』）

亀井にとってのマルクス主義は、労働者や農民そして万民の平等と幸福をもたらす「多くの未来を約束した理想」（前掲「信仰について」）だったのである。のちにマルクス主義からの転向を開始した時期の亀井の言葉からもまた、それが彼の理想だったことがうかがえる。

あれほど多くの未来を約束した理想が脆く崩れ去り、崇高な殉教的行為とみえていたものがその弱い内幕を曝露した（前掲『我が精神の遍歴』）

続いて、マルクス主義からの転向後に向かったゲーテ思想そして古代ギリシャ・ローマ精神もまた、次にみるように彼の理想というべきものであった。

ユートピストならざるヒューマニストはおそらくいない。そして彼らが描く一の窮極とは、いうまでもなく理想社会であり理想国家である。ゲーテにおいては、そのための理想教育が考えられる。「遍歴時代」の教育州は彼の描いた理想国であった（同書）

次の、奈良の古寺巡りによって到達した古代・中世日本仏教への帰依も、マルクス主義と同様に信仰であり万人への愛を説くものであることから、理想主義に沿うものだったと思われる。

大乗仏教（略）すべてを投げうって純粋のいのちに還れ、即ち自然の児になれという教であり、一切衆生悉くそうなる可能性を有し、それ故仏性をもつという宏大無辺の愛の教えでもあった。仏性は仏陀の専有物ではなく万人のものである。（前掲「信仰について」）

また、この後の大東亜戦争期に信奉した大東亜共栄圏思想（八紘一宇）もまた、前述したような理想主義であった。

私は（略）大東亜共栄圏という言葉、或いは東洋民族の平和というスローガンを、立派な理想と信じて、日本人のこれが最高の夢と思っていたのである。（同論文）

さらに敗戦後もまた、国際平和主義思想という、大東亜共栄圏思想とはほぼ正反対の理想を再び掲げたのだった。使徒パウロの「平和の道」や仏教・浄土真宗の開祖・親鸞の教えに導かれてこれに達した、と亀井はいう。

東洋においては、仏陀の教え、老子と孔孟の哲理（略）西洋においては、古典ギリシャの精神、キリストの教え、ローマ法。（略）要するにこれだけが優劣比較を絶した道として貫いている。そこに帰るべき理想と原理がある。（略）仏陀の構想せる「浄土」、キリストの説ける「神の国」（略）この根本に想到し、基準をそこに求むる（前掲『我が精神の遍歴』）

③生来的な対人ストレス耐性大による規定

このように亀井は、どの時代にあっても絶えず理想主義であり続けたようである。それは古典ギリシャ精神、キリスト教そして古代・中世日本仏教などのように時代によって比重を変えながらも基本的にはもち続けた相と、マルクス主義と大東亜共栄圏思想そして国際平和主義思想などのように、時代に応じて移り変わっていった相に分かれるだろう。しかし、これら両相での変化にもかかわらず変わらなかったこととは、亀井は常に理想主義的であったことと思われる。それは、例えばそのマルクス主義や大東亜共栄圏思想信奉にみるように、どのような壊滅的な挫折を経験しても決して変わらないものなのである。つまり亀井の理想主義は、その経験や環境から形作られたものではなく、より生来的なものに規定されたもの、本書の立場からは対人ストレス耐性大によって規定されたものである可能性が示唆されるのである。

亀井は罪責性意識大

『我が精神の遍歴』の「序」には、その執筆動機として「罪の意識の自伝をひとつかいてみようか。少年時代から現在まで、自分は、いついかなるとき、いかなる動機によって「罪」の自覚を得たか。(略)いかなる意味で自分を犯罪人と感じたか。僕を脅かしているものの実体とは何か。それを書いてみようと思い立ったのである」と記してある。亀井にとって「犯罪人」「脅かしている」というように、罪の意識あるいは罪に苦悩する度合いとしての「罪責性意識」が大きかったことは、このようにそれをテーマに執筆した、ということにも表れているように思われる。

①亀井の初期的罪責性意識

このような亀井の罪責性意識はどのように形成されたのかについて、あらためてまとめて述べてみる。まず、その青少年時代には、電報配達をしていた元同級生の「君はいいなあ」のひと声に民衆の刺の言葉を聞き、キリスト教の「富める者の神の国に入るは難し」の教えに心を痛め、さらに当時の社会運動家・賀川豊彦の〝富める者は罪人なり〟とする講演で、偶然にすぎない財力の差による「富める者」の罪の指摘を受け、「このときがもう人生の最後か」(同書)と思い詰めるほどにその罪責性意識は大きいものになっていた。これは、民衆の複数性に恐れを抱いた、とあるように、亀井が抱く理念が強理念性―非寛容性を帯びたもので、それに反するものは複数、多数の民衆によって罰せられるという思いが生じたことによるだろう。しかし、この罪責性意識はまだのちの原罪性に至るほど大きく本質的なものではなく、その罪責性意識が本格的な形成をみたのは、東京帝国大学入学後のマルクス主義運動参加と、さらにその後の転向をへてからだったと思われる。

②強大理念での信奉、信仰の性格

ところで、強大理念の場合、信奉や信仰というものが多く必要になるのだった。それは、大理念はきわめて多くの人々にとっての〝善いこと、正しいこと〟であるだけに、それが事実命題に基づいた主張なのかを検討することが難しくなるにもかかわらず、強理念性からは、それをゆっくり検討するようでは生きていくことができないからであった。つまり、強理念に伴う非寛容性は理念の大きさに応じて強いものにならざるをえないので、亀井のマルクス主義信奉や古代・中世日本仏教帰依にみたように、その理念と理想の実現のためには直ちに身も心も捧げてこれに奉じるという強大理念に対する信奉、あるいは信仰が多く必要になるのだった。

③強大理念での転向の不可避性

しかしながら、この強大理念はしばしば、これを破棄して転向するということが避けられない。その理由としては、すでに言及したことだが、まず人性が不如意であること、すなわち、親鸞そして亀井がいう「根源の、罪をつくらしむる人間性自体の不如意（略）いのちという手に負えぬ危険物が問題なのだ。たとい己を抑制しても、不定の生を生くるかぎり、己の意に反して何をしでかすかわからぬ」（同書）ということがある。人性の不如意によって理念性を維持することができず転向を招いてしまう、そのような例として亀井は、日々の「信仰や道徳や友愛」を打ち砕いてしまう「貪欲な生存欲」を挙げている。

唯一つの救命具（略）友人に救命具をわたして自らは海の中に没しうるか。我らの平生の道徳的口吻からいえば、当然己は犠牲とならねばならぬ。信仰深きものの態度もおそらくそうであろう。だが現実は、（略）友人を押しのけて己のみ救われようとする無惨な背徳を犯しそうだ。その可能性の方が自己犠牲の可能性よりもずっと多いと気づく。（前掲「信仰について」）

あるいは、道徳や理念に沿い続けることができない「内在の罪の無限」（前掲『我が精神の遍歴』）である。

「およそ色情を懐きて女を見る者は、心のうちすでに姦淫せるなり」という語句に接して中学生ははなはだ狼狽したのである。（略）内心における姦淫と殺人（略）内心に即してみれば、これは可能性ではない。実現なのだ。煩悩具足とはこの実現の意だ。（同書）

また、転向が多く避けられない理由としては、不可抗力的ともいいうる外的状況の変化がある。例えば亀井は、一九二五年制定の治安維持法に始まる当局の弾圧によって検挙され、それまで信従していたマルクス主義を放棄しなければ生命の存続が危うい状況に追い込まれた。またのちの四五年にも、アメリカ軍らによる日本占領によって、それまで全身全霊をもって奉じていた大東亜共栄圏思想をやはり破棄しなければ社会的な生命存続はきわめて困難になったのだった。

さらに、転向が多く避けられなくなる背景として、すでに述べた、強大理念性であるために各時点で最善で最強と思われる強大理念に一刻も早く信奉し帰依しなければ存続していけない、ということがある。事実命題に基づくものかどうか十分に検討する余裕もないことから、転向という事態を招く可能性を強大理念性は常に内在し

ている と考えられる。
こうして亀井は、一九三三年にマルクス主義からゲーテ思想と古典ギリシャ・ローマ、キリスト教精神へ、そして古代・中世日本仏教への転向、さらに四五年に大東亜共栄圏思想から国際平和主義思想への転向と、大きな転向を繰り返すことになったのである。

④対人ストレス耐性大が導く転向の繰り返し＝罪責性意識大、罪責性認定小か無

さて、この転向で何が起きるのか。それはまず、転向を引き起こした人性の不如意に対する次のような罪悪性意識である。

心の中の淫、自らの生命第一、（略）可能性のこの宗教的想像ともいうべきものを極限まで推し極めてきたとき、おそらく「無罪」なるものはない（同書）

さらに生命存続のためのマルクス主義からの転向をへて、亀井は述べる。

厳密に考えて、人は人生に対して、「全責任」など負えるものではない。（略）僕は自分の行為と思想について責任を負うことができず、しかも生存を欲した者である。（略）死の危機に瀕したとき、人間はどこまで堕ちて行くものなのか（略）たとい最愛のものに対してさえ、死の切迫裡には、自己の生への微妙な打算は動くようである。これを本能というのだろうか。本能であるにしても僕はこれを原罪とよびたい。（同書）

さらに、強大理念に対する信奉と信仰、そしてそれを介した大連帯性の破棄は「裏切り」になる。もし、契約、

ルールや約束、つまり信用程度への違約や違反であれば、謝罪と違約金、罰則を受け入れることなどですむのではないかと思われる。しかし、身も心も奉じ合う信奉や信仰を介した大連帯性の破棄になると、罰則や違約金などの外的な処罰ではすませられない、次のような深刻な道義的・理念的罪責性を伴う「裏切り」になってしまうのである。

おまえは心底から共産主義を信じているのか、この道を行って悔いはないのか。(略)信じている、悔いるところはない、と答える。その自答の中には、必ず無数の同志の顔が浮かんで、そう答えることを迫っている。隠された心底においてすら、もう己ひとりであることはできない。死を恐れるゆえに、真理の裏切り者となるか。卑劣だ。恥辱だ(略)「裏切り者」という言葉ほど僕を脅かしたものはない。それは致命傷である。絶対にできない。今となれば、もはや革命的組織から脱し、盟約にそむくことはできない。(同書)

つまり強大理念を介した大連帯性を破棄してしまったとき、それは大集団に対する「裏切り」になり、深い罪責性意識が生じざるをえないのである。そしてすでに述べたように、強大理念で転向は多く避けることができず、しかもこれを繰り返さざるをえないことに、人間(亀井)が逃れることができない深い罪責性意識として原罪性意識を抱かずにはいられないと考えられる。ここでも結論を述べてしまうと、このような原罪性意識、つまり罪責性意識の極限としての罪責性意識大を導くもの、それは、強大理念の信奉や信仰という他存在を信じる強度大、これらを介した大連帯性、さらにそれらからの転向の繰り返しを招き、あるいは逆にそれを可能にもする、対人ストレス耐性大という生理的条件だろうと思われる。

なお、この罪責性意識大に表裏するのが、〝人間はもともと理念性を維持しえない性悪なもの、それが自然である〟と認めるような罪責的状態を人間のあり方として自然、当然と認めて肯定する度合いである、「罪責性認定」が小か無、ということと考えられる。というのも、例えば、逆にこの罪責性認定が大である場合は、もともと人間は大理念などは保持できない罪責的なもの、性悪なものと認定し、それこそが自然、当然であると肯定する立場をとるから、もつことができるのはせいぜい小か無理念になる。したがって、これを人性の不如意や不可抗力的な外的状況変化などによって破っても、そこに生じる罪責性意識は小か無にとどまるのである。これに対して、罪責性認定小か無であれば、もともと人間は大理念を保持できる存在と考えるので、それを介して大連帯性をなし、やはりこれらを人性の不如意や不可抗力的な外的状況変化などによって繰り返し破ることで罪責性意識大を得ることになる。つまり、罪責性意識大と罪責性認定小か無が表裏することになるのである。

ここまでをまとめると、亀井の罪責性は、そもそもの罪責性認識大のもと、強大理念や信仰そして大連帯性を繰り返し裏切らざるをえないことから生じる罪責性意識大（原罪性意識）で、これは罪責性認定小か無に表裏すると考えられた。

⑤亀井による「新生」の肯定

なお、強大理念性、他存在を信じる強度大（信仰や信奉）、大連帯性で転向が多く避けることができないもので、それでもなお生きていかなければならないのなら、転向そのものを自らに肯定する以外にないだろう。つまり、人間（亀井）の人間たる条件としての転向＝「新生」の肯定である。例えば、マルクス主義から転向して古代・中世日本仏教に帰依した亀井は、転向＝「新生」こそが人間の条件とさえ主張する。

> 性急に経文を読み、新たなる心で聖書を再び手にとる（略）私はこの四つの言葉に、人間が人間に成るための至上至高の心構えをみた。生まれ変わること、すなわち新生のみが人間の条件ではないか。転身はこれを根幹として行われたのである。（同書）

私のテーマは爾来一つしかない。人間はいかにして生れ変わることが出来るか、生れ変りによってのみ、人間は人間に成る筈だという、それだけを、馬鹿の一つ覚えみたいに模索してきたと云っていい。(前掲「信仰について」)

このようにしてマルクス主義転向以後も、亀井は「新生」を繰り返す。例えば大東亜戦争敗戦直後、自らを含めた戦後日本社会の堕落と淪落の相から〝堕ちよ、転向せざるを得ない原罪性を凝視せよ、そこから人間の新生が始まる〟と主張し(前掲『我が精神の遍歴』)、大東亜共栄圏思想とは正反対ともいうべき国際平和主義思想信奉へと「新生」していったように。

しかしすぐ前段の議論によれば、この転向=「新生」は、人性の不如意と不可抗力的な外的状況変化などのもと、対人ストレス耐性大の人間が、常に各時点で最善、最強と思われる強大理念を十分検討する余裕もなく信奉し帰依しなければ生命存続は困難、と考えることから生じる可能性があるのだった。例えば、対人ストレス耐性小か無であるなら、対人ストレス大を招くだろうこの強大理念自体に近づくこともないだろうから、強大理念を信奉しそこから転向して「新生」することも必要とならないのである。亀井が「新生のみが人間の条件」(同書)というとき、その「人間」概念には対人ストレス耐性大しかない可能性があり、「新生」は対人ストレス耐性大から導かれるひとつの経過にすぎない可能性がある。

あるいは、対人ストレス耐性大として、各時点で最善、最強と思われる強大理念を信奉しては転向を繰り返す人間にとっては、罪を繰り返し犯さざるをえない原罪性を負っている、という人間観が肯定されなければ、逆に生きにくいことになるだろう。ここに例えば、契約、規則、法律、自然法則などからなる外的評価システムの情状の余地がない機械的・自動的適用がなされるなら、「鈍感力」で転向を繰り返さざるをえない対人ストレス耐性大は繰り返し厳罰が下されて、生きていけないことになる。すなわち、彼らは対システムストレス耐性小か無であるので、それは何より人間性（対人ストレス耐性大――「鈍感力」）の否定にほかならないことになってしまう。〝原罪性を直視して深く反省するなら人間に過ちや転向は許される〟〝転向＝「新生」にこそ人間の本質がある〟とその対人ストレス耐性大のあり方を肯定してもらわないと、彼らは生きていくことができないのである。

したがって、亀井による転生＝「新生」の肯定とは、自らの対人ストレス耐性大――「鈍感力」をそのまま肯定しようとする論、といえる可能性があると思われる。

亀井は信仰性大

信仰は、他存在を信じる強度大の典型例と考えてきた。しかしこの信仰、つまり〝事実命題に基づくものであるという証明がなされていないか、そもそもそれができない絶対的で超越的な物事や存在を信奉し、自己のすべてを委ねてそれによる救済を信じて奉る、仰ぐ〟ということにも、その程度に大小があるだろう。

例えば、亀井のマルクス主義や古代・中世日本仏教の場合のように、事実命題に基づくものかどうか十分に検証されていないだろう段階で、「新しい神に信従するものの絶大なる歓喜」をもって超越的存在や事象に自己のすべてを委ねる、「歓喜踊躍して拝」（同書）むという場合、その信仰の程度は大きいといえるだろう。

これに対して、近代科学的立場から事実命題への準拠を主にしている人が、それでも超越的事象や存在の可能性を完全に否定しているのではなく、ときに習慣に従って神仏に祈ることはする、というような場合は、信仰の程度は小さいといえるだろう。この場合、科学的立場つまり事実命題に基づくものを主に用いているのだが、ときに事実命題に基づかないことも信じる場合がある、ということで、他存在を信じる強度はより小さい場合に相当するだろう。つまり、このような違いは、信仰でも他存在（人や物事）を信じる強度には差がありうることの反映であり、これを表すため信仰の程度として「信仰性」というものを考えていきたい。

つまり、信仰のなかで他存在を信じる強度大の場合を「信仰性大」、他存在を信じる強度小か無の場合を「信仰性小か無」と考えていこうと思う。そしてこの「信仰性」という概念を用いる場合、信仰が他存在を信じる強度大の典型例としたことは修正される。すなわち、信仰はやや広く〝事実命題に基づくものであると証明されていない絶対的で超越的な物事や存在を信じること〟と定義され、そこでは他存在を信じる強度がいろいろありうる、つまり「信仰性大」から「信仰性小か無」まである、と考えることになる。

また、先に他存在を信じる強度大の典型とした信仰については、以下では特に「信仰」とかぎかっこで示すことにしたい。つまり、亀井の「信仰」は信仰性大であるのに対し、日常はもっぱら科学的立場をとるが神社仏閣などを訪れたときだけ半ば習慣として拝むというような場合の信仰は、信仰性小か無と判断されることになる。そしてこの信仰性が、信仰での他存在を信じる強度を反映するものであることからは、対人ストレス耐性大では信仰性大、対人ストレス耐性小か無では信仰性小か無であると推定されることになると考えられる。

①亀井の信仰性大の軌跡

ここでは、亀井が「信仰」という、他存在を信じる強度のなかでは大を絶えず選択していった、つまり信仰性大だったという側面について、その青年期以降の軌跡についてまとめて確認していきたい。

まず、すでに述べたように、二十歳前後までの亀井を突き動かしたマルクス主義とは、本来無神論、客観合理主義的理論だったにもかかわらず、彼にとっては「信仰」なのだった。すなわちそれは亀井にとっては「新しい神の出現！」であり、一刻も早く救われ生き延びるために、「新しい神に信従するものの絶大なる歓喜、信ずる者に特有の傲慢と感傷を伴いつつ」「信従」したのであり、会員になった東京帝国大学の新人会は「修道院」で、そこで「無神論という一種の宗教生活」（同書）を送ったのだった。そして実際、マルクス主義（共産主義）はほとんど宗教であったことを後年の亀井は書き記している。

明治以来の倫理的空白（略）明治にはキリスト教がその役割を果したが、大正から昭和にかけてそれは普及するとともに無力化した。（略）これに代わって共産主義が迎えられたのである。いはば共産主義に心ひかれる青年の心理的動機として、新しい倫理への渇望のあったことを私は注目したい。時には殆ど宗教的でさえあったことを。（亀井勝一郎「無頼派の祈り」『亀井勝一郎全集』第五巻、講談社、一九七二年）

続く、マルクス主義転向後の亀井のゲーテ思想と古代ギリシャ・ローマ精神への彷徨も、「ゲーテの姿（略）ヒューマニズムとは一つの信仰である。人間の可能性の無限に関する、人類の青春がいだく信仰である」（前掲『我が精神の遍歴』）と、「信仰」に類するものだった。さらにその後の三十代からは、古代・中世日本仏教への「信仰」に転じたのだった。

安心立命の境を一刻も早く得たかった（略）性急な彷徨が始まった（略）昭和十二年の秋、三十一歳のとき（略）沈黙の古仏が一挙に示唆したところは「唯信」であり（略）私は歓喜踊躍して拝んだ。（略）性急に経文をよみ、新たなる心で聖書を再び手にとる日が来た。（同書）

そしてこれに続いたのは、大東亜戦争期での大東亜共栄圏思想信奉であり、「戦争のもたらした最大の賜もの（略）それは神々の再誕である」（前掲「信仰について」）と述べたように、これもまた「信仰」に近いものだった。さらに、大東亜戦争敗戦後に掲げることになった国際平和主義思想（「平和の道」）も、「永遠の平和国家（略）これが真に強烈な信仰と化すか」「使途パウロの叫び（略）「平和の道」とはいうまでもなく神の道である。（略）ただ神の、また仏の願による平和のみが人類にゆるされている」（前掲『我が精神の遍歴』）と、やはり「信仰」

の性格をもつものだった。さらに敗戦直後の一九四八年、四十一歳で著した『我が精神の遍歴』の「序」でも、亀井は「信仰」をもつ者であることを第一に明言している。

私は浄土真宗の信徒としてこの本をかいている。この点を明記しておきたい。(略)親鸞ただひとりに直結する浄土真宗の信徒なのである。(略)真宗の信徒と称するのは、親鸞によって開顕された弥陀の本願力なくしては、人間として再生する祈念など思いも及ばなかったその感謝による。(同書)

②亀井は信仰性大

ここまでみてきたように、亀井は、その人生で絶えず、その全存在を懸けてその時代や状況での強大理念への「信仰」と信奉を繰り返していて、直接、「信仰」を有するものであることを明言もしている。このように、亀井は、他存在を信じる強度大である「信仰」を有する信仰性大であり、これも彼が対人ストレス耐性大であることを示唆する所見と考えられた。

ここで一般的に、対人ストレス耐性大が「信仰」をもつ信仰性大であることを、これまで議論してきたその強大理念性という観点からも、検討し整理しておきたい。すなわち、まず対人ストレス耐性大はその定義から、他存在を信じる強度大であり、信奉と「信仰」を介して大集団側に立って大連帯性をなすことができ、さらにこれらは生理的なあり方だから、常に信奉、「信仰」を得ている必要がある、というべきものと考えられた。一方、対人ストレス耐性大はその定義から大集団側の〝善いこと、正しいこと〟である強大理念を担って、さらにその非寛容性からはこれを常に担う必要があるともいえるのだった。それも、大理念であるだけに事実命題に基づくものかどうかを十分検証できないまま、存在のすべてを懸けて信じるという、やはり信奉、「信仰」にならざるをえなかった。これが、対人ストレス耐性大で、他存在を信じる強度として信奉、「信仰」をとらざるをえない、強理念性からの理由と考えられた。

さらに、人性の不如意や不可抗力的な外的状況変化そして事実命題に基づくものかどうかを十分検証しないまま信奉するということから、強大理念からの転向が不可避に近いものになり、この転向を人間は繰り返さざるをえないという原罪意識＝罪責性意識大が、これに加わるだろう。すなわち、この原罪状況を救いうるのは同じく原罪性を逃れることができない人間ではなく、超越的存在だけであるということから、再び「信仰」の必然性へと導かれるものと考えられた。対人ストレス耐性大だろうと思われる亀井は述べる。

内在の罪の無限に対したとき、人間は万物の尺度ではない。（略）人間の自己判断は信じるに足らぬ。罪における絶望がなかったならば、超越者への回心はあるまい。（略）人間は正確ではない。そこに親鸞の人間性の正確な自覚がある。そこに念仏の現実性がある。（同書）

このように、数多くの理由から対人ストレス耐性大は、人知を超えた超越的な他存在（人や物事）を「信仰」せざるをえず、その信仰性は大になると考えられた。

亀井は祈り親和性大

①祈りは信仰を含め、他存在を信じる強度を反映

さて以上の亀井の信仰性大に関連して、「祈り」の側面についても述べておきたい。まず祈りとは、人性の不如意や不可抗力的な外的状況変化などに対して自らが無力な存在であることを基点に、人知を超えた超越的なものに呼びかけ、接触の場を作り、何らかの救いを求める行為といえる。そしてそれはしばしば、超越的な〝神などの人間を超える神格化されたものに対して、何かの実現を請うこと〟になる。したがって祈りは多く、内的な営為である信仰を外的な行為として表すものとして、信仰の存在を外的に証する行為になる。また、信仰に至る以前の、何らかの超越的なものに呼びかけ、救いや願いの実現などを求める行為という場合も考えられる。それは神や仏などに対してではないが、何らかの超越的なものや超常現象などに期待して、病気の回復や自他の幸運などを願うことに相当する。

科学時代ともいうべき現代で信仰は、特に知識人にとってはあからさまに表明できるものではなくなっている。しかしながら、この後者の自己の無力感から何らかの超越的なものに請い願う、という明らかには信仰といえない祈りについては、現代知識人にもみることができる。その典型例とは、例えば「信仰を持っていない」（大江健三郎『日本の「私」からの手紙』〔岩波新書〕、岩波書店、一九九六年）小説家の大江健三郎が祈りに肯定的であることや、還暦近くになってキリスト教の洗礼を受けた小説家で精神科医の加賀乙彦の洗礼前の段階での祈りの推奨（加賀乙彦『科学と宗教と死』〔集英社新書〕、集英社、二〇一二年）などである。例えば大江はいう。

> 自分としては超越したものがあると思っている、むしろなければならないと思っている。だから手探りするようにして祈っている、祈らないわけにいかない、という人間が私は好きなんです。私もいくらかそういう人間だと思います。（略）そのように、信仰を持っていないけれども、何か手をのばさずにはいられないでいる。（前掲『日本の「私」からの手紙』）

このように「祈り」には、信仰を直接証するものと、信仰そのものには至らないがそれに接近した段階を反映するものがあると考えられる。そして後者も、他存在を信じる強度を反映しているとはいえることから、「祈り」については、信仰の場合と信仰に至らない場合の両者を含めて、他存在（超越的なものや現象）を信じる強度を外的に証明する行為とはいえるのではないかと思われる。

そこで、「祈り」という行為への接近性、親和性あるいは抵抗の少なさといった、「祈り」に対する親和性――「祈り親和性」というものを考えてみたい。するとそれは、信仰性大あるいは小か無、そして一般に他存在（超越的なものや現象）を信じる強度大あるいは小か無に応じて、「祈り親和性」大あるいは小か無になることが考えられる。つまり、対人ストレス耐性大であれば、逡巡や躊躇などが一切なく全身全霊をもって祈るという「祈り親和性大」、対人ストレス耐性小か無であれば、逡巡や躊躇あるいは抵抗があって全身全霊をもって祈ることなどはできない、抑制的ともいうべき祈りの「祈り親和性小か無」になることが多いと推定される。

②亀井は祈り親和性大

ⓐ古代・中世日本仏教における祈り

例えば、マルクス主義からの転向を古代・中世日本仏教への帰依によって果たした際、前述のように、亀井は祈るという行為に何の躊躇も逡巡も覚えていないようである。

> 百済観音や中宮寺の弥勒菩薩の前に、泣かんばかりに心震わせてぬかずいた（略）昭和十二年の秋、三十一歳のとき（略）沈黙の古仏が一挙に示唆したところは「唯信」であり、（略）私は歓喜踊躍して拝んだ。（前掲『我が精神の遍歴』）

さらに亀井は、その帰依したのが親鸞による浄土真宗であったこともあり、困難なこの世にあって人間にできる究極の行為が念仏という祈りであり、それによって仏性に合体できるとも説く。念仏―祈りという行為への価値付けが高く、祈る行為自体を強く推奨しているのである。

ところで我ら凡俗の徒が、如来の生、即ち法身という不易性を自覚するたった一つの道は、祈り—念仏である。(略) 全身祈りとなって行為する以外にない。(前掲「信仰について」)

祈りが天意によって与えられた事実という意味で、それは睡眠に似ている。(略) 眠るときは人間はみな(略) 一切を放下させられている。(略) 眠りのかくのごとき本質を、明確に覚めたときの状態とするのが祈りなのではなかろうか。覚醒とは一見正反対の睡眠の性格を、覚醒にもたらすもの—即ち祈り。祈りこそ人間の真の覚醒といえるのではなかろうか。(同論文)

ⓑ戦前と戦後の祈り

次に、この古代・中世日本仏教帰依に続く大東亜戦争期の大東亜共栄圏思想(八紘一宇)でも、前述のようにそれは強大理念への信奉や信仰に類するものであるために、祈りがその信奉や信仰の証しとして表れている。それは、単なる一思想の主張にとどまらない「神仏への祈念」であり、そこには「神々の再誕」があるというのである。

我々が祖先より継いだ百年の課題に答えようとし、国の再生を思うとき、畢竟心底に湧きあがるものは神仏への祈念であろう。戦争のもたらした最大の賜ものは何かと問わるるならば、私は躊躇なく答えたい。それは神々の再誕であると。(同論文)

さらに、大東亜戦争敗戦後に掲げることになった世界の平和を願う国際平和主義思想もその本質は信仰ともいうべきもので、前述のようにそこでも祈りがやはり本質的行為としてなされたのである。すなわちそこでは、浄土真宗の開祖・親鸞が説く「仏の願による平和」を祈念する念仏が、またキリスト教の使徒パウロが説いた「平和の道」「神の道」への祈りがなされたのだった。

Ⓒ祈り親和性大は対人ストレス耐性大を示唆

このように、亀井はその「信仰」に表裏して各時代や各状況で絶えず逡巡や躊躇なく祈ることを繰り返していて、そこには自らの祈る行為に対する完全な肯定感さえ認められ、「祈り親和性」は大だったと思われる。つまり亀井は、「信仰」＝信仰性大の直接の表れとしてだろう「祈り親和性大」であり、これも彼が対人ストレス耐性大である可能性を示唆する所見と考えられた。

亀井は歴史・伝統・文化意識大そして死後の名誉・業績評価大

①「歴史・伝統・文化意識」

歴史とは、historia（探求）というギリシャ語に起源をもつことからわかるように、「単に人間世界で生起する諸事件の連続や総和などではなく、その諸事件の意味関連を探求する人間の作業でもある」（『世界大百科事典 改訂新版』第三十巻、平凡社、二〇〇七年）といわれる。ちなみに、「歴史哲学」を打ち立てたゲオルク・W・F・ヘーゲルも、「歴史はそれを通じて、理性の本質が自分自身を実現するプロセスである」と述べている。ここで理性とは、ドイツ観念論での悟性（抽象的思考）を用いて「善悪・真偽などを正当に判断し、道徳や義務の意識を自分に与える能力」「理念の能力」（前掲『大辞泉 第二版』）であるから、これは本書で述べる人々にとっての〝善いこと、正しいこと〟としての理念性の作用とほぼ同義だと思われる。つまり、歴史とは単に出来事の記述の集大成（Geschichte）というだけでなく、人々にとっての〝善いこと、正しいこと〟としての理念性が実現された軌跡、顕現史としての「物語」（Historie）とみることができるのではないかと思われる。そして歴史と同様に、伝統や文化も、この「物語」を次世代に伝える造形や儀式・様式だと考えられる。そこで、この理念性に関連して、対人ストレス耐性の大、小か無の違いによって、「歴史・伝統・文化意識」はどのようになるのかを考えてみたい。ここで「歴史・伝統・文化意識」とは、歴史や伝統、文化に顕現してきた理念性に価値を置き、それを教訓にして現在と未来に生かそうとするなどの、歴史、伝統、文化を重視する意識のことと考えるものである。

②対人ストレス耐性大は歴史・伝統・文化意識大

まず、対人ストレス耐性大の場合、人々は大集団側に準拠し大理念を奉じていくのだったが、大集団の場合は大集団であるためにそれ自体が世代を超えて継承し存続していく可能性が大きい。したがって、大集団側にとって意義と意味がある大理念とその顕現史や軌跡としての歴史、そしてその造形や儀式・様式としての伝統と文化は、時代を超えて次世代へと受け継がれていく可能性が大きい。さらに、このようにして伝えられた大理念は、その後の大集団の維持や発展にも有用かつ必要と考えられ、これに学び、これを十分踏まえて、現在そして将来の進路決定の教訓にしうることになる。例えば、グローバルな古代ギリシャ精神史、ローマ史、キリスト教史、仏教史などにみる歴史や伝統、文化を学び、それを教訓として今後に生かしていくこと、などである。こうして、対人ストレス耐性大では、大理念性の実現と顕現史としての「物語」や、それを次世代に伝える造形や儀式・様式としての歴史や伝統、文化がその後長く大集団側で伝えられ、その大集団の維持と形成にも有用かつ不可欠になることから、これらが広く大いに重要視されることになる。つまり、対人ストレス耐性大の場合、歴史・伝統・文化意識は大になると推定される。

これに対して、対人ストレス耐性小か無の場合、準拠する小か非集団側（個人、家族レベル）で意義が深い歴史や伝統、文化が形成されるという可能性は小さい。さらに、小か非集団自体が数代続いたあとに途絶える可能性が大きいのだから、その歴史、伝統、文化がもつ意義はあまりない。そして、対人ストレス耐性小か無が、大集団側に準拠する大理念の形成、顕現史としての歴史や伝統、文化を重視する理由もないので、結局、その歴史や伝統、文化を重視する意識は小さく、歴史・伝統・文化意識は小か無になることが推定される。

③亀井は歴史・伝統・文化意識大

さて、亀井についてだが、マルクス主義転向後、ゲーテ思想、古代ギリシャ・ローマ精神、キリスト教と彷徨、最後に古代・中世日本仏教に行き着いた。そして、すべての文明の基礎は、古代ギリシャ・ローマ精神やキリスト教そして仏教など過去の限られた精神や文化に帰着すると述べている。つまり、過去の精神（理念）、文化が現在の全世界、万人に生かせるというだけでなく、その基礎と根幹をなしているとさえ述べてこれを最大限に評価し、その歴史・伝統・文化意識は大であることを示している。これは、彼が対人ストレス耐性大であることを示唆する点ではないかと考えられる。

根幹をなす精神はわずかなものだ。東洋においては、仏陀の教え、老子と孔孟の哲理、おのずからあるいはみやびとして開花した美の理念。西洋においては、古典ギリシャの精神、キリストの教え、ローマ法。さまざまのバリエーションはあろうが、要するにこれだけが優劣比較を絶した道として貫いている。そこに帰るべき理想と原理がある。しかも万人に差別なく与えられているのだ。仏陀の構想せる「浄土」、キリストの説ける「神の国」、あるいはオリンポスの美の荘厳（前掲『我が精神の遍歴』）

とりわけ亀井は、真の史家とは、歴史上の人間が実現しようとした「無念の思い（略）犠牲者の願いと誓い」、すなわち彼らの理念を引き継いでこれを実現しようとする者であり、歴史の本質は理念性の継承にあるとも述べている。これは、歴史に学びこれを踏まえて将来の教訓にする、という歴史意識が大であることを示していて、これも彼が対人ストレス耐性大であることを示唆していると考えられる。

歴史とは血統の継承である。血統を継ぐとはその無念の思いを、犠牲者の願いと誓いを継ぐことである。（略）その無念さを、生の地獄を、語り継ぐことが歴史なのだ。史書を読むとは、史書にみなぎる祖先代々の悲願に、再び己が生を賭けることを意味する。誓って、思いを晴らさん（邪を破らん）という、その誓いに生きる人間が真の史家といえるのではなかろうか。（前掲「信仰について」）

④亀井は死後の名誉・業績評価大

ⓐ対人ストレス耐性大での死後の名誉・業績評価大

ここまでの歴史・伝統・文化意識に関連して、死後の名誉・業績評価ということについても触れておきたい。前節までの議論によると、集団規模が大きいほど世代継承性が大きいので、歴史や伝統、文化とそれらを形作った人々のこととして死んだ人の名誉や業績がその後長く集団内で伝えられることになると考えられる。例えば、大集団側であれば、大理念の実現に寄与した人々のこととして死んだ人の名誉や業績が世代を超えて伝えられ、その後の大集団の維持と形成にも有用なので、大いに重視し評価される。つまり、大集団側したがって対人ストレス耐性大では、死後の名誉・業績評価大であり、これは一個の生命（生涯）を超えてその後も続くという、生命価値をも超える理念性の価値主張にしばしば及ぶことになると推定される。

一方、小か非集団側であれば、世代継承性が小さいか無なので、その理念性を形作った人々のこととして死んだ人の業績や名誉がそもそもよく継承されず、その後の小か非集団の形成や維持にも用いられないので、重視し評価されることはあまりない。つまり、小か非集団側したがって対人ストレス耐性小か無での死後の名誉・業績評価小か無で、これは死んでしまったらすべては終わり、という生命第一の価値主張にしばしば及ぶことになると推定される。

ⓑ亀井の死後の名誉・業績評価大

そして亀井だが、やはりその歴史・伝統・文化意識大に表裏して、死後の名誉・業績評価大であることを、大東亜戦争開戦の翌年に告白している。

> 人生は短く、肉体は滅びるが、彼の思いは必ず何びとかによって伝えられる。たとえば耶蘇の死によって彼の肉体は滅びた。（略）だが生命とは一個人の死滅とともに消え去るものであろうか。耶蘇の屍は、かれの生前の雄弁よりも更に多くのことを語った筈ではなかったか。断末魔の哀音は、愛するものの胸に伝わり、愛ずるものの生命と化して永続する。（略）叡山における修行時代の親鸞は、道を求めあぐんで祈りつつあったとき、夢に上宮太子の化身と云われる救世観音があらわれて、彼の行くべき道を告げたという。我が心奥の願に応じてあらわれる祖先の願――夢枕に立って告げるという――迷信でも伝説でもない。私はこれが歴史的真実というもののように思われる。千年の歳月も人間の悲願を眠らせることは出来ないであろう。
>
> （同論文）

また、同じ著書のなかで亀井は、「捨身」「人柱たること」によって「永遠の命」が得られるとして、死後の名誉・業績および生命価値をも超える理念性の評価もおこなっているようである。

神仏の実在を証明するものは、生涯を賭けて御身が実証した人生苦自体である。無始劫来つきることはない。

最低の地獄を継いで崩れざる人柱たること、これを捨身という。（略）永遠の徒労は永遠の命を得る。——人生に耐えよ。（同論文）

また、戦後の著作でも、理念性はその死後もなお評価されるとして、依然死後の業績・名誉の評価、および「一粒の麦地に墜ちて死なずば」と生命価値をも超える理念性を評価している。

ただひとり無力であった釈迦、耶蘇、親鸞の声明は今日に不滅である。精神の完璧な単一性だけが、永遠の生命を得る。一粒の麦地に墜ちて死なずばである。（略）政治的には完全に無力な敗北者、おそらくその当時の人からは嘲笑無視されたにちがいない単一の生命が、永遠の生命を得るということ、それを今日まで伝えたこと、これが人類の具現した最大の奇蹟にちがいないのだ。精神そのものがすでに一の奇蹟的事実にちがいないのだ。（前掲『我が精神の遍歴』）

このように、亀井は各所で、大理念性の評価に表裏して死後の名誉・業績評価大を示し、ときに生命価値をも超える理念性を評価していて、これも彼が対人ストレス耐性大であることを示唆する側面だと考えられる。

亀井は社会運動性大

①対人ストレス耐性と社会運動性

特に連帯性のひとつの表れとして、社会においてある理念の実現に向けて連帯し、集会・討論会、デモ・ストライキ、社会的集団・組織結成などの、同志を募り団結して目に見えるものとして行動するという「社会運動性」について述べてみたい。

すなわち、対人ストレス耐性大であれば、大集団側、連帯性大で、大集団側にとっての〝善いこと、正しいこと〞である強大理念を抱くのだから、その理念実現に向けて連帯して集団・組織に参加し、社会的にその実現を目指す活動をするという、社会運動性は大になるものと考えられる。一方、対人ストレス耐性小か無であれば、小か非集団にとっての弱小理念か無理念を抱くだけで、小か非集団側、連帯性小か無のままであるから、その社会運動性は小か無になるものと考えられる。

②亀井の社会運動性大の軌跡

さて、亀井の場合だが、青年期には、十九歳でマルクス主義芸術研究会の会員になり、二十歳で「新人会」に入会、二十一歳時には共産主義青年同盟に入党し、世界の労働者や農民らと連帯して理論的研究や集会、デモをはじめマルクス主義実現のために主導的活動をおこなった。またその転向後も、大東亜戦争期には、日本文学報国会会員・評論部会幹事になって、アジアの文筆家たちと連帯しながら、当局に協力的な出版活動や講演活動などを通じて、大東亜共栄圏思想実現のために積極的な社会活動をおこなったと考えられた。そして、敗戦後でも、直ちに文学者の職業組合である文芸家協会の理事になって、文筆家としての社会的活動を主導したのだった。

ちなみに、一九六〇年代に巻き起こった「小さな親切」運動に対しても、亀井は大いに賛同している。この「小さな親切」運動とは、六三年に東京大学総長の茅誠司が卒業告辞で「教養を頭の中に蓄えておくだけではなく、だれにもできる〝小さな親切〞を勇気をもってやってもらいたい」と述べたことをきっかけに巻き起こった社会運動で、一日一善、日常生活での「親切な行動」の実践、さらに環境美化活動、お年寄り援助活動などの社会奉仕活動を推奨し実践していったものである。この「小さな親切」に類する社会運動に対して亀井は、後述する安吾とはきわめて対照的に、これをおこなうことに対して一切の疑問はないばかりか、次のようにきわめて肯定的で積極的だった。

ところでなんのために『小さな親切』運動を起こすのか。言うまでもなく、我々日本人が愉快な市民生活を送るためです。お互いに礼儀正しくあるためです。（略）親切は道路とちがうのですから、永久の目的をもって、我々日本人の市民道徳の確立といったきびしい目標をもってすすんで頂きたいのです。（亀井勝一郎「小さな親切運動」『日本人の美と信仰』大和書房、一九六八年）

このように、どの時代にあっても、多くの人々と連帯して社会的活動に参画してきた軌跡は、亀井が対人ストレス耐性大として社会運動性大だったことを示唆する所見ではないかと考えられる。

3　対人ストレス耐性大である亀井勝一郎

亀井は対人ストレス耐性大

本章の最後に、亀井勝一郎が対人ストレス耐性大と推定できることを、これまで検討してきた亀井の内面的・外形的軌跡のすべてをまとめるかたちで述べておきたい。

すなわち、対人ストレス耐性大の場合、大集団側で生きるために常に強大理念を掲げることで、大連帯性をなすと考えられた。そして実際に亀井は、青年期のマルクス主義に始まり、転向後の古代・中世日本仏教、大東亜戦争期の大東亜共栄圏思想（八紘一宇）、そして戦後の国際平和主義思想と、そのときどきでの強大理念への信奉と帰依を繰り返し、それらを用いて大集団側、大連帯性にあり続けたといえる。

さらに対人ストレス耐性大の場合、他存在を信じる強度大の信奉、「信仰」（信仰性大）を用いるのだった。そして実際に亀井は、前述した諸強大理念をもつうえで信奉や「信仰」のかたちを多く採っていた。それは、強大理念の場合その非寛容性から、各時点で最善で最強の理念に一刻も早くくみする必要があり、事実命題に基づくものかどうかを十分に検討できないまま強く信奉し「信仰」することが必要になるからだった。さらに亀井は自ら、「浄土真宗の信徒」であると、きわめて率直に「信仰」を有することも表明していた。また対人ストレス耐性大の場合、「信仰」の直接の外的な表れとしての祈り親和性大を示すと考えられた。そして実際に亀井は、「人間の為しうる窮極の行いは祈ることのみである。全身祈りとなって行為する以外にない」と、常に祈り親和性大を抵抗なく示したのだった。

ただし、長い人生のうちには、人性の不如意や不可抗力的な外的状況変化などによって、こうした強大理念への信奉、「信仰」を維持できない事態が避けられず、裏切りや転向を経験し、その繰り返しのなかで対人ストレス耐性大は、人間に不可避な原罪性の意識、罪責性意識大に悩むと考えられた。そしてそれでも、対人ストレス耐性大は大集団側で生きていかなければならず、そのために新たな強大理念への「信仰」を必要とし「新生」していく、すなわち転向＝「新生」こそは人間であるために必須かつ本質的なもの、という見解をもつと考えられた。実際、亀井はマルクス主義からゲーテ思想、古代ギリシャ・ローマ精神、キリスト教精神、さらに古代・中世日本仏教へと転向し、大東亜戦争の前後でも大東亜共栄圏思想から国際平和主義思想への転向を繰り返し、この転向を繰り返さざるをえない自らに原罪性意識を抱き、罪責性意識大に悩むのだった。さらには「生れ変りによってのみ、人間は人間に成る筈だ」と、転向＝「新生」こそが人間の条件とさえ主張するに至っている。

そのほか、強大理念が人類全体にも及びうる多くの人々にとっての〝善いこと、正しいこと〟を主張するものであることから、対人ストレス耐性大での理念主張は理想主義の印象を生むと考えられた。そして実際に亀井は、世界の無産階級救済の理想を追求するマルクス主義、人類が帰るべき理想と原理を指し示す古代ギリシャ・ローマ精神、キリスト教精神、そして人間の原罪性を根本的に救済するものとしての古代・中世日本仏教、日本人そしてアジア民族の平和と繁栄を理想とした大東亜共栄圏思想、さらに世界全体の平和をうたった国際平和主義思想と、絶えざる強大理念の主張を通して理想主義的であり続けた。

また、対人ストレス耐性大では、世代を超えて継続するはずの大集団の維持や発展に大理念の保持が必要でそれが可能であることから、大理念の実現、顕現史やその造形、儀式や様式としての歴史や伝統、文化を重視しこれを守っていこうとする、歴史・伝統・文化意識大になるものと考えられた。そして実際に亀井は、「歴史とは血統の継承である。（略）人生は短く、肉体は滅びるが、彼の思いは必ず何びとかによって伝えられる」（前掲「信仰について」）と歴史を高く評価し、また古代・中世日本仏教に帰依して日本古来からの伝統や文化を高く評価した。あるいはすべての文明の基礎は古代ギリシャ・ローマ精神、キリスト教精神など限られた古代精神と文化に帰着する、「これだけが優劣比較を絶した道として貫いている。そこに帰るべき理想と原理がある」（前掲『我が精神の遍歴』）と、大理念の顕現史としての歴史や伝統、文化を高く評価した。これらのことから、その歴史・伝統・文化意識は大と考えられ、またこれに関連して、死後の名誉・業績評価大と考えられた。

また、対人ストレス耐性大では、その強大理念実現に向けて大集団側、連帯性大で社会的活動をするという社会運動性大になると考えられた。そして実際に亀井は、青年期に共産党員になってマルクス主義運動を、戦争期には日本文学報国会幹事として大東亜共栄圏思想実現に向けた社会的諸活動を、戦後でも文芸家協会理事として国際平和主義思想実現のための文筆と社会的活動を、そして例えば「小さな親切」運動の社会運動化推奨などをおこなっていて、常に社会運動性大だったと考えられた。

したがって、亀井はその内面的・外形的軌跡で、対人ストレス耐性大として推定できる多くの諸側面を示したものと考えられた。すなわちそれは、常に大集団側にあり、強大理念を奉じて大連帯性をなし、理想主義的で社会運動性大、またその一方では罪責性意識大で、信仰性大（「信仰」）、祈り親和性大、また歴史・伝統・文化意識大で死後の名誉・業績評価大というものだった。したがって彼は、その青年期までの軌跡から推定したとおり、対人ストレス耐性大として理解できるのではないかと考えられた。

亀井の父性原理性

亀井に関する検討の最後に、父性原理―母性原理の観点からもその軌跡をみていきたい。

この父性原理とは、厳しい父ライオンが子どもを谷底に落として這い上がってきた子ライオンだけを育てる、という逸話にも出てくるように、原理、原則、理念、理想に合致する優秀な者だけを高く評価して、それに沿わないものを厳しく処断するというような考え方である。一方、母性原理は、母親がその優劣にかかわらず子どもを等しく愛する、という逸話に象徴されるように、原理、原則、理念、理想に沿う沿わないに関係なく等しくこれを評価する、処断はしない、というような考え方である。

亀井の場合、その強大理念性とそれに表裏する非寛容性は、理念や理想に対する考え方が父性原理であることを示している。それは青年期のマルクス主義、その転向後の古代・中世日本仏教、戦時の大東亜共栄圏思想、敗戦後の国際平和主義思想で、一貫して認められたことと考えられた。そして亀井はその考え方が父性原理であったために、常に何らかの強大理念に帰依し信奉していなければならず、人性の不如意などによってその強大理念にもとる状態に陥ったときは強く罰せられるという罪責性意識大ももたざるをえなかったと考えられる。つまり、亀井が罪責性意識大をもって、マルクス主義、古代・中世日本仏教、大東亜共栄圏思想、そして国際平和主義思想と、次々に各時代の強大理念へと転向し新生していったのは、対人ストレス耐性大―強大理念性―非寛容性によってその原理が父性原理であったため、とみることもできる。

一方、これは付言になるが、亀井は、対人ストレス耐性大に表裏して対システムストレス耐性は小か無と推定された。したがって亀井は、システムストレス大を惹起しかねない契約、規則、法律、自然法則などの機械的・自動的な適用には弱いのであり、こうした契約、規則、法律、自然法則などを機械的には適用されないという寛容性を求め、この側面では母性原理的だったことが推定される。例えばそれは、たとえ大罪を犯しても機械的・自動的に処断されるのではなく、深く反省して謝罪し、悔やみ、罪責性意識大である場合は減刑され救済される、といった寛容性を期待することである。そうでなければ、罪責性意識大（これは理念性大に表裏している）に規定されているともいうべき対人ストレス耐性大のあり方が、生理否定されてしまいかねないからである。

ところで、親鸞が唱えた「悪人正機」説は、すべての衆生は煩悩具足の根源的な「悪人」で、その本当の姿を知った者は阿弥陀仏の「本願（他力本願）」（悟りを開き仏陀としてありたいとする願い）によって救済される、という教義だった。亀井が親鸞に帰依するに至ったのは、この教義が彼の罪悪性意識大を強く肯定し、それによって救済されるという母性原理をなす、システムストレス小か無に沿うものだからではないかとも思われる。

ともあれ、対人ストレス耐性大の亀井は、対人ストレス大を惹起する理念や理想の領域では父性原理的であることを、対システムストレス大を惹起する契約、規則、法律、自然法則などの領域では母性原理的であることを求める、という原理の混在したあり方が認められたのではないかと推定される。

第４章　対人ストレス耐性小か無である安吾

１　安吾は対人ストレス耐性小か無と推定——主に二十代前半までの軌跡から

さて、いま一方の安吾のほうだが、前述のようにその二十代前半までの軌跡をみると、彼は対人ストレス耐性小か無として理解できるように思われる。というのも彼は、常に非集団側（個人）かせいぜい少数の友人など小集団側にいて、無理念性（エゴイズム）かせいぜい小理念をもつ程度で、強大理念であるマルクス主義と「信仰」とは無縁、さらにこれらを介して人々と連帯することが少ない非か小連帯性にあったというように、すべての側面で対人ストレスが大きく発生しないあり方を選択していたと思われたからである。

強大理念性の否定、小か無理念の重視

これを少し詳細に述べると、彼が対人ストレス耐性小か無であることは、まず、無理念性（エゴイズム）かせ

いぜい小理念をもつだけで、小さな対人ストレスを整序できないはずの強大理念の粗さを批判し、一方の小さな対人ストレスを整序するのに用いうる小理念あるいは無理念を重視する姿にみることができるように思われる。

例えば、その悟りを求めての「偉大なる坊主」願望も、少年期からの小説家願望も、個人的な野心や個的要請だけで、青少年期を通じて自分個人のことだけを考えるというエゴイズムそして無理念、あるいはせいぜい身近な人々にとって〝善いこと、正しいこと〟を考える弱小理念しか、安吾はもってこなかった。つまり「必要なのは、政治ではなく、先ず自ら自由人たれということ」（前掲「暗い青春」）として、「政治」＝〝多くの人々、集団のための善いこと、正しいこと〟であるより大きな理念よりも、「自由人」＝個人―非集団側として自分のための〝善いこと、正しいこと〟を目指すこと、すなわち無理念（エゴイズム）あるいはせいぜい身近な人のための弱小理念の価値を主張した。そして「自らの絶対、自らの永遠、自らの真理を信じ」「革命、武力の手段を」（同作品）使う強大理念であるマルクス主義を何より批判したのだった。

このように、安吾が無理念（エゴイズム）または弱小理念をもち、強大理念に反対した理由、それは彼が対人ストレスを重視せざるをえない対人ストレス耐性が小か無だったからと推定される。つまり安吾は、大理念では割り切れないような個人と個人の闘い、日常生活上の葛藤や、理念性とは無縁の無理念的な人間のあり方、といった対人ストレス小か無の状況こそ人間の真相と考え、これを取り扱わない強大理念は現実から遊離した空理空論にすぎないと批判したのだった。こうした、対人ストレス小か無の状況こそ重要だとして無理念または弱小理念を主張したこと、これこそがその対人ストレス耐性が小か無であることを推定させるのである。一方、これに対して、「あらゆる種類の疑惑や内面の苦悩の訴えに対しても、畏れを知らず「明快な断定」を下すことができた。すべては共産主義の公式によって割り切れた」（前掲『我が精神の遍歴』）として、強大理念（マルクス主義）によれば小事にすぎない対人ストレス小を含めた現実は整序できる、あるいは小事はあえて整序する必要がない、と考えた亀井は対人ストレス耐性大なのだった。

非集団側、孤独を志向する

さらに、前述のように弱小理念あるいは無理念的であったことに表裏するが、亀井とは正反対に、孤独を求め「自分一人の天地へ！」（前掲「石の思い」）と基本的に非集団側を志向し、一貫して複数側、集団側には属さなかったことも、安吾が対人ストレス耐性小か無である可能性を示唆している。それはまず、彼が、集団側にあっては避けることができない「日常生活上の些事」からの対人ストレス、つまり〝趣味、嗜好、マナーや生活習慣、個人的生活信条などの食い違いから生じる日常生活上の摩擦や葛藤〟としての対人ストレスの増大を避けたかった可能性が考えられるためである。

①安吾の非集団側、孤独志向

すなわち、安吾の青年期までの軌跡をみると、対人ストレス耐性大・亀井の場合と際立って異なるのが、複数側、集団側に立ちたいという必死の希求がまったく認められない点だった。そればかりか、安吾はほぼ常に孤独を求め、「青空の下へ！　自分一人の天地へ！」（同作品）と、非集団側に立つことをひたすら希求していた。そして実際にも、文学に目覚めあるいはスポーツに熱中した中学時代でも、「世を捨てる」（前掲「風と光と二十の私と」）という思いを秘めていた代用教員時代も、「悟りをひらいて偉大なる坊主になろうと」（前掲「二十一」）東洋大学へ入学したときも、その後、小説家への夢に立ち返ってアテネフランセに入学したあとも、安吾はほぼ孤独に徹し、広い交遊を望むことはなかった。これは後年、流行作家になって多くの取り巻きが生じても、彼が絶対の孤独のなかにいたことを妻の三千代が記していて（坂口三千代『クラクラ日記』〔ちくま文庫〕、筑摩書房、一九八九年）、この非か小集団側性は終生続く安吾の基本的特性と推定されるのである。

彼と生活して、彼の孤独と向きあっていると、その淵の深さに、身ぶるいすることはある。誰もひとを寄せつけない。彼はいつも、たった独りでいるような心のありさまで、お酒を飲んで、わあわあといっているときでも、その奥に、たった独りの彼が座っている。（同書）

さて、集団側で生じるのが「日常生活上の些事」としての対人ストレスで、これは大集団側であれば大きく、非か小集団側であれば小さくなるのだった。したがって、基本的特性としての安吾の非か小集団側性は、彼が対人ストレス耐性小か無を推定させることになる。

例えば、二十代の終わりごろに、著述、恋愛ともにままならない安吾は蒲田の酒場・ボヘミアンのマダムお安と同棲生活に入ったのだが、その際に、家のなかには鍋・釜・食器類を持ち込まない、という彼の「生来の悲願」ともいうべき信条をお安にいともたやすく破られている。お安の「お茶碗もお箸も持たずに生きてる人ないわ」というひと言に抗弁できず、ただ「私が女を所有したことがいけないのだ」（前掲「いずこへ」）と自責するばかりの安吾は、たった二人の集団形成さえ後悔するような人間だった。これは、集団形成による〝趣味、嗜好、マナーや生活習慣、個人的生活信条などの食い違いから生じる日常生活上の摩擦や葛藤〟としての「日常生活上の些事」による対人ストレスの増大には耐えることができないという、安吾の対人ストレス耐性の小ささを表しているものと思われる。

②文壇での「からみ」も好まず

ほかにも、亀井の項で述べた、文壇との関わり方からも、安吾が対人ストレス耐性小か無であることが示唆される。安吾は二十代後半に新進作家として一応文壇に加わったのだが、それにあまり熱心ではなかった。特に、対人ストレス耐性大の亀井が大いに肯定していた「先輩と酒を飲んだり語ったりすることだが、その間に、何ということもなしに、いい教訓をうけたり、泣き出したくなるほどやっつけられたり、その点で容赦のない雰囲気を私はなつかしむのだ」（前掲「信仰について」）といった文壇での「からみ」を、安吾は好まなかった。

酒によっぱらって対者の文学をやっつけることを当時の用語で「からむ」と云った。からんだり、からまれたり、酒をのめば、からむもの、からまれるもの、さもなければ文学者にあらず、という有様。（略）酒をのんで精神高揚だの、魂が深まるだのって、そんな大馬鹿な話があるものではない。（略）からむのは、やめたがいい。元来、酔っ払って、文学を談じるのがよろしくない。否、酔わない時でも、文学は談じてはならぬ。文学は、書くもので、そして読むものだ。（坂口安吾「私は誰？」、前掲『坂口安吾』所収）

前述したが、一般的にいうならば、このような文学領域での相互批評に絶対的な基準というものはなく、それはルールなき対立や相互評価としての「理念対理念の闘い」としての対人ストレスを引き起こす可能性がある。したがってこのような文壇での「からみ」は、対人ストレス耐性大の亀井にはそれほど問題にはならず、「絶えずそういう眼にかこまれていることを自覚することは、私の励ましになる」（前掲「私は何をやって来たか」）などともいっていたのだった。一方、これとは対照的に、安吾が人に師事することもなく、文壇での「からみ」も嫌悪したのは、そうした場で生じる「理念対理念の闘い」としての対人ストレスに弱かったからであり、それは彼の対人ストレス耐性が小か無であったことを示唆するのではないかと思われる。

したがって、このように安吾が終生非集団（孤独）あるいは小集団側にあったということは、集団側に立つことで増大するだろう「日常生活の些事」や「理念対理念の闘い」としての対人ストレスへの耐性が、小か無であったことを示唆するのではないかと思われる。

連帯性小か無

また、前項までに関連して、安吾が非集団側（孤独）を志向し、小か無理念性をもつにとどまっていたことからは、理念性を介して集団形成する連帯性は小か無と考えられた。実際、安吾は、学校をさぼって海辺やパン屋の二階で過ごした中学時代も、悟りを得ようと修行した大学時代も、孤独で一人だった。その後のアテネフランセ時代に雑誌「言葉」刊行に加わったあとも広い交遊は望まず、安吾は、亀井のマルクス主義運動のように、多くの人と理念を介して集団を形成する連帯性を示すことはほとんどなかった。ここには、青少年期からの連帯性小か無という基本的特性が示されているのであり、それに表裏して安吾の対人ストレス耐性は小か無であることが示唆されるように思われる。

信仰性小か無——他存在を信じる強度小か無

さらに、安吾が、対人ストレス耐性大である亀井と際立って異なるのが、仏教の悟りを得ようと厳しい修行に励んだのにもかかわらず、宗教的悟りは得られず、基本的に信仰とは無縁だったことである。彼は、知識獲得以上の価値命題信奉や信仰には至らないのであり、これはその他存在を信じる強度が小か無にすぎないことを示唆しているものと思われる。

また安吾は、能力、仕事、業績への社会による客観的な評価システム（外的評価システム）によって、社会的な生存、地位、処遇が保障され生きていける、と考えている。これは社会による客観的な評価システムを信用しているということであり、これは同時に、それを運用する人々に対する「信従」や連帯を必要としないことで、他存在を信じる強度を低減することを可能にしていると考えられた。

このように、安吾が他存在を信じる強度小か無であることも、「他存在を信じる各強度への裏切り」としてのストレスに対する耐性、すなわち対人ストレス耐性小か無であることを示唆されるように思われる。

対システムストレス耐性大であること

繰り返しになってしまうが、前述の「外的評価システム」とは〝契約、規則、法律、実績・能力評価、力関係、自然（物理）法則などによって、客観的・機械的に個人の人物評価や社会的価値評価などを判定するシステム〟だった。これに対して、〝他者との友情や愛情、信義・信頼関係や、良心、理念、理想、信仰などの内面的な価値意識、つまり人間関係や内面的な理念性の程度によって個人を評価するシステム〟が「内的評価システム」だった。そして安吾は、生きていくうえでの支えとして「仕事、力への自信」（前掲「いずこへ」）と、有名になりたいという燃えるような野心をもって生きてきた。つまり非か小集団側の安吾は、能力、仕事、業績などに対する社会による客観的な評価だけで社会的な生存、地位、処遇が決定し保障される、生きていける、という意識をもっていたのであり、それは安吾が基本的なところで「内的評価システム」をとらず、もっぱら「外的評価システム」によっていたということができる。したがって安吾は、〝外的評価システムによって機械的に評価されることによって引き起こされるストレス〟と定義した「対システムストレス」にはわりあいに平気だったことが推定される。これは、個々に適用される契約、規則、法律、力関係、自然（物理）法則などの外的評価システムの作用に対して敏感で十分正確に対応することができることを意味し、彼の対システムストレス耐性は大だったことを示唆している。

例えば安吾は、その結婚後、些細なミスをして謝って許してもらおうとする「鈍感」な妻の三千代を厳しく批判する。

「あやまちだといえば許されると思っているのか、コノバカヤロ！」「殺人をして法廷であやまちでした。

マチガイでしたといってゆるしてくれるものかどうか考えてみろ。たとえマチガイでも人のいのちを取った以上、生きてかえせといわれて生きかえせるのか、バカヤロウ！マチガイはあってはならないのだ。何故最初から柄のグルリと廻る危険なナベを使ったのだ。テメエのような甘い人間がいるから世の中は物騒なのだ。殺人を犯してごめんなさい。あやまちでしたすみませんですむと思うのか。大人の世界はそんなものじゃないよ。バカも休み休みいえ、コノバカヤロ！」私はコノバカヤローを何回も聞いているうちに、ほんとうに恐ろしくなった。私はいままであやまちや間違いというものは、人間である以上あるのが当然であろうと思っていたのだ。あやまちや間違いは神さまだけがしないのだと思っていたのだ。あやまちもマチガイも、それに付随するごめんなさいもあってはならないこととすると、楽な気持ちで生きてはゆけない。随分気をつけてオッカナビックリ生きてゆかなければならないだろう。（前掲『クラクラ日記』）

契約、規則、法律、自然（物理）法則など客観的な外的評価システムが情状の余地なく適用されるべく、「マチガイはあってはならないのだ」と言いきる安吾は、こうした外的評価システムの作用に対して敏感で十分正確に対応することができると考えているのであり、彼の対システムストレス耐性は大だったのではないか、と考えられる。

さて、すでに述べたように、対システムストレス耐性と対人ストレス耐性は逆の概念だから、安吾が対システムストレス耐性大であるならば、その対人ストレス耐性は小か無だと示唆されるのである。つまり、対システムストレス大の状況とは、外的評価システムの作用が大で、これによって他存在を信じる強度である信頼や信仰、良心、理念、理想などの理念性が抑制あるいは否定されている状況であるから、対人ストレスは小か無になり、こうした状況に安吾が適応的でいられるならば、その対人ストレス耐性は小か無であることが推定されるのである。

その青年期までのように、人との信頼や信仰、良心、理念、理想などが否定されている状況で、一人でエゴイズム＝無理念のままたくましく生きていくことができる、あるいは、これはあとで論じるが、同じく敗戦後日本社会の堕落を極めた混乱期に破滅型文士として豪放磊落に生きていくさまは、安吾がタフであり、神経が太い印象を与えたかもしれない。しかし、それは対システムストレスに対する耐性が大であることを示すだけであり、理念性が問われる状況や、他存在を信じる強度の大きい状況、そして「日常生活上の些事」や対人葛藤などからなる対人ストレスに対する耐性は、それが対システムストレスとは対極的なものであることもあって小か無、つまりこうした対人ストレスには安吾はきわめて脆弱で繊細だったことが推定されるのである。

安吾は対人ストレス耐性小か無と推定

①対人ストレス耐性小か無と推定

ここまで、主に二十代前半までの軌跡から、安吾は対人ストレスを構成する主な三領域で対人ストレスの小か無になる選択、すなわち、常に非か小集団側にあり、無理念あるいは弱小理念をもつだけで、他存在を信じる強度小か無だったことから、彼は対人ストレス耐性小か無であることが推定された。

すなわち、これを少し補足すると、この対人ストレス耐性小とは、対人ストレス小まで耐えうるという生理や性能を表すものである。したがって、対人ストレス耐性小の個体は、対人ストレス大をきたす大集団側、信奉や信仰保持、強大理念性所有そして大連帯性などのあり方は選択できず、対人ストレス小までの状況にだけ適応できることになる。それは小集団側までにあり、せいぜい信用までを用いて、弱小理念までを保持する、そして連帯性小で生きるというものである。さらに対人ストレス耐性無となれば、対人ストレスを生じないような、非集団側（個人）、他存在を信じない非信、理念をもたない無理念、そして連帯性無という状況により適応的、ということになる。そして安吾は、二十代前半までの軌跡でみてきたように、非集団（個人）かせいぜい小集団側にあり、他存在を信じない非信あるいは外的評価システムへの信用を用いる程度で、無理念（エゴイズム）か弱小理念を保持し、連帯性無か小で生きていたのだった。したがって彼の基本的性能であり生理的特性でもある対人ストレス耐性は、小か無であったと推定されたのである。

②推定される対人ストレス耐性小か無の軌跡

さて、安吾が主に二十代前半までの検討からの推測どおり、彼が対人ストレス耐性小か無という生理的あり方に分類される者ならば、二十代後半以降のその人生の軌跡でも、依然としてここまでに述べたような諸特性やあり方が継続していくはずである。すなわち、その後たどる彼の人生の軌跡とは、一部前述だが、おおむね次のようなものになることが推測される。

それはまず、小集団か非集団側にあり、せいぜい弱小理念を掲げるかまたは無理念で、連帯性小か無をなすということである。その連帯性小の形成は、小理念やせいぜい（外的評価システムへの）信用を介することしか必要とせず、あるいは非集団側であればそうした理念性や信用さえも用いる必要がなく（非信）、ニヒリズムによる連帯性無でいいのである。そして、長い人生では、人性の不如意や不可抗力的な外的状況変化などによって、こうした小理念や信用さえも維持できない場合が避けられないのだから（つまり罪責性認識は大）、それらの破棄や転向を経験することになるだろう。しかしこの弱小理念や信用の転向は、それらを介して形成した小連帯性への裏切りや約束（信用）違反を伴うくらいなので、そこでは罪責性意識小に悩む程度にしかならない。さらに無理念による非集団側（個人）、連帯性無（孤独）であれば、もともと所持していないので理念性や連帯性への裏切りや信用違反さえも生じないことになり、罪責性意識無のままだろう。したがって、対人ストレス耐性小か無のたどるだろう軌跡は、小か非集団側にあり、弱小理念をもつか無理念（エゴイズム）であり、信用を用いるかあるいは非信であり、小か無連帯性にあって、罪責性認識大ではあるが罪責性意識小か無、そしてこれに表裏して罪責性認定大という状態が、絡み合うようにして描かれていくものになると考えられる。これは、亀井にみてきたような対人ストレス耐性大がたどる人生の軌跡とはまったく対極的なものといえる。

次節からは、主に二十代後半からの安吾の人生の軌跡について、ここまで述べた推測どおりなのかを、対人ストレス耐性大の亀井との比較も交じえながら、検討していきたい。

2　青年期以降の安吾の軌跡――対人ストレス耐性小か無の軌跡

対人ストレス耐性小か無の一般的な価値意識の変遷

①無理念性とはエゴイズム汎観、ニヒリズムで、対人ストレスをきたさない

さて、安吾の主に二十代後半以降の人生の軌跡を検証する前に、まず、対人ストレス耐性小か無の人間に推定される一般的な精神史、特に価値意識の変遷史といった側面について述べておきたい。すなわち、対人ストレス耐性小か無に適合するのは、二十代前半までの安吾がそうだったように、対人ストレスをあまり生じない弱小理念や、エゴイズムだけの無理念性である。

なお、無理念性が対人ストレスを引き起こさないことについてさらに詳しく述べると、次のとおりである。無理念性とは、すべての価値主張は利己的で、集団を離れて自分の欲望＝「欲情」を充足するために主張されることで、〝人々のための善いこと、正しいこと〟としての理念性はない、すべての価値主張は自己の利益に動機付けられたエゴイズムである、と考える「エゴイズム汎観」とみることができる。したがって無理念の場合は、すべては利己的な欲情を満たす価値主張として、他対抗性は理念性（＝〝人々にとっての善さ、正しさ〟）のためにではなく、価値を主張する個体の精神的・物理的「力」（影響を及ぼすことができる度合い（「ウィクショナリー」

〔https://ja.wiktionary.org/wiki/%E5%8A%9B〕）の強弱のために生じることになる。これは、ただ「力」と「力」の強弱の闘いで、〝善さ、正しさ〟のためではなく、あくまで自らのエゴイズム実現のために相対するものを「力」で打倒するとみるという、理念性のすべてを否定するニヒリズムの立場ということができる。この「力」の強弱というルールは明確で、理念性を競う場合のような矛盾、つまり理念性（＝〝人々にとっての善いこと、正しいこと〟）を主張しながら実はその背後で、価値相対性のもとで精神的・物理的「力」の強弱を競っている、という矛盾はなく、ここに理念対理念の実はルールなき闘い、「理念対理念の闘い」としての対人ストレスは生じることがないのである。無理念性とはエゴイズム汎観であり、理念性を全否定するニヒリズムなのである。

しかし実は、次に述べるように、弱小理念とこの無理念以外にもう一つ、対人ストレス耐性小か無に可能な理念のかたちがある。

②対人ストレス耐性小か無に適する「純理念」

それは、ほかの理念あるいはそれを奉じる他者に対抗したりこれを罰しようという、他対抗性や非寛容性を付与されていないという、弱理念にわずかに残る強理念性さえもなくしたその極限型のような理念、「純理念」のことである。それはおおむね、誰からも肯定されるような、したがってこれに反対する者は存在しないと思える理念である。そしてそれは、全人類に妥当するような広範で永遠性がある高い内容の大理念である場合から、本人を含む少人数に関することで反対する者はいないだろうと思われる、小集団側にとって〝善いこと、正しいこと〟としての小理念の場合まで考えられる。これらに共通するイメージは、〝汚れ（＝非寛容性―強理念性そして相対性）なき純白〟であり、そのためにこの〝誰にとっても善いこと、正しいこと〟と想定できる理念を「純理念」と称したいのである。

はたして厳密にこのような理念が存在しうるのかはさておき、その例になる可能性があるのでは、と素朴に思われるものを挙げてみると、例えば「愛する人の幸せを願おう」「家族の幸福を守ろう」といった小理念と、「全人類に平和を」といった大理念などがある。これらは、おそらくは反対者があまりいない、きわめて多くの人々が肯定するだろう、前述した純理念の可能性がなくもない理念と思われる。こうした純理念は、ほかの理念に対抗し争うという他対抗性や、これらを罰しようとする非寛容性—強理念性の属性を伴わない、あるいは必要としない理念と思われる。したがってそれは、「理念対理念の闘い」によって生じる対人ストレスを惹起しないので、対人ストレス耐性小か無にとってももつことが可能な理念型になるのである。

ただし、他対抗性がないという性質からは、すぐあとで述べるように、これは価値相対性に触れると容易に維持できなくなり、放棄されることになる運命にある。つまり純理念は、もしそれが存在していたとしても、価値相対性の現実に触れるまでの青年期までしか保持できないような理念なのである。

③幼少期からの純理念と無理念の併存

通常は、幼少期からこうした純理念、すなわち〝誰にとっても善いこと、正しいこと〟が疑いなく存在するものとして、親や教師などにしつけられると思われる。それは後述するように、純理念の保持を不可能とするだろう価値相対性を、子ども時代はまだ知らないからである。とりわけ、対人ストレス耐性小か無はその生理的特性から、素朴に、この対人ストレスをきたさないと想定される純理念として理念を保有しやすいだろうと思われる。

先に、対人ストレス耐性小か無は弱小理念が適合的であることを述べてきたが、彼らが理念性としてこの純理念をもちうる段階（価値相対性に触れる前の子ども時代まで）では、それは小理念や大理念でもいいので、弱小理念のかたちをとる必要はなかったのではないかと思われる。というのも、それは〝誰にとっても善いこと、正しいこと〟と想定できるので、反対や対抗する理念や人々が存在せず、したがって対人ストレスは惹起されないはずなので、対人ストレスをあまり惹起させないという弱小理念を選択する必要がないからである。つまり、通常、価値意識を抱き始める幼少期から対人ストレス耐性小か無は、その生理的特性に適合する理念型として、無理念（エゴイズム）と純理念が可能であり、安吾の例などを参考にすると、この無理念性と理念性（純理念）という両者の基本的矛盾に無自覚なまま、この両者を併存させて生きているように思われる。この時点では、対人ストレス耐性小か無はまだ理念性（純理念）をもっていて、その本来的な保持不可能性を知らないのである。

すなわち、安吾はまず、おそらくほかの子どもたちに比較しても、より無理念的――ニヒリスチックだった。それは、一部前述したように、その子ども時代の行状に、ほかの子どもたちにはみられないほどの正義心や理念性の欠落が認められるからである。

私は鼻つまみであった。（略）喧嘩のやり方が私のやることは卑怯至極でとても子供の習慣にない戦法を用いるから、いつも憎まれ（略）卑怯未練で、人の知らない悪事は口をぬぐい、告げ口密告はする、しかも自分がそれよりも尚悪いことをやりながら、平然と人を陥れて、自分だけ良い子になり、しかも大概成功した。なぜなら、子供のしわざと思えぬほど首尾一貫し、バレたときの用心がちゃんと仕掛けており、大概の人は私を信用するのであった。私は大概の大人よりも狡猾であったのである。（前掲「石の思い」）

しかし同時に、前述のように、持病をもつ母親のためには命を懸けて危険な荒れ海に入り蛤をとってくる（同作品）というように、「愛する人の幸せを願おう」「家族の幸福を守ろう」といった小理念を、〝誰にとっても善いこと、正しいこと〟である純理念として、素朴にもっていたようだ。すなわち、無理念（ニヒリズム、リアリズム）と純理念の、理念性の面で両者の基本的矛盾に直面することがない、素朴な併存状態に生きていたように思われる。

④青年期の価値相対性以後の、理念性（純理念）の完全喪失と無理念（エゴイズム）——ニヒリズム状態

しかし一般的に、青年期に価値相対性に触れることでこうした状況は一変する。価値相対性とはおおむね、〝価値判断は、物事の意義についての主体による主観的優越（優劣）判断なので、主体の立場、経験、欲望などによって異なるために対立するものであり、誰にでもあてはまるというような絶対的で普遍的な価値判断はない、すべての価値判断は相対的なものである〟とする考えである。あるいは、主体による主観的優越判断である価値命題（価値判断）は、事実命題から導くことができないものなので、客観的に価値命題の絶対的・普遍的優越を証明することはできず、すべての価値命題は相対的である、とする考えとみてもいいだろう。つまり、事実命題は客観的なものでその正否を証明できるが、価値命題は主観的なものなので、事実命題からそれを導くことも、その正否を証明することも原理的にはできないのである。例えば、〝歯磨きは健康にいい〟という事実命題から、〝みんな歯磨きをすべきだ〟という価値命題を必ずしも導くことはできない。何らかの理由で〝みんな歯磨きをすべきではない〟と主張することも原理的に不可能ではないからである。たしかに、事実命題に基づくほうがより多くの人に支持される価値命題になると思われるが、主体は〝事実命題に従わない〟ということを含め、あらゆる価値選択をすることが可能なので、絶対的にその優越（優劣）を証明することはできないのである。

繰り返しになるが、事実命題によって価値命題の優劣や正否を証明することはできないので、客観的・論理的にその優劣や正否を証明できるような絶対的な価値命題は存在せず、すべての価値命題は相対的になるといえる。さらに述べると、価値命題に優劣を証明できないということは、原理的にではあるが価値命題に優劣はなく同等ということであり、これは例えばどんなに高踏と思われる理念主張も、理念性の存在自体を否定する無理念と同等、すなわちすべて無理念と同等ということになり、理念性は存在しえないというニヒリズムに到達することになる。これはフリードリヒ・ヴィルヘルム・ニーチェによるニヒリズム論に至る考えと思われ、価値相対論とニヒリズム、無理念との近接性を導くものである。

さて、このような、絶対で普遍の価値観（価値命題、価値判断）というものがはたして存在しえないかどうかの哲学的議論はさておき、日常生活のなかで、個人の立場、経験や欲望によって意見や評価が異なり、誰にとっても妥当するというような絶対の意見や評価が存在しにくいことは事実なので、少なくとも日常生活レベルでは価値相対性は正しいものと考えていいように思われる。この日常生活レベルでの価値相対性は、一般に日常生活で立場によって意見が異なりその調整が難しいという経験の蓄積によって、主に青年期に、人々は次第にこれに気づくことになる。そこに何か劇的な出来事は要しないことが多く、日常生活の積み重ねで人々は自然とこの価値相対性の認識を得るものと思われる。

そして青年期にこの価値相対性に触れることで、〝誰にとっても善いこと、正しいこと〟という純理念の不可能性を知り、対人ストレス耐性小か無の場合、純理念として理念性をもっていたため、同時にそれが理念性自体の喪失に至る、ということになる。というのも対人ストレス耐性小か無は、価値が対立し決着をつけることができない価値相対性のなかでももつことができるはずの、他対抗性や非寛容性を伴う強理念を、対人ストレスを招くためにもつことができないからである。すなわち、対人ストレス耐性小か無に可能だった理念性は純理念と弱小理念だが、幼少期から純理念を理念性としてきたため、この時点で理念性をもちうる可能性を一時すべて喪失するという、ある種衝撃的な体験に彼らは直面してしまうことになる。この〝善いこと、正しいこと〟としての理念性の完全喪失体験は、幼少時から存在すると素朴に信じていただけに、彼らに生命の喜びや幸福感がない特異な虚無的疲労感への沈潜といった、特別な意識状態をきたしてしまう場合もあるようだ。ここにおいて対人ストレス耐性小か無は、素朴に併存させてきた純理念と無理念のうち、純理念を失って無理念だけになり、理念性否定の完全なニヒリズムの状態に至ってしまうと考えられる。

ちなみに、対人ストレス耐性大の場合は、強理念性に適合する生理的資質があるので、その幼少期からもつ理念性はもともと対人ストレス耐性小か無の場合ほどには純理念的である必要はないと思われる。さらに、青年期に至って他理念とのルールなき抗争状態である価値相対性に触れても、もともと他対抗性や非寛容性を伴う強理念には適合できるため、変わらず理念性を強理念としてもち続けることができ、無理念やニヒリズムの状態にはあまり陥らないものと思われる。対人ストレス耐性小か無のように、価値相対性に触れると同時に理念性（純理念）をすべて喪失する、という衝撃的な体験に見舞われることはあまりないのである。あるいは、対人ストレス耐性大が基本的に想定する理念性は強理念性であるため、無理念状態ではほかの強理念によって圧倒され罰せられると予想できるので、無理念性に陥っている余裕などないともいえる。例えばそれは、対人ストレス耐性大の亀井に、この無理念やニヒリズムが訪れた時期がほとんどなかっただろうように。

さて、対人ストレス耐性小か無に訪れるこの理念性の完全喪失は、それまでの無理念（エゴイズム）と純理念の無意識的な併存状態から、無理念だけの完全なニヒリズムの状態に陥ることを意味している。そしてすでに述べたように、対人ストレス耐性大などは価値相対性に触れたあとも変わることなく強理念をもち続けることができるので、この理念性の完全喪失は、（対人ストレス耐性小か無である）自分だけに生じた特異な事態と思われるようである。そしてこれ以後しばらくは、対人ストレス耐性小か無は、完全な無理念の状態に深く沈潜することになる。それは実際には、理念や理想をうたうことがないリアリズムと、すべての営為は個人の欲情であり〝人々にとって善いこと、正しいこと〟としての理念は存在しないというエゴイズム汎観からなる、無理念（エゴイズム）――ニヒリズムの状態といえる。

安吾の純理念と無理念の併存から無理念――ニヒリズム状態への変遷

前述した、対人ストレス耐性小か無に想定できる一般的な価値意識の変遷を、主に青年期以降の安吾について実際にみていきたいと思う。まず、安吾が少年時代の無理念性――リアリズムと純理念の無自覚的な併存についてはすでにみてきたとおりである。

①矢田津世子との「初恋」の断念――純理念の不可能性

前述したが、一九三〇年、二十四歳の安吾は東洋大学を卒業し、アテネフランセ高等科へ進み、学友らと同人誌「言葉」を創刊した。三一年、「言葉」に「木枯の酒倉から」、「言葉」の後継雑誌「青い馬」に「ふるさとに寄する讃歌」「風博士」「黒谷村」などを発表したが、「風博士」を牧野信一に、「黒谷村」を島崎藤村に褒められ、新進作家として文壇に登場することになった。三二年には、京都で知り合った加藤英倫に紹介されて、酒場ウィンザァで作家の矢田津世子を知る。その後、加藤と遊びにきた矢田は本を安吾の部屋に忘れ、その意味を「遊びにこいというのですか」と思い悩む安吾は「その日から、恋の虫につかれ」(坂口安吾「二十七歳」、前掲『坂口安吾』所収)たのだった。続いて矢田の家に招かれた安吾は、矢田とその母に歓待され、「喜びのために、もはや、まったく一睡もできなかった。(略)この得恋の苦しみ(略)は、私の初めての経験だから、これは私の初恋であったに相違ない」(同作品)と述べている。

この安吾の矢田に対する「初恋」とは、純理念であったように思われる。それは安吾、矢田、その近親者などからなる小集団にとっての〝善いこと、正しいこと〟であり、そこには反対し対抗する者もいない、したがって一片の他対抗性も非寛容性も伴うことがない〝善いこと、正しいこと〟であると、安吾は頭から考えていたと思われるからである。そのことは、その後周囲から、酒場ウィンザァで会ったときの矢田の同伴者、時事新報社の最高幹部Wが実は矢田の恋人だと聞かされて、「全く、病人であった。私はまったく臆病になった」(同作品)という安吾の反応からも示唆される。すなわち安吾の矢田への「初恋」は、恋敵を打ち負かして得恋していくという他対抗性をまったく伴わない〝善いこと、正しいこと〟、純理念だったように思われる。例えば次のように、安吾は自らの純理念「初恋」に、他対抗性や非寛容性、つまり強理念性を決して認めようとしないのである。

矢田津世子は、私に向い、一緒に旅行しましょうよ（略）と言う。私はただ笑い顔によって答え得るだけだ。（略）私はあなたと旅行はできない。旅行して、あなたの肉体を知ると、私はＷと同じ男に成り下がるような気がするから。あなたにとって、私が成り下がるのではなく、私自身にとって、Ｗが私と同格になるから。私はあなたに就いて、Ｗのことなど信じたくないのだ。（略）それを知らずにあなたを恋したあのままの心を、私は忘れたくないのだ（同作品）

私はＷを憎んでもいなかった。矢田津世子とＷ．矢田津世子と私。私の心には、この二つを対比し、対立させる考え方が欠けているか、或は非常に稀薄であった。矢田津世子とＷ。私はそれを考える。最も多く考えた。然し、矢田津世子と私、という立場に対立させて考えてはいなかった。つまり、同一線上に二つを並べていなかったのだ。私が矢田津世子と結婚する。すると、むしろ、私達は、彼女とＷにハッキリ対立してしまう。結婚すれば、私は勝ちうる。果して、勝ちうるであろうか。私はむしろ、対立と、自分の低さ、位置の低さを自覚するばかりではないか。（同作品）

つまり、恋敵がいるとわかった以上、恋敵に対して他対抗性や非寛容性を発揮しないで恋を成就させることはできない。しかし安吾は、その「初恋」を純理念としてもっていたため、そこに他対抗性や非寛容性を伴わせることはできず、この純理念を維持できないことを知っていくのである。彼は、矢田の旅行の誘い、そして結婚の希望には応えることがないまま、行きずりの酒場の女給と旅行に行くなどして、「初恋」を諦めようとする。恋敵が抱く恋もまた、彼らのための〝善いこと、正しいこと〟としての理念であり、安吾のそれと対立するという理念対理念の価値相対性に触れ、安吾はその純理念維持の困難性を知ったのである。

このような純理念の維持困難の経験は、少年期以来おそらく何度も繰り返し蓄積させてきたものと思われる。

しかし、純理念そのものが価値相対性のもと、まったく維持不可能である、という認識にはいまだに達してはいなかったものと思われる。前述のように、対人ストレス耐性小か無は、価値相対性を現実とする日常生活をへるうちに、この純理念維持の完全な不可能性の認識に、青年期のある時点で到達する。そして安吾の場合は、二十四歳時の「喜びのために、もはや、まったく、一睡もできなかった」(同作品)矢田との「私の初恋」の断念が、その機会になったのではないかと思われる。

それは少年時代から、その無理念性―リアリズムと維持不可能性を自覚しないまま併存させてきた純理念が、価値相対性に触れることでいともたやすく崩壊した経験であり、それが青年期の最後にして最大の〝善いこと、正しいこと〟であったことによってかえって、最終的な純理念の維持自体の不可能性を知り始めたのではないかと思われる。それが単に矢田との失恋、というだけでなく、理念性(純理念)そのものの完全喪失の体験に結び付いていくものであることを安吾は正確に感じている。つまり、この純理念の喪失は、理念性自体を喪失した完全な無理念でニヒリズムの状態をもたらし、それは生の喜びがない、虚無的でただ〝深い疲労感〟だけが漂うという、対人ストレス耐性小か無にとっても初めて経験する、特異な意識状態になったと考えられる。

私は、すでに結婚を諦めていた。時に軽率な情念のそれをめぐって動くことをとめる術はないけれども、より深い、恐らく心意の奥底で、大いなる諦めを結んでいた。不動盤石の澱みの姿に根を張った石に似た雲のような諦念がある。それは一人の愛する女を諦めているばかりではなかった。より大いなるものを諦めていた。より大いなる物とは？　それは私には、分らない。ただ、何物か、であるだけだった。そして、その大いなる何物かの重い澱みの片隅に、一人の女がいるだけのことであった。(同作品)

ここで「一人の愛する女を諦めているばかりではなかった。より大いなるものを諦めていた」とあるのが、理念性（純理念）喪失後の完全なる無理念でニヒリズムの状態を表していると思われる。さらに安吾はこれについて説明する。

私の心の何物か、大いなる諦め。その暗い泥のような広い澱みは、いわば、一つの疲れのようなものであった。その大いなる澱みの中では、矢田津世子は、たしかに片隅の一きれの小さな影にすぎなかったが、その澱みの暗い厚さを深めたもの、大きな疲れを与えたものは、あるいは、矢田津世子であるかも知れぬと考える。私はそのころから、有名な作家などにはならなくともよい、どうとなれ、と考えた。元々私は、文学の初めから、落伍者の文学を考えていた。それは青年の、むしろ気鋭な衒気ですらあったけれども、やっぱり、虚無的なものではあった。私は然し、再びそこへ戻ったのではなかったようだ。私の心に、気鋭なもの、一つの支柱、何か、ハリアイが失われていた。私はやぶれかぶれになった。あらゆる生き方に、文学に、そして私の魂の転落が、このときから始まる。（同作品）

もとより安吾にあった「虚無的なもの」とは、その少年時代から存在した無理念性―リアリズムのことと思われる。そして矢田との失恋は、それに無自覚的に併存させてきた純理念そのものの不可能を知らしめるものであり、そのことが以後の無理念―リアリズムだけの完全なニヒリズム、「私の心の何物か、大いなる諦め。その暗い泥のような広い澱み」をもたらしたことを、安吾は正確に記述しているように思われる。つまり「矢田津世子は、たしかに片隅の一きれの小さな影にすぎなかったが、その澱みの暗い厚さを深めたもの、大きな疲れを与えたものは、あるいは、矢田津世子であるかも知れぬ」と。

こうして、少年期からの無理念性―リアリズムと純理念の無自覚的な併存状態から、純理念を完全喪失するに至った安吾は、これ以降は無理念―リアリズムだけの、理念性を喪失したニヒリズムの状態に沈潜していく。それはその後の二年間の蒲田の酒場ボヘミアンのマダムお安との淫楽的・自棄的同棲生活として表れてくるものと考えられる。

②お安との同棲——欲情、無理念、ニヒリズムへの沈潜

すなわち、矢田との「初恋」が進展しないうちに、安吾のアパートには蒲田の酒場ボヘミアンのマダムお安が毎日のように現れるようになった。お安は安吾と結び付くために夫と別れようと考えていたが、その夫が安吾の所在を追いかけるようになり、それを避けるために二人は各地の宿場や温泉などを転々と泊まり歩き、いつしか蒲田そして大森で二年近く同棲生活を送るようになった。二十八歳の安吾が二十九歳になるまでのことである。

こうした期間でも、安吾の、純理念の維持困難を知らしめる矢田との失恋以降の余韻的ともいうべき経験は蓄積され、その最終的な維持不可能性に到達するまでの、わずかに残された接近が続けられている。例えば安吾は、食器に本能的な嫌悪をもち、鍋・釜・食器をもたないことは、貧しさや生活にとらわれないという信条で、「生来の悲願」（前掲「いずこへ」）ともいうべきものだった。これはほとんど自分とその家族のための〝善いこと、正しいこと〟としての小理念であり、他者の対抗や反対を受けることもないと漠然と思っているような素朴な純理念ではなかったかと思われる。しかし毎日通ってくるお安が食器類を持ち込み始め、これに何度抗議しても「私のような考えに三文の真実性も信じ」てもらえず、ただ「お茶碗もお箸も持たずに生きてる人ないわ」（同作品）と笑われ、これに安吾は抵抗できなかった。というのも、「女のからだが私の孤独の蒲団の中へ遠慮なくもぐりこむようになっていたから、釜や鍋が自然にずるずる住みこむようになっても、もはや如是我説を固執するだけの純潔に対する貞節の念がぐらつい」（同作品）てしまい、「生来の悲願」である信条も諦めざるをえなくなってしまったのである。すなわちこの「生来の悲願」においても、ほかと対抗してもそれを貫く、という他対抗性や非寛容性が欠如している。そのため、女との交際という日常的経験のなかでも、立場による意見の相違という価値相対性に触れただけで、それを維持することが困難になったのである。

安吾は、矢田との「初恋」の不成就という大きな純理念維持困難の体験のあとも、このように日常の瑣末事の積み重ねで純理念の維持困難の経験を余韻的に重ねていた。すなわち、一般的にはこのような日常生活の積み重ねのなかで、純理念維持の完全な不可能性の認識に到達することが多い対人ストレス耐性小か無の経過を、その後の安吾もたどったものと考えられる。

例えば、「私は女を愛していなかった。女は私を愛していた」（同作品）と述べるように、安吾はこのお安を愛していなかった。そこには、矢田との「初恋」のような〝善いこと、正しいこと〟としての理念性はなく、ただ自らの肉欲だけの無理念、エゴイズムだけがあった。そのため、矢田とWの場合と違い、お安の夫の存在を知っても、それに対抗してお安と逃避行をして、さらに同棲することも平気だった。無理念、エゴイズムの立場であるだけに、夫に対抗してもそれは〝善いこと、正しいこと〟としての理念同士の闘いにはならず、対人ストレスを惹起しないためである。安吾はいう。


私が女を「所有」したことがいけないので、私は女の愛情がうるさくて仕方なかった。「ほかに男をつくらないか。そしてその人と正式に結婚してくれないかね（同作品）

このとき安吾は、矢田との「初恋」の困難性から、純理念維持そのものの絶対的な困難性に直面するようになり、無理念でニヒリズムだけの状態へと陥入しつつあった。例えば、お安の従妹にアキという女があり、これは夫がいながら千人の男を知りたいと男をあさる、肉欲の快楽だけを生きがいにしている女だったという。この女の好奇心は男の生殖器だけで、その相手をしてしまう安吾もまた「私自身が私自身でなく単なる生殖器」でしかなかった。「私はハッキリ生殖器自体に定着し」（同作品）て遊び、アキとお安は、安吾を間に置いて、自らの肉欲を満たそうと競い合った。そのなかで安吾もまた、「私は女以上に色好みで、汚らしい欲情に憑かれており、金を握れば遊里へととび、わざわざ遠い田舎町まで宿場女郎を買いに行ったりしていた」(坂口安吾「三十歳」『坂口安吾全集』第六巻、筑摩書房、一九九八年)。つまり彼女らと変わることがない、肉欲、エゴイズムにふけるばかりの、「魂には正義がな」(前掲「いずこへ」)い無理念、ニヒリズムの存在でしかなかった。

私は息をひそめ、耳を澄ましていた。女達のめざましい肉欲の陰で、低俗な魂の陰で。エゴイズムの陰で。私がいったい私自身がその外の何物であろう。いずこへ？　いずこへ？　私はすべてが分らなかった。(同作品)

逆さにふってふりまわしても出てくるものはニヒリズムばかり、外には何もない。(略)二十九の私は今の私よりももっと疲弊し、陰鬱で、人生の衰亡だけを見つめていた。(同作品)

③矢田との「初恋」そして純理念性そのものの完全な断念へ

このような最中にあっては、矢田への純理念も、せいぜい残り火としてしかなかった。

私はこうして女の情欲に逆上的な怒りを燃やすたびに、神聖なものとして、一つだけ特別な女、矢田津世子のことを思いだしていた。もとより、それはバカげたことだ。(略)それどころか、女の情欲の汚らしさに逆上的な怒りを燃やすたびに、私はむしろ痛切に、矢田津世子がそれと同じものであることを痛く苦く納得させられ、その女の女体から矢田津世子の女体を教えられているのだった。(前掲「三十歳」)

そして、二・二六事件が起きた一九三六年、安吾三十歳のとき、お安と別れ母親の住む蒲田の家に戻ると、安吾の動静をうかがっていた矢田がすぐに訪ねてきた。三年ぶりの再会だったが、安吾はもはや矢田にはお安と同じ「女体」をみるしかなくなっていて、かつての〝善いこと、正しいこと〟としての純理念「初恋」の復活の困難さを思い知るのだった。

再会して、混乱の時期が収まったとき、私の目に定着して、ゆるぎも見せぬ正体をあらわしたのは、矢田津世子の女体であった。その苦しさに、私は呻いた。（略）事々に、あの人の女体を嗅ぎだし、これもあの女に似てるじゃないか、それもあの女と同じじゃないか、私は女体の発見に追いつめられ、苦悶した。（略）私は「いづこへ」の女との二年間の生活で、その女を通して矢田津世子の女体を知り、夢の中のあの人と、現実のこの人の歴然たる距りに混乱しつつも、最も意地わるくこの人の女体を見すくめていた。（同作品）

そのような矢田に対してはもはや欲情を向けるしかなく、その後に転居した本郷菊富士ホテルの屋根裏部屋で安吾は、情交を決意した惰性だけで矢田を抱き寄せ、接吻する。しかし、「矢田津世子の目は鉛の死んだ目で（略）表情もなければ、身動きもなかった。すべてが死んでいた」ように見え、「茫然と矢田津世子から離れ」（同作品）、そそくさと二人は別れたのだった。もはや欲情や肉欲の対象とならざるをえない矢田の現実に対し、安吾は「私たちには肉体があってはいけないのだ、ようやくそれが分ったから、もう我々の現身はないものとして、我々は再び会わないことにしよう」（同作品）と翌日にかけて絶縁の手紙を書き、二度と再び二人は会うことはなかった。このようにして、その「初恋」にして最後の純理念を、安吾は完全に断念したのだった。

④対人ストレス耐性小か無に推定される価値意識の変遷

これまでの経過をあらためてまとめると、矢田との生涯初めて、ともいうべき「初恋」に陥った安吾にとって、それは〝誰にとっても善いこと、正しいこと〟であるはずの最後の純理念ともいうべきものだったが、恋敵の存在によって、日常生活上でのまたしても価値相対性に触れることになった。そして安吾は、「初恋」の成就のために必要な、恋敵への他対抗性と非寛容性といういわば〝汚れた〟側面（強理念性）をそれに伴わせることはできず、価値相対性下での、「初恋」＝純理念を維持することそのものの困難性に直面することになった。これには、その後のほかの女たちとの、理念性が伴わない肉欲だけの同棲生活の根底に巣くう無理念―エゴイズム汎観の、矢田との「初恋」への浸入も加わった。すなわち、「初恋」も肉欲であり、矢田もただの「女体」でしかないと思うことで、その〝善いこと、正しいこと〟としての純理念性の完全喪失を修飾したのである。

一般に、対人ストレス耐性小か無はその青年期で、価値相対性に触れるような、日常生活上での大小の経験の蓄積の果てに、価値相対性下での純理念そして理念性自体の維持不可能性の認識に到達すると推定した。そして安吾の場合も、その「生来の悲願」でもある生活信条などの維持困難などの経験に加えて、この矢田との「初恋」の維持不可能の体験が、その純理念そして理念性そのものの完全な断念に至った最終的な体験になったのではないかと思われた。というのも、このような経過に加え、対人ストレス耐性小か無がその純理念喪失後に陥ると推定される、理念性の可能性を完全に失った無理念だけのニヒリズムに沈潜した生活を、その失恋以後安吾も送ることになったからである。それは次のように安吾が述べる、主に京都で送ることになった一年余りの無理念、ニヒリズムの日々である。

「私がそれを意志したわけではなかったのに、私はいつか淪落のただなかに住みついていた。たかが一人の女に、と苦笑しながら。なぜ、生きているのか、私にも、わからなかった。（坂口安吾「死と影」、前掲『坂口安吾』所収）

⑤京都での無理念、淪落の日々

矢田と別れたあと、安吾には「いつ死んでもよい。明日、死んでもよい」と「死の翳」が染み付くようになり、「新しく生きるためには、この一人の女を、墓にうずめてしまわねばならぬ、この女の墓碑名を書かねばならぬ」（同作品）と小説を書き始めたのだった。しかし東京での生活に不安と焦燥を覚え、そのまま東京にいるのもやりきれないので、安吾は単身京都へ向かい、伏見稲荷近辺の「根柢的に最後を思わせる汚さと暗さ」（同作品）の袋小路の弁当屋の二階を逗留先と決めた。そしてやはり、矢田との恋の墓碑銘になる小説を、という思いは半年で消え、この弁当屋で碁会所を開かせてその世話人になり、「毎日毎日、ただ、碁」（同作品）の生活に陥ったのだった。

私が、わが身のまわりに見たものは、更により深くしみついている死の翳であった。私自身が、影だけであった。そのとき、私は、京都にいた。独りであった。孤影。私は、私自身に、そういう名前をつけていたのだ。（同作品）

そしてやはり東京と同様の淪落の日々である。

考えるということさえなければ、なんという虚しい平和であろうか。しかも、僕は、考えることを何より怖れ、考える代わりに、酒をのんだ。いわば、二十円の生活に魂を売り、余分の金を握る度に、百鬼の中から一鬼を選んで率き従えて、女を買いに行くのであった。（坂口安吾「古都」、前掲『坂口安吾』所収）

やがて、三十二歳になっていた安吾は、一九三八年の五月に、その「初恋」の墓碑銘になる長篇小説「吹雪物語」を形だけ書き上げると、一年余りの京都滞在を終えて帰京することになったのだった。

⑥「吹雪物語」の挫折——意識的に加え無意識的な領域での完全な無理念、ニヒリズムへ

ここで一応、矢田との「初恋」の墓碑銘にしようとする小説を安吾が書こうとしたことの意味についても触れておきたい。安吾にとって小説を書くことは、主に「ただ有名になりたい」（前掲「暗い青春」）という燃えるような野心の表れであり、これをもって個人の能力や業績に対する社会による客観的な外的評価システムに評価されて生きていこうというもので、これはほとんどエゴイズムといっていいものである。しかし、同時にそれは、ほかの人々にとっての〝善いこと、正しいこと〞として理念性の意味を伴ってもいた。安吾はいう。「すくなくとも、僕は人の役に多少でも立ちたいために、小説を書いている」（坂口安吾「青春論」『堕落論』〔角川文庫〕、角川書店、一九五七年）。ただし、続いてすぐに「けれども、それは、心に病ある人の催眠薬としてだけだ。心に病なき人にとっては、ただ毒薬であるにすぎない」（同作品）と述べるように、それは限られた、「病ある人」のための、何より落伍者の文学だった。つまり、通常の文学に比較するとやはりより少人数のための〝善いこと、正しいこと〞としての小理念の方向性のものであって、全人類に及ばんとする大多数の人々にとっての大理念の性格はもっていないのではないかと思われた。

たしかに安吾は、矢田との失恋によって「私はやぶれかぶれになった。あらゆる生き方に、文学に」（前掲「二十七歳」）と述べたように、少年時代からの野心だった文学についても断念してしまい、完全な無理念でニヒリズムに陥ったという意識をもっていただろう。しかしそれでも、安吾がこの「初恋」の墓碑銘になる長篇小説を書こうと思うとき、そこには、自らはあまり意識しない無意識裏に近いかたちでは、少人数とはいえ〝人々のための善いこと、正しいこと〞もしようという小理念性を抱いている、という側面があっただろう。

東京を捨てたとき胸に燃していた僕の光（略）この袋小路の弁当屋へ始めて住むことになった時でも、まだ僕の胸には光るものは燃えていた筈だった（前掲「古都」）

この光とは、作家として、最後の純理念＝「初恋」の喪失に至った自らの半生を一つの長篇物語に昇華させ、後半生の出発点にしようという野心である。しかしこの墓碑銘としての長篇小説「吹雪物語」は惨憺たる作品になったのである。それは安吾の一族の長年の血の歴史に矢田との失恋を絡めていく、という壮大な構想のもとに書き始めたが、安吾にはこのような長篇をなす力がなく、「私の観念は混乱分裂、四苦八苦、即ちロマンと称し、物語的展開とか、発展と称する手法の自在性を悪用して徒に、自我を裏切り（略）気取り、思いあがった小説の性格をなすに至った」（坂口安吾「再版に際して（『吹雪物語』）」『坂口安吾全集』第五巻、筑摩書房、一九九八年）のである。京都での安吾は、半年間は毎日毎日執筆に励み、その九割方を書いてしまうのだが、それ以後は原稿に向かうこともできず、毎日碁と酒と女の、淪落と絶望の日々に陥る。安吾は自らの才能のなさに直面する。「私は絶望し、泣いた。（略）あの頃、私は、何度も死のうと思ったか知れないのだ。私の才能に絶望した。こんなものしか、こんな嘘しか、心にもないことしか、書けないのか」（同作品）と。あるいは「千枚の大量の仕事が全く不満であるときの落胆の暗さはない。二度と起ち上る日を予期出来ないほど打ちのめされ、絶望に沈まざるを得なかった。その落胆と焦燥は、文学と絶縁せずにいられぬ思いに人を駆り立てるものである」（坂口安吾「囲碁修業」『坂口安吾全集』第二巻、筑摩書房、一九九九年）と。ここで安吾は、その文学の才能のなさへの直面を通じて、矢田との失恋以後も無意識裏に抱かれていただろうわずかな理念性保持の可能性も喪失したのではないかと思われる。

すなわち、安吾自らの記述によるなら、意識上では、「私はやぶれかぶれになった。あらゆる生き方に、文学に」（前掲「二十七歳」）というように、京都へ移るまでにはすでに、価値相対性に直面した矢田との「初恋」＝純理念喪失によって、完全な無理念・ニヒリズム状態に至っていたといえる。しかしこれにあえてわずかな修正を施すなら、「吹雪物語」執筆中断の時点で、無意識裏にももっていた文学領域での野心に伴う理念性の可能性も、ここではじめて喪失し、意識的だけでなく無意識裏にも理念性を喪失するという、より完全な無理念、ニヒリズムの状態に至ったのである。安吾はいうのだった。

僕には、もう、一筋の光も射してこない暗い一室があるだけだった。机の上の原稿用紙には埃がたまり、空虚な身体を運んできて、冷たい寝床へもぐりこむ。後悔すらなく、ただ、酒をのむと、誰かれの差別もなく、怒りたくなるばかりであった。（前掲「古都」）

このような、無意識裏というべき無理念、ニヒリズム状態への移行部分は、対人ストレス耐性小か無に推定される一般的な無理念、ニヒリズムへの移行に、作家が抱く文学的野心（理念性）の挫折によって書き加えられた、特異な一過程と考えられる。

⑦青年期の安吾にみる、対人ストレス耐性小か無における価値意識の変遷

ここまで、青年期の安吾の軌跡では、対人ストレス耐性小か無に推定できる価値意識の変遷が認められた。すなわち、幼少年期以来しばらくの間は、無理念やエゴイズムと純理念の、両者の矛盾に無自覚的な併存状態が認められた。しかし、矢田との「初恋」断念を大きな契機とする、青年期での価値相対性との直面によって、純理念維持の不可能性の認識に至り、無理念やエゴイズムだけが残る、理念性を喪失したニヒリズム状態に沈潜する、という過程が認められた。また小説家・安吾の場合、この過程には作家特有の文学的野心（理念性）の喪失、と

いう過程も重なっていた。

安吾の罪責性――罪責性認識大だが罪責性認定大で罪責性意識小か無

次に、このような無理念でエゴイズム、淪落の、理念性を喪失したニヒリズムに沈潜するに至った安吾の、罪責性について述べておきたい。

対人ストレス耐性大である亀井のように強大理念を抱いている場合は、このような無理念、淪落の状態は、直ちに罪責性認定小か無から深い反省、自己懲罰、苦悩の念を生じ、罪責性意識大に陥るはずである。しかし、対人ストレス耐性小か無の場合は、対人ストレス大を招く可能性がある強大理念をもつことがないことから、罪責性意識大に陥ることはないのである。

それればかりか、理念性喪失と無理念状態への陥入当初において、自らが理念性を維持できないことを初めて知るゆえに、当然生じると思っていた罪責性に悩み苦しむこと、すなわち罪責性意識が自らには生じないことをいぶかり、自らには正義がないのかと嘆く、というような反応も生じる可能性が出てくる。そしてたしかに安吾は、矢田との「初恋」を成就できないまま夫がいるお安と淪落的な同棲をし、食器類を家に持ち込ませないという「生来の悲願」も維持できずに欲情の生活に沈潜してしまい、自らが正義心や理念を維持することがまったくできない人間であることに直面し、これを嘆いたのである。

私の女の魂が低俗なものであるのを、私は常に、砂を嚙む思いのように嚙みつづけ、しかし、私自身それ以上の何者でもあり得ぬことをさらに虚しく嚙みつづけねばならなかった。正義！　正義！　私の魂には正義がなかった。正義とは何だ！　私にもわからん。正義。私は布団をかぶってひとすじの涙をぬぐう夜もあった。（前掲「二十七歳」）

ただし、このように自らに正義心―理念性が生じてこないことを嘆くのは、逆に、その時点ではまだ、自らが価値相対性のもとでは完全に理念性を維持できない者であることに十分に自覚的ではないことを示している。すなわち自らに対する罪責性認定がいまだに十分に自覚的に大ではなく、これを反映して自らが本来的・本質的に罪責性意識小か無であることに対して十分には自覚できていない、無自覚的段階にあることの現れでもあるのだ。

しかし対人ストレス耐性小か無の場合、純理念性を失って無理念状態に長く沈潜するうちに、次第にこの無理念状態こそ人間の真の姿、本来の姿ではないか、という認識に至るものと推定される。すなわち、罪責性が大であることを人間の本来の自然の姿であると認める、罪責性認定大に気づくに至るのである。というのも対人ストレス耐性小か無は、青年期での価値相対性との直面による純理念の喪失によって、無理念だけが残存する状態になるが、これが青年期以前からの適合状態のひとつだったことからは、それが人間に本来の、自然で当然のものだったと感じられてくると思われるからである。この点に関して詳しくは、理念性の変遷側面から検討した次節で述べるが、矢田との失恋から数年へた時点をいささかも否定するでもなく述べている次文からは、矢田との純理念喪失後に訪れたこの無理念状態を、安吾は次第に自然で当然と感じるようになっていた可能性がうかがえる。

私はただ退屈しきった悪魔の魂で、碁にふけり、本を読みふけり、時々一人の女のハリアイのない微笑を眺めて、ただ快楽にだらしなくくずれるだけの肉体をもてあそんだりしていただけだった。（坂口安吾「魔の退屈」、前掲『坂口安吾』所収）

そしてこの段階に至っては安吾も、罪責性認識大とともに罪責性認定大そして罪責性意識小か無が、当初の無自覚的段階から自覚的な認識になっていたのではないかと思われる。

このように、安吾の罪責性に関しては、対人ストレス耐性小か無に推定されるとおり、一般的には罪責性認識大、罪責性認定大そして罪責性意識小か無だったのではないかと考えられる。しかしながら、人間の基本的心性として、〝善いこと、正しいこと〟をもつことができないという無理念状態は精神衛生上あまりいいとはいえないようで、無理念状態からはいつかは脱していくものと思われる。例えば、安吾が完全な無理念状態に至る前ではあるが、矢田との「初恋」を成就できず、お安と無理念で淪落の淵にさまよい始めた時点でも次のように、無理念でニヒリズムの状態から脱したいという意欲を示しているのである。

私はそのころ最も悪魔に就て考えた。悪魔は全てを欲する、然し、常に満ちたりることがない。その退屈は生命の最後の崖だと私は思う。然し、悪魔はそこから自己犠牲に回帰する手段に就て知らない。悪魔はただニヒリストであるだけで、それ以上の何者でもない。私はその悪魔の無限の退屈に自虐的な大きな魅力を覚えながら、同時に呪わずにはいられなかった。私は単なる悪魔であってはいけない。私は人間でなければならないのだ。（前掲「いずこへ」）

このような安吾が無理念、ニヒリズムの状態からその理念性を復活させていくのは、大東亜戦争の前後においてである。その過程を次節で詳しくみていきたい。

3　安吾の理念性——対人ストレス耐性小か無の無理念性あるいは弱小理念と強大理念否定

対人ストレス耐性小か無の理念性復活の過程

前節で述べたように、対人ストレス耐性小か無に適合する理念形態は、理念対理念のルールなき闘いを回避している、つまり対人ストレスを大きく発生させない、無理念と純理念および弱小理念である。したがって、安吾が対人ストレス耐性小か無であるならば、次のような過程をへてその理念性を復活させることが考えられる。すなわち、まず、矢田との失恋を契機とした純理念崩壊と自らの才能への絶望からの小理念喪失が加わったあと、生来的・生理適合的である無理念性やニヒリズムにしばらく沈潜する期間をへることになる。続いて、こうした無理念性やニヒリズムそのものに対する基本的な肯定（罪責性認定大）とその後の理念性復活への希求から、あくまでも無理念性をベースにして弱小理念性までの理念性復活をおこなうだろうと。また同時に、これに表裏しながら強大理念批判も展開していくだろうと。

大東亜戦争前の安吾——無理念、エゴイズム、淪落の自己肯定へ

そこで、矢田との失恋後から大東亜戦争前までの安吾の軌跡を、日本社会が戦争に向かった経過に関連させて、年代を追いながら簡単に振り返ってみたい。

まず一九三六年の二・二六事件勃発の年、三十歳の安吾は矢田と決別したのだった。三七年の支那事変の年、安吾は京都に移って「吹雪物語」執筆を試みるも挫折、「朝に嘆き、昼に絶望し、夕べに怒り狂い、考えることを何より怖れ、考える代りに酒を飲み、酒を飲むと、怒り狂わずにはいられなくな」（坂口安吾「わがだらしなき

戦記」、前掲『坂口安吾』所収）るという生活に陥ったのだった。三八年に「吹雪物語」（坂口安吾『吹雪物語――夢と知性』竹村書房、一九三八年）を無理やり書き終えて帰京すると、以後は取手や小田原へと転居し、四一年の大東亜戦争開戦の年に三十五歳の安吾は蒲田に戻っている。この間、「支那で戦争が始まった。四年の後に本物の大戦争が始まるまで、私の方は戦争どころではなかった」（前掲「わがだらしなき戦記」）と述べるように、社会の動きとは隔絶して、安吾は長く無理念で淪落の日々に沈潜していた。

何より感情が喪失していた。（略）私の一生は終わったようにしか、思うことができなかった。（略）わが魂をさがしあぐね、ひねもす机の紙を睨んで、空々漠々、虚しく捉えがたい心の影を追いちらしている（同作品）

このように、矢田との「初恋」喪失以来、あまりに長く無理念そして淪落の生活を送るうち、安吾にはいつしかそれが人間本来の姿である、という意識と認識が確固として醸成されてきたように思われる。それは、ひとつには、あまりに長く（一九三六年から五年以上）安吾自身がそうした状態に生き続けている、という経過から実体験的に生まれてきたと考えられる。さらには、安吾が本章で推定するとおり対人ストレス耐性小か無であるなら、この無理念で淪落の世界がその生理に適合するものであるために、それが本来的で自然、人間適合的なものと実感された可能性がある。そして、大東亜戦争前から世の中の少なくない人々も、自らと同じく無理念的でエゴイズム、淪落の日々を送っている（と安吾には思われた）姿を見て、やはりこれこそが人間本来の真実の姿ではないか、という考えに自信を深めたことが考えられる。例えば安吾は、当時の人々のあり方について次のように述べる。

国民酒場ではギャング共が先頭を占領しているのだが、そのかみのタバコの行列では、隣組のオカミサン共がさらに悪どく先頭を占領して権利の独占を当然としており、ギャングの魂も良民の魂も変りはなく、地の利を得ない人間が行列の後でブツブツ言うだけで、地の利を得ず天の時を得ないだけが相違であって、魂は日本中なべて変るところなくギャングの相を呈していた。底をわれば、すべてがギャングであった。（前掲「魔の退屈」）

このような国民の多くの無理念でエゴイズム、淪落した姿を目にした安吾は、長年の自らの無理念でエゴイズム、淪落の世界への沈潜を人間の自然、当然の姿とみること（罪責性認定大）を通じて、自らの生に対する自己肯定観を得てきたのではないかと思われる。

強大理念である大東亜共栄圏思想への無反応

①強大理念・大東亜共栄圏思想への無反応

それでは、このような安吾が、三十歳前後に当時の日本社会を覆った強大理念である大東亜共栄圏思想（八紘一宇）に対してどのように反応したのかについて、亀井の場合と比較しながらみていきたい。

先に亀井について簡単に振り返っておくならば、対人ストレス耐性大の彼は、やはり強大理念である大東亜共栄圏思想に大いに反応し、大賛同の意を表明した。そして大東亜戦争開戦の報を聞いた亀井は、「果敢な決断である。百年の課題に答え、試練をすすんでうけようとする民族の正気の、おのづからなる発揚であった」（前掲「信仰について」）と、これを全面的に肯定したのだった。

これに対し、安吾は、この強大理念の大東亜共栄圏思想に対して、マルクス主義の場合と同様にやはりほとんど無反応だった。それは、大東亜戦争開戦の報に接したときの、次のような彼の反応によくみてとることができる。

正午ちかく、床屋へ行こうと思って外へでて、大戦争が始まっているのに茫然としたのであった。（略）私は始めから日本の勝利など夢にも考えておらず、日本は負ける、否、亡びる。そして、祖国と共に余も亡びる、と諦めていたのである。（略）つまり私は祖国と共にアッサリと亡びることを覚悟したが、死ぬまでは酒でも飲んで碁を打っている考えなので、祖国の急に馳せつけるなどという心掛けは全くなかった。（前掲「わがだらしなき戦記」）

この反応からは、大東亜共栄圏思想が安吾の思惟のなかで何らかの位置を占めていたいささかの徴候も認められないのである。すなわち、亀井が「大東亜共栄圏という言葉、あるいは東洋民族の平和というスローガンを、立派な理想と信じ」（前掲「信仰について」）て大東亜戦争を全肯定したのとははっきりと対照的に、安吾は戦争にこのような大義などはまったく認めなかったのである。武力を伴って日本人と東アジアの同胞、さらには人類にとっての〝善いこと、正しいこと〟をうたった強大理念の大東亜共栄圏思想（八紘一宇）に対する否定である。敗戦後だが、安吾は述べている。

戦争にも正義があるし、大儀名分があるというようなことは大ウソである。戦争とは人を殺すだけのことでしかないのである（坂口安吾「もう軍備はいらない」『坂口安吾全集』第十二巻、筑摩書房、一九九九年）

②エゴイズムか小理念が重要

そして、強大理念の大東亜共栄圏思想（八紘一宇）をまったく評価しない一方で、安吾がその当時重視せざるをえなかったのは、若い将校に殴られるのはいやだ、それだけは命に懸けても拒否したいという、自らとせいぜい近親者くらいのための〝善いこと、正しいこと〟としてのエゴイズムか小理念だった。

第一、てんで戦争を呪っていなかった。（略）私が最も怖れていたのは兵隊にとられることであったが、それは戦場へでるとか死ぬということではなくて、物の道理を知らない小僧みたいな将校に命令されたり、ブン殴られるということだけを大いに呪っていたのである。点呼令状というものがとどいた日の夜、私の住む地区は焼ケ野原になった。天帝のあわれみ給うところと喜んで、ごまかして、有耶無耶のうちに戦争が終って、私は幸いブン殴られずに済んだのである。私はブン殴られたら刺し違えて死ぬことなどを空想して、戦争中、こればかりは何とも憂鬱で仕方なかった。（前掲「わがだらしなき戦記」）

大東亜戦争のさなか、対人ストレス耐性大で大連帯側の亀井にとっては、故国の運命が懸かっているときに、それを超えて個的要請や個人的嗜好を述べるのは許されないことである。特に大集団側で大連帯側そしておそらく当時の多くの国民にとっては、お国に身体生命を懸けて奉仕するか、徴兵後にごくひそかに生命存続の方途を探るくらいのところだっただろう。しかし安吾は、戦死自体は恐れないが、自分より若僧の上官に殴られることは困る、死を賭しても屈辱を拭う、と決意して憂鬱なのだった。対人ストレス耐性大の亀井からみると、国の大事に比較して何と小事にかまけた奇想天外な考え、と慨嘆するところではなかったかと思われる。

したがって、安吾は、マルクス主義の場合と同様に、強大理念である大東亜共栄圏思想（八紘一宇）とは無縁な一方、小理念重視か無理念的であり、これは対人ストレス耐性大の亀井には想像もできない対極的なあり方ではなかったかと思われる。

③大東亜戦争中の安吾の外形的および内面的軌跡

このような強大理念性否定そして小理念か無理念的だった安吾の、大東亜戦争中の実際の外形的軌跡についてもみてみたい。しかしその前に、対人ストレス耐性大の亀井のそれも簡単に振り返っておきたい。亀井は大政翼賛会肝いりの日本文学報国会の評論部会幹事になり、当局の依頼原稿執筆や地方講演、大東亜文学者大会開催に関わるなどして、文学者の立場から戦争に積極的に協力し推進する側に立った。東京からは疎開せず、防火群長として町内防護にあたり、さらに第二国民兵として軍事訓練を受けたあと敗戦を迎えたのだった。

これに対して安吾は、社会的には「空襲のさなかのころ私は徴用のがれに日映につとめていた」（坂口安吾「世に出るまで」『坂口安吾全集』第十五巻、筑摩書房、一九九九年）と述べるように、一九四四年に徴用を逃れるために日本映画社の嘱託になったくらいだった。そしてこれもただ月に一度月給をもらいにいくだけということで、実現の見込みがまったくない脚本を三つ書いただけだった。町内でも、防空演習に出ないために防護団の人々に非難され、隣組の組長になれといわれると「余は隣組反対論者であるといったら無事通過した」というありさまで、「酒の飲めるうちはノンダクレ、酒が飲めなくなると、ひねもす碁会所に日参して警報のたびに怒られたり追いだされたり、碁も打てなくなると本を読んでいた」（前掲「わがだらしなき戦記」）のだった。つまり、ほとんど社会的役割や地位に就くことがない、ただの市井の一個人としてほぼ非集団側で無連帯性の生活を送っていて、これは常に大集団側で大連帯性に立っていた亀井とはきわめて対照的なものといえるだろう。

そしてこれに表裏して、前述のように内面的にも、社会の動きとは隔絶した個的要請だけに意識を占有されたエゴイズムとニヒリズムの生活を送るだけだった。

酒をのむたびに不機嫌になり、怒るようになったのは京都からであった。それは尚数年つづき、太平洋戦争になってから、だんだん怒らなくなり、否、怒ることすらもできなくなり、その代り、エロになった。酔っ

払うと日本一の助平になるのだった。（同作品）

私の魂は荒野であり、風は吹き荒れ、日は常に落ちて闇は深く、このような私にとって、戦争が何物であろうか。戦争は私自体の姿であり、その外の何物でもなかったのだ。（同作品）

戦中の安吾——自己肯定そして理念性復活の準備

このように、戦前に続いて戦中も、安吾は長く社会の動きとはほとんど隔絶した無理念でエゴイズム、淪落した日々に沈潜した。また、戦前にも増して戦中でも、「魂は日本中なべて変るところなくギャングの相」（前掲「魔の退屈」）と、多くの国民が自らと同じ無理念的でエゴイズム、淪落の日々を送っている（と安吾には映った）姿を見て、やはりこれこそが人間本来、真実の姿ではないか（罪責性認定大）、という考えに確信を得るようになったと考えられる。ここで安吾は、一九三六年の矢田との絶縁以来の無理念、エゴイズム、淪落そしてニヒリズムの五年の歳月をへて次第に自己肯定、復活の兆しを示し始めたのである。それはこの時期に、その後の安吾の思想の基盤ともいうべき諸著作発表として表れてきたと考えられる。すなわち、大東亜戦争開戦の四一年に、物語の基盤としてのニヒリズムを主張する「文学のふるさと」（「現代文学」一九四一年八月号、大観堂）、翌四二年に、現実主義、合理主義から従来的な美意識や歴史とそこに潜在する強大理念性を否定した「日本文化私観」（「現代文学」一九四二年三月号、大観堂）、そして人生の淪落、無理念性を肯定した「青春論」（「文学界」一九四二年十一月号・十二月号、文藝春秋）を発表したのである。これらは、価値相対性に直面し純理念喪失後に陥った、無理念、エゴイズム、ニヒリズムの状態を、人間の本来的で自然の状態とみてこれを自己肯定するかたちでの、その思想形成を物語っている。

さて、このような安吾が、大東亜戦争敗戦後の日本社会のさらなる混乱、理念性喪失、淪落状況に対してどのように反応したのか。それは、敗戦直後一九四六年の「堕落論」(「新潮」一九四六年四月号、新潮社)の発表となって表れたのである。安吾はこの「堕落論」で、無理念、エゴイズム、淪落の堕落状態を人間の真実の姿として強く肯定し、それを基盤にしてすべての社会や制度を再建すべきである、と主張した。これはまさに、戦中にすでに著していた前述の諸著作の思想を敗戦後にそのまま引き継いだものということができる。

大東亜戦争敗戦後の「堕落論」

①無理念、エゴイズム、淪落という堕落の肯定

大東亜戦争敗戦の翌年に発表された「堕落論」と「続堕落論」は、敗戦に打ちのめされ混迷のただなかにあった日本国民に大きな衝撃を与え、たちまち安吾を時代の寵児、流行作家に押し上げた、いまなお引用される問題作である。

ここでいっている「堕落」とは、大東亜戦争戦前・戦中の日本社会を表向き覆っていた大義名分、不義は御法度、義理人情などの「健全なる道義」や大東亜共栄圏思想(八紘一宇)などの強大理念にのっとることができずに、個々の欲望に従い無理念でエゴイズム、淪落した生活を送る、国民と安吾自らの状態のことである。こうした強大理念がない無理念、エゴイズム、淪落の生活とは、罪責性認定大の安吾には自然、当然の生活のひとつであり、「魂は日本中なべて変るところなくギャングの相」(前掲「魔の退屈」)という戦中・戦後の国民が堕落した状況に、安吾は自らのあり方への強い肯定感を得たものと思われる。そして大東亜戦争敗戦直後、その自己肯定感を基盤にして、堕落の本来性や本質性を直截的に主張しそれを強く肯定したのが安吾の「堕落論」だった。すなわち、敗戦直後、強大理念としての大東亜共栄圏思想や「健全なる道義」を完全喪失し、一層の無理念でエゴイズム、淪落した日々に陥り、混迷の淵にあった日本国民に対して、こうした堕落こそが人間の真実の姿、人間本来の姿であり、堕落した状態でいい、むしろそれを極めよ、とその現状を強く肯定したのである。

日本は負け、そして武士道は亡びたが、堕落という真実の母胎によって始めて人間が誕生したのだ。生きよ堕ちよ、その正当な手順の外に、真に人間を救いうる便利な近道が有りうるだろうか。（略）戦争は終わった。特攻隊の勇士はすでに闇屋となり、未亡人はすでに新たな面影によって胸をふくらませているではないか。人間は変わりはしない。ただ人間へ戻ってきたのだ。人間は堕落する。義士も聖女も堕落する。それを防ぐことはできないし、防ぐことによって人を救うことはできない。人間は生き、人間は堕ちる。そのこと以外の中に人間を救う便利な近道はない。戦争に負けたから堕ちるのではないのだ。人間だから堕ちるのであり、生きているから堕ちるだけだ。（坂口安吾「堕落論」『堕落論』〔新潮文庫〕、新潮社、二〇〇〇年）

日本国民諸君、私は諸君に、日本人および日本自体の堕落を叫ぶ。日本及び日本人は堕落しなければならぬと叫ぶ。（坂口安吾「続堕落論」、前掲『堕落論』）

安吾は、「健全なる道義」や大東亜共栄圏思想などの強大理念を喪失し、失意と混迷そして堕落の淵にさまよう日本国民に対し、強くその堕落を肯定することによって自己肯定感そして再起への希望を与えた。こうして当時の多くの人々の支持を得て、一躍時代の寵児になったのである。

②エゴイズム汎観をもとにした堕落の肯定、あるいは強大理念批判と弱小理念の主張

ⓐ「堕落論」の強大理念否定に表裏する弱小理念性

あらためて述べると、安吾はその「堕落論」「続堕落論」で、堕落を極め、これが人間の真実、本来の姿であるという認識、つまり罪責性認定大を基盤にして日本を再建せよ、と主張したのである。

　堕落すべき時には、まっとうに、まっさかさまに堕ちねばならぬ。道義退廃、混乱せよ。血を流し、毒にまみれよ。先ず地獄の門をくぐって天国へよじ登らねばならない。手と足の二十本の爪を血ににじませ、はぎ落して、じりじりと天国へ近づく以外に道があろうか。（同作品）

　しかし、理念面からみたその主張の中身といえば、それは戦前・戦中に日本社会を表向き席巻してきた大東亜共栄圏思想（八紘一宇）を代表とする強大理念への批判と、これに表裏する弱小理念の主張だったように思われる。というのも、堕落とは強大理念を維持できないというあり方で、その肯定とは強大理念の否定、そしてこれに表裏して弱小理念の主張、あるいは無理念、ニヒリズムの肯定になるからである。

ⓑエゴイズム汎観からの強大理念否定と弱小理念主張

　これをほかの側面をからもみていくと、まず、安吾の堕落肯定の基礎には、理念主張も含めてすべての価値主張は自己の利益に動機付けられたエゴイズムである、とするエゴイズム汎観があると思われる。すなわち、すべての行為や主張は本質的には自分のためというエゴイズムであるので、そこにほかの人々のために〝善いこと、正しいこと〟としての理念性は基本的には付与できない、とする見方があったものと思われる。ただしこのエゴイズム汎観には、「理念＝純理念」という、対人ストレス耐性小か無の理念性概念があまり意識されないかたちで前提されていると思われる。つまり、「自分が望む」〝人々にとって善いこと、正しいこと〟である通常の理念は、「自分が望む」というエゴイズム側面をもって、「誰もが望む」〝人々にとって善いこと、正しいこと〟である純理念としての理念性概念からは外れ、それはもはや「理念＝純理念」ではないことから、すべての理念主張はエゴイズムだ（エゴイズム汎観）、とみなされることになるのである。「堕落論」と同じ年に著された「エゴイズム小論」で安吾はいう。

エゴイズムはエゴイズムによって反逆され復讐されるのである。道義の頽廃を嘆くことのエゴイズムも同じこと、如何に嘆いてみたところで夫子自らの道義なるもののエゴイズムをさとらねば笑い話にすぎないだろう。闇の女も出家遁世も単にエゴイストにすぎないが、要するにエゴイズムはエゴイズムによって反逆される。仕方のないことではないか。

（略）

我々の秩序はエゴイズムを基本につくられているものであり、我々はエゴイストだ。（坂口安吾「エゴイズム小論」、前掲『堕落論』）

このエゴイズム汎観はすべての理念性の価値を否定するニヒリズムに近づいていくものだが、これが最も強く主張するものは、特に強大理念の価値の否定だろう。それは、大東亜戦争敗戦直後では、戦前・戦中に日本社会を覆い、しかし敗戦後日本国民を失意のどん底に追いやった大東亜共栄圏思想（八紘一宇）やそれに伴う「健全なる道義」に対する、次のような否定である。

天皇制が存続し、かかる歴史的カラクリが日本の観念にからみ残って作用する限り、日本に人間の、人性の正しい開花はのぞむことができないのだ。人間の正しい光は永遠にとざされ、真の人間的幸福も、人間的苦悩も、すべて人間の真実なる姿は日本を訪れる時がないだろう。（略）我々はかかる封建遺性のカラクリにみちた「健全なる道義」から転落し、裸となって真実の大地へ降り立たなければならない。我々は「健全なる道義」から堕落することによって、真実の人間へ復帰しなければならない。天皇制だの、武士道だの、耐乏の精神だの、五十銭を三十銭にねぎる美徳だの、かかる諸々のニセの着物をはぎとり、裸となり、ともかく人間となって出発し直す必要がある。（前掲「続堕落論」）

この、強大理念や理想を担えない堕落という人間の真実や現実を見据えることで、二度と再び大東亜共栄圏思想や「健全なる道義」のような、人間には初めから担うことができないはずの強大理念や理想を持ち出してくるな、と述べているのである。例えば、安吾は早くもその「続堕落論」のなかで、敗戦後に現れた〝政治の神様〟尾崎咢堂による国家意識を超えて国際人として生きていこうという「世界連邦論」や、「要するに世界連邦論の一つ」にすぎないとみるマルクス主義などの強大理念を、「人間という大事なことを忘れているのだ」（同作品）と強く批判している。強大理念は、「理念対理念の闘い」そして安吾が「基本的な、最大の深淵」と考える「家庭の対立」「個人の対立」「一人と一人の対立」といった対人ストレス小を解決しないばかりか、それらを増幅させる場合もあるため、安吾はこれを強く批判したのである。あるいは「政治」「社会制度」もまた、この「人間と人間、個の対立」を扱いきれない、人々を救い上げない「あらい網」として、その意義を否定する。

国と国の対立がなくなっても、人間同志、一人と一人の対立は永遠になくならぬ。（略）この人間の対立、この基本的な、最大の深淵を忘れて対立感情を論じ、世界連邦論を唱え、人間の幸福を論じて、それが何のマジナイになるというのか。家庭の対立、個人の対立、これを忘れて人間の幸福を論ずるなどは馬鹿げきった話であり、然して、政治というものは、元来こういうものなのである。共産主義も要するに世界連邦論の一つであるが、彼らも人間の対立に就て、人間に就て、人性に就て、咢堂と大同小異の不用意を暴露している。蓋し、政治は、人間に、又、人性にふれることは不可能なのだ。政治、そして社会制度は目のあらい網であり、人間は永遠に網にかからぬ魚である。（略）人間と人間、個の対立というものは永遠に失わるべきものではなく、しかして人間の真実の生活とは、常にただこの個の対立の生活の中に存しておる。この生活は世界連邦論だの共産主義などというものが如何ように逆立ちしても、どう為し得るものでもない。（同作品）

さて、このような強大理念批判に表裏させて安吾は、人間の堕落を肯定しこれを基盤にしてすべての物事を考えよ、と主張したのだが、それでもその具体的な主張内容はあまり明らかではない。そのためにその内容を論の端々から推測するなら、それは「基本的な、最大の深淵」である「家庭の対立、個人の対立」「一人と一人の対立」といった小集団側の対人ストレス小を解決するようなきめ細かいものであると思われる。さらにそれは、あくまで人間の堕落やエゴイズムを当然、自然とする認識に基づくものだろうから、理想論や永遠論的なものにはなりえない。つまりそれは、現実に即し「絶対不変の制度だの永遠の幸福」などをうたうことがない、「家庭の対立、個人の対立」「一人と一人の対立」を解決するものとしての小集団側の〝善いこと、正しいこと〟を述べたもの、として弱小理念であることが推測される。安吾は述べる。

生々流転、無限なる人間の永遠の未来に対して、我々の一生などは露の命であるにすぎず、その我々が絶対不変の制度だの永遠の幸福を云々し未来を約束するなどチョコザイ千万なナンセンスにすぎない。無限又永遠の時間に対して、その人間の進化に対して、恐るべき冒瀆ではないか。我々の為しうることは、ただ、少しずつ良くなれということで、人間の堕落の限界も、実は案外、その程度でしか有り得ない。人は無限に堕ちきれるほど堅牢な精神にめぐまれていない。何物かカラクリにたよって落下をくいとめずにいられなくなるであろう。そのカラクリをつくり、そのカラクリをくずし、そして人間は進む。（同作品）

人間と人間、個の対立というものは永遠に失わるべきものではなく、しかして、人間の真実の生活とは、常にただこの個の対立の生活の中に存しておる。（略）この個の生活により、その魂の声を吐くものを文学という。文学は常に制度への、又、政治への反逆であり、人間の制度に対する復讐であり、しかして、その反逆と復讐によって政治に協力しているのだ。（同作品）

結局、大東亜戦争敗戦直後に、エゴイズム汎観に基づいて人間の堕落を本来的で本質的なものと肯定したうえで日本を再建すべき、と主張した安吾の「堕落論」（「続堕落論」）は、強大理念や理想主義を批判し、弱小理念や現実主義を推奨した論であったのではないかと思われる。

③安吾の「堕落論」――対人ストレス耐性小か無の価値意識

ここまでは、「堕落論」（「続堕落論」）について、やはり安吾が、対人ストレス耐性小か無としての人間観と、それに適合的な価値意識をうたった論ということができるのではないかということを論じてきた。

これをその形成過程も含めてあらためてまとめてみると、対人ストレス耐性小か無の小か非集団側としては、その主張や行為は本来、自分あるいは近親者のためになる無理念か弱小理念になるから、そこに〃多くの人のために善いこと、正しいこと〃としての（大）理念性は付与できない。さらに、青年期に価値相対性に触れることによる、弱小理念以外にもちうる可能性があった純理念の喪失によって、一時理念性を完全喪失することになり、無理念性に表裏するエゴイズム汎観を基調にして、無理念、エゴイズム、淪落の堕落した姿を人間の自然で本来の姿として肯定する可能性が生じる。そしてその後、これに加えて、対人ストレス大を惹起する強大理念を批判する一方、それを惹起しないせいぜい弱小理念までを主張するに至るのである。

そしてこれをおこなったのが、まさに安吾の「堕落論」（「続堕落論」）と考えられた。つまり「堕落論」（「続堕落論」）では、理念性の完全喪失の状態のあと、堕落を人間の自然、本来の姿として強く肯定し、「健全なる道義」や大東亜共栄圏思想（八紘一宇）さらには戦後の世界連邦論、マルクス主義などの強大理念や理想主義を、人間の堕落の真実に反した「人間という大事なことを忘れ」た「あらい網」（前掲「続堕落論」）として批判した。そして無理念あるいは「基本的な、最大の深淵（略）家庭の対立、個人の対立」「一人と一人の対立」を解決する「我々の為し得ることは、ただ、少しずつ良くなれということ」（同作品）としての弱小理念と現実主義こそ重要である、と主張したものではないかと思われる。

なお、すでに述べているように、安吾が「家庭の対立、個人の対立」「人間同志、一人と一人の対立」と述べていることは、まさに「ルール、規則、法律、理念、理性などでは制御できないような、対人関係上で生ずる摩擦や葛藤」と定義された対人ストレスのうちの対人ストレス小にほかならない。この対人ストレス小を、「この基本的な、最大の深淵」「永遠に失わるべきものではなく、しかして、人間の真実の生活とは、常にただこの個の対立の生活の中に存しておる」（同作品）と最大限に重視していることは、安吾にとって対人ストレス小の制御が生存上最も重要な問題であること、すなわち安吾が対人ストレス耐性小か無であることを端的に示しているということができる。これは、マルクス主義や大東亜共栄圏思想などの強大理念を生存上不可欠とした対人ストレス耐性大の亀井とはまったく対極的な価値意識ということができる。これも、対人ストレス耐性の大小や相違が、各人の基本的な価値意識を決定してしまうことを示すひとつの具体例と思われる。

④罪責性認識大と罪責性認定大そして罪責性意識小か無をもとにした「堕落論」

安吾の「堕落論」は、人間は理念に沿うことができない無理念、エゴイズム、淪落した堕落状態を人間本来、当然の姿と認めていて、罪責性認定大であり、これをすべての出発点にしている。したがって、人間は理念に沿うことができないものである、という罪責性認識は大だが、罪責性認定大からそれを自然で当然のこととして積極的に肯定しこれを悔いないことからは、罪責性意識は小か無といえる。これはまた、無理念、エゴイズム、淪落の状態を人間本来、当然の姿と肯定してこれを非難しない、つまり欲望（非か小集団では、集団を離れた個としての「欲情」）を解放しても人間はそう悪くない、社会を破壊することにはならない、とする見方を導く可能性がある。そしてたしかに安吾は、「堕落論」発表と同年のほかの論評で、こうした欲望肯定論を展開している。

欲望を欲することは悪徳ではなく、我々の秩序が欲望の満足に近づくことは決して堕落ではない。むしろ秩序が欲望の充足に近づくところに文化の、又生活の真実の生育がある（坂口安吾「欲望について」、前掲『堕落論』）

さて、すでに論じたように、罪責性認識大と罪責性認定大そして罪責性意識小か無は、対人ストレス耐性小か無の罪責性と人間観である。したがって、安吾の「堕落論」は、罪責性の観点からも、対人ストレス耐性小か無の立場から著された論だったことが示唆される。

⑤安吾の「堕落論」と亀井の〝堕落論〟

ⓐ亀井の〝堕落論〟

このように、安吾はその「堕落論」で、対人ストレス耐性小か無のものである可能性がある、罪責性認識大と罪責性認定大そして罪責性意識小か無をもって、無理念、エゴイズム、淪落の堕落は人間の自然で当然の姿として全肯定し、さらにそれを極めることで人間の真実の姿を明らかにすべきだ、と主張した。そして、この理念や理想を担えない堕落状況という人間の自然、本質に沿わないものとして、大東亜共栄圏思想（八紘一宇）やマルクス主義をはじめとする「絶対不変の制度だの永遠の幸福」をうたう強大理念を批判し、二度とこのような強大理念を用いるべきではないと主張した。あるいは、対人ストレス耐性小か無は、その罪責性認定大そして罪責性意識小か無をもって堕落状況を全肯定していて、そこから救われるための強大理念は必要としないのであった。

民族的に一種の貞操を失うというようなこと（略）日本では貞操を失うと堕落だと思うが、僕は堕落ではないと思う。堕落だと思う概念がいかん。寧ろ貞操を失ったのを堕落と思わずに、発展の形だと思って、そこに思想を見出して行くならば、人間の場合でも、貞操を失うということが、人間が本当に大人になって行く過程だと思う。（坂口安吾／尾崎士郎「文学対談」、坂口安吾『坂口安吾全集』第十七巻所収、筑摩書房、一九九九年）

このように、堕落を超えてさらなる強大理念を、というのではまったくなく、堕落それ自体を全肯定するような思想を展開せよと述べているのである。さらには、それを基盤として「基本的な、最大の深淵」である「家庭の対立、個人の対立」「一人と一人の対立」（前掲「続堕落論」）という対人ストレス小を扱うだけの、そのため現実に即した弱小理念を評価し、小か非集団側の生を生きていこうとしたのではないかと思われる。

一方、対人ストレス耐性大の亀井も、安吾の「堕落論」に遅れること二年だが、その〝堕落論〟ともいうべき『我が精神の遍歴』と「真宗の名において」（前掲『亀井勝一郎全集』第六巻）を発表している（一九四八年三月）。同じキーワード「堕落」を何度も用いていることからこれはおそらく、自らの領域である論壇で敗戦直後の日本社会にセンセーションを巻き起こした、安吾の「堕落論」を十分意識して著したものではないかと思われる。

その〝入り口〟は、安吾の「堕落論」と同様、大東亜戦争敗戦直後の自らを含めた日本国民の、理念や理想を担えずに欲望に従う堕落状況に直面した、罪責性認識大というものだった。亀井は次のように〝堕落を極めよ、罪過を一身に負え〟と述べ、表面的には安吾と同様に堕落を肯定しているかのようである。

敗れたものは、これを機縁として（略）いっそ世界のあらゆる罪をひきうけた方がよい。侵略、惨虐、殺人、強奪、姦淫、地上の罪過をことごとく背負って、日本は世界一の悪人となり、ここに自己を定着せしめて、「悪人正機」を実証する以外にあるまい（略）なぜ救いのない自己を確認しないのか。人生の地獄の底へ、しっかり足がとどくように、救い上げられんとする自己でなく、堕ち行くものとしての自己を凝視することこそ大事であろうに。救いのあるところではなく、救いのなさにおいて、ただ仏を念ぜよ。（前掲『我が精神の遍歴』）

しかし、すでに前述の引用文中に「「悪人正機」を実証する」「救いのなさにおいて、ただ仏を念ぜよ」とあるように、安吾と同様に、堕落をもってそのままでいい、「我々はエゴイストだ」（前掲「エゴイズム小論」）と、エゴイズムや無理念、淪落を全肯定するのではなく、これを契機として結局は救済を得ようとしている点が異なる。それは、堕落を極めることを通して、新たな強大理念や信仰によって結局は救済されようとするものであり、亀井にとって堕落は、次なる強大理念あるいは信仰獲得に至るための、不可欠ではあるが乗り越えるべきひとつの状態、過程にすぎないもののようである。亀井は述べる、堕落を極めたあと発心せよ、と。

私の宗教論とは、私の堕落論である。内面を凝視されることによって、堕ち行くものとしての自己が確認され、それが発心の機となる。（前掲「真宗の名において」）

そして、その新たな強大理念あるいは信仰を必要とする理由は、その罪責性意識大にある。

大菩薩道は惨落の涯にくる。またしても夢かもしれない。しかし日本民族の可能性は、自己ひとりの罪悪凝視にのみある。（略）敗戦によってすべてを失った日本は、ただ一つ罪の意識だけは得た、というふうにありたい。（前掲『我が精神の遍歴』）

亀井はこの敗戦後の日本人の堕落に接し、「地上の罪過をことごとく背負って」「裁きをうけるため」「罪の意識だけは得た、というふうにありたい」というように、強大理念を維持できない罪責性に苦悩し、それから救われたいとする罪責性意識が大である。敗戦後の日本人の堕落の相に接してともに罪責性認識大だが、安吾が罪責性認識大を人間の自然・当然と肯定して罪責性認定大で罪責性意識小か無であるのに対し、亀井はこれに苦悩する罪責性認定小か無で罪責性意識大なのである。そのため亀井は、この罪責性意識大からの救済を必要とし、そのために次なる強大理念あるいは信仰を必要としたのである。

一つの夢が空しく去った後、人はまた新しき夢を追う。しかし日本にとっては、この夢はまず痛みでなければならぬはずだ。（略）世界のあらゆる罪禍を一身に担う「罪の意識」こそ第一だと私はすでに述べた。（略）大菩薩道は惨落の涯にくる。膨大な伝統の中から、私の心底にひびいてくる声は一つだ。「善人なをもて往生をとぐ、いわんや悪人をや」堕ち行く「悪人」の無償の祈念だけだ。（同書）

亀井が、このような信仰と同じく、〝多くの人々にとって善いこと、正しいこと〟である強大理念の信奉に再び向かったことは、戦後大東亜共栄圏思想を捨てて、いち早く国際平和主義思想（「平和の道」）を奉じたことにその証左をみることができる。すなわち亀井の〝堕落論〟は、無理念、淪落の堕落を自然、当然と肯定するのではなく、それを否定し克服する次なる強大理念を求める論と位置付けられ、理念主張の側面からみると安吾の

「堕落論」とは正反対、というべきものだったのである。

ⓑ対人ストレス耐性大と対人ストレス耐性小か無の相違を反映した安吾の「堕落論」と亀井の〃堕落論〃の相違

たしかに、安吾、亀井ともに、敗戦直後に、外見上よく似た論をなした。それは論の〃入り口〃の、敗戦直後の日本社会に究極的な堕落状況を認める罪責性認識大が共通していたためである。しかしその〃出口〃の、その後の日本社会の理念性のあり方については、前者は強大理念の否定、後者は強大理念希求と正反対なのだった。

その理由は、安吾が対人ストレス耐性小か無の罪責性認定大そして罪責性意識小か無をもって、堕落を人間の自然、当然として全肯定し、その実相に沿わない強大理念は否定し、小か非集団側の生を生きていこうとしたためなのである。つまり、戦前からの、対人ストレス耐性小か無に適合する無理念、エゴイズムあるいは弱小理念の生活を、戦後でも継続させるために、その「堕落論」「続堕落論」を著したものと考えられる。これに対して亀井は、対人ストレス耐性大の罪責性認定小か無そして罪責性意識大をもって、堕落を克服すべき、否定されるべきひとつの過程、状態と捉え、そこからの救済を与える新たな強大理念や宗教の獲得を目指して、大集団側の生を生きていこうとしたのだった。つまり、戦前からの、対人ストレス耐性大に適合する強大理念性、信仰の生活を、転向や「新生」を用いて、戦後でも継続させるために、その〃堕落論〃(『我が精神の遍歴』「真宗の名において」)を著したものと考えられる。

結局、対人ストレス耐性小か無であるか、対人ストレス耐性大であるかという生理的相違によって、敗戦後の日本社会の究極的な堕落状況の認識は同じでありながら、その後の堕落全肯定による強大理念否定(弱小理念肯定)か、堕落否定―克服による強大理念推奨という、正反対ともいうべき「堕落論」と〃堕落論〃を、両者はなしたものと考えられる。

戦後の強大理念大批判と弱小理念性の主張

①安吾の理念性批判

安吾の、無理念、エゴイズム基調すなわち堕落を肯定するうえで、弱小理念をもち、強大理念には反対する、という理念的姿勢は、戦前・戦中そして戦後でも変わることがなかったようである。それを、すでに取り上げた「堕落論」以外にも具体的にみていきたい。

「堕落論」でも検討したように、その理念性を決める基盤として、人がなすことや望むことは、すべて自己の利益に動機付けられているとするエゴイズム汎観がある。特に強大理念に対しては、大きな他対抗性と非寛容性を伴うだけに、エゴイズム（の側面をもつもの）でありながら〝多くの人々にとっての善いこと、正しいこと〟をうたうという矛盾を平気で犯している点を強く批判している。なお、この批判の裏には、強理念性がない純理念をその理念性概念とする無意識的な前提があるのだった。そしてこの批判姿勢はもちろん、〝人々にとっての善いこと、正しいこと〟をうたう、弱小理念以外の理念性一般（のちに述べる中理念など）にも及んでいるのである。

例えば安吾は「堕落論」と同年に、すでに一部引用のエゴイズム汎観を述べた「エゴイズム小論」を著していて、そのなかで近隣への親切行為や善意としての「小さな親切」を批判している。当時、敗戦後の無理念や淪落の世相をいち早く立て直すには、誰もが手をつけられる「小さな親切」から、という理念主張が戦後社会で巻き起こったようである。しかし、エゴイズム汎観を基盤として「日本及び日本人は堕落しなければならぬ」（前掲「続堕落論」）と叫ぶ安吾にはそれはすべての営為のエゴイズム性を直視しない欺瞞にみえ、これを批判する。

日本の復興には道義、秩序の恢復が急務だという。だが本来エゴイズムの道義にはよけいな理屈はいらないので、電車の数が多くなれば誰も押し合う筈はなく、物が出回れば闇屋はなくなる。物質の復興が急務である。もしそれ電車の中で老幼婦女子に席をゆづる如きことが道義の復興であるなら、電車の座席をゆづり得ても、人生の座席をゆづり得ぬ自分を省みること。下らぬ親切は余計なことだ。（略）道義頽廃などと嘆くよりも先ず汝らの心に就て省みよ。人のオセッカイは後にして、自分のことを考えることだ。（前掲「エゴイズム小論」）

一方、この「小さな親切」は、この後の一九六四年に東京大学総長の茅誠司の卒業告辞をきっかけに巻き起こった「小さな親切」運動と類似した性格のものと思われる。そして前述のように、対人ストレス耐性大の亀井は一も二もなくこれに賛同したばかりか、さらに「永久の目的をもって、我々日本人の市民道徳の確立といったきびしい目標をもってすすんで頂きたいのです」（前掲「小さな親切運動」）と、小理念以上に相当する理念性を投影し、これを推進したのだった。このように、亀井がまったく疑問を覚えず直ちに全面的に賛同したような「小さな親切」にさえ、疑問や批判の目を向ける安吾には、エゴイズム汎観に基づく根深い、弱小理念以上の理念性に対する批判の姿勢のあったことが示唆される。

②安吾の強大理念批判

さらに、前述のように、安吾のエゴイズム汎観に基づく強大理念性批判は、「堕落論」のなかの、尾崎咢堂による世界連邦論批判にみることができるのだった。それは、「個人の対立」「一人と一人の対立」という「基本的な、最大の深淵」を解決しない、「人間という大事なことを忘れている」（前掲「続堕落論」）無意味で有害な論として強く批判されていたのだった。

その後も安吾による、このエゴイズム汎観に影響された強大理念性批判は、戦後日本社会を席巻した国際平和主義思想や戦後の思想解放によって勢力を増したマルクス主義などへの批判にみることができる。「永遠の平和国家」を掲げるこの国際平和主義思想（「平和の道」）は、日本人だけでなく人類の平和を考える、戦後日本社会で隆盛をみた大理念である。前述のように、対人ストレス耐性大の亀井は、戦前の大東亜共栄圏思想（八紘一宇）の崩壊を受けて、直ちに次の強大理念としてこれに転向し、信奉したのだった。これに対して、安吾は、転向や「新生」する必要などはなく、エゴイズム汎観からも強大理念は受け入れられないために、国際平和主義思想に心引かれることはまったくなかった。そればかりか、この国際平和主義思想に組する尾崎の世界連邦論批判で展開した、「政治、そして社会制度は目のあらい網であり、人間は永遠に網にかからぬ魚である」（同作品）という論理に、この戦後の新たな強大理念の無意味性を含意させていたものと思われる。

また、戦後の思想解放によって再び勢力を増したマルクス主義（共産主義）だが、これに対しても安吾は、戦前の大東亜共栄圏思想とまったく同列と捉えて、その強大理念性を批判する。

共産党はマルクス・レーニン主義が絶対であり、他の主義思想を許さない。（略）国民が自分の思想を自由に選び、政党を批判し、審判することを許さぬような暴力主義というものは、自由人と共存しうるものではない。我々の軍部がそうであったように、彼らもファシズムであり、配給はあるが、自由は許さない、批判も許されない。」「国民儀礼の代りに赤旗をふってインターナショナルを合唱し、八紘一宇の代りにマルクス・レーニン主義を唱えて、論理の代りに、自己批判という言葉や、然り、賛成、反動、という叫び方だけを覚えてきた学者犬が敵前上陸してきた。（坂口安吾「野坂中尉と中西伍長」『坂口安吾全集』第八巻、筑摩書房、一九九八年）

大東亜共栄圏思想（八紘一宇）とマルクス主義（共産主義）は、戦前・戦中では完全に対極的ともいうべき思想だが、ともに〝多くの人々にとって善いこと、正しいこと〟として強大理念であることが共通しているのである。つまり両者ともに多くの人々の〝善さ、正しさ〟という大理念性を前面に掲げることによって、強理念性――他対抗性、非寛容性をもって「自分が望む」ことの実現を強く図るエゴイズム性を隠蔽していることが、エゴイズム汎観の安吾には受け入れがたいのである。そして、強大理念とは対極的といえるだろう、弱理念がもつ対抗するものへの寛容性や非対抗性、あるいは小理念の非普遍性や非永遠性を、安吾は推奨するのである。

ガンジーの無抵抗主義も私は好きだし、中国の自然的な無抵抗主義も面白い。（略）暴力的な侵略がはじまったら、これはもう無抵抗、無関心、お気に召すまま、知らぬ顔の半兵衛に限る。（略）セッカチな理想主義が何より害毒を流すのである。国家百年の大計などというものを仮定してムリなことをやるのがマチガイのもとだ。人のやる分まで、セッカチにやろうというのが、もっての外で、自分のことを一年ずつやればタクサンだ（同作品）

③国税庁との税金闘争と伊東競輪不正告発事件

一方、このような強大理念性批判の安吾が、社会に対して何らかの具体的な行動を示したのが、一九五一年の敗戦後復興期の日本社会で耳目を集めた、国税庁との税金闘争と伊東競輪不正告発事件の二つである。

当時、敗戦直後の一九四五から五〇年ごろ（昭和二十年代前半）、安吾は太宰治、織田作之助らと「新戯作派」「無頼派」と呼ばれて時代の寵児になっていた。しかし同時に日夜の執筆のために覚醒剤ヒロポン、睡眠薬アドルムなどを常用するようになり、幻覚や神経衰弱をきたして一九四九年東京大学医学部付属病院精神科に入院。軽快後の翌年には、四七年から結婚生活を送っていた梶三千代とともに伊東に転地療養して健康を取り戻していた。そして、新たに「安吾捕物帖」などの探偵小説、「安吾新日本地理」などの歴史物、さらに「安吾巷談」などの巷談物の成功によって、流行作家として頂点を極めていた。このような時期に勃発したのが、まず、五一年五月の国税局との税金闘争である。

この国税局との税金闘争とは、国税局が流行作家である安吾の所得に課税しようとしたにもかかわらず、蓄財という観念がなく、原稿料や印税が入れば右から左へと使ってしまうために無一物で払えない、と税金不払い闘争をおこなった事件である。残った金ではなく所得に税金がかかるということを理解しない安吾は、特に東大病院に入院して十分な収入がなかった一九四九年も、前年度の所得に応じて課税してきた国税局に我慢がならなかった。五一年五月には税金滞納によって家財一切を差し押さえられ、執筆のために必要だと蔵書の差し押さえ処分の取り消し要求はしたが、続いて原稿料の差し押さえにあい、税額決定に異議を申し立てた「陳情書」を国税庁に郵送している。この間安吾は、物品を受け取りにくる熱海税務署の来襲に備えて役人とのやりとりを想定した問答集「税金対策ノート」全五冊を作成し、さらにこれを含め闘争経過をすべて網羅した「負ケラレマセン勝ツマデハ」（坂口安吾「負ケラレマセン勝ツマデハ」、前掲『坂口安吾全集』第十二巻）を六月に著した。

しかしながらこれは、一流行作家と国税局との闘いという、ほとんど安吾個人の利害という問題にとどまり、〝多くの人々にとっての善いこと、正しいこと〟としての理念性や社会性を帯びることがない「闘争」だった。それはあるいは、評論家の奥野健男が述べるように、「大きな反権力闘争（略）安吾の税金闘争が内包していた、国家権力とのたたかい」（奥野健男『坂口安吾』〔文春文庫〕、文藝春秋、一九九六年）にできなくもなかった。つまり、「国家権力や法律やその代弁者の役人と、安吾という市井の芸術家、国家権力を根本的には認めない自由人との」対決、「自由への干渉であり簒奪（略）思想、芸術と国家権力との絶対的矛盾」のひとつで、「国家権力に反感を持ち、税金に悩まされている人々のウップンをはらす」（同書）という、社会性や理念性を伴った問題として提起し、これを社会的な反権力闘争にしていく、という選択肢がまったくなかったわけではない。しかしながら、安吾自身こそが、そうした社会性をつゆほども帯びさせることなく、あくまで一個人の利害闘争を選択し、すべては個人のエゴイズムであるというエゴイズム汎観を自らに対しても貫徹したのである。つまり、社会性を帯びうる問題だったにしても、自分とせいぜい家族のための〝善いこと、正しいこと〟というエゴイズムまたは小理念性にとどめ、あるいはその側面しか目に入らず、決して多くの人々に関わる小理念以上のものに近づけようとはしなかったのである。

そして、これに続いて発生したのが、一九五一年九月の伊東競輪不正告発事件である。これは、そのころから競輪通いを始めていた安吾が、伊東競輪場があるレースの写真判定で選手の背番号を変え、一、二着を入れ替えるという不正があったのではないかと、写真四葉を添えて静岡県自動車振興会を静岡県地方検察庁沼津支部に告発した事件である。これを、「読売新聞」が「伊東競輪判定写真でごまかす？　坂口安吾が告訴」と大々的に報道した。安吾は十一月には総合雑誌に伊東競輪不正告発の長文「光を覆うものなし」（前掲『坂口安吾全集』第十二巻）を発表したが、十二月に嫌疑不十分で不起訴になっている。

当時競輪は、社会的にはチンピラやくざの巣窟、いかがわしいギャンブルとみられていて、安吾の問題提起も、競輪愛好家という特殊でわずかな人々にとっての〝善いこと、正しいこと〟である可能性があっただけで、広く社会性がある問題提起にはなりえないものだった。このような問題の非社会性もあって「世の識者たちも一般大衆も、安吾がつまらぬことにかかわりあっているとむしろ眉をひそめ」（前掲『坂口安吾』）、安吾は社会と文壇の共感も得られず孤軍奮闘することになった。しかしこれもまた、安吾自身がそのエゴイズム汎観をもって、この問題を社会的な運動や闘争にはせず、あくまで個人の闘争としてこれを遂行しようとしたためでもあった。

これに対して、暴力団とのつながりなど普段から評判がよくない競輪界も、安吾の告訴や曝露に対して危機感を覚え、陰に陽にさまざまなはたらきかけや干渉をおこなった可能性がある。そして、再び睡眠薬アドルムを乱用するようになっていた影響もあり、安吾は、巨大な暗闇組織から付け狙われ消されようとしているという被害妄想にとらわれて、各地を転々とするようになった。その間、百人分のカレーを注文させるという「ライスカレー百人前事件」を引き起こすなど、精神的変調をきたすようにもなっていた。安吾は妻・三千代と二人で、評論家の大井広介邸、壇一雄邸、三千代の実家を転々とし、翌一九五二年桐生市の旧家である書上又左衛門邸の離れに身を隠すことで、その逃避行はやっと収まることになった。

この伊東競輪不正告発事件も、意識して社会的な闘争にもっていくことはなく、あくまで安吾個人と伊東競輪場の闘いとしてこれをおこなおうとしたことからは、やはり彼のエゴイズム汎観の基調、あるいはせいぜい小理念までの重視をみてとることができるのではないかと思われる。

④一貫して続く安吾の強大理念批判、小理念あるいはエゴイズム推奨

さて、当時の日本社会では、敗戦後のGHQ（連合軍総司令部）による占領下、一九四六年の日本国憲法公布をへて、民主化、思想解放の戦後政治改革が推進され、亀井の項で述べた国際平和主義思想がそれまでの大東亜共栄圏思想にとってかわろうとしていた。また、この思想解放の流れに乗って戦前から弾圧されていたマルクス主義も合法化して伸長してきたのだが、五〇年の朝鮮戦争に前後して国際的には冷戦時代に突入し、日本は資本主義陣営の民主国家側に立つと期待されて、五一年にはサンフランシスコ条約で独立回復、日米安全保障条約の締結などで資本主義陣営に立つことになった。この動きを反映して、日本とアメリカでの共産党員とそのシンパを公職追放するレッドパージなど、マルクス主義運動への抑圧も始まっていた。

このような社会の大きな動きのなかにあっても、安吾は、戦前の大東亜共栄圏思想（八紘一宇）と同様に戦後の国際平和主義思想へも無反応で、資本主義に対立する二大思想になったマルクス主義に対してはその強理念性と永遠性をもって批判し、資本主義を含めてこれら戦後の諸強大理念には無反応か批判をもって反応してきたのだった。そしてこの強大理念否定の一方で、この時期彼がおこなった少しでも社会に関わる可能性がある行動といえば、前述の国税局との税金闘争と伊東競輪不正告発事件とチャタレイ裁判傍聴くらいだった。そしてそれも、すでに述べたように、主にエゴイズム汎観に基づくエゴイスチックな行動か、あるいはせいぜい小理念に関

わる程度の行動と思われた。例えば当時の、伊藤整が訳したＤ・Ｈ・ロレンス作『チャタレイ夫人の恋人』（小山書店、一九五〇年）の猥褻性が問われたチャタレイ裁判に関するその著述も、国家権力と表現の自由といった社会性ある論点を十分取り上げるものではなかった（坂口安吾「チャタレイ傍聴記」、前掲『坂口安吾全集』第十七巻、同「見事な整理」、同書）。このように、当時隆盛をみた国際平和主義思想や資本主義あるいはマルクス主義などの強大理念や政治に対しては無反応か批判するばかりで、これらに比較すると私事・小事でしかない税金闘争や競輪不正問題などに心を奪われてしまう安吾からは、やはり生理的ともいうべき強大理念性否定と、エゴイズム汎観あるいは小理念重視の姿勢がうかがえる。

安吾は戦時中、強大理念の大東亜共栄圏思想には何も反応しない一方で、兵隊にとられてモノを知らない若僧の上官にぶんなぐられる屈辱だけは命を賭してもそそぎたい、とエゴイズムあるいは小理念を問題にしていた。これも、先に述べた敗戦後のエゴイズムあるいは小理念重視の姿勢と、ある意味で同質のものといえるだろう。そしてその後も、安吾の強大理念性否定、小理念あるいはエゴイズム汎観重視の姿勢は継続するのであり、ここには理念性というものに対する変わらない安吾のあり方をみることができるように思われる。

例えば以下に引用するのは、後年（一九五二年）、戦後復興期での当時の社会運動や幸福について論じた安吾の対談だが、ここでもはっきりと、「人間は小市民以上にはなれないし、小市民以上の幸福は本当はない」ために「小市民の小さな幸福」こそが本質的に大切で、すべての社会運動や政治の根元や目標はここに置かなければならない、と主張している。そして、それ以上の〝多くの人々の善いこと、正しいこと〟を主張する強大理念を「日本とか何とかいったって、要するに銘々の個人生活が問題だと思う」として批判し、身近な〝少数の人々にとって善いこと、正しいこと〟としての小理念の価値を強く主張しているのである。

レジスタンスとか平和運動とか（略）そういうものには根元がないんじゃないかと思うんです。（略）それがなんかというと、幸福なんという平凡で小さな限界あるものだと思うんだ。（略）それが欠けているんですよ。（略）結局、永遠に、どういう事態がきたって、小市民の生活が人間を代表する生活だ。人間は小市民以上にはなれないし、小市民以上の幸福は本当はないんだと思う。（略）小さな幸福それが大切だ。（略）そういうたいしたものでないもの（略）当たり前のものを守るべきだ、ということを誰もわかっていない。（略）日本とか何とかいったって、要するに銘々の個人生活が問題だと思うんです。それは問題の基礎だ（略）。ちっとも問題にされないのが不思議だと思うよ。（坂口安吾／なかの・しげはる「幸福について」、前掲『坂口安吾全集』第十七巻）

安吾の理念性のまとめ――対人ストレス耐性小か無の小か無理念性

本節では、主に青年期以後の安吾の理念性の変遷やあり方を検討してきたが、それは青年期までの安吾の軌跡から推定したとおり、対人ストレス耐性小か無の理念性の軌跡といえるものと考えられた。すなわち、対人ストレス耐性小か無に適合する理念形態は、「理念対理念の闘い」である対人ストレスを大きく発生させない、無理念と純理念および弱小理念である。したがって、当初からもっていた純理念が価値相対性への直面によって崩壊したあと、生来的で生理適合的である無理念やエゴイズム汎観に十分沈潜する期間をへて、あくまでも無理念性、エゴイズム汎観をベースにしてせいぜい弱小理念性までの理念性復活をおこなうことが推定される。そしてこれに表裏して、エゴイズム汎観に反し、対人ストレス大を惹起しかねない強大理念批判も展開していくものと推定される。

そして安吾は、まさにこの推定どおりの軌跡を示したのだった。つまり、価値相対性への直面による矢田との「初恋」＝純理念の崩壊に、自らの才能への絶望からの理念喪失が加わったあと、生来的・生理適合的である無理念性やエゴイズム汎観そしてニヒリズムの状態に長く沈潜したのだった。そしてこの十分な沈潜の期間をへて、また戦前・戦中の国民の無理念で淪落した状態にも後押しされて、自らの無理念性、エゴイズム汎観そのものに対する基本的な肯定観を、戦中から「文学のふるさと」「日本文化私観」「青春論」などで著し始めたのだった。さらには大東亜戦争敗戦直後の混乱期に、「日本及び日本人は堕落しなければならぬ」と、無理念性、エゴイズム汎観を全肯定した「堕落論」を発表して、これをベースにせいぜい弱小理念性までの理念性復活を主張したのである。そしてこれに表裏して、大東亜共栄圏思想（八紘一宇）などの戦前・戦中の強大理念、および戦後の国際平和主義思想、戦後復活したマルクス主義に対する強大理念批判も展開したのだった。その後も、税金闘争や競輪不正告発などで大きな理念主張にならないような活動、あるいは「小市民以上の幸福は本当はない」とする小理念の主張を、安吾は続けたものと考えられた。

4　安吾のアナーキスト性――対人ストレス耐性小か無

①安吾のアナーキスト性

奥野健男が「あらゆる権威や掟を認めないアナキスト的な坂口安吾」（前掲『坂口安吾』）と評したように、安吾はしばしばアナーキストと評される。これは安吾が、躊躇なく既成の権威や権力、伝統的価値、文化を批判し否定する姿や、社会的倫理や道義を否定して率直に欲情充足し淪落の生活を肯定する姿から印象されたことだろうと思われる。こうした印象を生む状況について、いくつか分析を加えておきたい。

なお、ここでアナーキズムとは、国家、社会、宗教など一切の既成の政治的・社会的・文化的権威や権力を否定して、個人の完全な自由と独立を望む政治思想のことである。狭義には国家がない無政府状態を意味し、無政府主義と訳すこともある。そしてアナーキズムを信奉する人をアナーキストという。さらにアナーキストには、無政府状態からカオスを望んだり、個人の完全な自由と独立を望む性格を延長して、個人の欲望や快楽を実現させようとする享楽主義的側面を生むことがある。

②対人ストレス耐性小か無のアナーキスト性

さてこの、国家、社会、宗教など一切の既成の政治的・社会的・文化的権威や権力とは、もともとは一般に〝多くの人々にとっての善いこと、正しいこと〟である、小理念以上の理念性から形成されたものである。したがって、小理念までを重視する対人ストレス耐性小か無は、小理念以上の理念性に由来する国家、社会、宗教など既成の政治的・社会的・文化的権威、権力を認めない傾向をもつ可能性がある。このようにして対人ストレス耐性小か無は、対人ストレス耐性大などには困難である、既成の社会的・政治的・文化的価値や権威、権力をあまり躊躇なく否定できる、アナーキストの性格を生む可能性が考えられる。

さらに、対人ストレス耐性小か無の基本的価値意識である無理念やエゴイズム汎観からは、非か小集団側にあってより個人としての欲望、快楽を実現させようとする享楽主義的側面を生むことになるので、既成の政治的・社会的・文化的権威や権力の否定のうえに享楽主義を人間の自然、当然とする、より一層のアナーキストの印象を生む可能性が考えられる。

このような観点からは、実際に外形的に表れるその印象や程度はさまざまでも、対人ストレス耐性小か無は基本的・潜在的にはアナーキストといえ、それが各所で顔を現してくることが考えられる。

③安吾の主張と生活のアナーキズムへの接近

さて、安吾についてだが、そのアナーキスト的な性格を最も率直に表明したものがやはり、大東亜共栄圏思想、マルクス主義思想、国際平和主義思想などのすべての強大理念を否定し、こうした理念性を担い続けることができない個人の欲望やエゴイズム、諭落を全肯定した「堕落論」「続堕落論」だろう。すでに引用したものの一部だが、安吾は次のように述べているのである。

封建遺制のカラクリにみちた「健全なる道義」から転落し、裸となって真実の大地へ降り立たなければならない。（略）天皇制だの、武士道だの、耐乏の精神だの、五十銭を三十銭にねぎる美徳だの、かかる諸々のニセの着物をはぎとり、裸となり、ともかく人間となって出発し直す必要がある。（前掲「続堕落論」）

また同論考のなかで述べられている、戦争の「偉大なる破壊」によって既成の社会文化的・政治的権威や権力が破壊される状況をいわば〝肯定的〟に受け入れている様子も、アナーキストの印象を与えるものである。

私は偉大な破壊が好きであった。私は爆弾や焼夷弾に戦きながら、狂暴な破壊に劇しく亢奮していたが、それにも拘らず、このときほど人間を愛しなつかしんでいた時はない（略）私は偉大な破壊を愛していた。（略）麴町のあらゆる大邸宅が嘘のように消え失せて余燼をたてており、上品な父と娘がたった一つの赤いトランクをはさんで濠端の緑草の上に座っている。（略）偉大な破壊、その驚くべき愛情。偉大な運命、その驚くべき愛情。（同作品）

さらに「堕落論」と同年の「エゴイズム小論」で、そのエゴイズム汎観から「我々の秩序はエゴイズムを基本につくられているものであり、我々はエゴイストだ」と述べ、やはり同年の「欲望について」で、一部前述だが、個人の欲望や快楽を実現させる享楽主義を人間の基本、本質と肯定している。

欲望を欲することは悪徳ではなく、我々の秩序が欲望の満足に近づくことは決して堕落ではない。むしろ秩序が欲望の充足に近づくところに文化の、又生活の真実の生育がある（前掲「欲望について」）

このような、既成の権威、秩序、文化の破壊を「愛し」、個人の欲望、快楽の実現を肯定する享楽主義が、安吾にアナーキストの印象を与えた一因だと思われる。そしてこれらの論考以外でも安吾は、亀井など大集団側にはとても困難な、既成の社会的・政治的価値や権威、権力批判を繰り返していて、その戦前・戦中・戦後の無理念、エゴイズム、淪落の生活からも、アナーキスト的あり方が示唆されるように思われる。さらには、安吾自身が、アナーキズムが好きであることを率直に告白もしている。例えば既成の権威、秩序の象徴である天皇への批判を交えながら、次のように述べる。

天皇に責任があるなんて馬鹿なことはないと思うんだ。責任があると言えば、天皇制を第一に認めることになるじゃないか。ボクは天皇制そのものがなくならなきゃいかんと思っている。責任もくそも、どだい天皇制というものをボクは認めないんだ。共産主義も嫌いだが、天皇制も嫌いでね。本当はアナーキズムが好きなんだよ。（略）ボクがアナーキーが好きだということを、アナーキストの連中も知っていて、いろんな出版物を送ってくれる（坂口安吾「スポーツ・文学・政治」、前掲『坂口安吾全集』第八巻）

同時期（一九四八年）に、政治のあるべき姿を論じた評論でも、率直にアナーキズムを肯定している。

私個人としては、先ず、大体に、アナーキズムが、やや理想に近い社会形態であると考えている。（略）人類の善意と相互扶助による政治や役人のいらない社会などが、我々の理想社会として、最良のものであるのは分りきったことである。（坂口安吾「戦争論」、前掲『堕落論』）

④対人ストレス耐性小か無としての安吾のアナーキスト性

ここまでをまとめると、一般に対人ストレス耐性小か無は、対人ストレス発生を回避するための強大理念性否定と小か無理念性および小か非集団側性によって、既成の権威と権力、秩序と既成価値、伝統や文化を否定し、同時により集団を離れた個人の自由と独立そして享楽主義的側面を肯定するという、アナーキズムに傾きやすい傾向が考えられるのだった。そして安吾には、生涯にわたってこのようなアナーキスト的性格が比較的明らかであり、このことも安吾が対人ストレス耐性小か無であることを示唆する一所見だと考えられた。

しかしながら最後に付言すると、安吾が真に、政治思想であるアナーキズムを信奉するアナーキストかというと、そうではない。アナーキズムは狭義には無政府主義に至る政治思想であり、「政治は、人間に、又、人性にふれることは不可能なのだ」（前掲「続堕落論」）と考える安吾が、どのようなものであっても政治思想を信奉するわけがないのである。奥野がいうように、それは「アナキスト的」であっても、本当のアナーキストにはなるべくもないのである。つまり安吾の、既成の権威と権力、秩序と既成価値、伝統や文化を思うままに批判し、個人の自由な欲望充足を肯定するさまがどれほど「アナキスト的」であっても、政治思想としてのアナーキズムを主張するアナーキストそのものではまったくないのである。

5　安吾の現実主義（反理想主義）——対人ストレス耐性小か無

対人ストレス耐性大—理想主義、対人ストレス耐性小か無—現実主義

①理想主義と現実主義の定義

亀井の項で述べたように、安吾についても、より理想主義的か現実主義的か、という問題をまとめて検討しておきたい。ここで再確認しておくと、理想主義とは、「現実には存在しない超越的な規範や価値」（『日本大百科全書 第二版』第二十四巻、小学館、一九九四年）としての「理想を立て、実現しようとする立場。空想的、観念的な性格をもつが、現実を改革する重要な基盤ともなる」（前掲『大辞泉 第二版』）ものである。そしてこの理想主義の対極が現実主義で、これは「現実を最重視する態度。理想を追うことなく、現実の事態に即して事を処理しようとする立場」（同書）だった。

②対人ストレス耐性大——理想主義

前章で検討したように、亀井は対人ストレス耐性大によって規定された強大理念性や他存在を信じる強度大によって、「超越的な規範や価値」を奉じる理想主義であることが推定された。そして実際に亀井は、マルクス主義に続いてゲーテ思想によるヒューマニズムと古代ギリシャ・ローマ精神、さらに古代・中世日本仏教から大東亜共栄圏思想、そして敗戦後の国際平和主義思想信奉というように、どのような時代にあっても常に理想主義的であり続けた。それは、どのように壊滅的な挫折経験をへても決して変わらないもので、つまり亀井の理想主義は、その経験や環境から形作られたものではなく、対人ストレス耐性大というより生来的で生理的なものに規定

されたものと考えられた。

③対人ストレス耐性小か無――現実主義

これに対して、対極の対人ストレス耐性小か無がもつ無理念あるいは弱小理念は、個人やせいぜい少人数にとっての〝善いこと、正しいこと〟を主張するものなので実現可能性が高いものであり、比較的現実に即して対応して改善していくことでその実現を目指すという姿勢をとりえて、より現実主義的な性格を帯びると推定されるのだった。たしかに、対人ストレス耐性小か無の場合、当初は無理念―ニヒリズムと純理念の併存状態にあり、この純理念は誰もが反対できない大理念として理想主義的なものである可能性がある。しかし、併存する無理念―ニヒリズムが基底的に作用しているので、それだけが理想主義として強く前面に出てくることはなく、また青年期には価値相対性に触れることによって容易に崩壊してしまうので、対人ストレス耐性小か無としては、おおむね生涯にわたって理想主義を掲げることなく現実主義的だと推定された。また、現実主義の「現実を最重視する態度」とは、事実命題にもっぱらのっとることと思われ、これは、理想主義のような必ずしも事実命題にのっとるばかりではない場合の現実の離反によって生じる対人ストレス（「理念対理念の闘い」など）の発生を抑える、という意味もあると考えられる。それでは安吾の場合はどうだろうか。次にその軌跡をたどることで具体的に検証していきたい。

安吾の現実主義――理想主義批判の軌跡

①少年期の非理想主義的性格

まず、少年期から思春期までの安吾は、「平然と人を陥れて、自分だけ良い子になり、しかも大概成功した。（略）私は大概の大人よりも狡猾であったのである」（前掲「石の思い」）というように、ほかの子どもたちにはみられないほどの正義心や理念性の欠落に表裏して理想主義的性格はみせることなく、主に無理念的――ニヒリスチックで現実主義的性格が前面に出ているのだった。

②青年期のマルクス主義批判にみる反理想主義

その青年期にあっては、当時の若者の特に高学歴の少なからぬ者たちがマルクス主義を信奉するようになったにもかかわらず、安吾は次のように、その普遍性や絶対性、永遠性などの理想主義性を批判し、これに批判的で現実主義的なのだった。

政治はただ現実の欠陥を修繕訂正する実際の施策で足りる。政治は無限の訂正だ。（略）自らのみの絶対を信じる政治は自由を裏切るものであり、進化に反逆するものだ。（前掲「暗い青春」）

③矢田との失恋後の非理想主義的生活

その後の二十代の安吾は、矢田との「初恋」＝純理念の完全喪失後、無理念で淪落した状態に長く沈潜し、「机の上の原稿用紙には埃がたまり、空虚な身体を運んできて、冷たい寝床へもぐりこむ。後悔すらなく、ただ、酒をのむと、誰かれの差別もなく、怒りたくなるばかりであった」（前掲「古都」）と、理想を掲げることとは無縁の反理想主義的生活を送った。

④三十代後半の現実主義・合理主義の思想確立と、大東亜共栄圏思想批判

このように矢田との失恋後、長く無理念、淪落の生活に陥った安吾は、三十代後半になって、むしろそうした無理念でエゴイズム、淪落の生こそが人間の真実の姿ではないかと実感するようになる。そして「文学のふるさと」（一九四一年）、「青春論」「日本文化私観」（一九四二年）で、強大理念性と理想主義を否定し、実質性や合理性による現実主義を評価してみせた。すなわち「文学のふるさと」ではアンモラル性を文学の基本と認め、「青春論」では淪落の生活や「生きることが、ただ、全部なのだ」と、理想や思想がない現実主義的な生き方を肯定した。そして「日本文化私観」でも、理念性を基盤にする文化、歴史、美意識よりも、「必要」「便利」「実質」性をより評価し、実質性、合理性の現実主義を評価した。

多くの日本人は、故郷の古い姿が破壊されて、欧米風な建物が出現するたびに、悲しみよりも、むしろ喜びを感じる。新しい交通機関も必要だし、エレベーターも必要だ。伝統の美だの日本本来の姿などというものよりも、より便利な生活が必要なのである。京都の寺や奈良の仏像が全滅しても困らないが、電車が動かなくては困るのだ。我々に大切なのは「生活の必要」だけで、古代文化が全滅しても、生活は亡びず、生活自体が亡びない限り、我々の独自性は健康なのである。なぜなら、我々自体の必要と、必要に応じた欲求を失わないからである。（坂口安吾「日本文化私観」、前掲『堕落論』）

そして、これらの姿勢は、武力を用いる強大理念であり、東アジア全体の幸福をうたう理想論でもあった大東亜共栄圏思想（八紘一宇）の否定へと延長していった。安吾の現実主義、合理主義の立場からみると、（一部は前述したが）次のようにイギリスやアメリカとの対決をうたう大東亜戦争―大東亜共栄圏思想は、空虚以外の何物でもなかったのである。

大戦争が始まっているのに茫然とした（略）私はつまり各国の戦力、機械力というものを当時可能な頂点に於て考えていたので、この戦争がこれほど泥くさいものだとは考えていなかった。皇軍マレーを自転車で進軍ときた時には全く心細くなってしまったので、尤も私は始めから日本の勝利など夢にも考えておらず、日本は負ける、否、亡びる。そして、祖国と共に余も亡びる、と諦めていたのである。（前掲「わがだらしなき戦記」）

⑤敗戦直後の「堕落論」の理想主義批判

そして、敗戦直後の「堕落論」は、戦中からの「日本文化私観」などにみられた強大理念や理想主義の否定と、無理念性あるいは弱小理念性そして現実主義への評価を、そのまま引き継いだものだった。すなわち、この堕落全肯定の基礎にはエゴイズム汎観があり、エゴイズム汎観が最も強く主張するものといえば、強大理念の否定である。それは、大東亜戦争敗戦直後では、「健全なる道義」や大東亜共栄圏思想（八紘一宇）の否定であり、さらに敗戦後早くも現れた世界連邦論や、「要するに世界連邦論の一つ」とするマルクス主義などの強大理念に対する否定になって現れた。これらをともに、「人間という大事なことを忘れている」、あるいは限界ある我々が「絶対不変の制度だの永遠の幸福を云々」（前掲「続堕落論」）することなど不遜であると、その強大理念性そして理想主義を強く批判したのだった。

このような強大理念や理想主義の否定は、それに表裏して現実主義であることを結果するだろう。そして、実際にその主張は、「絶対不変の制度だの永遠の幸福」などはうたわず、「基本的な、最大の深淵」である「家庭の対立、個人の対立」「一人と一人の対立」を解決する弱小理念を実現していくという、現実主義的なものだった。一部前述したが、安吾は、戦前・戦後の諸強大理念を否定する一方でいったのだった。

我々の為しうることは、ただ、少しずつ良くなれということで、人間の堕落の限界も、実は案外、その程度でしか有り得ない。人は無限に堕ちきれるほど堅牢な精神にめぐまれていない。何物かカラクリにたよって

落下をくいとめずにいられなくなるであろう。そのカラクリをつくり、そのカラクリをくずし、そして人間は進む。（同作品）

したがって、大東亜戦争敗戦直後に、エゴイズム汎観に基づいて人間の堕落を本来的で当然のものと全肯定したうえで社会制度や規範を再建すべき、と主張した安吾の「堕落論」は、強大理念や理想主義を批判し、その具体的主張はみえにくいとはいえ、弱小理念や現実主義を推奨した論だったのではないかと考えられた。

⑥戦後復興期の理想主義批判と現実主義

その後安吾は、一九五五年までの約十年間の戦後復興期を生きたが、この間に日本社会で隆盛をみた、敗戦直後からの世界連邦論、国際平和主義思想、マルクス主義などの主要な強大理念に、安吾はほとんど反対したのだった。その一方で、この時期彼がおこなった少しでも社会に関わる可能性がある言動といえば、国税局との税金闘争と伊東競輪不正告発事件などであり、これらは安吾個人あるいはごく限られた特殊な人々に関係するだけのきわめて現実的な問題を扱う行動だった。このように、大東亜戦争敗戦後の復興期でも、安吾は強大理念や理想主義に賛同することなく、エゴイズムかせいぜい弱小理念をもつだけで、きわめて現実主義的だったといえる。

実際、この時期（一九四七年）に著した論評で安吾は、主に政治に関してだが、きわめて率直に理想主義を批判し、現実主義を推奨している。

政治というものは、現実的なものでなければならぬ。理想主義であってはならぬ。もとより、政治に理想は必要でありますが、理想の早急な実現は、考えてはなりませぬ。なぜなら、我々の人生は五十年、然し、人間の歴史は、あと何十万年つづくか見当がついておりません。この何十万年の未来の時間が、みなそれぞれの現実として、少しづつ進歩向上して行くのが、人間の当然な未来史でなければならぬ筈のもの（略）これが永遠不変の社会制度であるとか、そういう主義理想をふりかざして、自分一代でそれを実現しようなどという英雄は、最もナンセンスな阿呆、無智モーマイな暴漢であります。なぜなら、人間というものは、この先に何十万年、何百万年かはかり知れぬ未来があり、その各々の未来の時間に当然各人がその最善をつくして向上進歩につとめる筈のもの、それを、たった五十年の我々が代りをつとめるなどは、その考えの甘さ、あさはかさ、未来に対し、人間に対し、まことに冒瀆、僭越、ナンセンスきわまる話であります。（坂口安吾「わが施政演説」『坂口安吾全集』別巻、筑摩書房、二〇一二年）

対人ストレス耐性小か無に規定された安吾の理想主義批判と現実主義

当初、その環境、経験のいかんにかかわらず、対人ストレス耐性大は理想主義で、一方の対人ストレス耐性小か無は現実主義になることを推論した。

そして実際に、同時代に北方の裕福な家に育ち、同じ時期に東京の大学に学び、と、比較的似た環境や境遇に育ったにもかかわらず、対人ストレス耐性大の亀井は少年期から宗教に、マルクス主義に、続いて大東亜共栄圏思想に、そして戦後は国際平和主義思想にと、次々と強大理念に賛同し、理想主義的であることで一貫していた。

これに対して、一方の安吾は、若年期から一貫して、これらの強大理念にはすべて無反応か批判的で、理想主義を掲げることなく現実主義的で一貫していた。これは、経験や環境だけでは変わらない要素によって現実主義的であること、つまり安吾が対人ストレス耐性小か無であることを示唆する所見と考えられた。すなわち彼は、対人ストレス耐性小か無のために、強大理念や理想を奉じることは対人ストレス大を招きかねないことから、理想主義ではありえないのだった。また、現実ともいうべき日常の小さな対人ストレス小を重視しそれへの対処をおこなわざるをえないことから、これに資する無か弱小理念性をもって、「理想を追うことなく、現実の事態に即して事を処理しようとする立場」として現実主義とならざるをえなかったのだと考えられた。

6　安吾の社会運動性小か無——対人ストレス耐性小か無

対人ストレス耐性小か無での社会運動性小か無

対人ストレス耐性小か無の場合、小か非集団側にあって、そのもつだろう理念は弱小理念あるいは無理念だから、これらを用いることによっては小か非連帯性を形成するだけである。そして、社会的に理念の実現を目指すべく活動するという社会運動は、この連帯性によって可能になるものだった。したがって、対人ストレス耐性小か無の、社会運動をする範囲や程度としての社会運動性は、小か無であることが推定される。

なお、この社会運動性小か無において、対人ストレス耐性小か無に生じるだろう社会運動への躊躇または拒否の感覚を構成するのは、次のようなものと考えられる。それはまず、集団の力を用いて〝多くの人々にとっての善いこと、正しいこと〟の実現を目指すという社会運動に伴う強理念性が、「理念対理念の闘い」としての対人ストレスをより惹起させるという懸念である。これは、社会運動が、対人ストレス耐性小か無の基本的認識であるエゴイズム汎観を隠蔽する行為にもなりかねない、という懸念ともなりうるものである。そして、その重視する日常の小さな対人ストレスへの対処をあまり扱わない、社会運動性大で用いられる大きな理念性に対する、空理空論観である。さらには、多くの人々との社会運動に伴って生じるだろう、集団内での「日常生活上の些事」としての対人ストレスの増大と、人性の不如意などから連帯を裏切る可能性によって生じる「他存在を信じる強度への裏切り」による対人ストレス発生を回避したい、という感覚などである。

このような社会運動性の側面について、安吾はどのようだったのかをあらためて検証してみたい。

安吾の反社会運動性の軌跡

さて、青年期において安吾は、亀井とは対照的に、当時の青年たちの多くを引き付けたマルクス主義（共産主義）に賛同することなく、共産党に入党しなかったことはもちろん、研究会やデモ参加などのマルクス主義実現のための活動も皆無だった。マルクス主義の強大理念性や理想主義性が安吾の拒否反応を招き、連帯性大そして社会運動性大へと結び付くこともなかったのである。その後の、大東亜戦争期でも、強大理念の大東亜共栄圏思想とは無縁であり、地域にあっても隣組班長を拒否するなど、社会運動的なものには参加することはなかった。戦後でも、強大理念である世界連邦論、そして社会運動へと広がろうとする「小さな親切」運動に対しても批判的だった。「人間同志、一人と一人の対立（略）この基本的な、最大の深淵」（前掲「続堕落論」）とみる以上、多くの人々の間で築く大連帯性は困難と思われ、それによる社会運動性も小か無にならざるをえなかったのである。そしてその後の戦後復興期でも、一部は前述したが、左翼文学運動家の中野重治との対談（一九五二年）のなかで、当時の社会運動を批判している。

いまのレジスタンスや平和運動のもっている運動も、プロレタリア運動も、英雄気分が多すぎますよ。小市民はついて行けない。結局、永遠に、どういう事態がきたって、小市民の生活が人間を代表する生活だ。（略）小市民以上の幸福は本当はないんだと思う。（略）そういうたいしたものでないもの（略）当たり前のものを守るべきだ、ということを誰もわかっていない。（略）日本とか何とかいったって、要するに銘々の個人生活が問題だと思うんです。（前掲「幸福について」）

つまり、小市民の小さな幸福を目標にすべきなのにそれ以上のものを唱えている、英雄気分が多すぎると、小理念主張の立場から、当時のレジスタンス、平和運動、プロレタリア運動の大理念性や社会運動性大を批判しているのである。また、この少し前（一九四八年）にも、安吾は、社会運動の一形態であるストライキを激しく批判している。ストライキは労働者の争議権のひとつとして法的に認められているにもかかわらず、安吾がその闘争性や好戦性をひどく嫌い「社会の敵」「世界的奇観」とまで酷評する姿には、社会運動性とその強理念性に対する生理的嫌悪の存在を印象させるものがある。

私は、だいたい、ストライキという手段は、好きではない。社会生活に於ける闘争ということを好まないのだ。闘争ほど、社会の敵なる言葉はない。（略）ストライキという如き素朴、好戦的な方法にゆだねて、合理的な機関を発明しないのは、不思議である。かかる重大な生活問題を、不完全な調停機関で有耶無耶にして、結局ストライキに物を言わせるなどは、文化文明の恥と申すべきものである。（略）人間の生活権を保護するに、ストライキなどという素朴な方法を公認する愚かさ、工夫、努力の足りなさは、まさに世界的奇観である。（前掲「戦争論」）

安吾の非社会運動性

こうした安吾の社会運動性小か無に表裏すると思われるのが、彼がなした社会に対するはたらきかけが、連帯して集団に参加してその社会的実現を目指す、という社会運動のかたちをとらなかったことである。その具体例は、前述の国税庁との税金闘争と伊東競輪不正告発事件などである。この国税庁との税金闘争は、評論家の奥野健男が述べたように、「大きな反権力闘争（略）安吾の税金闘争が内包していた、国家権力とのたたかい」（前掲『坂口安吾』）として社会的な反権力闘争や社会運動にしていく、という選択肢がまったくないわけではなかった。しかしながら安吾自身こそが、あくまで、そうした集団によらない、一個人による利害闘争を選択したのだった。

それはまさに、すべては個人のエゴイズムであるというエゴイズム汎観を、自らの行為にも適用した結果と思われる。そして一九五一年の伊東競輪不正告発事件だが、これも自動車振興会という組織に対する、社会による不正を摘発して是正を目指すという社会運動にできなくもなかったかと思われる。しかし、安吾はあくまで一個人による闘い、非社会運動として、これを遂行したのだった。

このように、安吾は人生のすべての時期で、社会運動を批判し続けるか、あるいは社会へのはたらきかけをあくまで一個人の闘争としておこなうことで、一貫して社会運動に関与、参加することはほとんどなかったと思われる。

対人ストレス耐性小か無に規定された安吾の社会運動性小か無

このように、安吾の軌跡を検討すると、その社会運動性は一貫して小か無といえ、これも彼が対人ストレス耐性小か無であることを示唆する所見と考えられた。

すなわち、対人ストレス耐性小か無としては、対人ストレスという「一人と一人の対立」「基本的な、最大の深淵」を超えて連帯することなどは生理的に困難としか思えないのだった。また小か非集団に準拠してせいぜい弱小理念をもつことからは、強大理念を介して大連帯を形成し社会運動性大をなすことなどには妥当性を感じることはできず、強大理念性が惹起する対人ストレス大も忌避されることから、社会運動は「英雄気分が大きすぎ」「闘争ほど、社会の敵なる言葉はない」と批判せざるをえなかった。これらは、対人ストレス耐性大の亀井が、推論どおりに一貫して社会運動性大であったこととあわせ、環境や経験ではなく、生理的で生来的な対人ストレス耐性によって社会運動性が規定されていることを示唆する所見ではないかと思われる。

7　安吾の信仰性小か無、祈り親和性小か無

安吾の信仰性小か無

①無信仰あるいは他存在を信じる強度小か無からの信仰性小か無

次に、亀井の場合と同様に、安吾の信仰性と祈り親和性についてみていきたい。

まず、信仰の程度を表す信仰性だが、これは信仰のうちで他存在を信じる強度が大である場合は信仰性大、他存在を信じる強度小か無である場合は信仰性小か無になるのだった。

さて、安吾の場合は、前述のとおり非か小集団側に生き、せいぜい能力、仕事、業績への社会による客観的な外的評価システムを信用するくらいだったから、その他存在を信じる強度は小か無だったと推定される。

ちなみに、このような安吾が、他存在を信じる強度が増大しかねないだろう事態を、〝生理的に〟回避したことを示すエピソードがある。戦時下だが、安吾を信じて疑わない青年を、純粋すぎて彼を裏切る結果になることが目に見えるからと、その関係を切ったのである。その青年はひどい反戦思想をもち、マルクス主義を信じていたのだった。

純真な青年で、自分の利欲よりも、人を愛す魂をもっていた。いつかドシャ降りの雨のとき、自分の外套をどうしても私にきせ、自分は濡れて帰ろうとするのである。人を疑わず、人の苦しみを救うために我身の犠牲を当然とするこの青年の素直な魂は今も忘れることができない。焼野原になった後で、偶然、駅で会った。青年は食事が十分でないらしく、顔はひどく蒼ざめており（略）青年の家は焼けたのである。私はそのとき

よほどこの青年に私の家へきたまえ。部屋もたくさんあるし家賃などもいらないから、と言おうと思った。青年には年老いた母があるのである。私はそれも知っていた。けれども言うことができなかった。この青年の魂が美しすぎ、私を信じすぎており、私はそれを崩すに忍びなかったからである。（前掲「魔の退屈」）

そして信仰そのものに関しても、前述のように、安吾はこれとほとんど無縁だった。彼は、東洋大学生時代に仏教の悟りを得ようと、一日四時間睡眠で修行をおこなったが、ただ仏教の知識を得ただけでそこには悟りも何もない、と仏教から離脱したのだった。さらに、対人ストレス耐性大の亀井が示したマルクス主義への「信仰」とも、強大理念である戦前からの大東亜共栄圏思想、戦後の国際平和主義思想、世界連邦国家論などへの信奉とも無縁なのであった。

このように、信仰そのものとはほとんど無縁で、また他存在を信じる強度小か無だったことから、安吾は信仰性小か無だったと推定された。

②罪責性意識小か無からの、信仰性小か無

また、いま一つ信仰性を規定するものに、理念性に表裏する罪責性意識がある。つまり、対人ストレス耐性大の亀井のように強大理念を抱くほど、人性の不如意などからの裏切りが不可避になって罪責性意識大にならざるをえず、その救済として信仰が必要になり、信仰性大になるのだった。しかし安吾の場合、その一生でいかなる強大理念も信奉することなく、三十代後半に確立されたエゴイズム汎観（罪責性認定大）という思想的基盤からは、罪責性意識は小か無のままで、信仰によるその救済は必要とせず、やはりその信仰性は小か無のままだった。

このように、安吾が信仰性小か無だったこと、そしてそれが他存在を信じる強度小か無や罪責性意識小か無を反映するものであることも、彼が対人ストレス耐性小か無であることを示唆する所見と考えられる。

安吾の祈り親和性小か無

①対人ストレス耐性小か無の祈り親和性小か無

祈りは、信仰性を含め他存在（超越的なものや現象）を信じる強度を反映する外的行為と考えられた。したがって、祈りという行為への接近性、親和性あるいは抵抗の少なさ、といった「祈り親和性」は、「信仰」、信奉を含め他存在を信じる強度大である対人ストレス耐性大では大、信仰性が小さく他存在を信じる強度小か無である対人ストレス耐性小か無では、小か無であると推定された。例えば、対人ストレス耐性大の亀井は、帰依する親鸞を開祖にする浄土真宗信仰の核心が祈り（念仏）だったこともあり、祈り行為に対する本質的意義や全肯定感を述べるなど、その祈り親和性は大だった。

②安吾の祈り親和性に関する軌跡

そして、安吾についてだが、まず青年期では、その強大理念性のためにマルクス主義は信奉せず、亀井がおこなった労働者や農民などの幸福を願う祈りなどとは無縁だった。その後の、思想確立期の三十代後半では、神社や仏閣などは壊して停車場を作れなどと、現実主義で合理主義であることに表裏して信仰性はなく、祈り親和性を認めることもなかった。そして、戦前からの大東亜共栄圏思想を信奉することもなく、亀井のようにその実現を祈念することもなかった。例えば、大東亜戦争開戦の報に接しても、亀井が「神仏への祈念」（前掲「信仰について」）をおこなったのに対し、安吾は日本と自らの滅亡を悟っただけで、勝利を祈念することなどはなかった。また次の、敗戦直後の日本国民の堕落状態に対しても、堕落こそが人間の本来、真実の姿と肯定するばかりで、そこに亀井がおこなったような救済への祈りが介入する余地などはなかった。その後の戦後復興期でも、亀井のように世に流布した国際平和主義思想に従い「平和の道」を祈念するなどということはなかった。このように、すべての強大理念や信仰に対して安吾は一貫して無縁であるなど、そこに祈り親和性を示す機縁はほとんど存在しなかったと考えられる。

このように、安吾が祈り親和性が小か無であったことは、それが信仰性や他存在（超越的なものや現象）を信じる強度を反映するものであることから、彼が対人ストレス耐性小か無であることを示唆する所見ではないかと考えられた。

③安吾の祈り親和性小か無

そのような安吾が、自らの祈り親和性の小ささを直接吐露している記述がある。それは、三十代後半に著した「青春論」であり、淪落こそ青春の本質と述べた同論で安吾は、江戸初期の切支丹弾圧下でのキリスト教徒が、神に祈りを捧げて喜々として殉教していく信仰を狂信的と批判した。そして宮本武蔵が、一乗寺下り松の決闘の前に、たまたま通りかかった八幡様の神前で必勝祈願しようとしたのをやめ、自らだけに頼もうとしたことを肯定し、これに続けて次のように述べた。

いかなる神の前であれ、神の前に立ったとき何人が晏如たり得ようか。（略）一片の信仰もない僕だけれども、本殿とか本堂の前というものは、いつによらず心を騒がせられるものである。祈願せずにはいられぬような切ない思いを駆り立てられる。さればといってほんとうに額ずくだけのひたむきな思いにもなりきれないけれども、こんなに煮えきらないのは怪しからぬことだから、今度から思いきって額ずくことにしようと思って、ある日決心して氏神様へでかけて行った。いよいよとなってお辞儀だけは済ましたけれども、同時に突然僕の身体に起こったギコチのなさにビックリして、やはり僕のような奴は、心にどんな切ない祈願の思いが起こっても、それはただの心の綾なのだから実際に頭を下げたりしてはいけないのだと諦めた。（前掲「青春論」）

ここで安吾の祈る行動を阻止した「突然僕の身体に起こったギコチのなさ」とは、対人ストレス耐性小か無による、対人ストレスを引き起こしかねない他存在を信じる強度を増大させる行為に対する、生理的ともいうべき回避反応だったのではないかと思われる。前述に続く以下の引用も、同様の反応と思われる。

自殺した牧野信一はハイカラな人で、人の前で泥くさい自分をさらけだすことを最も怖れ慎んでいた人だったのに、神前や仏前というと、どうしても素通りのできない人で、このときばかりは誰の目もはばからず、必ずお賽銭をあげて丁寧に拝む人であった。その素直さが非常に羨ましいと思ったけれども、僕はどうしてもいっしょに並んで拝む勇気が起こらず、離れた場所で鳩の豆を蹴とばしたりしていた。（同作品）

こうした反応には、祈り親和性大で何の躊躇もなく神仏にぬかずくことができた対人ストレス耐性大の亀井とは根本的に異なるあり方、という印象を抱かせられる。これも、祈り親和性が対人ストレス耐性という生理的なものに規定されていることを示唆する所見ではないかと思われる。

8　安吾の歴史・伝統・文化意識小か無、死後の名誉・業績評価小か無――対人ストレス耐性小か無

安吾の歴史・伝統・文化意識小か無

①対人ストレス耐性小か無での歴史・伝統・文化意識小か無

歴史とは単に出来事の記述の集大成でなく、人々にとっての〝善いこと、正しいこと〟としての理念性が実現された軌跡や顕現史としての「物語」(Historie)であった。そして歴史と同様に伝統や文化も、この「物語」を次世代に伝える造形や儀式、様式といえる。これに対する歴史・伝統・文化意識、すなわち歴史や伝統、文化に顕現されてきた理念性に価値を置き、それを教訓にして現在、未来に生かそうとする意識については、亀井のように大集団側に準拠し強大理念を奉じる対人ストレス耐性大のなかでは大なのだった。それは、それらがその後長く続く大集団内で伝えられ、さらにその大集団の維持や形成にも非常に有用になるからだった。

一方、対人ストレス耐性小か無では、歴史・伝統・文化意識小か無と推定された。というのも、対人ストレス耐性小か無にとっては、小か非集団(家族、個人レベル)側だけで意義が深い歴史や伝統、文化が形成されるという可能性は小さく、集団自体もその代か数代続いたあとに途絶える可能性が大きいので、歴史や伝統、文化を重視する意義は少ないからである。そして、対人ストレス耐性小か無が、大集団側に準拠した大理念の顕現史やその造形や儀式、様式としての歴史や伝統、文化を重視する理由もあまりないからだった。

②安吾の合理主義、現実主義からの歴史・伝統・文化意識小か無

さて安吾だが、非か小集団準拠であることから、幼少期から一貫して強大理念には無反応あるいは批判的で、理想主義を掲げることなく現実主義で一貫していた。そして「日本文化私観」で、一部前述したが、理念性の顕現史、造形や儀式、様式を重視する歴史・伝統・文化意識よりも、「必要」「便利」「実質」の合理主義や現実主義を次のように評価してみせたのだった。

伝統の美だの日本本来の姿などというものよりも、より便利な生活が必要なのである。京都の寺や奈良の仏像が全滅しても困らないが、電車が動かなくては困るのだ。我々に大切なのは「生活の必要」だけで、古代文化が全滅しても、生活は亡びず、生活自体が亡びない限り、我々の独自性は健康なのである。(略)法隆寺も平等院も焼けてしまって一向に困らぬ。必要ならば、法隆寺をとりこわして停車場をつくるがいい。我が民族の光輝ある文化や伝統は、そのことによって決して亡びはしないのである。(前掲「日本文化私観」)

ここには、その現実主義や合理主義に表裏した、安吾の歴史・伝統・文化意識の希薄さがうかがえる。一方、これでは、奈良の古仏に邂逅し、古代・中世日本仏教に帰依することで救済された、対人ストレス耐性大の亀井は、はなはだ困ることになってしまうのである。

③安吾のアナーキズムからの歴史・伝統・文化意識小か無

また安吾はアナーキズム的だったのだが、このアナーキズムも、既成の社会規範や権威、秩序などを形作ってきた歴史や伝統、文化への低評価——歴史・伝統・文化意識の低さを導くものだろう。例えば安吾は、日本の歴史や伝統、文化の象徴ともいうべき天皇制を、「共産主義も嫌いだが、天皇制も嫌いでね。本当はアナーキズムが好きなんだよ」(前掲「スポーツ・文学・政治」)と、いともたやすく否定していて、この天皇制の否定も歴史や伝統、文化意識の低さのひとつの表れとみることができるだろう。一部前述したが、安吾は述べる。

日本人の生活に残存する封建的欺瞞は根強いもので、ともかく旧来の一切の権威に懐疑や否定を行うことは重要でこの敗戦は絶好の機会であった(略)日本的知性の中から封建的欺瞞をとりさるためには天皇をただの天皇家になって貰うことがどうしても必要で、歴代の山稜や三種の神器なども科学の当然な検討の対象としてすべて神格をとり去ることが絶対的に必要だ。(坂口安吾「天皇小論」、前掲『堕落論』)

またアナーキズムの既成の社会的・政治的価値、権威、権力の否定は、戦争などでの既成の社会、秩序、伝統、文化の破壊の肯定の姿で現れることがあり、これも歴史や伝統、文化への低評価の印象を生むことになる。安吾は、空襲による日本社会の破壊を「偉大な破壊を愛していた」（前掲「続堕落論」）と「肯定」し、それまでの日本社会を築き上げてきた理念性の顕現史、造形や儀式、様式としての歴史や伝統、文化を否定する見解を呈したのだった。

空襲下の日本はすでに文明開化の紐はズタズタにたち切られて応仁の乱の焦土とさして変わらぬ様相になっている。（略）歴史の流れの時間は長いが、しかしその距離はひどく短いのだということを痛感したのである。行列だの供出の人の心の様相はすでに千年前の日本であった。今に至る千年間の文化の最も素朴な原形へたった数年で戻ったのである。然し、又、あべこべに、と私は考えた。組み立てるのも早いのだ。千年の昔の時間をまともに考える必要はない。十年か二十年でたくさんなのだ、と。（略）私は最大の混乱から建設までに決して過去の歴史の無意志の流れのような空虚な長い時間は必要ではない、と信じることができたからであった。（前掲「魔の退屈」）

この、空襲によって容易に日本社会は応仁の乱の時代に戻り、またたやすく現代に戻るだろう、という言葉からは、長い年月をかけて形成される理念性の顕現史、造形や儀式、様式としての歴史や伝統、文化をあまり評価していない安吾の姿勢が透かし彫りにされているように思われる。

④歴史物が多くとも歴史意識は低い

たしかに安吾は「イノチガケ」「黒田如水」「二流の人」「信長」「狂人遺書」「家康」「道鏡」など、歴史物の名作を数多く著している。しかし歴史物を数多く書いていても、理念性の顕現という側面を捉えて現在そして将来の日本の教訓にする、というような内容はなく、むしろそれとは逆に通説にはない物事の非理念的側面に焦点を合わせて新しい見方を提供する、というものが多い。あるいは、通説を裏切るような興味深い人物像やエピソードを展開させた面白い読み物としての歴史物である。一貫して、理念性にはあまり焦点を合わせることなく、現在そして将来に生かせる教訓になるような理念性の顕現史としての歴史を著していない。

例えば「狂人遺書」（坂口安吾「狂人遺書」『坂口安吾全集』第七巻、筑摩書房、一九九八年）では、豊臣秀吉の大陸侵攻の目的が明征伐ではなく、実は、明国の属国ではなく対等の立場で面目を保ちながら貿易を再開することにあった、という新解釈が展開される。「信長」（坂口安吾「信長」、前掲『坂口安吾全集』第七巻）では、安吾が「理知そのものの化身」（坂口安吾「「信長」作者のことば」『坂口安吾全集』第十三巻、筑摩書房、一九九九年）と述べているように、時代を超えた近代合理主義者としての織田信長像が描かれている。しかし、権謀術策をめぐらして実弟を殺害し、有力な配下の武将も冷酷に捨て駒にする、などの側面に、合理性の極限形として非人間性や残虐性が描かれ、その言動に理念性の顕現としての性格は明らかとはいえない。「信長」では描かれていないが、信長が抱いたとされる大陸侵攻計画について安吾が「朝鮮遠征も（略）信長晩年の夢の一つというだけで、ただ漠然たる思いであり、戦場を国の外へひろげるだけのただ情熱の幻想であり、国家的な理想とか、歴史的な必然性というものはない」（坂口安吾「我鬼」、前掲『坂口安吾全集』第四巻）と述べているように、この「信長」も、戦国時代の時代を超えた近代合理主義者の興味深い一物語の側面が強く、何らかの理念性を後世に伝えようというような理念性の顕現史としての作品ではないようである。「家康」（坂口安吾「家康」、前掲『坂口安吾全集』第七巻）でも、戦国時代は武士道の戦争などではなく権謀術数の戦争であり、徳川家康も徳川幕府二百六十年の礎を築いた神君などではない、とする。つまり、保守家で律儀で平凡な、しかし人質にとられた子孫が何人死のうが冷然としていられる冷徹さも併せ持った男が、大した計略もなしに時代の要請によって天下人に押し上げられてしまった、という解釈を展開しているのである。やはりここにも、通説を裏切るような興味深い人物像を提示するという読み物的面白さは認めるが、後世にも教訓になるような理念性の顕現史としての「物語」、歴史は描かれていないのである。

すなわち、安吾がたとえ、名作といわれる数多くの歴史物を著していたとしても、それは事物の非理念的側面により焦点を当てるなど、そこに理念性顕現史としての歴史観は認められず、その歴史意識は小か無といわざるをえないのである。例えば、評論家の松岡正剛が次のように、安吾の歴史物には通常の歴史観、歴史意識がないことを指摘している。

安吾には「安吾歴史譚」や「信長」をはじめとするいくつもの日本史探訪ものがあって、それらのなかには「坂口安吾こそが信長を発見した」と言われるような、独特の史観のようなものがあり、その評判のなかには「司馬遼太郎的な歴史小説の原型はほとんど安吾によって先取りされていた」というフライング気味の指摘もあるのだが、たしかに安吾の史観は無類におもしろいのではあるけれど、そこに「日本」が際立ってくるような構想が控えているかというと、そういうものはない。既存の見方が覆えされるだけなのである。

（松岡正剛「0873夜 坂口安吾 堕落論」「松岡正剛の千夜千冊」〔https://1000ya.isis.ne.jp/0873.html〕）

さらには、歴史物を含む安吾の著作一般についても、「そこに逆説的な日本文化論があるとか、新たな日本人が因って立つ基礎が与えられているという期待はしないほうがいい。人間哲学があるというほどでもない」（同ウェブサイト）とも述べている。すなわち、「「日本」が際立ってくるような構想」「新たな日本人が因って立つ基礎」とは理念性の顕現史としての歴史観や歴史意識と思われるが、結局、これらが安吾の歴史物にはない、「無類におもしろい」、しかしただ「既存の見方が覆えされるだけ」という評価なのである。

安吾の死後の名誉・業績評価小か無

①対人ストレス耐性小か無での死後の名誉・業績評価小か無

ここまでの歴史・伝統・文化意識に関連して、亀井の場合と同様に、死後の名誉・業績評価についても触れておきたい。

まず、対人ストレス耐性大―大集団側であれば、大理念とそれを形作った人々のこととして死んだ人の業績や名誉が、世代継承性大で、その後も続くだろう大集団の維持や形成に有用になるので、大いに重視して評価するのだった。つまり、亀井のように対人ストレス耐性大では、死後の名誉・業績評価大で、これは一個の生命を超えてその後も続くという、生命価値をも超える理念性の価値主張に、しばしば至るのだった。

これに対して、対人ストレス耐性小か無―小か非集団側であれば、世代継承性が小か無なので、その理念性とそれを形作った人々のこととして死んだ人の業績や名誉が、そもそもよく継承されず、その後あまり続かないだろう所属する小か非集団の形成や維持にも用いられずに有用ではないので、重視して評価することはないのだった。つまり、対人ストレス耐性小か無での、死後の名誉・業績評価小か無であり、これは死んでしまったらすべては終わり、という生命第一の価値主張にしばしば至ることになるのだった。

②安吾の死後の名誉・業績評価小か無

さて、安吾だが、その死後の名誉・業績評価ははなはだ低い。その根底にはやはり、小か非集団に準拠するために世代継承性が小か無なので、死んだ人の業績や名誉がそもそもよく継承されない、という認識があると考えられる。

余の作品は五十年後に理解されるであろう。私はそんな言葉を全然信用していやしない。（略）死んでしまえば人生は終わりなのだ。（略）自分という人間は、全くたった一人しかいない。そして死んでしまえばなくなってしまう。はっきり、それだけの人間なんだ。だから芸術は長しだなんて、自分の人生よりも長いものだって、自分の人生から先の時間はこれはハッキリもう自分とは無縁だ。ほかの人間も無縁だ。だから自分というものは、常にたった一つ別な人間で、銘々の人がそうであり、歴史の必然だの人間の必然だのそんな変テコな物差ではかったり料理のできる人間ではない。（坂口安吾「教祖の文学」、前掲『堕落論』）

自分という人間には永遠なんて観念はミジンといえども有り得ない。だから自分という人間は孤独きわまる悲しい生物であり、はかない生物であり、死んでしまえば、なくなる。自分という人間にとっては、生きること、人生が全部で、彼の作品、芸術の如きは、ただ手沢品中の最も彼の愛した遺品という以外の何物でもない。（同作品）

そして、死後の名誉・業績評価否定に表裏するように、一回性の生の価値、生命第一の価値を強く主張している。

歴史だけが退ッ引きならぬぎりぎりの人間の姿を示すなどとは大嘘の骨張で、何をしでかすか分らない人間が、全心的に格闘し、踏み切る時に退ッ引きならぬぎりぎりの相を示す。（略）文学とは生きることだよ。（略）自分という人間は他にかけがえのない人間であり、死ねばなくなる人間なのだから、自分の人生を精いっぱい、より良く、工夫をこらして生きなければならぬ。人間一般、永遠なる人間、そんなものの肖像によって間に合わせたり、まぎらわしたりはできないもので、単純明快、より良く生きるほかに、何物もありやしない。文学も思想も宗教も文化一般、根はそれだけのものであり、人生の主題眼目は常にただ自分が生きるということだけだ。（同作品）

したがって、安吾は、小か非集団準拠のために世代継承性が小か無であることに由来して、死後の名誉と業績評価小か無で、これに表裏して生命第一の価値を強く主張したと考えられる。

本節の冒頭などで推論したように、歴史・伝統・文化意識や死後の名誉・業績評価は対人ストレス耐性の大小（無）によって規定される側面があると考えられる。そして、このように安吾が歴史・伝統・文化意識小か無、そして死後の名誉・業績評価小か無であったことは、彼が対人ストレス耐性小か無であることを示唆する所見のひとつと考えられる。

9　安吾は対人ストレス耐性小か無

対人ストレス耐性小か無と推定される安吾

ここまでで坂口安吾についての一通りの検討を終えるので、亀井の場合と同様、簡単にその検討を振り返っておきたい。

まずその二十代前半までの言動やあり方から安吾は、対人ストレス耐性小か無であることが推定された。というのも、その軌跡をみると、常に非集団側（個人）かせいぜい近親者などの小集団側にいて、無理念性（エゴイズム）かせいぜい小理念をもつ程度で、強大理念であるマルクス主義や信仰とは無縁で、そして人々と連帯することが少ない非か小連帯側にあったからである。そこであらためて、青年期以後の安吾も、推定するとおり対人ストレス耐性小か無の所見を示しているのかを検討し、安吾がはたして対人ストレス耐性小か無であるのかを検証した。

①無理念あるいは弱小理念をもち、連帯側小か無

まず、対人ストレス耐性小か無と考えた場合の理念性や連帯性を、実際に青年期以後の安吾も示しているのかを検討した。つまり対人ストレス耐性小か無であれば、小集団側にあるため近親者など少人数のための弱小理念をもつか、非集団側（個人）にあって個人だけにとってのいいこと——エゴイズムだけを訴える無理念（ニヒリズム）であり、これらを介する場合、連帯性小か無にあると推定された。強大理念に対しては、小か非集団側には不要で対人ストレス大を招く可能性が大きいために、一貫して無縁か否定的であることが推定された。

そして実際に安吾は、青年期ではマルクス主義、大東亜戦争期では大東亜共栄圏思想（八紘一宇）、そして戦後の国際平和主義思想や世界連邦論、戦後復活したマルクス主義と、そのときどきで隆盛をみた数々の強大理念に対して、ことごとく無縁か否定の立場で一貫していた。

その一方では、その思想をほぼ確立した三十代後半に「文学のふるさと」「青春論」「日本文化私観」などで、エゴイズム、淪落の生こそが人間の真実の姿だとして無理念性を肯定し、さらに伝統や歴史、文化を形作った強大理念性を否定して実質性・合理性優先の現実主義を評価した。そしてこれを延長するかたちで、敗戦後は「堕落論」で、無理念、エゴイズム、淪落の堕落状態を人間の真実で本来の姿として強く肯定し、それを基盤にしてすべての社会や制度を再建すべきであると主張した。つまり、エゴイズム汎観に合致しない強大理念や理想主義を批判し、「基本的な、最大の深淵」である「二人と二人の対立」「家庭の対立、個人の対立」（前掲「続堕落論」）を解決するものとして弱小理念や現実主義を推奨した。

戦後の復興期でも、「小市民以上の幸福は本当はない」（前掲「幸福について」）ことをすべての社会運動や政治

の根元に置かなければならないとして、それ以上のことを主張する強大理念やそれを介した大連帯、社会運動性大を批判した。

これらの青年期以後の安吾の言動、すなわち非か小集団側にあり、強大理念を批判して弱小理念あるいは無理念を主張し、非か小連帯性をなしたという所見は、対人ストレス耐性小か無として推定されるものと考えられた。

②理念性の経時的変化——無理念性と純理念の併存から無理念へ、そして弱小理念復活へ

特に、対人ストレス耐性小か無での理念性の経時的変化については、人生の早初期では、ともに対人ストレスを惹起しない無理念性（ニヒリズム）をベースに純理念を非反省的に併存させると考えられた。しかし青年期に、どのような価値に対しても反対の価値がありその優劣を普遍的・客観的に判定することはできないという価値相対性に触れることで、純理念の不可能性を知ってしまう。したがってその後しばらくは、残る無理念だけのニヒリズムの状態に沈潜することになり、その後次第に弱小理念として理念性を復活させて、無理念性、エゴイズム汎観をベースに弱小理念を主張するようになるという、理念性の経時的変化が推定された。

実際、安吾にとっては、作家・矢田との「初恋」が、〃誰にとっても善いこと、正しいこと〃としての最後の純理念ともいうべきものだったが、恋敵の存在から価値相対性に触れることになり、純理念の最終的な維持不可能性を知ることになった。これに、作家としての才能への絶望という特殊な理念性喪失が重なって、理念性そのものの完全な喪失に至り、無理念で淪落のニヒリズムの状態にその後しばらく沈潜することになった。

この安吾の復活は、大東亜戦争敗戦へと向かう日本国民が、自らと同じく理念性を維持できず無理念、淪落の日々に長く沈潜している（と安吾にはみえた）姿を日々見聞することを介して、自らへの自己肯定感をもち始めた三十代後半からだった。安吾は「文学のふるさと」「青春論」「日本文化私観」などで、強大理念を否定し、無理念、エゴイズム汎観に対する自己肯定や、現実・合理主義という価値観や価値意識を確立するようになった。

そしてその思想はそのまま、敗戦後の日本人の無理念、淪落の状態を人間の本来、自然の姿として全肯定し、これを基盤にして戦後社会を築くべきとする「堕落論」「続堕落論」「欲望について」「デカダン文学論」などの諸著作に引き継がれていった。

つまり、安吾の理念性の経時的変化は、人生の早初期からの無理念と純理念の併存状態から、青年期に価値相対性に直面して純理念の不可能性を知り、無理念、エゴイズム汎観の状態にしばらく沈潜したあと、次第にこの無理念性、エゴイズム汎観をベースにもちながら「小市民の（略）小さな幸福（略）銘々の個人生活」（前掲「幸福について」）の実現を目指す弱小理念を復活させるという、対人ストレス耐性小か無において一般的に推定されるところのものと考えられた。

③罪責性意識小か無

対人ストレス耐性小か無の罪責性に関しては、当初純理念を抱くことからは、自らの淪落、無理念の状態に対して罪責性が大きいと認める罪責性認識大になることはできる。しかし、対人ストレスを招く強大理念をもたないことと、対人ストレスを招かない無理念性を人間の自然、当然のあり方と生理的に認めることができることから、罪責性認定大であり、これに表裏して罪責性意識は小か無と推定された。

そして実際に安吾は、人性の不如意などから、理念を維持することができないという罪責性認識大であると同時に、前述したように無理念、エゴイズム、淪落にあることは人間の自然、当然だと認める罪責性認定大であり、これに表裏して罪責性意識小か無なのだった。つまり、対人ストレス耐性小か無から推定するとおり、罪責性認識大だが罪責性認定大で罪責性意識小か無と考えられた。

④信仰性小か無、祈り親和性小か無

信仰については、対人ストレス耐性小か無の場合、他存在を信じる強度小か無であるために、信仰性小か無になると推定された。また、祈り親和性についても、それが信仰性や他存在（超越的なものや現象）を信じる強度を反映するために、小か無であると推定された。

そして実際に安吾は、東洋大学生時代に仏教の悟りを得ようと一日四時間睡眠での修行をおこなったが、ただ仏教の知識を得ただけでそこには悟りも何もない、と仏教から離脱したのだった。さらに、他存在を信じる強度大をもって亀井がなすことができたマルクス主義への「信仰」も、戦前からの大東亜共栄圏思想、戦後の国際平和主義思想、世界連邦国家論などの強大理念への信奉とも無縁だった。安吾は、このように、一貫して信仰性は皆無に近いものと考えられた。また安吾は、祈りという動作そのものに生理的な拒否反応を生じるほどに、祈り親和性が小か無だった。このように安吾は、対人ストレス耐性小か無に推定されるとおり、信仰性小か無、祈り親和性小か無だったと考えられた。

⑤理想主義を排した現実主義

理念性の項でも触れたが、理想主義か現実主義かという側面については、対人ストレス耐性小か無の場合、対人ストレス大を招じかねない強大理念信奉などによる理想主義ではありえないことが推定された。その一方で立脚できるのは、対人ストレスをきたさない事実命題であり、また日常の小さな対人ストレスを重視しそれへの対処を十分におこなわざるをえず、これらに対応する弱小か無理念性をもって、現実主義になることが推定された。

そして実際に安吾は、青年期にあってはマルクス主義の普遍性や永遠性などの理想主義性を批判し、思想を確立した三十代後半には「日本文化私観」などで強大理念性や理想主義を否定する一方で、実質、合理性の現実主義を評価してみせた。戦時下にあっても、大東亜共栄圏思想（八紘一宇）とは、その強大理念性と広大なアジア民族の幸福をうたう理想論であるために無縁だった。また戦後復興期でも、国際平和主義思想、世界連邦論、マルクス主義などの強大理念、理想主義を批判した。その一方で、人間の堕落を本来的、自然なものと肯定したうえで社会制度や規範を再建すべき、「小市民の（略）小さな幸福」（前掲「幸福について」）の実現を目指すべきとして、エゴイズム汎観を反映した現実主義的な問題意識と弱小理念を推奨した。

したがって安吾は、対人ストレス耐性小か無に推定されるとおり、一貫して理想主義を排した現実主義であり、これも成育歴や環境によらず生理的で生来的なものに規定されたあり方である可能性が示唆された。

⑥社会運動性小か無

また同じく理念性の検討と重なるが、対人ストレス耐性小か無の場合、小か非集団側にあってそのもちうる理念は弱小理念あるいは無理念なので、これらを用いることによって小か無連帯性を形成し、社会運動性小か無であることが推定された。

そして実際に安吾は、青年期にはマルクス主義運動に参加せず、戦時下では大東亜共栄圏思想に関与せず、戦後でも国際平和主義思想、マルクス主義運動や「小さな親切」運動に参加せず、一貫して社会運動に加わることはなかった。そればかりか、これらの強大理念の非寛容性や理想主義―非現実主義を批判し、さらにはデモやストライキを「世界の奇観」と評して、社会運動そのものを批判し否定したのだった。その一方、この時期におこなった少しでも社会に関わる言動といえば、国税局との税金闘争と伊東競輪不正告発事件などだったが、これらを安吾はあくまで個人の闘いとして遂行し、依然として社会運動性小か無だった。

このように安吾は、対人ストレス耐性小か無から推定されるとおり、一貫して社会運動性小か無だったと考えられた。

⑦歴史・伝統・文化意識小か無、死後の名誉・業績評価小か無

また、対人ストレス耐性小か無では、歴史・伝統・文化意識は小か無と推定された。それは、対人ストレス耐性小か無は、小か非集団側に準拠するために理念性はあまり必要とせず、また小か非集団では集団自体の世代継続性も低いことから、世代を超えて理念性をうたうはずの歴史や伝統、文化には意義を認めないからである。これはまた、生命を超える理念性主張にも及ぶこともある死後の名誉・業績評価が小か無になることにも影響し、これにかわって〝生命第一〟と一回性の生を重視し、それにとって意義がある生活の必要や新しい利便性といった合理性、現実主義重視が推定された。

実際に安吾も、その思想を確立した「日本文化私観」などで、合理性、現実主義を高く評価して、古都の寺社仏閣、伝統や文化遺産などなくてもかまわない、などと主張したのだった。そして戦時下では、長い歴史をへて形成されてきた日本社会、伝統、文化を無差別に破壊していく空襲を「偉大な破壊」（前掲「続堕落論」）と捉え、戦後は「堕落論」「続堕落論」で堕落を大いに肯定するとともに、その一方でたやすく日本社会が復興していくさまをみて、歴史にあまり意義はないと断じ、さらに日本の歴史や伝統、文化の象徴ともいうべき天皇制を否定してみせた。つまり、既成の権威や社会規範、伝統、文化を否定するアナーキズム性も加わって、一貫して歴史・伝統・文化意識小か無を示してきたのである。また、安吾は名作とうたわれる歴史物を数多く著したが、面白い読み物である場合も含め事物の非理念的側面に焦点を当てて通説を覆す、という内容が多く、理念性の顕現史としての歴史を重視しようとする歴史意識は認められなかった。さらに、世代継続性が低い小か非集団側準拠の立場からは、「人間は生きることが、全部である。死ねば、なくなる」（坂口安吾「不良少年とキリスト」、前掲『堕落論』）と死後の名誉や業績を評価することはなかった。

このように、安吾は、対人ストレス耐性小か無から推定されるとおり、一貫して歴史・伝統・文化意識小か無、死後の名誉・業績評価小か無だったと考えられる。

⑧安吾は対人ストレス耐性小か無

ここまでみてきたように、安吾はその青年期までそして青年期以降も一貫して、対人ストレス耐性小か無で推定される一連の価値観や価値意識の多くを示していた。すなわちそれは、無理念やエゴイズム汎観がベースの弱小理念性、罪責性認定大そして罪責性意識小か無、信仰性と祈り親和性小か無、そして現実主義、社会運動性小か無、歴史・伝統・文化意識小か無、死後の名誉・業績評価小か無などである。したがって、彼が対人ストレス耐性小か無として理解できるのではないかと考えられた。

ちなみに、安吾の没後約五十年の一九九九年に『坂口安吾全集』全十七巻（筑摩書房）が刊行され、その月報に同時代の作家・獅子文六が「気の弱いキレイな人柄」と題して、安吾の人柄を述べている。

> 遺児の綱男君（略）ノンキと神経質を両有した子供で、やはり亡父に似てる。（略）彼が、競輪事件の妄想を起したと聞いて、ずいぶん心配した。彼は根は気が弱く、そういう妄想にかかり易いのだから、一層、気の毒だった。そして、小康を得た時をねらって、ゴルフをすすめた。（略）彼は決して退廃文士ではない。気が弱いだけなのだからそっちの方へ引張ってやりたかった。（略）なぜ、睡眠剤のようなものを、大量にのみ、またウィスキーのバカ飲みをやるかというと、結局、気が弱かったからであるが、同時に、ノンキなところがあったからである。（略）ノンキで気の弱い男というのは、大体、人物がキレイだからである。（獅子文六「気の弱いキレイな人柄」『坂口安吾全集』第十五巻月報十六、筑摩書房、一九九一年）

ここで獅子文六が「神経質」「気が弱い」と評している部分が、直接安吾と交流して感得した彼の対人ストレス耐性小か無の印象に相当するのではないかと思われる。

安吾は母性原理的あるいはニヒリズム

なお、安吾の検討の最後に、やはり亀井の場合と同様に、母性原理―父性原理の観点からその軌跡を概観しておきたい。

対人ストレス耐性小か無であるために、非寛容性が少ない弱小理念あるいは無理念をもっていた安吾は、強理念性＝非寛容性、他対抗性を維持できない母性原理だったといえるだろう。例えば安吾は、家のなかに食器を持ち込まない、というその生涯の悲願を愛人に破られても、それを強く処断できずに、同棲してしまった自分が悪いのだと自らの小理念を引っ込め、非寛容性を発揮することはなかった。あるいは対人ストレス耐性小か無は、価値相対性のもとでは、「理念対理念の闘い」である対人ストレスに対する耐性小か無であるために理念は維持できず、容易に無理念、ニヒリズムに陥ることになる。そして、そこでも強理念性を保持できないことに表裏した母性原理ははたらいて、理念、理想にもとる無理念状況を強く罰するような罪責性意識は生じず、無理念やニヒリズムに陥ることは「人間（対人ストレス耐性小か無）」には自然、当然とみることができるのだった。

しかし、一方で、対人ストレス耐性小か無は対システムストレス耐性大でもあるので、契約、規則、法律、自然法則（力と力の闘い）などの機械的な適用によるシステムストレスは平気であり、例えば日本社会の善人や悪人にかかわらず等しくこれを罰する〝自然災害〟のようなアメリカ軍による空襲などに対しては「偉大な破壊、その驚くべき愛情」（前掲「堕落論」）と、心情的にこれに著しく恐怖することなく受け入れることができるのだった。すなわち、契約、規則、法律、自然法則などによる機械的処断としての父性原理は、これを受け入れることが容易なのである。

したがって、対人ストレス耐性小か無の安吾は、対人ストレス大を惹起する理念、理想などの領域では母性原理、対システムストレス大を惹起するような契約、規則、法律、自然法則の領域では父性原理的、と両原理の混在する状況が認められると考えられた。ちなみに、この両原理の認められる領域は、対人ストレス耐性大の亀井とはちょうど反対である。つまり、亀井は、理念、理想の領域では父性原理、契約、規則、法律、自然法則の領域ではその機械的な適用を緩めることを望む母性原理だった。

なお前でも触れているが、安吾の母性原理で、理念や理想に沿わない者を罰せず沿う者と等しく扱うという場合、これは理念や理想に沿う者を特に評価しない、という側面が生じざるをえない。特に、無理念、淪落の状態も理念や理想に沿う状態も同等に評価するという場合には、それは理念性を否定して無理念と同じにしてしまうニヒリズムに化してしまう可能性がある。つまり、理念や理想に沿う沿わないにかかわらず対象を評価するという母性原理は、場合によってはニヒリズムに転じうる可能性があるのである。両者ともに、「理念対理念の闘い」としての対人ストレスを惹起しないという点で、対人ストレス耐性小か無には受け入れやすいものであり、対人ストレス耐性小か無では、母性原理とニヒリズムが容易に転換し合ったり共存的にみえる場合もあると考えられる。それは例えば安吾が、矢田との「初恋」喪失後に陥った無理念、ニヒリズムの状態に対して、そうした状態を罰することなく人間の自然、当然として肯定した、「堕落論」にみたような母性原理とニヒリズムの共存側面が、その例である。

第５章　太宰の生い立ちと青春期まで
――対人ストレス耐性中と推定

1　対人ストレス耐性中――太宰の登場

①「対人ストレス耐性中」の太宰

対人ストレス耐性大と考えられた亀井、対人ストレス耐性小か無と考えられた安吾、そして次に検討するのが、両者の中間と思われる、二人と同時代に活躍した太宰治である。この、対人ストレス耐性が大と小か無の中間とは、対人ストレス耐性が両者の大体中間にある、という「対人ストレス耐性中」のことだが、その具体的内容は次の検討のなかで徐々に述べていきたい。

②太宰治とは

さて太宰治とは、亀井、安吾らと同じく北方の、青森・津軽に生まれ育ち、大東亜戦争前後にわたって数多くの名作を著した著名な小説家・著述家である。そしていまなお、若者を含め熱心なファンが絶えることがなく、例えば二〇一五年に「火花」で芥川賞を受賞した芸人の又吉直樹は、太宰に心酔してその旧住所に住んでいたことなどでも有名である。太宰の代表的作品には、「思い出」「ダス・ゲマイネ」「道化の華」「HUMAN LOST」「富嶽百景」「東京八景」「津軽」「右大臣実朝」「新ハムレット」「お伽草紙」「女生徒」「駆け込み訴え」「走れメロス」「パンドラの匣」「ヴィヨンの妻」「斜陽」「人間失格」「如是我聞」など多数ある。

③小説も検討材料に

なお太宰は、亀井のように評論家ではなく、安吾ほどにも自伝そのものは書いていない。そのほとんどは創作としての小説である。したがって、太宰を論じるにあたっては、この主な著作である小説をその検討材料にすることになる。それが可能なのは、亀井が述べるように、その小説がほぼすべて本質的に「私小説」としての側面があり、より根本的には、すべての創作で著者の人間像が主にその主人公に写し込まれていることによる。それは写実主義文学の先駆けである『ボヴァリー夫人』を著したギュスターヴ・フローベールが「ボヴァリー夫人は私だ」と述べたようにである。亀井は述べる。

作家論の目的は、作品を通してその作者が自己に提出した固有の問題を発見し、そこにその作者の固有の運命をみて、之を一つの肖像に再現することにある。（略）太宰治は自分で自分の作家論を小説形式で書いたような人である。（略）「私小説」にあらざるがごとき彼の「私小説」（略）彼はつねに彼を描いた。その作品はすべて告白の断片である。しかし「私」の事実を、事実として描いたおそらくただの一行もあるまい。その同時に「惜別」「右大臣実朝」のような史上の人物を描いた場合、客観の筆を運びつつ、それはあらわに作者の告白ともなる。（前掲「無頼派の祈り」）

このように、本書では、小説の筋自体は創作で事実とは異なっていたりそれを改変したりしているものだが、そこに投影された人間像や心情、生の問題意識などは太宰自身のものと推定し、太宰を論じる素材とする。

2　太宰の幼少期からの成長体験

同時代に亀井や安吾と同じく、北方の富裕階層に生まれ育つ

太宰は、安吾に遅れること三年、亀井に遅れること二年の一九〇九年、青森県金木町で、十一子のうちの六男として生まれ、本名を津島修治といった。その父・源右衛門は県会議員と衆院議員、さらにのちに多額納税による貴族院議員を歴任した有力者である。生家は、明治維新後急速に膨張した農地と金貸し業などによる新興農・商人地主で、常時三十余人の大家族、使用人十余人、小作人三百人を抱える県内屈指の素封家として「金木の殿様」とも呼ばれた家だった。金木村の中心部は村の行・財政を握った津島家の地所で占められ、〇六年には約千九百八十平方メートル（六百坪）の宅地に総ひば作りの豪壮な邸宅（現在の太宰治記念館・斜陽館）を新築した。つまり太宰も、函館屈指の富豪の家に育った亀井、阿賀野川流域の江戸時代からの名家・素封家に育った安吾と同じく、彼らと同時代に北の富裕階層の家に生まれ育った者といえるだろう。

太宰の愛着障害の影響

しかし、亀井や安吾にもみられたことだが、太宰には彼ら以上に幼少期からの成育に問題があった。それは愛着に関係した問題である。

一般に、乳幼児は、主要な養育者との間に距離が生じたときや恐怖や不安を感じたときに、養育者に近づき、情緒的欲求や身体的接触要求を満たす愛着行動をとることによって、愛着関係を繰り返し経験し、愛着形成をおこなう。特定の対象に愛着を向ける選択的愛着の形成は生後九カ月から十カ月以降である。これらによって安全基地（養育者）を形成し、自他に対する安全感・安心感を得ることができる。しかし、養育者の養育放棄や愛着行動に適切に応える機能の欠如、あるいは主要な養育者が繰り返し変わることなどによって、安定した愛着形成が阻害され、愛着障害（反応性愛着障害）を生じる。この愛着障害は、過度に抑制され警戒される対人関係や、別離や再会のときに両価的で矛盾した反応、つまり視線をそらしながら近づく、抱かれているときにとんでもない方向を見る、などを示す抑制型を生じる。あるいは逆に、無分別な社交性、つまり見知らぬ多くの人に対する過度のなれなれしさを示す脱抑制型を生じることがあり、両者が比重を変えて混在する場合もある。また、安全基地を十分得られなかったことからは、人の存在を根底で支えている安心感、理由なく自らが存在していいのだという、自明の存在肯定感としての「基本的安心感」を欠如してくる場合がある。

太宰は、生母たねが病弱で政治家の妻としても多忙のため、「私は母の乳は一滴も飲まず、生まれるとすぐ乳母に抱かれ」（太宰治『津軽』〔講談社文庫〕、講談社、一九七三年）と述べるとおり、出生後すぐに乳母がつけられ、一年足らずでこの乳母も結婚したため、続いて叔母きゑに育てられることになり、さらに二歳の春に叔母の専任女中の近村タケが子守をするようになった。このタケに対して太宰は「自分の母だと思っているのだ」（同書）と後年述べるほど愛着を覚えたが、そのタケも小学校入学の七歳のとき、突然姿を消したのだった。このように太宰は幼少から、病弱で多忙な生母たねには育てられず、そのほか、生後一歳での乳母、二歳時の叔母きゑ、七歳時の子守タケと、愛着対象からの引き離しも繰り返された。このような太宰には、生母に育てられず適正な愛着形成が不十分だった可能性、あるいは主要な養育者が頻繁に交代したことによって安定した愛着形成が阻害された可能性が考えられる。そしてこれが、後年の太宰の諸言動に影響した可能性はある。

3　太宰の青年期までの軌跡

青年期までの外形的軌跡

太宰は七歳時（一九一六年）、金木第一尋常小学校に入学した。成績優秀で六年間全甲で首席、卒業式では総代を務めた。また読書に熱中し、得意の作文力で教師を驚かしたが、その一方で、道化やいたずら、わんぱくで手に負えず、と秀才とわんぱくの両極を示した。十三歳時に小学校卒業、しかし父の意向で、兄たちのように進学後に学力不足に陥らないように、という屈辱的な理由で明治高等小学校に入学。十四歳時の一九二三年、貴族院議員に選ばれたばかりの父が病死して長兄文治が家督を継いだが、太宰は一年遅れで県立青森中学校に入学。一年の遅れを挽回しようと猛勉強を始め、在学中は一年時から級長になり、成績優秀者の銀バッチをつけ、一方でちゃめっ気でクラスの人気者になった。学業と同時に芥川龍之介や菊池寛などに親しみ、次第に文学の世界に憧れを募らせ、十六歳の三年時に同人雑誌「蜃気楼」を創刊、編集兼発行人として表紙絵や執筆などに熱中し、学業と創作を両立させた。十七歳時には校友会誌や同人誌「青んぼ」にも「辻島衆二」名で創作を多数発表し、同時に津島家の女中トキに恋情を抱いて懊悩した。

十八歳時（一九二七年）、希望どおりに官立弘前高等学校に入学。当初は創作を遠ざけ学業に専念するも、芥川の講演などの影響を受け、芥川や泉鏡花に次第に傾倒していった。そして講演直後に起きた芥川の自殺に衝撃を受け、以後急激に変貌して学業を放棄し読書に明け暮れ、近松門左衛門の戯曲、泉鏡花や芥川作品に心酔するとともに、芸者上がりの女師匠に義太夫を習うようになった。さらに、鏡花や義太夫の影響で芸者の世界に憧れて、青森や浅虫温泉の花柳界に出入りし、半玉時代の芸妓・小山初代（十五歳）を知って交際するなど、義太夫、花柳界、読書三昧の生活のなかで学業成績は急速に低下していった。

太宰の大集団側と小か非集団側の中間的あり方

①安吾のように、小か非集団側的あり方を示す

このような、青年期までの太宰の外形的軌跡のもとでの内面的軌跡は、その自伝的作品（「思い出」ほか）のなかに散見される。その記述からみてとることができるのは、安吾の場合と同様の個的要請であり、それに表裏する非理念的あり方である。それは例えば、教師と家人の双方にそれぞれ違う嘘をついて学校を休むなど、「嘘は私もしじゅう吐いていた」（太宰治「思い出」『晩年』〔新潮文庫〕、新潮社、一九四七年）ことである。また、綴方で、姉たちの作文を丸ごと抜き取ったり、真実が少しも含まれていないような一文を書くなど、「ことごとく出鱈目であった（略）剽窃さえした」（同作品）ことである。そして、当時傑作と先生に言いはやされた作品が、ある少年雑誌の一等作品をそっくり盗んだもので、それを見抜いた「生徒の死ぬことを祈った」（同作品）らしいことなどである。さらには、小学生時代にはすでに弟の子守をしていた娘に抱かれていて、「もう子供ではなかった（略）弟の子守から息苦しいことを教えられた」（同作品）ことである。あるいは、「私は、自分を今にきっとえらくなるものと思っていた」ことから、中学校時代には、「自分の来しかた行末を考えた。（略）えらくなれるかしら。その前後からこころのあせりをはじめていたのである。（略）そしてとうとう私は或るわびしいはけ口を見つけたのだ。創作であった。（略）作家になろう、作家になろう、と私はひそかに願望した」（同作品）とあるように、「えらくな」ろうというエゴイズムである。さらに、高校入学後に、心酔する芥川の自殺に衝撃を受けたあと、学業を放棄して花柳界に出入りして芸妓と交際する、といった非倫理的・退廃的生活への沈潜である。

このような軌跡からの印象は、対人ストレス耐性大の亀井とは逆の方向の、対人ストレス耐性小か無の安吾にみたような、小か非集団側にあって自分の欲望だけを求めるという、個的要請、非理念的あり方の比重が比較的

大きいのでは、ということである。つまり、小か非集団側にあって個的要請が大きいほど、他存在のための〝善いこと、正しいこと〟としての理念性が後退して、非理念的比重が大きくなる。安吾ではそれが特に大きかったのだが、太宰もそれに準じた青年期までのあり方を示していると思われる。これに対して、亀井とて青年期までに非理念的・個的要請による欲望充足がなかったわけではないのだが、そうした記述の比重が安吾や太宰に比較して少ない、という点に大きな相違点をみるのである。

なお、ここで参照している自伝的作品「思い出」については、その記述は、特に話を創作をする必要もないような内容であり、外形的軌跡によって確かめられる事実も多く記載されていることから、そこで述べられている各エピソードは大体は事実だったのではないかと思われる。そのなかでも、特異な体験である子ども時代の性的虐待体験も、「人間失格」をはじめその後の多くの諸作品で繰り返し描いていることからは、太宰にはこれに類した体験があったと推定していいのではないかと思われる。

②集団側的あり方も示す

しかし同時に太宰は、安吾のようにほぼ非集団側（孤独）、連帯性無にあったとはいえず、集団側性や連帯性を示す側面も認められる。それは例えば、小学校を卒業したあと、高等小学校に一年間入学したが、ろくに勉強もせず、「私を愛している五六人の生徒たちと一緒に授業を逃げて、松林の裏にある沼の岸辺に寝ころびつつ、女生徒の話をしたり、皆で着物をまくってそこにうっすり生えそめた毛を較べ合ったりして遊んだ」（同作品）ことなどである。また、すぐ下の弟に対しては、ともに中学に上がるころには「私はこの弟だけはなにもかも許した。（略）私たちはなんでも打ち明けて話した」（同作品）とあり、コンプレックス、性欲、異性への密かな思いなどを互いに共有し合ったのだった。これらは、「秘密の共有による連帯性」の存在を示すもので、太宰がごく自然に（弟という近親者も含む）他者と連帯し、集団を形成してそこで自然に過ごしうること、つまりそういったことがほぼなかった安吾の対人ストレス耐性小か無にとどまらず、それより対人ストレス耐性が大きい資質だったことを示唆しているのではないかと思われる。

また、太宰は、女中トキへの恋情を弟や友人らに告白し、その成就への承認と支持を得ようとした。弟に打ち明けた際は、「門出だから、と言いつつ弟の方へ手を差し出した。弟も恥ずかしそうに蒲団から右手を出した。私は低く声を立てて笑いながら、二三度弟の力ない指をゆすぶった。しかし、友人たちに私の決意を承認させるときには、こんな苦心をしなくてよかった。友人たちは私の話を聞きながら、あれこれと思案をめぐらしているような恰好をして見せたが、それは、私の話がすんでからそれへの同意に効果を添えようためのものでしかないのを、私は知っていた」（同作品）とのことである。さらに太宰は、友人たちを実家に伴い、トキを彼らにお披露目しながら彼らの承認を得たうえでの恋の成就を図ったのである。これは、集団側にあってその支持のもと欲動を満たそうとすることに相当し、太宰の集団側性と、そこにあれるだけ対人ストレス耐性が小か無より大きいものであることを示唆しているのではないかと思われる。例えば太宰は、「私はこの友人たちと一日でも逢わなかったら淋しいのだ」（同作品）と、その集団側性を率直に告白さえしている。そして、集団側にあってその欲動（恋の成就）を満たそうとする場合、避けることができないのが他者の欲動との摩擦という「日常生活上の些事」あるいは「理念対理念の闘い」としての対人ストレスである。実際、トキに対しては弟も恋情を抱いていたことから「私と弟とは幾分の気まずさをお互いに感じていた」（同作品）とあるように、太宰との間にストレスが生じている。しかしそれでも、トキへの恋情を告白して彼らの承認を得て恋を成就することを望んだのは、集団側にあってそうした葛藤、対人ストレスの発生も基本的に受容可能であるという、太宰の対人ストレス耐性のある程度の大きさを示唆しているのではないかと思われる。

一方、すでに論じた、ほぼ非集団側だっただろう安吾にとっての男女の関係とは、結婚を含めて本質的に、個と個の関係の最たるものであって、他者そして集団に相談したりその承認を得たりするようなものではなかった。

そのため安吾は、社会的な関係でもある結婚や「女房」というものを長く認めさえしなかったのである。さらに、青年期に、恋する矢田津世子に恋敵がいると知っただけで、恋の成就を断念してしまった安吾は、その恋敵との葛藤によって引き起こされる集団側の対人ストレスにも耐えることができないのだった。これに対して、これまでにも述べたように太宰は、弟や友人らの承認を得たうえでの欲動（恋の成就）の実現を、男女の関係に対しても何の躊躇もなく当然のことと考えていたようである。これはその連帯性、集団側性の素質の存在、そしてそれを支える対人ストレス耐性が安吾のような小か無ではないことを示しているのではないかと思われる。

③太宰の大集団側と非集団側の中間的あり方

したがって、太宰はまず、その青年期までの外形的および内面的軌跡からは、安吾のような個的要請が主体の非理念的あり方で示される非集団側性の部分を認めた。と同時に、他者との連帯性や、集団側にあって欲動を満たそうとする集団側性や連帯性の部分も認めた。以上から太宰は、安吾の非か小集団側―対人ストレス耐性小か無から、亀井のような大集団側―対人ストレス耐性大へと向かう部分を有する、両者の中間的なあり方ではないのかという可能性が示唆された。

4　大理念（「大きな物語」）であるマルクス主義への太宰の反応

大理念（「大きな物語」）であるマルクス主義へ反応したか

集団側性や連帯性は理念性と関連するものだったが、青年期までのあり方から集団側性や連帯性を多少とも有すると思われる太宰が、当時台頭しつつあった大理念・「大きな物語」である、大正年間でのデモクラシーやそれに続くマルクス主義に対してどのように反応したか、という問いを、同時代の北方で同じく富裕な家に生まれた亀井や安吾と同様に立ててみる。

すなわち、まず、小か非集団側の安吾が前述のようにこれを知りながらもまったく無反応だったのに対し、太宰は反応したのである。


小学四五年のこと、末の兄からデモクラシイという思想を聞き、母までデモクラシイのため税金がめっきり高くなって作米の殆どみんなを税金に取られる、と客たちにこぼしているのを耳にして、私はその思想に心弱くうろたえた。そして夏は下男たちの庭の草刈の手つだいしたり、冬は屋根の雪おろしに手を貸したりなどしながら、下男たちにデモクラシイの思想を教えた。(同作品)

そして太宰はその後、当時浸透してきたマルクス主義を知るにつけ、津島家が、農民に金を貸して抵当にした田地を取り上げるようにして急速に大地主になった新興成り金であり、周囲の貧しい農民などからの搾取で、自分の家の富や恵まれた暮らしが成り立っていることにうろたえ、悩み、大地主の子であることに強い罪悪感を抱くようになったのだった。この姿には、大集団側の亀井にみたのと同様の、富裕層の子として集団側にあることができないことへの恐怖に近いものがうかがえ、デモクラシーそして続くマルクス主義という大理念を受け入れ、自らも集団側にいようとした印象がある。

しかし同時に太宰は、こうした状況でも、人間の非理念的側面の存在を示している。すなわち、彼は当時の自分の顔色の悪さをその欲望の激しさ(「あんま」と称したマスターベーション)の結果と考え、それを下男たちとの労働で隠してしまおうとしていたと記している。

私の顔が蒼黒くて、私はそれを例のあんまの故であると信じていたので、人から私の顔色を言われると、私のその秘密を指摘されたようにどぎまぎした。私は、どんなにかして血色をよくしたく思い（略）私は下男たちを助ける名の陰で、私の顔色をよくする事を計っていたのである（同作品）

このようなことが事実だったのかは不明である。しかし、前述のように、太宰にはその青年期までに、人を繰り返し欺く、文章を剽窃する、有名になることを目指す、そして小学生時代には「もう子供ではなかった」り、花柳界に出入りして退廃的・享楽的生活を送るなど、非理念的・個的要請─欲望充足的行為をなしてきた人間であることを自伝的作品のなかで繰り返し記している。そして、このような記述によって、自らがもともと、十分に非理念的な側面を有する人間であることを著しておこうとしたことは事実と思われる。すなわち自らは、大集団側の亀井の場合のように大理念にすべてを委ね、信奉し帰依するなどということはできない、非理念的な側面を十分有している人間である、と考えていたとは推定される。これは、デモクラシーやマルクス主義に反応した彼の理念性が、同時に個的要請で非理念的な動機も伴う性質のもので、それを認めるような〝余裕〟がまったくない亀井の大理念性とは異なる、もう少し理念性を控えたものであることを示唆しているのではないかと思われる。

大理念・マルクス主義への反応としての外形的軌跡

①マルクス主義運動への参加そして離脱

続いて、このような太宰の青年期での、大理念（「大きな物語」）であるマルクス主義への具体的反応としての外形的軌跡をみていきたい。一九二八年の弘前高校二年生（十九歳）時、級友にマルクス主義者をもった太宰は同人誌「細胞文芸」（細胞文芸社）を発行し、生家あるいは悪徳地主階級を告発した「無限奈落」などの社会主義的作品を発表し、中央の作家たちの寄稿も得て、以後の文学的活動の先駆けとした。同誌終刊後は、マルクス主義者の上田重彦を中心とする学校の新聞雑誌部委員になり、マルクス主義運動に傾倒、辻島衆二、小菅銀吉、大藤熊太、津島修治などの筆名で小説発表を続けた。二九年の三年生時には、弘前高校長の公金無断流用事件でストライキを煽動してその排斥に成功し、同時に社会主義的小説も多数発表した。そして三〇年四月の二十一歳時に、東京帝国大学仏文科に入学。青森時代からあったシンパ活動への勧誘を断りきれず、共産党の非合法活動に対し、資金（月十円）とアジト提供によるシンパ活動を開始した。三一年には、大学にはほとんど登校せずシンパ活動に明け暮れるようになっていたが、三二年の二十三歳時、共産党の指示や官憲への恐怖から、偽名を使ったうえでの転居を多数回おこない、留置場留置も何度かあって、次第にシンパ活動に限界を覚えつつあった。こうしたときに、依然として非合法活動を続けていることを知って激怒した長兄・文治による、〝青森警察署に出頭し左翼運動からの離脱を誓約しない限り、仕送りを停止し一切の縁を絶つ〟という強い勧告（荒井大樹「太宰治の人生と作品」〔http://ogikubo-bunshi.a.la9.jp/Part2-dazai.htm〕）に従い、七月に郷里の青森警察署特高課に出頭し、調書を取られ共産党活動との絶縁を誓約させられた。十二月には青森検事局へ出頭し、左翼運動からの離脱を宣誓する。以後、非合法活動からは離脱し、文学一筋に進むことになった。

こうした経過をみると、当時の大理念であるマルクス主義に対し、資金やアジト提供などでシンパとして活動に参加している点がまず、そうした軌跡をまったく残さなかった安吾とは明確に異なっている。一方、太宰よりも二歳年長の亀井は、前述のように、十九歳で東京帝国大学に入学し、新人会会員をへて、二十一歳で共産主義青年同盟幹部として運動を指揮する立場になり、東京帝国大学も中退。やがて治安維持法で検挙されて三年間投獄され、二十三歳時に保釈されたあとも政治と文学の間でさまよい、文学に完全に回帰したのは保釈の五年後の一九三五年、二十七歳時だったように、その活動は八年間に及んだ。つまり、亀井がこのように大理念・マルクス主義を信奉して八年の長きにわたりマルクス主義運動を主導し参加していたのに対し、太宰は東京帝国大学を直ちに中退することも共産党員になることもなく、シンパ活動にとどまり、その活動期間も三年間と亀井の半分以下で、亀井に先んじること二年の三二年にはすでにマルクス主義運動から離脱し、文学に回帰していたのだった。

つまり、太宰のマルクス主義への参加姿勢も参加期間も、亀井のそれの約〝半分〟とでもいうべきものだったといえるだろう。こうした外形的軌跡からは、ほぼ同時代の大理念（「大きな物語」）であるマルクス主義への活動参加程度として太宰は、まったく活動とは無縁だった対人ストレス耐性小か無の安吾と、八年にわたって活動に心命を捧げた対人ストレス耐性大の亀井との、ちょうど中間に位置するような程度だったと思われる。

②同時期に並行する非理念的・個的要請の軌跡

そして太宰には、このような中間的なマルクス主義への参加程度に表裏するように、これに絡むようにして非理念的・個的要請の生活が並行している。すなわち、一九二八年、十九歳（弘前高校二年生）時の、「細胞文芸」を発行しマルクス主義運動に傾倒し始めた時期だが、敬愛する芥川龍之介の突然の自殺に衝撃を受けて、学業への意欲を失い、花柳界に出入りして芸妓の小山初代を知り逢瀬を重ねるなど、デカダンスで非理念的生活に浸り、成績は急降下した。そして翌二九年二十歳時、弘前高校長排斥に成功し、社会主義的小説を多数発表していた時期にもかかわらず、期末試験前夜に常用していた睡眠薬カルモチンを大量服薬し、自殺未遂（一回目）をおこなっている。その理由として、長兄・文治から弘前高校の活動家の検挙があると忠告され、このまま仲間と一緒に逮捕されるか、仲間を裏切り自分だけ助かるか悩み、その直前に自殺未遂をして自らは入院することによって、仲間を裏切ることも、逮捕されることも避ける道を選んだという説がある（猪瀬直樹『ピカレスク——太宰治伝』〔文春文庫〕、文藝春秋、二〇〇七年）。

そして一九三〇年二十一歳時、これは東京帝国大学仏文科に入学して共産党へのシンパ活動に埋没していった時期だが、十月に初代が青森から出奔して太宰のもとに身を寄せてしまい、十一月には長兄が義絶（分家除籍）を条件に結婚（入籍はしていない）を認めている。しかし、その結納の翌日に、通って親しくなっていた銀座のカフェ、ホリウッドの女給・田部シメ子（十七歳）と鎌倉七里ヶ浜で、やはりカルモチン大量服薬心中（二回目の自殺未遂）をしてしまう。致死量からはほど遠い量（五分の一）で（長篠康一郎『太宰治七里ヶ浜心中』広論社、一九八一年）、これを常用していたこともあって太宰は一日半で覚醒したが、初めて大量に服薬したシメ子は絶命し、自殺幇助罪で起訴猶予になる。この心中の理由については、非合法活動への寄与への限界（太宰治「東京八景」『走れメロス』〔新潮文庫〕、新潮社、一九六七年）、それに連動して自分は滅ぼさるべき大地主の子、滅亡の種族として、最も愚劣に自らを滅ぼすことが社会への唯一の奉仕と考えたという説（奥野健男「解説」、前掲『走れメロス』所収）がある。しかし一方では、その服薬量が致死量からは程遠いものだったことから、長兄による財産分与がない分家除籍処分に不満を覚え、処分撤回を狙っての狂言自殺という説もある（前掲『ピカレスク』）。事実、この事件後、長兄からは、東京帝国大学卒業とシンパ活動、金銭浪費の禁止などを条件に、月百二十円の支給を受けられることになり、十二月上旬には母タネの立ち会いで初代と仮祝言を挙げ、五反田で新世帯をもつに至っている。しかしその後も太宰は、大学にはほとんど登校することなく再びシンパ活動に明け暮れていて、この実情を知って激怒した長兄の強い勧告に従い、三二年の二十三歳時に青森警察署特高課と青森検事局に出頭し、以後、非合法活動からは離脱することになったのだった。そしてこの離脱に関しても、シンパ活動に限界を覚えつつあったときに、掌中の玉のように大事にしてきた妻・初代の芸妓時代の男関係を知らされ、当時の生活の何もかもがいやになった（前掲「東京八景」）という、非理念的な理由が主にはたらいた、という説もある（吉田和明、小林敏也イラスト『太宰治 イラスト版オリジナル』〔For beginners シリーズ〕、現代書館、一九八七年）。

さて、対人ストレス耐性大の亀井の場合は、東京帝国大学入学後直ちに会員になった新人会が「一種の宗教生活であった」（前掲『我が精神の遍歴』）ように、大理念であるマルクス主義の参加程度が大だったことに表裏して、宗教の信徒のように、非理念的で退廃的な欲情や個的要請を絶った生活を送ったのだった。これに対して太宰は、マルクス主義活動参加の最中にあっても、花柳界での芸妓とのデカダンスな生活や、自己保身のためとも解釈しうる睡眠薬服薬自殺未遂、生家と義絶しての芸妓との結婚、その際の分家除籍の処分撤回を狙った側面も考えられる銀座のカフェ女給との心中事件、そして窮乏からの救済を求めてのシンパ活動離脱など、非理念的・個的要請に動かされた生活行動を繰り返している。すなわち太宰は、コミュニズム活動への参加程度が亀井より少ない度合いに応じて、これに表裏するように非理念的・個的要請の生活行動が浸透していることが認められる。

③太宰のマルクス主義運動参加の外形的軌跡からみた理念性の程度

ここまでの検討から、太宰の大理念であるマルクス主義に対する外形的軌跡は、まったくこれとは無縁で、個的要請、無理念的生活に沈潜した対人ストレス耐性小か無の安吾とも、八年にわたって共産党幹部としても指導的役割を果たし、信徒のように個的要請を抑制し心身をマルクス主義運動に捧げた対人ストレス耐性大の亀井とも異なるものだった。つまり、非理念的・個的要請部分も伴う四年間のシンパ活動という、運動参加の姿勢も期間もちょうど両者の中間に位置するようなマルクス主義への参加程度だったと考えられる。したがって、その外形的軌跡から推定できる、大理念への参加程度、あるいはもっている理念性の大小に反映されるはずの太宰の理念性は、亀井の大理念性と安吾の小か無理念性の中間に位置するもの（のちに述べる「中理念性」）といえるのではないかと考えられた。

大理念であるマルクス主義への反応の内面的軌跡

①大理念を担えるほど対人ストレス耐性大ではない

このような太宰の中間的なあり方について、今度はより内面的な軌跡について確認していきたい。すなわち、この大理念のマルクス主義への参加程度を決めたことのひとつは、大理念を遵守しきれない自らの非理念的・個的要請的あり方にある。それは、先に述べたように、芥川自殺後に花柳界に入りびたり芸妓と遊蕩した非理念的・退廃的生活や、マルクス主義活動への参加と同時に進行した、津島家との分家除籍を招くことになった芸妓・小山初代との結婚、銀座のカフェ女給との心中を含む二度にわたる薬物自殺未遂、東京帝国大学留年、そして実家からの仕送り継続への嘆願とそれへの裏切りなどにみる、とても大理念に沿うことができない自らの非理念的・個的要請の実体である。このような非理念的な自らの実体からは、とても大理念に全的に参入しうるような人間ではないと思ったためか、大理念のマルクス主義への参加程度もそれに見合う程度に抑制せざるをえなかったことが推測される。こうした内面的事情は、自伝的作品で当時の太宰の内面的軌跡を伝えているだろう「人間失格」の主人公・葉蔵の、マルクス主義への参加に際して述べた次のような言葉に、その実相をうかがい知ることができるのではないかと思われる。

マルクス経済学の講義を受けました。しかし自分にはそれはわかり切っている事のように思われた。それは、そうに違いないだろうけれども、人間の心には、もっとわけのわからない、おそろしいものがある。欲、と言っても、言いたりない、ヴァニティ、と言っても、言いたりない、色と欲、とこう二つ並べても、言いたりない、何だか自分でもわからぬが、人間の世の底に、経済だけでない、へんに怪談じみたものがあるような気がして、その怪談におびえ切っている自分には、所謂唯物論を、水の低きに流れるように自然に肯定しながらも、しかし、それに依って、人間の恐怖から解放せられ、青葉に向って目をひらき、希望のよろこびを感じるなどという事は出来ないのでした。（太宰治『人間失格』〔新潮文庫〕、新潮社、一九五二年）

つまり、大理念に全的に参入することを抑制させたものとは、それに沿うことができない「色と欲、とこう二つ並べても、言いたりない（略）へんに怪談じみたもの」と述べる「人間」の非理念的・個的要請の領域の存在だったのではないかと思われる。

また、この考えに表裏しているのは、非理念的・個的要請の領域をもつという人間の実相を、大理念のマルクス主義はくみ上げてはいない、という思いである。それは、葉蔵そして太宰が述べる、大理念では整序できないものとして「人間の心には、もっとわけのわからない、おそろしいものがある」「人間の世の底に、経済だけでない、へんに怪談じみたものがある」「人間の恐怖」というものである。あるいは対人ストレス耐性小か無の安吾であれば、「一人と一人の対立」「この人間の対立、この基本的な、最大の深淵」と表現したものではないかと思われる。つまりこの人間の実相とは、大理念がその対象として整序する対人ストレス大よりも小さな領域での対人ストレスのことではないだろうか。そしてこの、対人ストレス大よりも小さな対人ストレスが、葉蔵そして太宰には重大問題だという言葉は、その領域までが彼らの対人ストレス耐性の限界でありそのためそれを問題にせざるをえない、ということを示唆しているのではないかと思われる。

すなわちこの言は、葉蔵そして太宰の対人ストレス耐性が、亀井の対人ストレス耐性大よりも小さいことを示唆しているものと考えられる。あるいは、初めから非理念的な部分がある人間として、大理念のマルクス主義を信奉せず、その信奉によって発生する可能性がある対人ストレス大を避けようとするのは、葉蔵そして太宰の対人ストレス耐性が亀井の対人ストレス耐性大よりも小さいことを示唆しているのではないかと思われる。

②対人ストレス耐性は小か無よりは大きい

またその一方では、葉蔵から推定される太宰の対人ストレス耐性は、安吾の対人ストレス耐性小か無よりは大きいものであることがうかがえる。それは「人間失格」のなかで、有夫の女性との情死事件によって高等学校から放校され、マルクス主義運動からも離脱し、行き場もないまま京橋のスタンドバーのマダムのもとに身を寄せ、卑猥な漫画を描いて暮らしていた葉蔵が、それでもあれほど恐れていた「『世間』は、自分に何の危害も加え」なかったことをもって、次のように述べることからも示唆されるのである。

世間。どうやら自分にも、それがぼんやりわかりかけて来たような気がしていました。個人と個人の争いで、しかも、その場で勝てばいいのだ、人間は決して人間に服従しない、奴隷でさえ奴隷らしい卑屈なシッペがえしをするものだ、だから、人間はその場の一本勝負による他、生き伸びる工夫がつかぬのだ、大義名分らしいものを称えていながら、努力の目標は必ず個人、個人を乗り越え、また個人、世間の難解は、個人の難解、大洋は世間でなくて、個人なのだ、と世の中という大海の幻影におびえる事から、多少解放せられて、以前ほど、あれこれと際限の無い心遣いする事なく、謂わば差し当たっての必要に応じて、いくぶん図々しく振舞う事を覚えて来たのです。(同書)

ここで葉蔵(そして太宰)は、「世間」「大洋」「大義名分」などの大理念に近づこうとする理念性の意義については、「世間の難解は、個人の難解」「大洋は世間でなくて、個人」、つまりより個人にとっての〝善いこと、正しいこと〟ではないか、と否定している。しかし同時に、この「個人」の非理念性、個的要請や小理念による小さな対人ストレスに対しても、安吾のように「この人間の対立、この基本的な、最大の深淵」と乗り越えがたいものとみるのではなく、「個人と個人の争いで、しかも、その場で勝てばいいのだ」と、これを乗り越えうるとも述べている。これは、その対人ストレス耐性が、安吾のような対人ストレス耐性小か無よりは大きいことを示唆しているのではないかと思われる。

③現実主義から飛躍できないほどの対人ストレス耐性小か無ではない

また、前の引用に続いて陳述した、安吾の項で論じた対人ストレス耐性小か無であるための現実主義を、葉蔵そして太宰が超えることができるという、次のような言からも、その対人ストレス耐性が安吾のものより大きいことが推定される。

自分は世の中に対して、次第に用心しなくなりました。世の中というところは、そんなに、おそろしいところでは無い、と思うようになりました。つまり、これまでの自分の恐怖感は、春の風には百日咳の黴菌が何十万、銭湯には目のつぶれる黴菌が何十万、床屋には禿頭病の黴菌が何十万、省線の吊革には疥癬の虫がうようよ、または、おさしみ、牛豚肉の生焼けには、さなだ虫の幼虫やら、ジストマやら、何やらの卵などが必ずひそんでいて（略）謂わば「科学の迷信」におびやかされていたようなものなのでした。それは、たしかに何十万もの黴菌の浮び泳ぎうごめいているのは、「科学的」にも、正確な事でしょう。と同時に、その存在を完全に無視さえすれば、それは自分とみじんのつながりも無くなってたちまち消え失せる「科学の幽霊」に過ぎないのだという事をも、自分は知るようになったのです。（略）そんな仮説を「科学的事実」として教え込まれ、それを全く現実として受取り、恐怖していた昨日までの自分をいとおしく思い、笑いたく思ったくらいに、自分は、世の中というものの実体を少しずつ知って来たというわけなのでした。（同書）

この葉蔵の言が、精神科領域で扱われる不潔恐怖症からの認知的修正などではないことは、冒頭の「世の中に対して、次第に用心しなくな」ったことの理由を述べたものであることからも明らかである。ここで述べている「科学的事実」に徹するという姿勢は、理想主義とは対極にある、事実命題に徹するという現実主義の比喩だと考えられる。そして、この事実命題を「完全に無視さえすれば、それは（略）消え失せる」として、現実主義に埋没しなくても生きていける、とする葉蔵そして太宰は、現実主義に徹底しないことによって生じる対人ストレス（「理念対理念の闘い」など）は平気である、ということを示唆しているように思われる。一方、前述のように、対人ストレス耐性小か無の安吾は、もっぱら現実主義にのっとり、それは理想主義では現実から離反して対人ストレスの発生を回避しようとする意味があるのだった。したがって、現実主義に必ずしも徹底しなくとも平気、と主張する葉蔵そして太宰の対人ストレス耐性は、対人ストレス耐性小か無の安吾のよりは大きいことが示唆される。

④「信頼」を介した「同情」「人情」そして「友情」による集団形成——対人ストレス耐性大と対人ストレス耐性小か無の間

葉蔵そして太宰のマルクス主義参加については、「その人たちが、気にいっていたから」「非合法の匂いが気にいって、そこに座り込んでいる者」として「道化」（おどけた言動や笑いを誘う振る舞い）によって集団に加わり、「同志」たちを「一から十まで、あざむいていた」「もしもこれらの実体がマルキシズムの真の信奉者に見破られたら」「烈火の如く怒られ、卑小な裏切り者として、たちどころに追い払われた」はずの「同志」、というものだった。

自分は、同志では無かったんです。けれども、その会合に、いつも欠かさず出席して、皆にお道化のサーヴィスをして来ました。好きだったからなのです。自分には、その人たちが、気にいっていたからなのです。しかし、それは必ずしも、マルクスに依って結ばれた親愛感では無かったのです。非合法。自分には、それが幽かに楽しかったのです。むしろ、居心地がよかったのです。（同書）

このように葉蔵そして太宰は、亀井のように大理念であるマルクス主義への信奉を介して同志となって大連帯性をなしたのではなく、「その人たちが、気にいっていたから」「非合法の匂いが気にいって」という、大理念ではない、個人の感情である「情」、すなわち「他人に対する思いやりの気持、なさけ」あるいは「そのものから感じられるおもむき、味わい」（前掲『大辞泉 第二版』）をより理由に、連帯をなしていたようである。

なお、ここでの「情」とは、「人情」（「人としての情け。他人への思いやり」〔同書〕）、「同情」（「他人の身の上になって、その感情をともにすること」〔同書〕）さらには「友情」で表される「情」に相当すると考えられる。

すなわち、葉蔵は運動への参加理由として、活動家たちが「日陰者」であり、「自分は、自分を生まれた時からの日陰者のような気がしていて、世間から、あれは日陰者だと指差されている程のひとと逢うと、自分は、必ず、優しい心になるのです」（前掲『人間失格』）というように、「同情」さらには「友情」にも類したものを主に挙げているように思われる。さらには、同じく「犯人意識」「脛に傷持つ身」として、「れいの地下運動のグルウプの雰囲気が、へんに安心で、居心地がよく、つまり、その運動の本来の目的よりも、その運動の肌が、自分に合った感じなのでした」（同書）と、理念そのものではない、「同情」「人情」で形成される雰囲気、「そのものから感じられるおもむき、味わい」（前掲『大辞泉 第二版』）としての「情」を挙げているのである。

さて、この「同情」「人情」さらには「友情」の主な対象は、「愛情」「恋情」の主な対象である小集団は超えるものと考えられる。しかしこれらが個人に発し個人を対象にする感情であることからは、個人として直接どんな人であるか知りえないだろう全人類や万国の労働者や農民などの大集団には及ばない、すなわち、小集団を超え大集団に至らないその中間に位置する集団（のちに述べる「中集団」）と考えられる。ところで一般に、準拠する集団の規模に応じて、そこで生じる対人ストレスは増減するのだった。したがって、葉蔵そして太宰が「同情」「人情」さらには「友情」を介して大集団と小（か非）集団の中間に位置する集団を形成できたということは、その対人ストレス耐性が大と小か無の中間にあることを示唆していると思われるのである。

またこのなかの「友情」とは、「信頼の情を抱き合って互いを肯定し合う人間関係で生じている感情」（「友情」「ウィキペディア（Wikipedia）」〔https://ja.wikipedia.org/wiki/%E5%8F%8B%E6%83%85〕とされるように、他存在を信じる強度中の「信頼」を介して成立する感情と考えられる。

ちなみに、「信頼」とは、事実命題に基づくという証明を得ていない段階での物事や、事実命題に基づいているのかを検討できない自由意思、人生、生き方なども含めて他者を信じて、単に契約やルールではなく、自らの人格や人生も懸ける部分を伴って、「ある人や物を高く評価して、すべて任せられるという気持をいだくこと」（『大辞林 第三版』）、「信じて頼りにすること」（新村出編『広辞苑 第六版』岩波書店、二〇〇八年）だった。そしてこの定義からは、同様に「同情」「人情」もまた、広くはこの「信頼」を介して成立する感情ではないかと思われる。というのも、それは、ほぼ事実命題に基づいていると確認した部分についてだけ委ねるという他存在を信じる強度小の「信用」を介するような感情ではないからである。また一方、事実命題に基づくと確認できる部分が少ないまま全人格、全生命を懸けてしまうという他存在を信じる強度大の「信仰」を介するような感情でもないと思われるからである。つまり、「同情」「人情」は「信用」する対象に生じる感情ではなく、また対極の「信仰」の対象に生じる感情でもないと思われるのである。したがって、「友情」と同じく「同情」「人情」もまた、この「信用」と「信仰」の間の他存在を信じる強度中である「信頼」を介して成立する、つまり基本的に「信頼」できるような対象に生じる個人対個人の間の感情ではないかと思われる。

さてこのように葉蔵そして太宰が、他存在を信じる強度中の「信頼」を介するだろう「同情」「人情」そして「友情」を主に用いて人間関係や集団を形成していることからは、「信頼」を裏切られたときの対人ストレスへの耐性はある程度はある、と推定されることになる。というのも、他存在を信じる強度大の「信仰」「信奉」への裏切りの場合は対人ストレス大で、一方の他存在を信じるという部分が小さいか無である「信用」「非信」への裏切りの場合は対人ストレス小か無なのだった。これらに対して、他存在を信じる強度中の「信頼」や「信義」の場合は、他存在を事実命題に基づくと確認した部分だけでなく、確認できない部分を含め、人格や生命も半ば懸けて信じる部分があるので、その裏切りは、人格的・生命的なストレスも受けることになる。したがってそれは、「信仰」「信奉」あるいは対極の「信用」が裏切られた場合との、両者のちょうど中間の対人ストレスになると考えられるからである。つまり、葉蔵そして太宰が「信頼」を介した「同情」「人情」そして「友情」を主に用いて人間関係や集団を形成していることは、彼らが「信仰」を用いうる対人ストレス耐性大と「信用」までを用いうる対人ストレス耐性小か無の中間に位置する対人ストレス耐性であることが推定されるのである。

大理念（「大きな物語」）であるマルクス主義への太宰の反応のまとめ

ここまでの、大理念（「大きな物語」）であるマルクス主義への太宰の反応をまとめてみたい。まず、大理念であるマルクス主義参加での外形的軌跡からは、太宰は、活動とはまったく無縁で、個的要請や無理念に沈潜した安吾とも、八年にわたって共産党幹部などとして指導的役割を果たし信徒のように心身を活動に捧げた亀井とも異なるものだった。すなわち、心身を信徒のように活動に捧げるのではなく、欲情の関係など非理念的な部分も伴う四年間のシンパ活動という、ちょうど両者の中間に位置する反応と考えられた。したがって、大理念への参加程度、あるいはもっている理念性の大小に反映される太宰の理念性は、亀井の大理念性と安吾の無か小理念性の中間に位置するのではないかと考えられた。

続いて、大理念であるマルクス主義への反応としての内面的軌跡からは、人間には初めから大理念を遵守することができない無理念的な実相があるとして大理念を信奉せず、その信奉によって発生する可能性がある対人ストレス大を避けようとしているのは、葉蔵そして太宰の対人ストレス耐性が亀井の対人ストレス耐性大よりも小さいことが示唆された。また、大理念が整序する対象ではない「人間の世の底に、経済だけでない、へんに怪談じみたものがある」「人間の恐怖」（前掲『人間失格』）などと表現された領域の対人ストレスが、太宰には重大問題であるということは、その領域までが彼の対人ストレス耐性の限界であることを示していて、これも亀井の対人ストレス耐性大よりも小さいものであることを示唆していた。一方、葉蔵そして太宰が、対人ストレスの本体だろうその場その場での「個人と個人の争い」は「その場の一本勝負」(同書)で乗り越えていけばいい、と述べていることからは、その対人ストレス耐性が安吾の対人ストレス耐性小か無よりは大きいと考えられた。また彼らは、対人ストレス耐性小か無の安吾が対人ストレスの発生を回避するために事実命題に徹したところの現実主義についても、これを多少は無視しても平気だと述べ、その対人ストレス耐性は安吾よりは大きいことが示唆された。つまり、以上から、葉蔵そして太宰の対人ストレス耐性は、亀井の対人ストレス耐性大より小さいが、安吾の対人ストレス耐性小か無より大きく、両者の中間に位置するものと推定された。

さらに、葉蔵そして太宰が、亀井のように大理念や「信仰」ではなく、主に「同情」「人情」さらには「友情」からなる「情」を介して、小集団を超え大集団に至らない中間に位置する集団に参加できたということは、その対人ストレス耐性が、大集団側にあることができる対人ストレス耐性大と小か非集団側にあることができる対人ストレス耐性小か無の間であることを示唆していた。そして、この「同情」「人情」そして「友情」は「信頼」を介して成立する感情と思われたが、この「信頼」は他存在を信じる強度中で、その裏切りは対人ストレス大と小か無の中間の対人ストレスを生じる可能性があるのだった。したがって、「信頼」を介した「情」(「同情」「人情」そして「友情」)を主に用いて集団に参加できるということも、彼らの対人ストレス耐性が、対人ストレス耐性大と対人ストレス耐性小か無の中間に位置することを示唆していた。

したがって、大理念のマルクス主義に対する外形的および内面的軌跡の検討から、葉蔵そして彼に投影された太宰の対人ストレス耐性は、亀井の対人ストレス耐性大と安吾の対人ストレス耐性小か無の中間に位置するものであると推定された。

5　青年期までの外形的・内面的軌跡から、太宰は「対人ストレス耐性中」と推定

①対人ストレスと対人ストレス耐性

以上、太宰の青年期までの外形的・内面的軌跡を検討することで、その対人ストレス耐性は亀井の対人ストレス耐性大と安吾の対人ストレス耐性小か無の中間に位置するものであると推定した。これと議論が一部重複してしまうが、ここであらためて対人ストレスそのものの観点からも直接これを検証してみたい。

さて、対人ストレスは、「ルール（規制、慣例、しきたり）、規則、法律、理念、理性などでは制御できないような、対人関係上で生ずる摩擦や葛藤」と定義されたが、これは「日常生活上の些事」「他存在を信じる各強度への裏切り」「理念対理念の闘い」の三つを主な構成要素とすると考えられた。したがって、太宰が生きた環境についてこれらの構成要素、そして対人ストレスがどのようなものだったのかを検討することによっても、対人ストレスに耐える程度や性能としての彼の「対人ストレス耐性」を推定できるだろう。

②「日常生活上の些事」からの対人ストレス耐性

まず、「日常生活上の些事」による対人ストレスについては、交流する他者が多いほど、趣味や嗜好、マナーや生活習慣、信条などの食い違いから生じる、日常生活上の些事での摩擦や葛藤が〝物理的〟に増えるだろう。したがって、交流する他者の数の多さに応じて、すなわち所属する集団の規模に応じて、それは大きくなるだろう。

そこでまず青年期までの太宰については、人を繰り返し欺く、文章を剽窃する、小学生時代には「もう子供で

はなかった」（前掲「思い出」）り花柳界に出入りして退廃的・享楽的生活を送るなど、無理念的・個的要請主体に生きるような非集団側で連帯性無に近いと思われる部分を有するあり方を示した。しかしこれと同時に、コンプレックス、性欲、異性への思いなどの秘密の共有によって級友や兄弟と連帯したり、女中への恋情を打ち明けてその承認を得たうえで欲動の実現を図るなど、他者との連帯性や、集団側にあって欲動を満たそうとする、集団側性や連帯性のあり方も認めるのだった。

続く、青年期でのマルクス主義参加でも太宰は、主に「同情」「人情」そして「友情」などの「情」を介してマルクス主義の運動集団に参加していた。この「同情」「人情」さらには「友情」の対象は、「愛情」「恋情」の場合の小集団を超え、しかしそれが個人対個人の感情として全人類や万国の労働者などの大集団には及ばないということから、非か小集団を超えるが大集団に至らない中間に位置する集団に属しているものと考えられた。

このように太宰は青年期に至るまでずっと、非か小集団を超えるが大集団には至らない中間に位置する集団には所属していたようで、「日常生活上の些事」による対人ストレス部分に対応する対人ストレス耐性は、大集団側の対人ストレス耐性大と小か非集団側の対人ストレス耐性小か無の中間と考えられた。

③「他存在を信じる各強度への裏切り」からの対人ストレス耐性

次に、「他存在を信じる各強度への裏切り」による対人ストレスについては、「他存在を信じる強度」の大きさに応じて、その程度が決まるのだった。すなわち、他存在を信じる強度大の「信仰」への裏切りは対人ストレス大を、他存在を信じる強度小か無の「信用」「非信」への裏切りは対人ストレス小か無を生じることになる。

これに関してまず、青年期までの太宰は、学友そして弟らとコンプレックス、性欲、異性への密かな思いなどの秘密の共有による連帯性をもっていた。連帯性とは本来、理念性や他存在を信じる強度を介して形成される集団側性によるものだから、この青年期までに認めた太宰の連帯性は、他存在を信じる強度がある程度あることを示唆している。続く、その青年期でのマルクス主義運動では、葉蔵そして太宰は、「信頼」による「同情」「人情」さらには「友情」などの「情」を介して運動に参加していた。前述のように、「信頼」は他存在を信じる強度中であることから、これを裏切られたときの対人ストレスは、他存在を信じる強度大の「信仰」への裏切りによる対人ストレス大よりは小さく、他存在を信じる強度小の「信用」「非信」への裏切りによる対人ストレス小か無よりは大きい、両者の中間に位置するものになる。したがって、対人ストレス耐性という生理的ともいうべき素質が生来変わらないものであるなら、太宰は青年期に至るまでずっと、基本的には「信頼」で示されるような「他存在を信じる強度中」に伴う、対人ストレス大と同小か無の中間の対人ストレスが発生する可能性のある状態に生きていたと考えられる。したがって、その「他存在を信じる各強度への裏切り」による対人ストレス部分に対応する対人ストレス耐性は、対人ストレス耐性大と対人ストレス耐性小か無の中間に位置するものであると推定された。

④「理念対理念の闘い」からの対人ストレス耐性

そして、「理念対理念の闘い」による対人ストレスについては、理念性の大きさに応じて対人ストレスの程度が決まるのだった。例えば、大理念は強理念性と関連して強大理念になり、対抗し合う準拠集団が大きく非寛容性も増して摩擦と葛藤の程度が大きくなり、対人ストレスは大になるのだった。一方、小理念は弱理念性と関連して弱小理念になり、対抗し合う準拠集団が小さいことに応じて非寛容性も減少し、摩擦や葛藤の小さい対人ストレス小になるのだった。

そこでまず、青年期までの太宰は、大理念である大正年間でのデモクラシーに対し「私はその思想に心弱くうろたえ（略）下男たちにデモクラシイの思想を教えた」（同書）と反応し、大理念を受け入れ大集団側にあろうとする姿勢が認められた。しかし同時に太宰は、小学生時代には「もう子供ではな」(同書)く、その後花柳界にも出入りしたというように、無理念的・個的要請――欲情充足的な側面をもち、自らを大理念を信奉する資格などはない人間とも考えていた。このことからは、彼の青年期までの理念性が個的要請的で無理念的な動機も伴う性質のもので、それを認める〝余裕〟がまったくない亀井の大理念性とは異なる、もう少し理念性を控えたもの、すなわち亀井の大理念性と安吾の小か無理念性の間に位置する理念性だと考えられた。

そして、これに続く青年期のマルクス主義参加についても、初めから人間には大理念を遵守することができない無理念的な実相もあるとして、大理念を信奉した共産党員としての大連帯性ではなく、主に党員に対する「信頼」から生じる「情」(「人情」「同情」そして「友情」)を介したシンパ活動としての連帯性にとどまるものだった。すなわちそれは、信徒のように心身を活動に捧げた亀井と、活動とは無縁だった安吾のちょうど中間ともいうべき反応と考えられ、大理念への参加程度あるいはもっている理念の大小に反映される理念性については、太宰は亀井の大理念性と安吾の小か無理念性のちょうど中間に位置するものと考えられた。

したがって、太宰は青年期に至るまでずっと、強大理念に伴う対人ストレス大と弱小か無理念に伴う対人ストレス小か無の間の、ちょうど中間的な理念性をもつ中間的な対人ストレスが発生する可能性のある状態に生きてきたと考えられ、その「理念対理念の闘い」の部分での対人ストレス耐性は、対人ストレス耐性大と対人ストレス耐性小か無の中間に位置すると推定された。

⑤対人ストレス耐性そのものについて

ほかに、太宰の対人ストレス耐性のあり方そのものを示唆する記述も散見された。例えば、青年期のマルクス主義に対して、「人間の心には、もっとわけのわからない、おそろしいものがある」「人間の世の底に、経済だけでない、へんに怪談じみたものがある」「人間の恐怖」(前掲『人間失格』)と表現した領域の対人ストレスが、葉蔵そして太宰には重大問題だったということは、その領域までが彼の対人ストレス耐性の限界であることを示唆していると考えられた。それはマルクス主義などの大理念が整序するはずの、「強大理念と強大理念の闘い」による対人ストレス大よりは小さな領域であり、これは太宰の対人ストレス耐性が亀井の対人ストレス耐性大よりも小さいものであることを示唆していた。一方、事実命題に徹するような現実主義については、これを多少は無視しても平気だと述べたり、対人ストレスの本体である「個人と個人の争い」は「その場の一本勝負」で乗り越えていけばいいと述べたりしていることなどからは、その対人ストレス耐性が、現実主義の安吾の対人ストレス耐性小か無よりは大きいことを示唆していた。

このことから、葉蔵そして太宰の対人ストレス耐性そのものについては、亀井の対人ストレス耐性大より小さいが、安吾の対人ストレス耐性小か無よりは大きく、ちょうど両者の中間に位置することが示唆された。

⑥太宰は「対人ストレス耐性中」

ここまでの検討をまとめると、「日常生活上の些事」からの対人ストレス耐性は、大集団側にいることができる対人ストレス耐性大と小か非集団側にいることができる対人ストレス耐性小か無の中間だと考えられた。「他存在を信じる各強度」からの対人ストレス耐性も、「信頼」で示される「他存在を信じる強度中」にいることができることから、対人ストレス耐性大と対人ストレス耐性小か無の中間だと考えられた。さらに、「理念対理念の闘い」から生じる対人ストレス耐性についても、太宰の理念性が亀井の大理念性と安吾の小か無理念性のちょうど中間と思われることから、対人ストレス耐性大と対人ストレス耐性小か無の中間に位置すると推定された。また対人ストレス耐性そのものについても、大理念が整序する対人ストレス大よりは小さな領域を問題にしていることや、一方では、事実命題に徹するような現実主義に対して多少は無視しても平気だと述べ、対人ストレスそのものである「個人と個人の争い」についても「その場の一本勝負」で乗り越えていけばいい、と述べていることなどからは、その対人ストレス耐性が亀井の対人ストレス耐性大と安吾の対人ストレス耐性小か無の間に位置することが示唆された。

これらを総合して、青年期までの成育過程と青年期の大理念のマルクス主義などに対する外形的・内面的軌跡の検討から、太宰の対人ストレス耐性は、亀井の対人ストレス耐性大と安吾の対人ストレス耐性小か無の中間に位置するものとして定義される「対人ストレス耐性中」だと推定された。

第６章　「対人ストレス耐性中」についての一般論

ここで、まずこの「対人ストレス耐性中」の諸側面を、一般的観点から導出しておきたい。そのために、「対人ストレス耐性中」の諸側面として、集団側性、連帯性、理念性、原理性、他存在を信じる強度、罪責性意識、信仰性、祈り親和性、歴史・伝統・文化意識、死後の名誉・業績評価などをあらかじめ導出する。そのうえで、この一般的に導出した諸側面が実際に太宰に認められるのかを、今度は主にその青年期以降から晩年までの外形的・内面的軌跡のなかで検討し、推定したとおりに彼が「対人ストレス耐性中」であるのかを検証したい。

1　対人ストレス耐性中に適合的な「他存在を信じる強度中」である「信頼」「信義」

「他存在を信じる強度中」である「信頼」「信義」が対人ストレス耐性中に適合

まず、「他存在を信じる強度」が小か無—中—大と移行することに対応するのが、「信用」あるいは「非信」—

「信頼」「信義」―「信仰」「信奉」という移行系列であり、これは事実命題に基づく度合いの大―中―小か無の移行と対応していた。そして、「対人ストレス耐性中」に適合する「他存在（他者や物事）を信じる強度」とは、これが中である「信頼」「信義」なのである。

というのも、「他存在を信じる各強度への裏切り」による対人ストレスとしては、全人格と全生命を懸けて他存在を信じるという他存在を信じる強度大の「信仰」、信奉への裏切りの場合は、「対人ストレス大」だった。そして一方の、客観的に示されたその実体や契約内容、ルール、規則などを信じることが主で、人格、生命を懸けて他存在を信じるという部分が小さいか無である、信用や非信への裏切りの場合は「対人ストレス小か無」だった。これらに対して、他存在を信じる強度中の信頼や信義の場合は、他存在について、事実命題に基づく部分だけでなく、事実命題に基づくと確認できない部分を含めて「ある人や物を高く評価して、すべて任せられるという気持をいだく」（前掲『大辞林 第三版』）というように、人格や生命も半ば懸けて信じる部分もあるため、その裏切りは人格的・生命的なストレスも受けることになり、それは両者の中間の「対人ストレス中」ということになるからである。

ちなみに、この信頼と信義が生じる可能性がある対人ストレス中に耐えうると考えられるのは、対人ストレス耐性中と対人ストレス耐性大である。しかし、対人ストレスとは逆の概念である、契約、規則、法律、実績・能力評価、力関係、自然（物理）法則などの外的評価システムで客観的・機械的に個人を評価するという対システムストレスを考えると、対人ストレス中の状況のときにはそれは同時に対システムストレス中でもあるから、こちらに適合するのは対システムストレス耐性が中以上の場合であって、対システムストレス耐性小か無は耐えにくいと考えられる。つまり、対システムストレス耐性小か無は、内的評価システムによる個人評価をより欲していて、中程度の外的評価システムによる客観的・機械的な個人評価には耐えにくいのである。したがって、対システムストレス耐性小か無に表裏する対人ストレス耐性大も、対システムストレス中すなわち対人ストレス中には耐えにくいということになる。つまり、対人ストレス中に適合するのは対人ストレス耐性中だけと考えられ、信頼や信義が生じる可能性がある対人ストレス中に適合するのも対人ストレス耐性中だけということになる。

「信頼」を介した対人関係で生じる「友情」の重要性

「友情」は、一般に「信頼の情を抱き合って互いを肯定し合う人間関係で生じている感情」（前掲「友情」）といわれるように、対人ストレス耐性中に適合する「他存在を信じる強度中」の「信頼」を介して成立する感情の代表である。したがって「友情」は、対人ストレス耐性中にとっては、その生理（対人ストレス耐性中）を肯定するものという意味で、きわめて重要な、評価すべき対人関係における感情ということができる。

2　対人ストレス耐性中が準拠する「中集団」

大集団と小集団の間の「中集団」

対人ストレス耐性中の場合、家族や恋人、ごく親しい人などの小集団内での日常の対人葛藤などの対人ストレス小は平気であり、それを超えた、例えば仲間やある組織の成員、ある地域の住民などの、より大きな集団内での対人ストレスにも耐えうることになる。このような対人ストレス耐性中が適合し、所属し、準拠しうる集団とはどこまでの集団だろうか。

それは、対人ストレス耐性中に適合する他存在を信じる強度中の「信頼」の対象になりうる範囲までの集団になるものと考えられる。そしてこの信頼の対象になりうる範囲までの集団とは、信頼が事実命題に基づいていると確認できない部分、つまり他者の人格、生き方、理念性、感受性までも含めた範囲で他者を信じる強度であることから、未確認の部分に基づいて信じる必要性が少ない小集団を超えるところの、仲間、各組織成員、地域住民、各民族そして国家国民までの集団になるだろう。

というのも、その人格、生き方、理念性、感受性までを十分理解し想像できるのは、一つの法律、制度、文化、習慣、歴史、伝統、言語などで統べられる範囲の集団であり、その最大のものが国家国民と考えられるからである。例えば、異国民や異人種間では、言語、歴史、伝統、文化、習慣、法律そしてこれらから形成される価値観などを十分に理解し想像することはできず、他者の人格、生き方、理念性、感受性までも含めた範囲で他者を信じる強度である「信頼」し合うということは、十分にはできないのではないかと思われる。例えば、〝日本人を信頼する〟〝わが同胞を信頼する〟などは適当だが、〝全人類を信頼する〟〝ヨーロッパ人を信頼する〟などはなじまないのではないだろうか。したがって、「信頼」の対象とは、一般的には仲間、各組織成員、地域住民、各民族そして国家国民までになるものと考えられる。そしてこの、対人ストレス耐性中が適合し、所属し、準拠しうる範囲までの集団を、対人ストレス耐性小か無の「小か非集団」と対人ストレス耐性大の「大集団」の間の「中集団」と呼ぶと、これはおおむね一つの法律、制度、歴史、習慣、文化、言語で統べられる、仲間、各組織成員、地域住民、各民族などから最大で各国家国民に及ぶ集団になる、ということができる。これは、家族、親族、ごく親しい人などからなる小集団と、国民国家を超えた全人類に及びうる大集団の中間に位置する集団概念である。

「信頼」から推定される中集団側性――「共同体」について

ちなみに、中集団とは「共同体」とほとんど同じと思われる。というのも、共同体とは「同じ地域に居住して利害を共にし、政治・経済・風俗などにおいて深く結びついている人々の集まり」(「共同体」「ウィキペディア(Wikipedia)」〔https://ja.wikipedia.org/wiki/%E5%85%B1%E5%90%8C%E4%BD%93〕)であって、通常は家族共同体、会社共同体、地域共同体から、最大では国家共同体までを範囲とするものだからである（前掲『日本大百科全書第二版』第六巻）。

つまりこの共同体では、自己を充足しようとして相互的な依存関係・承認関係の場を形成するとともに、そのバランスを取るために法律や道徳が必要になり、それが施行される最大の単位は国家共同体になる。この、共同体で相互的な依存関係・承認関係の場を形成するとは、「信頼」を介して対人関係を形成することに同等と思われ、逆に「信頼」を介して形成される中集団の範囲が、最大国家共同体までになる共同体の範囲と一致することから、対人ストレス耐性中が準拠する中集団とはほとんど共同体に相当する、といっていいのではないかと思われる。

欲動性中（欲情性中）

対人ストレス耐性によって、理念性や他存在を信じる各強度を介しながら集団側性―連帯性のなかで欲望を充足していく度合いである「欲動性」の程度が決まる。対人ストレス耐性中であれば、信頼を介した中集団側で欲望を充足していくという欲動性中になると考えられる。それは、対人ストレス耐性大の大理念や信奉を介した大集団側で欲望を満たす欲動性大と、対人ストレス耐性小か無で、小か無理念を介した小か非集団側で欲望を満たす欲動性小か無の間に位置するあり方である。

あるいは「欲動性」の逆の概念である、より非集団側―非連帯性のもとで、つまり誰とも連帯せず非集団側―個人だけで欲望を充足する度合いである「欲情性」の程度も、対人ストレス耐性大での欲情性小か無、対人ストレス耐性小か無での欲情性大に対して、その中間に位置する欲情性中になると考えられる。

対人ストレス耐性中での「同情」「人情」などの「情」の重要性

先ほど、対人ストレス耐性中での「友情」の重要性について述べたが、この「友情」だけでなく「同情」(「他人の身の上になって、その感情をともにすること」(前掲『大辞泉 第二版』))、「人情」(「人としての情け」(同書))などの、「他人に対する思いやりの気持」(同書)である「情」も、対人ストレス耐性中にとって特に重要な対人関係における感情と思われる(本書では「情」は主に「友情」「同情」「人情」を指すものとする)。

というのも、それらが作用する対象は、まず、「愛情」「恋情」などが主に作用する小集団を超える対象になるからである。例えば、家族間では友情という概念は適用されない。また、家族間で同情するとはいわず、あらためて家族間に人情があるとも通常はいわない。さらに、「情」を介するということからは、直接見知らぬ対象を大多数含むことになる大集団には及ばず、主に「情」を抱く対象になりうる同じ文化、習慣、法律、言語をもつ国家国民レベルの中集団内までになると考えられるからである。つまり、これらは個人に発し、小集団を超えた、主に中集団を対象とする対人関係で作用するものなので、中集団に準拠する対人ストレス耐性中には、「友情」と並んで重要な対人関係における感情になると考えられる。

ちなみに、対人ストレス耐性小か無の安吾では、小集団を超える中集団側の心理作用は重視すべきものとはならず、安吾は「同情」「人情」そして「友情」などに重きを置かなかったと思われる。例えば、戦時下で窮乏する見知らぬ女性に同情して親切にしてしまったことを大いに後悔したり、自分を慕う青年の窮状に直面しても同情して手を差し伸べることはなかったり、また「孤独(略)その淵の深さに、身ぶるいする」(前掲『クラクラ日記』)という絶対の孤独のために、生涯、親友といえるものをほとんどもたなかったであろうように、である。

3　対人ストレス耐性中の「中理念」

対人ストレス耐性中がもつ理念性である「中理念」とは

理念とは、「ある物事についての、多くの人々にとって善いこと、正しいことを指し示すところの、こうあるべきだという根本の考え」だった。さて、対人ストレス耐性中であれば、国家国民レベルまでの中集団を形成してこれに準拠することができる。したがって、これと表裏して、その領域で生じうる対人ストレスに関して、小集団を超え中集団側までのそれを整序しうるような、国家国民レベルまでの人々にとっての〝善いこと、正しいこと〟である、「中理念」を必要とすることが考えられる。

すなわち、対人ストレス耐性中がもつ中理念とは、各組織と各地域、各民族そして国家国民レベルまでの中集団を対象とする理念で、具体的には、それらの文化、習慣、伝統、歴史などによって形成される文化的・伝統的価値、社会的規範から、パトリオチズム、ナショナリズムなどに及ぶものと考えられる。それは、「中集団（各組織と各地域、各民族そして国家国民）は、中集団として〜すべき」「中集団側としてのわれわれは〜すべし」として、例えば「日本人は〜すべし」「東京都民は〜すべき」などのかたちの価値命題で表されることになるだろう。そしてこれは、家族、恋人、近親者などの小集団を超えて、各組織と各地域、各民族、国家国民などの中集団レベルまでの人々にとっての〝善いこと、正しいこと〟としての、「中くらいの物語」にもなるといえるだろう。

中理念としての良心、道徳、倫理、および信頼、友情、同情、人情

こうした中理念にアクセスするときの個人の心性としては、「良心」「道徳」「倫理」、そして他存在を信じる強度中としての「信頼」「信義」や、これらによる「友情」「同情」「人情」などが考えられる。というのも、これらは小集団（家族、恋人、ごく親しい人）内では十分に親密であるためにあまり用いられず、あくまで個人から発して小集団を超えた、最大で国家国民までの中集団内で有効に作用するところの中理念にアクセスする際の個人の心性と考えられるからである。ちなみに、これらは大集団に及ぶ〝善いこと、正しいこと〟である、国家を超える主義、イデオロギー、世界宗教などの大理念にアクセスする場合の個人の心性ではない。これらをおこなうのは「共感」「信奉」「信仰」などだろうと考えられる。

また、これらの個人の心性自体が、中集団側にとっての〝善いこと、正しいこと〟である中理念そのものといってもいいように思われる。というのも、「道徳」「倫理」とは、十分に親密な小集団側ではあまり作用せず、また範囲が広すぎて全世界などの大集団側でも十分作用しないと思われるが、中集団側では中集団のための〝善いこと、正しいこと〟としても作用しうる徳目と考えられるからである。さらに、この道徳や倫理を生み保つ心の作用であり、同時に道徳や倫理そのものといってもいいのが「良心」だからである。また、主に道徳、倫理、良心の互いの保持を前提して他存在を信じるのが、その強度中の「信頼」「信義」、そしてその際に生じる「友情」「同情」「人情」だった。そして、こうした信頼、信義や友情、同情、人情などが、同時に道徳、倫理、良心の内容そのものを形成するので、「信頼」「信義」や「友情」「同情」「人情」もまた中集団側にとっての〝善いこと、正しいこと〟、中理念といっていいように思われる。

したがって、個人がもつ心性のうち、「道徳」「倫理」「良心」「信頼」「信義」あるいは「友情」「同情」「人情」なども、中集団側にとっての〝善いこと、正しいこと〟である中理念と考えていいのではないかと思われる。

つまり、これまでの議論をまとめると中理念とは、個人に発し小集団を超えた中集団（組織成員、地域住民、民族、国家国民など）までの範囲での〝善いこと、正しいこと〟を内容とする理念ということから、主に中集団側で相互に存在する「良心」「倫理」「道徳」、これらから形成される「信頼」「信義」さらに「友情」「同情」「人情」、そして文化的・伝統的価値、社会的規範さらにパトリオチズム、ナショナリズムなどの「中くらいの物語」からなる理念、と考えていいように思われる。

ここで特に「良心」（conscience）についてあらためて述べておくと、これは何が善で何が悪かを知らせ、善を命じ悪を退ける個人の道徳、倫理、規範意識のことといわれる。あるいは、「自身に内在する社会一般的な価値観（規範意識）に照らして、善行をなし悪行をさける心のこと」（「良心」「ウィキペディア（Wikipedia）」〔https://ja.wikipedia.org/wiki/%E8%89%AF%E5%BF%83〕）であって、この良心によって、人が社会的動物として自分の属する社会に益するようにはたらきかけることになるといわれる。このように「良心」とは、個人に発する心性だが、社会や国家におよぶ中集団についての〝善いこと、正しいこと〟をもたらすものとして、やはり中理念といっていいものと考えられる。

対人ストレス耐性中にとっての中理念性の自然と必然性

対人ストレス耐性中にとって、このような中理念をもっているという中理念性は、次のように自然で必然のものと捉えられているだろう。すなわち対人ストレス耐性中にとって、まず人間（対人ストレス耐性中）は本質的に社会的（中集団側準拠）存在と思われる。社会と独立、孤絶して、その力（社会的資源、集団側性など）をまったく借りずに存在すること、つまり対人ストレス耐性小か無がいうように単数で非集団側であるということは嘘や絵空事であり、生まれてこのかた、人間は社会的（中集団側準拠）生き方以外には生存形式がないと思われる。したがって、（特殊な場合を除いて）一般に〝善いこと、正しいこと〟を考えるだろう人間が、その社会（中集団）のために中理念を抱き、それを実現するために良心、道徳心、倫理観などをもつのは、人為ではなく自然で当然のことだと思われる。つまり理念性の存在を含め、社会的（中集団側）存在である人間にはそれ以外の思念、例えば完全な無理念、ニヒリズム、エゴイズム汎観などが通常流布しようとは思われないのである。

このように、一般に理念性（中理念性）についての基礎には、その社会性（中集団側性）についての無意識的というべき肯定的な認識がある。つまり、社会と隔絶し独立した個体、単数という概念は、動物であれば該当することもあるが、本質的に動物ではない社会的（中集団側準拠）存在である人間（対人ストレス耐性中）にはありえないのである。そして、対人ストレス耐性小か無で非集団側がいうエゴイズム汎観、理念性否定、ニヒリズムなどは、とても維持することができない絵空事にみえるのである。ちなみに、これは対人ストレス耐性大で大集団側にいる者にはさらにいえることであるが。

「準中理念」——「準強理念」「中間原理」であること

理念は一般に、その準拠集団である〝人々にとっての善いこと、正しいこと〟の実現を目指すものなので、その実現のためには相反する他理念に対抗し（他対抗性）、〝善いこと、正しいこと〟つまり理念性の優劣で闘い、相反する他理念を主張できないようにするために懲罰を加える他罰性、つまり非寛容性を示すことになる。それは、その準拠集団が大きいほど、その〝善いこと、正しいこと〟の対象範囲や程度が大きくなり、その実現と維持のためには他対抗性や他罰性などの非寛容性の範囲や程度、すなわち強理念性も増すことになる。つまり、大理念の場合は、強理念性が大である強大理念になるのだった。例えば、かつてのそして一部は現在も、マルクス主義、キリスト教、イスラム教、仏教、民主主義（フランス革命）などの大理念は、いずれもその実現と維持、発展のためには、対立する理念と激しく闘い、他対抗性や他罰性による非寛容性が大きかった。一方、準拠集団が小集団の小理念は、小集団のために強理念性を強く示せないので、非寛容性が小さい弱理念になり、弱小理念に多くなると考えられた（例えば安吾の、食器を家に持ち込ませない「生来の悲願」のように）。そして中集団を準拠集団にする中理念の場合は、これら両者の中間の他対抗性や他罰性を示す非寛容性中としての「準強理念（性）」になるものと推定される。

それは理念内容的には、非寛容性中として、相反する他理念をある程度認めながらも、あくまで自らが最善と思う理念を主張、維持する、というものになると考えられる。したがって、対人ストレス耐性中の中理念は、中理念で準強理念であるという意味での「準中理念」になると考えられる。具体的には、人間とは大理念に必ずしも沿うことができない存在だが、信頼、良心、倫理、道徳そして社会的規範、ナショナリズムなどの中理念は保持することを求め、その保持可能性を完全に喪失してしまったり、相反する理念をあくまで主張する場合はこれを罰する、というようなものと考えられる。

また、以上に関連して、亀井、安吾の場合と同様、この準中理念を父性原理―母性原理の観点からみてみると、それは両者の中間という意味で、「中間原理」と考えられる。父性原理とは、理念や理想に沿う者を高く評価する一方、これに反するものに厳罰を下して厳しく処断するという性質だが、準中理念の準強理念性も、それに反する理念や存在に他対抗性、他罰性などの非寛容性―父性原理性を示すものである。しかしその程度は強大理念ほどの程度や範囲には及ばず、人間とは大理念に沿うことはできない存在だとして大理念に沿えない者を許し、さらにはその準中理念そのものも完全喪失した段階でなければときに許す、という母性原理性も併せ持つものである。したがって準中理念は、亀井にみた強大理念の父性原理と安吾にみた弱小か無理念の母性原理の、ちょうど中間の中間原理であると考えられる。そして、この中間原理性と準強理念については、太宰の青年期以降の軌跡を検討する次章以下でより具体的に述べてみたい。

中理念は「相反価値止揚理念」

さらに、このような準中理念の準強理念性のあり方である非寛容性中、つまり相反する理念や価値をある程度認めながら自らの最善と思われる理念や価値を堅持する、という場合、それを実現する実際の形成過程としては次のようなものが考えられる。すなわちそれは、相反する理念や価値と拮抗する過程のなかでよりよい価値、理念形成を図っていく、あるいは相反する双方の理念や価値を認めながら両者を止揚させてよりよい理念に到達する、ということによる「相反価値止揚理念」である。というのも、「相反する理念や価値と拮抗」させたり、「双方の理念や価値を認めながら両者を止揚」する過程のなかで、「相反する理念や価値をある程度認めながら自らの最善と思われる理念や価値」という準強理念を形成できるからである。さらにいうなら、準強理念としては、この「相反価値止揚理念」以外のかたちは考えにくく、対人ストレス耐性中がもちうる準中理念の多くが「相反価値止揚理念」になるのではないかとも思われる。この「相反価値止揚理念」については、次章で具体例をあげて説明したい。

中理念は理想主義と現実主義の間の「折衷主義」

大理念とは大集団側にとっての〝善いこと、正しいこと〟だが、それは国の範囲を超え、一国の制度や政治によって実現できるものではないので現実化が困難な一方で、人類全体に及びうる理念なので広大、高邁、超越的といった性格を帯び、全体としては理想主義の性格を帯びるのだった。また対極の小か無理念の場合、小か非集団によって実現されうる内容で、理想的性格をまったく必要としないより現実的な内容になるため、現実主義の性格を帯びるのだった。そして中理念は、両者の中間である中集団側にとっての〝善いこと、正しいこと〟になるので、小集団側だけに関わる現実主義よりは広い、しかし大集団側に関わる理想主義まではいかない、両者の間のいわば「折衷主義」になると考えられる。

あるいは、中理念というのは、国家までの中集団に適用できる理念だから、一国の制度や政治を用いての実現可能性がある現実主義的性格をもち、あわせて小集団を超えて大集団の方向へと向かう側面もあることから理想主義の性格も帯びうるという、両者の性格を併せ持つ折衷主義になるといってもいいように思われる。その具体的あり方は、次章以下で述べていきたい。

4 「対人ストレス中」と「対人ストレス耐性中」

対人ストレスとは一般に、ルール、規則、法律によってだけで形成されたのではない、他存在を信じる強度である信頼や信仰などを介し、良心、理念、理想などの理念性を共有して形成された集団や社会生活下で生じるだろう、「ルール、規則、法律、理念、理性などでは制御できないような、対人関係上で生ずる摩擦や葛藤」だった。そのなかで「対人ストレス中」とは、これまでの議論での各概念を用いると、「日常生活上の些事」での趣味、嗜好、マナー、生活習慣、個人的信条などの違いから起こる人対人の争いや葛藤の程度が、中集団側で生じる、大集団側での対人ストレス大と小か非集団側での対人ストレス小か無の、おおよそ中間に位置するストレスということができる。また、人性の不如意や不可抗力的な外的状況変化による、信頼そして友情などの「他存在を信じる強度中に対する裏切り」や、価値相対性下での「理念対理念の闘い」のうち準中理念間までの闘いによって生じる、対人ストレス大と対人ストレス小か無の中間に位置する対人ストレス、ということができる。

そしてあらためて述べると、「対人ストレス耐性中」とは、この対人ストレス中には耐えうるという、対人ストレス耐性大と対人ストレス耐性小か無との中間のストレス耐性のことをいう。これは、大集団側で生じる程度の「日常生活上の些事」での葛藤や争い、「信仰」への裏切りや、強大理念間の闘いによる対人ストレス大には耐えることはできない。そのために、他存在を信じる強度中である信頼を介し、中理念までをもって、中集団側で生きることが可能で、さらにそれが最も適当になる、というあり方である。というのも、対人ストレス耐性中の場合、その逆の概念である対システムストレス耐性も中になり、それ以上のシステムストレス大には耐えることができない、すなわちこれを再び逆の概念で考えると対人ストレス小か無にも耐えることができないということになり、小か非集団側での生活もあまり適当とはならない、ということによる。つまり、小か非集団側に準拠した規則、契約、法律、実績・能力評価、自然（物理）法則などの外的評価システムの著しく自動的・機械的な当てはめや、そのニヒリズムに近い価値観、価値意識には耐えにくい、という側面があるのである。

したがって、対人ストレス耐性中は、大集団側でもなく小か非集団側でもない、対人ストレス中の中集団を準拠集団として、中集団側にあり続けるのが適当であるというストレス耐性ということができる。

5 対人ストレス耐性中での罪責性認識大、罪責性認定中、罪責性意識中

対人ストレス耐性中での罪責性認識大、罪責性認定中、罪責性意識中

対人ストレス耐性中も、人性の不如意や不可抗力的な外的状況変化などから、基本的には理念性を常に守ることはできない、という自らの罪責性認識は大と考えられる。しかし、対人ストレス大を招きかねない大理念は当初から担うことはできないと認識していて、「人間（対人ストレス耐性中）」は本来的に大理念的あり方は実現できない程度には初めから罪責的な存在である、と自らの罪責性を半ば認定し肯定する側面がある。それは中理念は担えるはずだし担うべきとは考えることからは、大理念を担うべきと考える対人ストレス耐性大の罪責性認定

小か無と、せいぜい小理念か無理念、ニヒリズムが人間の自然で本来の姿と考える対人ストレス耐性小か無の罪責性認定大の中間に位置する、罪責性認定中である。

こうして対人ストレス耐性中は、「中くらいの物語」や良心、信頼などの中理念は担うものの、やはり人性の不如意や不可抗力的な外的状況変化などからそれを維持することができない場合に、罪責性認定中に表裏する罪責性意識中を顕在化するだろうと考えられる。すなわち、対人ストレス耐性大（亀井）の大理念に沿うことができない場合に生じる深い自責と苦悩に満ちた罪責性意識大と、対人ストレス耐性小か無（安吾）の苦悩、自責がほとんどみられない罪責性意識小か無の中間に位置する、中理念に沿うことができない場合のほどほどの自責と苦悩を帯びた罪責性意識中になるものと考えられる。

対人ストレス耐性中は中理念を完全喪失するとき「人間失格」する

対人ストレス耐性中で、自らが「中くらいの物語」や良心、信頼などの中理念を、人性の不如意や不可抗力的な外的状況変化の繰り返しなどを通じて、本来的・基本的に維持することができなくなった、すなわち中理念保持の可能性を完全に喪失したと判断する機会がもしあれば、そのときは罪責性認定大と罪責性意識小か無に陥る可能性が生じることになる。つまり、対人ストレス耐性中の生理的規定ともいうべき罪責性認定中―罪責性意識中が維持できないことになり、生理的に自分は「人間（対人ストレス耐性中）」ではなくなった、と感じて「人間（対人ストレス耐性中）失格」してしまう事態が考えられる。

ちなみに、これに対して、対人ストレス耐性大の場合は、理想やイデオロギーなどの大理念を本来的・基本的に維持できなくなった、完全喪失したと判断した場合、その罪責性認定小か無―罪責性意識大を維持することができず、生理的に自分は「人間（対人ストレス耐性大）」ではなくなったと「人間（対人ストレス耐性大）失格」してしまう可能性がある。例えば、対人ストレス耐性大の亀井が、背信や同志への裏切りなど数多くの罪責性大の事態に繰り返し直面しても、なぜあのように罪責性認定小か無と罪責性意識大をもって、うむことなく転向し、新たな大理念の信奉と信仰に至ったのかは、それによって「人間（対人ストレス耐性大）失格」してしまうことを回避しようとしたためではなかったかと思われる。

一方、対人ストレス耐性小か無の場合は、（大か中の）理念性を維持できない状態がむしろ人間のより本来、自然の姿と考えるので、たとえ一切の理念性を維持できなくとも、というよりむしろ欲情のままに生き理念性を維持できない状態こそ、対人ストレス耐性小か無の生理ともいうべき罪責性意識小か無と適合する状態なので、「人間（対人ストレス耐性小か無）失格」することはない。例えば、対人ストレス耐性小か無の安吾が、無理念、ニヒリズム、淪落の淵に落ちても、あまり罪責性意識に苦悩することなく、逆にこうした「堕落」こそ人間の本来の真の姿として認めよ、と主張さえして（『堕落論』）、「人間（対人ストレス耐性小か無）失格」することなどまったくなかったように。

6　対人ストレス耐性中での信仰性中、祈り親和性中

対人ストレス耐性中での祈り親和性中と信仰性中

対人ストレス耐性中は、このように、「中くらいの物語」、良心や信頼などの中理念を担うものの、人性の不如意や不可抗力的な外的状況変化などからそれを維持することができないときに、罪責性意識中に苦悩することになると考えられる。そして、この苦悩からの救済を必要として、こうした不可抗力な、人力ではいかんともしがたい状況からの唯一の救済手段として、人知を超えた超越的なものに呼びかけ、何らかの救いを求めるという祈りをおこなわざるをえないことになる。そして、こうした祈りという行為への接近性と親和性、あるいは抵抗の

少なさといった祈り親和性は、対人ストレス耐性大での罪責性意識大からの全人格と全生命を懸けた救済希求としての祈り親和性大よりは小さく、対人ストレス耐性小か無の罪責性意識小か無を反映した祈り親和性小か無よりは大きくなるだろう。つまり、罪責性意識中からの半ば人格的で生命的な救済を希求するという場合は、両者の中間に相当する程度の祈り親和性中になると考えられる。そして対人ストレス耐性中は、この祈り親和性中に対しては、罪責性意識中を救済し生きるうえで必須なもの、自らの生理を維持するために必要で不可欠なものとして完全な肯定感を示し、そこに少しの迷いも認めることはないだろう。それは対人ストレス耐性大の亀井にみたような、自らの祈り親和性大への完全な肯定感と同様であり、また対人ストレス耐性小か無の安吾にみたような、自らの祈り親和性小か無への完全な肯定感と（内容は違っても）同様のものと考えられる。

また、この罪責性意識の苦悩からの救済を希求する祈りは、それらを可能にする超越的存在による超越的な作用を希求することになるために、超越的存在とその作用を信奉するという信仰の保持を反映することが多い。対人ストレス耐性中の場合、その信仰は、超越的存在が罪責性意識大やそれに対応する不可抗力的な外的状況変化などを救済しうるほどの超越的力を有する存在ではない、という事実命題的部分をもつと考えられる。それと同時に、罪責性意識中やそれに対応するような不可抗力的な外的状況変化などからは救済しうる程度の超越的作用をなすとともに、罪責性意識中の顕在化をなるべく防ぐために中理念の保持は命じる、とする超越的存在を信じる、という内容になるものと考えられる。つまりそれは、事実命題に基づくものかどうかの検討と、やはり超越的作用をもつために事実命題に基づくかどうかを検討できない部分の両方を含むような信仰なのである。したがってそれは、対人ストレス耐性大での信仰性大よりは程度が控えられているが、対人ストレス耐性小か無の信仰性小か無よりは大きい、ちょうど両者の中間の信仰性中というべきものになると考えられる。

これは、対人ストレス耐性大での「他存在を信じる強度大」の信仰性大である「信仰」そのものとは違うものである。すなわち、事実命題に基づくものかどうかの検討に加えてそれが検討できない部分もある程度認めながら信じるという構造からは、対人ストレス耐性中における「信頼」と同様の、「他存在を信じる強度中」に分類されるものと考えられる。ただし、それは通常の信頼と違って、超越的な存在（神）や作用を信奉するという側面からは、やはり信仰と捉えることができ、それは信仰性中になると考えられる。

対人ストレス耐性中の信仰性中の神は「中間神」

信仰性中が、構造的には「他存在を信じる強度中」に分類できると考えられることからは、その信仰性中の対象になる神（超越的存在）は、事実命題に基づくものかどうかの検討がなされた部分とともにそれが検討できない部分も有する、というような存在になるはずである。つまり、その神は、事実命題に基づく部分の例として、大理念などを体現してその信奉を人に命じることはできないようないくつかの弱点や欠点を有する人間のような側面をもつ存在であることが考えられる。それと同時に、事実命題に必ずしも基づくものではない部分として、罪責性意識中を救済すべく中理念くらいは体現しそれを人々に信じるよう命じることはできるという超越的な側面も有するような存在だと考えられる。

また信仰性中の対象になる神が体現し人々に信じることを命じるだろう中理念は、準強理念であることから、父性原理と母性原理の間の中間原理の性格をもつといえる。そのためこの神も、原理に反するものに厳罰を下し厳しく処断する父性神の性質と、原理に反するものであっても、それが大理念の場合を含めある程度まではそれを仕方がないものとして許すという母性神の性質を併せ持つ、中間原理の「中間神」になるだろう。すなわちそれは、相反するほかの理念や存在に対する非寛容性をある程度もつと同時に、大理念を含め（中）理念性にある程度まで沿うことができない弱く罪深い存在をそのまま許すような存在であることから、対人ストレス耐性中での罪責性認定中、罪責性意識中を肯定するような神と考えられる。

結局、対人ストレス耐性中で信仰性中の対象になる神は、人間のような弱さや欠点とともにそれを超えた超越性を併せ持つ、父性神と母性神の中間の中間原理による中間神で、対人ストレス耐性中に中理念の保持を命じるとともに、その罪責性認定中、罪責性意識中を肯定し支持するところの神だろうと考えられる。

7　対人ストレス耐性中での連帯性中、社会運動性中

「連帯」とは、理念（と秘密）や他存在を信じる各強度の共有から成立する、「二人以上の者が共同である行為または結果に対して責任を負うこと」（前掲『大辞泉 第二版』）という相互依存・承認の相互関係を内容とし、その理念の実現を目指す人と人の結び付きだった。そして端的には、その結び付く範囲が大／中／小（非）集団であることに応じて、大／中／小（無）連帯性あるいは連帯性大／中／小（無）となることになる。

さて、対人ストレス耐性中では、中理念や他存在を信じる強度中である「信頼」を介して形成された中集団側における相互依存・承認の相互関係を内容にし、中理念の実現を目指す人と人の結び付きが中連帯性あるいは連帯性中を形成するものと考えられる。つまり、中理念を介して、同じ理念を信じている者同士なら一緒に行動できる、生きていくことができると信頼し合いながら、中集団を形成することが、そのまま中連帯性、連帯性中を形成する。そしてそこで、共有し合う中理念の実現を目指す中集団による社会運動として、社会運動をおこなう範囲や程度である社会運動性中が生まれてくることになる。

特に、中理念のなかの「友情」「同情」「人情」などの、「他人に対する思いやりの気持」（同書）としての「情」を介した中連帯性に関しては、以下のようになる。すなわち、個人から他者に及ぶ理念性の性格をもつ「友情」「同情」「人情」などの「情」が、個人から発して集団に及ぶ「個の連帯」を成立させることになる。そしてその対象が、「情」を介するということから、直接見知らぬ対象を大多数含むことになる大集団には及ばず、

主に「情」を抱く対象になりうる同じ文化、習慣、言語、法律をもつ国家国民レベルまでの中集団になるものと考えられる。そこで共有しうる理念は「中くらいの物語」―中理念であり、したがって、「友情」「同情」「人情」などの「情」を介した「個の連帯」による中連帯性は、大理念の実現を目指す社会運動性大ではなく、中理念の実現を目指す中集団による社会運動性中を形成していくと考えられる。

8　対人ストレス耐性中での歴史・伝統・文化意識中、死後の名誉・業績評価中

対人ストレス耐性中での歴史・伝統・文化意識中

歴史や伝統、文化は、理念の形成・顕現史としての「物語」や、それを次世代に伝える造形や儀式、様式だった。そして、こうした歴史や伝統、文化は通常共同体性に由来していて、共同体性が最も強まりかつ最大になるのが一つの法律、制度、文化、言語で統べられる国家と考えられる。したがって、ひとつの歴史や伝統、文化が確固と構築されるのは主に国家レベルまでの中集団と考えられる。こうした歴史や伝統、文化は、中集団での中理念(「中くらいの物語」)を反映していて、これを集団のアイデンティティーの形成、維持に用いたり、今後の教訓にしたりするなどして、中集団に準拠する対人ストレス耐性中にとっては重視すべきものになる。また、もとより中集団であれば、中理念を反映する歴史や伝統、文化が世代を超えて継承されていく確率が高いため、それを重視する意義はあると考えられる。しかし、歴史自体の内容やスケール、そしてその継承性が対人ストレス耐性大での世界と人類レベルよりは下がることもあって、本書では、対人ストレス耐性中のこうした歴史や伝統、文化を重視する意識、姿勢を中くらいのものと評価して、歴史・伝統・文化意識中とするものである。

ちなみに、対人ストレス耐性大の歴史・伝統・文化意識を振り返ると、それは大理念(イデオロギーや世界宗

教など）を反映するイデオロギー史観、世界宗教史観などとして、国家を超えた大集団を対象にする「大きな物語」を反映していて、主にその規模の大きさと継承性の大きさから歴史・伝統・文化意識大と考えたのだった。それは対人ストレス耐性大の亀井が、すべての文明の本質や基礎は、古代のギリシャ精神、ローマ精神、キリスト教精神そして仏教精神など限られた古代精神と文化に帰着すると評価し、グローバルな歴史や伝統、文化の意義を最大限に重視したようにである（しかし、その詳細さや具体性については、歴史や伝統、文化が共同体を基盤にして最も強く形成される対人ストレス耐性中でのそれよりは少ないかもしれない）。

一方、対人ストレス耐性小か無の場合は、エゴイズム汎観やニヒリズムベースを反映して、歴史を単なる事象の時系列としかみずに、そこに重視すべき「物語」性をみるのでもなく、また非か小集団側では世代を超えて継続していく世代継承性が小さいこともあって、歴史や伝統、文化はあまり重視されないのだった。例えば対人ストレス耐性小か無の安吾が、「自分の人生から先の時間はこれはハッキリもう自分とは無縁だ」（前掲「教祖の文学」）と述べ、法隆寺も平等院も焼けて停車場になってしまっていい、などと伝統的文化遺産の価値を認めなかったように、対人ストレス耐性小か無の歴史・伝統・文化意識は小か無になるのである。

対人ストレス耐性中での死後の名誉・業績評価中

以上の歴史・伝統・文化意識の一部をなすともいえる、死後の名誉・業績評価については、大集団側で対人ストレス耐性大では、その歴史・伝統・文化意識大を反映して、死後の名誉・業績評価大なのだった。一方、小か非集団側、対人ストレス耐性小か無では、その歴史・伝統・文化意識小か無を反映して、死後の名誉・業績評価小か無になるのだった。そして中集団側であれば、大集団と小か非集団の中間の世代継承性になり、理念性とそれを担った人々のこととしての死んだ人の業績や名誉が、その後に続く中集団側の維持と形成に有用でもあるので、大集団側の場合と小か非集団側の中間に相当する程度ほどには重視し評価されることになる。つまり、歴史・伝統・文化意識中を反映して、対人ストレス耐性中での死後の名誉・業績評価中になるものと考えられる。

9　対人ストレス耐性中の特徴のまとめ

ここで、これまで論じてきた対人ストレス耐性中にみられる諸特徴についてまとめておきたい。対人ストレス耐性中は、中集団（組織成員、地域住民、民族、国家国民まで）での中程度の「日常生活上の些事」で生じる摩擦に耐えることができ、他存在を信じる強度中の「信頼」を用いて、また中集団にとっての〝善いこと、正しいこと〟である「中理念」（「中くらいの物語」）を担うことができる。そして、この中理念や信頼を介して中集団に準拠して連帯性中、さらに社会運動性中になるのだった。

この中理念は、小集団を超えて中集団までの範囲に〝善いこと、正しいこと〟を勧める理念で、「良心」「倫理」「道徳」そして「信頼」「友情」「同情」「人情」から、文化的・伝統的価値、社会的規範さらにパトリオチズム、ナショナリズムなどの「中くらいの物語」に至る理念と考えられた。そしてこの中理念は、中集団側に準拠して非寛容性中であることから「準強理念性」を帯びた「準中理念」になり、したがって父性原理と母性原理の間の「中間原理」になるものだった。さらに、この準強理念性、中間原理を実現するものとして、中理念の多くは「相反価値止揚理念」になると考えられた。また中理念は、小か非集団側の現実主義と大集団側の理想主義を折衷した両者の間の「折衷主義」と考えられた。

そして対人ストレス耐性中は、中集団側、連帯性中のなかにあって欲動性中（欲情性中）に生きるのだが、人性の不如意や不可抗力的な外的状況変化などから中理念を裏切ることで、ほどほどの自責と苦悩を帯びた罪悪性意識中に至ることになる。この、対人ストレス耐性大における罪悪性意識大を担うことができない程度に表裏して、人間（対人ストレス耐性中）の罪悪性を自然で仕方がないものとして肯定（認定）する罪責性認定中であり、対人ストレス耐性中は、すべての人間に共通の罪責性認識大に加え、罪責性認定中、罪責性意識中になるものと考えられた。しかし、こうした人性の不如意や不可抗力的な外的状況変化などを超えて、根底的に「良心」「信頼」「友情」などの中理念をもつことが不可能になる事態がもしあれば、この対人ストレス耐性中の生理ともいうべき罪責性認定中、罪責性意識中も維持できないことになり、「人間（対人ストレス耐性中）失格」したと判断されることになると考えられた。

ほかに対人ストレス耐性中では、罪悪性意識中を救済してもらうべく、超越的存在（神）に対する他存在を信じる強度中として信仰性中をもち、これは祈り親和性中を伴う。そしてこの信仰性中の神は、信仰をもつよう支持しまた指示する中理念の中間原理性を反映した、父性神—母性神の間の「中間神」になると考えられた。また対人ストレス耐性中は、歴史や伝統、文化を世代を超えて継承していける中集団に準拠し、またそれらが中集団の形成と維持に有効なこともあって、歴史や伝統、文化への評価は中程度になる歴史・伝統・文化意識中、さらに同様の理由をもって死後の名誉・業績評価中になると考えられた。

さて、このような、対人ストレス耐性中として一般的に推定できる価値観や価値意識、そしてその経過が、青年期までの軌跡から対人ストレス耐性中と推定した太宰の、青年期以降の軌跡でもはたして認められるのかについて、次章から検討してみたい。

第7章　青年期以降の太宰の軌跡
——対人ストレス耐性中

1　大理念(「大きな物語」)・大東亜共栄圏思想への反応——中理念、中集団側性、連帯性中

マルクス主義に続く大理念(「大きな物語」)・大東亜共栄圏思想

前述のように、太宰は一九三二年、二十三歳時にマルクス主義から離脱し、創作活動に専心し始めるも、その作品は実験的で前衛的、過度に倫理的ないわゆる前期作品群(一九三五年の「魚服記」から三七年の「HUMAN LOST」まで〔奥野健男「解説」、前掲『走れメロス』所収〕)をなすものだった。三五年、二十六歳時、東京帝国大学は卒業できずに除籍処分を受け、「都新聞」の入社試験も不合格と、八方ふさがりのなか、鎌倉山で縊死を図るも失敗。その後、急性虫垂炎を発症し、その手術後には鎮痛剤パビナール依存の状態になった。このパビナール依存治療のため三六年、大学入学時から師事していた小説家・井伏鱒二、妻・初代らによって武蔵野病院精神科へ半ば強制的に入院させられた。この間、三五年に「逆行」が第一回芥川賞次席、翌三六年も創作集『晩年』

が第二回芥川賞候補になっていた。武蔵野病院入院中での初代の「姦通」の露見から、三七年に水上温泉でカルモチンによる心中未遂を起こしてのち、初代とは離別。翌三八年、井伏の紹介で甲府の高等女学校教師の石原美知子と見合いし、三九年、三十歳時に結婚。甲府に続いて三鷹の下連雀に新居を定め、以後「富嶽百景」「女生徒」「走れメロス」「東京八景」などの、わかりやすく、建設的で理想主義的な、いわゆる中期作品群（一九三八年の「満願」から四五年の「パンドラの匣」まで〔同論文〕）を発表するようになっていた。

この間、日本社会では、亀井や安吾の項でも述べたように、一九三一年満州事変、三六年二・二六事件、三七年日華事変、そして四一年の大東亜戦争開戦に向けて、大東亜共栄圏思想（八紘一宇）が社会を席巻するようになっていた。この大東亜共栄圏思想は、欧米によるアジア侵略を排し日本を中心にした東アジアのアジア人自身による独立、繁栄、共存を、つまり日本国民を超えて東アジアの諸民族さらには人類にとっての〝善いこと、正しいこと〟をうたう大理念だった。

さて、前述のように、青年期に至る過程で遭遇した大理念であるマルクス主義に対して、太宰は反応していた。それは、亀井のようにマルクス主義への信奉からの共産党幹部として世界の無産階級に連なる大連帯性ではなく、また安吾の無理念による無連帯性でもなく、両者の中間ともいうべき、主に活動家への「同情」「友情」などの中理念を介したシンパ活動としての中連帯性だった。それでは、当時の多くの日本の青年にとって、マルクス主義の次に日本社会を覆った大理念である大東亜共栄圏思想に対して、太宰はどのように反応したのか。亀井と安吾と同様に、このような問いを太宰に対しても立ててみたい。

大理念の大東亜共栄圏思想に対する外形的軌跡——中集団側、連帯性中

まず、その外形的軌跡について述べると、それは次のようなものだった。一九四一年、大東亜戦争開戦の年、太宰は文士徴用令書を受けるが「肺浸潤」で徴用されることなくすんだ。そして翌年からは、点呼召集を繰り返

し受け、突撃訓練をおこない、軍人勅諭暗誦なども積極的におこなっている。さらに隣組長、防火群長にも就任したり、在郷軍人会の暁天動員の招集訓練を受けたりもしている。また、四四年、内閣情報局と大政翼賛会肝いりの日本文学報国会から、大東亜五大宣言をモチーフにする小説執筆の候補者に選定され、求めに応じて小説の概要と意図として『「惜別」の意図』を提出した結果、内閣情報局から正式に大東亜五大宣言小説執筆の委嘱を受けた。太宰は、仙台へ取材旅行に行って精力的に資料を収集し、魯迅を題材に、大東亜五大宣言のうちの「独立親和」をテーマに〝国策小説〟「惜別」を著している。その後、東京への空襲激化によって妻・美知子の甲府の実家へ疎開、さらに甲府でも空襲を受けたため妻子とともに津軽・金木町の生家へ疎開し、敗戦を迎えた。

このような太宰の外形的軌跡をみるかぎり、大集団側である亀井ほどには、大東亜共栄圏思想や大東亜戦争に主体的に参加してはいない。すなわち亀井は、太宰に〝国策小説〟の執筆依頼をした当の日本文学報国会の評論部会幹事として、当局の依頼原稿執筆や講演をこなし、さらに大東亜文学者大会開催に関わって中国や朝鮮、台湾などから文学者を集めて気勢を上げるなど、大東亜共栄圏思想を喧伝し積極的に大東亜戦争に協力し推進する側に立っていた。一方の太宰は、小か非集団側の安吾よりは明確に、当時の日本社会や大東亜共栄圏思想の大東亜戦争に参加していたといえるだろう。すなわち安吾は、社会的には「徴用のがれに日映（日本映画社）」（前掲「世に出るまで」）の嘱託となり、申し訳程度に脚本を三つ書いただけで、町内でも点呼召集をごまかし、隣組反対を宣言し、「酒の飲めるうちはノンダクレ、酒が飲めなくなると、ひねもす碁会所に日参して警報のたびに怒られたり追いだされたり」（前掲「わがだらしなき戦記」）していただけだった。

このようにその外形的軌跡をみるかぎり、太宰の大東亜共栄圏思想――大東亜戦争という大理念に参加する度合いは、亀井の大集団側で連帯性大と、安吾の小か非集団側で連帯性小か無のあり方の、ちょうど中間くらいのものとして、中集団側で連帯性中だった印象である。これは、三者の生来の対人ストレス耐性に由来する大集団側、中集団側、そして小か非集団側としての生き方が、大東亜戦争期でもそのまま表れた結果であるように思われる。

例えば同じ文学者といえ、小か非集団側に生きてきた安吾がいきなり、亀井のように内閣情報局下の日本文学報国会の幹部になったり、太宰のように大東亜共栄圏思想喧伝のための〝国策小説〟の執筆を委嘱されるということはないのである。また逆に、大集団側、中集団側に生きてきた亀井や太宰が突然、安吾のように点呼召集をごまかし、隣組長就任の要請を拒否し、あるいは日本文学報国会とまったく関わらないでいる、などということはできないのである。すべては、各人の生来的な対人ストレス耐性に由来する集団側性と連帯性によって規定された軌跡だと思われる。

大理念の大東亜共栄圏思想への内面的軌跡――中理念を介した中集団側、中連帯

続いて、以上のような外的軌跡のもとで生じていた、内面的軌跡はどのようなものだったのかについて述べたい。そのなかでも、まず、内面的軌跡のなかで最も端的な表出を示した、大東亜戦争開戦当時の反応をみてみたい。前述のように、対人ストレス耐性大の亀井は、大理念の大東亜共栄圏思想への信奉と信仰のもと、大東亜戦争開戦に一も二もなく賛同して戦争を熱烈に支持したのだった。これに対し、大東亜戦争開戦に対して太宰は、戦後著された記述によると、日本そして自らの滅亡を自覚した部分があったようだ。

つづいて、満州事変。五・一五だの、二・二六だの、何の面白くもないような事ばかり起って、いよいよ支那事変になり、私たちの年頃の者は皆戦争に行かなければならなくなった。事変はいつまでも愚図愚図つづいて、蔣介石を相手にするのしないのと騒ぎ、結局どうにも形がつかず、こんどは敵は米英という事になり、日本の老若男女すべて死ぬ覚悟を極めた。実に悪い時代であった。（太宰治「十五年間」『グッド・バイ』〔新潮文庫〕、新潮社、一九七二年）

これは、前述の安吾による、端的に日本の滅亡を直観した反応に近い部分があったものと思われる。つまり太宰は、対人ストレス耐性小か無の安吾と類似の現実主義的な判断ができていたのであり、これは彼が、対人ストレス耐性大の亀井のように大東亜共栄圏思想を信奉・信仰などしていなかったことを示していると考えられる。しかしながら太宰は、次に述べるように、大東亜戦争遂行に参加し協力する姿勢もみせていて、ここには集団側性や理念性の存在をみてとることができるように思われる。

戦時日本の新聞の全紙面に於いて、一つとして信じられるような記事は無かった（略）しかし、私たちはそれを無理に信じて、死ぬつもりでいた。親が破産しかかっている時、子供がそれをすっぱ抜けるか。運命窮まると観じて黙って共に討死さ。（略）私は戦争中に、東条に呆れ、ヒトラアを軽蔑し、それを皆に言いふらしていた。けれどもまた私はこの戦争に於いて、大いに日本に味方しようと思った。私など味方になっても、まるでちっともお役に立てなかったかと思うが、しかし、日本に味方するつもりでいた。この点を明確にして置きたい。この戦争には、もちろんはじめから何の希望も持っていなかったが、しかし、日本は、やっちゃったのだ。（同作品）

次の反応なども、対人ストレス耐性小か無の安吾の、無理念で非集団側の言動とも明らかに異なっている。

私たちは程度の差はあっても、この戦争に於いて日本に味方をしました。馬鹿な親でも、とにかく血みどろになって喧嘩をして敗色が濃くていまにも死にそうになっているのを黙って見ている息子も異質的ではないでしょうか。「見ちゃ居られねえ」というのが、私の実感でした。（略）私はその馬鹿親に孝行を尽そうと思いました。（略）はっきり言ったっていいんじゃないかしら。私たちはこの大戦争に於いて、日本に味方し

た。私たちは日本を愛している、と。（太宰治「返事」『もの思う葦』〈新潮文庫〉、新潮社、一九八〇年）

このように「私は戦争中に、東条に呆れ、ヒトラアを軽蔑し」「この戦争には、もちろんはじめから何の希望も持っていなかった」などと述べる太宰は、やはり大理念の大東亜共栄圏思想への信奉や信仰をもっていなかったのだろう。しかし彼は、外形的軌跡にみたように、ある程度は大東亜戦争遂行に参加し協力したのであり、そこで彼が介在させた理念性とは、「見ちゃ居られねえ」で示される「同情」、「親が破産しかかっている時、子供がそれをすっぱ抜けるか」「孝行を尽そう」で示される「信義」、「記事（略）私たちはそれを無理に信じて、死ぬつもりでいた」で示される「信頼」などの、中理念だったように思われる。例えば太宰は、前に引用した戦後の記述とは矛盾する部分もあるのだが、大東亜戦争開戦の当日に記したとされる随想風作品「新郎」で、大臣をはじめとする人々への「信頼」によって戦争に協力していくことを、作者自身の言葉として述べている。

日本は、これからよくなるんだ。どんどんよくなるんだ。いま、僕たちがじっと我慢して居りさえすれば、日本は必ず成功するのだ。僕は信じているのだ。新聞に出ている大臣たちの言葉を、そのまま全部、そっくり信じているのだ。思う存分にやってもらおうじゃないか。いまが大事な時なんだそうだ。我慢するんだ。
（太宰治「新郎」『ろまん燈籠』〈新潮文庫〉、新潮社、一九八三年）

そして、こうした「同情」「信義」「信頼」などの中理念を介して太宰がその〝善いこと、正しいこと〟を望み、また所属し準拠したのは、「日本に味方した。私たちは日本を愛している」というように、日本国、日本国民という中集団側だったと思われる。つまりそれは、大集団側の亀井が「日本の精神的発展の上に寄与すべきものは世界の上に在る。世界――それは日本の祈企である。日本の世界主義者」（前掲「ノート（昭和13年）」）と述べたような、大理念である大東亜共栄圏思想を介した日本を含む東アジアさらには全世界の人々からなる大集団ではなかった。例えば、支那事変後、世の中全体が大東亜戦争へ向かおうとしていたときの随想的作品のなかでやっと太宰は、かなり抑制がきいた祖国愛としてその中理念を述べている程度である。

祖国を愛する情熱、それを持っていない人があろうか。けれども、私には言えないのだ。それを、大きい声で、おくめんも無く語るという業が、できぬのだ。（略）誰にも負けぬくらいに祖国を、こっそり愛しているらしいのだが、私には何も言えない。（略）ある日、思いを込めて吐いた言葉は、なんたるぶざま、「死のう、バンザイ」ただ死んでみせるより他に、忠誠の方法を知らぬ私は、やはり田舎くさい馬鹿である。（略）私には、何一つ毅然たる言葉が無いのだ。祖国愛の、おくめんも無き宣言が、なぜだか、私には、できぬのだ。（太宰治「鷗」『きりぎりす』〔新潮文庫〕、新潮社、一九七四年）

つまり、太宰は、大東亜共栄圏思想という大理念ではなく、主に信義や信頼、同情、そして祖国愛までの中理念によって、日本の同胞の味方をしてその集団内にあるという中集団側性を示したと考えられる。

ちなみにこれは、その青年期に至る時期の大理念だったマルクス主義活動への参加が、マルクス主義の信奉というよりも、運動家たちへの同情や信頼などの中理念によっておこなわれ、世界の労働者階級という大集団側ではなく国内の活動家という中集団側に所属し、中連帯性を示していたのと相似しているだろう。このことは、理念性に対する反応として、中理念性、中集団側、中連帯性といったあり方が生来的に繰り返される可能性を示唆していると考えられる。もとよりこれはすでに、戦前のマルクス主義、戦中の大東亜共栄圏思想、そして戦後の国際平和主義思想という三つの大理念（「大きな物語」）に対する反応として、亀井あるいは安吾の軌跡のなかにみてきたことではある。すなわちこれら大理念に対して、対人ストレス耐性大の亀井であれば繰り返し大理念性、大集団側、大連帯性で反応し、対人ストレス耐性小か無の安吾であれば繰り返し小か無理念性、小か非集団側、小か無連帯性で反応してきたのだった。

結局、大理念・大東亜共栄圏思想（八紘一宇）に対する内面的軌跡をみても、太宰のそれは、対人ストレス耐性大の亀井と対人ストレス耐性小か無の安吾のちょうど中間ともいうべき反応と考えられた。すなわち太宰は、対人ストレス耐性中に推定できる信頼、信義、同情そして祖国愛などの中理念を主に介して、中集団側にあって中連帯性をなしたものと考えられる。

太宰の大理念（「大きな物語」）・大東亜共栄圏思想への反応のまとめ——対人ストレス耐性中の中理念性、中集団側、中連帯性

ここまでのまとめだが、当時の多くの日本の青年にとってマルクス主義の次に日本社会を覆った大理念（「大きな物語」）である大東亜共栄圏思想と大東亜戦争に対して、外形的軌跡として太宰は、日本文学報国会の委嘱を受けて〝国策小説〟「惜別」を書き、隣組長、防火群長に就任、在郷軍人会の暁天動員の招集訓練などにも積極的に参加したのだった。これは、日本文学報国会の評論部会幹事として大東亜共栄圏思想を喧伝し大東亜戦争を推進した対人ストレス耐性大である亀井の大集団側、大連帯性と、市井の一個人として無理念で非集団側の生活を送っただけの対人ストレス耐性小か無である安吾の小か非集団側、小か無連帯性の、ちょうど中間として中集団側、中連帯性にあったといえるのではないかと考えられた。また、内面的軌跡でも太宰は、大東亜戦争によって日本は滅ぶという現実主義的認識を半ばもち、大理念の大東亜共栄圏思想を信奉することはなかったが、日本人同胞への同情、信義、信頼そして祖国愛などの中理念を介して開戦に踏み切った日本を応援するという、中集団側で中連帯性の立場をとった。

このように、大理念である大東亜共栄圏思想（八紘一宇）——大東亜戦争に対して太宰は、外形的にも内面的にも、対人ストレス耐性大の亀井の大いなる反応と対人ストレス耐性小か無の安吾の小か無反応の、ちょうど中間

の反応を示したといえる。それは、対人ストレス耐性大が示す大理念性、大集団側、大連帯性と、対人ストレス耐性小か無が示す小か無理念性、小か非集団側、小か無連帯性の、ちょうど中間に位置する、対人ストレス耐性中において推定される中理念性、中集団側、中連帯性というあり方と考えられた。

2　太宰は中集団側——対人ストレス耐性中

次に、太宰の集団側性について、亀井や安吾の場合と同様に、文壇関係、文士仲間、出版関係者、学生などとの交流のなかに、より具体的にみていきたい。

大東亜戦争前の中集団側性

大東亜戦争前の太宰の文壇での交流は、以下のようなものである。すなわち、一九三二年のマルクス主義離脱の翌年に同人雑誌「海豹」同人になって「魚服記」「思い出」を発表。彗星のように東京での文壇デビューを果たし、同人やほかの文学青年と知り合うようになった。特に古谷綱武、壇一雄らと交流を深め、三四年には彼らと新雑誌「鷭」（ばん）を発行し、「葉」「猿面冠者」を発表。さらに同年、新雑誌「青い鳥」を創刊し、「ロマネスク」を発表。壇、中原中也、山岸外史、今官一ら同人と親密な交流をもち、特に中原中也の酒席でのからみは凄絶で、太宰との間で同席者を巻き込んで派手な乱闘があった。翌三五年には、山岸らと、亀井勝一郎、保田与重郎らの雑誌「日本浪漫派」に参加し、「道化の華」を発表。さらにこの間太宰は、上京直後の三〇年から井伏鱒二、そして三五年に「道化の華」を推奨した芥川賞選考委員の佐藤春夫に師事するようになっていた。井伏鱒二は、太宰よりも十一歳年上の小説家で、代表作に「山椒魚」「ジョン万次郎漂流記」「黒い雨」などがあり、戦後には文化勲章を受章した。佐藤春夫は、井伏も師事した、太宰より十七歳年上の詩人・著述家で、代表作に「田園の憂鬱」「殉情詩集」などがあり、初代の芥川賞選考委員を務め、戦後に文化勲章を受章している。

さて、この「師事」とは、〝その人を先生として尊敬し、仕え、教えを受けること〟だが、これは信用による契約関係を超え、しかし信仰を介して帰依する、というのでもなく、太宰が次のように井伏に対して抱いたように、信頼を介したひとつの人間関係と考えられる。

井伏さんの最初の短編集「夜ふけと梅の花」（略）私はその短編集を読んで感慨に堪えず（略）はじめから一つ一つ反すうしてみて、何か天の啓示のように、本当に、何だか肉体的な実感みたいに、「大丈夫だ」という確信を得たのである。もう誰が、どんなところから突いて来たって、この作家は大丈夫なのだという安心感を得て、実に私は満足であった。それ以来である。私は二十五年間、井伏さんの作品を、信頼しつづけた。（略）東京の大学にはいるとすぐに、袴をはいて井伏さんのお宅に伺い、それからさまざま山ほど教えてもらい、生活の事までたくさんの御面倒をおかけして、そうしてただいま、その井伏さんの選集を編むことを筑摩書房から依頼されて、無料の思いも存するのである。（太宰治「『井伏鱒二選集』後記」、前掲『もの思う葦』）

つまり、井伏鱒二の人柄や作品への信頼を介して「山ほど教えてもらい、生活の事までたくさんの御面倒をおかけし」たという、師事の関係のようである。このような、大東亜戦争前の文壇での交流や先輩作家への師事は、家族や恋人などの小集団内を超えた範囲での親しい交流で、しかし日本国内にとどまること、また関係に信頼と信義を介在させていることから、中集団側を形成するものではないかと思われる。というのも、対人ストレス耐性中から推定できる中集団が、主に他存在を信じる強度中である信頼の対象になりうる範囲までの集団であり、小集団を超えた仲間や各組織成員、各地域住民、各民族そして国家国民まで、というものだったからである。

例えばこれに比べて、対人ストレス耐性小か無の安吾では、その修業時代でさえも、人に師事するとか先輩をもつとかはなく、文学仲間や文壇との関係も希薄で、ほとんど自分一人の世界にあったのだった。つまり「自分一人の天地へ！」（前掲「石の思い」）、「孤独という通路は神に通じる道」（前掲「堕落論」）とする安吾に、文壇生活はほとんどないに等しかった。『坂口安吾』を著した奥野健男は述べる。

彼にとっておよそ政治や文壇は関心外であり、ひたすら彼がみつめていたのは死と真の恋、人間の切なさ、かなしみのきわみであった。（前掲『坂口安吾』）

このような対人ストレス耐性小か無である安吾の小か非集団側性と比較すると、太宰の、文学仲間などとの深い交流や先達に師事するという姿には、小か非集団側とはまったく異なる中集団側性としての資質が浮かび上がってくるといえるだろう。

また一方の、対人ストレス耐性大の亀井の場合は、生きていくうえでいつも強大理念を信奉している必要があることから、常に既存の権威や伝統などのなかに強大理念を求め、それに信従し帰依する、ということをせざるをえなかったのだった。「帰依」とは「すぐれた者（特に人格者）に対して、全身全霊をもって依存すること」（フランク・B・ギブニー編『ブリタニカ国際大百科事典 第二版改訂』第二巻、ティービーエス・ブリタニカ、一九九四年）で、信奉や信仰を介して心身のすべてを他存在に委ねるといったものだから、信頼を介する師事よりも、自らのすべてを他存在に委ねる程度は大きいのである。こうして亀井は、マルクス主義信従、ゲーテ文学（古代ギリシャ・ローマ精神、キリスト教精神）信奉、続いて古代・中世日本仏教、聖徳太子と親鸞への帰依、大東亜共栄圏思想信奉を重ねていき、これら大理念を介して世界やアジア同胞との連帯性大の大集団側にあったのだった。

このような対人ストレス耐性大の亀井の大集団側性とも、日本国内にとどまる文学仲間や先達との交流からなる太宰の中集団側性は異なるものといえるだろう。

大東亜戦争中の中集団側性

続く大東亜戦争中でも、そのいわゆる中期にあって、精力的に創作活動を継続していた太宰の周りには、文士仲間、出版関係者、作家志望者などが多数集い、太宰に師事する学生や後輩も現れるようになっていた。

一九三六年の第三回芥川賞落選、精神病院への半強制的入院、妻・初代との離婚のあと、しばらくデカダンな生活を送って創作も途絶えた時期をへて、三八年に石原美知子と結婚、三九年に三鷹に移って以後、「三十歳の初夏、初めて本気に、文筆生活を志願した」（前掲「東京八景」）とあるように、安定した執筆生活へと入っていった。「満願」「女生徒」「富嶽百景」など中期の名作を次々と発表して文壇の好評を得て、原稿の注文も増え、その全部に応えられないようにもなっていた。

　甲州には、満一箇年いた。長い小説は完成しなかったが、短編は十以上、発表した。諸方から支持の声を聞いた。文壇を有りがたい所だと思った。一生そこで暮し得る者は、さいわいなる哉と思った。（同作品）

そして戦中にあっても、慎重に戦争や政治、思想問題には直接触れない題材を選び、精力的に著作を続けたのだった。それは戦時統制をくぐり抜けるような〝翻案物〟（「走れメロス」「新ハムレット」）、〝故郷物〟（「津軽」「黄金風景」）、〝ユーモア小説〟（「お伽草紙」）、〝歴史物〟（「右大臣実朝」）などだった。このため太宰の周囲には、出版関係者や文士仲間そして作家志望者などが多数訪れるようになっていた。また、中央線沿線に住む文士の集いの「阿佐ヶ谷会」にも参加し、井伏、亀井、佐藤らと温泉旅行にも何度か行くなど、人間関係は広がって複雑化した。このようななかで、文学志望の田中英光、小山清、戸石泰一、堤重久などに、今度は太宰が師事されて師弟関係が生まれるようにもなっていた。つまり、戦時中も太宰は小集団側を超え、中集団側にあったと考えられる。

例えば、大東亜戦争開戦の日につづったという随想的作品「新郎」で太宰は、学生たちが来ること、その交流を大事にしていることを述べている。

三鷹の私の家には、大学生がたくさん遊びに来る。(略)一つの打算も無く、ただ私と談じ合いたいばかりに、遊びに来るのだ。私は未だいちども、此の年少の友人たちに対して、面会を拒絶した事が無い。どんなに仕事のいそがしい時でも、あがりたまえ、と言う。(略)―はなはだ、僕は、失礼なのだが、用談は、三十分くらいにして、くれないか。今月、すこし、まじめな仕事があるのだ。ゆるせ。太宰治。―玄関の障子に、そんな貼紙をしたこともある。いい加減なごまかしの親切で逢ってやるのは、悪い事だと思ったからだ。(前掲「新郎」)

このような交流のなかでは、学生らに対して怒鳴りつけるなど、集団のなかで切磋琢磨する姿もつづっている。これは、「信用」による契約関係にとどまらない深い関係と、それによる対人ストレス発生を受け入れていることを示すもので、小か非集団側の安吾ではありえない、より集団側としてのあり方を示すものと思われる。

私はこのごろ学生たちには、思い切り苦言を呈する事にしている。怒鳴る事もある。それが私の優しさなのだ。そんな時には私は、この学生に殺されたっていいと思っている。殺す学生は永遠の馬鹿である。(同作品)

これは大集団側である亀井が、文壇の幸福として全肯定し好んだ、先輩らにもまれる「からみ」という、集団内の切磋琢磨に類した性質のものだろう。しかしこれは小か非集団側の安吾が、そんな関係は無用、とばかり最も忌避した関係性でもあった。前述のように、絶対的な基準というものはないこのような文学領域での相互批評は、「理念対理念の闘い」による対人ストレスを引き起こす可能性があった。したがってこの「からみ」に象徴される文壇や文学仲間でのもまれ合いは、対人ストレス耐性大の亀井には平気だったのに対し、対人ストレス耐性小か無の安吾には受容できなかったのである。そして太宰がこれを受容できたことは、その対人ストレス耐性が、安吾の小か無よりは大きいことを示唆していると思われる。

こうして、大東亜戦争中でも、文士仲間や出版関係者などとの間で人間関係が広がり、作家志望者や学生などとも信頼を介しての師弟関係を結んでいることからは、太宰は、対人ストレス耐性中において推定される、小集団側を超え、しかし日本国内にとどまる範囲での親しい交流として中集団側にあったものと考えられる。

大東亜戦争後の中集団側性

大東亜戦争敗戦後でも、「斜陽」などで一躍流行作家になった太宰の周りには、より一層多くの文士仲間や出版関係者、文学志望者などが集っていた。そして太宰は、彼らとは内面的なことも託す信頼と信義を介した深い関係を生じていることから、やはり小集団を超えた中集団側にあったものと考えられた。

すなわち、敗戦翌年の一九四六年十一月に、青森での一年三カ月の疎開生活から帰京してのち、無頼派や新戯作派を名乗った太宰に対しては執筆依頼が殺到。屈指の人気作家そしてマスコミの寵児になり、多忙を極めるようになった。連日、多数の出版・マスコミ関係者、文学関係者などが押しかけ、自宅以外に仕事部屋を借りざるをえないほどになった。こうしたなかで、編集者などのなかから仕事上の関係を超え個人的にも親しく接する者が現れてきた。例えば、新潮社の野原一夫や野平健一は頻繁に太宰と酒席をともにし、秘密の部屋（愛人の山崎富栄との密会の場所）にも招かれ、野原は「如是我聞」の口述筆記を頼まれた。また、筑摩書房社長・古田晁とは互いに深い信頼を寄せ合い、井伏をして「莫逆《ばくげき》の友」と言わしめるほどの交流があり、太宰の自死の直前に長期静養を計画したり、「人間失格」執筆を公私ともに支援したりしていた。さらに、総合雑誌「展望」（筑摩書房）編集長の臼井吉見とも、文学者・豊島與志雄宅で一緒に飲むなど親しく接し、井伏鱒二選集の「後書」を口述筆記したりしている。また、戦前からの門弟たちとも、深く信頼し合う親交が続いた。例えば、被災した小山清を自宅に泊め、戸石泰一らとは仕事部屋で起居をともにし、田中英光には妊娠した愛人・太田静子との連絡役を果たしてもらい、「斜陽」執筆に協力してもらった。また、堤重久は、おそらく太宰が最も心を許した京都の門弟で、心のうちを披瀝したうえで、「実はね、いろいろ、あぶねえんだよ。いちど逢いたいと思っている。いろいろと人の悪口も言いたい。安心してそれを言える相手は、誰も無いんだよ。みんな、イヤシクていけねえ」（前掲「太宰治の人生と作品」）と手紙を書いて、上京を促したりしている。このような多数の出版関係者や文士仲間、門弟などとの親密な関係は、太宰が信義、信頼そして秘密の共有を介した対人交流のただなかにあったことを示しており、その対人ストレス耐性中およびそれからの中集団側性を表しているものと思われる。

一方これは、同様に敗戦直後の「堕落論」によって一躍流行作家になった小か非集団側の安吾が、殺到する編集者に対しても機械的に時間制限を設けるなど、作家―編集者の社会的関係にとどめ、太宰のように信頼し合いその内面も託すというような個人的な関係に至ることがなかったのとは対照的である。例えば、流行作家になって多くの取り巻きが生じても安吾は絶対の孤独のなかにいたことを、（前述したが）妻・三千代は、「彼の孤独と向きあっていると、その淵の深さに、身ぶるいすることはある。誰もひとを寄せつけない。彼はいつも、たった独りでいるような心のありさまで、お酒を飲んで、わあわあといっているときでも、その奥に、たった独りの彼が座っている」（前掲『クラクラ日記』）と記している。

ともあれ、このように大東亜戦争敗戦後でも、文学関係者などとの人間関係が急速に広がり、出版関係者のなかには信義や信頼を介して個人的に深く関わる者が輩出し、門弟などとも信頼や秘密を介しての師弟関係を一層深めていることからは、やはり太宰は、対人ストレス耐性中から推定できる小集団を超え、しかし日本国内にとどまる中集団側にあったものと考えられる。

太宰の中集団側性――対人ストレス耐性中

このように、大東亜戦争戦前・戦中・戦後の、主に文壇や文学志望者、出版関係者などとの関係に焦点を当てて検討すると、太宰は、小集団を超えしかし日本国内にとどまる範囲での、信頼や信義などを介した親密な交流として中集団を形成して中集団側と考えられた。そしてここでもあらためて、その本質を述べると、「中集団側（性）」とは、中集団に適合、所属し、準拠する、すなわちそれをもとに人間関係、人生、事象、社会を考える、というあり方を指すものだった。これは対人ストレス耐性小か無の安吾が一貫して小か非集団側にあったのと、対人ストレス耐性大の亀井が常に大集団側にあったのとはちょうど中間的な、対人ストレス耐性中で推定されるとおりのあり方と考えられた。

3　太宰の「他存在を信じる強度中」である「信頼」「信義」そして「友情」「同情」「人情」の重要視――対人ストレス耐性中

対人ストレス耐性中に適合する他存在を信じる強度中の「信頼」「信義」、そして「友情」「同情」「人情」

前章の議論からは、一般的に対人ストレス耐性中に適合する「他存在を信じる強度中」は、「信頼」や「信義」と考えられた。太宰がこの信頼や信義を介在させて人間関係を形成しているさまは、前節の集団側性の検討をはじめ各所でみてきたが、ここではこれらを総合して、あらためてその他存在を信じる強度を検討してみたい。

さて、この信頼や信義で形成される集団とは、小集団を超えた仲間や組織成員、地域住民、民族などから最大で国家国民に及ぶ集団としての中集団だった。それは、おおむね一つの法律、制度、歴史、習慣、文化、言語で統べられる範囲では、その人の人格、人生、理念性などをある程度想像しうるので、信頼、信義の対象となりうるからだった。そしてこの中集団内で生じる、対人関係で重要な感情は、「信頼の情を抱き合って互いを肯定し合う人間関係で生じている感情」である「友情」だった。ほかにも、小集団を超えて中集団側で作用する「同情」「人情」などの「情」が、対人関係での感情として重用されるのだった。こうして、対人ストレス耐性中では、「信頼」「信義」などの他存在を信じる強度中、そしてそれらを介して形成される「友情」、さらには「同情」「人情」などの「情」が、重要視される対人関係での感情になると考えられる。

太宰の人生の各所ではたらいている「信頼」「友情」「同情」「人情」

①大理念のマルクス主義に対する「信頼」や「同情」「人情」による中集団側参加

さて太宰は、その青年期で大理念・マルクス主義運動に参加したが、それは対人ストレス耐性大である亀井のようにマルクス主義への信奉と信仰を介した大集団側参加ではなかった。すなわち、「その人たちが、気にいっていたから」「非合法の匂いが気にいって」(前掲『人間失格』)といった運動仲間たちへの個人的な「信頼」感、親愛感や「同情」「人情」などの「情」を主に介して、中連帯性で中集団側にあったのだった。

②大理念の大東亜共栄圏思想に対する、「信頼」「信義」や「同情」による中集団側参加

続く青年期以降でも、太宰はそれなりに、当時日本社会を席巻していた大理念・大東亜共栄圏思想そして大東亜戦争に参加し協力した。しかしそれは、対人ストレス耐性大である亀井のように大理念・大東亜共栄圏思想へ

の信奉や信仰を介した大集団側参加ではなかった。すなわち、「見ちゃ居られねえ」（前掲「返事」）という「同情」、「親が破産しかかっている時、子供がそれをすっぱ抜けるか」（前掲「十五年間」）で示される「信義」、「僕は信じているのだ。新聞に出ている大臣たちの言葉を、そのまま全部、そっくり信じているのだ」（前掲「新郎」）で示される「信頼」、そして祖国愛などの中理念を主に介した中集団側参加、中連帯性形成だった。

③日常の場での「信頼」を介する対人間関係例——井伏鱒二

このような大理念に関してだけでなく、日常生活でも太宰が対人関係で「信頼」を介して中集団側にあったことを示す例は多い。例えば、先輩作家・井伏鱒二に対してである。すなわち、「私は二十五年間、井伏さんの作品を、信頼しつづけた」というように、井伏という存在、才能あるいはその作品への信頼を介して師事し、「生活の事までたくさんの御面倒をおかけ」（前掲『井伏鱒二選集』後記」）することによって、太宰は井伏とは中集団側にあったと思われる。中集団側で連帯性中の、互いの独立性は保ちながら、信奉でもまた一方の信用でもなく、信頼を介して関わるという様態である。太宰は、マルクス主義離脱後文学を志した十五年間を回顧して、井伏について次のようにも述べている。

> 生きていく為に、書いたのだ。一先輩は私を励ましてくれた。世人がこぞって私を憎み嘲笑していても、その先輩作家だけは、終始かわらず人間をひそかに支持して下さった。私は、その貴い信頼にも報いなければならぬ。（前掲「十五年間」）

しかし、このような信頼を介した関係では、人性の不如意や不可抗力的な外的状況変化などによる、信頼への裏切りによる対人ストレス中をきたす事態も生じうるだろう。実際、信頼を介した井伏との間にも、裏切りは生じた。すなわち、石原美知子との結婚の際の井伏に対して入れた一札、「結婚は、家庭は、努力であると思ひます。（略）貧しくとも、一生大事に努めます。ふたたび私が、破婚を繰りかへしたときには、完全の狂人として、棄ててください。（略）何卒、ご信頼下さい」（前掲「太宰治の人生と作品」）という「誓約書」にもかかわらず、大東亜戦争敗戦後、「斜陽」の素材になる日記を提供した太田静子を妊娠させ、愛人・山崎富栄と深く付き合った太宰は、井伏の信頼を裏切っていた。そのため逆に、誓約をさせたともいうべき井伏を疎ましく思い、戦後に彼と会ったのは、井伏の選集出版を太宰が企画して打ち合わせをおこなったときを含めてたったの三回だった。またその一方では、太宰を後見していたにもかかわらず、一九三六年のパビナール中毒治療の際の太宰夫婦を面白おかしくちゃかしたようにもみえる井伏の小説「薬屋の雛女房」を、井伏の選集編集の際に太宰は知って内容に驚愕し、以後、井伏に対する信頼は一転不信へと変わった可能性がある（前掲『ピカレスク』）。さらに、その当時の井伏らによる半強制的ともいえる精神科病院への入院の衝撃が、「十年前を思い出す、そのフクシュウ、キチガヒにされた」（前掲「太宰治の人生と作品」）と、よみがえるようにもなっていた。また太宰には、戦後の井伏の創作活動自体が、戦後の新しい時勢に便乗する「新型便乗」、わが身かわいさの俗人、世渡り上手にもみえていた。これに表裏して、「斜陽」によって一躍流行作家になった太宰は、もはや井伏の世話になる必要はないと感じ始めたのだろう、四八年には、文壇の古い体質や世俗性、文壇の大家・志賀直哉などへの激烈な批判を展開した「如是我聞」を発表し始めた。そしてそこには次のように、井伏に対する批判も含まれていたようである。

先輩というものがある。そうして、その先輩というものは、「永遠に」私たちより偉いもののようである。（略）彼らは、その世の中の信頼に便乗し、あれは駄目だと言い、世の中の人たちも、やっぱりそうかと容易に合点し、所謂先輩たちがその気ならば、私たちを気狂い病院にさえ入れることが出来るのである。（太宰治「如是我聞」、前掲『もの思う葦』）

また、この「如是我聞」(一―四) 発表の過程で、井伏に執筆を中止しろといわれた衝撃を、太宰は一九四八年度用手帳 (文庫手帳) に次のように記し、彼に対する積年の批判と決別の意を述べている。

井伏鱒二　ヤメロといふ、足をひっぱるといふ、「家庭の幸福」　ひとのうしろで、どさくさまぎれにポイントをかせいでいる、卑怯、なぜ、やめろといふのか」「井伏の悪口をいふひとは無い、バケモノだ、阿呆みたいな顔をして、作品をごまかして (手を抜いて) 誰にも憎まれず、人の陰口はついても、めんと向かっては、何もいはず、わせだをのろひながらもわせだをほめ、愛校心、ケッペキもくそもありやしない、最も、いやしい政治家である。ちゃんとしろ。(すぐ人に向かってグチを言ふ。くやしいと思ったら、黙ってつらい仕事をはじめよ、)　私はお前を捨てる。お前たちは、強い。(他のくだらぬものをほめたり) どだい私の文学がわからぬ、わがままものみたいに見えるだけだろう、聖書は屁のやうなものだといふ、実生活の駆引きだけで生きている。イヤシイ。私は、お前たちに負けるかもしれぬ。しかし、私は、ひとりだ。「仲間」を作らない。お前は「仲間」を作る。太宰は気違ひになったか、などという仲間を、ヤキモチ焼き、悪人、イヤな事を言ふようだが、あなたは、私に、世話したやうにおっしゃっているやうだけど、正確に話しませう、かつて、私は、あなたに気に入られるやうに行動したが、少しもうれしくなかった。(前掲「太宰治の人生と作品」)

さらに、その人生の最後の妻・美知子への遺書 (の下書き) のなかで、次のように信頼を介した井伏との関係が最終的に否定される。

みんな　いやしい欲張りばかり　井伏さんは悪人です (同作品)

このように、人性の不如意や不可抗力的な外的状況変化などによって、信頼を介した対人関係では、信頼や信義への裏切りという対人ストレス中に見舞われることは避けることができないと考えられる。しかし、信頼や信義を介した対人関係として、井伏や佐藤春夫そして戦後の文学志望者との師弟関係などを大体において結ぶことができた太宰は、これに基本的に耐えうると思われ、その対人ストレス耐性は中であることを推定してもいいと思われる。そしてそれは、小か非集団側にあり常に孤独の淵にあった対人ストレス耐性小か無の安吾には、決して認めることがない対人関係だったと思われる。

④日常の場での「信頼」を介する対人間関係例——長兄、津島家周辺の人々

また、以上のような井伏と併記して、津軽の長兄・文治についても語られている。

永遠に私の文章について不安を懐いてくれる人は、この井伏さんと、それから津軽の生家の兄かも知れない。(略) いずれもなかなか稽古がきびしかった。性格も互いにどうやら似たところがある。私は、しかし、この人たちに育てられたのだ。この二人に死なれたら、私はひどく泣くだろうと思われる。(前掲「十五年間」)

兄は家族なので、本来的には愛情を介した小集団内に相当する対象だったと思われる。しかし、この長兄は太宰とは年が十歳以上離れていて、太宰が中学入学の年に父・源右衛門の病死を受けて家長になり、太宰が大学入学したときはすでに青森県議会議員になっていた。家長になって以来、太宰の以後の生活を左右する仕送りの停止あるいは延長、初代との結婚の際に分家除籍を決めるなど、太宰と津島家との関係を決める立場にいたのである。すなわち、太宰が生前誰よりも文治をおそれていた、といわれるように、両者の関係は愛情だけを介した関

係ではなく、それを超えた信頼や信義を介在させた人間関係として、一部小集団を超えた中集団側としての性格をもっていたのではないかと思われる。例えば、その二十代での鎌倉七里ヶ浜心中未遂事件、マルクス主義運動参加、津島家分家除籍（義絶）しての初代との結婚、など数多くの問題があったにもかかわらず、依然として長兄が太宰を経済的に支援していたのは、そんな太宰でも大学は卒業してくれると信じていた、彼への信頼のためだった、と太宰は述べている。

長兄はHを芸妓の職から解放し、その翌るとしの二月に、私の手許に送って寄越した。言約を潔癖に守る兄である。」「故郷の兄たちは、（略）ばかな事ばかりやらかしたがそのお詫びに、学校だけは卒業して見せてくれるだろう。それくらいの誠実は持っている奴だと、ひそかに期待していた様子であった。私は見事に裏切った。卒業する気は無いのである。信頼している者を欺くことは、狂せんばかりの地獄である。それからの二年間、私は、その地獄の中に住んでいた。来年は、必ず卒業します。どうか、もう一年、おゆるし下さい、と長兄に泣訴しては裏切る。（略）死ぬるばかりの猛省と自嘲と恐怖の中（同作品）

太宰は長兄の信頼を裏切ったが、それによって「信頼」という「他存在を信じる強度中」を否定することはなく、それは守られるべきものだと変わらず考えている。それは前述にみるように、信頼を裏切った場合は「地獄の中に住んで」自らをさいなみ続け罪意識を抱くことで、信頼を回復し守るべきものだと、その理念性を肯定し続けていると思われるからである。このように、分家除籍によって家族ではなくなる可能性もあった長兄・文治との関係は、兄弟としての家族関係にとどまらず、契約やルールなどへの信用とも異なる信頼し信頼されることによる相互関係、つまり本質的には中集団側にあったのではないかと思われる。

ほかにも、特に上京してから何かと太宰の世話人的役割を果たした、父の代から津島家に出入りしていた五所川原町の呉服屋・中畑慶吉、東京の洋服屋・北芳四郎との関係も、「信頼」「信義」「人情」を介した中集団側だろうと思われる。例えば、中畑は長兄・文治に託されて鎌倉七里ヶ浜心中事件の後始末をおこない、初代との結婚生活を支援し、第一著作集『晩年』出版祝賀会用の着物を用立てするなど、事細かに太宰の生活を支援した。そして、東京在住の北も学生時代の太宰を監督し、何度も送金を停止しようとする長兄に対して送金の継続を繰り返し訴え、一九三七年の初代との離別も支援した。さらに二人は、何もできない太宰にかわって、三九年の石原美知子との結婚式もすべてお膳立てし、太宰はこれを「忘れまいと思った」(太宰治「帰去来」、前掲『走れメロス』)のだった。結婚後、「富嶽百景」「走れメロス」「新ハムレット」を発表するなど作家生活も軌道に乗ってきた四一年には、長兄が留守の間に、高齢の母と祖母に会うための帰郷を二人がお膳立てし、義絶以来十年ぶりの帰郷がかなった。「人の世話にばかりなってきました。(略)かずかずの大恩(略)実に多くの人の世話になった。このたびは、北さんと中畑さんと二人だけの事を書いて置くつもり」(同作品)と、太宰はこの二人の世話に心から感謝している。父の代からの出入り業者とはいえ、その子である太宰に対して親にも劣らない世話をする義務はないのであり、二人は、世話になった代の次の代の世話をするという理念性を根拠にした信義や信頼、人情を介して、太宰の世話をし、家族や恋人などの小集団を超えた中集団側をなしていたのではないかと思われる。それは、四二年に生母重体のため妻と長女を同伴して帰郷した太宰と、長兄・文治、次兄・英治らとの義絶後十年来の対面をお膳立てした際の、北の次のような言葉(太宰の創作による)からもうかがえるように思われる。

私は今夜は、いい気持でした。文治さんと英治さんとあなたと、立派な子供が三人ならんで坐っているところを見たら、涙が出るほど、うれしかった。もう私は、何も要らない。満足です。私は、はじめから一文の報酬だって望んでいなかった。(略)私は、ただ、あなた達兄弟三人を並べて坐らせて見たかったのです。いい気持ちです。満足です。修治さんも、まあ、これからしっかりおやりなさい。私たち老人は、そろそろひっこんでいい頃です（太宰治「故郷」、前掲『走れメロス』）

「信頼」「友情」を高らかにうたいあげた文学作品

①「信頼」と「友情」の価値を高らかにうたいあげた中期の名作「走れメロス」

ここまでは、太宰の人生の各所で「信頼」や「情」が作用していることをみてきたが、その創作のなかでも、これらを全肯定し高く評価していることがわかる。その代表作が、いにしえの伝説に取材してこれに現代人の自意識を織り込み、「信頼」と「友情」の価値をうたいあげた（奥野健男「解説」、前掲『走れメロス』所収）といわれる中期の名作「走れメロス」である。

これは、「人を、信ずることが出来ぬ」（太宰治「走れメロス」、前掲『走れメロス』）ために親族や家臣らを次々と殺してきた暴君ディオニス王によって捕らえられ死刑を宣告された、「人の心を疑うのは、最も恥ずべき悪徳だ」（前掲「走れメロス」）とするメロスが、竹馬の友セリヌンティウスを人質にして、妹の結婚式列席のために三日間の猶予をもらった話である。無事に結婚式を終えたメロスは、セリヌンティウスとの信頼と友情を守るために、多くの困難を乗り越えて刑場へと駆け戻り、一時の心の迷いも互いに告白し許し合うことによって、その堅い信頼と友情を守り抜いたのだった。そしてそれを目の当たりにしたディオニスもまた、信頼と友情の尊さを悟るに至ったという物語である。この物語のなかで、数多くの困難にもかかわらず処刑されるために刑場へと駆け戻る際にメロスは、友情と信頼の価値を高らかにうたいあげる。

友と友の間の信実は、この世で一ばん誇るべき宝なのだ（略）私を待っている人があるのだ。少しも疑わず、静かに期待してくれている人があるのだ。私は、信じられている。私の命なぞは、問題ではない。死んでお詫び、などと気のいい事は言って居られぬ。私は、信頼に報いなければならぬ。いまはただその一事だ。走

れ！メロス。私は信頼されている。私は信頼されている。（同作品）

そして最後の場面では、その予想に反して、死を超えて友情と信頼を守り抜いたメロスとセリヌンティウスを見て、暴君ディオニス王も言う。

おまえらは、わしの心に勝ったのだ。信実とは、決して空虚な妄想ではなかった。（略）どうか、わしの願いを聞き入れて、おまえらの仲間の一人にしてほしい（同作品）

これらの記述は、この太宰の不朽の名作「走れメロス」が、「他存在を信じる強度中」の「信頼」（信実）、そしてそれらを介して成立する「友情」の価値を、きわめて率直に、高らかにうたいあげた作品であることを示している。そして「人の心を疑うのは、最も恥ずべき悪徳だ」というメロスの信条は、「他存在を信じる強度中」の「信頼」に対する、いささかの逡巡もない全肯定の言だったと考えられる。

②「信頼」の価値を命懸けで訴えた畢生の名作「人間失格」

さらに、のちに詳しく検討するが、太宰はそれを「書くために生きて来た」（奥野健男「解説」、前掲『人間失格』所収）とさえもいわれる、その最晩年の畢生の名作「人間失格」もまた、信頼の価値を命を懸けて訴えた作品といえるだろう。すなわち、「「友情」というものを、いちども実感したことがなく」「人を信じる能力が、ひび割れてしまっている」（前掲『人間失格』）主人公・葉蔵の、妻・ヨシ子が出入りの商人に凌辱されたあとの言である。

ヨシ子は信頼の天才なのです。ひとを疑う事を知らなかったのです。しかし、それゆえの悲惨。神に問う。信頼は罪なりや。ヨシ子が汚されたという事よりも、ヨシ子の信頼が汚されたという事が、自分にとって永く、生きておられないほどの苦悩の種になりました。自分のような、（略）人を信じる能力が、ひび割れてしまっているものにとって、ヨシ子の無垢な信頼心は、それこそ青葉の滝のようにすがすがしく思われていたのです。それが一夜で、黄色い汚水に変ってしまいました。（略）果して、無垢の信頼心は、罪の源泉なりや。（略）妻は、その所有している稀な美質に依って犯されたのです。しかも、その美質は、夫のかねてあこがれの、無垢の信頼心というたまらなく可憐なものなのでした。無垢の信頼心は、罪なりや。唯一、たのみの美質にさえ、疑惑を抱き、自分は、もはや何もかも、わけがわからなくなり、おもむくところは、ただアルコールだけになりました。（同書）

「人間失格」とは、人をなかなか信頼することができないという主人公が、最後に神に対して信頼の価値の支持を訴え、しかしそれゆえ、その回復の可能性を完全に失ったときは「人間失格」してしまう、と主張する作品なのである。すなわち、この畢生の名作は、「他存在を信じる強度中」の「信頼」保持が「人間」であるための条件である、として、その価値を命を懸けて主張した作品といえるかと思われる。そのことは、「ヨシ子が汚されたという事よりも、ヨシ子の信頼が汚されたという事が、自分にとって永く、生きておられないほどの苦悩の種になりました」という、凌辱されたヨシ子の心身の傷よりも、信頼が否定されたということに衝撃を受け、生きていけないほど苦悩したという、やや哲学的で特異な記述にみてとることができる。繰り返しになるが、「人間失格」とは、「他存在を信じる強度中」の「信頼」が「人間」としての生存条件だとして、その価値を命を懸けて訴えた作品だろうと思われる。

③「信頼」を直截に全肯定した「かすかな声」

こうした小説だけでなく随筆のなかでも、太宰は「他存在を信じる強度中」である「信頼」を、率直に肯定している。それは例えば、国家迎合的作品を書かないにしても、「走れメロス」「新ハムレット」「津軽」など旺盛な著述活動をおこなっていた一九四〇年の、人生や思想についての随筆で、信じることなどについての持論を展開したものである。

信ずるより他は無いと思う。私は、馬鹿正直に信ずる。ロマンチシズムに拠って、夢の力に拠って、難関を突破しようと気構えている時、よせ、よせ、帯がほどけているじゃないか等と人の悪い忠告は、言うもので無い。信頼して、ついて行くのが一等正しい。運命を共にするのだ。一家庭に於いても、また友と友との間に於いても、同じ事が言えると思う。信じる能力の無い国民は、敗北すると思う。だまって信じて、だまって生活をすすめて行くのが一等正しい。（略）信じて敗北する事に於いて、悔いは無い。むしろ永遠の勝利だ。それゆえに人に笑われても恥辱とは思わぬ。けれども、ああ、信じて成功したいものだ。この歓喜！だまされる人よりも、だます人のほうが、数十倍くるしいさ。地獄に落ちるのだからね。不平を言うな。だまって信じて、ついて行け。オアシスありと、人の言う。ロマンを信じ給え。（太宰治「かすかな声」、前掲『もの思う葦』）

これは、「信頼して、ついて行くのが一等正しい。運命を共にするのだ。一家庭に於いても、また友と友との間に於いても（略）信じる能力の無い国民は、敗北すると思う」とあるように、家族や友人、そして国家国民までの領域での信じること、主に「他存在を信じる強度中」の「信頼」に対する、生理的あり方の肯定といってもいいほどの、率直な肯定の言と思われる。

④対人ストレス耐性中を生理的に肯定するものとしての「他存在を信じる強度中」――「信頼」そして「友情」

このように、太宰の著作では、中期の名作「走れメロス」で「信頼」「友情」の価値を高らかにうたいあげ、最晩年の畢生の名作「人間失格」では「信頼」の価値が命を賭して訴えられ、随筆「かすかな声」では「信頼」への直截的な肯定が表明されていた。直接的に信頼や友情を主テーマにしたこれらの作品に限らず、ほかの太宰作品でも信頼や友情の重要性を繰り返し述べられていることは、比較的みやすい。そしてこのことは、日常生活を含む外形的軌跡のなかでその重要性を示してきたこととあわせて、太宰にとって「他存在を信じる強度中」の「信頼」そして「友情」などが、本質的に重要なことであったことを示唆していることのように思われる。それは、信頼そして友情などが、信用や非信よりは大きな、そして信仰や信奉よりは小さな対人ストレス中を生じるものとして、対人ストレス耐性中の生理に適合する、つまりその「人間性」（対人ストレス耐性中）を全肯定するものであることを、反映しているのではないかと思われる。太宰のほとんどすべての作品は、「他存在を信じる強度中」あるいは対人ストレス耐性中という自らの生理を全肯定しようとしたもののように思われる。

ちなみに、このように作品中で「信頼」や「友情」を高らかにうたいあげた太宰に対し、対人ストレス耐性小か無の安吾は、これらを主要テーマにした作品を著すことはなかった。例えば、その初期の「木枯の酒倉から」「風博士」から、代表作の「日本文化私観」「堕落論」「白痴」「桜の森の満開の下」「青鬼の褌を洗う女」「夜長姫と耳男」などに至るまで、「信頼」や「友情」がうたわれることはまったくないのである。小か非集団側に生きる対人ストレス耐性小か無にとって、中集団側に立つための「信頼」や「友情」は価値があることではなく、端的にいえば生きていくうえで「信頼」そして「友情」は不要なのである。事実、常に孤独を志向する安吾は、親友といわれるものをほとんどもたなかったと思われる。

この安吾の基本的な人間観や価値観とは、メロスが刑場に駆け戻る過程で一時だけ生じた迷いである「正義だの、信実だの、愛だの、考えてみれば、くだらない。人を殺して自分が生きる。それが人間世界の定法ではなかったか」（前掲「走れメロス」）という思いから導かれる、エゴイズム汎観、無理念ではなかったかと思われる。このような、小理念を超える理念を作為的で人為的と否定する立場からは、中理念を介して成立するものである「他存在を信じる強度中」の「信頼」や「友情」が生まれる余地はない。したがって、安吾の作品のなかで「信頼」や「友情」がうたわれることはなく、ましてや太宰のようにこれらを主テーマに作品を著す、などということはありえなかったのである。

つまり、太宰のように「信頼」や「友情」の価値の証明を主題にすること自体が、それらをまったく必要としない小か非集団側に生きる対人ストレス耐性小か無の安吾には、ありえそうもないことなのである。それにかわって安吾らに重要なのは、あえていうと、小集団を形成する小理念――「愛情」「恋情」である。恋人や夫婦、家族を形成することになるこれらを、孤独の淵に生き、生涯群れることがなかった安吾が唯一評価し、必要としていた。それは矢田津世子への「初恋」であり、妻・三千代そして長男・綱男への家族愛だった。一方、これら小集団で価値を有する家族愛や恋情などに対して、太宰は必ずしも肯定的ではなかったようである。例えば、戦後の掌篇「家庭の幸福」で太宰は、善良な下級役人が自らの家庭の幸福のために不幸な一市民を死なせてしまうという「家庭のエゴイズム」を描き、「家庭の幸福は諸悪の本」（太宰治「家庭の幸福」『ヴィヨンの妻』〔新潮文庫〕、新潮社、一九五〇年）と述べている。そしてやはり戦後の「父」「桜桃」などで、「炉辺の幸福。どうして私には、それが出来ないのだろう」（太宰治「父」、前掲『ヴィヨンの妻』）、「実はこの小説、夫婦喧嘩の小説なのである」（太宰治「桜桃」、前掲『ヴィヨンの妻』）などと、小集団を形成する愛情や家族愛に対する批判を展開している一方で、「隣人への愛」「義」などによって中集団を形成する理念を肯定しているのである。

したがって、安吾は「信頼」や「友情」をテーマにする作品が皆無と思われるのに対し、太宰はこれをテーマに「走れメロス」を代表として多くの作品を著し、その畢生の名作「人間失格」でも、身命を懸けてこれらの価値の維持を訴えている。これは他存在を信じる各強度というものが、人間にとっていかに本質的な価値をもっているか、そして太宰にとって「信頼」「友情」というものがいかに価値をもっていたのか、を如実に表していることのように思われる。

太宰にとって「信頼」「友情」は生存に不可欠の条件――対人ストレス耐性中

ここまでをまとめると、その実際の人生の軌跡や主要作品のなかで繰り返し主テーマにしていることなどから、太宰にとって「信頼」そしてそこから生じる「友情」「同情」「人情」などの「情」が、対人ストレス耐性大の亀井や対人ストレス耐性小か無の安吾には認められないほどに、重要で価値あるものと考えられた。前章で述べたように、「信頼」「友情」「同情」「人情」は対人ストレス耐性中に適合的な「他存在を信じる強度中」や中理念であり、これらが「人間」であることの条件にされるなど、太宰にとってきわめて重要で価値の置かれるべきものだったことは、彼が対人ストレス耐性中であることを示唆する所見だと考えられた。

4　太宰の中理念性――「準強理念性」「中間原理」、「相反価値止揚理念性」と「折衷主義」：対人ストレス耐性中

太宰の中理念性

これまでも太宰の中理念性について折に触れて述べてきたが、ここではこれらを総合して太宰の理念性について検討しておきたい。

①対人ストレス耐性中の中理念

繰り返しになるが、対人ストレス耐性中であれば、国家国民レベルまでの中集団側に準拠し、中集団までの人々にとっての〝善いこと、正しいこと〟である、文化的・伝統的価値、社会的規範、パトリオチズム、ナショナリズムなどの、中理念をもつことが考えられた。また、こうした中理念にアクセスするときの個人の心性としての「良心」「道徳」「倫理」や、他存在を信じる強度中としての「信頼」とこれによる「友情」「同情」「人情」なども、中集団のための〝善いこと、正しいこと〟として中理念といっていいのではないかと考えられた。

②大理念のマルクス主義への反応にみる太宰の中理念性——「同情」「人情」「友情」

さて、前述のように、太宰はその青年期にマルクス主義運動に参加したが、それは大理念のマルクス主義への信奉や信仰によるというよりも、「その人たちが、気にいっていたから」「運動の本来の目的よりも、その運動の肌が、自分に合った感じなのでした」（前掲『人間失格』）といった、主に運動仲間たちへの個人的な信頼感や親愛感による「同情」「人情」「友情」などの「情」と、これらによって形成された雰囲気によるものだった。すなわち、マルクス主義に対する反応のなかでは、大理念であるマルクス主義そのものより多く、「同情」「人情」「友情」などの中理念に対する価値意識が太宰には認められた。

③大理念の大東亜共栄圏思想への反応にみる太宰の中理念性——「同情」「信頼」「信義」、祖国愛

続く、青年期以降でも、前述のように、太宰は大理念の大東亜共栄圏思想と大東亜戦争に参加し、協力をある程度示した。しかしそれは、大東亜共栄圏思想への信奉や信仰そのものによるのではなく、主に「見ちゃ居られねえ」という「同情」（前掲「返事」）、「親が破産しかかっている時、子供がそれをすっぱ抜けるか」「記事（略）私たちはそれを無理に信じて、死ぬつもりでいた」で示される「信義」「信頼」と「けれどもまた私はこの戦争に於いて、大いに日本に味方しようと思った」（前掲「十五年間」）という祖国愛などの、中理念によるものだった。すなわち、大東亜共栄圏思想と大東亜戦争への反応のなかでも、大理念である大東亜共栄圏思想そのものより多く「同情」「信頼」「信義」、祖国愛などの中理念に対する価値意識が太宰には認められた。

④戦後の太宰の中理念性——大理念批判、保守派宣言、天皇支持

敗戦後の大理念の国際平和主義思想やアメリカ流民主主義、戦後復活したマルクス主義などに対しては、太宰はこれらを信奉し帰依することはなかったようである。例えば、敗戦の翌年一九四六年発表の自伝的作品「十五年間」で太宰は述べる。

戦争が終って、こんどは好きなものを書いていいという事であったので、私は、この短編小説のすたれた技法を復活させてやれと考えて、三つ四つ書いて雑誌社に送ったりなどしているうちに、何だかひどく憂鬱になって来た。またもや、八つ当たりしてヤケ酒を飲みたくなって来たのである。日本の文化がさらにまた一つ堕落しそうな気配を見たのだ。このごろの所謂「文化人」の叫ぶ何々主義、すべて私には、れいのサロン思想のにおいがしてならない。何食わぬ顔をして、これに便乗すれば、私も或いは「成功者」になれるのかも知れないが、田舎者の私にはてれくさくて、だめである。（同作品）

ここにある「所謂「文化人」の叫ぶ何々主義」については、同年の門弟・堤重久に宛てた書簡のなかで、より直截にこれを批判している。

十年一日の如き不変の政治思想などは迷夢にすぎない。（略）一、いまのジャーナリズム、大醜態なり、新型便乗というものなり。（略）一、いま叫ばれている何々主義、何々主義は、すべて一時の間に合せものなるゆえを以って、次にまったく新しい思潮の台頭を待望せよ。一、保守派になれ。保守は反動に非ず、現実派なり。チェホフを思え。「桜の園」を思い出せ。（略）一、天皇は倫理の儀表として之を支持せよ。恋いしたう対象なければ、倫理は宙に迷うおそれあり。（前掲「太宰治の人生と作品」）

ここで批判している「十年一日の如き不変の政治思想」「いま叫ばれている何々主義、何々主義」そして「新型便乗」などには、戦後亀井が信奉した国際平和主義思想、アメリカ流民主主義や、戦後復活したマルクス主義などの大理念が含まれていると思われる。例えばおそらくマルクス主義（共産主義）、デモクラシーについては、同年発表の自伝的エッセー「苦悩の年鑑」で、もはやこれに賛同することはないことを太宰は述べている。

時代は少しも変わらないと思う。一種の、あほらしい感じである。（略）いまから三十年ちかく前に、日本の本州の北端の寒村の一童児にまで浸潤していた思想と、いまこの昭和二十一年の新聞雑誌に於いて称えられている「新思想」と、あまり違っていないのではないかと思われる。一種のあほらしい感じ、とはこれを言うのである。（略）さて、それでは、いよいよ、私のれいのデモクラシイは、それからどうなったか。どうもこうもなりぁしない。あれは、あのまま立消えになったようである。（略）博愛主義（略）救世軍（略）人道主義（略）私はこれらの風潮を、ただ見送った。（太宰治「苦悩の年鑑」、前掲『グッド・バイ』）

このように、対人ストレス耐性大である亀井が敗戦後いち早く信奉し、一方の対人ストレス耐性小か無の安吾がこれを無視した、敗戦後の大理念の国際平和主義思想、アメリカ流民主主義、そしてマルクス主義などに対して、太宰は賛同することはなかった。これには、敗戦によって一夜にしてその価値観を大東亜共栄圏思想から国際平和主義思想そしてアメリカ流民主主義へと変換させた世相への、そして「新型便乗」という節操がない転向そのものへの批判の気持ちもあっただろう。そしてそれに加えて、太宰としてはやはり、「保守派」「天皇支持」などの国内にとどまる中理念のほか、戦前から主張してきた「信頼」「良心」「友情」などの中理念を変わらず堅持しようとしたのではないかと思われる。これについては、次項の各文学作品の具体的な検討のなかで確認していきたい。

⑤文学作品にみる太宰の中理念――「信頼」「友情」「良心」「道徳」「倫理」など

さて、戦前の一九四〇年発表の「走れメロス」で、中理念である「友情」と「信頼」の価値を高らかにうたっていたことはすでに述べた。そして随筆「かすかな声」のなかでも、「信頼」に対するきわめて率直な肯定の意を表明していたのだった。そしてこれらと同年に発表した私小説的作品「善蔵を思う」でも、太宰は、偽の女百姓に騙されたと思って買ったバラの花が意外にも本物の優秀なものだった、というエピソードをつづり、小か非集団側の安吾ならば絶対書かないだろう、人の「良心」と善意に対する率直な肯定感を披瀝している。

「同郷人だったのかな？あの女は」なぜだか、頬が熱くなった。「まんざら、嘘つきでも無いじゃないか」私は縁側に腰かけ、煙草を吸って、ひとかたならず満足であった。神は、在る。きっと在る。人間至るところ青山。見るべし、無抵抗主義の成果を。私は自分を、幸福な男だと思った。悲しみは、金を出しても買え、という言葉が在る。青空は牢屋の窓から見た時に最も美しい、とか。感謝である。この薔薇の生きて在る限り、私は心の王者だと、一瞬思った。（太宰治「善蔵を思う」、前掲『きりぎりす』）

続いて、戦時下の一九四四年発表の風土記的作品「津軽」である。太宰は「序編」でその執筆意図を「人の心と人の心の触れ合い」としての「愛」を追求したと述べているのだが、その内実は郷里の人々の善意、「信頼」

「情」をつづったものだと思われる。つまりこれも、広くは日本国民にとっての〝善いこと、正しいこと〟としての中理念の表明といえるように思われる。

私には、また別の専門科目があるのだ。世人は仮にその科目を愛と呼んでいる。人の心と人の心の触れ合いを研究する科目である。私はこのたびの旅行に於いて、主としてこの一科目を追求した。（略）私は真理と愛の乞食（略）愛情と真理の使徒」（前掲『津軽』）

そして敗戦直後の一九四七年の、当時空前の大ベストセラー『斜陽』では、没落していく華族の子女である主人公のかず子を通して、「人間は恋と革命のために生れて来たのだ」（太宰治『斜陽』〔新潮文庫〕、新潮社、一九五〇年）、として「恋と革命」を主張した。しかし、ここでの「革命」とは、例えば戦後復活した共産主義革命などではなく「道徳革命」なのだった。つまり、弟・直治の知人で作家の上原の愛人として、「こいしいひとの子を生み、育てる事が、私の道徳革命」とあるように、「古い道徳を平気で無視して、よい子を得たという満足がある」（同書）とする道徳上の革命なのである。社会的には許されない上原との恋を成就しようとして、かず子は次のように宣言する。

戦闘、開始。いつまでも、悲しみに沈んでもおられなかった。私には、是非とも、戦いとらなければならぬものがあった。新しい倫理。いいえ、そう言っても偽善めく。恋。それだけだ。（同書）

そして上原の子を身ごもったかず子は言う。

革命は、いったい、どこで行われているのでしょう。すくなくとも、私たちの身のまわりに於いては、古い道徳はやっぱりそのまま、みじんも変らず、私たちの行く手をさえぎっています。海の表面の波は何やら騒いでいても、その底の海水は、革命どころか、みじろぎもせず、狸寝入りで寝そべっているんですもの。けれども私は、これまでの第一回戦では、古い道徳をわずかながら押しのけ得たと思っています。そうして、こんどは、生れる子と共に、第二回戦、第三回戦をたたかうつもりでいるのです。（同書）

つまり「斜陽」で、かず子を通して主張したのは、「家庭の幸福は諸悪の本」（前掲「家庭の幸福」）とのちに批判した小理念「家庭の幸福」ではなく、それを超えた「こいしいひとの子を生み、育てる事が、私の道徳革命」という「新しい倫理」「道徳」としての、小集団以上の人々にとっての〝善いこと、正しいこと〞になる可能性がある中理念だったように思われる。同時にまたそれは、「いま叫ばれている何々主義、何々主義」として「何やら騒いでい」る「海の表面の波」（前掲「太宰治の人生と作品」）としての大理念でもなかったのである。

そして、前述したが、これらと同時期の一九四八年、「生涯の終りに臨んで（略）生涯抑えに抑えてきたモチーフを一切吐き出そう」（奥野健男「解説」、前掲『人間失格』所収）としたともいわれる「人間失格」で太宰は、「信頼」という中理念がもつ価値を、身命を賭して訴えたのだった。この価値、「信頼」そしてこれによる「友情」は、戦前の「走れメロス」で高らかにうたわれたものでもあった。そして、敗戦後に訪れた思想自由化の時期に、いや逆に思想自由化の時期であるだけに、大理念や小理念が流布するばかりで、社会によって十分顧みられていないと思われたこれらの中理念の価値を、太宰が再び、そしてその生涯の最後に身命を賭して「人間失格」で訴えたのではないかと思われる。

つまり、太宰の文学作品では、中期の名作「走れメロス」と畢生の名作「人間失格」で「信頼」と「友情」の価値が訴えられ、ほかの諸作品でも、これらに加え、「良心」「道徳」「倫理」などが繰り返し訴えられてきたものと思われる。すなわち太宰は、その多くの作品中で戦前・戦中・戦後と一貫して、「家庭の幸福」「家庭のエゴイズム」(前掲「如是我聞」)などの小理念や、マルクス主義、大東亜共栄圏思想、国際平和主義思想、アメリカ流民主主義などの大理念にからめとられることなく、「信頼」「友情」「良心」「道徳」「倫理」などの中理念の価値を訴えてきたと考えられる。そしてこのような太宰の生涯一貫した中理念主張も、その対人ストレス耐性中を示唆する所見と考えられる。

「準中理念」——母性原理と父性原理の間の中間原理

前章の対人ストレス耐性中の一般論で述べたように、大理念の場合は強理念になりやすく強大理念になり、小理念の場合は非寛容性が小さい弱理念になりやすく弱小理念になるのだった。そして中理念の場合は、これらの中間の他対抗性、他罰性を示す非寛容性中としての準強理念になり、中理念で準強理念の「準中理念」になると考えられた。またこの準強理念は、父性原理—母性原理の中間という意味で「中間原理」といえた。

さて、太宰の主張する価値は、前項で述べたように、信頼、良心、倫理、道徳、祖国愛などの中理念だった。したがって、中理念をもっていたことだけで、それは準強理念と考えられ、その原理は母性原理—父性原理の中間の中間原理と推定される。例えば、次節で詳しく検討する「人間失格」である。主人公の葉蔵は、強大理念であるマルクス主義を信奉しなくても、中理念の「信頼」の完全喪失に至っていないと思われる段階までは何とか「人間」として生きているのであり、それは、中理念で準強理念に伴う母性原理性の表れと考えられる。また、強大理念(マルクス主義など)の教義からみると完全に堕落して生きている淫売婦たちに「何の打算も無い好意、押し売りでは無い好意、(略)その白痴か狂人の淫売婦たちに、マリアの円光を現実に見た」(前掲『人間失格』)と、親愛の情を抱いてこれを否定することがなかったのも、同じく葉蔵(著者)の母性原理性の表れと思われる。しかし、葉蔵の神が、彼に中理念の「信頼」の保持を命じるとともに、その完全喪失に至ると「人間失格」と断罪し、これを罰するのは、父性原理性の表れである。つまり葉蔵が、出入り商人による「信頼の天才」の妻への陵辱に遭って、信頼保持の可能性を完全に喪失していったとき、「無垢の信頼心は、罪なりや。唯一、たのみの美質にさえ、疑惑を抱き、自分は、もはや何もかも、わけがわからなくなっ」り、「人間失格」（前掲『人間失格』）へと至ることになってしまったのである。すなわち、太宰の生涯にわたる価値意識を最も直截的に表現したといわれる「人間失格」で、中理念である「信頼」がもつ準強理念性として、母性原理と父性原理の両者の性格を併せ持つ中間原理性をみてとることができるように思われる。

ここで、ほかの作品一つひとつについては検討しないが、前項でみてきたように太宰は、その著作のなかでほぼ一貫して「信頼」「友情」「良心」「道徳」「倫理」などの中理念を描いてきたのであり、中集団側に準拠するその原理は中間原理になることが推定できるように思われる。

中理念は「相反価値止揚理念」

前章の対人ストレス耐性中の一般論によれば、ここまで述べた準強理念での、対立や相反するほかの理念への他対抗性や他罰性をある程度付与された非寛容性中とは、多く、相反する理念や価値と拮抗させる過程のなかで、両者を止揚させることでよりよい理念に到達するという、「相反価値止揚理念」により形成されると考えられた。さらにいうと、対人ストレス耐性中としては生理的に、相反する価値や理念との摩擦、闘いとしての対人ストレスにはある程度耐えうる。このことから逆に、こうした摩擦や闘いの過程をある程度へて、しかもそれを止揚した理念であれば、たしかに相反する価値や理念を踏まえたうえでのよりよい、正しい理念である、と認識できると考えられる。あるいは、こうした相反価値止揚理念でなければ、それがどれだけ善い、正しいものなのか評価できない、という思いさえ対人ストレス耐性中には存在するのではないかと考えられる。したがって、対人ストレス耐性中による理念提示は、それが準強理念の中理念、つまり準中理念ということから、この相反価値止揚理念として形成、提示されることが多くなる、とはいえようかと思われる。

それは、対人ストレス耐性大の亀井が主張した強大理念の場合のように、ほかの理念や価値との比較検討の余地やその過程も示されずに、超越的・絶対的な理念や価値として提示されるというものではない。また、対人ストレス耐性小か無の安吾の弱小理念のように、やはり他理念との対抗の過程なしに、そうした対人ストレスを惹起する抗争を回避するように控えめに提示されるものでもない。付言すると、この「相反価値止揚理念」はより一般的に述べると、(第2部で詳述するが)ドイツ観念論の完成者ヘーゲルによって確立された、対立する双方の理念や価値を止揚させてよりよい理念や価値に到達する、という弁証法によるものと同じと思われ、対人ストレス耐性中の理念は多くこの弁証法による、といってもいいように思われる。

さて、次からは、太宰のなかに、対人ストレス耐性中に推定されるこの相反価値止揚理念のかたちの理念形成、提示が多く認められるのかを、その実際の著作のなかで確認していきたい。

①太宰の主に中期の作品中にみる相反価値止揚理念の提示

例えば、戦時中の一九四一年発表の、自らのファッションセンスを語ったエッセー的作品「服装に就いて」では、相反価値止揚理念の理念提示が挿話的になされている。

私は自分に零落を感じ、敗者を意識する時、必ずヴェルレエヌの泣きべその顔を思い出し、救われるのが常である。生きて行こうと思うのである。あの人の弱さが、かえって私に生きて行こうという希望を与える。気弱い内省の窮屈からでなければ、真に崇厳な光明は発し得ないと私は頑固に信じている。とにかく私は、もっと生きてみたい。謂わば、最高の誇りと最低の生活で、とにかく生きてみたい。(太宰治「服装に就いて」、前掲『ろまん燈籠』)

ここで述べられている「気弱い内省の窮屈」が相反価値で、「真に崇厳な光明」がそれを止揚した相反価値止揚理念だろう。また、「最低の生活」での「最高の誇り」も、相反価値止揚理念と類似のものと思われる。

また、その軽い文言であっても、相反価値止揚理念が顔をのぞかせている。例えば、翌一九四二年発表の、アルバム写真に関するエッセー的作品「小さいアルバム」である。

文学もいやになりました。こんな言いかたは、どうでしょう。「かれは、文学がきらいな余りに文士になった。」　本当ですよ。もともと戦いを好まぬ国民が、いまは忍ぶべからずと立ち上がった時、こいつは強い。向うところ敵なしじゃないか。君たちも、も少し、文学ぎらいになったらどうだね。（太宰治「小さいアルバム」、前掲『ろまん燈籠』）

「戦いを好まぬ国民」が戦うと「向うところ敵なし」になり、「文学ぎらい」が「文士」になるのが適当、などという言葉に、相反価値止揚理念が顔をのぞかせていると思われる。軽い文言ではあるが、太宰にとってはどんな小さなものであっても理念、すなわち〝善いこと、正しいこと〟の提示になると相反価値止揚理念様のかたちになるように思われる。

また、敗戦後の一九四七年発表のエッセー的短篇「フォスフォレッスセンス」でも、現実と夢を比較するかたちで、相反価値止揚理念に類した考え方が述べられている。それはまず、〝王子様との結婚もできる〟という「母」と〝それは夢よ〟という「娘」による架空の「二人の会話に於いて、一体どちらが夢想家で、どちらが現実家なのであろうか。（略）母は実際のところは、その夢の可能性をみじんも信じていないからこそ、そのような夢想をやすやすといえる（略）あわてて否定する娘のほうが、もしや、という期待をもって（略）世の現実家、夢想家の区別も、このように錯雑しているものの如くに、此の頃、私には思われてならぬ」（太宰治「フォスフォレッスセンス」、前掲『グッド・バイ』）として、現実家と夢想家という相反する価値が示される。続いて、「私は涙を流している。眠りの中の夢と、現実がつながっている。気持がそのまま、つながっている。だから、私にとってこの世の中の現実は、眠りの中の夢の連続でもあり、また、眠りの中の夢は、そのまま私の現実でもあると考えている」（同作品）として、「夢」と「現実」という相反するものの止揚の様子が述べられる。さらに「私は、それ以来、人間はこの現実の世界と、それから、もうひとつの睡眠の中の夢の世界と、二つの世界に於いて生活しているものであって、この二つの生活の体験の錯雑し、混迷しているところに、謂わば全人生とでもいったものがあるのではあるまいか、と考えるようになった」（同作品）と述べ、「現実の世界」と「夢の世界」という相反するものの止揚した世界に、「全人生」というより〝善い、正しい〟世界があるのではないか、として、相反価値止揚理念に類する考え方が示されているように思われる。

さらに、少し具体的な理念主張の例としては、敗戦後の思想の自由化によって、作品中で比較的率直、自由にその理念を示すことができた一九四五年発表の小説「パンドラの匣」がある。ここには相反価値止揚理念としてはその純型ともいうべき理念のあり方が示されている。

　自由思想というものは、（略）その本来の姿は、反抗精神です。破壊思想といってもいいかも知れない。圧制や束縛のリアクションとしてそれらと同時に発生し闘争すべき性質の思想です。（略）鳩が或る日、神様にお願いした。『私が飛ぶ時、どうしても空気というものが邪魔になって早く前方に進行できない。どうか空気というものを無くして欲しい。』神様はその願いを聞き容れてやった。然るに鳩は、いくらはばたいても飛び上がる事が出来なかった。つまりこの鳩が自由思想です。空気の抵抗があってはじめて鳩が飛び上がる事が出来るのです。闘争の対象の無い自由思想は、まるでそれこそ真空管の中ではばたいている鳩のよう

なもので、全く飛翔が出来ません。（太宰治「パンドラの匣」『パンドラの匣』〔新潮文庫〕、新潮社、一九七三年）

ここでは、「自由思想」に対する相反価値として「圧制や束縛」が挙げられ、「それらと同時に発生し闘争すべき性質の思想」として、あらためて「自由思想」が相反価値止揚理念であるべきと述べている。続いてこれの比喩として、「鳩が自由思想」であり、それは「空気の抵抗」という「闘争の対象」つまり相反価値があって、これに打ち勝ち「飛び上がる事が出来」てはじめて意味がある思想になることができるという、相反価値止揚理念としての「自由思想」が語られている。これは、太宰の理念提示での相反価値止揚理念としてのあり方が、最もわかりやすく述べられている例のひとつではないかと思われる。

ここまで、主に大東亜戦争前後のいわゆる中期の諸作品をみてきたが、太宰の場合、理念、つまり何らかの〝善いこと、正しいこと〟の提示は、この相反価値止揚理念になることが多いと印象される。

②太宰文学の「反立法の役割」も相反価値止揚理念の提示

さらに、太宰がもつ理念のなかでも、キリストに対する信心は、その主要なもののひとつだったが、それも亀井の場合のような逡巡なき全身全霊を捧げての「信仰」ではなく、キリストに対する懐疑や疑念、逡巡の過程をへるという相反価値止揚理念だったように思われる。

例えば、一九三八年発表の中期作品の「姥捨」である。これは、太宰の妻・初代との心中未遂事件をモチーフにした作品だが、妻「かず枝」の過ちを契機にする水上〈谷川〉温泉への心中行の汽車のなかで、夫の「嘉七」はその「信念」を妻に語る。

私は、やっぱり歴史的使命ということを考える。自分ひとりの幸福だけでは、生きて行けない。私は、歴史的に、悪役を買おうと思った。ユダの悪が強ければ強いほど、キリストのやさしさの光が増す。私は自身を滅亡する人種だと思っていた。私の世界観がそう教えたのだ。強烈なアンチテエゼを試みた。滅亡するものの悪をエムファサイズしてみせればみせるほど、次に生れる健康の光のばねも、それだけ強くはねかえって来る。それを信じていたのだ。私はそれを祈っていたのだ。私ひとりの身の上は、どうなってもかまわない。反立法としての私の役割が、次に生れる明朗に少しでも役立てば、それで私は死んでもいいと思っていた。（太宰治「姥捨」、前掲『きりぎりす』）

ここでは、相反価値として「ユダの悪」「滅亡するものの悪」が挙げられている。そして、「ユダの悪が強ければ強いほど、キリストのやさしさの光が増す」「滅亡するものの悪をエムファサイズしてみせればみせるほど、次に生れる健康の光のばねも、それだけ強くはねかえって来る」として、これらを止揚して、すなわち相反価値止揚理念として「キリストのやさしさの光」「次に生れる明朗」などの理念が述べられている。

続いて、ユダのキリストに対するアンビバレンツな愛憎を迫力ある告白体で一気につづった一九四〇年発表の「駆け込み訴え」である。ここでは、ユダによるキリストに対する不信、迷い、憎悪、非難などの相反価値が際限なく述べたてられている。

あの人は、酷い。酷い。はい。厭な奴です。悪人です。ああ、我慢ならない。生かして置けねえ。」「あの人は私を賤しめ、憎悪して居ります。私はきらわれて居ります。私はあの人や、弟子たちのパンのお世話を申し、日々の飢餓から救ってあげているのに、どうして私を、あんなに意地悪く軽蔑するのでしょう。」「私は天国を信じない。神も信じない。あの人の復活も信じない。なんであの人が、イスラエルの王なものか。（略）今にがっかりするのが、私にはわかっています。（太宰治「駆け込み訴え」、前掲『走れメロス』）

しかし、それに拮抗するようにキリストに対する価値である愛情や敬愛、憧憬もまた強く述べられるのである。

私は、あの人の美しさだけは信じている。あんな美しい人はこの世に無い。私はあの人の美しさを、純粋に愛している。それだけだ。」「あなたは、いつでも優しかった。あなたは、いつでも正しかった。あなたは、いつでも貧しい者の味方だった。そうしてあなたは、いつでも光るばかりに美しかった。あなたは、まさしく神の御子だ。私はそれを知っています。おゆるし下さい。（同作品）

そして、このようなキリストに対する価値と相反価値が渾然一体になり、これらを止揚して、次のようにキリストに対するユダの愛情―信心が述べられていると思われる。それは太宰自身のキリストに対する思いでもあるだろう。

あの人は、どうせ死ぬのだ。ほかの人の手で、下役たちに引き渡すよりは、私が、それを為そう。きょうまで私の、あの人に捧げた一すじなる愛情の、これが最後の挨拶だ。私の義務です。私があの人を売ってやる。つらい立場だ、誰がこのひたむきの愛の行為を、正当に理解してくれることか。いや、誰に理解されなくてもいいのだ。私の愛は純粋の愛だ。人に理解してもらう為の愛では無い。そんなさもしい愛では無いのだ。私は永遠に、人の憎しみを買うだろう。けれども、この純粋の愛の貪欲のまえには、どんな刑罰も、どんな地獄の業火も問題ではない。（同作品）

つまり、この「駆け込み訴え」でも、キリストに対する価値―信仰は、ユダによる「私があの人を売ってやる。

つらい立場だ、誰がこのひたむきの愛の行為を、正当に理解してくれることか。いや、誰に理解されなくてもいいのだ。私の愛は純粋の愛だ」という、相反価値止揚理念のかたちに織り込まれた信心や愛情によって、提示されているものと考えられる。

ところで、この「駆け込み訴え」と同じ一九四〇年発表の「善蔵を思う」でも、相反価値止揚理念性が顔を出していて、全体のテーマもそれと思われる。ちなみにこの作品では、「青空は牢屋の窓から見た時に最も美しい」(前掲「善蔵を思う」)と、相反価値止揚理念様の価値意識が最初から顔を出している。そして作品の全体のテーマは、偽の女百姓に騙されたと思って買ったバラの花が意外にも本物の優秀なものだった、というエピソードをつづって、人の善意や良心の肯定をうたったものだった。つまり、このエピソード全体が、次に引用するように、「夕陽」に対する「暁雲」に相当するものとして、相反価値止揚理念のあり方を伝えている。すなわちここで、「夕陽」とは偽の女百姓に偽物のバラを買わされたと思ったことであり、「暁雲」とはそれが優秀な本物だったことで明らかになった善意や良心のことと思われる。

暁雲は、あれは夕焼けから生まれた子だと。夕陽なくして、暁雲は生まれない。夕焼けはいつも思う。『わたくしは、疲れてしまいました。わたくしを、そんなに見つめては、いけません。わたくしを愛しては、いけません。わたくしは、やがて死ぬる身体です。けれども、明日の朝、東の空から生れ出る太陽を、必ずあなたの友にしてやって下さい。あれは私の、手塩にかけた子供です。まるまる太ったいい子です。』夕焼は、それを諸君に訴えて、そうして悲しく微笑むのである。そのとき諸君は夕焼を、不健康、頽廃、などの暴言で罵り嘲うことが、できるであろうか。(同作品)

なお、この作品や「駆け込み訴え」と項の冒頭で引用した「姥捨」にある「反立法としての私の役割」という言葉を用いて、評論家・奥野健男は、太宰文学は「反立法の役割」を果たしていると論じている。つまり、太宰は「キリストに対するユダ、朝日をはらむ夕焼のように自分の文学は反立法（アンチ・テーゼ）の役割を宿命として持っているのだと思い定めていた。それゆえ、自意識に抗し含羞に身もだえしながら、あらゆる新しい方法を駆使し、かつてなかった深い自己分析、自己告白の文学を書き得たのだ」（奥野健男「解説」、前掲『走れメロス』所収）と。ここで奥野がいう、太宰文学の「反立法の役割」とは、「反立法」つまり相反価値を提示することで、それと競合して止揚する相反価値止揚理念を示唆し、提示しようとした、というものと思われる。つまりより一般的には、太宰による準強理念を実現するための相反価値止揚理念の提示、というあり方を表現したものと考えられる。

ところで奥野は、太宰が「反立法の役割」を担ったのは、没落階層としての「自分は滅びる人種だという思念」によるものと解釈している。しかし一般的観点からみると、それは妥当ではない。例えばそれは、同じく没落の途にあった阿賀野川流域の素封家の子に生まれた対人ストレス耐性小か無の安吾が、「反立法の役割」を通して相反価値止揚理念の提示を目指すようなことはまったくしなかった、という例をみても明らかではないかと思われる。つまり安吾は、ただ無理念、ニヒリズム、そしてこれを人間の自然、当然と肯定する「文学のふるさと」「堕落論」などの著作を著し続けただけなのであった。すなわち「反立法の役割」とは、没落階層としての太宰の宿命というよりは、準中理念の準強理念性から導かれたより一般的な相反価値止揚理念の提示のひとつ、とみるのがより妥当ではないかと思われる。

そして、このような「反立法の役割」は、本項では引用しなかった、そのいわゆる前期作品中でも多く認められるものである。つまり、前期作品とは、太宰自ら「排除と反抗」の時期と述べたように、薬物中毒、自己破壊、自己否定の最も愚劣なあり方、悪徳の果て、そして水上心中未遂後のやはりデカダンで虚無の日々をつづるということで「反立法の役割」を果たし、そのうえでこれら相反価値に対抗し止揚しうるものとして、自らの真実、良心、友情、信頼などの相反価値止揚理念を控えめに指し示そうとしたものと考えられる。中期については、本項で引用してきたように「反立法の役割」とそれに続く相反価値止揚理念の提示例が明らかであり、のちに罪責性の項で述べる後期についても、やはり同様の姿勢が明らかと思われる。すなわち、奥野が太宰文学を規定して述べた「反立法の役割」とは、太宰のすべての時期を貫き、その準中理念の提示が相反価値止揚理念のかたちを多くとることを指摘したもの、ということができるように思われる。

③中理念「信頼」の提示も、相反価値止揚理念による

ちなみに、中理念の主たるものである「信頼」に関しても、それは相反価値止揚理念として提示されていると考えられる。

というのも、まず、「信頼」を最も高らかにうたいあげていたのが、太宰中期の「走れメロス」だった。しかしこれもよくみると、直截に信頼をうたいあげたものではない。つまり、物語の最初から、「人の心は、あてにならない。人間は、もともと私欲のかたまりさ。信じては、ならぬ」と「人を、信ずる事が出来」(前掲「走れメロス」)ず、親族や臣下を処刑し続けるディオニス王という存在に象徴された、不信や不実、裏切りなどの相反価値が執拗に提示されているのである。そして、それとの長く過酷な抗争をへたあと、相反価値止揚理念として信頼や友情がうたわれている。

つまり、三日間という期限にもう間に合わないという状況でメロスに生じた、ディオニス王と同様の、信頼や友情そのものを根底から否定する相反価値としてのニヒリズムが示されている。一部はすでに引用しているが、メロスは思う。

正義だの、信実だの、愛だの、考えてみれば、くだらない。人を殺して自分が生きる。それが人間世界の定法ではなかったか。ああ、何もかも、ばかばかしい。私は、醜い裏切り者だ。どうとも、勝手にするがよい。やんぬる哉。（前掲「走れメロス」）

さらに、メロスが刑場へと駆け戻る途中で、メロスそして友セリヌンティウスの双方に一時は生じた、疑いや不信、裏切りといった相反価値の提示である。

「私を殴れ。ちから一ぱいに頰を殴れ。私は、途中で一度、悪い夢を見た。君が若し私を殴ってくれなかったら、私は君と抱擁する資格さえ無いのだ。殴れ」セリヌンティウスは、すべてを察した様子で首肯き、刑場一ぱいに鳴り響くほど音高くメロスの右頰を殴った。殴ってから優しく微笑み、「メロス、私を殴れ。同じくらい音高く私の頰を殴れ。私はこの三日間、たった一度だけ、ちらと君を疑った。生れて、はじめて君を疑った。君が私を殴ってくれなければ、私は君と抱擁できない。」メロスは腕に唸りをつけてセリヌンティウスの頰を殴った。「ありがとう、友よ」二人同時に言い、ひしと抱き合い、それから嬉し泣きにおいおい声を放って泣いた。（同作品）

そうしたうえで、これら執拗で過酷な相反価値と抗争し止揚したもの、つまり相反価値止揚理念として「信頼」と「友情」が、物語の最後で高らかにうたいあげられるのである。

この相反価値止揚理念としての中理念である「信頼」「友情」の提示を、奥野健男は「単に明るいだけではなく、暗さ、不安の中から迷い、苦しみに耐えて、はじめて息吹いた健康さであり、信頼であり、明るさであるところに、この作品の深い感動の奥行きがある」（奥野健男「解説」、前掲『走れメロス』所収）として、「深い感動の奥行き」の源泉が、太宰の理念提示における相反価値止揚理念のかたちにあることを指摘している。そして、

「自意識に抗し含羞に身もだえしながら、（略）かつてなかった深い自己分析、自己告白の文学を書き得たのだ」（同論文）と、すなわち、「信頼」「友情」の提示が相反価値止揚理念であることによって「走れメロス」は日本文学史上の傑作となりえた、と述べたのだった。

すでに述べたように、最晩年の「人間失格」でも、中理念の「信頼」が身命を賭して訴えられていて、これも「走れメロス」と同様、相反価値止揚理念として著されているのだが、これについてはのちの太宰の罪責性を扱う項のなかで論じたい。

ともあれ、太宰作品のなかでは、相反価値止揚理念のかたちでの中理念提示が数多く認められ、これも彼が対人ストレス耐性中であることを示唆する所見と考えられる。

中理念は理想主義と現実主義の間の折衷主義

①理想主義、現実主義と折衷主義

亀井や安吾の項でも検討したように、太宰についても、理想主義的か現実主義的か、という問題についてまとめて検討しておきたい。

さて、中理念は中集団側にとっての〝善いこと、正しいこと〟になるので、小理念の現実主義と大理念の理想主義の間で、両者の性格を半分ずつ併せ持つ折衷主義になると考えられるのだった。あるいは、中理念の多くがもつだろう相反価値止揚理念の場合、相反価値や厳しい現実を十分に踏まえて、これに拮抗し止揚しうるような価値や理念になるので、相反価値や現実をはるかに超越したような理想主義と、現実に密着してそこからあまり飛躍しようとしない現実主義の間に位置する折衷主義になるものと推定される。したがって、対人ストレス耐性中では、理想主義にすぎず現実主義にもとどまらない、両者の性格を併せ持つ折衷主義になることが推定される。

②太宰の軌跡や諸作品にみる折衷主義

そこで太宰だが、青年前期では、大理念のマルクス主義の信奉はせず、しかしマルクス主義運動には参加していた。すなわち太宰は、〝人間への恐怖〟や非理念的部分がある人間関係の現実は大理念で整序できるものではないと、これを信奉していなかったが、かわって、中理念である「信頼」「良心」「友情」「同情」を用いて運動家たちを応援するという姿勢でマルクス主義には参加した。つまり、大理念の理想主義と、無理念、ニヒリズムや小理念の現実主義の間に相当する、中理念の折衷主義でマルクス主義に参加したのだった。

続いて、その青年後期には、大理念の大東亜共栄圏思想を信奉はしないが、しかし大東亜戦争に突入してしまった日本は応援したのだった。すなわち太宰は、大理念の大東亜共栄圏思想を信奉しなかったが、大東亜戦争を引き起こしてしまった中集団側の日本そして日本人は応援した。それは主に日本そして日本人同胞への「同情」「信義」「信頼」などの中理念を介しての大東亜戦争協力であり、大理念の理想主義と小か無理念の現実主義の間の折衷主義といえるものと思われた。

また、生涯にわたった大理念のキリスト教への信心だが、亀井の「信仰」にみたような全身全霊を捧げた信奉や帰依ではなく、疑い、懐疑しながらの信心のようで、「現実には存在しない超越的な規範や価値」（前掲『日本大百科全書 第二版』第二十四巻）を全的に信じ、実現しようとする理想主義とはいえなかった。一方、信心はあるので、無信仰・無信心だった安吾の「理想を追うことなく、現実の事態に即して事を処理しようとする立場」（同書）の現実主義にとどまるものでもなかった。それは、例えば前述の作品「駆け込み訴え」でのユダ（半ば太宰）による、キリストの理想主義批判と、それでもキリストを信心する態度に表れている。すなわち、「私」ユダは現実主義的観点からは、「あの人」キリストの生き方が現実ではまったく無力であり、その言葉が「出鱈目」であると見抜いていた。

天国だなんて馬鹿げたことを夢中で信じて熱狂し、その天国が近づいたなら、あいつらみんな右大臣、左大臣にでもなるつもりなのか、馬鹿な奴らだ。その日のパンにも困っていて、私がやりくりしてあげないことには、みんな飢え死にしてしまうだけじゃないのか。（略）私は天国を信じない。神も信じない。あの人の復活も信じない。（前掲「駆け込み訴え」）

しかし同時に、キリストが世の中を超越した価値に生きようとする美しさを認め、前述のようにユダはキリストへの信心を告白したのだった。

あなたは、いつでも光るばかりに美しかった。あなたは、まさしく神の御子だ。私はそれを知っています。おゆるし下さい。（同作品）

このようにユダそして太宰のキリストに対する信心は、不信、迷い、憎悪、非難、現実的には無力といった現実主義的観点を含む相反価値と、その超越的な正しさ、優しさ、美しさという価値を競合、止揚させた相反価値止揚理念でもあった。それは、相反価値や厳しい現実を十分踏まえるという点で現実主義的であるとともに、これに競合し止揚しうるような価値や理念の提示として理想主義に向かう部分があり、両者の性格を併せ持つ折衷主義と考えられた。

続いて、項の冒頭で、主に外形的軌跡からは、太宰は大理念である大東亜共栄圏思想に対して折衷主義で臨んだことを述べたが、当時の内面的軌跡でもその折衷主義を維持したのかを、この時期に著された二、三の作品から検証してみたい。

例えば、大東亜戦争中の一九四二年に発表した「正義と微笑」である。これは太宰に師事した堤重久の弟で、のちに前進座俳優になった堤康久の日記をもとに、俳優志願の青年の正義心、反抗心、純粋さ、勇気、不安、挫折、喜びなどを表現した青春小説である。そのあとがきで太宰自身が「青年歌舞伎俳優Ｔ君の少年時代の日記帳を読ませていただき、それに依って得た作者の幻想を、自由に書き綴った小説である」と述べているように、青少年の日記に仮託して、比較的率直に太宰自身の理念性を表出した作品である。この作品中で、大学での『聖書』講義を通しての主人公の重要な確信として、理想は現実に根差したものであるべきことを述べている。それは、「申命記」でモーゼが民衆の生活を現実的に細々と助けながら戒律を説き、『新約聖書』でキリストが必死に民衆の生活を支えながら教えを説いていることを知って「電光の如く、胸中にひらめ」いたものである。

人間には、はじめから理想なんて、ないんだ。あってもそれは、日常生活に即した理想だ。生活を離れた理想は、――ああ、それは、十字架へ行く路なんだ。そうして、それは神の子の路である。僕は民衆のひとりに過ぎない。（略）僕はこのごろ、一個の生活人になって来たのだ。地を匍う鳥になったのだ。天使の翼が、いつのまにやら無くなっていたのだ。じたばたしたって、はじまらぬ。これが、現実なのだ。ごまかし様がない。『人間の悲惨を知らずに、神をのみ知ることは、傲慢を惹き起こす。』（略）『物質的な鎖と束縛とを甘受せよ。我は今、精神的な束縛からのみ汝を解き放つのである。』これだ、これだ。みじめな生活のしっぽを、ひきずりながら、それでも救いはある筈だ。理想に邁進する事が出来る筈だ。（略）自分の醜いしっぽをごまかさず、これを引きずって、一歩一歩よろめきながら坂路をのぼるのだ。（太宰治「正義と微笑」、前掲『パンドラの匣』）

「生活を離れた理想」ではなく「日常生活に即した理想」、「みじめな生活のしっぽを、ひきずりながら、それでも救いはある筈だ。理想に邁進する事が出来る筈だ」とは、現実主義を踏まえた理想主義として、現実主義と理想主義の間に位置する折衷主義を率直に主張しているものと考えられる。

その後主人公の青年は、大学を中退して演劇に身を投じ、下っ端役者として稽古やドサ回りなど数多くの卑小な屈辱の体験をへてのち、「僕は日焼けした生活人だ。ロマンチシズムは、もう無いのだ。筋張った、意地悪のリアリストだ」（同作品）と述べる。そして同時に、「誰か僕の墓碑に、次のような一句をきざんでくれる人はいないか。『かれは、人を喜ばせるのが、何より好きであった！』僕の、生まれた時からの宿命である。俳優という職業を選んだのも、全く、それ一つのためであった。ああ、日本一、いや、世界一の名優になりたい！」（同作品）とも。つまり、現実から遊離した理想主義ではなく、現実を十分に踏まえての理想主義という、現実と理想の間ともいうべき折衷主義の実現に人生の目標を定めたというのである。これはまた、相反価値としての現実主義と競合し止揚したうえでの理想主義、すなわち相反価値止揚理念として理想主義が述べられているとみることができる。このように「正義と微笑」は、相反価値止揚理念そして現実主義と理想主義の間の折衷主義が、比較的率直に表出された作品だと考えられる。

また、敗戦直後の一九四五年発表の小説「パンドラの匣」である。これは太宰のファンで、肺結核で若くして死んだ木村庄助の闘病日記をもとにして著されたものだった。「健康道場」という一風変わった精神主義の結核療養所のなかでの、死に直面し迫りくる死におびえながらも、毎日毎日を明るく精いっぱい生きること、そして主人公「ひばり」の秘めた恋心などの、毎日の生きる勇気と喜びをうたった青春小説である。

ところで、この作品のタイトルであるギリシャ神話「パンドラの匣」とは、「あけてはならぬ匣をあけたばかりに、病苦、悲哀、嫉妬、貪欲、猜疑、陰険、飢餓、憎悪など、あらゆる不吉の虫が這い出し（略）それ以来、人類は永遠に不幸に悶えなければならなくなったが、しかし、その匣の隅に、けし粒ほどの小さい光る石が残っていて、その石に幽かに「希望」という字が書かれていたという話」（前掲「パンドラの匣」）だった。つまり、この作品での、死に直面し迫りくる死におびえる結核療養所の人々の絶望的な状況が、「病苦、悲哀、嫉妬、貪欲、猜疑、陰険、飢餓、憎悪など、あらゆる不吉の虫」であり、そうした状況のなかでも、毎日毎日を明るく、精いっぱい生きること、そして主人公ひばりの秘めた恋心が、小さい光る石にかすかに書かれていた「希望」に相当するものと思われる。したがってこの「希望」も、「病苦、悲哀、嫉妬、貪欲、猜疑、陰険、飢餓、憎悪など、あらゆる不吉の虫」という現実を踏まえたうえでかすかにうたわれるという、現実主義を十分踏まえたなかでの理念や理想の提示という折衷主義に相当するものと考えられる。またこれは、絶望的な状況という相反価値に競合しそれを止揚して主張される理念「希望」として、相反価値止揚理念なのでもあった。つまりこの、敗戦直後の思想の自由化のもと、太宰が比較的率直にその理念を示すことができた「パンドラの匣」でも、主人公ひばりらの精いっぱい生きる姿とその秘めた恋心に対する肯定として、その折衷主義が表現されていたと考えられる。

続いて、すでに引用したものだが、戦後の一九四七年に発表した、「私（太宰）」にとっての夢と現実の関係をつづったエッセー的小品「フォスフォレッスセンス」である。これは、〝王子様との結婚もできる〟という「母」と〝それは夢よ〟という「娘」による架空の会話から、現実家と夢想家という相反するものの混合する様子を描いたものだった。さらには、現実の世界と夢の世界という相反するものが競合し混合し合い、それを止揚した世界に「全人生」といったものがあるのではないか、として、現実と夢が競合、止揚したあり方を価値付けているものだった。すなわちこの小品は、現実と夢の混合として、現実主義と理想主義を競合、止揚させた相反価値止揚理念を価値付けるという、太宰の折衷主義を比喩的に示した作品といえるのではないかと思われた。

ここまで、大東亜戦争前後という限られた時期に著された諸作品について検討したが、当時の大東亜共栄圏思想や戦後の国際平和主義思想やマルクス主義などの大理念や理想主義が社会を席巻した時代にあっても、それ以前からの太宰の折衷主義は維持されていたと考えられた。またより一般的には、その中理念の多くが相反価値止揚理念のかたちで表され、それが相反価値を含めた厳しい現実を十分踏まえたうえで、これに拮抗し止揚しうるような価値や理念の提示になるという折衷主義になるとして、太宰は特定の期間に限らず、一般的に折衷主義を著し続けたことが推論された。

③太宰の中理念は折衷主義——対人ストレス耐性中

したがって、亀井、安吾の項でも述べた、理想主義か現実主義かという問題については、その外形的・内面的軌跡や、太宰が主に相反価値止揚理念のかたちで中理念をもったということから、一般的に太宰は両者の中間の折衷主義になるものと考えられた。そしてこれも、太宰が対人ストレス耐性中であることを示唆する所見と考えられた。

太宰の理念性——「中理念」—「準中理念」「中間原理」「相反価値止揚理念」「折衷主義」：対人ストレス耐性中の所見

大変長くなってしまったので、最後に太宰の理念性に関する本節の検討をまとめておきたい。

まず、「中理念」とは、大集団側にとっての大理念と小か非集団側にとっての小か無理念の間に位置する、中集団側（仲間、組織成員、地域住民、民族、国家国民まで）にとっての〝善いこと、正しいこと〟としての理念だった。それは具体的には、中集団内で相互に存在する「良心」「道徳」「倫理」、これらによる「信頼」「友情」「同情」「人情」、そして伝統・文化的価値、社会的規範、パトリオチズム、ナショナリズムなどの理念から構成されるものと考えられた。そして太宰は、実際に、無理念あるいは「家庭の幸福」などの小理念、または戦前からのマルクス主義、大東亜共栄圏思想（八紘一宇）、戦後の国際平和主義思想などの大理念にからめとられることなく、一貫して、主に「信頼」「友情」「良心」「道徳」「倫理」、祖国愛などの中理念を主張する立場で各時代、各状況に対応していた。そして、その作品の多くで、これらの中理念の価値が表現されてきた。その代表作が、「信頼」と「友情」をうたいあげた「走れメロス」であり、身命を賭して「信頼」の価値を訴えた「人間失格」

だが、ほかの諸作品でもこれら中理念が繰り返し訴えられてきたと考えられた。

また、この中理念は、中集団を準拠集団として中程度の他対抗性や他罰性すなわち非寛容性中の「準強理念」になると考えられ、中理念は中理念で準強理念、つまり「準中理念」になると考えられた。そして、この準中理念は、非寛容性中ということから、父性原理—母性原理の中間の意味で「中間原理」と考えられた。例えば、太宰の畢生の名作「人間失格」で、「人を信じる能力が、ひび割れてしまっている」（前掲『人間失格』）主人公の葉蔵が、中理念である「信頼」の完全喪失に至っていないと思われる段階までは何とか「人間」として生存できていたり、堕落した淫売婦たちにも親愛の情を抱いてこれを罰することがなかったのは、その母性原理性の表れだった。しかし、その中理念である「信頼」の完全喪失に至ると、葉蔵の神は「人間失格」の裁断を下しこれを罰したのは、父性原理性の表れだった。すなわち、中理念である「信頼」がもつ準強理念性として、母性原理と父性原理の両者を併せ持つ中間原理を、この名作にみてとることができると考えられた。

次に、準強理念での非寛容性中は、相反する理念や価値を競合させ、それらを止揚することでよりよい理念や価値に到達するという相反価値止揚理念のかたちを準中理念がとる場合が多いことを意味すると考えられた。そしてたしかに中期の「走れメロス」では、不信、不実、裏切りなどの相反価値と競合し止揚した相反価値止揚理念として、中理念の「信頼」と「友情」がうたいあげられていた。また、最晩年の「人間失格」でも、「人間失格」を招くほどの不信、不実、裏切りなどの相反価値を究極的なまでに描き、それによって逆にこうした相反価値を超えて信頼は守られるべきとして、相反価値止揚理念として中理念の「信頼」が提示されていた。そして、これら代表作にとどまらず太宰作品のなかでは、理念提示はほとんど相反価値止揚理念のかたちでなされていたと考えられた。さらに、奥野健男が太宰文学を規定して述べた「反立法の役割」とは、「反立法」つまり相反価値を提示することで、それと競合し止揚する相反価値止揚理念を示唆、提示しようとしたもので、より一般的には太宰文学での相反価値止揚理念提示のあり方を表現したものと考えられた。

続いて、理想主義的か現実主義的かという側面については、太宰の中理念が、大理念の理想主義と小か無理念の現実主義の中間であることで、両者の性格を半分ずつ併せ持つ「折衷主義」になるものと考えられた。これはまた、その多くが相対価値止揚理念であることから、相反価値や現実などを十分踏まえながらそれと競合し止揚した理念を提示するという折衷主義なのでもあった。そしてたしかに太宰の折衷主義は、マルクス主義、大東亜共栄圏思想、国際平和主義思想、そしてキリスト教などの大理念や理想主義を信奉せず、しかしこれらにはそれなりに参加する、といった各時代の外形的軌跡で確認された。さらに、「正義と微笑」「パンドラの匣」「フォスフォレッスセンス」などの諸作品の検討でも、大東亜戦争前後という大理念―理想主義の席巻した時代でもそれが維持されていたことや、太宰が一般に相反価値止揚理念による理念提示をおこなうことからは、多く太宰は折衷主義だったと考えられた。

これらをまとめると、太宰の理念性は、「中理念」――「準中理念」「中間原理」「相反価値止揚理念」「折衷主義」などの諸性格を示し、これらは彼が対人ストレス耐性中であることを示唆する所見と考えられた。

5　太宰の罪責性認識大、罪責性認定中、罪責性意識中と、「人間(対人ストレス耐性中)失格」

太宰の罪責性を検討するための資料としての「人間失格」

対人ストレス耐性大の亀井が、罪責性認識大、罪責性認定小か無、罪責性意識大であり、対人ストレス耐性小か無の安吾は罪責性認識大、罪責性認定大、罪責性意識小か無だったことはすでに述べたが、本節では、太宰の罪責性について検討してみたい。その検討に用いる資料に最も適当なのは、すでに各所で部分的に引用している太宰の罪責性を正面から最も深く掘り下げ、この問題を描ききったといわれる「人間失格」だろう。この「人間失格」は作者の精神的自叙伝ともいわれ、主人公の葉蔵の罪責性には太宰自身の罪責性が投影されているものと考えられる。

①「人間失格」とは

さて「人間失格」は、通常の私小説とは違ってかなりデフォルメしているとはいえ、ストーリーの骨格になった事柄を太宰自身の生活歴のなかに見いだすことができる。例えば、一九三六年、作者二十九歳のとき、虫垂炎手術後の鎮痛剤として用いたパビナールの中毒になり、その注射代を得るために方々に借金を重ね、中毒症状からかなり奇矯な行動が多くなったことを心配した友人や先輩らが半ば強制的に精神病院へ入院させたこと、そして入院中に妻・初代が親戚筋の男と過ちを犯していたこと、続く初代との水上温泉での心中未遂から一年半も小説をまったく書くことができずに廃人のような生活を送ったことなどである。

それは、それまで「選ばれてあることの　恍惚と不安と　二つわれにあり　ヴェルレエヌ」（太宰治「葉」、前掲『晩年』）というエリート意識や選民意識をもって愛、信頼、友情、良心、正義などの理念のためにおこなってきたつもりの自らの苦闘が、友人や先輩らに狂人あるいは狂気の表れとみられていたことの衝撃、そして彼らへの信頼に対する裏切り自体が、重要なモチーフになっている。この体験をもとに、退院の翌一九三七年の「HUMAN LOST」で、「ここの患者すべて、人の資格はがれ落されている」（太宰治「HUMAN LOST」『二十世紀旗手』〔新潮文庫〕、新潮社、一九七二年）と精神病院閉鎖病棟への半強制的入院のショックが語られ、四〇年発表の自伝的作品「鷗」でも、精神科病院半強制的入院のショックを「人間の資格をさえ、剝奪され」もはや「人では無い」などの言葉によって記している。

私は五年まえに、半狂乱の一期間を持ったことがある。病気がなおって病院を出たら、私は焼野原にひとりぽつんと立っていた。何も無いのだ。（略）私は、人間の資格をさえ、剝奪されていたのである。（略）一年、二年経つうちに、愚鈍の私にも、少しずつ事の真相が、わかって来た。人の噂に依れば、私は完全に狂人だったのである。しかも、生まれたときからの狂人だったのである。（略）私は、いま人では無い。芸術家という、一種奇妙な動物である。（前掲「鷗」）

そして同じく一九四〇年の「俗天使」でも、「私は鳥でもない、けものでもない、そうして、人間でもない。（略）四年まえのこの日に、私は或る不吉な病院から出ることが許された。（略）あのころの事は、もうすこし落ちつけるようになったら、たんねんに、ゆっくり書いてみるつもりである。『人間失格』という題にするつもりである」（太宰治「俗天使」『新樹の言葉』〔新潮文庫〕、新潮社、一九八二年）などと、いくつかの作品で繰り返し「人間失格」体験の衝撃の大きさを語っている。

やはり「人間失格」は、一九三六年に信頼していた身近な者たちによって精神科病院に半ば強制的に入院させられたことによる衝撃と傷跡そのものを作品化したもののようである。つまり、その守りたかった理念である「信頼」「友情」「良心」などの中理念と、それを守るための苦闘の生涯と、そしてそれを失うと「人間失格」してしまうことを、死を賭して世に、そしてその神に訴えようとした作品なのである。「人間失格」は、作品が掲載された雑誌「展望」の当時の編集長である臼井吉見に語ったところによれば、「『人間失格』という「スゲエ傑作」を書くから、「展望」に出してくれと作者の方から話があったくらい、たいへんな意気込みだった」（荒井大樹「太宰治と山崎富栄と「人間失格」・「グッド・バイ」」〔http://ogikubo-bunshi.a.la9.jp/toku-tomie.html〕）という、太宰が完成させた創作としては最後の作品、畢生の代表作である。

②「人間失格」のあらすじ

その全体のあらすじを以下に述べる。

主人公・大庭葉蔵は、幼い頃から、人の営みというものが何もわからず、つまり人が何を考えているのかわからず、自分の幸福の観念と世のすべての人の幸福の観念がまるで食い違っているのではないかという不安があった。つまり、自分一人が他人とはまったく変わっているという不安と恐怖があり、色と欲、ヴァニティーそして自信と暴力と「冷たき意志」をもち「人を押しのけ」る、「怒りのマスク」をもちうるというほかの人間を、極度に恐怖し、ときにそれに対して混乱し発狂しそうになるのだった。そして、その本心を悟られまいと、人間に対する最後の求愛として、ドジな振る舞いをして周囲を笑わせる「道化」を演じることで、内心では必死のサービスをおこなってほかの人間たちと結び付こうとしたのである。しかしその本性は、人間への恐怖から人に自分の本心を伝えることができず、女中や下男に犯されるという大人たちの残酷な犯罪に対しても、訴えることなく力なく笑っている、というような人間だった。そして中学校時代には、同級生で白痴にも似た竹一によってこの「道化」が見抜かれそうになり、恐怖した。その後旧制高校で、高校とは別に通った画塾の生徒である六つ年長の堀木正雄と、奇妙な交友関係を育み、彼は葉蔵に「酒」「煙草」「淫売婦」「質屋」「左翼運動」などさまざまなことを教えたのだった。これらはすべて、葉蔵にとっては醜悪にみえる人間の営みからひとときの解放をもたらすもので、それらによって葉蔵は人間への恐怖を一時的にも紛らわすことができた。例えば淫売婦はみじんも欲がなく葉蔵とは「同類」と思われ、人間恐怖から逃れて一夜の休息を得ることができたのだった。左翼運動であれば、その非合法で日陰者の匂いが居心地よく、のびのびと振る舞うことができたのだった。しかし居住していた父親の東京の別邸が売りに出され、仕送りを受けての下宿生活が始まり、いつも金がなく生活に疲れるようになっていった。そして、同じように周りから孤立し寂しい雰囲気がある、夫が服役中の銀座のカフェ女給ツネ子と知り合いになる。その後あまり日もなくして、金もなく、その人間恐怖を解決できない左翼運動にも限界を感じ、もともとの人間への恐怖も募って、もうこれ以上生きてはいけないと、彼女と鎌倉で入水心中事件を起こす。

しかし、葉蔵一人が生き残ってしまい、自殺幇助罪に問われることになるが、父親と取り引きがありその太鼓持ち的人物である東京在住の書画骨董商ヒラメ（渋田）が身元引受人になり、釈放される。高等学校は放校になり、一時ヒラメの家に逗留するが、ヒラメに将来どうするのかと詰め寄られて葉蔵は家出をしてしまう。そのまま、雑誌記者のシヅ子の高円寺の家に転がり込み、しかしそれでも堀木やヒラメらの承認を得て漫画を描きながらヒモ生活に入るが、ある日、シヅ子とその娘シゲ子親子の幸福そうな姿を見て、二人を不幸にしてはいけないと、またしても家を出てしまう。続いて、京橋のスタンドバーのマダムの家に転がり込み、無名の漫画家として何の希望もなく、人間恐怖を紛らわせるためにさらに酒に浸る日々を送っていた。そんな葉蔵の身体を心配してくれたのが、バー向かいのタバコ屋の娘ヨシ子で、人を疑うことを知らない無垢なこの娘に引かれて、「その花を盗むのにためらう事を」せず、やはりバーのマダムや堀木などの承認を得て、これを内縁の妻とし、一時の幸福を得た。だが、堀木とアパートの屋上で罪の対義語について対話するなかで、フョードル・ドストエフスキーの『罪と罰』が頭をよぎった直後、彼女は階下で出入りの商人に犯されてしまう。ヨシ子の人を疑うことを知らない無垢の信頼心が汚され、この唯一最後まで信じてきた美質にさえ疑念を抱くようになり、あまりの絶望に頼むところは酒だけになり、葉蔵は再び酒浸りの日々になってしまう。さらにある晩、たまたま見つけた致死量以上の睡眠薬を用いて発作的に自殺を企図してしまう。何とか助かったものの、事態は改善しないままその後も酒はやまず、次第に身体も衰弱して、ある雪の夜ついに喀血してしまう。薬を求めて入った薬屋で、同じく不幸な境遇にある未亡人の奥さんに、酒よりはいいと処方されたモルヒネを使うと急激に調子が回復したのだった。そして、それに味を占めて何度も使うようになり、ついにモルヒネ中毒に至る。モルヒネほしさのあまり、何度も薬屋からつけ払いで薬を買ううちにのっぴきならない額になり、春画のコピーを再開したり、薬屋の奥さんと「醜関係」を結ぶに至る。何をしても駄目になるだけなのだ、生きているのが罪の種なのだと、自分の罪の重さに耐えきれなくなり、最後の手段として、葉蔵は実家に状況を説明した救済依頼の手紙を書いてしまう。やがて、実家からの連絡を受けたヒラメと堀木がやってきて、病院に入院しようと言われる。行き先はサナトリウムだとばかり思っていたら、それは鍵がかかる脳病院だった。これによって葉蔵は、他者によって狂人と見なされ、たとえ退院しても狂人あるいは廃人の刻印を打たれるだろう自分は、もはや人間を失格したのだ、と確信するに至る。数カ月の入院生活ののち、亡き父にかわって家長になった長兄によって故郷に引き取られた葉蔵は、実家から数時間の温泉地の古い家屋に収容され、身の回りの世話をする老女にも何度か犯され、不幸も幸福もなくただ時間が過ぎていくだけの廃人になった。

主人公の葉蔵そして作者の太宰は、罪責性認識大、罪責性認定中、罪責性意識中

①葉蔵は罪責性認識大、罪責性認定中、罪責性意識中

ⓐ葉蔵は罪責性認識大

亀井や安吾の項でみてきたように、一般的に誰であっても、人性の不如意や不可抗力的な外的状況変化などから、理念を維持できず、集団を裏切ったり、無理念的状態に陥ることはある。したがって、基本的に人間は理念に沿うことができない状態になりうるという罪責性の認識は明確であり、葉蔵もまた自らに対する罪責性認識大だったことが推定される。

ⓑ葉蔵は罪責性認定中

しかし、葉蔵の場合、幼少のころから「女中や下男から、哀しい事を教えられ、犯され」、しかし「これでまた一つ、人間の特質を見たというような気持さえして、そうして、力無く笑ってい」（前掲『人間失格』）たのだった。つまり、こうした無理念的なあり方も人間のあり方のひとつであり、大理念などを奉じて生きるには適当ではないという認識、つまり罪責的あり方を仕方がないものと認定する度合いである罪責性認定度のある程度の

大きさが推定された。それは、葉蔵自ら「自分だって、お道化に依って、朝から晩まで人間をあざむいているのです。自分は、修身教科書的な正義とか何とかいう道徳には、あまり関心を持てないのです」「互いにあざむき合って、しかもいずれも不思議に傷もつかず、(略)実にあざやかな。それこそ清く明るくほがらかな不信の例が、人間の生活に充満しているように思われます」(同書)と述べていることからも、大理念などを奉じて生きていくことはできない、無理念的部分をある程度まで認める人間観をもっていて、その罪責性認定度のある程度の大きさが明らかと考えられた。

そしてさらに、高等学校時代に葉蔵は、堀木に教えられた酒、タバコ、淫売婦に溺れる淪落した生活のなかで、大理念にもとる淫売婦たちのあり方に安らぎや聖母マリアの眼差しをさえみたのだった。つまり、こうした無理念で淪落した生活も、人間のあり方のひとつとして認め、さらにはそこに「マリアの円光を現実に見」さえもした、ということからは、大理念などを担うことがない無理念的部分を比較的自然に肯定する葉蔵の人間観がうかがえ、やはり罪責性認定度のある程度の大きさが推定された。

続く、左翼運動参加でも、それは大理念のマルクス主義への信奉や信仰によるのではないことから、葉蔵の大理念には沿うことができない罪責性認定度のある程度の大きさが推定された。というのも、その運動参加は主に、「その人たちが、気にいっていたから」「非合法の匂いが気にいって」「運動の本来の目的よりも、その運動の肌が、自分に合った感じなのでした」(同書)といった、運動仲間たちへの個人的な親愛感や信頼感を介した同情、人情さらには友情などによるのだった。そしてその後も葉蔵が、数多くの困難に遭っても「神に問う。信頼は罪なりや」「神に問う。無抵抗は罪なりや?」(同書)と、その支持を必死に訴え続けていることからは、信頼そしてそれを介した友情、同情、人情などの中理念に対する強い価値意識が認められた。したがって葉蔵は、「人間」はこうした中理念性をもつべきで、また基本的にはもつことができると考えているようで、対人ストレス耐性小か無の安吾の場合のように無理念、ニヒリズムに表裏するような罪責性認定大ではないと考えられた。つまり、このような中理念は担うべきとは考えることからは、大理念を担うべきと考える罪責性認定小か無と、せいぜい小理念を担うかあるいは無理念やニヒリズムが人間本来で自然の姿と考える罪責性認定大の中間に位置する、罪責性認定中だと考えられた。

これらをまとめると、葉蔵は、対人ストレス大を招きかねない大理念的あり方を実現できない程度には初めから罪責的な存在である、と自らの罪責性を半ば認定する側面があった。しかしそれは、信頼をはじめとする中理念は担うことができるはずだし担うべきとは考えることからは、大理念を担うべきと考える対人ストレス耐性大の罪責性認定小か無と、小理念か無理念が人間本来で自然の姿と考える対人ストレス耐性小か無の罪責性認定大の中間に位置する、罪責性認定中だろうと考えられた。

ⓒ葉蔵は罪責性意識中

亀井や安吾の項で検討してきたように、一般に罪責性認識大のもと、安吾のように罪責性を自然、当然と認定する罪責性認定大であるほど、罪責性に悩み苦しむ罪責性意識は小か無になる。一方、亀井のように罪責性認定小か無であるほど、もつべき大理念やそれによる大連帯性を裏切ったときの罪責性に悩み苦しむ罪責性意識は大になるのだった。つまり、人は罪責性認定度に反比例した罪責性意識を顕在化してくると考えられた。したがって葉蔵の場合、罪責性認定中であるために、もつべき中理念やそれによる中連帯性を裏切ったときの罪責性意識は、深い自責と苦悩に満ちた罪責性意識大と、苦悩や自責がほとんどみられない罪責性意識小か無の中間に位置する、ほどほどの自責と苦悩を帯びた罪責性意識中になることが推定される。

すなわち、葉蔵はまず、マルクス主義運動で、主に信義、信頼、人情、同情、友情などの中理念を介してシンパ活動として運動仲間と中集団側で連帯性中にあり、しかし人性の不如意や不可抗力的な外的状況変化のためこれらの人々との信頼関係や中理念を守れず、罪責性意識に襲われることになる。しかしこれは、対人ストレス耐性大の亀井のように、信仰や大理念を介した大連帯性を裏切った場合の罪責性意識大＝原罪意識の苦悩ほどではなく、また対人ストレス耐性小か無の安吾のような、小か無理念や小か無連帯性を裏切った場合の罪責性意識小か無よりは大きい。それは、罪責性認定中に対応する、信頼、良心、友情などの中理念を介した連帯性中を裏切らざるをえない場合の、ほどほどの自責と苦悩としての罪責性意識中になるのである。

いやにいそがしくなって来ると、自分はひそかにPのひとたちに、それはお門違いでしょう、あなたたちの直系のものにやらせたらどうですか、というようないまいましい感を抱くのを禁ずる事が出来ず、逃げました。逃げて、さすがにいい気持はせず、死ぬ事にしました。（同書）

「あなたたちの直系のものにやらせたらどうですか、というようないまいましい感を抱」きながら「さすがにいい気持はせず、死ぬ事にし」たというのが、ほどほどの自責と苦悩としての罪責性意識中を表していると思われる。

さらに、京橋のスタンドバーのマダムや堀木らの承認を得て同棲生活に入った雑誌記者のシズ子に対して、そのシズ子ら母娘の小さな幸せを分かち合うには自らは罪深い人間であると、バーのマダムのところに舞い戻る。

幸福なんだ、この人たちは。自分という馬鹿者が、この二人のあいだにはいって、いまに二人を滅茶苦茶にするのだ。つつましい幸福。いい親子。（略）自分はそこにうずくまって合掌したい気持でした。そっと、ドアを閉め、自分は、また銀座へ行き、それっきり、そのアパートには帰りませんでした。（同書）

このようにして、その中集団側での信頼や情を裏切って、結局、罪責性認定中を反映した「自分という馬鹿者」という罪責性意識中を再確認したのだと思われる。

そして、やはりバーのマダムや堀木などの承認を得て、葉蔵は、内縁ではあるが集団内での「結婚」という理念性のもと、タバコ屋の娘ヨシ子と家庭を営み、一時の幸福を得た。しかし、ヨシ子の過ち、そしてその後の心中未遂をへて、その周囲に対し「ヨシ子とわかれさせて」と中集団内での別れを懇願することになる。つまり、人々の承認のもと成立させた「結婚」生活を破綻させて、周囲、つまり中集団側の人々との間の信頼や情などの中理念を裏切り、再び罪責性認定中を反映した罪責性意識中を得てしまったのである。


自分の不幸は、すべて自分の罪悪からなので、誰にも抗議の仕様が無いし、（略）自分はいったい俗にいう「わがままもの」なのか、またはその反対に、気が弱すぎるのか、自分でもわけがわからないけれども、とにかく罪悪のかたまりらしいので、どこまでも自らどんどん不幸になるばかりで、防ぎ止める具体策など無いのです。（同書）

「「わがままもの」なのか、またはその反対に、気が弱すぎるのか、自分でもわけがわからない」が「とにかく罪悪のかたまりらしい」、というのが、ほどほどの自責と苦悩の罪責性意識中を表しているものと思われる。

以上はいずれも、人々との間の信頼、信義、良心、情レベルの中理念を介して中集団側で連帯性中にあり、そのなかでマルクス主義やシンパ活動あるいは「結婚」などの中理念か欲動性（欲動性中）を実現するものだった。しかし、人性の不如意や不可抗力的な外的状況変化などによって、この信頼、信義、良心、情そしてこれらによる連帯性中を裏切ってしまい、中理念の保持を人間の本質とする罪責性認定中に表裏する、罪責性意識中を顕在化させてしまったものと考えられる。

したがって、このような検討から葉蔵は、罪責性認識大、罪責性認定中、罪責性意識中といえるのではないかと考えられた。

②作者・太宰も罪責性認識大、罪責性認定中、罪責性意識中

これまで検討したように、葉蔵が罪責性認識大、罪責性認定中、罪責性意識中と考えられることからは、主人公に自らを投影しただろう作者・太宰も、罪責性認識大、罪責性認定中、罪責性意識中と推定される。

それは一般に、文学作品中で、主人公の価値意識やそれを反映する罪責性を深く、詳細に著すことは、おそらく作者自身のそれでなければできないと思われるためである。あるいは逆に、作家は一般にその主要な文学作品中で、自らの価値観、価値意識やそれを反映する罪責性を著し尽くすことを目的にする、と考えられるためである。こうした点については、あとでも詳しく論じる。

葉蔵（太宰）の中理念「信頼」は「中間神」を背後にもち、その喪失によって「人間失格」する

①葉蔵は中理念「信頼」の完全喪失で「人間失格」した

ⓐ葉蔵が「人間失格」に至る経過

（i）人間不信と周囲の人々への裏切り

葉蔵が「人間失格」に至った経過をここでは、罪責性意識（罪意識）の観点から、繰り返しもいとわずやや詳しく追ってみたい。

葉蔵は、幼いころから、人の営みというものがわからず、つまり人が何を考えているのかわからず、ほかの人間を極度に恐怖する「人間恐怖」があったとされる。そのため「お道化たお変人として（略）何でもいいから、笑わせておればいい」と、必死の「道化」のサービスによって人間と結び付くだけで、「人を信じる能力が、ひび割れてしまっている」者とされている。そのような葉蔵は高等学校時代、年長の画学生・堀木とともにマルク

ス主義運動に参加することになったが、それに参加させていたものとは、主に運動仲間たちへの個人的な信頼感や親愛感からの同情、人情さらには友情などの「情」だった。しかし、父親の議員引退後に資金は枯渇し、運動自体も葉蔵には対応しきれないほどに忙しく、運動仲間たちとの信頼や情を守ることができずに離脱し、さらに銀座のカフェ女給との心中事件で葉蔵一人が生き残ってしまい、自殺幇助罪に問われてしまう。つまり、葉蔵は、人性の不如意や不可抗力的な外的状況変化などのため、これら中集団側の人々の信頼や情を守れず、罪責性意識中に悩むことになったのである。その後、引き取られた身元引受人のヒラメの家からも出奔し、雑誌記者のシヅ子親子の家に転がり込み、堀木やヒラメらの承認のもと同棲生活に入った。しかしそれは、三流の漫画を描いては酒浸りになるという自堕落で退廃の生活を送りながらもそれを「蟾蜍《ひきがえる》」に見立てる、というようなものだった。すなわちそれは、罪責的あり方を半ば認定し、生命存続の危機に追い込まれることもないという、罪責性認定中―罪責性意識中のあり方を示すものと考えられた。

蟾蜍。（それが、自分だ、世間がゆるすも、ゆるさぬもない。葬むるも、葬むらむもない。自分は、犬よりも猫よりも劣等な動物なのだ。蟾蜍。のそのそと動いているだけだ）（同書）

しかし、シヅ子親子のつつましい幸福を、酒に溺れるばかりの自分が壊すことになってはならないと再び出奔、京橋のスタンドバーのマダムの家に転がり込み、やはりシズ子親子との同棲に関係した周囲の人々の信頼を裏切ることになる。こうして、マダムの家で「男めかけ」になり、「人間恐怖」を紛らわすためにも毎日酒浸り、金を得るために卑猥な絵を書くという、無理念的で淪落に近い生活を送るようになった。それでもその生活は、「おそろしい筈の「世間」は、自分に何の危害も加えませんでしたし、また自分も「世間」に対して何の弁明もしませんでした」（同書）というように、無理念的で淪落に近い生活をある程度認めてしまう罪責性認定中―罪責性意識中のあり方を示すものになっていた。なお、ここでもまだ「無理念的で淪落に近い」としているのは、次のヨシ子とのエピソードからわかるように、この時点では葉蔵はまだ中理念である「信頼」を完全に喪失はしていないと思われたからである。

(ii) ヨシ子——「信頼」への凌辱

さて、そのような葉蔵の身体を心配してくれたのがバー向かいのタバコ屋の娘ヨシ子で、葉蔵は無垢な娘に引かれて、やはりバーのマダムや堀木などの承認を得てこれを内縁の妻とし、漫画家としても一定の評価を得るようになった。しかし、屋上で罪の対義語について堀木と対話する最中に、彼女は階下で出入りの商人に陵辱されてしまう。ヨシ子の人を疑うことを知らない無垢の信頼心が汚され、葉蔵は神に対して「神に問う。信頼は罪なりや」(同書) とその支持を求めるも、明確な答えを得ることができずに、この唯一最後まで信じてきた美質にさえ疑念を抱くようになってしまう。あまりの絶望的状況に葉蔵は酒浸りの日々へと逆戻りしたが、それはこの事件以前の状態に戻ったのではなく、すべての理念性の可能性を根本的に失い、「この世の営みに対する一さいの期待、喜び、共鳴などから永遠にはなれる」、という完全な無理念、ニヒリズムの世界の(おそらく)一歩手前の状態に至ったのだった。葉蔵(太宰)は次のように記す。

ヨシ子は信頼の天才なのです。ひとを疑う事を知らなかったのです。しかし、それゆえの悲惨。神に問う。信頼は罪なりや。ヨシ子が汚されたという事よりも、ヨシ子の信頼が汚されたという事が、自分にとって永く、生きておられないほどの苦悩の種になりました。(略) 妻は、その所有している稀な美質に依って犯されたのです。しかも、その美質は、夫のかねてあこがれの、無垢の信頼心というたまらなく可憐なものなのでした。無垢の信頼心は、罪なりや。唯一、たのみの美質にさえ、疑惑を抱き、自分は、もはや何もかも、わけがわからなくなり、おもむくところは、ただアルコールだけになりました。」「いよいよ、すべてに自信を失い、いよいよ、ひとを底知れず疑い、この世の営みに対する一さいの期待、よろこび、共鳴などから永遠にはなれるようになりました。（略）自分は、まっこうから眉間を割られ、そうしてそれ以来その傷は、どんな人間に接近する毎に痛むのでした。（同書）

（iii）「人間失格」へ

このような絶望のなか、葉蔵は睡眠薬による自殺未遂を起こして一層閉塞的な酒浸りの生活に陥るうちに、さらに喀血にも及ぶ。そして、薬屋の未亡人に処方されたモルヒネに依存し、ついにモルヒネ中毒にもなってしまう。直ちに薬代がのっぴきならない額になり、春画のコピーを再開したり、薬屋の未亡人と醜関係を結ぶに至ったときに、葉蔵は次のように独白する。

死にたい、いっそ、死にたい、もう取返しがつかないんだ、どんな事をしても、何をしても、駄目になるだけなんだ、恥の上塗りをするだけなんだ、（略）ただけがらわしい罪にあさましい罪が重なり、苦悩が増大し強烈になるだけなんだ。死にたい、死なければならぬ。生きているのが罪の種なのだ（同書）

すなわち、妻そしてその「信頼」への凌辱に遭ってしまったあと、長く無理念で淪落、ニヒリズムの状態に陥ったことから、彼本来のものであっただろう罪責性認定中—罪責性意識中さえも維持できないほどの苦悩状態に至ったのだった。

このような「地獄から逃れるための最後の手段」として葉蔵は、父親に救済依頼の手紙を送ってしまう。しかし、かわりにヒラメと堀木が現れ、優しい微笑をもって「とにかく病院に入院しなければならぬ、あとは自分たちにまかせなさい」と言われ、「自分は意志も判断も何も無い者の如く、ただメソメソ泣きながら唯々諾々と二人の言いつけに従うのでした」。さらに、サナトリウムだとばかり思っていたその行き先は、鍵がかかる「脳病院」で、言葉巧みに精神病院閉鎖病棟へと入院させられてしまったのだった。そして葉蔵は、他者によって狂人と見なされ、たとえ退院しても狂人あるいは廃人の刻印を打たれるだろう自分は、もはや人間に失格したのだ、と確信するに至る。

神に問う。無抵抗は罪なりや？　堀木のあの不思議な美しい微笑に自分は泣き、判断も抵抗も忘れて自動車に乗り、そうしてここに連れて来られて、狂人という事になりました。いまに、ここから出ても、自分はやっぱり狂人、いや、廃人という刻印を額に打たれる事でしょう。人間、失格。もはや、自分は、完全に、人間で無くなりました。（同書）

ここで、葉蔵が最後に救済を求めた実家やヒラメ、堀木らへの、最後にわずかに残っていた信頼心、そしてそれを反映する無抵抗までを打ち砕いてしまった、「脳病院」への半強制的な入院は、他者からの「人間失格」の評価であり、また、そうされた自分はたしかに人間失格なのだ、と自らも「人間失格」を受容するに至っている。

ⓑ「人間失格」は「中間神」の断罪によること

前述のように、「人間失格」は、その十二年前の一九三六年の虫垂炎手術後のパビナール中毒に対する友人や先輩らによる半ば強制的な精神病院入院がそのモチーフになっている。太宰には、精神病院の「患者すべて、人の資格はがれ落されている」（前掲「HUMAN LOST」）と見え、入院させられた自らも「人の噂に依れば、私は完全に狂人だったのである。（略）私は、いま人では無い」（前掲「鷗」）と、その「人間失格」体験の衝撃の大きさを語ったのだった。やはり「人間失格」は、友人や先輩らによる半強制的な精神病院入院の衝撃と傷跡そのものを作品化したものといえるのである。

つまり、この作品の素材になった太宰自身の経験によれば、直接にはこの「人間失格」とは、わずかながら信頼を残していた周囲の者によってなされた半強制的な精神病院の閉鎖病棟への入院という処断による、とみることができる。しかし、繰り返し葉蔵が「神に問う。信頼は罪なりや」「神に問う。無抵抗は罪なりや？」と神に中理念である信頼（無抵抗）の保持と救済を訴えていたことからは、葉蔵に起こるすべての事柄は神の判断と処断によるもの、と彼によって解釈されていたと考えていいだろう。すなわち、この周囲の者によってなされた半強制的な入院という処断もまた、その神がなしたことと、葉蔵によって捉えられていたものと考えられる。この「人間失格」事態は、表面的には周囲の者たちによる処断だが、その本質としては、神による断罪だと、葉蔵そして作者・太宰には解釈されていたと思われる。

その葉蔵の神は、中理念である信頼そして信頼からの無抵抗を支持し、またそれを指示する神で、それに反する場合は罰してくる神でもある。それは対人ストレス耐性大がもつべき大理念、信仰、理想を信奉しその実現に邁進せよとまではいわず、それには従えずとも、その大理念の教義からは堕落したあり方、生存を許す（母性）。しかし中理念である信頼や信義を完全に裏切るような場合は、これを罰し「人間失格」の審判を下す（父性性）。つまり、母性性と父性性を併せ持つという中間原理の「中間神」である。したがって、この中間神のもとでは、葉蔵のように「人を信じる能力が、ひび割れてしまっているもの」の場合、地獄行きだけが予想されることになるのである。さらに、人性の不如意や不可抗力的な外的状況変化などの影響を含め、基本的・根本的に信頼の可能性を喪失したとき、「人間失格」の審判を下し断罪することになるのである。

あらためてまとめると、幼少から「人を信じる能力が、ひび割れてしまって」いて、他者からの信頼を裏切り続けた葉蔵に対し、その「中間神」は、最後にわずかばかり残っていたらしい周囲の者に対する信頼への完全喪失をもって、基本的・根本的に中理念の「信頼」をもつ能力を喪失したと判断し、お前は「人間失格」した、という断罪を下したと考えられる。

Ⓒ「人間失格」は葉蔵による自己（「人間」）認識、自己（「人間」）規定維持不能の自己判断でもある

そして、それは同時に、葉蔵自らによる「人間失格」の認識、自覚でもあったといえる。というのも、葉蔵は、他存在を信じる強度中の「信頼」や「情」などの中理念をもつとともに、それに表裏して罪責性意識中としての自己（「人間」）認識、自己（「人間」）規定を有していたと考えられる。そのような葉蔵が、基本的・根本的に信頼などの中理念の能力を完全喪失する事態になったとき、中理念に表裏する罪責性認定中―罪責性意識中という自己認識、自己規定も維持できなくなり、「人間」でいられない、という自覚を生むことになるからである。

小説のストーリーでいうと、マルクス主義運動家たちを裏切り、実家の人々、ヒラメ、堀木、シズ子らの信頼を裏切り、ヨシ子の無垢な信頼心も裏切られ自らもヨシ子の信頼を裏切って、モルヒネ中毒や薬屋の未亡人との不倫に至る無理念、淪落の生活を送るようになったときに、葉蔵は「信頼」―中理念保持の可能性を喪失したのではないかと判断し、「人間」であるためには「死にたい、死なければならぬ。生きているのが罪の種なのだ」と思わざるをえない状態になってしまったのである。というのも、死にきれずになおも生きていると、こうした状況も肯定するしかなくなり、罪責性認定大および中理念を喪失した無理念、ニヒリズムに表裏する罪責性意識小か無になってしまう可能性が生じてしまうからである。そしてそれは、その後の身近な者たちによる「脳病院」への半強制的入院によって、最後に残っていたわずかな信頼の可能性も打ち砕かれて、自らも基本的・根本的に「信頼」の能力を完全喪失したと自覚したときに、ついに実現されてしまったのである。

つまり葉蔵は、この「信頼」―中理念性の完全喪失に表裏するように罪責性認定大―罪責性意識小か無になっ

て、罪責性認定中―罪責性意識中という本来の自己（＝「人間」）認識、自己（＝「人間」）規定を維持できなくなり、自分は「人間」ではなくなったと、自らも「人間失格」を自覚するに至ったのである。

ⓓ「人間失格」＝葉蔵の罪責性認定中―罪責性意識中という自己（＝「人間」）認識、自己（＝「人間」）規定の否定状態

その後、精神病院を退院した葉蔵は温泉地の古い家屋に収容され、身の回りの世話をする老女にも何度か犯され、不幸も幸福もなくただ時間が過ぎていくだけの「廃人」になる。ここでは、葉蔵自身が信頼など中理念を完全に喪失しているために、もはやその中間神に問いかけることも、また中間神が関わってくることもなく、神から見放された者として、「人間失格」の状態にあり続けていることが示されている。

これはまた、何の理念性ももたない無理念でニヒリズムの生活のなかにあって、それに対してもはや罪意識も抱かない罪責性認定大―罪責性意識小か無という、葉蔵本来の罪責性認定中―罪責性意識中のあり方から、「人間失格」の状態にあり続けていることを示すものでもあった。

ⓔ著者・太宰も中理念の完全喪失で「人間失格」する

ここまでをまとめると、この「人間失格」で葉蔵は、「信頼」「情」などの中理念を基本的にはもち、罪責性認定中―罪責性意識中で生き、これをその自己（＝「人間」）認識、自己（＝「人間」）規定ともしていた。しかし、その中理念の完全喪失によって罪責性認定大―罪責性意識小か無に陥り、罪責性認定中―罪責性意識中という自己認識や自己規定を維持できずに「人間失格」したのである。

ところで「人間失格」は太宰自身の精神病院への半強制的入院体験がモチーフの自伝的要素が強い作品だった。そして前述のように、作品のなかで価値観や価値意識、理念性や罪責性を深く、詳細に著すことは、おそらく作家自らのそれでなければできず、また逆に、作家は文学作品では、その価値観や価値意識、理念や罪責性を描き

だすことを目的にすると考えられるのだった。したがって、作者・太宰もまた主人公・葉蔵と同じく、「信頼」「情」などの中理念をもち、罪責性認定中―罪責性意識中だが、中理念の完全喪失で罪責性認定大―罪責性意識小か無となり、「人間失格」してしまうところの存在と考えられた。

②太宰の罪責性認定中、罪責性意識中そしてその「人間失格」は、対人ストレス耐性中を示唆する

つまり、精神的自叙伝というべき「人間失格」を資料にした、主人公・葉蔵そして彼に投影された作者・太宰の罪責性の検討によると、その罪責性は、「信頼」や「情」などの中理念保持に表裏するように、罪責性認識大、罪責性認定中、罪責性意識中だと考えられた。そして、人性の不如意や不可抗力的な外的状況変化などによって、中理念の保持可能性を完全に喪失したとき、罪責性認識大、罪責性認定中、罪責性意識中という本来の自己(「人間」)認識、自己(「人間」)規定を維持できずに「人間失格」してしまうのだった。

さて、罪責性認識大、罪責性認定中、罪責性意識中は、対人ストレス耐性中の一般論で推論した罪責性のあり方そのものである。またその「人間失格」も、対人ストレス耐性中がその生理的ともいうべきあり方―罪責性認識大、罪責性認定中、罪責性意識中を維持できない状態という意味での「人間(対人ストレス耐性中)失格」だと考えられる。したがって、これらの「人間失格」に認めた罪責性のあり方、および中理念の完全喪失によって「人間失格」に至るという過程は、作者・太宰が対人ストレス耐性中であることを示唆する所見のひとつと考えられた。

③一般に各対人ストレス耐性を維持する能力を失うときが「人間失格」のとき

ここまでの検討から、「人間失格」の葉蔵、そのモデルとしての作者・太宰、さらに一般に対人ストレス耐性中は、中集団側性、中理念保持とそれに表裏する罪責性認識大、罪責性認定中、罪責性意識中などを、「人間

（対人ストレス耐性中）」の条件とし、それを維持する能力の喪失で「人間（対人ストレス耐性中）失格」するものと推定される。これを一般化するなら、集団側性、理念性とそれらに表裏する罪責性を決める生理的な各対人ストレス耐性の維持が、「人間」であるための条件であり、それを維持する能力を喪失し生理不適合状態に陥るとき、各対人ストレス耐性は「人間失格」してしまうと推定される。

すなわち、対人ストレス耐性大は、大集団側、大理念保持、そしてこれらに表裏する罪責性認識大、罪責性認定小か無、罪責性意識大が維持できないとき、生理不適合状態になり、「人間（対人ストレス耐性大）失格」してしまう。例えば、亀井がその自伝『我が精神の遍歴』で告白したように、人性の不如意や不可抗力的な外的状況変化などによって転向を繰り返し、罪責性意識大をもって次なる大理念を絶えず必死に信奉していったのは、大理念や理想をもつ能力あるいは罪責性認定小か無、罪責性意識大を維持する能力の喪失が、「人間（対人ストレス耐性大）失格」を意味したからと考えられる。

そして、対人ストレス耐性中は、対人ストレス耐性大のように大理念や理想を喪失したり罪責性認定小か無、罪責性意識大が維持できなくなっても「人間失格」しない一方、中集団側性、中理念そして罪責性認識大、罪責性認定中、罪責性意識中の喪失で「人間（対人ストレス耐性中）失格」することになる。例えば、対人ストレス耐性中と思われる葉蔵そして太宰が、対人ストレス耐性大の亀井が「人間（対人ストレス耐性大）失格」してしまう大理念喪失状態でも、それも人間の本来のあり方であると、罪責性認識大、罪責性認定中、罪責性意識中をもってそれを認め、しかし、「信頼」など中理念の完全な喪失によって罪責性認定中、罪責性意識中を維持できなくなると、「人間（対人ストレス耐性中）失格」してしまったように、である。

一方、対人ストレス耐性小か無は、大理念そして中理念喪失になっても「人間（対人ストレス耐性小か無）失格」しないのだった。つまり、大理念そして中理念喪失に表裏して罪責性認識大、罪責性認定大、罪責性意識小か無になっても、それは対人ストレス耐性小か無の生理的適合状態なので、「人間（対人ストレス耐性小か無）失格」することはないのである。対人ストレス耐性小か無には、無理念や淪落、ニヒリズムにあり罪責性認定大、罪責性意識小か無であっても、それはむしろ「人間（対人ストレス耐性小か無）」に適合した状態なので、自然、当然と肯定される状態と思われさえするのである。例えば対人ストレス耐性小か無の安吾は、大理念や中理念を否定し、無理念で淪落の淵にある「堕落」状態こそ「人間（対人ストレス耐性小か無）」の本来の姿として肯定し、これをすべての認識、営為の基礎にすべきであると、その「堕落論」で声高に主張したのだった。

これは、葉蔵そして太宰がその最後に、淪落、ニヒリズムの淵に陥り、その罪責性認定中、罪責性意識中を維持できなくなって「人間失格」あるいは自死してしまった地点でさえも、安吾ら対人ストレス耐性小か無は「人間（対人ストレス耐性小か無）失格」することはなく、かえってそれこそ「人間（対人ストレス耐性小か無）」の本来、自然の姿であると肯定できる、ということを意味するのである。

すべては、それぞれの対人ストレス耐性に適合できている状態であれば、つまりそれを実現する集団側性と理念性そしてそれに表裏する罪責性が維持されていれば「人間（各対人ストレス耐性）」でいることができるのである。そしてそれぞれの対人ストレス耐性に適合できていない状態では、それぞれ「人間（各対人ストレス耐性）失格」していくことになるのである。

したがって、太宰が「人間失格」で提起しただろう「人間」でいる条件という問題の本質は、対人ストレス耐性という生理的条件への適合状態であるか否か、つまりそれを実現する集団側性と理念性とそれらに表裏する罪責性（罪責性認識、罪責性認定、罪責性意識）をもちえているか否か、という問題に還元できると考えられる。

罪責性に関連した「反立法の役割」（相反価値止揚理念）――「人間失格」と作者・太宰の心中死

①「人間失格」は、「反立法の役割」を描いて陰画的に相反価値止揚理念――中理念の「信頼」を訴えた作品

先に、太宰の罪責性を検討するために取り上げた「人間失格」でも、価値が「反立法の役割」をへた相反価値

止揚理念として提示されることを付言したが、これについて確認していきたい。

この「人間失格」では、中理念である「信頼」が身命を賭して訴えられていた。しかしそれは、素描的にいうならば、「信頼」の可能性を完全に喪失すると「人間失格」してしまう、というもので、「信頼」の価値をただ直截にうたいあげたものではなく、ここでの理念提示もまた、相反価値止揚理念のかたちをとっていると考えられる。つまり物語では、まず最初に「人を信じる能力が、ひび割れてしまっている」という主人公・葉蔵の設定によって、初めから信頼に対する相反価値である不信を提示している。そして後半では、「信頼の天才」である妻ヨシ子が出入りの商人に凌辱され、「ヨシ子が汚されたという事よりも、ヨシ子の信頼が汚されたという事が、自分にとって永く、生きておられないほどの苦悩の種」（前掲『人間失格』）になったとして、信頼に対抗する不信や不実、裏切りなどの相反価値の提示が、究極までおこなわれる。さらに最後に葉蔵は、「神に問う。信頼は罪なりや」「無垢の信頼心は、罪なりや」（同書）とその神に支持を訴え、しかしその答えを得ることができないままに、続く、身近な者たちによる精神病院への半強制的な入院によって、他存在への信頼の可能性を完全に喪失し、「人間失格」するに至った。

さて、こうしたストーリーを表面的になぞるならば、「信頼」に対する相反価値が究極まで実現されているだけにもみえるので、これがどうして相反価値止揚理念として「信頼」価値の提示になるのか、という疑問も生まれかねないだろう。それは、すでに取り上げたように、「姥捨」で述べられ、奥野が批評した「反立法の役割」、つまり相反価値を究極まで押し進めることによって、かえってそれを超克しうる究極的な相反価値止揚理念を示唆し提示する、という姿勢が、太宰の主要な、そしてほぼ変わらない理念提示のあり方と考えられるからである。すなわち「人間失格」では、「反立法の役割」の表れとして、「人間失格」の事態を招くほどの不信や不実、裏切りなどの相反価値の究極的な実現を描き、それによって逆に〝「人間失格」は不幸で悲劇である、このように人が「人間失格」してしまってはいけない、そのためにもこうした相反価値を止揚した信頼の価値を守るべきではないか〟と、相反価値止揚理念として中理念の「信頼」を、いわば陰画的に示唆し提示していると考えられるのである。あるいは「姥捨」に倣い、「滅亡するものの悪」として葉蔵の「信頼」の完全喪失と「人間失格」を、「次に生れる明朗」としてそれを止揚しうるような「信頼」の実現を期待する、というように、相反価値止揚理念としての中理念の「信頼」を提示している、と考えられるのである。

作者・太宰は、中期の名作「走れメロス」で、懐疑、不信、不実、裏切りなどの相反価値と競合させながらも、初めから比較的直截に中理念の「信頼」そして「友情」の価値をうたっていた。そして、この「人間失格」でも再び、しかし今度は相反価値を最後まで呈示し続ける「反立法の役割」を完遂することによって、直截ではなく、隠喩的・陰画的に「信頼」の価値を指し示したのである。つまり「人間失格」は、比較的直截的に「信頼」の価値を提示した「走れメロス」と比較するなら、最後まで相反価値提示で終わらせる「反立法の役割」という陰画的なかたちで、しかし、その著述活動のなかでは終始一貫して、中理念である「信頼」の価値を、相反価値止揚理念として提示した作品といえるだろう。

なお、太宰の著作活動を価値面から見直すと、最晩年に身命を賭して訴えたことを含め、その生涯にわたって主題として繰り返し著してきたということは、中理念である「信頼」の価値がもつ彼の重要性を物語っているということができるだろう。そして、「信頼」が対人ストレス耐性中に推定される中理念性であり他存在を信じる強度中であることからは、これも彼が対人ストレス耐性中であることを示唆する所見のひとつだと考えられるのである。

②太宰の心中死の意味――「反立法の役割」を果たすことによって中理念を主張した可能性

ⓐ大東亜戦争敗戦まで――「信頼」維持との闘い

さて、「人間失格」は太宰の精神的自叙伝と述べたが、これを執筆していたとき、実生活でも太宰は、信頼をはじめとする中理念の喪失に向かう長い道程にあった。主に二十代以降のその人生を、信頼やそのほかの中理念という観点から再度概略的になぞってみたい。

まず、二十一歳で東京帝国大学仏文科に入学するも、大学へは行かず自堕落な生活や度重なる自殺未遂などで自ら先輩や親族らの信頼を裏切り、その後、マルクス主義のシンパ活動からの離脱で活動仲間を裏切った。転向後、いわゆる前期の著作活動を始めるも、虫垂炎治療を契機とした鎮痛薬パビナール中毒に至って、先輩や友人、妻・初代らによる半ば強制的な精神病院入院によって彼らへの信頼を失い、同時にその入院中には、初代の姦通による傷深い裏切りに遭った。この初代とも、マルクス主義のもとで旧社会的にいえば身分の違いがある者同士として、つまり理念性や連帯性のもと、同胞らの承認を得てなした結婚だったのである。太宰はいう。

Hを、謂わば掌中の玉のように大事にして、誇っていたのだ（略）私はこの女を無垢のままで救ったとばかり思っていた（略）友人達にも、私は、それを誇って語っていた。（前掲「東京八景」）

しかし初代の過去の行状の発覚そして太宰入院中の過ちに遭い、水上温泉での心中未遂のあとに、それまでの関係者の信頼と支持を裏切るように離別をした太宰は、以後長く無理念で無為に近い生活にとどまったのだった。そのような太宰だったが、一年半の無為で自堕落な生活のあと、三十歳で甲府の高等女学校教師の石原美知子と結婚し、戦中にかけての言論統制下にありながら、旺盛で安定した中期の著作活動をおこなった。そしてそこでは、安定的な生活に戻ることによって自他への信頼性も回復できたためか、「信頼」「友情」を高らかにうたいあげた中期の名作「走れメロス」などを著したのだった。

ⓑ敗戦直後——大理念、小理念批判と信頼および中理念の提示、そしてその困難

そして敗戦直後は、言論の自由化のもと、直截に中理念をうたいあげたかったと思われるが、敗戦後社会ではいち早くアメリカ流民主主義思想、国際平和主義思想、戦後復活したマルクス主義などの大理念の流行があった。太宰は、疎開先の津軽にあって、「新型便乗」批判などで大理念批判をおこない、中理念を主張しようとしたがうまくいかなかった。この当時の中理念の提示は、一部前述だが、例えば一九四六年三月発表の自伝的エッセー「苦悩の年鑑」にみることができる。

日本の本州の北端の寒村の一童児にまで浸潤していた思想と、いまのこの昭和二十一年の新聞雑誌に於いて称えられている「新思想」と、あまり違っていない（略）一種のあほらしい感じ、とはこれを言うのである。（略）私は純粋というものにあこがれた。無報酬の行為。まったく利己の心の無い生活。けれども、それは、至難の業であった。私はただやけ酒を飲むばかりだった。私の最も憎悪したものは、偽善であった。キリスト。私はそのひとの苦悩だけを思った。（前掲「苦悩の年鑑」）

このエッセーでは、戦後社会での「新思想」「デモクラシイ」「プロレタリア独裁」などの大理念の横行を嘆く一方で、「無報酬の行為」「利己の心の無い生活」や「隣人を愛せよ」と述べたキリストの苦悩を思うことなどに、小集団側を超えた中集団側での〝善いこと、正しいこと〟を考えようとする理念性がうかがえる。それは、批判する「思想」「主義」などの強大理念ではなく、また安吾の無か小理念性やエゴイズム汎観とも異なる、その両者の間に位置する中理念を希求していたものと思われる。

続く「劇界、文学界に原子バクダンを投ずる意気ごみ」（太宰治、亀井勝一郎編『愛と苦悩の手紙 改訂』〔角川文庫〕、角川書店、一九九八年）で発表された一九四六年三月完成（「展望」一九四六年六月号〔筑摩書房〕掲載）の戯曲「冬の花火」では、大理念（アメリカ流民主主義、国際平和主義思想など）批判と中理念提示、そしてそれがかなわないときの無理念への傾斜を表現している。すなわち、六歳の女の子をもち、東京に若い男がいる二十九歳で未婚の数枝は、田舎の実家で、東京で世話になった鈴木（太宰がモデルか）に宛てた手紙のなかで、戦中の大東亜共栄圏思想と同様にまたも大理念に及ぼうとする敗戦後日本社会の諸論に対する批判を述べているように思われる。

あたしは今の日本の、政治家にも思想家にも芸術家にも誰にもたよる気が致しません。いまは誰でも自分たちの一日一日の暮しの事で一ぱいなのでしょう？　まあ、厚かましく国民を指導するのなんのと言って、明るく生きよだの、希望を持てだの、なんの意味も無いからまわりのお説教ばかり並べて、そうしてそれが文化だってさ。呆れるじゃないの。（略）大戦中もへんな指導者ばかり多くて閉口だったけれど、こんどはまた日本再建とやらの指導者のインフレーションのようですね。（太宰治「冬の花火」、前掲『グッド・バイ』）

続いて、次のように、家族などを超えた中集団側にとっての〝善いこと、正しいこと〟である中理念を提案している。それは隣人愛とそれによる中集団だろう桃源郷の形成である。

ねえ、アナーキーってどんな事なの？　あたしは、それは、支那の桃源境みたいなものを作ってみる事じゃないかと思うの。気の合った友だちばかりで田畑を耕して、桃や梨や林檎の木を植えて、ラジオも聞かず、新聞も読まず、手紙も来ないし、選挙も無いし、演説も無いし、みんなが自分の過去の罪を自覚して気が弱くて、それこそ、おのれを愛するが如く隣人を愛して、そうして疲れたら眠って、そんな部落を作れないものかしら。（略）あたしはお百姓になって、そうしてあたしたちの桃源境を作るんだ。（同作品）

しかし、実際にはその母親さえもが愚かな罪を犯していた現実に絶望し、中理念を捨てて無理念に向かうかのようで、隣人愛や桃源郷（ユートピア）形成などの中理念の維持が困難であることを描いている。

桃源境、ユートピア、お百姓、（略）ばかばかしい。みんな、ばかばかしい。これが日本の現実なのだわ。（略）あたし、東京の好きな男のところへ行くんだ。落ちるところまで、落ちて行くんだ。理想もへちまもあるもんか。（略）ああ、これも花火。（略）冬の花火さ。あたしのあこがれの桃源境も、いじらしいような決心も、みんなばかばかしい冬の花火だ。（同作品）

そして、前述したが、その少し前の一九四六年四月発表の自伝的作品「十五年間」で、敗戦後いち早く流布した大理念に対する批判と、それに表裏しての中理念（隣人愛、道徳など）推奨を述べていたのだった。

このごろの所謂「文化人」の叫ぶ何々主義、すべて私には、れいのサロン思想のにおいがしてならない。」「学問なんて、そんなものは捨てちまえ！　おのれを愛するが如く、汝の隣人を愛せよ。それからでなければ、どうにもなりゃしないのだよ。」「ある青年が私を訪れて、食物の不足の憂鬱を語った。私は言った。「嘘をつけ。君の憂鬱は食料不足よりも、道徳の煩悶だろう。」（略）私たちのいま最も気がかりな事、最もうしろめたいもの、それをいまの日本の「新文化」は、素通りして走りそうな気がしてならない。（前掲「十五年間」）

そして前述のように、同時期の弟子である堤重久宛て書簡（前掲「太宰治の人生と作品」）では、もっと直截に、戦後日本社会で流行した国際平和主義思想、アメリカ流民主主義やマルクス主義などの大理念を含むと思われる、

「いま叫ばれている何々主義、何々主義」「十年一日の如き不変の政治思想」「赤旗」そして「新型便乗」などを批判し、かわって「保守派」「天皇支持」「桃源郷」のほか、「道徳」「汝の隣人を愛せよ」「教養」「ハニカミ」など、中理念の範囲に入ると思われる価値意識を表明していたのだった。

また太宰は、先の「冬の花火」について述べながら、戦後の思想状況を嘆く手紙を、疎開先の青森から井伏鱒二に送っている。

私も「展望」に「冬の花火」という三幕の大悲劇をついこないだ送りました。六月号に掲載されるのだそうです。戦後の絶望を書いてみました。（略）日本は、もっともっとダメになるんじゃないかと思います。じつに毎日、死ぬるばかり憂鬱です。（前掲『愛と苦悩の手紙 改訂』）

そして、この「戦後の絶望」のなかでなおも太宰が「冬の花火」で主張しようとしていたことは、次の河盛好蔵への手紙からは、「みんなが自分の過去の罪を自覚して気が弱くて、それこそ、おのれを愛するが如く隣人を愛して」という〝隣人愛〟、つまり中理念であったように思われる。

数枝という女性に魅力を感じてもらえたら、それで大半私は満足なのです。それから、あのドラマの思想といっては、ルカ伝七章四七の「ゆるさるることの少なき者は、その愛することもまた少なし」です。自身に罪の意識のないやつは薄情だ、罪深きものは愛情深し、というのがテーマで、だからどうしても、あさは、あのような過去を持っていなければならないんです。いちどあやまちを犯した女は優しい、というのが私の確信なんです。（同書）

そして、やはり前述したが、翌一九四七年発表の大ベストセラー「斜陽」でも、「道徳革命」として中理念を太宰はうたっていたのだった。すなわちその「道徳革命」とは、世間的には許されない、弟・直治の知人で作家の上原という「こいしいひとの子を生み、育てる事が、私の道徳革命」「古い道徳を平気で無視して、よい子を得たという満足がある」「戦闘、開始。いつまでも、悲しみに沈んでもおられなかった。私には、是非とも、戦いとらなければならぬものがあった。新しい倫理」（前掲『斜陽』）などと宣言されるものだった。それは、小理念の家族愛を超え、同時にまた「何やら騒いでい」る「海の表面の波」としての大理念でもない、「新しい倫理」「道徳」（同書）という中理念の提唱だったのである。

このように、敗戦後、言論自由化の時代に突入し、大理念と小理念を批判しながら、太宰は「走れメロス」にみた「信頼」とそれに連なるだろう中理念、つまり隣人愛や桃源郷（ユートピア）、「新しい倫理」「道徳」などを主張したかったが、国際平和主義思想、アメリカ流民主主義やマルクス主義などの大理念が隆盛をみた敗戦直後の日本社会では、それはなかなか受け入れられるところではなかったのである。

Ⓒ最晩年――「如是我聞」での小理念などへの批判と、中理念維持の困難

それ以後二年足らずでしかなかったその最晩年は、師や先輩らを批判して文壇という中集団側から外れがちになり、相互の非難と中傷によって師や先輩などの信頼を裏切り、また逆に裏切られるなど、「信頼」―中理念が維持困難な状態に至り、もはや逆戻りが難しい状況に陥っていったと思われる。例えば、その死の三カ月前、一九四八年三月発表のエッセー的作品「美男子と煙草」である。

私は、独りで、きょうまでたたかって来たつもりですが、何だかどうにも負けそうで、心細くてたまらなくなりました。けれども、まさか、いままで軽蔑しつづけて来た者たちに、どうか仲間にいれて下さい、私が

悪うございました、と今さら頼む事も出来ません。私は、やっぱり独りで、下等な酒など飲みながら、私のたたかいを、たたかい続けるよりほか無いんです。（太宰治「美男子と煙草」、前掲『グッド・バイ』）

この作品の直接の動機になったのは、同年元旦の井伏鱒二宅への年始訪問のようである。それは、井伏そして居合わせた亀井ら先輩作家たちに、結婚時に書いた誓約書に沿わない女性関係や大量飲酒による実生活の乱れ、そして著述活動そのものへの批判を受けた「井伏宅年始訪問」事件である。このときの様子は、次のように表現されている。

先日、或るところで、下等な酒を飲んでいたら、そこへ年寄りの文学者が三人はいって来て、（略）いきなり私を取りかこみ、ひどくだらしない酔い方をして、私の小説に就いて全く見当ちがいの悪口を言うのでした。（略）その悪口も笑って聞き流していましたが、家へ帰って、おそい夕ごはんを食べながら、あまり口惜しくて、ぐしゃと嗚咽が出て、とまらなくなり、（略）女房に向い、「ひとが、ひとが、こんな、いのちがけで必死で書いているのに、みんなが、軽いなぶりものにして、（略）あのひとたちは先輩なんだ、僕より十も二十も上なんだ、それでいて、みんな力を合せて、僕を否定しようとしていて、（略）卑怯だよ、ずるいよ、（略）もう、いい、僕だってもう遠慮しない、先輩の悪口を公然と言う、たたかう、（略）あんまり、ひどいよ。」などと、とりとめの無い事をつぶやきながら、いよいよ烈しく泣いて、（同作品）

そして、この出来事の直後の一九四八年二月に起稿し、三月から刊行され始めた連載「如是我聞」で、井伏を含めた先輩、老大家などへの批判を展開し始めたのである。さらに四月に、この「如是我聞」の連載をやめろ、と井伏にいわれ、それにも強く反発した太宰は、それ以降、文壇という中集団側から離れて、後戻りは難しく非集団側寄りへと突き進む以外なくなったと思われる。それは、対人ストレス耐性中であればその生理否定の状況に陥る可能性があることでもあった。例えば同じ時期の、四月ごろの四八年度用文庫手帳には次のような記述がある。

井伏鱒二　ヤメロという、足をひっぱるといふ、「家庭の幸福」ひとのうしろで、どさくさまぎれにポイントをかせいでいる、卑怯、なぜ、やめろといふのか、「愛?」私はそいつにだまされて来たのだ、人間は人間を愛する事は出来ぬ、利用するだけ、思へば、井伏さんといふ人は、人におんぶされてばかり生きて来た、孤独のやうでゐて、このひとほど、「仲間」がゐないと、生きてをれないひとはない、(略)私はお前を捨てる。お前たちは、強い。(他のくだらぬものをほめたり)どだい私の文学がわからぬ、わがままものみたいに見えるだけだろう、聖書は屁のやうなものだという、実生活の駆け引きだけで生きてゐる。イヤシイ。私は、お前たちに負けるかもしれぬ。しかし、私は、ひとりだ。「仲間」を作らない。お前は「仲間」を作る。太宰は気違ひになったか、などという仲間を、ヤキモチ焼き、悪人、イヤな事を言ふようだが、あなたは、私に、世話した矢うにおっしゃっているやうだけど、正確に話しませう、かつて、私は、あなたに気に入られるやうに行動したが、少しもうれしくなかった。(前掲「太宰治の人生と作品」)

このように、信頼し師事していた井伏に対しても反発し、もはや「仲間」になることはない、つまり「文壇を有りがたい所だと思った。一生そこで暮し得る者は、さいわいなる哉と思った」(前掲「東京八景」)と、その中期に太宰の命を支えたといってもいい文壇―中集団側に、もはやいることができない状況へと、突き進む様子が述べられている。その一方では、当の「如是我聞」では、次のように「老大家」たちに投影しての小理念批判を繰り広げている。

攻撃すべきは、あの者たちの神だ。敵の神をこそ撃つべきだ。でも、撃つには先ず、敵の神を発見しなければならぬ。（略）一群の「老大家」というものがある。（略）所謂、彼らの神は何だろう。私は、やっとこの頃それを知った。家庭である。家庭のエゴイズムである。それが結局の祈りである。私は、あの者たちに、あざむかれたと思っている。ゲスな言い方をするけれど、妻子が可愛いだけじゃねえか。（前掲「如是我聞」）

ほかの部分でも、「手を抜いてごまかして、安楽な家庭生活を目ざしている仕事をするのは、善なりや。（略）おまえたちの持っている道徳は、すべておまえたち自身の、或いはおまえたちの家族の保全、以外に一歩も出ない」（同作品）などと、志賀直哉、井伏鱒二などの文壇の大家らに投影して、家族などの小集団側にとっての〝善いこと、正しいこと〟としての小理念批判を展開したと考えられる。これは、（前述したが）同時期の一九四八年二月脱稿の短篇小説「家庭の幸福」での、「家族の幸福。家族の平和」が不善をなす、「家庭の幸福は諸悪の本」（前掲「家庭の幸福」）という家庭のエゴイズム―小理念批判と同じものだった。太宰が、本来中集団側に準拠している対人ストレス耐性中であるなら、小集団側の〝善いこと、正しいこと〟だけを主張する小理念は、中集団側を考えていない側面に利己性や非（中）理念性をみてしまうのである。

このようにして太宰は、「如是我聞」の連載で、文壇の老大家たちとその取り巻き、さらに太宰を批判する外国文学者、文学評論家なども激しく批判した。そして、それと同時に、彼らにはないと考える、「弱さの美しさ」「優しさ」「デリカシィ」「心づくし」「いのちがけで事を行う」「あのイエスという人の、「己を愛するがごとく、汝の隣人を愛せ」という難題」「弱さ、苦悩」「日陰者の苦悶。弱さ。聖書。生活の恐怖。敗者の祈り」などの価値を、次のように主張したのである。これらは、小集団側にとどまらず、同時に大集団側には及ばない、中集団側にとっての〝善いこと、正しいこと〟としての中理念におおむね相当するのではないかと思われる。

何も、知らないのである。わからないのである。優しさということさえ、わからないのである。つまり、私たちの先輩という者は、私たちが先輩をいたわり、かつ理解しようと一生懸命に努めているその半分いや四分の一でも、後輩の苦しさについて考えてみたことがあるだろうか（前掲「如是我聞」）

文学に於て、最も大事なものは、「心づくし」というものである。「心づくし」といっても君たちにはわからないかも知れぬ。しかし「親切」といってしまえば、身もふたも無い。心趣。心意気。心遣い。そう言っても、まだぴったりしない。つまり、「心づくし」なのである。作者のその「心づくし」が読者に通じたとき、文学の永遠性とか、或いは文学のありがたさとか、うれしさとか、そういったようなものが始めて成立するのであると思う。（同作品）

私の苦悩の殆ど全部は、あのイエスという人の、「己を愛するがごとく、汝の隣人を愛せ」という難題一つにかかっていると言ってもいいのである。一言で言おう、おまえたちには、苦悩の能力が無いのと同じ程度に、愛する能力に於ても、全く欠如している。おまえたちは、愛撫するかも知れぬが、愛さない。おまえたちの持っている道徳は、すべておまえたち自身の、或いはおまえたちの家族の保全、以外に一歩も出ない。重ねて問う。世の中から、追い出されてもよし、いのちがけで事を行うは罪なりや。私は、自分の利益のために書いているのではないのである。信ぜられないだろうな。最後に問う。弱さ、苦悩は罪なりや。（同作品）

しかしこれらは、国際平和主義思想、アメリカ流民主主義やマルクス主義などの大理念が「新型便乗」などによって蔓延した、あるいは従来から変わることなく小理念や無理念が残存していた敗戦後社会では、人々の耳に明確に届くことがない（と太宰には思われた）主張だったのではないかと思われる。その自死間近の時期でも、太宰が主張する「信頼」そのほかの中理念の実現ははなはだ困難な状況と、太宰には思われたのだろう。

③相反価値止揚理念としての「信頼」などの中理念主張――「反立法の役割」を果たした太宰の心中死

ⓐ「人間失格」を遺書にする心中死

太宰は自死（一九四八年六月十三日）にあたって妻に宛てた遺書（と下書き）のなかで、「小説を書くのがいやになったから」死ぬ、というようなことを書き残している。しかし、その死の直前まで、「如是我聞」（第四回の口述〔六月五日〕）や「グッドバイ」の連載、刊行が始まった自らの全集に細かい指示を出すなど執筆活動は旺盛であり、またたとえ一時的にスランプになったとしてもそこから回復できることは、太宰自身の経験からも十分にわかっていたことと思われ、これが理由のすべてだったのかについては疑問が残る。そして、この遺書の下書きの最後に、「井伏さんは悪人です」とあるのは、「如是我聞」の小理念批判―中理念主張が、この時点でも作用していることを示している。

「永居するだけ皆をくるしめ　こちらもくるしく　かんにんして被下度　子供は凡人にても　お叱りなさるまじく」「あなたを、きらひになったから死ぬのでは無いのです　小説を書くのがいやになったからです　みんな　いやしい欲張りばかり　井伏さんは悪人です」（前掲「太宰治の人生と作品」）

このとき、前年の大ベストセラー「斜陽」で時代の寵児になっていた太宰にとって、例えば中理念の価値を訴えた「如是我聞」の連載が多くの読者に読まれていることは承知のうえだっただろう。さらに、その自死を、雑誌「展望」に「人間失格」の第一回分が発表された直後におこなった場合、この精神病院半強制入院の衝撃以来の構想による「スゲエ傑作」が読者に対して「遺書」の意味を与えることは、それまで何らかの効果を想定しながら自殺未遂を繰り返してきた側面が否定できない太宰には（前掲『ピカレスク』）、わかっていたことではないかと思われる。例えば、のちに太宰の評論をいくつも著すことになった奥野は、その当時多くの読者とともに、「如是我聞」執筆を含む太宰のその当時の言動に自死の予感を覚え、発表を開始した「人間失格」にその遺書の意味を読み込んだことを、次のように述べている。

多くの青年たちが太宰治と共に精神的に一体化し、生き死にを懸けていたひとつの時代が確実にあったのである。『トカトントン』『冬の花火』『春の枯葉』『ヴィヨンの妻』『父』そして『斜陽』と太宰治の作品を見つめ、それと共に生きて来た多くの愛読者たちは、次第に太宰の書くものの中に切迫してくる気配を感じていた。特に昭和二十三年に入り『新潮』三月号から、あらゆる既成の権威に対する捨身のプロテストと思える『如是我聞』を読み、続いて人間のかなしさがぎりぎりのかたちでとらえられている遺書のようにも見える短編『桜桃』（「世界」五月号）を読んできた太宰ファンは、作者がいよいよ『人間失格』を書きはじめたことを知って息苦しいまでの期待と不安を抱いたのである。（略）作者は自殺を前提にして『人間失格』を書いているのではないか、そう感じながら作品を読むということは、読者に秘められた共犯意識さえ抱かせたのだ。その予感は不幸にも的中した。（略）『人間失格』の第一回が発表された約一か月後の六月十三日、太宰治は玉川上水に山崎富栄と投身自殺を遂げたらしいと、新聞やラジオが伝えた。『人間失格』の連載第二回が「展望」七月号に発表されたのは、ちょうどその事件の最中であった。十九日に遺体発見、新聞、雑誌に多くの人々の追悼文や論評が次々に載り、ぼくたちは大きな衝撃、かなしみの中で一種の興奮状態に陥っていた。そしてぼくたちは『人間失格』の第三回が載っている「展望」八月号の発刊を、首を長くして待った。そして自分たちの運命が賭けられているような気持で、一字一句の意味も逃がすまいとむさぼり読んだ。（略）その時はぼくはおそらく『人間失格』という小説より太宰治という作家の自殺を、この作品を通して読んだに違いない。（奥野健男「解説」、前掲『人間失格』所収）

さて、この太宰の真の遺書ともいうべき「人間失格」で主張していたことは、相反価値止揚理念として、「人間（対人ストレス耐性中）」であるための必須条件としての「信頼」などの中理念の価値だった。したがって、これを遺書とする自死にも、太宰が繰り返しとった、相反価値止揚理念として「信頼」などの中理念を主張する「反立法の役割」を果たす行為、としての意味があったのではないかと思われる。それは太宰が、非か小集団側である安吾のように、「死んでしまえば人生は終わり（略）芸術は長しだなんて、自分の人生よりも長いものだって、自分の人生から先の時間はこれはハッキリもう自分とは無縁だ」（前掲「教祖の文学」）と、死後の名誉や業績、理念などを認めない立場とは違っていたことにもよると思われる。

すなわち、愛人・山崎富栄との三鷹玉川上水心中死（六月十三日）は、不倫の果ての行為として妻や家族、関係者に対する重大な不実、裏切りであり、さらに今後も多くの名作を生むはずの才能をその最盛期に終わらせてしまうという反価値的で無意味な行為といえる。こうした、反価値的で無意味な悲劇を遂行するという「反立法の役割」を果たすことによって逆に、〝信頼などの中理念否定はこのような悲劇を招くことなので、よくないとでしょう、このような悲劇を二度と招かないために、信頼などの中理念を維持、推進しましょう〟という、相反価値止揚理念としての理念の主張の意味もあったのではないか、と思われるのである。つまり、真の遺書である「人間失格」のまさに発表の最中に起きた自死には、「反立法の役割」を果たすことによって、これらの遺書と同様の、相反価値止揚理念としての「信頼」などの中理念を主張する意味を負っていたのではないか、と思われるのである。その無意味で、反価値的で悲劇的なこの心中死は、「姥捨」で描かれた、「キリストのやさしさの光」を増加させる「ユダの悪」とその死であり、「善蔵を思う」で記された、「暁雲」を生む「夕陽」に相当する、といってもいいのではないかと思われる。

太宰は、「人間失格」を脱稿（五月十日）しその第一回分が発表され、「如是我聞」第三回が発刊（五月中旬）されたあと、その心中死の約三週前の五月二十三日に、山崎富栄に対し「誰にも言えないことだけど（略）んなこと、だんだん考えるようになったんだ。そうなるかも知れないよ。いい？」（山崎富栄、長篠康一郎編『太宰治との愛と死のノート──雨の玉川心中とその真実』〔女性文庫〕、学陽書房、一九九五年）と、自死の計画をほのめかしてさえいるのである。そうして、その最盛期の惜しまれる死によって、自らの文学や存在、そしてその主張する中理念の意義が、その死後長く世に伝えられるだろうという計算も、その脳裏にはあったのかもしれない。ちなみに、こうした解釈は、壇一雄が太宰の死の原因として「彼の文芸の抽象的な完遂の為」（檀一雄『小説 太宰治』〔岩波現代文庫〕、岩波書店、二〇〇〇年）と述べていることに、一致するものといっていいだろう。

ⓑ「反立法の役割」を果たした太宰の心中死

もちろん、人の自死には多くの要因が重なるものである。例えば、マルクス主義では滅亡すべき富裕家の、それも望まれぬ六男に生まれ、早くから実母ではない養育者が何度も交代したことによる愛着障害の影響もあり、「滅亡の民」（前掲「東京八景」）として太宰はその早期から自死したかったという側面もある。つまり、不十分な最初の遺書「晩年」を十分に超える完全な遺書「人間失格」の完成をもって、やっと自死することができたともいえるだろう。こうした要因については、亀井がこれをよく説明している。

「小さい遺書のつもりで、こんな穢い子供もいましたという幼年及び少年時代の私の告白を、書き綴ったのであるが、その遺書が、逆に猛烈に気がかりになって、私の虚無に幽かな燭燈がともった。死に切れなかった。」(「東京八景」)これは彼が極めて健康な日にかいた、自己の生の根拠であり、作家的妄執の告白でありました。ここで小さい遺書というのは「思い出」のことで、彼は他の数篇の作品とともに封筒に入れ、その上に「晩年」としるして死ぬつもりであったのです。「思い出」は二十四歳の作。云うまでもなく人間失格の思い出であります。(略)再び筆をとって、これでもかこれでもかというふうに、猛烈ないきおいで遺書をかきつづけて、今日に至ったのであります。死は常に眼前にあり、それを常に自覚せしめたものは、先天的な人間失格の意識であったと私は思います。作品はすべて作家の遺書たるべき筈のものであり(略)遺書が彼を生かしたのです。遺書が彼を生へ招いたのです。作家として宿命づけられたものの、恐るべき虚栄心であります。(前掲「無頼派の祈り」)

「人間失格」自体の明確な認識は、精神病院半強制入院を契機に成立したもので、亀井の「先天的な人間失格の意識」という解釈は正確なものではないと思える。しかし、対人ストレス耐性中としてその人生を「人間失格」で描ききることができたと確信したとき、それは最善の遺書ができたと作家・太宰には思われ、その完成をまって、「滅亡の民」として「思い出」以来の予定だった自死ができた、というのは正しい評価としての側面がある。作者が自死へと赴くとき、そのような意識をわずかながらももっていたのではないか、とは思われるのである。

また、その真偽を確認する術はないが、肺結核の進行によって身体衰弱が進んだことと、卑近なことながら、前年発刊の「斜陽」のベストセラー化などを受けた一九四八年度の所得税額の多さにも絶望した、という要因も考えられる。審査請求書を提出して国税局員との交渉から十日後に自死していることなどから、弟子の田中英光がいうように、両者相まって、その生活存続を断念する要因になった、という可能性も考えられなくはない。さらに、当時の飲酒過多と睡眠障害も、抑鬱状態を引き起こし、「鬱病」類似の状態になって、その必発の症状としての希死念慮がその自死に影響を与えた可能性も考えられる。こうしたいくつかの要因が重なって、「小説を書くのがいやになった」という思いに影響したことは考えられるのである。また、ともに心中死した山崎富栄の一途な性向やその心中への決意の固さに引きずられた、という側面も考えられるかもしれない（前掲『ピカレスク』）。このように、人の自死を既遂に至らせる要因はこれ一つというわけにいかず、複数の要因が重なってくるのは通常であり、そのすべての要因やそれぞれの比重を明らかにすることはしばしば困難である。

しかし、こうした多くの要因のなかには、すでに述べたような、「反立法の役割」を果たすことによって、相反価値止揚理念主張として、死後に残る「信頼」などの中理念の推奨の効果を想定した、という要因も加わりうると考える。すなわち、本節のまとめとして、太宰は戦後の言論自由化の世にあっても、中理念の主張が社会に十分には受け入れられない、作家仲間や先輩などとの中集団維持が困難になるなど、（本人にとっては）絶望的な状況下に陥っていたと思われる。そこで、無意味で反価値的そして悲劇的な心中死による「反立法の役割」を果たすことによってかえって、相反価値止揚理念として、永遠に残る「信頼」などの中理念の主張ができる、という思いもあったのではないかと思われるのである。少なくとも、このような思いも、その自死を促した要因のなかのひとつに数えることができるのではないかと思われる。それは、中期の「走れメロス」や最晩年の「人間失格」など、その生涯を懸けての、そしてその死後も続かなければならないと祈念する、「人間（対人ストレス耐性中）」としての生存を可能にする、「信頼」などの中理念の主張だったのだから。

6　太宰の信仰性中と祈り親和性中

太宰に信仰はあったのか？

対人ストレス耐性大の亀井は信仰性大で、対人ストレス耐性小か無の安吾は信仰性小か無だった。ここではまず、太宰に信仰はあったのかについて、あらためて、まとめて検討しておきたい。
すでにここまでで検討してきていることからもわかるように、太宰に信仰はあったといえるだろう。例えば、初代と別れた一九三七年のエッセー「思案の敗北」で、信仰心をもつ者からの、といえるジャン＝ジャック・ルソーの「懺悔録」批判をおこなっている。

ルソオの懺悔録のいやらしさは、その懺悔録の相手の、（略）神ではなくて、隣人である、というところに在る。世間が相手である。オーガスチンのそれと思い合わせるならば、ルソオの汚さは、一層明瞭である。けれども、人間の行い得る最高至純の懺悔の形式は、かのゲッセマネの園に於ける神の子の無言の拝跪の姿である、とするならば、オーガスチンの懺悔録もまた、俗臭ふんぷんということになるであろう。みな、だめである、ここに言葉の運命がある。（太宰治「思案の敗北」、前掲『もの思う葦』）

また、その後の、一九四〇年のエッセー「作家の像」でも、「日記というものは、あらかじめ人に見られる日のことを考慮に入れて書くべきものか、神と自分と二人きりの世界で書くべきものか、そこの心掛けもむずかしいのである」（太宰治「作家の像」『太宰治全集』第十巻〔ちくま文庫〕、筑摩書房、一九八九年）と述べ、太宰には「神と自分と二人きりの世界」として常に神が存在し、ともにあったらしいことがうかがえる。
あるいは、一九三八年、石原美知子との結婚の際に井伏鱒二に提出した「誓約書」のなかに、信仰をもつ者としての言葉が〝神に誓う〟として、やや無自覚的に露呈しているようにみえる。

結婚は、家庭は、努力であると思います。（略）貧しくとも、一生大事に努めます。ふたたび私が、破婚を繰りかえしたときには、完全の狂人として、棄ててください。以上は、平凡の言葉でございますが、私が、こののち、どんな人の前でも、はっきり言えることでございます。また、神様のまえでも、少しの含羞もなしに誓言できます。何卒、ご信頼下さい（前掲「太宰治の人生と作品」）

そして敗戦後は、一九四六年四月発表の自伝的作品「十五年間」で、一部前述のように、キリストの教義を主張していたのだった。

もっと気弱くなれ！　偉いのはおまえじゃないんだ！　学問なんて、そんなものは捨てちまえ！　おのれを愛するが如く、汝の隣人を愛せよ。それからでなければ、どうにもなりゃしないのだよ。（前掲「十五年間」）

また、同じく一九四六年六月発表の自伝的エッセー「苦悩の年鑑」にも、一部前述のように、必死にキリストの教えに従おうとする姿を述べていたのだった。

私は純粋というものにあこがれた。無報酬の行為。まったく利己の心の無い生活。（略）私の最も憎悪したものは、偽善であった。キリスト。私はそのひとの苦悩だけを思った。（前掲「苦悩の年鑑」）

さらに、一九四八年の「如是我聞」でも、キリストの教義に必死に従おうとしていることを告白している。

全部、種明かしをして書いているつもりであるが、私がこの如是我聞という世間的に言って、明らかに愚挙らしい事を書いて発表しているのは、何も「個人」を攻撃するためではなくて、反キリスト的なものへの戦いなのである。（略）私の苦悩の殆ど全部は、あのイエスという人の、「己を愛するがごとく、汝の隣人を愛せ」という難題一つにかかっているといってもいいのである。（前掲「如是我聞」）

また、この「如是我聞」に歩調を合わせるかのように、前述の、同時期の一九四八年用文庫手帳で、かつての師である井伏を批判するなかで『聖書』の価値を主張していた。

私はお前を捨てる。お前たちは、強い。（他のくだらぬものをほめたり）どだい私の文学がわからぬ、わがまものみたいに見えるだけだろう、聖書は屁のやうなものだといふ、実生活の駆引きだけで生きている。イヤシイ。（前掲「太宰治の人生と作品」）

そして、最晩年（一九四八年）の「人間失格」でも、葉蔵（太宰）が繰り返し神に問いかけていることから、彼（太宰）には終始神が存在していたことが推定される。まず、そもそも葉蔵は、その存在におびえて罰が下ることを覚悟している、というかたちではあるが、彼にとっての神の存在を告白していた。

私は神にさえ、おびえていました。神の愛は信ぜられず、神の罰だけを信じているのでした。信仰。それは、ただ神の笞を受けるために、うなだれて審判の台に向う事のような気がしているのでした。（前掲『人間失格』）

そして、繰り返しその神に「神に問う、無垢の信頼は罪なりや」「神に問う、無抵抗は罪なりや？」と問いかけ、その中理念の信頼―無抵抗の支持と救済を訴えたのだった。このように、葉蔵に起こるすべての事柄や結果は、神の判断や処断によるものと解釈されているのであり、これは葉蔵（太宰）には終始神が存在していたことを示唆するものと考えられる。

つまり、太宰は、日頃から些細な折や、その多くの作品のなかで神の存在を繰り返し述べ、また隣人愛をはじめとするキリストの教義をいつも思い描いて、その教えに従おうと努めていたのだった。こうしたことは、例えば無信仰の安吾には決してみられないことであり、太宰は信仰をもっていたといっていいと思われる。

太宰は信仰性中

①太宰は信仰性中である

このように、太宰に信仰はあったようだが、では、その信仰の性格としての信仰性はどうだったのか。

まず、信仰といえば、対人ストレス耐性大の亀井にみたような、罪責性意識大のために、その救済を求めて、超越的存在や超越的作用がどの程度事実命題に基づくものかどうかの検証をほとんどおこなわない（おこなえない）ままこれを信じて、ただ全身全霊を捧げて祈る、という「信仰」＝信仰性大が、その典型だった。一方、対人ストレス耐性小か無の安吾のように、罪責性認定大の立場から信仰とはほとんど無縁で、価値命題や存在が事実命題に基づくかどうかを十分確認できた場合だけそれを信用し、それを用いることで全存在を委ねることはしないという場合、その信仰性は小か無なのだった。

では、太宰の信仰性はどうなのか。それは例えば、一九四〇年に発表した「鷗」である。太宰はそれまでに、自殺未遂を四回（心中未遂二回）重ねて周囲の人の信頼を裏切り、借財を踏み倒し、パビナール中毒で精神科病院への半強制入院などをへて、すでに述べたように罪責性意識中であり、その救済のために信仰があったことをこの随筆風作品で告白している。ここに太宰の信仰性をよくみてとることができるように思われる。

「宿業という言葉は、どういう意味だか、よく知りませんけれど、でもそれに近いものを自身に感じています。罪の子、というと、へんに牧師さんくさくなって、いけませんが、（略）おれは悪い事を、いつかやらかした、おれは、汚ねえ奴だという意識ですね。（略）――でも」言いかけて、またもや、つまづいてしまった。聖書のことを言おうと思ったのだ。私は、あれで救われたことがある、と言おうと思ったのだが、どうもてれくさくて、言えない。（略）キリストの慰めが、私に、「ポオズでなく」生きる力を与えてくれたことが、あったのだ。けれども、いまは、どうにも、てれくさくて言えない。信仰というものは、黙ってこっそり持っているのが、ほんとうで無いのか。どうも、私は「信仰」という言葉さへ言い出しにくい。（前掲「鷗」）

ここには、太宰の信仰性が、対人ストレス耐性大の亀井のように、「罪の子」という罪責性意識大に表裏して声高に信仰を表明する、というような信仰性大ではないことが述べられている。つまり、「悪い事を、いつかやらかした、おれは、汚ねえ奴だという意識」という程度の罪責性意識中に表裏する、「信仰というものは、黙ってこっそり持っているのが、ほんとうで無いのか」という、その保有を内心の小さな声で認めるところの控え目な、しかし確実な信仰性であることが述べられている。それは、対人ストレス耐性大での信仰を声高に表明するような信仰性大ではないが、対人ストレス耐性小か無の信仰性小か無とも明確に異なっている、ちょうど両者の中間というべき信仰性中ではないかと考えられる。

②信仰性中は、他存在を信じる強度中として信頼に類似し、相反価値止揚理念にもなる

対人ストレス耐性中に関する先の一般論によると、信仰性中は、事実命題に基づくものであるかどうかの検討に加えて事実命題に基づくものか検討できない部分もある程度含みながら信じるという、他存在を信じる強度中として、信頼に類似するものとしてみることができたのだった。しかし、その信じるものは超越的存在とその超越的作用であることから、信仰という範疇に入るものとして信仰性中とするのである。ただし、同じく他存在を信じる強度中であることからは、この信仰性中では、超越的存在を「信頼する」、といえるかのような側面が生じることになるだろう。

太宰についていうと、それは事実命題に基づく部分として、通常の人間と同じような弱さや過ち、迷いを投影したキリストに、それでも超越的作用をおこなうことを期待するという、あたかも優れて秀でた人間を信頼するときにも似た、キリストに対する視線に表れているように思われる。それは、何らの躊躇や疑いもなく全身全霊を捧げて超越的存在を信奉するという、他存在を信じる強度大の「信仰」とは異なるものである。

さらに、信仰性中での、事実命題に基づくものかどうかの検討に加えて事実命題に基づくものか検討できない部分もある程度含みながら信じる神とは、より詳しくみると、事実命題として確認できる部分を超えた超越的存在性や超越的作用を信じる、という内容になるだろう。つまりそれは、事実命題を相反価値として、それを超える相反価値止揚理念として神の超越的存在性や超越的作用を提示する、というかたちになると考えられる。信仰性中もまた、相反価値止揚理念として提示されると考えられるのである。

その具体的なあり方は、すでに引用した「駆け込み訴え」にその例をみることができる。ここではキリストに対する価値と事実命題に基づく相反価値が拮抗し合い、それを止揚するように、事実命題には十分基づいていないキリストに対する価値と信仰が、相反価値止揚理念のかたちで提示されていたのだった。

私は天国を信じない。神も信じない。あの人の復活も信じない。なんであの人が、イスラエルの王なものか。(略)あの人は、どうせ死ぬのだ。ほかの人の手で、下役たちに引き渡すよりは、私が、それを為そう。(略)私の愛は純粋の愛だ。(略)私は永遠に、人の憎しみを買うだろう。けれども、この純粋の愛の貪欲のまえには、どんな刑罰も、どんな地獄の業火も問題ではない。(略)あなたは、いつでも優しかった。あなたは、いつでも正しかった。あなたは、いつでも貧しい者の味方だった。そうしてあなたは、いつでも光るばかりに美しかった。あなたは、まさしく神の御子だ。私はそれを知っています。おゆるし下さい。（前掲「駆け込み訴え」）

やはりユダ（太宰）の信仰も、事実命題に基づいているものかどうかの検討を十分踏まえ、それを超えた事実命題に基づくものか検討できない相反価値止揚理念のかたちで信じるという、信仰性中になっていると考えられる。

信仰性中の神は「中間神」で中理念を支持し指示する

①信仰性中の神は中間原理の「中間神」

このような、信仰性中の太宰の神はどのような神なのか。それを示すのは、例えば、前述の、敗戦直後に発表した戯曲「冬の花火」である。太宰は、弟子や文学仲間への手紙のなかで、これが『聖書』の「ルカによる福音書」にあるキリストの教えをテーマにしたものであること、そして罪責性意識こそが愛情の深さを生むという側面から、人の罪責性をある程度肯定する意向を表明していた。それは、神の子キリストでさえ「酒飲み」としてある程度の罪責性があったことの強調、そして「罪深きものは愛情深し」として、こうした罪責性意識に裏打ちされた愛情―「隣人愛」の価値をうたっていたのである。

つまりその神は、一般的には批判される罪責性をある程度肯定したうえでの愛情―「隣人愛」を主張していることから、罪責性認定小か無、罪責性意識大を肯定するものではないといえる。これに加え、罪責性意識小か無での無理念やニヒリズムを肯定するのでもないのであり、結局、罪責性認定中、罪責性意識中を肯定する、父性原理と母性原理の間の中間原理で作用する「中間神」であることを示している。

ゆるさるることの少なき者は、その愛することもまた少なし。ルカ七ノ四七、キリストが酒飲みで、そうして、そのゆえに、道学者から非難されているということが、聖書にありますけどご存じですか？　はっきり書いていますす。」「あのドラマの思想といっては、ルカ伝七章四七の「ゆるさるることの少なき者は、その愛することもまた少なし」です。自身に罪の意識のないやつは薄情だ、罪深きものは愛情深し、というのがテーマ（前掲『愛と苦悩の手紙 改訂』）

また、前節で述べたこととは少し違った角度からだが、「人間失格」でも、葉蔵（太宰）の神が中間原理の「中間神」であることが記されていた。つまり、まず、葉蔵の神には、「自分は神にさへ、おびえていました。神の愛は信ぜられず、神の罰だけを信じているのでした」（前掲『人間失格』）というように、罰し、審判する、地獄の運命だけを予想させる、という父性性が投影されていた。しかし同時に、この「神にさへ」という言葉には、神には通常、許し癒す母性的な神が想定されているはずなのに、という意味合いがうかがわれ、その神概念には基本的に母性性が想定されていることが推定された。また、その罰は、例えば対人ストレス耐性大の亀井の場合はただ祈るしかないというほど厳しいものであるのに対し、わりあいにあっさりとその罰を「うなだれて」受けるしかない、と受容できる程度の「神の咎」でもあったようだ。さらに葉蔵が神に対して、「人間でも、女性でもない、白痴か狂人のように見え、（略）自分には、その白痴か狂人の淫売婦たちに、マリアの円光を見た夜もあったのです」（同書）というように、罪責的あり方を罰しないで、ある程度それを認める姿勢を想定していることにも、その神に母性性の性質がうかがわれた。つまり、葉蔵の神は、父性性と母性性を併せ持つ中間原理の「中間神」であることが示唆されるのである。それは、罪責性意識小か無は認めないが罪責性意識大までは求めないという、両者の中間の罪責性認定中、罪責性意識中であることを支持しまた指示する「中間神」なのである。

ちなみに、対人ストレス耐性大の亀井の神は、このような堕落した状況を決して許さず、深い罪責性意識とそこからの深い内罰性を要求する、罪責性認定小か無、罪責性意識大であることを支持しまた指示する父性神だった。一方、対人ストレス耐性小か無の安吾ならば、こうした原罪性あるいは堕落した状況を人間の本来で自然と肯定し、罪責性意識も厳しい内罰性も要求しない、罪責性認定大、罪責性意識小か無を支持しまた指示する（もしあるならば）母性神あるいは無神なのだった。

②「中間神」が支持し指示するのは中理念

それでは、この太宰の「中間神」が支持しまた指示する理念は、どのようなものだろうか。それは、太宰のほとんどすべての作品中で著されている、罪責性認定中、罪責性意識中を背景にする、善意、良心、信頼、無抵抗主義、隣人愛などの中理念である。

例えば、前述したが、「走れメロス」と同年の私小説的作品「善蔵を思う」には、偽の女百姓に騙されたと思って買ったバラの花が意外にも本物の優秀なものだった、というエピソードをつづって、神の意向としてさりげなく、人の善意や良心、無抵抗主義の肯定をうたっていた。つまり、太宰の神は、人をして善意、良心、無抵抗主義を支持しまた指示するものとして、中理念をうたう「中間神」のようである。

「同郷人だったのかな？　あの女は」なぜだか、頬が熱くなった。「まんざら、嘘つきでも無いじゃないか」私は縁側に腰かけ、煙草を吸って、ひとかたならず満足であった。神は、在る。きっと在る。人間至るところ青山。見るべし、無抵抗主義の成果を。（略）この薔薇の生きて在る限り、私は心の王者だと、一瞬思った。（前掲「善蔵を思う」）

そして、「人間失格」でも、葉蔵（太宰）の中間神は、中理念の「信頼」―無抵抗主義の保持を支持し、同時にまたその保持を命じるものだった。葉蔵は、妻ヨシ子の人を疑うことを知らない無垢の信頼心が汚されたときに言うのだった。

「神に問う。信頼は罪なりや。」「神に問う。無抵抗は罪なりや？」（前掲『人間失格』）

葉蔵の神は、「信頼」、そして信頼する相手への無抵抗、つまり「善蔵を思う」でもうたわれていた「無抵抗主義」を支持し、またそれを指示する神で、それに反する場合は罰する神でもある。それは対人ストレス耐性大がもつべき「信仰」、大理念や理想を信奉せよとまではいわず、それに沿っていない堕落したあり方であってもそれを許す（母性性）。しかし「信頼」や無抵抗主義を守ることができない場合はこれを罰し、対人ストレス耐性小か無の無理念やニヒリズムまでは許さない（父性性）、という「中間神」である。つまり、葉蔵（太宰）の神は、信頼や無抵抗主義などの中理念を支持しまた指示する「中間神」なのである。そして、葉蔵が基本的・根底的に中理念―「信頼」をもつ能力を喪失したとき、この「中間神」は、お前は「人間（対人ストレス耐性中）失格」した、と断罪したのだった。

さらに、その最後の評論「如是我聞」でも、その「中間神」による中理念を訴えていた。太宰は、批判する老大家たちやその取り巻き、外国文学者、文学評論家などにはないと考える、「優しさ」「心づくし」「いのちがけで事を行う」「弱さ、苦悩」「あのイエスという人の、「己を愛するがごとく、汝の隣人を愛せ」という難題」などの価値を主張したのだった。これらは、小集団側にとどまるものではなく、同時に大集団側には及ばない中集団側にとっての〝善いこと、正しいこと〟としての中理念に、おおむね相当するものと思われる。そして太宰は、「私の苦悩の殆ど全部は、あのイエスという人の、「己を愛するがごとく、汝の隣人を愛せ」という難題一つにかかっている（略）重ねて問う。世の中から、追い出されてもよし、いのちがけで事を行うは罪なりや。（略）最後に問う。弱さ、苦悩は罪なりや」（前掲「如是我聞」）と、これらの中理念の支持と指示を、その「中間神」に訴えていたのである。

太宰は信仰性中で、その神は中理念を守らせる「中間神」

したがって、太宰の信仰は、対人ストレス耐性小か無の安吾の信仰性無と対人ストレス耐性大の亀井の信仰性大（「信仰」）の間の信仰性中と考えられた。そして、その信仰性中の神は、罪責性認定中、罪責性意識中にあって、大理念は守れなくていい、しかし無理念までは許容せず、中理念の支持と指示をおこなう、父性原理と母性原理の両方を併せ持つ中間原理の「中間神」と考えられた。

先の一般論で推論したように、対人ストレス耐性中では信仰性中で、その神は中間原理で中理念を支持し指示する「中間神」になるのだから、これらの所見も、太宰が対人ストレス耐性中であることを示唆する所見のひとつと考えられた。

太宰の祈り親和性中

①信仰性と祈り親和性

信仰が存在するとき、それは祈りを生む。さらに詳しくいうと、信仰性や他存在（超越的なものや現象）を信じる強度に応じて、祈りという行為への接近性や親和性、あるいは抵抗の少なさといった祈り親和性の程度が決まるのだった。つまり祈り親和性は一般には、対人ストレス耐性に規定された他存在を信じる強度という、生理的ともいうべきあり方を反映していると考えられた。

②太宰は信仰性中ゆえの祈り親和性中

さて、太宰は前節の検討によると信仰性中だったが、それに応じてその祈り親和性もはたして中だろうか。それは例えば、太宰の罪責性を最も深く掘り下げた「人間失格」で、しばしば顔をのぞかせる祈り親和性である。葉蔵は、マルクス主義運動に疲れ、銀座の女給ツネ子と心中事件を起こしたあと、行く先もないまま転がり込んでいた雑誌記者のシズ子の娘・シゲ子の問いに答えて、祈りを当然のものと見なしていることを吐露している。

「シゲ子は、その頃になって自分の事を、何もこだわらずに「お父ちゃん」と呼んでいました。「お父ちゃん。お祈りをすると、神様が、何でも下さるって、ほんとう?」自分こそ、その祈りをしたいと思いました。ああ、われに冷たき意志を与え給え。われに、「人間」の本質を知らしめ給え。」（前掲『人間失格』）

また、そのシズ子親子の幸福そうな団欒を見て、言う。「(幸福なんだ、この人たちは。自分という馬鹿者が、この二人のあいだにはいって、いまに二人を滅茶苦茶にするのだ。つつましい幸福。いい親子。幸福を、ああ、もし神様が、自分のような者の祈りでも聞いてくれるなら、いちどだけ、生涯にいちどだけでいい、祈る)。自分は、そこにうずくまって合掌したい気持」（同書）になった、と。ここには、生理的に祈りを受け付けなかった対人ストレス耐性小か無の安吾にはありえない、祈り親和性が著されている。しかしそれは、対人ストレス耐性大の亀井のような、一も二もなくすべてを投げ出して祈るという祈り親和性大よりは明らかに抑えぎみであり、両者の中間の祈り親和性中が著されているものと思われる。

また、中期の私小説作品「善蔵を思う」にも、作家として名声を得てきても、過去四回の自殺未遂、借財、周囲の信頼への裏切り、薬物中毒などからの罪責性意識中に表裏して、信仰性中と祈り親和性中を当然のように記している。

私は、悪の子である。私は業が深くて、おそらくは君の五十倍、百倍の悪事を為した。現に、いまも、私は悪事を為している。どんなに気をつけていても、駄目なのだ。一日として悪事を為さぬ日は、無い。神に禱り、自分の両手を縄で縛って、地にひれ伏していながらも、ふっと気がついた時には、すでに重大の悪事を為している。私は鞭打たれなければならぬ男である。血潮噴くまで打たれても、私は黙っていなければならぬ。（前掲「善蔵を思う」）

深い罪責性意識を述べているが自らの罪責性を半ば認めていて（罪責性認定中）、これもやはり、罪責性意識大を救済するものとして、一も二もなく自らの全存在を投げ出して雀躍としてぬかずく、というような祈り親和性大ではないように思われる。

次に、「富嶽百景」に描かれた、信仰に至らないが何らかの超越的なものに呼びかけて超越的な作用としての救済などを求める場合としての、祈りの例である。ここで用いられている言葉は、「たのむ（頼む）」である。「たのむ」は、他者にあることの実現をお願いする、の意味だが、他者が超越的な存在でその作用が超越的なものに近づくほど、「たのむ」は「祈る」に近づくように思われる。他者が「富士山」の場合もこれに近く、この「富嶽百景」での「たのむ」も「祈り」に近い行為と思われる。すなわち御坂峠に滞在して執筆中の太宰は、年に一度くらいの開放の日に訪れた遊女の一団の「暗く、わびしく、見ちゃ居れない風景」に、何もしてあげることができない「私は、かなり苦しかった」。そこで太宰は、この遊女たちの悲惨の解決を富士山に「たのむ」ことを思い付く。

富士にたのもう。突然それを思いついた。おい、こいつらを、よろしく頼むぜ、そんな気持で振り仰げば、寒空のなか、のっそり突っ立っている富士山、そのときの富士はまるで、どてら姿に、ふところ手して傲然とかまえている大親分のようにさえ見えた（太宰治「富嶽百景」、前掲『走れメロス』）

この「たのむ」──「祈る」も、対人ストレス耐性大の一も二もなくすべてを投げ出して祈るという祈り親和性大よりは抑えぎみで、また、対人ストレス耐性小か無の現実主義的で、超越的な存在や現象を信じることなどをしない祈り親和性小か無よりは大である、祈り親和性中に類似したあり方のように思われる。

③祈り親和性中の自然な吐露と肯定

すでに述べたとおり、祈り親和性は、一般に各対人ストレス耐性の生理を反映するので、亀井や安吾にみたようにいずれも、自然な、完全な自己肯定感をもって吐露、表出あるいは否定されたのだった。では、太宰の祈り親和性中についてはどうだろうか。例えば、前述したが、戦時下の随筆風短篇「鷗」で、戦場の兵士に信仰や祈りがあることへの期待を、当然のように述べている。

私は戦線に（略）全然新しい感動と思索が在るのではないかと思っているのだ。（略）神を眼のまえに見るほどの永遠の戦慄と感動。私は、それを知らせてもらいたいのだ。大げさな身振りでなくともよい。身振りは、小さいほどよい。花一輪に託して、自己のいつわらぬ感激と祈りとを述べるがよい。きっと在るのだ。

（前掲「鷗」）

ここには、「神」そしてそれに対する「祈り」を当然と期待する、しかし「大げさな身振りでなくともよい。

身振りは、小さいほどよい」と、亀井のように声高にそれをうたうのではない、祈り親和性中を素朴に肯定する姿がうかがえる。

ほかにも、同じく中期初めの「姥捨」のなかの、心の底からの自然な祈りの挿入がある。一部前述だが、妻かず枝の過ちを契機にする水上温泉への心中行の汽車のなかで、夫の嘉七はその「信念」を妻に語ったのだった。

「私は自身を滅亡する人種だと思っていた。（略）強烈なアンチテエゼを試みた。滅亡するものの悪をエムファサイズしてみせればみせるほど、次に生れる健康の光のばねも、それだけ強くはねかえって来る。それを信じていたのだ。私はそれを祈っていたのだ。（略）」（略）嘉七は立って、よろよろトイレットのほうへ歩いていった。トイレットへはいって、扉をきちんとしめてから、ちょっと躊躇して、ひたと両手を合せた。祈る姿であった。みじんも、ポーズではなかった。（前掲「姥捨」）

嘉七（太宰）の祈りは、「みじんも、ポーズではな」い心の底からの自然な祈りであり、またそれを大仰にうたいあげるというのでもない、祈り親和性中への完全な肯定感が、ここには描かれているように思われる。

さらには、最晩年の「如是我聞」でも、祈りを、特に自覚することなくごく自然に肯定しているようである。例えば、太宰はその最終章で、志賀直哉を批判していう。

君について、うんざりしていることは、もう一つある。それは芥川の苦悩がまるで解っていないことである。日陰者の苦悶。弱さ。聖書。生活の恐怖。敗者の祈り。君たちは何も解らず、それの解らぬ自分を、自慢にさえしているようだ。（前掲「如是我聞」）

このように最晩年でも、「聖書（略）敗者の祈り」と、特に自覚することなく自然に「祈り」を肯定していて、ここには安吾の「祈り」に対する生理的ともいうべき逡巡や拒否などはまったく認められない。つまり、大仰にうたいあげるというのではない、太宰の祈り親和性中に対する完全な肯定感が、ここにも顔をのぞかせているように思われる。

④太宰は信仰性中、祈り親和性中

したがって、太宰は、信仰ある者として祈り、それは罪責性意識中を反映した信仰性中であることに対応して、やはり祈り親和性中だと考えられる。

つまりその祈り親和性は、信仰性中ということから、事実命題に基づくものかどうかの検討と事実命題に基づくものか検討できない部分の両方を含むために、事実命題に基づくと確認した部分に応じて自己を委ねる度合いを抑えることができるのだった。それは、対人ストレス耐性大の信仰性大に対応した、一も二もなく全面的に身を投げ出して祈るという祈り親和性大より抑えぎみにでき、また同時に、対人ストレス耐性小か無の信仰性小か無に対応しての、生理的逡巡や拒否ともいうべき祈り親和性小か無よりも大きい、両者の中間の祈り親和性中になるものだった。そして、太宰はたしかに、繰り返し、祈り親和性中を完全な肯定感をもって自然に吐露していたのだった。

さて、先に推論した対人ストレス耐性中の一般論によると、対人ストレス耐性中は信仰性中であり、それに表裏して祈り親和性中になると推定されるのだった。したがって、太宰がこのように信仰性中かつ祈り親和性中だったことも、太宰が対人ストレス耐性中であることを示唆する所見と考えられた。

7　太宰は連帯性中、社会運動性中

太宰の社会運動性

社会運動とは、理念を介して集団や組織に参加、連帯し、社会的にその理念の実現を目指すべく活動することだった。そして、この人々の結び付きの程度や範囲などの連帯の度合いとしての連帯性は、共有する理念性の大中小（無）や他存在を信じる強度の大中小（無）、そしてその準拠する集団側性の大中小（無）に応じて、連帯性大／中／小（無）になるのだった。したがって、この社会運動をおこなう程度や範囲としての社会運動性については、連帯性の大中小（無）に応じて社会運動性大／中／小（無）になるのだった。ここでは、この社会運動性のあり方の観点から、亀井や安吾の場合と同様に、太宰の内面的・外形的軌跡をまとめて再検討したい。

①青年期の強大理念のマルクス主義での太宰の社会運動性中

まず青年期までの軌跡についてだが、強大理念のマルクス主義による左翼運動に対して、前述のように太宰は、特に二十一歳時の東京帝国大学仏文科入学から二十三歳時の青森検事局での運動離脱までの三年間、資金提供やアジト提供などのシンパ活動によってこの社会運動に参加していた。しかしそれは、強大理念のマルクス主義への信奉を介して世界の労働者や無産階級に連帯するという、大集団側で連帯性大による社会運動性大ではなかった。すなわちそれは、主に左翼運動家たちへの同情や人情などの「情」と「信頼」などの中理念を介することによって形成された中集団側での、連帯性中による社会運動性中であった。葉蔵（太宰）は告白したのだった。

運動の本来の目的よりも、その運動の肌が、自分に合った感じなのでした。(略) もしもこれらの実体が、マルキシズムの真の信奉者に見破られたら、堀木も自分も、烈火の如く怒られ、卑劣なる裏切者として、たちどころに追い払われた事でしょう。(前掲『人間失格』)

②青年期以降の強大理念の大東亜共栄圏思想での太宰の社会運動性中

次の青年期以降の、大東亜戦争に向かおうとする時代の強大理念の大東亜共栄圏思想での社会運動とは、地域にあっては集団でおこなう召集訓練や地域の防衛活動、文筆家としては内閣情報局と大政翼賛会肝いりで結成された日本文学報国会や文壇での大東亜共栄圏思想を喧伝する文学活動や講演・啓蒙活動などが挙げられ、これらに太宰は参加していた。すなわち、文士徴用免除になった太宰は、民間にあって点呼召集、突撃訓練、在郷軍人会の暁天動員、軍人勅諭暗誦などを積極的におこない、隣組長や防火群長にも就任した。また文筆家としては、大東亜五大宣言をモチーフにした小説執筆に応募し、魯迅が在住していた仙台へ取材旅行などをおこない〝国策小説〟「惜別」を書いたりした。しかしながらこれらも、対人ストレス耐性大である亀井のような、大東亜共栄圏思想(八紘一宇)というアジア民族に及ぶ大理念の信奉を介しての、大集団側で連帯性大による社会運動大ではないと考えられた。つまりそれは、前述のように、主に日本人同胞への同情、信義、信頼そして祖国愛などの中理念を介して、大東亜戦争開戦に踏み切ってしまった日本を応援するという、中集団側で連帯性中による社会運動性中なのだった。

③敗戦後の太宰の社会運動性中

敗戦後の日本社会を席巻した大理念・国際平和主義思想やアメリカ流民主主義、戦後復活したマルクス主義などにおける社会運動とは、文筆家の場合、文学仲間との新たな文学運動などによって思想喧伝と推進にあたることや、左翼文学運動家として平和活動をおこなうことなどだが、太宰はこれらをおこなわなかった。すなわち、「何々主義、すべて私には、れいのサロン思想」（前掲「十五年間」）、「新型便乗」（前掲「太宰治の人生と作品」）などと批判し、敗戦後のこれらの大理念に対して太宰は賛同することはなかった。

かわって太宰が主張した価値観とは、「保守派」「天皇支持」「桃源郷」などの国内にとどまる中理念のほか、戦前から変わらず主張してきた「信頼」「良心」「友情」、隣人愛、「新しい倫理」「道徳革命」などの、中理念と考えられた。そして、これらの中理念主張は、例えば、「冬の花火」を「劇界、文学界に原子バクダンを投ずる意気ごみ」（前掲『愛と苦悩の手紙 改訂』）で発表したように、演劇界や文学界での一定の文学運動を意図していたという点で、社会運動の側面も有する文学活動ではなかったかと思われる。つまり太宰は、このような中理念の実現のため、彼の周囲に集う文学仲間、師事者そして編集者らとの日々の会談や討論などによって、わずかながらも社会運動の側面をもちうる文学活動をおこなっていたのではないか。それは、対人ストレス耐性大である亀井が、大理念の国際平和主義思想を信奉し、文学家協会理事、日中文化交流協会理事などの立場から日本国民そして世界へと連帯する連帯性大をもってこれを喧伝し推進した社会運動性大とは異なる。また一方、対人ストレス耐性小か無の安吾が、人間の孤独を基本として、国際平和主義思想やマルクス主義などの大理念には見向きもせず、社会運動化しようとしていた「小さな親切運動」に対しても冷笑を浴びせるなど、社会運動性小か無だったのとも異なり、ちょうど両者の中間の社会運動性中といえるのではないか。

太宰は社会運動性中

したがって、戦前から戦後への内面的・外形的軌跡をまとめて検討すると、太宰はほぼ社会運動性中を示してきたと考えられる。それは社会運動、すなわち理念を介して集団や組織に参加、連帯し、社会的にその理念の実現を目指すべく活動することに関して、中集団側で連帯性中による中理念の実現を目指すという社会運動性中をなしていたということである。

先の一般論から、対人ストレス耐性中は、中集団側で連帯性中のもと社会運動性中を示すと推論され、太宰がこのように社会運動性中を示しただろうことも、彼が対人ストレス耐性中であることを示唆する所見のひとつと考えられた。

8　太宰の歴史・伝統・文化意識中、死後の名誉・業績評価中

対人ストレス耐性中での歴史・伝統・文化意識中、死後の名誉・業績評価中

歴史や伝統、文化は、理念性の形成、顕現史としての「物語」や、それを次世代に伝える造形や儀式、様式である。そして、すでに先の一般論で述べたが、こうした歴史や伝統、文化は、通常共同体性に由来していて、それが最も強まりかつ最大になるのが一つの法律、制度、文化、言語で統べられる国家と考えられた。したがって、ひとつの歴史や伝統、文化が確固と構築されるのは、主に国家レベルまでの中集団と考えられる。こうした歴史や伝統、文化は、中集団の中理念、「中くらいの物語」を反映することになり、これを将来への教訓にしたり、〝我々日本人は何者なのか〟といったアイデンティティーを構築する基礎になるなど、中集団を形成し維持することに資するものだから、対人ストレス耐性中にとっては重視すべきものになる。さらに、中集団であれば集団自体が長く存続していく可能性が高いので、その中理念性を反映した歴史や伝統、文化が世代を超えて継承され、それを重視する意義は高いということになる。しかし、歴史の対象の範囲そして歴史や伝統、文化に認める理念性などは、対人ストレス耐性大での大理念性、「大きな物語」の世界レベルよりは下がり、世代継承性も大集団の場合よりも低いことから、対人ストレス耐性中の歴史や伝統、文化を重視する意識や姿勢を中くらいのものと

評価し、歴史・伝統・文化意識中としたのだった。なおあらためて述べると、この歴史・伝統・文化意識とは、歴史や伝統、文化に顕現されてきた理念性に価値を置き、それを教訓にして現在と未来に生かそうとする、などの歴史や伝統、文化を重視する意識のことだった。

この歴史・伝統・文化意識の一部をなすともいえる、死んだ人の業績や名誉の評価については、中集団が世代継承性中で、理念性とそれを形成し担った人々のこととしての死んだ人の業績や名誉が、その後続く中集団の維持と形成に有用でもあるので、大集団と小か非集団の中間に相当する程度には重視し評価され、対人ストレス耐性中での死後の名誉・業績評価中と考えられた。

なお、この死後の名誉・業績評価の本質は、その業績や名誉で実現された理念性の意義評価と考えられる。したがってそれは、集団や後世代のために生命を捨てても理念性の実現を優先するという、個々の生命価値よりも集団のための理念性をより高く評価する価値観や態度も導く場合があると考えられた。

太宰は歴史・伝統・文化意識中

さて、このような、歴史・伝統・文化意識と死後の名誉・業績評価について、亀井や安吾について検討したのと同じように、太宰についても検討してみたい。

まず、その歴史・伝統・文化意識についてだが、太宰は亀井や安吾ほどには評論を多く書かなかったので、表立っての歴史・伝統・文化論などはない。したがって、その歴史・伝統・文化意識については、これを直接的には論じてはいない諸著作や、日々の日常生活、諸言動などから推定する以外にないだろう。

①作品中にみる歴史・伝統・文化意識中

まず著作に関してだが、太宰にとって、古典やフォークロア（民話、古伝説、伝承）を題材に作品化することは、手紙や日記を題材に作品化するのと並んで、最も得意とする分野のひとつだった。例えば井原西鶴を「世界で一番偉い作家」と絶賛し、その作品を題材に「新釈諸国噺」を著している。これと同様に、その中期の「盲人独笑」は日本の古典を、「清貧譚」「竹青」は中国の古典を題材にしている。西洋のものについても、ドイツ人作家の作品を題材にした「女の決闘」や、ウィリアム・シェイクスピアの戯曲を題材にした「新しいハムレット型の創造」（奥野健男「解説」、太宰治『新ハムレット』〔新潮文庫〕所収、新潮社、一九七四年）としての「新ハムレット」などがある。また、フォークロアを題材にしたものとして、その前期の「魚服記」「雀こ」、中期の「お伽草紙」などがある。そして、ギリシャ古伝説に題材を得て、現代的な心理描写を織り交ぜながらも古典的な美しさや強さを表現した「走れメロス」がある。このように太宰は、古典やフォークロアを題材にして、歴史に堪えた枠組みのうえに、その文学的才能を最大限に発揮した作家といえるだろう。そしてこのような著作を通して、古典やフォークロアに時代を超えた文学性や人間性、永く続く理念性を認めている点に、太宰の伝統と文化に対する肯定的姿勢を認めることができるように思われる。それは少なくとも、古典やフォークロアを直接的には題材にしなかった対人ストレス耐性小か無の安吾などより、伝統や文化に対する肯定的な立ち位置にあったといっていいように思われる。

また、古典やフォークロアではなく、歴史上の人物を取り扱った中期の長篇「右大臣実朝」がある。これは、父・源頼朝死後の北条家をめぐる抗争のなかで、滅びを予感しながらも平然とみやびの道を進んだ実朝に、滅亡するものが抱く精神性の貴族という理念性を詠み込んだ作品である（奥野健男「解説」、太宰治『惜別』〔新潮文庫〕所収、新潮社、一九七三年）。そしてこれは、津軽屈指の大地主の家に生まれ、自分は選ばれた人間なのだ、という精神性の貴族意識をもつとともに、台頭するマルクス主義からは滅ぼされるべきブルジョアの子弟、あるいは喜ばれることがない六男として、自らを滅亡の種族とみていた太宰が、実朝に自らを投影した作品といえるだろう。つまり「右大臣実朝」は、歴史的人物である実朝の生き方に、滅亡するものの精神性の貴族という理念的価値を見いだした作品であり、これには〝歴史に顕現された理念性に価値と意義を見いだす意識〟としての歴史意識が認められるように思われる。ちなみに、これに比較すると対人ストレス耐性小か無の安吾の場合は、数多くの歴史物を著したにもかかわらず、そこに理念性顕現史としての側面は認められず、面白い読み物ではあるが、その多くは事物の非理念的側面に焦点を当てたものだった。つまり、理念性を重視しない安吾には、〝歴史に顕現されてきた理念性に価値と意義を見いだす意識〟としての歴史意識は小か無と考えられた。

ちなみに、歴史物ではないが、敗戦後に没落する貴族を描いた「斜陽」も、「右大臣実朝」と同様の、滅亡するものの精神の貴族性への挽歌といえるものだった。すなわち、最後の貴族（華族）としての主人公かず子やその母、兄直治らの滅びと新生の運命のなかに、古き美しきものや伝統、文化に対する作者の肯定的な立ち位置が推定できる作品になっている。

さらに、戦時下に著された風土記「津軽」でも、太宰の歴史・伝統・文化意識をみることができる。太宰は、二十一歳時の大学入学以来ほとんど帰らなかった津軽に十数年ぶりに帰郷するにあたって、「都会人としての私に不安を感じて、津軽人としての私をつかもうとする念願である。言い方を変えれば、津軽人とは、どういうものであったか、それを見極めたくて旅に出たのだ。私の生きかたの手本とすべき純粋の津軽人を捜し当てたくて津軽へ来たのだ」（前掲『津軽』）と述べている。そしてその結果、太宰は、「生まれ落ちるとすぐに凶作にたたかれ、雨露をすすって育った私たちの祖先の血が、いまの私たちに伝わっていないわけは無い。（略）私はやはり祖先のかなしい血に、出来るだけ見事な花を咲かせるように努力するより他には仕方ないようだ」（同書）と述べる。さらには、どんな勢いが強い者に対してもこれに従わない津軽人の反骨精神を、「純血種の津軽人」である自分も受け継いでいる、「私は津軽を愛している」（同書）と、半ば誇りさえもしている。このように、近代都市・東京で暮らしながら、故郷津軽の血脈、伝統、文化が自らに引き継がれていることを半ば誇っている太宰の、伝統・文化意識は小さくはないと思われる。

また、弘前城を擁する津軽藩の歴史の中心である弘前市について、「津軽人の魂の拠りどころ」「日本国中、どこを捜しても見つからぬ特異の見事な伝統がある筈である」（同書）と述べる。すなわち、弘前城のすぐ下に「古雅な町が、何百年も昔のままの姿で小さな軒を並べ」ていることを知り、「この町の在る限り、弘前は決して凡庸のまちでは無い（略）弘前城はこの隠沼を持っているから稀代の名城なのだ（略）隠沼のほとりに万朶の花が咲いて、そうして白壁の天守閣が無言で立っているとしたら、その城は必ず天下の名城にちがいない」（同書）と、弘前と弘前城の歴史や伝統と文化を肯定している。このような歴史的建造物を通しての歴史・伝統・文化意識は、対人ストレス耐性小か無の安吾の評価、すなわち「法隆寺も平等院も焼けてしまって一向に困らぬ。必要ならば、法隆寺をとりこわして停車場をつくるがいい」（前掲「日本文化私観」）といった、歴史・伝統・文化意識小か無とはまったく異なる立場といえるだろう。

ここまで検討したように、太宰の著作やその著作活動からは、歴史や伝統、文化に対する肯定的な立ち位置が推定され、歴史や文化、伝統を重視する意識、姿勢としての歴史・伝統・文化意識の存在が推定できるものと思われる。しかしこれらは、対人ストレス耐性大の亀井の、イデオロギー史観、世界宗教史観などの、国家を超えた大集団を対象とする大理念、「大きな物語」を反映して最も世代継承性も高いという場合の、歴史・伝統・文化意識大ではない。また一方、対人ストレス耐性小か無の安吾の、歴史を単なる事象の時系列とみてそこに理念性の顕現——「物語」性を認めず、世代継承性も小さい場合の、歴史・伝統・文化意識小か無ともいえない。すなわち、太宰のそれは、ちょうど両者の間の歴史・伝統・文化意識中だと考えられる。

②生活・諸言動面にみる歴史や伝統、文化に対する肯定的姿勢

生活面では、例えば太宰は、弘前高校の文科にいた三年間、学校帰りに女師匠の家に義太夫を習いに通っていた。素人による義太夫発表会が町の劇場で開かれるなど、弘前が義太夫の盛んな町だった影響もあるが、少なくとも、こうした伝統や文化に熱中するという行動からは、伝統と文化に対する太宰の肯定的な姿勢がうかがえるのではないかと思われる。

また、安吾が述べているように、太宰が先輩を訪ねる際は、羽織と袴で、ということが多かったらしい。

フツカヨイをとり去れば、太宰は健全にして整然たる常識人、つまり、マットウの人間であった。（略）先輩を訪問するには袴をはき、太宰は、そういう男である。健全にして、整然たる、ほんとうの人間であった。（前掲「不良少年とキリスト」）

これは伝統と文化そしてそれらを基盤にする礼儀にのっとろうとする行動といえ、ここにも伝統と文化に対する太宰の肯定的姿勢をみることができるのではないかと思われる。

さらに、安吾が述べているように、太宰が血筋や名門の出であるかにこだわった面があることが挙げられる。

「生まれが、どうだ、とつまらんことばかり、言ってやがる。強迫観念である。そのアゲク、奴は、ほんとうに、華族の子供、天皇の子供かなんかであればいい、と内々思って。」「彼は、亀井勝一郎が何かの中でみずから名門の子弟を名乗ったら、ゲッ、名門、笑わせるな、名門なんて、イヤな言葉、そう言ったが、なぜ、名門がおかしいのか、つまり太宰が、それにコダワッているのだ。名門のおかしさが、すぐ響くのだ。」（同作品）

これには、太宰が津軽屈指の大地主の家に生まれて、総ヒバ造りの豪壮な家（現在の斜陽館）に住み、自分は他の人間とは違う選ばれた人間なのだ、という精神性の貴族意識をもつようになったことの影響があるだろう。

こうした、太宰の血筋や名門性にこだわる一面も、広く伝統、文化、歴史に対する肯定的な立ち位置をうかがわせる。例えば妻・津島美知子はその回想録『回想の太宰治』で、太宰の郷土・津軽そして生家自慢が強固だったことを何度も記している。

物固い田舎で、格式を尊ぶ家で育ち、幼い頃から紋付きを着る機会も多かったから、五つ紋の正装を事々しいなどとは感じなかったのだろう。紋付き、袴、白足袋の姿で馬車に乗って銀座八丁を練り歩きたいなどと、小説の中に書いているし、また死の前年企画された最初の全集の表紙に家紋の鶴の丸を型捺しすることをきめて居り、生まれた家と、家の象徴である紋への愛着と誇りは太宰の中で相当根強い抜きさしならぬものであったように思う。（津島美知子『回想の太宰治』〔講談社文芸文庫〕、講談社、二〇〇八年）

一方、太宰の津島家をしのぐ北方の素封家の坂口家に生まれ育った安吾は、こうした血筋や名門性には何らのこだわりをみせなかったのだった。

さらに、前述したが、敗戦後のジャーナリズムに巻き起こった「新型便乗」に反対して、次のように「天皇」「保守」を支持している。

いまのジャーナリズム、大醜態なり、新型便乗というものなり。（略）保守派になれ。保守は反動にあらず、現実派なり。（略）天皇は倫理の儀表としてこれを支持せよ。恋いしたう対象なければ、倫理は宙に迷うおそれあり。（前掲『愛と苦悩の手紙 改訂』）

ちなみに、対人ストレス耐性小か無の安吾は同年、「ともかく旧来の一切の権威に懐疑や否定を行うことは重要」と、既成の権威、伝統や文化を容易に否定し、「日本的知性の中から封建的欺瞞をとりさるためには天皇をただの天皇家になって貰うことがどうしても必要」（前掲「天皇小論」）と、日本の歴史や伝統、文化を担ってきた中心ともいうべき天皇制もまた容易に否定したのだった。これに対して、前述のような太宰の、敗戦後の混乱期にあってさえの「天皇」「保守」への支持には、国内の歴史や伝統、文化を大切に思う歴史・伝統・文化意識中の反映をみることができるのではないかと思われる。

③太宰の歴史・伝統・文化意識中

このように、直接には歴史・伝統・文化論を著していないのだが、その諸著作や日常生活、諸言動からは、太宰は、歴史や伝統、文化を重視する意識や姿勢を有していることが推定された。そしてそれは、対人ストレス耐性大の亀井のような歴史・伝統・文化意識大よりは小さく、同時に対人ストレス耐性小か無の安吾の歴史・伝統・文化意識小か無よりは大きいことから、両者のちょうど間に位置する歴史・伝統・文化意識中といえるのではないかと考えられた。

太宰は死後の名誉・業績評価中

次に、太宰の死後の名誉や業績に対する評価についてだが、その自然で率直な姿勢を、戦後発表した長篇「パンドラの匣」にみることができる。それは、「健康道場」なる結核療養所で療養している若い結核患者・雲雀（ひばり）の、人は死んで評価が定まる、高まる、という思いである。そしてこの作品は、読者の日記を素材に作者自らの想像の羽を思うままに広げたものといわれ、雲雀のこの思いは太宰の思いでもあるだろうと推定される。すなわち、同じ療養所で闘病し力尽きた若い女性入院患者を送る「沈黙の退場」に参列した雲雀は、人間の、死後に残りさらに死後こそますます高まる人生の意義を思う。

よいものだと思った。人間は死によって完成せられる。生きているうちは、みんな未完成だ。虫や小鳥は、生きてうごいているうちは完璧だが、死んだとたんに、ただの死骸だ。完成も未完成もない、ただの無に帰する。人間はそれに較べると、まるで逆である。人間は、死んでから一ばん人間らしくなる、というパラドックスも成立するようだ。鳴沢さんは病気と戦って死んで、そうして美しい潔白の布に包まれ、松の並木に見え隠れしながら坂路を降りて行く今、ご自身の若い魂を、最も厳粛に、最も明確に、最も雄弁に主張して居られる。僕たちはもう決して、鳴沢さんを忘れる事が出来ない。僕は光る白布に向って合掌した。（前掲「パンドラの匣」）

ここには、雲雀に仮託して太宰の死生観が述べられているように思われる。それは、虫や小鳥に想定した「ただの無に帰する」と同じ、対人ストレス耐性小か無の安吾の死生観、「人間は生きることが、全部である。死ねば、なくなる」（前掲「不良少年とキリスト」）とは明らかに異なっている。つまり、明るく希望をもって闘病した「若い魂」としての女性患者・鳴沢の理念や業績が、死によって「最も明確に、最も雄弁に主張」され、その死後も「僕たちはもう決して、鳴沢さんを忘れる事が出来ない」という記憶になって残っていく、死後も名誉や業績が残っていく、というものなのである。

さらに、死後の名誉や業績の評価は、生命を捨てても理念を守ろうという、個々の生命価値よりも集団のための理念性を高く評価する価値観や姿勢としても表れる場合がある。その例は、中期の「走れメロス」にみることができる。暴君ディオニス王に死刑を宣告されたメロスは、妹の結婚式出席のために友セリヌンティウスを人質に三日間の猶予をもらい、その友との信頼と友情を守るために、生命を賭して刑場へと駆け戻ってきたのだった。駆け戻る際に、メロスは言う。

私は、信じられている。私の命なぞは、問題ではない。（略）肉体の疲労恢復と共に、わずかながら希望が生れた。義務遂行の希望である。わが身を殺して、名誉を守る希望である。（略）私は、正義の士として死ぬ事が出来るぞ。（前掲「走れメロス」）

メロスは、「信頼」「友情」そして正義を生む「良心」を守るためには、死ぬことも辞さないのである。生命を捨ててでも「信頼」「友情」「良心」という中理念を守り抜くこと、つまり死後の名誉や業績を評価しているのである。

また、こうした作品中だけでなく、実際の太宰の言動からも、死後の名誉や業績を評価する姿勢、さらには生命を捨てても理念性の実現を優先するという姿勢を、うかがうことができる。それはやはり最後の玉川心中死である。前述のように、当時の情勢からみて、その自死（心中死）は、後世に「太宰治」と「人間失格」などの作品、そしてそれらが訴えた「信頼」「良心」、隣人愛などの中理念の価値が、伝説になって受け継がれ歴史になっていくことを、太宰はわかっていたと思われる。そうした効果を計算した自死だった側面も否定できない。例えば壇一雄は、その心中に計算があった可能性を述べている。

またイタズラをしましたね。なにかしらイタズラするです。死んだ日が十三日、グッドバイが十三回目、なんとか、なんとかが、十三（前掲「不良少年とキリスト」）

そして安吾もいう。

太宰は、十三の数をひねくったり、人間失格、グッドバイと時間をかけて筋をたて、筋書きどおりにやり（略）十三日に死ぬことは、あるいは、内々考えていたかもしれぬ。ともかく、「人間失格」、「グッドバイ」、それで自殺、まァ、それとなく筋は立てておいたのだろう。（同作品）

さらに、安吾はいう。

なんとかして、偉く見せたい。クビをくくって、死んでも偉くみせたい。宮様か天皇の子供でありたいように、死んでも、偉く見せたい。四十になっても太宰の内々の心理は、それだけの不良少年の心理で、そのアサハカなことをほんとうにやりやがったから、むちゃくちゃな奴だ。（同作品）

このように、「如是我聞」―「人間失格」―「グッドバイ」―玉川心中死という、後世に長く記憶されることを計算した可能性がある劇的で悲劇的な言動からも、太宰の死後の名誉や業績そしてそれらによる理念性を評価する姿勢をうかがうことができる。

さて、ここまで検討したように、作品中や実際の言動にも、太宰は、死後の名誉や業績を評価する姿勢をみせたといえる。しかし、その評価の程度は対人ストレス耐性大の亀井にみる、次のような死後の名誉・業績評価大ではない。

人生は短く、肉体は滅びるが、彼の思いは必ず何びとかによって伝えられる。たとえば耶蘇の死によって彼の肉体は滅びた。（略）だが生命とは一個人の死滅とともに消え去るものであろうか。耶蘇の屍は、かれの生前の雄弁よりも更に多くのことを語った筈ではなかったか。断末魔の哀音は、愛するものの胸に伝わり、愛ずるものの生命と化して永続する。（前掲「信仰について」）

つまり、このような大理念を形成し担った人々のこととして、死んだ人の業績や名誉が世界に広く、また世代継承性が大きいために末永く後世に伝えられ、大集団の維持と形成に有用であると大いに重視し評価される、といった死後の名誉・業績評価大ではない。一方、対人ストレス耐性小か無の安吾のように〝死ねばすべて終わり、生命を超える理念価値などはない〟という死後の名誉・業績評価小か無とも明らかに異なるのであり、したがって、両者の中間の死後の名誉・業績評価中になるものと考えられる。

太宰の歴史・伝統・文化意識中と死後の名誉・業績評価中

本節のまとめとして、このような太宰の諸著作や実際の言動の検討からは、歴史・伝統・文化意識中と死後の名誉・業績評価中であることが推定された。これは先の一般論で述べたように、対人ストレス耐性中に認められるあり方であり、これらの所見も、彼が対人ストレス耐性中であることを示唆する所見のひとつと考えられた。

9　対人ストレス耐性中である太宰のまとめ

青年期までの太宰の軌跡から、対人ストレス耐性中と推定

ここまでで太宰についての一通りの検討を終えるので、亀井、安吾と同様、簡単にその全体を振り返っておきたい。

まず、青年期までの外形的および内面的軌跡からは、太宰は対人ストレス耐性中と推定された。というのも、まず、その青年期までの各段階で太宰は、対人ストレス耐性小か無の安吾のような、個的要請主体の非理念的な非集団側的あり方を認めると同時に、他者との連帯や、集団側にあって欲動を満たそうとする対人ストレス耐性大の亀井のような、集団側性で連帯性の部分も認めるという、両者の中間の位置にあった。またこの時代、多くの青年が遭遇することになった大理念のマルクス主義に対する反応が、無理念で淪落に沈潜したままの安吾とも、共産党幹部として信徒のように心身を運動に捧げた亀井とも異なり、無理念で非倫理的な生活部分も伴う、運動家たちへの信頼、人情、友情を介したシンパ活動という、両者の中間に位置するものだった。すなわち太宰は、対人ストレス耐性小か無のように、小か無理念を介する「信用」あるいは「非信」による小か非集団側にはいなかった。また同時に、一方の対人ストレス耐性大のように、強大理念を介した「信奉」「信仰」によって形成する大集団側にもおらず、両者の中間の、中理念の「人情」「友情」による「信頼」「信義」によって形成する中集団側にあったために、太宰は対人ストレス耐性中と推定された。

太宰は中集団側、連帯性中

そこで、この太宰が対人ストレス耐性中であるという推定を、青年期までも含め、その生涯にわたる外形的・内面的軌跡で確認してみることにした。

まず集団側性に関しては、対人ストレス耐性中であれば、仲間や組織成員、地域住民、民族、国家国民までからなる中集団側での、中程度の「日常生活上の些事」での人と人の間の闘いが平気で、この中集団の成員になって、連帯性中をなしうるものと考えられた。実際太宰も、青年期までは、主にマルクス主義運動家たちへの信頼や人情、友情を介したシンパ活動をおこなって、国内の運動家たちとの中集団側で連帯性中をなしていた。そして青年期以降、戦時下では、日本人同胞への情、信義、祖国愛によって、招集訓練、隣組長、防火群長就任などの地域活動参加のほか、日本文学報国会の委嘱を受けて〝国策小説〟「惜別」を書くなど、中集団側で連帯性中をなしたと考えられた。また、戦争前後を通じて、文学関係者との交流、文壇活動、出版活動や、郷里の人たちとの信頼を介した親密な交流によって、中集団側にあったのだった。このように太宰は常に仲間や組織成員、地域住民、民族、国家国民までの中集団側にあり、そのなかで「信頼」「人情」「友情」そのほかの中理念によって連帯性中をなしたものと考えられた。

太宰は他者を信じる強度中の「信頼」「信義」を用いた

「他存在を信じる強度」についていえば、対人ストレス耐性中に適合するのは、他存在を信じる強度中の「信頼」「信義」であり、これらとこれらによる「友情」「人情」「同情」などの「情」を介して中集団側にあるものと考えられた。

実際に太宰も、青年期までのマルクス主義へのシンパ活動、青年期以降の大東亜共栄圏思想への協力活動、そして生涯を通じた、井伏鱒二や文学関係者との師弟関係や文壇活動、郷里の生家関連の人々との交流などで、信頼や信義そして人情、友情、同情などによって中集団側にあったと考えられた。また、著作にも、中期の名作「走れメロス」では「信頼」「友情」をテーマに、畢生の名作「人間失格」でも「信頼」をテーマに作品を著すなど、太宰の他存在を信じる強度中の「信頼」「信義」そして「友情」「人情」などへの高い価値付けが認められた。

太宰の中理念――「信頼」「友情」「良心」「倫理」「道徳」、祖国愛

①太宰がもつのは中理念

理念性についていえば、対人ストレス耐性中は、中集団側にとっての〝善いこと、正しいこと〟である中理念をもち、中理念を介した信頼や友情などによって中集団側にあって連帯性中をなすことができると考えられた。そしてこの中理念は、小集団側を超えて中集団側までの〝善いこと、正しいこと〟として広く、「良心」「倫理」

「道徳」「信頼」「友情」「人情」から、社会的規範、文化・伝統・歴史的価値、民族・国民意識、郷土愛、祖国愛（ナショナリズム）などに至る理念と考えられた。

実際に太宰も、安吾がいう「堕落」の無理念から「家庭の幸福」などの小理念、あるいは戦前からのマルクス主義、大東亜共栄圏思想（八紘一宇）、戦後の国際平和主義思想などの大理念のいずれにもからめとられることなく、一貫して「信頼」「友情」「良心」「倫理」「道徳」そして文化・伝統・歴史的価値、郷土愛、祖国愛などの中理念をもって、各時代、各状況に対応していた。それは作品中にも反映され、その代表例が、「お伽草紙」「右大臣実朝」「津軽」などで展開された文化・伝統・歴史的価値肯定や郷土愛であり、中期の「走れメロス」での「信頼」と「友情」、敗戦直後の「斜陽」での「新しい倫理」「道徳革命」、最晩年の「人間失格」での「信頼」、「如是我聞」での「家庭の幸福」批判と「良心」、隣人愛などの、中理念の訴えだった。このように太宰は、その言動や著述活動のすべてで一貫して中理念の肯定と推奨をおこなってきたと考えられた。

②中理念は準強理念性の「準中理念」で「中間原理」

この中理念は、中集団側を背景に非寛容性中である準強理念性を帯びた「準中理念」になり、これは父性原理と母性原理の間の「中間原理」になると考えられた。そして太宰がこれを如実に表したのは、その生涯を貫く価値意識を最も直截的に表現した「人間失格」と考えられた。すなわちここで、主人公の葉蔵が、中理念である「信頼」が完全喪失に至っていないと思われる段階までは何とか「人間」として生きていることができたり、強大理念であるマルクス主義やキリスト教などからみると完全に堕落した淫売婦たちにも親愛の情を抱いてこれを罰することがなかったりしたのは、その母性原理性の表れである。しかし、その中理念の「信頼」が完全喪失に至ると、これを強く罰し「人間失格」の裁断を下したのは、その父性原理性の表れである。すなわち、葉蔵（太宰）の中理念の「信頼」は準強理念性を帯びる「準中理念」であり、母性原理と父性原理の両者を併せ持つ「中間原理」であることが、この「人間失格」で典型的に描かれていると考えられた。

③中理念の準強理念性は「相対価値止揚理念」によることが多く、それは「反立法の役割」を生む

対人ストレス耐性中で、中理念の準強理念性―非寛容性中は、相反する理念や価値をある程度は認めながら、これに対抗し競合してこれを超えるものとして自らの理念や価値を主張する、という「相反価値止揚理念」のかたちで形成されることが多いと考えられた。そしてそれはしばしば、相反価値を最後まで提示することで、かえってそれを止揚した相反価値止揚理念を示唆し想起させる、という「反立法の役割」を生むと考えられた。

実際、太宰は、例えば中期の「走れメロス」で、不信や不実、裏切りなどの相反価値と競合し止揚した相反価値止揚理念として、中理念の「信頼」と「友情」をうたいあげていた。また、「パンドラの匣」での絶望のなかの「希望」、「姥捨」の主人公の「反立法としての私の役割」、「駆け込み訴え」での「ユダの悪」を超えたキリスト愛、「善蔵を思う」での「夕陽」に対する「暁雲」としての善意、「良心」など、多くの作品のなかで、相反価値止揚理念による中理念提示があった。さらに「人間失格」では、極限までの相反価値として不信や不実、裏切りなどの「反立法の役割」を葉蔵に果たさせて、逆にこうした相反価値を超えて守られるべきものとして中理念の「信頼」を、相反価値止揚理念として提示していると考えられた。

そして、著作だけでなく、太宰自身の行動にもそれは示されていて、例えば「排除と反抗」の前期では、薬物中毒、心中未遂、デカダン、自己破壊によって「反立法の役割」を果たし、そのうえでこれらを止揚しうるものとして「良心」「友情」「信頼」などの相反価値止揚理念を作品中で示唆しようとしたと考えられた。さらに、最後の玉川心中死も、無意味で反価値的そして悲劇的な心中死で「反立法の役割」を果たし、それによってかえって、作品中に著された相反価値止揚理念としての「信頼」「良心」、隣人愛などの中理念を主張した、という側面があったのではないかと考えられた。

④中理念は現実主義と理想主義の間の「折衷主義」

対人ストレス耐性中にとっては、中集団側の対人ストレス中を整序する中理念がもつに適当であり、それはしばしば相反価値止揚理念になることもあって、大理念のように理想主義にすぎず、また小か無理念の現実主義にもとどまらない、両者の性格を半分ずつ併せ持つ「折衷主義」になることが推定された。

実際、太宰の外形的・内面的軌跡では、例えば青年期までの大理念のマルクス主義の理想主義は現実の人間には無理であるとし、一方、無理念や淪落をそのまま肯定する現実主義でもなく、そのシンパ活動によって、両者の中間の「信頼」「情」「良心」の中理念は守るべきとする「折衷主義」を示したものと考えられた。また、青年期以後の大理念の大東亜共栄圏思想（八紘一宇）に対しても、その理想主義的側面には同意せず、しかし、無理念や堕落を肯定する現実主義でもなく、「人情」「信義」、祖国愛などの中理念によってある程度これに協力するという折衷主義を示したと考えられた。さらに、戦後でも、国際平和主義思想、アメリカ流民主主義、戦後のマルクス主義などの理想主義を「新型便乗」と批判し、しかし安吾のように無理念で堕落した現実を全肯定することなく、「信頼」「良心」、隣人愛などの中理念保持を創作を通じて訴えるという折衷主義と考えられた。

そして、著作のなかでも、典型的には、中期の長篇「正義と微笑」で、主人公の重要な確信として、「生活を離れた理想」ではなく「日常生活に即した理想」として、現実主義と理想主義の間の折衷主義を主張していた。また、同時期の「パンドラの匣」で描いた「希望」も、「病苦、悲哀、嫉妬、貪欲、猜疑、陰険、飢餓、憎悪など、あらゆる不吉の虫」という現実を踏まえたうえでかすかにうたわれるという、現実主義を十分踏まえた理想という折衷主義と考えられた。

したがって、以上の外形的・内面的軌跡や諸作品の検討によっても、太宰は、大理念のように理想主義にすぎず、また小か無理念の現実主義にとどまらない、両者の性格を半分ずつ併せ持つ「折衷主義」だったと考えられた。

太宰は罪責性認識大、罪責性認定中、罪責性意識中

①罪責性認識大、罪責性認定中からの罪責性意識中

ほかの対人ストレス耐性と同じく対人ストレス耐性中にも、人間は基本的には理念性を守ることができず無理念状態に陥ることがあるという認識、罪責性認識は大である。しかし対人ストレス耐性中は、人間（対人ストレス耐性中）は中集団側にあって中理念は担うべきと考えることを反映して、大理念的あり方を実現できない程度には初めから罪責的な存在であるとする罪責性認定中である。そして、この罪責性認定中に表裏して、人性の不如意などによって中理念やそれによる連帯性中を維持できなかった場合に、大理念や連帯性大を裏切った場合ほどではない、ほどほどの自責と苦悩を帯びた罪責性意識中を抱くことになる。つまり、対人ストレス耐性中の罪責性は一般に罪責性認識大、そして罪責性認定中、罪責性意識中と推定された。

そして実際に太宰も、自らの罪責性の問題を描ききった「人間失格」で、これらを著していた。すなわち、主人公・葉蔵は、その成育過程で認めた無理念的・非倫理的生活とともに、「信頼」「人情」などを人間はもつべきであるという中理念を基本的にはもっていたことから、本来的に大理念的あり方は実現できない程度には自らを罪責的な存在とみる罪責性認定中と考えられた。さらに葉蔵は、マルクス主義に対して、主に「信頼」「人情」などの中理念によるシンパ活動で参加し、しかし人性の不如意などのため運動家たちとの信頼関係や連帯性中を裏切ることになって罪責性意識中に襲われるのだった。また葉蔵はその後、周囲の人々の承認を得てタバコ屋の娘ヨシ子と「結婚」して一時の幸福を得たが、ヨシ子の過ち、心中未遂、そして「わかれ」（前掲『人間失格』）によって、またしても周囲の人々（中集団側）との「信頼」「人情」などの中理念を裏切り、継続して罪責性意識中に襲われることになる。このように、精神的自叙伝ともいわれる「人間失格」で、主人公・葉蔵が罪責性認

識大、罪責性認定中、罪責性意識中だったことは、そのモデルである作者・太宰もまた、罪責性認識大、罪責性認定中、罪責性意識中であることを推定させた。

②中理念「信頼」「良心」の完全喪失による「人間失格」

対人ストレス耐性中で、「信頼」「良心」「友情」などの中理念を維持する可能性を完全に喪失したと判断する機会がもしあれば、罪責性認定大と罪責性意識小か無に至る可能性が生じ、対人ストレス耐性中の生理的規定ともいうべき罪責性認定中―罪責性意識中が維持できず、生理的に自分は「人間（対人ストレス耐性中）」ではなくなった、「人間（対人ストレス耐性中）失格」した、と実感すると推定された。

そして実際に太宰は、これをそのまま表題にした「人間失格」を著していたのだった。それは、もともと「人を信じる能力がひび割れて」人々を裏切り続けてきた葉蔵が、「信頼の天才」ヨシ子と結婚し、しかしそのヨシ子も「無垢の信頼心」のために凌辱され、信頼自体の可能性を失いつつあるとき、モルヒネ中毒に陥り、それでも最後に信頼していた知人や友人たちによって精神病院へと半強制入院させられ、ついに「信頼」を維持する可能性を完全に喪失し、郷里の一廃屋に収容され廃人になることで「人間失格」に至る、という物語だった。「人間失格」は、太宰が二十七歳時のパビナール中毒による精神病院半強制的入院をモチーフにする自伝的作品であり、このような葉蔵を描いた著者・太宰もまた当時「人間失格」を体験したものと思われる。すなわち、自身の精神病院半強制的入院を機に、それまでは何とか「信頼」「友情」などの中理念をもちながら罪責性認定中、罪責性意識中で生きてきたのが、中理念の完全喪失によって罪責性認定大、罪責性意識小か無になって「人間（対人ストレス耐性中）失格」してしまうことを体験し、以来十二年をかけてこれを作品化したと考えられた。

太宰は信仰性中、そして祈り親和性中

対人ストレス耐性中の信仰性については、罪責性認定中―罪責性意識中を救済しうる、そして他存在を信じる強度中を反映して、事実命題に基づくと確認できた部分だけ自己を委ねる度合いを抑えることができる、信仰性中というべきものになると考えられた。そしてこの信仰性中の対象になる神は、対人ストレス耐性中の罪責性認定中―罪責性意識中を救済するということからは、罪責性認定中に対応する中理念の保持を支持しまたそれを指示する神で、中理念の中間原理性を反映した父性神と母性神の間の「中間神」になると考えられた。またその際に生じる、祈り親和性については、信仰性中ということより、事実命題に基づくと確認した部分だけ自己を委ねることを抑えた祈り親和性中になると考えられた。

①太宰の「中間神」への信仰性中

そして実際に太宰は、比較的安定した生活を送った中期を中心に、数多くの信仰を扱った作品を著していた。例えば、一九四〇年の随筆風作品「鷗」で、罪責性意識中に表裏して「信仰というものは、黙ってこっそり持っているのが、ほんとうで無いのか」と、信仰性中であることを述べていた。また、同年の「駆け込み訴え」では、ユダがキリストに対して、数多くの欠点を認めながらも、世間を超越した隣人愛そして神の子であるという、事実命題に基づくか確かめようがない部分も信じて従っているという信仰性中を著していた。さらに同年の私小説的作品「善蔵を思う」では、神の教えとしてさりげなく、人の善意、良心、無抵抗主義の肯定をうたっていて、太宰の神は中理念をうたう「中間神」といえるようであった。また、最晩年の「人間失格」からも、その神は「信頼」、無抵抗などの中理念を支持し指示する、つまり大理念や理想にかなっていない堕落したあり方であってもそれを許す母性性と、しかし中理念の「信頼」や無抵抗を完全に喪失した場合はこれを「人間失格」させて罰する父性性を併せ持つ「中間神」と考えられた。

②太宰の祈り親和性中

さらに太宰は、この信仰性中に表裏する祈りを数多く描き、それを当然のことと肯定していた。例えば「鷗」では、「花一輪に託して、自己のいつわらぬ感激と祈りとを述べるがよい」（前掲「鷗」）と、戦場の兵士に信仰や祈りがあることを当然のこととした。また、中期の「姥捨」のなかで、「「滅亡するものの悪をエムファサイズしてみせればみせるほど、次に生れる健康の光のばねも、それだけ強くはねかえって来る。それを信じていたのだ。私はそれを祈っていたのだ。（略）」（略）ひたと両手を合せた。祈る姿であった。みじんも、ポーズではなかった」（前掲「姥捨」）と、心中行の途中での夫・嘉七（太宰）の祈りを描いた。そして最晩年の「人間失格」でも、主人公・葉蔵（太宰）は、転がり込んだ先のシズ子親子に対して、「いい親子。幸福を、ああ、もし神様が、自分のような者の祈りでも聞いてくれるなら、いちどだけ、生涯にいちどだけでいい、祈る」（前掲『人間失格』）と、葉蔵による祈りの姿を描き、「如是我聞」でも、志賀直哉らを批判して「芥川の苦悩がまるで解っていない（略）日陰者の苦悶。弱さ。聖書。生活の恐怖。敗者の祈り」（前掲「如是我聞」）と、祈る行為をそれほどの自覚もなく肯定していた。

これらはいずれも、対人ストレス耐性大の亀井のような一も二もなく全存在を投げ出して雀躍として祈るといった祈り親和性大よりは抑えぎみの、信仰性中に表裏した祈り親和性中と考えられた。

太宰は社会運動性中

対人ストレス耐性中は、中理念そして「信頼」「情」などを介して中集団側、連帯性中をなし、それによって社会問題の解決や社会制度の改良・変革を目的とする活動である社会運動性中をなすと推定された。

そして実際太宰は、青年期には、大理念であるマルクス主義への信奉を介するというよりは運動家たちへの「信頼」「人情」などの中理念を介したシンパ活動をおこない、戦時下では、大理念の大東亜共栄圏思想への信奉を介するというよりは、日本人同胞への「同情」「信義」、そして祖国愛などの中理念を介して、地域防衛活動や、日本文学報国会の委嘱を受けて〝国策小説〟執筆などの社会活動をおこなった。そして戦前・中・後と変わらず、「信頼」「友情」「良心」「新しい倫理」「道徳革命」などの中理念を実現するために、いくらかは社会運動の側面を有しうると思われる文学活動をおこなった。したがって太宰は、中理念を介した中集団側での連帯性中をもって、社会運動性中をなしていたと考えられた。

太宰は歴史・伝統・文化意識中、死後の名誉・業績重視中

対人ストレス耐性中は、中理念から形成される歴史や伝統、文化をある程度継承していける中集団に準拠し、またそれらが中集団の形成と維持に有効なので、歴史や伝統、文化への評価は中程度の歴史・伝統・文化意識中になり、さらに同様の理由をもって、生前の中理念実現を評価する死後の名誉・業績評価中と推定された。

①太宰は歴史・伝統・文化意識中

そして実際に太宰は、古典に取材した「新釈諸国噺」「清貧譚」「新ハムレット」、フォークロアを題材にした「魚服記」「雀こ」「お伽草紙」などで、古典やフォークロアに時代を超えた文学性や理念性を認め、「右大臣実朝」では源実朝の生き方に滅亡するものの精神性の貴族という理念的価値を見いだすなど、歴史や伝統、文化に対する肯定的姿勢を示していた。そして、風土記「津軽」でも、津軽の血脈、伝統、文化が自らに引き継がれていることを肯定的に捉え、弘前城を有する弘前の歴史や伝統、文化にも肯定的評価を表していた。生活・諸言動面からは、高校生時代に熱心に義太夫を習ったことや、血筋や名門の出かどうかに強くこだわった面があること、そして敗戦後の混乱期にあっても「天皇」「保守」を支持したことなどから、歴史や伝統、文化に対する肯定的姿勢が認められた。

このような、太宰の歴史・伝統・文化意識は、対人ストレス耐性大である亀井の世界に及び永続する歴史・伝統・文化意識大と、対人ストレス耐性小か無である安吾の小か非集団でのせいぜい数代で終わる歴史・伝統・文化意識小か無の間といえ、歴史・伝統・文化意識中と考えられた。

②太宰は死後の名誉・業績評価中

太宰の死後の名誉や業績に対する評価については、まず、その自然で率直な肯定の姿勢を、戦後発表した「パンドラの匣」の主人公・雲雀の〝人は死んで評価が定まる、むしろ評価が高まる〟という思いにみることができた。さらに、死後の名誉や業績の評価は、生命価値よりも理念性を高く評価する姿勢を生む場合があり、中期の名作「走れメロス」の、死を賭して「信頼」と「友情」を守ろうとしたメロスに、その典型例をみることができた。また作品中だけでなく、最後の玉川心中死という太宰の実際の行動からも、同様の価値観が推定できると考えられた。それは、この悲劇的で反価値的な心中死という「反立法の役割」を果たすことによって、後世に「太宰治」と「人間失格」などの諸作品と、それらが訴えた「信頼」「友情」「良心」、隣人愛などの中理念が伝説になって受け継がれていくことを、太宰は半ばわかっていたと思われるためだった。

このような太宰の姿勢は、対人ストレス耐性大の亀井の大理念が世界で末永く伝えられて大いに評価されるという死後の名誉・業績評価大と、対人ストレス耐性小か無の安吾の〝死ねばすべて終わり〟というような死後の名誉・業績評価小か無との間の、死後の名誉・業績評価中と考えられた。

太宰は対人ストレス耐性中

ここまでみてきたように、太宰は青年期までの軌跡から対人ストレス耐性中と推定され、その後の青年期以降の軌跡でもたしかに対人ストレス耐性中としての諸特徴が認められた。

それはまず、中集団側にあり、他存在を信じる強度中の「信頼」「信義」を介して、連帯性中をなすというものだった。また、「信頼」「良心」「倫理」「道徳」「友情」「人情」から、歴史・伝統・文化意識、民族意識、郷土愛、祖国愛などに至る中理念を担い、それは「準中理念」で「中間原理」、そして「折衷主義」であり、「相反価値止揚理念」のかたちをとることが多く、しばしば「反立法の役割」を生むのだった。さらに、罪責性認識大、罪責性認定中、罪責性意識中で、中理念を完全喪失してしまうと「人間失格」してしまう、中間原理の「中間神」を神とする信仰性中、祈り親和性中であり、また社会運動性中で、歴史・伝統・文化意識中、さらに死後の名誉・業績評価中といった諸特徴を示したのだった。

このように、その生涯にわたる内面的・外形的軌跡で対人ストレス耐性中の多くの諸特徴を示したことから、太宰は対人ストレス耐性中として理解できるのではないかと考えられた。

第8章　亀井、太宰、安吾の相互批評
——対人ストレス耐性大／中／小か無の相互批評

1　相互批評の生理

三者で比較される基本的諸特徴

ここで、対人ストレス耐性大の亀井、対人ストレス耐性小か無の安吾、そして対人ストレス耐性中の太宰のそれぞれの検討を終えるが、最後にこれら三者の間の相互批評について述べたいと思う。そのためにはまず、これまでの検討で判明した三者の基本的な諸特徴を、あらためて対比して挙げておきたい。

①集団側性と連帯性

対人ストレス耐性大の亀井は大集団側で連帯性大、対人ストレス耐性中の太宰は中集団側で連帯性中、対人ストレス耐性小か無の安吾は小か非集団側で連帯性小か無だった。

②理念性、強理念性、原理性、主義性

対人ストレス耐性大の亀井は、大理念、強理念性で強大理念をもち、その原理は父性原理で、また理想主義だった。対人ストレス耐性中の太宰は中理念、準強理念性で準中理念をもち、中間原理で折衷主義だった。また準強理念性からは相反価値止揚理念としての理念提示が多かった。対人ストレス耐性小か無の安吾は純理念、あるいは小理念そして弱理念性からの弱小理念、または無理念にあり、母性原理で現実主義だった。経時的には、青年期までしか存続しえない純理念から、価値相対性に触れて長く無理念、ニヒリズムに陥って、のちに弱小理念をもつようになる、という経過が考えられた。

③他存在を信じる強度

対人ストレス耐性大の亀井は他存在を信じる強度大で、信仰や信奉を介して、大集団側で連帯性大をなした。対人ストレス耐性中の太宰は他者を信じる強度中で、信頼や信義を介して、中集団側で連帯性中をなした。対人ストレス耐性小か無の安吾は他存在を信じる強度小か無で、信用を介するか非信で、小か非集団側で連帯性小または無だった。

④罪責性

どの対人ストレス耐性も、人性の不如意や不可抗力的な外的状況変化などから罪責性を免れることができないという罪責性認識大だが、対人ストレス耐性大の亀井は強大理念をもつことから罪責性認定小か無、そしてこれに表裏して罪責性意識大になるのだった。対人ストレス耐性中の太宰は準中理念をもつことから罪責性認定中、そしてこれに表裏して罪責性意識中になるのだった。対人ストレス耐性小か無の安吾は弱小理念か無理念であることから罪責性認定大、そしてこれに表裏して罪責性意識小か無になり、例えば完全なる堕落やニヒリズムも自然、当然と肯定できるのだった。

⑤「人間失格」の条件

対人ストレス耐性大の亀井は、強大理念をもち大集団側にあって罪責性認定小か無、罪責性意識大であることを維持できなくなったとき、その生理（対人ストレス耐性大）を維持できず「人間失格」すると推定された。対人ストレス耐性中の太宰は、準中理念をもち中集団側にあり罪責性認定中、罪責性意識中であることを維持できなくなったとき、その生理（対人ストレス耐性中）を維持できず「人間失格」するのだった。一方、対人ストレス耐性小か無の安吾は、無理念で非集団側にあって罪責性認定大、罪責性意識小か無に陥っても、その生理（対人ストレス耐性小か無）には適合的であるため、「人間失格」することはないのだった。

⑥信仰性と神概念、祈り親和性

対人ストレス耐性大の亀井は、他存在を信じる強度大と罪責性意識大からの救済希求によって信仰性大になり、祈り親和性も大、そしてその神は父性原理で強大理念の保持を命じる父性神だった。対人ストレス耐性中の太宰は、他存在を信じる強度中と罪責性意識中からの救済希求によって信仰性中になり、祈り親和性も中、その神は中間原理で準中理念の保持を命じる中間神だった。対人ストレス耐性小か無の安吾は、他存在を信じる強度小か無と罪責性意識小か無から救済希求小はほとんどないために信仰性小か無になり、祈り親和性も小か無、その神は母性原理で弱小理念の保持でいい母性神であるかそもそも無神（論）だった。

⑦社会運動性

対人ストレス耐性大の亀井は強大理念、大集団側、連帯性大によって社会運動性大に、対人ストレス耐性中の太宰は準中理念、中集団側、連帯性中によって社会運動性中に、そして対人ストレス耐性小か無の安吾は弱小理念あるいは無理念、小か非集団側、連帯性小か無によって社会運動性小か無になるのだった。

⑧歴史・伝統・文化意識と死後の名誉・業績評価

対人ストレス耐性大の亀井は、強大理念をもち、世代継承性大の大集団側にあって、歴史・伝統・文化意識大、死後の名誉・業績評価大になるのだった。対人ストレス耐性中の太宰は、準中理念をもち、世代継承性中の中集団側にあって、歴史・伝統・文化意識中、死後の名誉・業績評価中になるのだった。対人ストレス耐性小か無の安吾は、弱小理念をもつか無理念で、世代継承性小か無の小か非集団側にあって、歴史・伝統・文化意識小か無、死後の名誉・業績評価小か無になるのだった。

⑨対システムストレス耐性

対人ストレス耐性とは逆の概念になる対システムストレス耐性に関しては、対人ストレス耐性大の亀井は対システムストレス耐性小か無、対人ストレス耐性中の太宰は対システムストレス耐性中、対人ストレス耐性小か無の安吾は対システムストレス耐性大と考えられた。

対人ストレス耐性大／中／小か無から推定される相互批評

このような対人ストレス耐性から規定される、対照的な諸特徴からは、それらに対応するような、対人ストレス耐性大／中／小か無の三者間の相互批評が生じることが推定される。それは、それぞれが自らの諸特徴こそが「人間（各対人ストレス耐性）」のあり方のスタンダードと考え、なおかつそれらが対人ストレス耐性によって相違していることを知らないからである。そのありようを、すでに触れている部分も含め、対人ストレス耐性大の亀井、対人ストレス耐性中の太宰、そして対人ストレス耐性小か無の安吾の間の、実際の相互批評のなかにみていきたい。

一般的には、それは、自己の基本的な諸特徴を批評対象ももっているはずだと自己投影したり、それから外れている部分については、「人間（各対人ストレス耐性）」としては自らの諸特徴のようにあるべきだと相手を批判したり、あるいは逆に自らにはないその特徴を評価したりすること、などが推定される。

2　太宰と亀井の相互批評

対人ストレス耐性大の亀井から対人ストレス耐性中の太宰への批評

①亀井からみると太宰はより繊細で敏感、感受性が高いと批評される

先にまとめたように、各対人ストレス耐性の諸特徴の相違からほかの対人ストレス耐性に対する批評が生じるのだが、何よりまず、対人ストレス耐性そのものに対する素朴な評価も生じるだろう。それは例えば、対人ストレス耐性大の亀井からみると、対人ストレス耐性中の太宰は対人ストレスにより耐えることができない、つまり繊細で敏感、感受性が高い、とする次のような批評である。

彼と話すのは、なかなか骨が折れるのだ。言葉のなまりこそ東北弁とはいえ、この繊細な神経家は、わずかな言い廻し、ふとした比喩、ちょっとした悪口にでもすぐ傷つくのだ。人の傷痕にふれることは、罪悪にはちがいない。他の話をしながら、無意識裡に人を傷つける場合もあろう。太宰にはそれがこたえる。（前掲

（「無頼派の祈り」）

太宰は自己の傷に対して敏感すぎるほど敏感であったように、他人の傷に対しても、極度にいたわろうとする繊細な感覚をもっていた。（同作品）

太宰君の文学に接する人は、おそらく第一に作者の感受性の鋭さにうたれるであろう。（略）太宰君は何に怒り、何に悲しんでいるのか。彼の感受性は実に傷つき易いのであるが、深傷を受ければ受けるほどその復讐心は大きい。いわば感受性の犠牲者たることによってはじめて世俗に逆襲するのだ。（略）この感受性の鋭い人が政治闘争に耐えたはずはない。たちまち脱出逃亡する。（同作品）

しかし、より「鈍感」な対人ストレス耐性大の亀井としては、その「敏感」さを少し批判したくなる思いも生じただろう。対人ストレス耐性大としての「人間」基準からは、太宰は過剰に「敏感」であると。それは、前述した引用文のなかの「彼と話すのは、なかなか骨が折れるのだ」「敏感すぎるほど敏感」「感受性の犠牲者」といった評にも、すでに含意されている。さらには、「汝の隣人へ奉仕するために「道化」を演じなければならぬ」（同作品）ず「必死にお道化のサービスをしたのです。こうなるともはや、いたましいというほかはない」（同作品）という評論にも、これが表れていると思われる。

②亀井は太宰に自らの大理念性と罪責性意識大を投影する

亀井は、このような対人ストレス耐性との関係を知らないために、対人ストレス耐性大としての自らの大理念性と罪責性意識大を、太宰に自己投影してしまいがちになることが推定される。太宰も自らと同じ「人間（対人ストレス耐性大)」と考えるからだ。例えば、自らの大理念性を太宰に投影してだろう、次のように太宰を評する。

「民衆の中へ」、そして「民衆の友」となること、この階級的自己否定は、少年の日から貫く唯一と云っていい悲願であったろう。(略)太宰治の本質、もし一言で云うことがゆるされるならば、彼は津軽のナロードニキなのである。私は全作品のなかに正義派を見る。極端な自己虐使の上に立つ正義感である。聖書が、異教的にではあるが、あれほど作品中に用いらるる根本の理由もここにある。(略)根底において彼は厳しい正義派であった(同作品)

さらに、自らの罪責性意識大も太宰に投影したうえで、次のように太宰を評する。

太宰君の感受性は信仰まで高まった峻厳さをもつと云ったが、それはただ俗を撃つのみではない。同じ強烈さをもって自分自身にも刃は向けられる。反省力の強さなどというものではない。一口に云えば罪悪感の深さである。太宰君ほど俊敏に俗を嘲弄しながら同時に罪の意識を大胆に述べている作家は少ない。作品のいたるところに、様々の人物を仮りて、当代のパリサイ人が断罪されているのを読者はみるであろう。同時に、作者の深奥の呻吟を聞くであろう。自ら自らを断罪した人の慟哭を聞くであろう。(同作品)

さらに亀井は『ヴィヨンの妻』の解説で、太宰の罪意識を「原罪」と呼び、それが死と直結するようなものだったと述べている。このことからも、対人ストレス耐性大の罪責性意識大そしてそれに表裏する「倫理」とされた大理念の、太宰に対する自己投影をみてとることができるように思われる。

太宰はその本質において倫理的な人である。（略）その最大の証明は彼の抱いた罪の意識である。義の愛である。（略）家庭破壊という表面の意味だけでなく、むしろ原罪ともいうべき、生得的なものがあって、これは全作品について言える。作家であることを既に罪とした人だと言ってもいい。太宰の宿命であるこの点は、『人間失格』などに最も明かにあらわれていると思う。彼の死は、根底においてその倫理癖から来たのではないかとさえ私は思っている。これも宿命的なものだが、倫理観念がなければ罪悪感も出てこない筈だ。或る人にとっては一時の快楽として、何のこともなくうちすてて通ることでも、太宰にとっては死の苦痛となるのだ。晩年の諸作は、肉体上の衰弱もむろんあったろうが、この苦痛が死にまで直結していたことは誰にも明らかであろうと思われる。罪と死は、晩年の最も主要なテーマではなかったろうか。（亀井勝一郎「解説」、前掲『ヴィヨンの妻』所収）

③亀井は、太宰の中理念性と罪責性意識中を批判する

ⓐ亀井による、太宰の「はにかみ」への賞讃

しかしながら亀井は、太宰の中理念性と罪責性意識中に対して、自らの大理念性と罪責性意識大とは少し異なるあり方ではないか、と思う場合も生じただろう。ただしばらくの間は、これを自らの大理念性や罪責性意識大のバリエーションの範囲内と考えていたのではないかと思われる。この、大理念性、罪責性意識大を少し抑制することになる中理念性や罪責性意識中の印象とは、例えば、亀井が太宰に宛てて評価する「はにかみ」に表れているように思われる。

いかなる道徳も生硬化することで、人を傷つける。（略）「いたわり」こそ微笑の本質であり、「汝の隣人を愛せよ」といったときの愛であり、倫理であった。同時にそれは彼の考えた「文化」の本質でもあった。

「はにかみ」を文化の特質と考えていたことに注目しよう。（前掲「無頼派の祈り」）

「微笑をもって正義を為せ」（略）微笑とは、かれの表現をかりるなら「はにかみ」と云ってもよい。「はにかみ」こそ反俗精神の彼独特なあらわれ方であり、これを最上の美徳とも呼びたかったはずである。（同作品）

この「はにかみ」は、亀井が隣人愛であり倫理のひとつの側面とも捉えているように、〝人々にとっての善いこと、正しいこと〟である理念として捉えてもいいものと思われる。そしてそれは、他者への「いたわり」を伴い、生硬化しない道徳として、あからさまに大理念を掲げるというのではない、それよりは控えめで抑制したあり方を指していると思われる。それは大理念によって解決できない人と人の間の対立、対人ストレスに対処しようとする部分を有する、対人ストレス耐性大の強大理念性や欲動性大を抑制したあり方のひとつで、その対象が小集団は超えるだろうことから、中理念のあり方を指しているとみていいように思われる。

対人ストレス耐性大の亀井は「政治的動物」としてひとつの主義、理念、理想などの強大理念をもって、他者を圧倒し裁断していた過去への反省を込めて、対人ストレス耐性中の太宰の「はにかみ」に認められる準中理念性や欲動性実現への適度な抑制性を賞讃したのではないかと思われる。ただし、あくまでこれを自らの大理念性や罪責性意識大のバリエーションの範囲内と考えてのことだろうが。

そして、この「はにかみ」と関連して「気障」もまた、太宰によってよく表現されていると亀井は述べている。これも「はにかみ」と同じく、理念をあからさまに表明するのではなく、「対象を、真向から力づくで描くことを拒否し、常に角度をわざと変えて軽妙な筆をと志した」（同作品）というように、強大理念性を一部自己批判して、抑制した中理念性のあり方を示す言葉ではないかと思われる。そして同じくこれを亀井は評価しているのだが、それも、あくまで自らの大理念性や罪責性意識大のバリエーションの範囲内と考えてのことと思われる。

ある意味で、愛ほど人を傷つけ、己を傷つけるものはないのだから。その微妙性に、太宰は七転八倒した感がある。「気障」という言葉でいつも自分を叱りつけているのもそのためだ。（略）「愛」を「正義」と代えても同じことである。時と場合によっては、正義ほど人を傷つけ、己を傷つけるものはないのだから。その苦痛から「愛をもって正義を為せ」という彼の理想主義が生れる。対象を、真向から力づくで描くことを拒否し、常に角度をわざと変えて軽妙な筆をと志した理由もここにある。（同作品）

ⓑ太宰の「はにかみ」「気障」で示される中理念性は抑制が強すぎると批判

「はにかみ」「気障」はともに、中集団を対象にしてあからさまな理念提唱を抑制した準中理念性のあり方のひとつのように思われる。そして結局、本質的には、「はにかみ」「気障」あるいはこれらをもって示される対人ストレス耐性中の中理念は、対人ストレス耐性大には、抑制が強すぎると感じ、もっと率直に理想や大理念を主張していい、と批判したくなる場合も生じるだろう。つまり、対人ストレス耐性大の亀井の強大理念性からは、対人ストレス耐性中の太宰の準中理念性は抑制が強すぎるのであり、もっと率直に大理念や理想を主張しその実現を目指していい、と批判したくなるのである。例えば次のように。

作家としての太宰治のユニークな武器は、はにかみである。武器としてはおよそ無力なこの武器を、「蛇のごとく慧く、鴿のごとく素直に」使う。その正義感は、極度のはにかみをもってしか現われないから、偽態とまちがわれる。彼は正義を、微笑をもって、真理を、冗談をもって言うから、ふざけているように誤解される。ぞんざいな形で言われた真実、ここに愛情を思う人だ。むろんこれが自在性を得るためには老熟を待

たねばならず、現在この点で若さがみえるのは止むを得まい。(同作品)

太宰のはにかみには少し病的なところがある。作品(殆ど全部といってよい)中に、最も多く出てくる言葉は「気障」という言葉である。この言葉に、私はいつもつまづく。それがくりかえされると、「気障」でないものまで気障になり、気障という言葉が気障になる。私はこの言葉が消え去ることを望む。何かしら、過剰なものを感ずる。何が一体気障なのか。ストイックであれと云いたくなる。(同作品)

Ⓒ「思想遍歴」を書いていない太宰の強大理念性、罪責性意識大の不十分さを批判

このように、対人ストレス耐性中の準中理念性を反映するだろう「はにかみ」「気障」を批判することは、そのまま対人ストレス耐性中である太宰の、強大理念性としての不十分さとそれに表裏する罪責性意識の不十分さへの批判に通じることになると思われる。つまり、本心では、強大理念性、罪責性意識大こそが「人間(対人ストレス耐性大)」のあり方だと考えているだろう亀井は、対人ストレス耐性中の太宰の強大理念性と罪責性意識大としての不十分さを批判したくなるのである。そのひとつの表れとして、太宰が「思想遍歴」を書いていないことに対する亀井の批判があるように思われる。すなわち、「人間(対人ストレス耐性大)」は強大理念をもち、不可避的な転向によって罪責性意識大になり、続いて新たな強大理念を得て「新生」するという遍歴をたどるものである、したがって、著述家であればこうした「思想遍歴」を著すはずであり、それをしなかった太宰には「重要な一つの空白」があるのだ、と。

青年時代に共産主義の洗礼をうけた点を重視したい。(略)私は彼がなぜ自分の「思想遍歴」をまともに描かなかったかふしぎに思っている。女との情死の失敗についてはくりかえし描きながら、共産主義への接近

から離反という、この時代の一特徴ともいえる「転向」の苦を彼なりに味わったはずだが、それを主題として描いた作品はない。語るにしのびないほど酷烈なものであったのか。或いは語るに足るほどのものではなかったのか。そうではあるまい。全作品を一筋の道のようにつらぬいているのは、「逃亡者」の苦悩であり、「裏切り」の苛責である。（略）太宰文学は重要な一つの空白を残しているのではないか。「思想遍歴」を、偶然か故意か描かずに終わったことを私は遺憾としたい。（同作品）

この亀井の太宰批判は、彼が対人ストレス耐性に規定される「人間」観の相違を正しく認識していないことを物語っているといえるだろう。すなわち、「はにかみ」をもって生き、人の原罪性を半ば肯定する対人ストレス耐性中の太宰には、亀井の『我が精神の遍歴』のような、強大理念を抱くもその後転向を繰り返し罪責性意識大を得る、といった「思想遍歴」を書くことはできない。あとで詳しく説明するように、太宰は述べるのである、「「余はいかにして何々主義者となりしか」といった思想遍歴を書くことが出来ぬし、又そういった事が信ぜられぬ」（前掲「苦悩の年鑑」）と。

④亀井は自らの祈り親和性大、信仰性大を太宰に投影しながらも、その信仰性中を批判

ⓐ亀井は自らの祈り親和性大を太宰に投影

対人ストレス耐性大の亀井は、自らの祈り親和性大を太宰に対しても投影することが推定される。例えば、次のような、「祈り」が太宰作品の真髄であって、それは「神のみ心のままに」というように神への完全な「信仰」を反映している、という見解に表れているように思われる。

太宰君の所謂饒舌とは、饒舌ではない。物語作家としての稀有の手腕もさることながら、むしろ彼の深奥の祈りを奏でる音楽――いくつかの弦と管の合奏であって、根源にあるものは一筋の端的率直な祈念にすぎない。反俗の魂と罪の意識と、これが形成する精神の葛藤――地獄と云ってもいい――そこからのひそやかな、唯一の祈念をみないものは太宰君の作品の真価を解しえぬであろう。（略）彼の精神が様々の試みに遭ったように、その小説という形態もまた様々の試みに遭っているのだ。そう私は思っている。しかしどんな試みに遭おうとも、太宰君を私は信ずるのである。何故か。かれは最終に於いて「神のみ心のままに」と祈りうる人だからである。（同作品）

さらに亀井は、「太宰文学が内包する祈り」「太宰文学は一面において祈りの文学」（同作品）などと評するように、各作品のほとんどに「祈り」をみている。例えば、「HUMAN LOST」は「救いを求める真摯な、祈りの声で（略）その中にひびいている彼の祈りと、人を傷つけまいとするやさしさ」（同作品）を見失ってはならないとし、これに続く「燈籠」「満願」は、「彼の祈りのこもった、且つ再生の光りのほのかに表れた記念すべき小品」（同作品）だと評する。そして「富嶽百景」は「再生の祈りの結晶」であり、「正義と微笑」は「全編いたるところに聖書の言葉が引用されている（略）太宰文学の「祈り」のあらわれ」（同作品）としている。「右大臣実朝」については「太宰文学が内包する祈り（略）史上の人物としては、それを宿するに足る唯一の人物が実朝で」あり、最晩年の「斜陽」では「四人四様の斜陽。死の四重奏。そこに生じた無頼派の祈禱」（同作品）が描かれている、と論じている。さらに、この太宰を論じた「無頼派の祈り」という書名自体にも、亀井による太宰への祈り親和性大の投影をみることができるように思われる。例えば亀井は、同書の核心的と思われる部分で次のように述べている。

聖書を常に愛読し（略）近来の彼の、人生に処す覚悟ともなり、創作の方法論ともなったものは、マタイ伝十章につきるであろう。（略）彼はこれらの聖句を以て背徳の指針としたのである。聖書は無頼派の聖書と化した。これらの言葉は無頼派の祈禱となった。近来の作品の根底にあるものはこの祈禱である。（同作品）

さらには、同じ無頼派の中原中也とともに太宰に対して、自らと同じ「信仰」と「激しく深い祈り」としての祈り親和性大を投影して、次のように述べる。

太宰が晩年になって聖書にいよいよ傾倒したように、中也はカトリックへおもむくのである。いずれも無頼派であり、同時に激しく深い祈りを秘めていた。（同作品）

「いずれも無頼派であり、同時に激しく深い祈りを秘めていた」という評には、亀井自らの、罪責性意識大を救済するものとして、自らの全存在を投げ出し雀躍としてぬかずく、というような祈り親和性大を、中也そして太宰に投影した可能性が考えられる。

また、すでに取り上げた「富嶽百景」で「太宰」は、目の前の遊女たちの悲惨の解決を富士山に「たのむ」、ということを思い付いたのだった。そして、対象になる他者が超越的な存在で超越的作用に近づくほど、この「たのむ」は「祈る」に近い行為になると述べたが、亀井はこれを大絶賛するのである。

これがとかく、誇張とか、ウソッパチとかにとられるのだ。とんでもない誤解だ。素直な心情の読者には、ちゃんと太宰の善意が電流のようにピリピリッと伝わっているであろう。だから「富士にたのもう。突然それを思いついた。おい、こいつらをよろしく頼むぜ。」となる太宰だ。（同作品）

こうした「たのむ」―「祈る」への大絶賛にも、太宰に対する亀井自身の祈り親和性大の投影の影響をみてとることができるのではないかと思われる。

❺亀井は自らの信仰性大を太宰に投影

先にも少し触れたが、祈り親和性大は信仰性大と深く関連、表裏するものであり、亀井は太宰に対して自らの信仰性大も投影していると推定される。それは、次のような（一部前述部分も含めた）いくつかの太宰評にみてとることができるだろう。

太宰治の全作品をつらぬき、またその生涯にいつもむすびついていたのは聖書である。（略）「聖書」と太宰文学との関連を無視したならば、太宰文学の理解は不可能だと言って過言であるまい。全く独自のかたちで聖書は彼の内部にふかく入っている。それは青年時代における共産主義への近接とも関係があろう。彼の抵抗と生存と祈りの根底に、聖書をおいて考えなければならない。（略）彼自身の聖書への態度には微塵もごまかしはなかった。衷心の祈りであり、作品における実践の基準であったと言っていい。（同作品）

太宰君の文学に接する人は、おそらく第一に作者の感受性の鋭さにうたれるであろう。（略）太宰君にあってはそれは（略）倫理をすら超えた信仰の問題なのである。（略）太宰君の感受性は信仰まで高まった峻厳さをもつ（略）一口に云えば罪悪感の深さである。太宰君ほど峻厳に俗を嘲弄しながら同時に罪の意識を大胆に述べている作家は尠い。（同作品）

これらの評では、「聖書への態度」は「衷心の祈り」であり、「罪の意識を大胆に述べている」「罪悪感の深さ」を背景に、「「神のみ心のままに」と祈り」を捧げるそれは「倫理をすら超えた信仰の問題」だとして、亀井は自らの罪責性意識大に表裏する信仰性大を、太宰に投影しているものと思われる。ここでは、太宰が述べた「信仰というものは、黙ってこっそり持っているのが、ほんとうで無いのか。どうも、私は「信仰」という言葉さへ言い出しにくい」（前掲「鷗」）というような、「信仰」―信仰性大を抑制した信仰性中のあり方に対する認識が十分ではないように思われる。

ⓒ亀井による太宰の信仰性中、祈り親和性中批判

しかし亀井は、太宰が自らの罪悪性を最も深く追求した「人間失格」で、葉蔵（太宰）がその罪責性意識に応じて自ら罰を想定していることを批判する。すなわちそこに、そうした想定さえもできずにただ信奉し祈念するしかない、という対人ストレス耐性大の信仰性大と祈り親和性大とは異なるあり方、信仰性中と祈り親和性中を感じて、それを批判しているのである。

つまり亀井は、葉蔵（太宰）の独白「信仰。それは、ただ神の笞を受けるためだけにうなだれて審判の台に向う事のような気がしているのでした。地獄は信ぜられても、天国の存在は、どうしても信ぜられなかったのです」（前掲『人間失格』）に対し、次のように批判する。

しかし信仰の危機でもある。なぜなら信仰は自己よりのものではなく、神より与えられるものであるからだ。「転身」は自己のみでは完成しない。「転身」させる原動力として神の愛が伴わなければならない。太宰は聖書によって、事実上転身を迫られたはずである。それは赦す赦さぬの問題ではなく、また罪に対する罰というこ
とでもない。罪も罰も自己計量せず、これを神に委ねるという究極の祈りの問題である。救いの有無を計算することではなく、ただ祈り委ねるという気持である。太宰は聖書を自己流の指針としすぎたように思

われる。（前掲「無頼派の祈り」）

太宰の信仰性中で祈り親和性中での、事実命題に基づくものかを検証する部分が、そしてそれによって罪責性認定中—罪責性意識中になることが、信仰の「自己計量」「救いの有無を計算する」として、亀井の信仰性大、祈り親和性大からは批判したいところと思われる。同様に、亀井はまた次のようにも述べる。

太宰治はむろんキリスト教徒ではありません。聖書を愛読しつつ、彼は猛然と頭をもたげて神をみつめ、その権威に向って、自己の権威を立てようとしたのです。自己の権威とは何か。かれが心中ひそかに企てたことは、神がもし自分を罰しないならば、自分で自分を罰しようということだったと思います。神の領域を犯す傲慢な態度を以て、彼は自己に下すべき「罰」を計画したのであります。（略）「愛」の有無ではなく、「罰」の有無について、彼は神を試みる位置に己を置いたのであります。何という傲慢でしょう。何という虚構。これが彼が最後に、「斜陽」「人間失格」において試みた虚構の実態です。（同作品）

対人ストレス耐性中の太宰の信仰性中、祈り親和性中での、事実命題に基づくものかどうかの検証をする部分、そしてそれによって自ら罪責性認定中—罪責性意識中になることが、亀井には「神を試みる位置」「神の領域を犯す傲慢な態度」にみえたと思われる。それは例えば、キリストに「酒飲み」（前掲『愛と苦悩の手紙 改訂』）や通常の人間と同じような弱さや過ち、迷いを投影（前掲『駆け込み訴え』）したうえで信仰を傾けるという信仰性中のあり方である。すなわち、対人ストレス耐性大の亀井の、父性神に対してその強大理念を検証する余裕もなくただただこれを信奉して祈念する、という信仰性大で祈り親和性大からは、このような事実命題に基づくものかどうか検証する部分が、「傲慢」「自己の権威を立てる」「神を試みる」行為として批判されたと思われる。

亀井は、自らの信仰性大で祈り親和性大を太宰に投影したのだが、やはり投影しきれない部分を発見して、これを批判したのである。これは一般的には、対人ストレス耐性大からの対人ストレス耐性中の諸特徴に対する批判に相当するものと考えられる。

⑤亀井から太宰への批評

したがって、ここまでを総合すると、亀井による太宰への直接の批評として、まず、対人ストレス耐性大の亀井の大理念性、罪責性認定小か無―罪責性意識大、信仰性大、祈り親和性大を、対人ストレス耐性中の太宰に自己投影はする。しかし、結局は投影しきれない部分を見いだして、対人ストレス耐性中の中理念性、罪責性認定中―罪責性意識中、信仰性中、祈り親和性中を批判するに至る、という構造が認められるように思われる。

それは、章の冒頭で推定したとおり、「自己の基本的な諸特徴を批評対象にもあるはずであると自己投影したり、それから外れている部分については「人間（各対人ストレス耐性）」としては自らの基本的な諸特徴のようにあるべきだ、と相手を批判したりする」、という一般的な批評構造が、対人ストレス耐性大である亀井から対人ストレス耐性中の太宰に対する批評として認められたものと考えられる。

対人ストレス耐性中の太宰から対人ストレス耐性大の亀井への反応

一方、太宰から亀井に対する直接的な批評に相当するものはほとんどない。そこで、直接的な相互批評ではないが、それに相当するといえそうな記述を一つだけ取り上げる。

すでに述べたように、対人ストレス耐性大の亀井は、大理念を人性の不如意などで維持できず罪責性意識大をもって転向を繰り返すことは「人間（対人ストレス耐性大）」として必然なので、著述家ならば「思想遍歴」を書くはずであると述べ、太宰が思想遍歴を著さなかったことに関して、「偶然か故意か描かずに終わったことを遺憾」とし「太宰文学は重要な一つの空白を残している」と批判したのだった。これに対して太宰は、敗戦後「私個人の思想の歴史」を記したという「苦悩の年鑑」で、次のように、自らは「思想遍歴」などを書くことはないことを述べている。

所謂「思想家」たちの書く「私はなぜ何々主義者になったか」などという思想発展の回想録或は宣言書を読んでも、私には空々しくてかなわない。彼等がその何々主義になったのには、何やら必ず一つの転機というものがある。そうしてその転機は、たいていドラマチックである。感激的である。私にはそれが嘘のような気がしてならないのである。信じたいとあがいても、私の感覚が承知しないのである。実際、あのドラマチックな転機には閉口するのである。鳥肌立つ思いなのである。下手なこじつけに過ぎないような気がするのである。それで私は、自分の思想の歴史をこれから書くに当って、そんな見えすいたこじつけだけはよそうと思っている。私は「思想」という言葉にさえ反撥を感じる。まして「思想の発展」などという事になると、さらにいらいらする。猿芝居みたいな気がして来るのである。（前掲「苦悩の年鑑」）

対人ストレス耐性中の太宰は、中理念をもつ者である。太宰は、敗戦後隆盛をみた国際民主主義思想、アメリカ流民主主義、マルクス主義などの大理念に対し大きな反発を覚え、その一方では、自らを「愛情と真理の使徒」（前掲『津軽』）として、「走れメロス」を代表とする「信頼」「友情」などの、対人ストレス耐性中にとって本質的である中理念を命懸けで主張してきた。そのため、「私は「思想」という言葉にさえ反撥を感じる」とは、大理念をもつことへの生理的ともいうべき反発を示す言葉といえるように思われる。さらに「実際、あのドラマチックな転機には閉口するのである。鳥肌立つ思いなのである」の言は、亀井ら対人ストレス耐性大での大理念の転向——「思想遍歴」に対する生理的嫌悪を表すものと思われる。このような太宰が、大理念の転向をつづるいても、私の感覚が承知しない」のである。

これは、対人ストレス耐性大の亀井の、著述家が「思想遍歴」を著すことは必然で当然という考えとは異質の、対人ストレス耐性中の太宰による相互批評といっていいのではないかと思われる。つまり、対人ストレス耐性大と対人ストレス耐性中としての生理的相違が、亀井と太宰のこのような対立的な主張を生んだのであり、これは主に対人ストレス耐性の相違による相互批評の一例とみてよいのではないかと考えられる。

3　太宰と安吾の相互批評

対人ストレス耐性中の太宰から対人ストレス耐性小か無の安吾への批評

主に小説を書いた太宰の、安吾に対する批評はほとんどない。それでもあえてそれに相当するものを挙げるなら、敗戦後に催された両者を含む一つの座談会がある。それは太宰から安吾への、対人ストレス耐性中から対人ストレス耐性小か無に対する批評に相当するといえるだろう。それを確認してみたい。

太宰は敗戦後の一九四七年、安吾、織田作之助、平野謙らとの座談会「現代小説を語る」で、安吾の小か非集団性、そして対人ストレス耐性小か無そのものを批判している。対人ストレス耐性中からみると、中集団側にいることができず、そこでの対人ストレス中に耐えられないというのは、対人ストレス耐性が少ない、「実に弱い人」ではないかと。

具体的に述べていくと、まず、小か非集団に生きる対人ストレス耐性小か無の安吾は、社会的なそして中集団側の関係になる「女房」というあり方やその観念自体を批判する。それに対して、対人ストレス耐性中で中集団側に生きる太宰は、「女房」や「ホーム」は「いぢらしいもの」と評価する。

太宰――ああいう煮え湯を呑まされるという感じはひどいものですよ。
坂口――女房を寝取られることだってそんなに深刻じゃないと思う。
太宰――そんなことはない。へんな肉体的な妙なものがありますよ。それを対岸の火事みたいな気持で・・それで深刻でないなどというのは駄目ですよ。
坂口――僕はそういう所有欲を持っておらんのだよ。
太宰――いや、所有欲じゃないのだ。倫理だとか、そういう内面的なものぢゃない。肉体的に苦しむ。
（略）
坂口――君たちが女房という観念を持つことが何か僕にはおかしいのだよ。
太宰――あなたは独身だから・・。
安吾――独身だって変りはないよ。恋人はたくさんある。女房に準ずるものがたくさんある。ちっともそんなことに変りはないさ。
太宰――それは駄目だなあ。ホームというのは、あれはいぢらしいものですよ。（坂口安吾／太宰治／織田作之助／平野謙「現代小説を語る」、前掲『坂口安吾全集』第十七巻所収）

ここで対人ストレス耐性小か無の安吾が「君たちが女房という観念を持つことが何か僕にはおかしい」と述べているのは、小か非集団側にいる者として、中集団側の理念性や社会性を帯びた「女房」という観念は不要で、それを用いるほかの対人ストレス耐性中や大が自然とは映らないためと考えられる。一方、ここでの理念性とは、人々の信頼、信義、良心、友情などによって承認を受けた〝人々にとって善いこと、正しいこと〞としての性格のことで、これを伴って対人ストレス耐性中以上は、集団側で「結婚」をし「女房」を得ることになるのである。しかし、対人ストレス耐性小か無の安吾にとって男女の結び付きは、基本的には、こうした社会性や理念性を帯びない、小か非集団側にあって単に女性を獲得するという、ほとんど個としての欲望（欲情）の充足に等しいものである。その観点からは、結婚というものも、間男が女房を寝取るのと、個の欲望の充足という点では同列であり、たとえ寝取られても、それは欲望充足の力が弱かったという以上の意味はほとんど生じないのである。男女の結び付きはすべて、個としての欲望の充足にすぎないと考える以上、「女房を寝取られることだってそんなに深刻じゃない」のである。

これに対して、対人ストレス耐性中の太宰の場合は、中集団側の理念性と社会性を帯びた「結婚」による「女房」を寝取られるということは、その理念性である信頼、信義、良心、そして社会規範などの中理念を否定され、その人格や生存の意味も否定されるという生理的、「肉体的」ともいうべき苦悩を伴うことになり、「深刻でないなどというのは駄目」になるのである。そして、中集団側にあり理念性と社会性を自然、当然とみる対人ストレス耐性中の太宰は、「女房」という観念さえもたない（もてない）という対人ストレス耐性小か無の安吾に対しては、「それは駄目だなあ。ホームというのは、あれはいぢらしいものですよ」と応じたくなるのである。

さらに座談のなかで安吾は、中集団側の社会的な関係になり、そのため理念性―精神性を伴う「恋女房」「恋愛の精神性」という観念も批判する。男女の関係は、そういった理念性や精神性が少ない、小か非集団側のほぼ個の欲望（欲情）充足としての「肉体性」「惚れるという世界」でなくてはならないと。しかしそれは、中集団側で「女房」「ホーム」をもつときに、その失敗によって生じる可能性がある対人ストレス中の発生を恐れ、これを避けたい弱さだとして、太宰によって批判されることになる。

坂口――僕は純情というものは好きじゃないのだ。大体所有するということが元来好きじゃないのだよ。

織田——あれは所有じゃないね。女房というのはくっついて来るから仕方ないのだ。
坂口——否応ないのだけれども、否応なさに理窟がついて来る。みな強いて理窟をつけようというのじゃないか。
太宰——恋女房というのもあるからな。
坂口——それはあるよ、それはやはり恋女房と言ったんじゃいかんので、惚れるという世界だね。女房の世界じゃない。
太宰——やはり谷崎の・・前の話だけれども恋女房じゃないか。
坂口——僕は谷崎潤一郎がこしらえているイメージだと思う。（同作品）

さらに、安吾は「恋愛の精神性」ではなく、小か非集団側での男女間の理念性（精神性）をあまり伴わない「肉体性」を主張する。

坂口——僕は内村鑑三好きじゃない。ほんとうに女に惚れておらんものね。迷っておらんもの・・。
太宰——でも女房を五たびくらいかえたのじゃないですか。あれは豪の者ですよ。さすがに僕も五たびは・・。
坂口——精神的のことばかり言っているが肉体のことを言っておらない。ああいうインチキなことは嫌いさ。女房をかえるのだったらもっと肉体的なことを言わなくちゃ嘘だ。
（略）
坂口——恋愛の精神性というのは大嫌いだよ。やはり肉体から出て来なければ駄目だよ。
太宰——しかし、坂口さんの最近の作品には肉体性がちっとも出てない。

坂口――出て来るよ。これから・・。
太宰――案外ピューリタンなんじゃないか。男色の方じゃないか。
坂口――そうでもないよ。しかしそういう肉体化ということにやはり一応徹しなければ文学というものは駄目だね。気取り過ぎるよ。
太宰――だけど女房を寝取られたときの苦しさというのは気取った苦しさじゃない。つまりあの型でまたやったか・・それだよ。煮え湯を飲むというのはそれなんだ。
平野――そういう女房を寝取られたときのくるしさというような肉体的な・・。
太宰――それは所有欲とか何とかいうものじゃない。
平野――そういうものはやはり坂口さんの文学に出てないね。おそらく観念的だ。
坂口――これから出てくるよ。
太宰――それじゃホームをつくりなさい。ホームをつくって大事にして・・。
坂口――大事にする気がしない。寝取られることを覚悟しているということだよ。
太宰――弱いのだ。坂口さんは実に弱い人だね。最悪のことばかり予想して生活しているね。
坂口――ほんとうにそうだよ。僕は初めから・・。（同作品）

安吾の「女房（略）みな強いて理窟をつけようというのじゃないか」「恋女房と言ったんじゃいかん」というのは、男女関係に中集団側以上での理念性（精神性）、社会性を帯びさせることへの批判である。そして同じく「惚れるという世界だね。女房の世界じゃない」「恋愛の精神性というのは大嫌い（略）やはり肉体から出て来なければ駄目だよ」とは、こうした理念性と社会性を帯びさせない、小か非集団の個の欲望充足としての「惚れるという世界」「肉体化」の、対人ストレス耐性小か無による推奨だと思われる。

しかし、これに対する、太宰の「ホームをつくりなさい」「弱いのだ。坂口さんは実に弱い人だね」という批評は、中集団側に生きる対人ストレス耐性中による、対人ストレス耐性小か無の安吾の対人ストレス耐性のなさへの批判なのである。それは、「ホーム」「女房」をもち、中集団側で生きるときに生じてくるだろう、「寝取られること」を含む対人ストレス中に対する耐性が、安吾は「実に弱い」と、太宰は見抜いているためである。実際、安吾は次のように、理念性、精神性を帯びて中集団側で暮らすことになる「結婚」と、その失敗によって生じる中集団側での「世間の指弾」という対人ストレス中を何より恐怖していることを、きわめて率直に告白しているのである。

平野――坂口さんは家庭というものを非常に恐怖していると思うが、どうだね。
坂口――恐怖なんかしていない。
平野――いやあなたの近頃の作品のモチーフには、家庭恐怖症が根を張っている。だから、自己破壊なんてことも出て来る。
坂口――世間的に恐怖する。一ぺん女房を貰うと、別れるとき世間の指弾がこわいというそういう恐怖だよ。
織田――それはこわくないよ。最近俺やったけれどもちっともこわくないよ。
坂口――俺の恐怖はそういう恐怖だよ。ほかに何も恐怖はない。
織田――こわくはないですよ。僕はごそっと取られたが、こわくはないよ。（同作品）

つまり、安吾は、対人ストレス耐性小か無として、中集団側以上で生じる「精神性」「理屈」「観念」などの理念性と社会性を帯びた「女房」「恋女房」「ホーム」を批判し、男女の関係はこうした理念性や社会性を伴わない、非か小集団側での個の欲望（欲情）の充足としての「惚れるという世界」「肉体」でなければならないと主張する。

しかしこの主張は、「それは駄目だなあ」「坂口さんは実に弱い人だね」「ホームを作りなさい」と、太宰によってその「弱さ」が批判されてしまったのだった。これは結局、中集団側で生きる対人ストレス耐性中の太宰による、小か非集団側で生きる対人ストレス耐性小か無の安吾の対人ストレス耐性のなさへの批判に相当するものと考えられる。太宰による直接の安吾批評は少ないが、両者を含むこの座談会で、一般的に推定できる対人ストレス耐性中から対人ストレス耐性小に対する直接的な批評が確認されるように思われる。

ちなみに、すでに検討したように、対人ストレス耐性大の亀井からみると、対人ストレス耐性中の太宰はより対人ストレスに耐えることができない、繊細で敏感、感受性が高い「この繊細な神経家」「感受性の犠牲者」とみえるのだった。そしてその対人ストレス耐性中の太宰が、今度は対人ストレス耐性小か無の安吾を「弱いのだ。坂口さんは実に弱い人だね」と、その対人ストレス耐性のなさを評している。つまり、この亀井による太宰評、そして太宰による安吾評に、一般に対人ストレス耐性が大きな者から小さな者への、「弱い」「繊細」「感受性」の高さ、という対人ストレス耐性の少なさへの評価をみることができるように思われる。

対人ストレス耐性小か無の安吾から対人ストレス耐性中の太宰への批評

①太宰文学を高く評価している

一方、安吾は太宰文学を高く評価している。例えば、太宰がまだ存命している一九五三年二月に、雑誌「女性改造」（改造社）に発表した作家の池田みち子との対談「エロチシズムと文学」のなかで、安吾は太宰文学をきわめて率直に評価している。

> 太宰は大作家ですよ。人間通の作家ですよ。おそらく世界の文学史に残りうる作家だね。日本が太宰を生ん

だということは、じつに誇るべきことです。フランスあたりにも、あれだけの作家はちょっとみあたらない。ああいう人間通の作家は主流の作家ではないが、傍系の作家であれだけのものは、世界の文学史にもすくないのではないかとおもう。その意味で日本が誇っていいんだ。おそらく最高のものじゃないかな。ぼくはあの作品を、ある意味における高い魂の落語だとおもっている。最高の落語だとおもっている。落語をばかにしてはいけない。落語は最高の娯楽で、たのしめる。永遠に人間のたのしめるものだったら、最高のものといってさしつかえない。太宰君は最高の落語作家だ。そして歴史に残りうる人ですよ。(坂口安吾/池田みち子「エロチシズムと文学」、前掲『坂口安吾全集』第十七巻所収)

後述するように、この対談の直後の太宰の心中死に対して安吾は、それは「アサハカなこと」あるいは「フッカヨイの幻想」(前掲「不良少年とキリスト」)によるもので、死後の名誉や業績を考える姿勢などとんでもない、と批判することになるのだが。

②太宰の中集団側性を評価している

ほかにも安吾は、対人ストレス耐性中の太宰の中集団側性を評価してはいる。つまり、中集団側で、そこの伝統、文化、社会常識にのっとり、対人ストレス中の相互関係や対人摩擦をうまくこなして生きるその社会性や常識人性を評価していたものと思われる。それは、対人ストレス耐性小か無で非集団側の自らには不十分、とみてのことと思われる。

フツカヨイをとり去れば、太宰は健全にして整然たる常識人、つまり、マットウの人間であった。(略)真に正しく整然たる常識人でなければ、まことの文学は、書けるはずがない。(略)先輩を訪問するには袴を

はき、太宰は、そういう男である。健全にして、整然たる、本当の人間であった。(同作品)

③しかし太宰の名門意識や死後の名誉・業績評価を批判

しかし、その玉川心中死をめぐっては、安吾は太宰を厳しく批判している。

例えば、世代継続性も低い小か非集団側に準拠する対人ストレス耐性小か無の安吾は、歴史・伝統・文化意識は小さく、その出自の名門性などに価値は認めない。しかし、世代継続性が十分ある中集団側に準拠する対人ストレス耐性中の太宰は、歴史・伝統・文化意識は中程度はあって、出自の名門性にも価値を認め、これを安吾は(一部前述したが)批判している。

生まれが、どうだ、とつまらんことばかり、言ってやがる。強迫観念である。そのアゲク、奴は、ほんとうに、華族の子供、天皇の子供かなんかであればいい、と内々思って。そういうクダラン夢想が、奴の内々の人生であった。(同作品)

さらに、歴史・伝統・文化意識は、その一部ともいうべき死後の名誉・業績評価の立場を生むものでもあった。そのため、「走れメロス」のように自らの命を賭けても名誉や業績、理念を守る、という選択も生じうることになるのである。しかし、世代継続性が低い小か非集団側に準拠し、「死ねば、なくなる」(同作品)として、死後の名誉や業績の評価とは無縁の安吾は、これを理解することができない。死後の名誉・業績評価を想定して自死するなどということは、「正常」の人間がなすことではなく、異質な生理(対人ストレス耐性中)に由来する「むちゃくちゃな」「アサハカなこと」とみるか、「精神の衰弱期」での酒という「魔術」「フツカヨイの幻想」による「異常」行動とみることしかできないのだった。一部前述したが、安吾はいう。

なんとかして、偉く見せたい。クビをくくって、死んでも偉く見せたい。宮様か天皇の子供でありたいように、死んでも、偉く見せたい。四十になっても太宰の内々の心理は、それだけの不良少年の心理で、そのアサハカなことをほんとうにやりやがったから、むちゃくちゃな奴だ。(同作品)

精神の衰弱期に、魔術を用いると、淫しがちであり、ええ、ままよ、死んでもいいやと思いがちで、最も強烈な自覚症状としては、もう仕事ができなくなった。文学もイヤになった。これが自分の本音のように思われる。実際は、フツカヨイの幻想で、そして病的な幻想以外に、もう仕事ができない、という絶体絶命の場は、実在しておらぬ。太宰のような人間通、いろいろ知りぬいた人間でも、こんな俗なことを思いあやまる。ムリはないよ。酒は、魔術なのだから。俗でも、浅薄でも、敵が魔術だから、知っていても、人智は及ばぬ。ローレライです。太宰は、悲し、ローレライに、してやられました。(同作品)

さらに、すでに引用した部分を含むが、対人ストレス耐性小か無であるための、安吾による明確な死後の名誉や業績の否定である。

死ぬ、とか、自殺、とか、くだらぬことだ。負けたから死ぬのである。勝てば、死にはせぬ。死の勝利、そんなバカな論理を信じるのは、オタスケじいさんの虫きりを信じるよりも阿呆らしい。人間は生きることが、全部である。死ねば、なくなる。名声だの、芸術は長し、バカバカしい。私は、ユーレイはキライだよ。死んでも、生きているなんて、そんなユーレイはキライだよ。生きることだけが、だいじである、ということ。たったこれだけのことが、わかっていない。(同作品)

さらに安吾は、対人ストレス耐性小か無による、死後の名誉や業績否定に表裏する一回性の生の完全な肯定も宣言する。

死ぬ時は、ただ無に帰するのみであるという、このツツマシイ人間のまことの義務に忠実でなければならぬ。私は、これを、人間の義務とみるのである。生きているだけが、人間で、あとはただ白骨、否、無である。そして、ただ、生きることのみを知ることによって、正義、真実が、生まれる。生と死を論ずる宗教だの哲学などに、正義も、真理もありはせぬ。あれは。オモチャだ。（同作品）

結局、対人ストレス耐性小か無として出自の名門性や死後の名誉、業績を評価しない安吾は、玉川心中死によって炙り出された対人ストレス耐性中の太宰の名門意識や死後の名誉、業績への評価姿勢を批判したものと思われる。これも章の冒頭で一般的に推論した対人ストレス耐性小か無から対人ストレス耐性中のあり方に対する批判に相当する、ということができると思われる。

対人ストレス耐性中の太宰と対人ストレス耐性小か無の安吾の相互批評

ここまでの議論を振り返ると、ある座談会で、対人ストレス耐性中の太宰からは、対人ストレス耐性小か無の安吾の対人ストレス耐性の少なさが批判された。一方、安吾から太宰に対しては、主にその心中死をめぐって、対人ストレス耐性中の名門意識や死後の名誉や業績にこだわる姿勢が批判された。すなわち、安吾と太宰の相互批評のなかに、本章の冒頭で一般的に推定した、対人ストレス耐性小か無と対人ストレス耐性中の間の相互批評の構造が、部分的なものながら確認されたものと思われる。

4　亀井と安吾の直接的ではない相互批評

亀井と安吾の間で直接の相互批評は少ない

筆者が調べたかぎりでは、亀井と安吾との間の直接の相互批評は、亀井が安吾を「禅家の坊主のように思われ文明批評能力に優れている」と評した短文「大凡俗への努力」（亀井勝一郎「大凡俗への努力」「現代日本小説大系・月評」第十八号、河出書房、一九五二年）くらいである。

直接の評論が相互に少ない理由としては、互いが評論に値すると評価できる相手ではなかった、あるいは、あまりに親しすぎて評論しにくかった、または、あまりに異質すぎて、相手を理解できないままその異質さを批判するばかりになるので、直接評論することがはばかられた、などが考えられるだろう。亀井は太宰に対しては、この多くが該当せず、十分に評論できたと思われる。つまり、亀井と太宰は親しい関係にあったが、太宰の死によって距離が生まれ、一冊（『無頼派の祈り』）を著すほど彼について評論できたのである。これに対して亀井が安吾についてほとんど直接評論しなかったのは、これらの理由のいずれもが作用したためではないか。つまり、亀井にとって安吾の著作は、太宰ほどには評論に値するといえない一方、座談会に何回か同席するなどある程度親しい間柄だった。また太宰と違って、安吾はマルクス主義や宗教に対する傾倒を微塵もみせず、歴史・伝統・文化破壊的であるなど、あまりに互いに異質すぎて、理解できないまま批判するしかないために評論もはばかられ、相互批評に至らなかった、などの可能性が考えられる。

しかし、直接の評論とはいえないまでも、同じテーマについて論じている場合など、間接的に両者の相互批評と解釈できるものはあると思われるので、これらについていくつか触れておきたい。同様の解釈は、同じテーマについて論じている太宰と安吾、太宰と亀井の間の評論についてもいえるのだが、特に、直接的な相互批評をほとんど残していないと思われる亀井と安吾の場合にだけ、それにかえておこなうものである。なお、直接の相互批評を扱えず、それに相当するのではないかという両者の論評を取り上げる以上、それはすでに論じた部分が多くあって再録になる、ということは申し述べておきたい。

対人ストレス耐性大の亀井と対人ストレス耐性小か無の安吾の直接的ではない相互批評

①亀井の大理念推奨に対する、安吾の大理念批判

対人ストレス耐性大で大集団側に準拠する亀井は、強大理念を必然とし、青年期のマルクス主義信奉に始まり、その転向後の古代・中世日本仏教帰依、大東亜戦争期の大東亜共栄圏思想信奉、そして戦後の国際平和主義思想信奉と、そのときどきでの強大理念への信奉や帰依を繰り返し続けた。この経過にみるように、人性の不如意や不可抗力的な外的状況変化などによる転向は不可避であり、罪責性意識大をもって次なる強大理念を信奉すること、すなわち転向と「新生」こそが人間の真の姿だと、亀井は主張した。これは結局、大集団側で対人ストレス大のなかにあり続けたいという、対人ストレス耐性大の生理肯定状況を求める論と考えられた。亀井は各時代で次のように述べている。

社会主義の台頭（略）僕は友人のあいだに突如として生じたこの情景をどう感じたか。新しい神の出現！それはまさにそういう雰囲気であった。（略）少年時代に耶蘇に出会った僕は、いま新しい神に出会い、その審判の庭に立たねばならぬことになった。（前掲『我が精神の遍歴』）

かつて永遠と思いこんでいた「神国」もすみやかに去った。理想主義はひどい致命傷を受けた。（略）一つ

の夢が空しく去った後、人はまた一つの新しい夢を追う。戦争放棄による永遠の平和国家という、諦念とも祈念ともいえる境に己が生存の拠点を求めんとしている。（同書）

これに対して、対人ストレス耐性小か無で小か非集団側に準拠する安吾は、小あるいは無理念でよく、どの時代にあっても亀井に認めたすべての強大理念を信奉しなかったばかりか、こうした強大理念に伴う強理念性や永遠性などをきわめて不適当なものと批判した。これも結局は、強大理念が生じる対人ストレス大を避け、小か非集団側で対人ストレス小か無にあり続けたいという、自らの生理肯定状況を求める論と考えられた。安吾も各時代で、次のように述べている。

私は私の欲情に就て知っていた。自分を偽ることなしに共産主義者ではあり得ない私の利己心を知っていたから。（略）私は共産主義は嫌いであった。彼は自らの絶対、自らの永遠、自らの真理を信じているからであった。（略）自らのみの絶対を信じる政治は自由を裏切るものであり、進化に反逆するものだ。（前掲「暗い青春」）

人間同志、一人と一人の対立は永遠になくならぬ。（略）この基本的な、最大の深淵を忘れて対立感情を論じ、世界連邦論を唱え、人間の幸福を論じて、それが何のマジナイになるというのか。（略）人間の真実の生活とは、常にただこの個の対立の生活の中に存しておる。この生活は世界連邦論だの共産主義などというものが如何ように逆立ちしても、どう為し得るものでもない。（前掲「続堕落論」）

このマルクス主義や世界連邦論、国際平和主義思想などに対する安吾の論は、直接の相互批評ではないが、亀井のこれらの強大理念支持論に対する批判に相当するものと考えられる。つまり、一般的に対人ストレス耐性小か無から対人ストレス耐性大に対しておこなった理念性の相違に基づく批判とみることができるように思われる。

②亀井の社会運動性大や大集団側性に対する、安吾の批判

こうした理念性や、集団側性、連帯性に関連する社会運動性に関しても、両者は相対立する論や行動を展開している。すなわち、対人ストレス耐性大の亀井は、青年期にあっては共産党員として世界の労働者と連帯する大連帯性、そして反対する者を攻撃する強大理念性をもってマルクス主義運動を主導し、社会運動性大だった。これはその後、大東亜戦争期に文学報国会幹部として大東亜共栄圏思想を推進したことや、敗戦後に文芸家協会理事や日中文化交流協会理事として国際平和主義思想を推進したこととともほぼ同様で、その社会運動性大を比較的一貫して維持していたと思われる。

例えば、亀井の社会運動性大を表すエピソードとして、戦後高度成長期（一九六四年）の日本社会で起きた社会運動「小さな親切運動」に対する、次のような一も二もない賛同と推進があった。

> 子供や老人に車内で席をゆずるとか、道に迷っている人にていねいに道を教えてあげるとか、何でもない小さな親切をみんなでやってこの社会をすこしでも明るくしようという運動で（略）永久の目的をもって（略）すすんで頂きたいのです。（前掲「小さな親切運動」）

さらに純粋な政治運動ではないが、集団側性と連帯性が大きいことの表れのひとつとみていいだろう文壇活動があり、ここで生じる相互批判や切磋琢磨のような対人ストレスは、自分を成長させてくれるありがたいものと、これを強く肯定していたのだった。

要するに先輩と酒を飲んだり語ったりすることだが、その間に、何ということもなしに、いい教訓をうけたり、泣き出したくなるほどやっつけられたり、その点で容赦のない雰囲気を私はなつかしむのだ。（略）いくつになっても、こっぴどく自分をやっつけてくれる先輩をもつことは、くやしいけれど、人生の幸福である。（前掲「信仰について」）

これに対し対人ストレス耐性小か無の安吾は、青年期にあってはマルクス主義（共産主義）運動と、戦争期にあっても大東亜共栄圏思想とは無縁で、非集団側として長く孤独の淵にあった。敗戦後の社会運動についても、「いまのレジスタンスや平和運動のもっている運動も、プロレタリア運動も、英雄気分が多すぎますよ」（前掲「幸福について」）と述べ、デモやストライキなども「闘争ほど、社会の敵なる言葉はない」（前掲「戦争論」）と批判するなど、社会運動性に伴う強大理念性を強く批判し続けた。これも結局は、「人間は小市民以上にはなれない」（前掲「幸福について」）と、小か非集団側でせいぜい小理念を守り、対人ストレス小か無にあり続けたいという、自らの生理肯定状況を求める論と考えられた。

なお、このような安吾の社会運動性批判を表すエピソードとして、戦後高度成長期の「小さな親切運動」に類似の、敗戦直後の日本社会に巻き起こった〝小さな親切運動〟に対する、彼の反対意見の表明があった。安吾は「もしそれ電車の中で老幼婦女子に席をゆづる如きことが道義の復興であるといふなら、電車の座席をゆづり得ても、人生の座席をゆづり得ぬ自分を省みること。下らぬ親切は余計なことだ」（前掲「エゴイズム小論」）と、エゴイズム汎観をもって〝小さな親切運動〟のエゴイズム性を批判した。これは、時期は多少異なるとはいえ、同様の「小さな親切運動」という社会運動に対して亀井は一も二もなくこれに賛同したのに対し、安吾はこれを批判するなど、まったく相反した評論をなしたものと考えられた。

また文壇活動についても、安吾は、「酒によっぱらって対者の文学をやっつけること（略）さもなければ文学者にあらず、という有様。（略）そんな大馬鹿な話があるものではない」（前掲「私は誰？」）と、これにくみすることなく比較的孤独の位置を保ったが、これも対人ストレス耐性小か無として対人ストレスを発生する文壇という場の集団側性を批判したものと考えられた。

このような亀井と安吾の言動は、社会運動性やそれに伴う集団側性、連帯性に関するまったく相反した見解であり、直接の相互批評ではないにせよ、対人ストレス耐性大と対人ストレス耐性小か無という対極的な立場から、一般的に推定される相互批評のひとつとみることが可能ではないかと考えられた。

③死後の名誉や業績、名門意識での亀井と安吾の〝相互批評〟

次に、先に述べた理念性に関連して、死後の名誉・業績評価や名門意識について取り上げたい。

世代継続性が大きい大集団側にあった対人ストレス耐性大の亀井は、大集団にとって意味がある大理念を評価し、それは世代継続性大や後世の大集団維持、発展にも寄与しうるものであることなどから、個々人の生命よりもこれを評価する死後の名誉・業績評価大だった。

人間の残した無念の思いというものは永久につづく。（略）むしろ己が一身を滅したからこそ生命は不朽たりえたと云ってもよかろう。その生命は個人のものではない。神のものである。（略）個々の生命はただひとたびのものにすぎぬけれど、悲願は悲願として久遠の生命をうる。（前掲「信仰について」）

それは太宰の自死に対しても同様で、亀井は死して評価を高める、と死後の名誉や業績を評価したのである。

それが彼の「生」の証明であるということだけです。どんな死に方をしようとも、死は生をはっきり浮き上がらせ、太宰文学はここに完了したのであります。（前掲「無頼派の祈り」）

これに対して、世代継続性が小か無で小か非集団にあった対人ストレス耐性小か無である安吾は、理念性を評価せず、世代継続性も小か無のため、死後の名誉・業績評価小か無なのだった。

死ぬ時は、ただ無に帰するのみであるという、このツツマシイ人間のまことの義務に忠実でなければならぬ。（略）生きているだけが、人間で、あとはただ白骨、否、無である。（略）生と死を論ずる宗教だの哲学などに、正義も、真理もありはせぬ。あれは。オモチャだ。（前掲「不良少年とキリスト」）

また、太宰の自死に対しても同様で、安吾はその死後の名誉や業績をまったく評価しなかった。

負けたから死ぬのである。勝てば、死にはせぬ。（略）人間は生きることが、全部である。死ねば、なくなる。名声だの、芸術は長し、バカバカしい。（同作品）

これらは、直接に交わされたものではないとはいえ、死後の名誉・業績評価というひとつの限られたテーマに関する両者のはっきりと相反し合う意見であり、対人ストレス耐性大の亀井と対人ストレス耐性小か無の安吾との間の相互批評とみてとることが可能ではないかと思われる。

また、名門意識についてだが、前述のように、亀井が名門の出と名乗ったことを太宰が批判し、しかしそれも名門意識への無意識的なこだわりであると、安吾はさらに批判を加えたのだった。家の格からいうと、函館のプチ・ブルジョアにすぎない亀井よりは、明治時代以後財をなした津軽の名家の太宰、さらには江戸時代以来の信濃の素封家に生まれた安吾のほうが名門の出身だったといえるだろう。それにもかかわらず、名門の出を評価する名門意識はこれとはまったく逆で、これを誇った亀井、その批判でかえってこだわりをみせた太宰、そしてまったくこれに拘泥しなかった安吾の順に大きいものと考えられた。

名門意識とは死後の名誉・業績評価を基盤にしているもので、対人ストレス耐性大／中／小か無の影響を受けると考えられる。したがって、太宰が亀井を批判し、その太宰を安吾が批判したという名門意識大／中／小か無も、間接的ながら、対人ストレス耐性大／中／小か無の相違から一般的に推定される、亀井と太宰そして安吾の相互批評の一端といえるように思われる。

④亀井の歴史・伝統・文化意識大に対する、安吾の歴史・伝統・文化意識小か無と現実主義・合理主義

また同じく、理念性評価に関連する歴史・伝統・文化意識と、これに対立する側面をもつ現実主義、合理主義についてである。

対人ストレス耐性大として亀井は、世代継続性が高い大集団側にあり、大理念性を評価し、その顕現史や集大成ともいうべき歴史や伝統、文化を評価していた。例えば、すべての文明の本質や基礎は古代のギリシャ精神、ローマ精神、キリスト教精神、仏教など限られた古代精神・文化に帰着すると述べるなど、歴史や伝統、文化に込められた大理念性を重視しそれを継承していこうとする歴史・伝統・文化意識は大だった。

歴史とは血統の継承である。血統を継ぐとはその無念の思いを、犠牲者の願いと誓いを継ぐことである。（略）史書を読むとは、史書にみなぎる祖先代々の悲願に、再び己が生を賭けることを意味する。誓って、思いを晴らさん（邪を破らん）という、その誓いに生きる人間が真の史家といえるのではなかろうか。（略）

千年の歳月も人間の悲願を眠らせることは出来ないであろう。（前掲「信仰について」）

亀井がマルクス主義運動に敗れ、次の大理念を求めたとき、大和の古寺や古仏を介して古代・中世日本仏教に開眼し、古仏を「歓喜踊躍して拝んだ」のも、その歴史・伝統・文化意識大のひとつの表れと推定される。

これに対し、対人ストレス耐性小か無で、世代継続性が低い小か非集団側にあって、理念性を評価しない安吾は、興味あるエピソードとしての面白さを歴史に見いだしたとしても、歴史や伝統、文化に現在に生かす理念性や教訓をみるような歴史・伝統・文化意識はあまり認められないのだった。

多くの日本人は（略）伝統の美だの日本本来の姿などというものよりも、より便利な生活が必要なのである。（略）我々に大切なのは「生活の必要」だけで、古代文化が全滅しても、生活は亡びず、生活自体が亡びない限り、我々の独自性は健康なのである。（前掲「日本文化私観」）

この「日本文化私観」で安吾は、歴史・伝統・文化意識の低さに表裏するように、一回性の生にとって意義がある新しい利便性や「実質」を重視する現実主義や合理主義を表明していたのだった。一方、大和の古寺や古仏像に促されて仏教に開眼したという亀井にとって、安吾のように「京都の寺や奈良の仏像が全滅しても（略）法隆寺も平等院も焼けてしまって一向に困らぬ。必要ならば、法隆寺をとりこわして停車場をつくるがいい」とまでいわれては、大層困るだろう。

ここまでみてきた、歴史・伝統・文化意識と現実主義・合理主義についてのきわめて対極的な見解も、直接の相互批評ではないにしても、同一のテーマに関する、対人ストレス耐性の大と小か無の相違から一般的に推定できる、相反する相互批評のひとつとみていいように思われる。

⑤亀井の罪責性認定小か無と罪責性意識大に対する、安吾の罪責性認定大と罪責性意識小か無

対人ストレス耐性大の亀井は、大集団側で常に強大理念性をもっている必要があり、人性の不如意や不可抗力的な外的状況変化などによって強大理念を裏切った場合、また新たな強大理念に転向せざるをえないので、こうした自らのあり方に原罪意識をもって深く悩む罪責性意識大を得ることになる。そして、この罪責性意識大であることは、罪責的状態にあることを自らに認めていない、これを正さなければならない、と考えているということであり、自らに対する罪責性認定は小か無になるのだった。例えば、亀井は、内心の姦淫と殺人の想念をもって、罪責性意識大と罪責性認定小か無を表明したのだった。

「およそ色情を懐きて女を見る者は、心のうちすでに姦淫せるなり」（略）内心に即してみれば、これは可能性ではない。実現なのだ。煩悩具足とはこの実現の意だ。では罪の可能性そのものがすでに罪ではないか。（略）内在の罪の無限に対したとき、人間は万物の尺度ではない。（前掲『我が精神の遍歴』）

これに対して、対人ストレス耐性小か無の安吾は、対人ストレスを招かない無理念、エゴイズム、淪落した状態を人間の自然で当然と認められるために、罪責性認定大であり、これに表裏して罪責性意識小か無になるのだった。例えば、亀井が原罪意識をもって深く罪責性に苦しんだ心の中の姦淫に対しては、ただあっさりと人間には自然、当然のこととこれを認め、みんな地獄で生きていけばいい、と述べるだけだった。

ゼウス様もおっしゃるとおり行きすぎの人妻に目をくれても姦淫に変わりはない。人間はみな姦淫を犯しており、みんなインヘルノへ落ちるものにきまっている。地獄の発見というのも、これまたひとつの近代の発

見、地獄の火を花さかしめよ、地獄において人生を生きよ、ここにおいて必要なものは、本能よりも知性だ。
（坂口安吾「悪妻論」、前掲『坂口安吾全集』第五巻）

このような、人間に対する亀井の罪責性認定小か無と罪責性意識大と、安吾の罪責性認定大と罪責性意識小か無というまったく相反する見解もまた、対人ストレス耐性大と対人ストレス耐性小か無の間での相反する相互批評のひとつ、とみていいのではないかと思われる。

また、この罪責性認定や罪責性意識に関連して、前述のように、両者による敗戦後の「堕落論」があった。すなわち、安吾は一九四六年に、戦前から続く敗戦後の日本社会の堕落状況を直視し、しかしこれを全肯定した「堕落論」「続堕落論」を発表し、敗戦直後の論壇に一大センセーションを巻き起こした。一方、亀井も、安吾に遅れること二年の四八年に「私の堕落論」として『我が精神の遍歴』と「真宗の名において」を著し、敗戦後の日本社会の堕落状況を直視すべきと論じたのだった。これらには、同じキーワードである「堕落」が何度も用いられていることから、安吾の論壇での成功を意識した部分があったのではないかと推測された。

つまり、両者ともに罪責性認識大をもって戦後日本社会の堕落状況を直視するという、一見似たような内容の「堕落論」を著したのだが、対人ストレス耐性小か無の安吾は罪責性認定大をもって堕落状況を自然、当然と肯定し、無理念で現実主義かせいぜい小理念でいい、二度と強大理念を掲げる愚を犯すな、と主張したのだった。これに対して、対人ストレス耐性大の亀井は、罪責性認定小か無を反映して、堕落状況を直視したうえで新たな強大理念によってそこから救済し新生されなければならない、という主張をしたのだった。つまり、戦後日本社会のその後の理念性のあり方について、前者は強大理念の否定、後者は強大理念の推奨と、正反対の主張をしたと考えられる。このように、ひとつのテーマに関して、同一の認識をもとにしながら相反する主張をしたということも、対人ストレス耐性大と対人ストレス耐性小か無の間で一般的に推定できる相互批評のひとつといえるのではないかと考えられた。

⑥亀井の信仰性大と祈り親和性大に対する、安吾の信仰性小か無と祈り親和性小か無

次に、信仰性についてだが、対人ストレス耐性大の亀井は、常に他存在を信じる強度大で生きる必要があり、単に「信仰」「信奉」が可能という以上に、信仰性大である必要がある、とさえいえるのだった。あるいは前項で述べたように、罪責性認定小か無であるために、罪責性大＝原罪性から救済されるためには、信仰性大が必須になるのだった。このようにして対人ストレス耐性大の亀井は、戦前にあっては、マルクス主義、ゲーテ思想――古代ローマ・ギリシャ精神、そして古代・中世日本仏教と、次々と強大理念を信奉、「信仰」し、戦中から戦後にあっても大東亜共栄圏思想そして戦後の国際平和主義思想などと、時代の強大理念を次々と信奉していった。ここで純然たる宗教ではないマルクス主義、ゲーテ思想――古代ローマ・ギリシャ精神、大東亜共栄圏思想、国際平和主義思想などに対する信奉についても、それが「信仰」の性格をもっていたことはすでに述べたとおりである。すなわち、マルクス主義を「新しい神の出現！」、ゲーテ思想の「ヒューマニズムとは一つの信仰」と捉え、大東亜共栄圏思想には「神々の再誕」を、国際平和主義思想にはパウロの「神の道」を亀井はみて、それを信奉そして「信仰」していったのだった。

また、この信仰性大に表裏して、信仰性を具現化する外的行為としての祈りへの親和性も大だった。亀井は、困難なこの世にあって人間にできる究極の行為が祈りであり、それによって仏性に合体できると説いた。そして亀井は、浄土真宗に限らず各時代、各状況での各強大理念を信奉、「信仰」しては、いささかの逡巡もなくそれぞれに祈りを捧げていった。例えば、戦前からの大東亜共栄圏思想や大東亜戦争勝利のために「神仏への祈念」をおこない、敗戦後にあっては国際平和主義思想の実現のために、パウロの「平和の道」「神の道」への祈りを捧げたのだった。

ところで我ら凡俗の徒が、如来の生、即ち法身という不易性を自覚するたった一つの道は、祈り―念仏である。（略）我らは全力をつくし、その及ばざるところに於いて、はじめて祈りの世界に入ることは出来る。苦難と惨禍に遭って、人間の為しうる窮極の行いは祈ることのみである。全身祈りとなって行為する以外にない。（前掲「信仰について」）

一方、対人ストレス耐性小か無の安吾は、他存在を信じる強度小か無として生きるのが生理的に適当で、これに対応して信仰性小か無なのだった。また、先に述べたように、罪責性意識小か無で罪責性認定大であることから、罪責性の救済の必要がなく、したがって人知を超えた超越的存在を必要とせず、信仰性小か無でいいのだった。このようにして安吾は、亀井が青年期に信奉、「信仰」したマルクス主義、キリスト教、そして仏教などの強大理念や宗教とは無縁で、その思想確立期における「日本文化私観」「青春論」などでも、無理念性とエゴイズム汎観に導かれた現実主義と合理主義を唱えるだけだった。そして戦後の「堕落論」でも、堕落状況を全肯定し、エゴイズム汎観に導かれた現実主義と合理主義で進んでいくべきで、戦前の過ちを繰り返しかねない新たな強大理念や救済のための信仰などは不要である、と主張したのだった。

また、この信仰性小か無に表裏して、祈りへの親和性も小か無になり、亀井の祈り親和性大との際立った相違をみせたのだった。

本殿とか本堂の前（略）祈願せずにはいられぬような切ない思いを駆り立てられ（略）お辞儀だけは済ましたけれども、同時に突然僕の身体に起こったギコチのなさにビックリして、やはり僕のような奴は、心にどんな切ない祈願の思いが起こっても、それはただの心の綾なのだから実際に頭を下げたりしてはいけないのだと諦めた。（前掲「青春論」）

ここでの、安吾の祈る行動を阻止した「突然僕の身体に起こったギコチのなさ」とは、対人ストレス耐性小か無の生理的ともいうべき、他存在を信じる強度増大に対する回避反応だったと思われる。こうした反応は、祈り親和性大でどのような状況でもいささかの躊躇もなく祈ることができた対人ストレス耐性大の亀井とは、際立って相反的なあり方ということができるだろう。

結局、対人ストレス耐性大の亀井が信仰性大で祈り親和性大に対して、対人ストレス耐性小か無の安吾が信仰性小か無で祈り親和性小か無という、際立って相反したあり方は、対人ストレス耐性と信仰性、祈り親和性の関係として一般的にも推定されることだった。そしてこのように、信仰性と祈り親和性という同一のテーマに関して、両者がまったく相反する意見や態度を示したということも、そこで対人ストレス耐性大と対人ストレス耐性小か無の間の相互批評が展開されたとみることも、可能ではないかと思われた。

対人ストレス耐性大の亀井と対人ストレス耐性小か無の安吾の、直接的ではない相互批評のまとめ

ここまで、亀井と安吾についてては、直接の評論が少ないために、同じテーマについて論じている内容から、両者の相互批評と解釈できる部分について取り上げた。

それはまず、亀井の強大理念推奨に対する、安吾の徹底した強大理念批判であり、両者の意見はきわめて相反的だった。続いて、こうした理念性評価に関連して、亀井の社会運動性大に対する、安吾の社会運動性批判、そして例えば亀井の「小さな親切運動」推奨に対する、安吾の〝小さな親切運動〟批判と、やはり両者は相反的だった。文学者の集団側活動ともいうべき文壇活動についても、亀井はこれを肯定し、安吾は強く批判したのだった。また、同じく理念性評価に関連して、亀井の死後の名誉、業績や名門性評価大に対して、安吾の死後の名誉、

業績や名門性否定、そして亀井の歴史・伝統・文化意識大に対して、安吾の歴史・伝統・文化意識小か無および現実主義に合理主義と、両者の意見は相反的だった。次に、罪責性に関しては、亀井は罪責性認定小か無のために罪責性意識大だったのに対し、安吾は罪責性認定大のために罪責性意識小か無と、両者はまったく相反的だった。これに関連して、両者の「堕落論」は、ともに罪責性認識大をもって敗戦後の日本社会の堕落状況を認識しながら、亀井は今後も新たな強大理念を目指せと主張したのに対し、安吾は二度と強大理念を掲げる過ちは繰り返すなと主張するなど、理念性主張の部分で両者の意見は相反的だと考えられた。信仰などに関しても、亀井が信仰性大で祈り親和性大だったのに対し、安吾は信仰性小か無で祈り親和性小か無と、両者は相反的だった。

これらはいずれも、直接的なものではないにせよ、対人ストレス耐性大の亀井と対人ストレス耐性小か無の安吾との間での、対人ストレス耐性の相違から一般的に推定されるところの相反し合う相互批評、とみることが可能ではないかと考えられた。

5　対人ストレス耐性大／中／小か無からの相互批評のまとめ

以上、対人ストレス耐性大の亀井、対人ストレス耐性中の太宰、対人ストレス耐性小か無の安吾に関して、対人ストレス耐性大／中／小か無の観点から一般的に推定されたとおりの三者間の相互批評が、ある程度確認できたと考えられた。このことは、一般に相互批評というものが、ある程度まで対人ストレス耐性の違いによって規定される、という本書の趣旨を支持する所見と考えられた。

第2部　世界へそして現代へ

第1章　「価値生理学」序論
——「対人ストレス耐性三類型論」がもつ意義

1　「対人ストレス耐性三類型論」とは

本書の「はじめに」で述べたように、筆者は、人間の価値観には生理的なものに規定される部分があり、その部分については三類型がある、と考えるものである。その生理的なものとは、「対人ストレス」に対する耐性——「対人ストレス耐性」であり、ヒトにはこれの大、中、小か無という三類型があるとするのが、本書で提唱したい「価値生理学」序論——「対人ストレス耐性三類型論」である。すなわち、この対人ストレス耐性大／中／小か無に応じて、理念性をはじめとする一連の価値観や価値意識が規定されると考えるのである。

それは、対人ストレス耐性大／中／小か無に応じた、大／中／小か無理念性、強／準／弱か無理念性、大／中／小か非集団側性、大／中／小か無連帯性、社会運動性大／中／小か無、他存在を信じる強度大／中／小か無、信仰性大／中／小か無、祈り親和性大／中／小か無、罪責性認定小か無／中／大、罪責性意識大／中／小か無、父性／中間／母性原理性、理想／折衷／現実主義、歴史・伝統・文化意識大／中／小か無、死後の名誉・業績評価大／中／小か無、対システムストレス耐性小か無／中／大などの、一連の価値観や価値意識である。

そして、その具体例として、明治の末葉に同じように日本の北方の裕福な家庭に生まれ、大正・昭和から大東亜戦争後を生きた、著名な著述家・文学者である亀井勝一郎、太宰治、坂口安吾の三人を挙げ、検討してきた。彼らは、大正から昭和初期のマルクス主義、戦時下の大東亜共栄圏思想（八紘一宇）、戦後の国際平和主義思想などの各時代を覆った大理念、「大きな物語」に対して三者三様の反応を示していて、そこに人の価値観や価値意識を規定する対人ストレス耐性三類型のあり方の典型例をみることができたと考えられた。

筆者は、この三人や後述するほかの検討例などをあわせて考えると、この対人ストレス耐性は連続的に分布しているのではなく、わりあいディスクリートに三類型に分布しているのではないかと考えている。また、この対人ストレス耐性三類型論は対人ストレス耐性という生理的なものに基づくものであるために、古代から現代まで、日本そして世界と、時代や地域を超えて普遍的に成立しているもののように思われる。さらにそれは、文学領域に限ることなく、価値を扱うだろう思想、哲学、社会学など、領域を超えて成立するのではないかと考えるのである。

現時点で、その全体についての検証はなしえないので、第2部では、まず対人ストレス耐性三類型論がもつと思われる意義を挙げたあと、古今東西の著述家・思想家のいくつかの例で対人ストレス耐性三類型論を適用した結果を示してみたい。そして、それらをもって、本書で提唱した「価値生理学」序論――「対人ストレス耐性三類型論」の今後の検証の方途も指し示してみたい。

2　「対人ストレス耐性三類型論」の意義

作品では一連の価値意識や価値観が展開され、各著述家間の相互批評も推定できる

「対人ストレス耐性三類型論」によると、対人ストレス耐性に応じて集団側性、連帯性、理念性、原理性、理想／折衷／現実主義、他存在を信じる強度、信仰性、社会運動性、歴史・伝統・文化意識、死後の名誉・業績評価そして対システムストレス耐性など、一連の価値観や価値意識が一セットで規定されるのだった。したがって、この一連の価値観や価値意識のいくつかから検討対象の対人ストレス耐性が推定できた場合、特に記述がない部分についても、それを推定できることになる。例えば、集団側性大、他存在を信じる強度大、連帯性大であれば対人ストレス耐性大ではないかと推定し、強大理念を有し、父性原理的、罪責性意識大、信仰性大、祈り親和性大だろうことを推定できる、などである。

また、これらは対人ストレス耐性という生理的なあり方によって規定されることから、成育歴や成育環境を検討しなくとも、これら一連の価値観や価値意識を推定できることにもなる。

さらに、対人ストレス耐性大／中／小か無の相違から一連の価値観や価値意識の相違が生まれるということから、対人ストレス耐性という生理的な相違の観点から、各人の批判や賞讃などの相互批評が生じる部分があることを推定することができる。

そして、このように相互批評の由って来る理由がわかる場合、より客観的に、どちらの意見が妥当かを評価したり、論争を整理したりすることができると考えられる。例えば前述だが、対人ストレス耐性中として死後の名誉や業績を評価する太宰の自死を、そうではない対人ストレス耐性小か無の安吾は頭から批判したのだった。し

かしこれは、対人ストレス耐性小か無の死後の名誉・業績評価無を、同類型ではない太宰にそのまま適用したものなので、太宰の自死の評価としては適当ではない部分があるのではないかと判断される、などである。

このようにして、一般に「対人ストレス耐性三類型論」から、相互批評や論争のなかに異なる生理間の相互批評としての部分のあることが理解され、文学史上そして思想史・哲学史上の論争や相互批評を整理し、より客観的な評価をおこなうことができると期待される。

主人公と作者は同じ対人ストレス耐性である

文学作品で最大の造形である主人公の造形については、その成育環境や経験、それに対する反応、その総合としての人格、価値観、価値意識などを描き込む必要があり、これらはおそらく作者自身のものでなければできないのではないかと思われる。ただし、一部の短篇作品やエンターテインメント作品などでは、このように主人公を深く造形する必要がないので、主人公が作者自身ではないことは可能である。また主人公以外の、そう深く造形する必要がない人物も、作者自身である必要はなく、作者以外の人間像が投影されうる。

「ボヴァリー夫人は私だ」とは、『ボヴァリー夫人』を著した近代写実主義文学の祖・ギュスターヴ・フローベールの有名な言葉である。主人公には、性別も年齢も超えて作者自身が投影されうるのである。そしてこれは、先に述べた短篇やエンターテインメントなど以外の作品では、常に成り立つことと思われる。そうした場合、この主人公の造形は主に何によるのかを問うと、その多くは各人の価値観や価値意識だろうと考えられる。それが各人の諸体験の内面化、対人関係、周囲の出来事や人々への評価などを通して、その人格像を醸し出すことになるからである。そして対人ストレス耐性三類型論からは、各人の対人ストレス耐性に応じて一連の価値観や価値意識が決まるのだった。こうした観点からは、主人公は作者自身だ、という言は、各作家は自らの対人ストレス耐性と同じ人格を主人公にする、という言に置き換えることができるものと考えられる。例えば、対人ストレス耐性中の太宰の描いた「走れメロス」のメロス、「右大臣実朝」の実朝、そして「人間失格」の葉蔵は、みんな対人ストレス耐性中であり、それ以外の人格ではないのである。主人公は作者自身だ、の真の意味とは、〝作者と主人公の対人ストレス耐性は同一である〟あるいは〝作者は自らの対人ストレス耐性と異なる人物を主人公にすることはできない〟という意味だ、ということができるのではないかと思われる。

第2章　「対人ストレス耐性三類型論」の応用
――日本近現代文学

本書では文学領域で、明治末葉に生まれ大東亜戦後の昭和まで活躍した亀井、太宰、安吾を対象に「対人ストレス耐性三類型論」を展開したが、前述のように、対人ストレス耐性は生理的なものだから、それは地域や時代を超えて成り立つと考えられる。したがって、まずこれを日本近現代文学のほかの時代にも広げて適用し、それを「対人ストレス耐性三類型論」の普遍性の検証の一部とすることができるだろう。その本格的な検証はほかの機会に譲るとして、ここでは、日本近現代文学で著名な何人かの作家について検討した結果を述べてみたい。

1　対人ストレス耐性大だろう夏目漱石

欲動性大

例えば、亀井、太宰、安吾ら以前の時代の明治の文豪・夏目漱石である。彼は対人ストレス耐性大として理解できると思われる。

まず、その作品の主人公の多くは、集団側で欲望を充足する欲動性が大である。例えば、「それから」の代助は友人平岡の妻・美千代を奪い、「門」の宗助もかつての友人安井から妻・お米を奪い取ったのであり、「行人」の一郎も、妻・直と弟・次郎の不義疑惑を自己に投影して苦しんだ人物であり、「こころ」の先生も親友Kを出し抜いて妻・静を得たという、欲動性が大きい人物ばかりと推定される。ここには、恋敵の存在を知ったために矢田津世子との「初恋」を断念したという、対人ストレス耐性小か無の安吾のナイーブさ、欲動性の少なさは少しもその姿を見せない。さらに遺作になった「明暗」に至っては、津田、その妻・お延、その妹・お秀、吉川夫人、津田のかつての恋人・清子と、主要な登場人物のほとんどすべてが、集団側で常にエゴとエゴを突き合わせるばかりの欲動性大の人々と思われる。

ところで、漱石文学の中心概念のひとつである「自己本位」は、そのイギリス留学で、何事に対しても自己の基準で測り判断し行動するイギリス人を見て会得した、集団のなかにあって他人に動かされず判断や行動の基準を自己に置く、「自己が主で、他は賓であるという信念」（夏目漱石「私の個人主義」『夏目漱石全集10　小品・評論・初期の文章』〔ちくま文庫〕、筑摩書房、一九八八年）のことである。そして、これを漱石は自らを含めた人性の基本――欲動性大としても捉えていたようである。

つまり漱石は、人間は「本来が自己本位であるから、個人の行動が放縦不羈になればなるほど、個人としては自由の悦楽を味い得る満足があると共に、社会の一人としてはいつも不安の眼を睜って他を眺めなければならなくなる、在る時は恐ろしくなる。その結果一部的の反動としては、浪漫的の道徳がこれから起らなければならない」（夏目漱石「文芸と道徳」、前掲『夏目漱石全集10　小品・評論・初期の文章』）と主張する。すなわち、人間は欲動性大――「自己本位」だから、それを制御する「浪漫的の道徳」が必要になるとして、理念性を高く評価することになったと考えられる。

理想主義、歴史・伝統・文化意識大、死後の名誉・業績評価大

その理念性への高評価は、次のような漱石の理想主義、大理念信奉として表れてきたと考えられる。

私は近時の或人のように理想は要らないとか理想は役に立たないとか主張する考は毛頭ないのです。私はどんな社会でも理想なしに生存する社会は想像し得られないとまで信じているのです。現に我々は毎日（略）或る理想を頭の中に描き出して、そうしてそれを明日実現しようと努力しつつ又実現しつつ生きて行くのだと評しても差支ないのです。（略）いやしくも理想を排斥しては自己の生活を否定するのと同様の矛盾に陥りますから、私はけっしてそう云う方面の論者として諸君に誤解されたくない。（同作品）

文学領域でも、当時隆盛をみていたリアリズム、現実主義の自然主義文学運動を、「真の一字を偏重視するからして起った多少病的の現象だと云うてもよい」（夏目漱石「文芸の哲学的基礎」、前掲『夏目漱石全集10 小品・評論・初期の文章』）と批判した。そして、反自然主義のひとつである理想主義を主張したのだった。

新しい理想か、深い理想か、広い理想があって、（略）自分の理想は技巧を通じて文芸上の作物としてあらわるる（略）その作物の奥より閃めき出ずる真と善と美と壮に合して、未来の生活上に消えがたき痕跡を残すならば、なお進んで還元的感化の妙境に達し得るならば、文芸家の精神気魄は無形の伝染により、社会の大意識に影響するが故に、永久の生命を人類内面の歴史中に得て、ここに自己の使命を完うしたるものであります。（同作品）

漱石の理念性への高評価、理想主義が大理念に及ぶものであることは、「理想」が「社会の大意識に影響する」「永遠の生命を人類内面の歴史中に得て」という記述からも示唆される。それは「社会の大意識」「人類内面」に及ぶという大理念なのである。ほかにも漱石はその視線が世界に及んでいることを端的に述べる。

私共は国家主義でもあり、世界主義でもあり、同時にまた個人主義でもあるのであります。（前掲「私の個人主義」）

さらに、これらとも関連するが、漱石の歴史・伝統・文化意識も大だったと推定される。というのもまず、漱石は文学者の生きがいはその作品が「炳焉として末代までも輝き渡る」「子々孫々まで伝わる」歴史や伝統、文化になっていくことにある、と述べているからである。

偉大なる人格を発揮するためにある技術を使ってこれを他の頭上に浴せかけた時、始めて文芸の効果は炳焉として末代までも輝き渡るのであります。（略）作家の偉大なる人格が、読者、観者もしくは聴者の心に浸み渡って、その血となり肉となって彼らの子々孫々まで伝わる（略）文芸に従事するものはこの意味で後世に伝わらなくては、伝わる甲斐がないのであります。（略）後世に伝わって、始めて我々が文芸に従事する事の閑事業でない事を自覚するのであります。始めて自己が一個人でない、社会全体の精神の一部であると云う事実を意識するのであります。（前掲「文芸の哲学的基礎」）

これがさらに、すでに引用したように、「文芸家の精神気魄は無形の伝染により、社会の大意識に影響するが故に、永遠の生命を人類内面の歴史中に得」（同作品）るというのだから、漱石の歴史観は人類全体に及ぶようであり、その歴史意識大が示唆されるのである。

実際に漱石は、歴史そのものに対しても、「人間の歴史は（略）一方からいえば正しくこれ理想発現の経路に過ぎんのであります」（前掲「文芸と道徳」）と、理念性の顕現史として人類の歴史の意義を述べている。さらに、文明と自然との関係をつづるなかで、「われら人類がこの大歴史中の単なる一頁を埋むべき材料に過ぎぬことを自覚するとき、百尺竿頭に上りつめたと自任する人間の自惚れはまた急に脱落しなければならない」（夏目漱石「思い出す事など」『思い出す事など 他七篇』〔岩波文庫〕、岩波書店、一九八六年）と、常にその念頭には自然の「大歴史」の一部としての人類史観があること、つまり歴史意識大であることを披瀝している。

また、これらの検討にすでに含まれているのが、漱石の死後の名誉・業績評価大ということである。つまり「文芸の効果は炳焉として末代までも輝き渡る（略）作家の偉大なる人格が（略）その血となり肉となって彼らの子々孫々まで伝わる」「文芸家の精神気魄は（略）社会の大意識に影響するが故に、永久の生命を人類内面の歴史中に得」（前掲「文芸の哲学的基礎」）る、というのだから、その死後の名誉・業績評価は大である。例えば代表作「こころ」で、先生はその自死によって自らの原罪意識を救済するとともに死後の名誉や倫理性を守った。つまり先生は学生の「私」に残した手紙の最後に、「私は私の過去を善悪ともにひとの参考に供すつもりです」（夏目漱石『こころ』〔岩波文庫〕、岩波書店、一九八三年）と述べたのである。実生活でも、自らの出自に悩む門下生の森田草平に対し、「功業は百歳の後に価値が定まる。百年の後、誰かこの一事を以て君が煩とする者ぞ」（前掲「思い出す事など」）と励まし、死後の名誉・業績評価大の一端を示している。

これらは、対人ストレス耐性小か無の安吾の、「余の作品は五十年後に理解されるであろう。私はそんな言葉を全然信用していやしない。（略）死んでしまえば人生は終わりなのだ。（略）芸術は長しだなんて、自分の人生よりも長いものだって、自分の人生から先の時間はこれはハッキリもう自分とは無縁だ」（前掲「教祖の文学」）という、死後の名誉・業績評価小か無とは何と対極的な言だろうか。

罪責性意識大、信仰性大、祈り親和性大

また、大理念性そして欲動性が大の場合、人性の不如意や不可抗力的な外的状況変化などによって、集団側の人々の信頼や信仰を大きく裏切ることになり、例えば「こころ」の先生が親友Ｋへの裏切りとその自殺に対し自ら「人間の罪」と評しているように、罪責性意識大＝原罪性意識になることが推定される。そして、この罪責性意識大を救済するためには、自殺あるいは狂気によって罪深い存在そのものを終了させるか、超越的存在への信仰による信仰性大になることが推定される。

例えば、「門」で宗助は、「もし昔から世俗で云う通り安心とか立命とかいう境地に、座禅の力で達することが出来るならば、十日や二十日役所を休んでも構わないから遣ってみたいと思った」（夏目漱石『門』〔岩波文庫〕、岩波書店、一九九〇年）と、救済を求めて禅寺へ入門している。また、「行人」でも神経衰弱に陥った一郎を旅に誘った親友Ｈに、終局的に一郎を救えるのは「血と涙で書かれた宗教の二文字」（夏目漱石『行人』〔岩波文庫〕、岩波書店、一九九〇年）で、一郎は宗教家になる運命にあるのではないか、といわせている。これらからは、表立って信仰を表明していない作者・漱石の信仰性も大きかったのではないかと推察される。また、晩年の漱石文学の中心概念のひとつとされる「則天去私」についてもいろいろな解釈が可能だが、「自己本位」で欲動性大の「私」を捨て去り、したがってそのすべてを「天」という超越的なものに委ねるというあり方を指し示しているのではないかと思われる。すなわちこのあり方は、同じく罪責性意識大に悩み、それを解決すべく自己のすべてを超越的存在に委ねて祈念し信奉するという、対人ストレス耐性大の亀井の信仰性大に類似したものではないかと思われる。漱石文学の中心概念である「自己本位」と「則天去私」は、一見したところ相反する概念のようだが、「自己本位」であるために「則天去私」に至らざるをえない、ということからは、表裏した概念ではないかと考えられる。

また、信仰性に表裏する祈り親和性については、例えば、己の我欲に苦しむ「行人」の一郎が、電車内の見知らぬ人の無心の表情に接し「僕はほとんど宗教心に近い敬虔の念をもって、その顔にひざまずいて感謝の意を表したくなる」（同書）と述べる姿に、その作動をみてとることができるだろう。さらに、「こころ」の先生が、その大学時代に亡くなった両親の墓前で「未来の幸福が、この冷たい石の下に横たわれる彼らの手にまだ握られてでもいるような気分で、私の運命を守るべく彼らに祈」ったことや、裏切ったKの墓を身近に建てて「私の生きているかぎり、Kの墓の前にひざまずいて月々私の懺悔を新たに」（前掲『こころ』）しようとした姿に、その親和性の大きさをみることができるように思われる。そして、自伝的作品とされる「道草」の主人公・健三が、妻・お住が病のなかにあるとき「神の前にそれを懺悔する人の誠を以って」「細君の膝下に跪ず」く、「跪いて天に祈る時の誠と願」（夏目漱石『道草』〔岩波文庫〕、岩波書店、一九九〇年）をもって見守る、という姿にも、逡巡や躊躇なく全身全霊をもって祈るのに近い、祈り親和性大がうかがえる。

対人ストレス耐性小か無である安吾の漱石批判

しかしこれらはみな、対人ストレス耐性小か無のように、人間はより非集団側で欲望を満たすという欲情性大で生きるべきと考え、罪責性認定大で罪責性意識大＝原罪性に苦悩することが不可能な、例えば安吾にとっては、考えられない判断、考え方といえる。つまり、安吾にとっては、人間（対人ストレス耐性小か無）はより非集団側で欲情性大で生きるべきはずなのに、あくまで集団側で欲動性大という「偽り」の生を生きようとする漱石は「真実の人間、自我の探求というものは行なわれていない」（坂口安吾「デカダン文学論」、前掲『堕落論』）と断じるしかないのである。その罪責性への苦悩も、救済希求としての自殺そして信仰への傾斜も、集団側での葛藤として、「馬鹿げたこと」「不誠実」「本当の人生と闘っておらない」「肉体」がない、「人間本来の欲求」が不問に付されている、と批判されるべきものになるのだった（同論文）。ここで、「肉体」「人間本来の欲求」とは、対人ストレス耐性小か無での欲情性大、安吾が長く沈潜し人間本来の姿とみた、集団側を離れた無理念でエゴイズム、淪落したあり方のことだろう。

夏目漱石という人は、彼のあらゆる知と理を傾けて、こういう家庭の陰鬱さを合理化しようと不思議な努力をした人で、そして彼はただ一つ、その本来の不合理を疑ることを忘れていた。つまり彼は人間を忘れていたのである。（略）肉体などは一顧も与えておらず、何よりも、本来の人間の自由な本姿が不問に付されているのである。人間本来の欲求などは始めから彼の文学の問題ではなかった。彼の作中人物は学生時代のつまらぬことに自責して、二、三十年後になって自殺する。奇想天外なことをやる。（略）彼の知と理は奇妙な習性の中で合理化という遊戯にふけっているだけで、真実の人間、自我の探求というものは行われていない。（略）彼は自殺という不誠実なものを誠意あるものと思い、離婚という誠意ある行為を不誠実と思い、このナンセンスな錯覚を全然疑ることがなかった。そして悩んで禅の門を叩く。（略）物それ自体の実質について、ぎりぎりのところまで突きとめはせず、宗教の方へでかけて、そっちに悟りがないというので、物それ自体の方も諦めるのである。こういう馬鹿げたことが悩む人間の誠実な態度だと考えて疑ることがないのである。（略）漱石はただその中で衒学的な形ばかりの知と理を働かせてかゆいところを掻いてみせただけで、自我の誠実な追及はなかった。（同論文）

漱石は対人ストレス耐性大と推定

したがって、作者・漱石自身が投影されているだろう各作品内容やその主人公たちに、欲動性大、大理念性、理想主義、罪責性意識大、祈り親和性大、信仰性大、歴史・伝統・文化意識大、死後の名誉・業績評価大など、対人ストレス耐性大に推定される一連の価値観や価値意識の多くが描かれていることから、彼は対人ストレス耐性大として理解できるのではないかと考えられた。

ちなみに、我欲（欲動性大）や罪責性意識に深く悩んだ（罪責性意識大）漱石だが、その実生活では数多くの弟子や文学者などが毎週集って「木曜会」を形成し、そこでの喧々囂々の議論を漱石は楽しんだようで、「漱石山脈」と称されるほどの多くの人々の世話をしたのだった。その規模や内容は、対人ストレス耐性中である太宰の取り巻きのそれを超えていたと思われ、このように日常世界のなかでの多くの人々との交流や交友関係を苦にしていなかっただろうことにも、例えばそうした交流を嫌い生涯孤独を極めた安吾などとは際立って異なる、漱石の生理的資質―対人ストレス耐性大が示唆されるように思われる。

2　対人ストレス耐性小か無だろう遠藤周作

無理念、淪落、ニヒリズム、罪責性意識小か無

次は、亀井、太宰、安吾らのあとの世代、戦後の「第三の新人」の一人、遠藤周作である。彼は、対人ストレス耐性小か無として理解できるように思われる。

つまり遠藤は、初期の主要作品である「白い人」「黄色い人」「海と毒薬」に執拗に描いたように、理念を維持できない無理念、淪落、ニヒリズムそしてこれらに表裏する罪責性意識小か無の状態を、対人ストレス耐性小か無の安吾と同じく、人間のベースとみている。

例えば、「白い人」の「私」はフランス人でありながらナチス・ゲシュタポの手先になって旧友の神学生を拷問にかけるなど、無理念、ニヒリズムの立場から、信仰、正義、善などの大理念性を憎悪し続けた。また、「黄色い人」での、キリスト教の洗礼を受けているが信仰心がない日本人学生の千葉は、大東亜戦争下で、婚約者が

いる従妹を犯し、背徳の元司祭デュランが同僚のブロウ神父を官憲に売るのを傍観するなど、確信的に無理念、ニヒリズムの立場をとり続けた。そして、「海と毒薬」の大学医局研究生の勝呂は、大して抵抗もできずに、受け持ち患者の生体実験に同意したり、アメリカ兵捕虜の生体解剖に参加して、不自然という印象を与えかねないほど、あまりにもたやすく〝医師として、患者の命を救う〟という自らの理念を放棄してしまっている。同じく同僚の戸田も、アメリカ兵捕虜の生体解剖に参加してしまったあと、良心の痛みや罪責性意識がいっこうに生じてこない自らの無理念状態をいぶかる、「なぜや、なぜ俺の心はこんなに無感動なんや」（遠藤周作『海と毒薬』〔新潮文庫〕、新潮社、一九六〇年）と。

特にこの戸田の反応は、対人ストレス耐性小か無の安吾が、「生来の悲願」であった食器類を家に持ち込ませないことをたやすく同棲するお安に破られ、「正義！　正義！　私の魂には正義がなかった。正義とは何だ！」（前掲「二十七歳」）と、自らに理念―正義心そしてそれに表裏する罪責性意識が生じてこないことをいぶかり嘆いた反応と類似している。つまり、これらすべての主人公は、無理念かせいぜい小理念までをベースにしていて中理念も大理念も信奉することができず、したがって人性の不如意や不可抗力的な外的状況変化などによって理念性に沿えない事態に陥っても、あまり罪責性意識が生じてこないのである。

ちなみに、各主人公はすべて、理念性維持の可能性を喪失したときに〝深い疲労感〟を覚えることが注目される。たとえば「白い人」の「私」は、その拷問によって旧友の神学生に自殺され、その恋人も屈服させたとき、彼らの行為によって理念性維持の不可能をあらためて確認させられ、「私は非常に疲れていた。肉体の疲れだけではないらしかった。もう、なにも私を動かさなかった」（遠藤周作「白い人」『遠藤周作文学全集』第六巻、新潮社、一九九九年）と、〝深い疲労感〟を吐露した。また「黄色い人」の、信者だが背徳の日々を送る学生・千葉はブロウ神父に対し、自分には西洋人のように罪の意識や虚無などのように深刻なものはなく、「あるのは、疲れだけ、ふかい疲れだけ、ぼくの黄ばんだ肌の色のように濁り、おもく沈んだ疲労だけなのです。その疲労がいつごろから始まったのか知りません。塵埃が少しずつ、卓子や書棚の上に白く積っていくように、僕の眼にも、なにか、うすい膜のようなものがもう三年前ごろから覆いはじめたことは確かでした」（遠藤周作「黄色い人」、同書）と、〝深い疲労感〟の蓄積を告白した。そして「海と毒薬」の戸田も、アメリカ兵捕虜の生体解剖参加に同意したとき、良心の呵責が生じないことに表裏して「ぼくはなにかふかいどうにもならぬ疲れをおぼえた」（前掲『海と毒薬』）、さらに生体解剖後も、良心の呵責に責められることなく、ただ「言いようのない疲労感をおぼえて戸田は口を噤んだ」（前掲『海と毒薬』）のだった。

これらはいずれも、対人ストレス耐性小か無の安吾がその純理念である「初恋」を断念し、理念性維持の可能性を喪失したときに「私の心の何物か、大いなる諦め。その暗い泥のような広い澱みは、いわば、一つの疲れのようなものであった」（前掲「二十七歳」）と述べた、虚無に陥ったときの〝深い疲労感〟に同質のものと思われる。これらも、遠藤が安吾と同じく、無理念、ニヒリズムそして罪責性意識小ないし無を人間観のベースとする人間であることを傍証するひとつの所見ではないかと考えられる。

強大理念性＝「善魔」批判

このように、無理念かせいぜい小理念までをもち、特に強大理念を否定していることは、遠藤の、強大理念性を強く批判する「善魔」概念に、よく表れている。

この「善魔」とは、どのような善や理想も行き過ぎると悪に転じてしまう、ということを指す考えのことである。すなわち、〝善いこと、正しいこと〟としての理念性の主張が強く大きいほど、それに従わない人を悪として断罪する非寛容性―強理念性が大きくなる。それによって、理念に従うことができない「弱い」人々を厳しく処断することになり、実質的に大きな不幸を引き起こしてしまうというのである。これは、強大理念がもつ強理念性―他対抗性、非寛容性を批判する主張だと考えられる。

歴史上でも、最も残虐な迫害や大量虐殺などを引き起こしてきたものは、例えば中世の十字軍運動や近世の帝国主義時代の植民地拡大の精神的支柱とされたキリスト教、征服戦争（ジハード）でのイスラム教、フランス革命とそれに続く革命戦争で多数の血を流させた民主主義、現代の大粛清を生んだマルクス主義などにみるように、キリスト教、イスラム教、マルクス主義そしてときに民主主義などの強大理念の敷衍や支配だろう。遠藤は、次のように述べている。

いかに正しいこともそれを限界をこえて絶対化すると悪になる。また逆に悪に見えることも限界内では善い部分がある。民主主義は正しい考えかもしれぬ。しかし、それを絶対化しすぎると民主主義ならざる国に原子爆弾を落とすような悪をうむ。（略）自分が正しいという気持は、かならず他人を裁こうとします。（略）こうした善魔の（略）心理の不潔さは自分にもまた弱さやあやまちがあることに一向に気づかぬ点であろう。自分以外の世界をみとめぬこと、自分の主義にあわぬ者を軽蔑し、裁くというのが現代の善魔たちなのだ。
（遠藤周作『生き上手 死に上手』〔文春文庫〕、文藝春秋、一九九四年）

また、この「善魔」―強大理念性批判を反映して、理念性の有無と程度によって人を評価しない、さらには理念を維持できない「弱い」人、無理念性も肯定するという母性原理が、遠藤の作品のすべてに浸透している。その典型が代表作「沈黙」の、キリスト教信仰を守ることができずに容易に棄教してしまうキチジローや〝転びバテレン〟の司祭ロドリコらの無理念性あるいは弱小理念性を許す、母性神としてのキリストである。遠藤は述べる。

私のイエス像は私の考える日本的宗教意識――それを私は西欧の父性的宗教意識と違う母性的意識だと思っ

ています――で捉えたイエス像だからです。（遠藤周作『私にとって神とは』光文社、一九八三年）

他存在を信じる強度小か無

なお、この遠藤の代表作「沈黙」のあらすじは以下のようなものである。日本で棄教した高名なイエズス会の司祭フェレイラの弟子である司祭ロドリゴらが、その真相を知るべく、またキリスト教を布教すべく日本の五島列島へ潜入するが、案内役をしたキチジローに裏切られて長崎奉行の井上筑後守に捕縛され、棄教を迫られる。奉行所でフェレイラと再会して棄教するよう説得されるがこれを拒否し、神の栄光に満ちた殉教を期待するも、自分が棄教しないためにすでに棄教した日本人教徒たちも処刑されてしまうことを知り、ついに踏み絵を踏むことになる。そのとき踏み絵のなかのキリストに、「踏むがいい。お前の足の痛さをこの私が一番よく知っている。踏むがいい。私はお前たちに踏まれるため、この世にうまれ、お前たちの痛さを分かつために十字架を背負ったのだ」（遠藤周作『沈黙』〔新潮文庫〕、新潮社、一九八一年）と語りかけられた気がして、その教えの意味を知り、自分は棄教しても日本の最後の司祭だと思うに至る、というものである。

ちなみに、この司祭ロドリコは、その他存在を信じる強度が中以上ではないことを、すでに日本渡航の前後の各所で示している。それは例えば、渡航後キチジローに裏切られた際に「憎んだり恨んだりする気持ちはふしぎにわかない」（同書）いと独白する姿に、他存在を信頼していなかったことが傍証される。キチジローを信じていなかったために、裏切られてもこれを憎まず、対人ストレスは強く発生することがないのである。また、先に挙げた諸作品の、無理念、ニヒリズムをベースにする主人公たちもおしなべて同様である。つまり、「白い人」の「私」は、「人間はやはり信じられぬ。人間は自己の肉体の苦痛の前にはやはり、すべての人類への友情、信義をも裏切る弱い、もろい存在である」（前掲「白い人」）と、その無理念、ニヒリズムを確認するかのように旧友の神学生を拷問にかけた。「黄色い人」の日本人学生・千葉は、神を信ずるブロウ神父に対し「貴方のように純白な世界ほどぼく等、黄いろい者たちから隔たったものはない」（前掲「黄色い人」）と、周囲の人を含めた他存在を信ずることをせずに無理念、ニヒリズムに在り続けた。「海と毒薬」の大学医局研究生・勝呂も、患者を治すことを第一とするその理念を喪失してからは、他者を信じることもない「無口で変わった医者」（前掲『海と毒薬』）として東京郊外の「砂漠のような土地」に独り住んでいるのだった。

前述のように、フローベールが作品の主人公は作者自身だと述べたことによると、このように主人公の多くが他存在を信じる強度が小か無であることは、著者・遠藤の他存在を信じる強度が小か無であることを示唆するものと考えられる。

信仰性小のクリスチャン作家

一方、遠藤自身は、十一歳時に親の意志で洗礼を受けてクリスチャンになり信仰を得たが、これは対人ストレス耐性小か無の信仰性小か無の本質と基本的に異なることなので、その両立は彼の終生の大きな課題になってしまったようである。

すなわち彼が対人ストレス耐性小か無であるならば、他存在を信じる強度小か無、信仰性小か無、現実主義（リアリズム）、罪責性認定大で罪責性意識小か無、強大理念性をもたず小か無理念、そして母性原理と推定される。これらとクリスチャンとしての信仰を両立させることが彼の困難な課題であり、彼はそれを「沈黙」「イエスの生涯」「キリストの誕生」などにみるように、「じっさいは無力で何の奇跡もしなかった」（前掲『私にとって神とは』）というリアリズムに沿うキリスト像、そして何があっても「沈黙」、同行し、超越的作用も示さない母性原理の、いわば〝沈黙同行神〟の造形によって達成しようとしたのである。そのためその信仰は、自ら「九十パーセント疑い、十パーセント信じる（略）その十パーセントは無意識のところで信じている」（同書）と述べているように、一も二もなく全身全霊を捧げ信奉するという信仰性大の「信仰」には程遠いものと思われる。つまり、その他存在を信じる強度小か無を反映した、信仰性小による信仰なのではないかと思われる。当然これは、超越的存在や超越的作用を信じて、全身全霊を傾けて信奉する、背徳者は強くこれを罰するという父性原理を伴うことが多い、信仰性大としての通常の「信仰」には程遠いものである。そのため、〝遠藤のそれはキリスト教信仰ではない〟などと、従来からのキリスト教信者による多くの反発と批判を招くことになったのである。

このように、遠藤はクリスチャン作家といわれたのだが、その信仰が、はたしてどのようなものだったのかについては、検討を要するところである。例えば、彼は「沈黙」の六年後『死海のほとり』(新潮社、一九七三年)を著した直後に評論家・江藤淳と対談し、「いつか聖書にあるままの奇跡をそのまま事実として信じたい」(遠藤周作/江藤淳「『死海のほとり』を巡って」、遠藤周作『死海のほとり』所収、新潮社、一九七三年)と述べている。しかし、対人ストレス耐性小か無による、現実主義(リアリズム)と他存在を信じる強度小か無という規定からは、これは生涯かなえられることのない希望だったと思われる。事実、対談のしばらくあとに自らの信仰の内容を率直に述べた『私にとって神とは』(一九八三年)では、「聖書の中では、奇跡物語というのは私には余り迫力がありません。(略)私にはやっぱりなぐさめ物語のほうが奇跡物語よりもリアリティーがあるような気がする」(前掲『私にとって神とは』)と、事実としての奇跡を十分認めることはできなかったことが述べられている。

遠藤はあくまで、例えば亀井の「信仰」とは最も遠く、リアリズムと他存在を信じる強度小、すなわち信仰性小としての「キリスト教信者」であろうと格闘し努力したのであり、信仰性大に近いであろう通常のキリスト教信者ではなかったと思われる。

遠藤は対人ストレス耐性小か無と推定

結局、遠藤の著作の多くに、小か無理念性のベース、強大理念性批判(「善魔」批判)、罪責性認定大と罪責性意識小か無、母性原理、現実主義(リアリズム)、他存在を信じる強度小か無や信仰性小など、対人ストレス耐性小か無に推定される一連の価値観や価値意識の多くが認められ、彼は対人ストレス耐性小か無として理解できるのではないかと考えられた。

なお遠藤自身は、このような一連の価値観と価値意識を東洋とりわけ日本人（黄色い人）一般のものと考え、これを西洋人（白い人）のそれとの対比でとらえていたと思われる。しかし、これと対極的な一連の価値観、価値意識、すなわち強大理念性、罪責性意識大、父性原理、理想主義、他存在を信じる強度大、信仰性大などは、亀井そして続いて論じる大江健三郎をはじめ、日本人でも少なからず認められると考えられる。したがって、遠藤のようにこれを日本人一般の特徴ととらえることは正しくない側面があるのではないかと考えられる。

3 対人ストレス耐性大だろう大江健三郎

この遠藤が活躍した時代（一九二三—九六年）のあとの二十一世紀は、ソビエト連邦崩壊（一九九一年）、マルクス主義衰退に象徴されるところの「ポストモダン」の時代になり、「大きな物語」は終焉し「小さな物語」の時代になった、という考えも展開された（前掲『ポスト・モダンの条件』）。しかし、〝多くの人々にとっての善いこと、正しいこと〟としての「大きな物語」＝大理念は、終焉することなどは決してないだろう。それは、イスラム原理主義、キリスト教、民主主義、人権、グローバリズム、エコロジーなどと、いまなお多数存在しているからである。同時にナショナリズムなどの「中くらいの物語」＝中理念や、個人や家族など小集団の幸せを第一にする「小さな物語」＝小理念も、どの時代でも絶えることはないと思われる。したがって二十一世紀前半の現代でも、これら諸理念に対する対人ストレス耐性大／中／小か無それぞれによる反応は、相変わらず認められるはずである。例えば、遠藤ら「第三の新人」の次の世代で一九九四年にノーベル文学賞を受賞した大江健三郎である。彼は、対人ストレス耐性大として理解できると思われる。

大集団側、大理念性

例えば彼は、「国際的人間、全地球的な人間の生き方のモデルとしても、家庭はある。家庭というものもそうしたものでありうる、と考えたい」（大江健三郎『あいまいな日本の私』〔岩波新書〕、岩波書店、一九九五年）と、家庭さえも社会や国家、さらには世界のあり方のモデルとみている。つまり、家庭という小集団のなかにも、社会や国家、さらに人類の一員、すなわち大集団側に所属する者としての視点を導入しようとするのであり、このような彼は、次のように大理念の信奉者のようである。

上からのヴェクトルと下からのヴェクトルが競い合っている（略）置き換えるべきモデルは何かというと、私は父親と子供たちが同じ方向のヴェクトルを持てばいいだろうと思います。（略）私たち信仰を持っていない人間は、超越するものの代わりに別のものを立てればいい。（略）そして同じ方向で自分たちを越え、自分たちを結びつけもする、たとえば民主主義なら民主主義を立てればいい。そういう原理を発見して、そのほうに目を向ける。それへの努力が新しい家族のきずなをつくるために有効ではないか（略）それは家族における上下関係、家族における圧政を伴うような、権力を伴うようなハイエラーキーとは違ったかたちを発見していく、そのための出発点たりうるものだと思います。（同書）

ここで民主主義は、宗教にもとってかわりうるような「全地球的な人間の生き方」（前掲『あいまいな日本の私』）として世界普遍的な大理念と想定しているように思われる。これを読むと、対人ストレス耐性小か無の安吾が心配した「一人と一人の対立は永遠になくならぬ（略）この人間の対立、この基本的な、最大の深淵」（前掲「続堕落論」）などは、民主主義などの大理念によって問題なく解決されてしまう小事にすぎないかのようである。

また大江は、ノーベル賞受賞記念講演でも、「人類の全体の癒しと和解」（前掲『あいまいな日本の私』）という全人類に及ぶ〝多くの人々にとっての善いこと、正しいこと〟である大理念を目指していることを述べている。

芸術の不思議な治癒力について（略）私は、なおよく検証はできてはいないものであれ、この信条にのっって、二十世紀がテクノロジーと交通の怪物的な発展のうちに積み重ねた被害を、できるものなら、ひ弱い私みずからの身を以て、鈍痛で受けとめ、とくに世界の周縁にある者として、そこから展望しうる、人類の全体の癒しと和解に、どのようにディーセントかつユマニスト的な貢献がなしうるものかを、探りたいとねがっているのです。（前掲『あいまいな日本の私』）

強大理念性

大江の大理念は、具体的には、世界普遍的な民主主義、世界反戦平和主義、人類に普遍的な人権、道義心などと理想主義的で、しかもこれに反する者に、デモ参加時に見せるように激しい怒り、徹底した非寛容をもって対することから、これらは強理念のようである。したがってそこには、対人ストレス耐性小か無だろう遠藤による、強大理念性＝「善魔」への懸念が顔をのぞかせる余地はない。そして、「大きな物語」は終焉した、と主張するポストモダン説などとは無関係のように、これら強大理念――「大きな物語」を大江は世紀を超えて主導している。

日本人が、ポスト・モダーン以後の道義心の根拠としてアメリカ、ヨーロッパに共有されうるものを確立し、当の道義欲の共有に立って、かつ日本として自立した役割を担うなら、その時はじめて日本は（略）世界へ参加しうるでしょう（略）広島、長崎にいたった、そしてそれ以後も決して完全に治っているとはいえない国家の病患から、私たちは恢復しなければならない。それをなし遂げたとき、初めて私たちの文明、私たちの文化は　――もとより文学も含み込んで――　二十一世紀に向けての地球規模のプラン、それも安倍公房の言い方にならえば、具体化しうるプランとなるのではないでしょうか？（同書）

連帯性大、社会運動性大、歴史意識大、死後の名誉・業績評価大

そして、ともに強大理念を信奉する世界への連帯性大をもって平和運動を主導し、八十歳を超えたいまなお反戦・反核デモに参加するなど、社会運動性大といえる。

すなわち大江は、戦後民主主義者を自認し、一九八二年「核戦争の危機を訴える文学者の声明」の呼びかけ人になって核廃絶を訴え、二〇〇四年に憲法第九条の戦争放棄の理念を守るべく「九条の会」を結成し、一一年には東日本大震災の福島第一原子力発電所事故に際し脱原発アクション「さようなら原発一〇〇〇万人アクション」の呼びかけ人になり、現在もなお「戦争はダメ」「平和を守れ」「核廃絶」と国際的な反戦平和デモに参加し、講演活動などを継続しているのである。

また、その理念性は大集団側準拠の強大理念であるために、個人の外は即世界のようで、前述のように、小集団である家庭のなかにも強大理念を浸透させ、強大理念をともに志す同志として家族も捉えているようである。

また、その社会運動性大を形成する礎として、歴史を重視する発言を繰り返し、それは次のように、世界規模の歴史を重視する歴史意識大なのである。

私は、わが政府に、スピノザ式のやり方で、（略）現在のままの核体制が、「良い」か「悪い」かを問いかけ、それがあきらかに「悪い」ものであるから、核廃絶をうったえる、と主張してもらいたいのです。（略）表層で利用されるのみの道徳的批判とは別の、次の世代のためのエコロジカルな核体制批判にこそ参加しなければならぬでしょう。そしてこの運動は普遍的です。（略）私たちは過去に向かって話しているのではなく、未来の子どもたちの、全地球規模での生の、「良い」か「悪い」かの選択に心をくだいているのですから。そしてそのためにこそ、過去をよく記憶し続けようといっているのですから。（大江健三郎『日本の「私」からの手紙』〔岩波新書〕、岩波書店、一九九六年）

大江は子どもたちにも、人類の歴史を大切にしよう、と語りかけている。

いまの自分のなかの「人間」を大切にしてください、それは過去の「人間」、歴史のなかの人類につながっておるし、それから自分の将来をつうじて、未来の「人間」、未来の人類につながっている。それを大切にしなきゃならない。（大江健三郎『鎖国してはならない』〔講談社文庫〕、講談社、二〇〇四年）

そして、右でも少し述べている現在から未来という方向性だが、二十世紀に続くものとして二十一世紀の「世界の文明」を語ることによっても、その歴史意識大であることを示している。

私たちの多くが遠からず死すべき者として生きています。さらにそのような人間として、私たちは二十一世紀を考えているのではないでしょうか。二十一世紀の世界の文明を、わずかながらそこに生きるはずの自分や、近しい人間の身体に託して考えているのではないでしょうか？　私たちは二十一世紀に向けて、自分たちの文明と、自分たちにつながる人間の身体について、それを慈しみ、よく保ち、発展させ、望むべくは改良して、あるいはすくなくとも壊さず、そのままに、われわれの後にくるべき者らに渡すようにと、そのことを願って生き、そのことを願って考えようとしているのではないでしょうか？（前掲『あいまいな日本の私』）

さらに、この歴史意識大に表裏するように、死後の名誉、業績評価は大と考えられる。たとえば、連載当時、大江自らその創作活動の集大成、「最後の小説」とも述べた「燃えあがる緑の木」（一九九三―九五年）は、「魂のことをしようと（略）祈る」（大江健三郎　燃えあがる緑の木（「大江健三郎小説」第十巻）、新潮社、一九九七年）ことによる「死と再生」（小野正嗣『大江健三郎　燃えあがる緑の木』（ＮＨＫ100分 de 名著）、ＮＨＫ出版、二〇一九年）をテーマにしていた。ここで「再生」が超常現象としての死者の復活ではない以上、それは、死後も存続する集団による死後の名誉・業績評価に相当するものと考えられる。つまり、「燃えあがる緑の木」の教会を率いた「ギー兄さん」（「新しいギー兄さん」）は教会の発展に尽くしたその父（「総領事」）の死に際し、「一応死んだ後も魂はある、生きているのと連続性においてあると、こうした作業仮説をたてていいんじゃないかという気がしてくる」「いま私達は、総領事という死者とともに生き始めたばかりなのである」（前掲『燃えあがる緑の木』）と説教をする。これは、「総領事」がなした理念性―「魂」に対して、残された者たちが死後の名誉・業績評価をおこなっていくことで「再生」がなされる、と述べていることに相当すると考えられる。また、「ギー兄さん」は自らを「繋ぐ」人だと述べる。

さきのギー兄さんが殺された出来事は、続いて来る者が、つまり自分がいまここに、さきのギー兄さんが浮かんだテン窪の堰堤に立つ前触れだった。（略）この経験〔信者による「ギー兄さん」への糾弾：引用者注〕をつうじて、糾弾以後の自分が、新しいギー兄さんが来るまでのブランクを埋める、かわりの人間として生きていることを確信したのです。（略）その新しいギー兄さんも、ナニカ・ナニモノカのかわりであり、その次に来る、もっと新しいギー兄さんのために繋ぐ、かわりの人間であるでしょう。（略）そしてついには、かわりの人間が、そのものの人間となる時が来る。（略）そのものの人間とは、「救い主」。（略）ここに到るかわりの人間のひとりとして、積極的に務めを引き受けよう。（前掲『燃えあがる緑の木』）

つまりこの「繋ぐ」人という考えも、生前になした人々の理念性―「魂」を受け継ぎ、それを次の世代へ伝えるという、死後の名誉・業績評価と考えられる。そしてそれが永く繰り返された後、最後に「救い主」に到るということからは、その死後の名誉・業績評価は大と考えられる。

また、物語の最後に、物語の語り手である「サッチャン」は、新左翼の襲撃で亡くなった「ギー兄さん」の子どもを産むが、この新しい生命も死んだ「ギー兄さん」の「再生」と捉えられている。そしてこれも、その子どもが父「ギー兄さん」の理念性―「魂」を受け継ぐこと、つまりその死後の名誉・業績評価によって成就するものと考えられる。

このように、その創作活動の集大成ともいわれた小説の全体を貫くテーマである「死と再生」が、死後の名誉・業績評価、それも永遠にも及ぶ時間軸であることから死後の名誉・業績評価大によってなされるということは、作者の死後の名誉・業績評価が大であることを示唆するものと考えられる。

そしてここでも、やはり、小か非集団側で対人ストレス耐性小か無の安吾の「芸術は長しだなんて、（略）自分の人生から先の時間はこれはハッキリもう自分とは無縁だ。ほかの人間も無縁だ」（前掲『教祖の文学』）といった、死後の名誉・業績評価小か無は、その片鱗も見せることはないのである。

罪責性意識大、祈り親和性大、そして信仰性大の傾向

①罪責性意識大と祈り親和性大

また、例えば大江は、自らは小学生で参戦していなかったにもかかわらず、アジアと人類に及ぶとする大東亜

戦争の罪過への罪責性意識大であり、贖罪意識が強い。

リハビリテイションという言葉の古くからの意味において、日本と日本人は、アジアにおいてそれをなしとげねばならない。われわれは近代化の歴史において、とくにその頂点をなす侵略戦争において、アジアの積極的な一員である権利を喪い、かつその執権をリハビリテイト〔復権：引用注〕しないまま、生きてきたのである。（前掲『日本の「私」からの手紙』）

日韓基本条約（一九六五年）、日中国交正常化（一九七二年）、日中平和友好条約（一九七八年）などを経た戦後五十年（一九九五年）にあっても、次のように日本人のさらなる謝罪、償いを主張し続ける根底には、大江個人の罪責性意識大の作用があるのではないかと思われる。

日本の知識人の、中国人に対する償いの未達成の感覚、真の和解の後の、同じ足場、同じ資格での再出発がなされていないという気持ちは、われわれのアジアにおける自己把握の全体に歪みを与えている。（略）日本人が（略）真に共生しうる場としてのアジアの二十一世紀を考えるためには（略）まず先の大戦での侵略行為について、謝罪し、償うべきものを償わねばならない。（略）国会が敗戦五十年を期して「不戦決議」を行おうとして、政府与党間に露呈した対立、つまり侵略戦争の、また植民地においての、アジアの諸国にあたえた災厄を謝罪し、将来にわたってそれをどう償うか、という決意をめぐって乗りこえることのできなかった永い不一致。それはアジアの民族の日本への不信感をあらためて裏書するものとなっただろう。（前掲『日本の「私」からの手紙』）

そうしたことも反映してか、近代合理主義の立場から信仰はもてぬといいながら、無力な人間あるいは罪責性意識大を癒すものとして祈り親和性は大である。

たとえば、大江は「『雨の木《レイン・ツリー》』を聴く女たち」（一九八二年）という小説で、性交を果たせなかった女性を絞殺してしまった青年のかわりに、「この出口なしの大きい悔いのうちにいる青年に、かれがやってしまった殺人が帳消しになるように、おれが神の役割を代行してやることにしよう」（大江健三郎『「雨の木《レイン・ツリー》」を聴く女たち』新潮社、一九八二年）と、この女性を犯し「犯人」として自身も縊死した高校教師を描いた。そして最終場面で青年が同じ犯罪を繰り返してしまう可能性を示唆することで、人間の魂そしてその罪を癒すには、同じく限界ある人間には無理であり、それは人間を超えた超越者でなければならないだろうという物語を書いた。これは、罪責性意識大の亀井勝一郎と同一の見解であり、亀井はそこから信仰へと転じ、それに表裏して「祈りこそ人間の真の覚醒といえるのではなかろうか」（前掲『信仰について』）と「祈り」を最大限に評価した。そして、信仰をもたないという大江も「祈り」を大いに肯定するのである。

たとえば大江は井伏鱒二の『黒い雨』を、「世界じゅうに普遍的な意味を持ちうる祈り」（前掲『あいまいな日本の私』）が表現された作品だと称賛している。ここで主人公の被爆者・重松は原爆症で助からない姪・矢須子に対し、最後に、山の向こうに虹が出れば助かるかもしれない、と「占う」のである。

《どうせ叶わぬことと分かっていても、重松は向うの山に目を移してそう占った。》「占った」というのは井伏さんらしい照れたいい方で、心の中でそう願った、ということです。その内容は《「今、もし、向うの山に虹が出たら奇蹟が起る。白い虹でなくて、五彩の虹がでたら矢須子の病気が治るんだ」》この文章を私はよく理解できると思っています。（略）人間はこのように祈るものだと私は思うから。信仰を持っていなくても、宗教がなくても。そういう占い、祈りには意味がない、ということもできます。そういう無意味なことはしないという人ももちろんいていい。しかし、自分はそういうことをする人間だと私は思っています。井伏さんもそのような人だと思う。そして私は井伏鱒二の文学を尊敬するわけなんです。（前掲『あいまいな日本の私』）

ここには、対人ストレス耐性小か無の安吾の生理的ともいうべき「祈り」忌避は微塵もその姿を見せない。また、対人ストレス耐性中の太宰がその作品中に少しずつ織り込んだ、罪責性認定中を反映したやや抑制的な祈り肯定（祈り親和性中）でもなく、「祈り」を主テーマとして多くの主要作品を著していることからも、大江は何よりも「祈り」を肯定しているようである。たとえば大江は、「祈り」を人間の「いちばん重要な能力」とするフランスの女流哲学者・シモーヌ・ヴェイユの言を用いて、それを「魂の問題にすらなる」もの――人間の本質に結び付くものとみているのである。

ヴェイユは人間にとっていちばん重要な能力は、祈ることのできる能力だといっている。その祈る能力を訓練するためには（略）注意力を育てるようにすればいい、といっているんです。（略）家庭（略）そういうところで私たちは注意力をまなぶ。その結果、私たち信仰を持っていない人間にも、お父さんやお母さんや娘や息子がひとつの方向に目を向けることができるようになる。（略）そういう態度を私たちの家族が獲得していく。それがわれわれの社会において、民主主義が家族のなかに滲み通り、それが本当に人間らしいものになる、私たちの魂の問題にすらなる、ということの出発点ではないだろうかと私は考えるのです。（前掲『あいまいな日本の私』）

ここには、先の亀井の「祈りこそ人間の真の覚醒」（前掲『信仰について』）という、祈り親和性大と同質のあり方をみることができるように思われる。亀井と同じように大江も、「祈り」を心の底から肯定し、先に引用した『燃え上がる緑の木』をはじめ、これを主テーマとして数多くの作品を著したのだった。そしてそれらはやはり、「祈り」に拒否反応を示すだけの対人ストレス耐性小ないし無の安吾とは、対極にある生理（対人ストレス耐性大）を指し示しているのである。

②信仰性大の傾向

さて、信仰性大＝「信仰」も、それに表裏することが多い祈り親和性大も、ともに他存在を信じる強度大を反映するものである。したがって大江は、「信仰を持っていない」（前掲『日本の「私」からの手紙』）という言葉で顕在化させていないにもかかわらず、潜在的には信仰性大の傾向があるのではないかと思われる。

たとえば大江は「人生の親戚」（一九八九年）という小説で、身体障害の弟と知的障害の兄の兄弟に自殺されるという「絶対的な不幸」（前掲『あいまいな日本の私』）に陥った英文学者である母親が、信仰をもたずして救済されることの困難を描いた。ここでは兄弟がなぜ自殺したのかについて「神の声が響いたのではないですか？　それに励まされて（略）死を選んだのではありませんか？」（大江健三郎『人生の親戚』新潮社、一九八九年）という考えが、あるキリスト教徒の言葉として示されている。そして作者は後年、「自分のように神を信じていない人間に対して、「人間の自由意思、自由な判断とおもわれているところに、神というものが現れる場合もあるのじゃないですか」と控え目にいってくれる、そういった宗教を持った人の考え方というものも書いてみたかったわけでした」（前掲『あいまいな日本の私』）と述べている。

そして特に、『洪水はわが魂に及び』（新潮社、一九七三年）以降のその後期は、「魂の問題」「祈り・許し」をテーマにして宗教的問題に傾倒していったことは定説である。さらに年をとれば、（同じく祈り親和性大で対人ストレス耐性大と思われる）作家で精神科医の加賀乙彦がそうだったように、信仰を得る可能性もあるのではないかと思われる（前掲『科学と宗教と死』）。例えば、ロナルド・S・トーマスというイギリス詩人の信仰を紹介することを通して次のように、自ら、事実命題に基づくものか検討できないままに超越的な存在をひたすら信じる信仰性大になりたがっていることを示唆している。

本当は神はあるのであって、自分が祈ればいつか、神が具体的に現れてくるだろう、具体的に自分の前に神が現れてきて、その脇腹に触ってみると暖かい、そういう状態を望んでいる、というような仕方で、その晩年の詩を書いている人なんです。（略）その感じ方が私にとって親しく感じられるといいますか、こういう形を通じて信仰のことを自分でも考えられたらいいと思うのです（同書）

このように、大江は「信仰を持っていない」（前掲『日本の「私」からの手紙』）と繰り返し言いながら、「信仰」に接近する多くの状況をその著作に著すことで、潜在的に、それに近づきたい意向を繰り返し告白しているように思われる。信仰性大の傾向とでもいうべきあり方であり、これは祈り親和性大と「信仰」＝信仰性大が、ともに他存在を信ずる強度大であることの表れではないかと考えられる。

大江は対人ストレス耐性大と推定

特に小説作品には十分触れることができなかったのは残念だが、このような価値意識や価値観は、彼の特に『洪水はわが魂に及び』以降の多くの小説からうかがえるように思われる。

結論として、概略的ながら、大江健三郎の諸作品で、対人ストレス耐性大で推定される一連の価値観や価値意識の多く、すなわち強大理念性、理想主義、連帯性大、社会運動性大、歴史意識大、死後の名誉・業績評価大、罪責性意識大、祈り親和性大、信仰性大の傾向、などが認められ、彼は対人ストレス耐性大として理解できるのではないかと考えられた。

4　対人ストレス耐性小か無だろう村上春樹

さらに時代を進めて、二〇〇六年のフランツ・カフカ賞受賞以来、毎年のように、大江が受賞したノーベル文学賞有力候補になっているといわれる村上春樹を取り上げてみたい。彼は、大江とは最も対極的な対人ストレス耐性小か無として理解ができると思われる。最も活躍している現代の作家のひとりということもあり、やや詳しくこれを検討してみたい。

小か非集団側、孤独が基本

例えば、村上春樹は繰り返し小か非集団側にあって孤独であることを認めている。

僕は一人でいることに慣れています。それに一人でいることを楽しんでもいます。僕は人と一緒に何かをすることがあまり得意ではありません。（略）生まれつきの性格というのは変わらないものですね。（村上春樹『夢を見るために毎朝僕は目覚めるのです――村上春樹インタビュー集1997―2009』文藝春秋、二〇一〇年）

僕は徹底した個人主義者だから、誰にも何も引き渡さないし、誰とも連帯しない。あくまで自分の小説を書くために、身体的プラクティスを現実的に個人的にやっているだけです。（同書）

そして、例えば対人ストレス耐性大の亀井などのように、当然のように文壇に所属し、そこでもまれて、などということも好まない。

僕は、クラブや流派にはいっさい属していません。二十五年間執筆していますが、同僚も、文学的な友人もとくにいません。小説を書きはじめた頃、個人主義的な人物たちを描き、社会規範の周縁で人々がどのように暮らしているのかを書こうと考えたのは、自然なことでした。（略）もともと一人でやっていくタイプだから。僕はグループとか、流派とか、文壇とか、そういうものはだいたいにおいて好きじゃないんです。（略）うーん、ある程度他人との距離を必要とするからかな。人見知りをするということもあるし、会う機会がないということもあるし。（同書）

前述でも少し触れているが、特にその長篇作品の主人公もおしなべて、作者と同じく小か非集団側で孤独である。例えば、『ねじまき鳥クロニクル』全三部（新潮社、一九九四―九五年）の主人公・岡田トオルである。

僕は自分の小説の主人公を独立した、混じりけなく個人的な人間として描きたかったのです。彼が都市生活者であるというのも、それに関係しています。彼は親密でパーソナルな絆よりは、むしろ自由と孤独を選んだ人間なのです。（前掲『夢を見るために毎朝僕は目覚めるのです』）

また、『スプートニクの恋人』（一九九九年）の作品中でも主人公たちが小か非集団側、孤独であることを明確に描いている。

わたしたちは素敵な旅の連れであったけれど、結局はそれぞれの軌道を描く孤独な金属の塊に過ぎなかったんだって。（略）ひとりずつそこに閉じこめられたまま、どこへ行くこともできない囚人のようなものに過ぎない。ふたつの衛星の軌道がたまたま重なりあうとき、わたしたちはこうして顔を合わせる。あるいは心を触れ合わせることができるかもしれない。でもそれは束の間のこと。次の瞬間にはわたしたちはまた絶対の孤独の中にいる。（村上春樹『スプートニクの恋人』講談社、一九九九年）

このようにその長篇作品の主人公がおしなべて非集団側、孤独であることも、そこに自らを投影しただろう作者・村上が、小か非集団側、孤独であることを示唆していると考えられる。

無理念、ニヒリズムをベースに、欲情性大、アンモラル、そして小理念保持へ

①無理念、ニヒリズムベース

村上の主要作品の主人公はほとんどすべて、対人ストレス耐性小か無の安吾のように、孤独で小か非集団側にいるために、理念性を抱けずに無理念、ニヒリズムをベースにしていることが共通している。例えば、初期の「羊」四部作完結篇の『ダンス・ダンス・ダンス』（講談社、一九八八年）の「すでに多くのものを失」った「僕」から、近作の『色彩を持たない多崎つくると、彼の巡礼の年』（文藝春秋、二〇一三年）の、「空っぽの、あるいはより空っぽになった多崎つくる」までである。

さらに、いわば〝善か悪かもわからない〟というかたちで、善を認めないニヒリズムを醸し出す多くの登場人物たちによって物語が構成されている。これは作者のニヒリズムベースを示していると思われる。例えば『海辺のカフカ』（上・下、新潮社、二〇〇二年）について村上は述べる。

それが善か悪かもわからないんです。羊男だって善か悪かよくわからないし、特にジョニー・ウォーカーなんてそうですよね。やっていることはまさに悪なんだけど、それがどこまで本当のことかというのはわからない。カーネル・サンダースというのも（略）それは物語の流れをキックし、アシストするものなんですね。彼ら自体が善か悪かというよりは、彼らが進める物語がどのような方向に進んで行くのかというのがすごく大きな問題になってくるし、考えようによっては、カーネル・サンダースとジョニー・ウォーカーは同じものが顔を変えて出てきているだけかもしれない。（前掲『夢を見るために毎朝僕は目覚めるのです』）

②欲情性大、非倫理性

さらに、小か非集団側のニヒリズムベースは、理念否定の側面から非倫理や欲情性大へと延長してしまうことが推定される。それは、対人ストレス耐性小か無の安吾の「堕落論」「白痴」などのようにである。

例えば、『ノルウェイの森』上・下（講談社、一九八七年）の、主人公・ワタナベトオルは、愛する高校時代の同級生・直子を自殺で失ったあと、彼女が入所していた療養施設の直子の世話役のレイコと寝てから、大学の同級生・小林緑に愛を告白する。このように、ある意味非倫理的とも思われることを集団外で事もなげにおこなう、という意味で彼の欲情性は大きい。また、『ねじまき鳥クロニクル』で主人公・岡田トオルは、失踪した妻・クミコを取り戻そうとする過程にありながら、妻の前に失踪した猫との関係で連絡をしてきた霊能者の加納マルタの妹で、霊媒をしている加納クレタと何度も交わったりする。妻クミコも、兄・綿谷ノボルの近親相姦の願望の対象にされ、多数の男と交わる欲情性大の存在に設定されている。『海辺のカフカ』でも、未成年で十五歳の主人公・田村カフカが、その母ともメタファーされる甲村記念図書館長で五十歳以上の「佐伯さん」と三度交わるという、近親相姦に近接した非倫理的ともいうべき行為を繰り返している。さらに、『1Q84』全三巻（新潮社、二〇〇九・二〇一〇年）の主人公の一人であるスポーツジムインストラクターで暗殺者の青豆は、殺人のあとで不特定の男と性交したがり、新興宗教さきがけの教祖・深田保は未成年の少女をレイプし、また自らの娘ふかえり（深田絵里子）とも交わり、もう一人の主人公の予備校講師・天吾もまた十七歳のふかえりと性交し、と、近親相姦を含め世間的基準からは不道徳的・非倫理的行為をなし、非集団側での欲情性大の状況が描かれている。

こうした不道徳的で非倫理的なセックス描写の挿入は村上作品の特徴のひとつであり、これは作者の小か非集団側での非倫理性と欲情性大の素質を反映したものと推定される。

③小理念保持まで――ポストモダンの時代にフィット

理念面から述べると、主要作品のテーマはおおむね、小か非集団側での、孤独や無理念、ニヒリズムそして欲情性大、非倫理的をベースにして、そこから小理念まで浮上していくといえる。それはデビュー作『風の歌を聴け』（講談社、一九七九年）から変わらず、「喪失」「孤独」の無理念やニヒリズムをベースにして、欲情性大、非倫理的、アンモラルな状況を交え、わずかなごく親しい人や小集団側での〝善いこと、正しいこと〟としての小理念の保持を訴える。このことは、村上が完全な非集団側で絶対の孤独にとどまらず、恋人、夫婦、家族などの小集団側に準拠していることを示唆していると思われる。

例えば、「僕」とクニヨシさんの愛をテーマにした『ダンス・ダンス・ダンス』、「僕」と「直子」「緑」との愛を描いた『ノルウェイの森』、岡田亨が失踪した妻・久美子を取り戻そうとする『ねじまき鳥クロニクル』、そして「天吾」と「青豆」という「十歳で出会って離れ離れになった男女が、互いを探し求める話」（村上春樹「『1Q84』への30年　村上春樹氏インタビュー（中）」「読売新聞」二〇〇九年六月十六日付）の『1Q84』、そして「私」が妻「ユズ」、娘「室」と知人の娘だろう「秋川まりえ」を守ろうとする『騎士団長殺し』など、特に長篇作品のすべてがおしなべて、ごく親しい人との〝善いこと、正しいこと〟である小理念の保持を訴えるものなのである。そのことを村上自身も率直に述べている。

物語は（略）とても私的で、個人的なもので、それを書くときは自分の心、魂のなかに降りていきます。（村上春樹／Jesus Ruiz Mantilla「僕の小説は、混沌とした時代に求められる」、講談社編「Courrier Japon」二〇〇九年七月号、講談社）

僕は非常に私的な文学を追求しているわけで、個人的なテーマを、個人的な文体で、個人的な方向で二十年間やってきた。（前掲『夢を見るために毎朝僕は目覚めるのです』）

村上作品のテーマは、せいぜい小集団側に準拠する小理念＝「小さな物語」までであり、例えば対人ストレス耐性大の大江の「全地球規模での生の、「良い」か「悪い」か」（前掲『日本の「私」からの手紙』）のように、多くの人々にとっての〝善いこと、正しいこと〟である大理念＝「大きな物語」を扱うことはないのである。さらに村上は、その思いが日本や国家までの中理念へも至らないことを述べている。

永井荷風にしても江藤淳にしてもある程度そうですが、外国へ行ってしばらくすると愛国的というか、「非グローバル」になって帰国する（略）ところが僕は、まったくそういうことがなくて（略）日本のアイデンティティがどうのこうのというようなややこしいことにはとくに興味が持てなかった。国家としても、あるいは文化的にも。（同書）

なお、すでに付言したが、フランスの哲学者リオタールは、二十世紀終わりのソビエト連邦崩壊に象徴される「大きな物語」（強大理念・マルクス主義など）の終焉を反映して、世界に「小さな物語」――小理念が広がりつつあるとみて、これを次のように「ポストモダン」の時代と捉えたのだった（前掲『ポストモダンの条件』）。

「大きな物語」の衰退は、小さなものもさほど小さくないものも、無数の物語＝歴史（イスポワール）が、日常生活の織物をおり上げつづけてゆくことを、さまたげはしない。（略）今日では、文の異なった諸体制や言説の異なった諸ジャンルの、それぞれを見分けなければならないのだと、ぼくは考える。一般説話論（ナラトロジー）の中には、批判されていない形而上的要素、語り（ナラティブ）というジャンルに対して与えられた他のすべてのジャンルに対するヘゲモニー、小さな物語群に正当性解体の危機から逃れることを許すような、それら小さな物語群がもつ一種の主権性、が存在する。小さな物語群はその危機を逃れる、そのことはたしかだ。（前掲『こどもたちに語るポスト・モダン』）

そして、このような村上の小か無理念性が、この「ポストモダン」の時代によくフィットすると見るなどして、「ポストモダン文学の旗手」として世界中で村上作品が読まれるようになった、といわれることがある。しかしながら、村上の小か無理念性は、小か非集団側準拠という村上個人のいわば生理的条件によるものなので、（「ポストモダン」という時代認識の成否は別にして）こうした時代変化に応じて著されたものではないのである。そのことを村上自身も、率直に感じとっているようである。

アメリカの批評だと、村上はポストモダンの代表的な作家である、という（略）ただね、僕は自分のことをポストモダンの作家だなんて思ったことは一度もないんです。ポストモダン的なものにはもちろん興味あるけど、僕自身の書くものはべつにポストモダンだとは思わない。面白いのは、韓国、台湾、中国の読者は僕の書いているものをポストモダンだなんて全然思っていない。ただただ自然に受け入れている。（同書）

強大理念や父性原理を批判し母性原理的である

①強大理念、父性原理批判

村上は、その小か非集団側性を反映して、強大理念そしてその父性原理を批判することが推定される。それは例えば次のようにである。

絶対に正しい意見、行動はこれだと、社会的倫理を一面的にとらえるのが非常に困難な時代だ。（略）作家の役割とは、原理主義やある種の神話性に対抗する物語を立ち上げていくことだと考えている。（前掲「『1Q84』への30年 村上春樹氏インタビュー（中）」）

「絶対に正しい意見、行動」「原理主義やある種の神話性」とは強大理念―父性原理のことであり、これに村上は批判的だと思われる。例えば、一九七〇年前後に隆盛をみた「ラブ&ピース」の動きに対しても、「〈それ以外のもの〉に対する激しい拮抗、闘争」性をもつという、強理念性―父性原理的側面が投影され、最後には力によって潰される宿命にあった、としてこれに村上は否定的である。

「ラブ&ピース」はものごとの正しいあり方としてそこにあり、〈それ以外のもの〉に対する激しい拮抗、闘争をもとにしたものだったわけですね。ちょうど「イージーライダー」の最後のシーンみたいに。だからそれは、最後には力によって潰される宿命にあった。（河合隼雄／村上春樹『村上春樹、河合隼雄に会いにいく』〔新潮文庫〕、新潮社、一九九九年）

また、『海辺のカフカ』でも、高松の甲村記念図書館司書で性同一性障害者の大島による、強理念者だろう女性運動家への辛辣な対応を介して、村上はその強大理念・父性原理批判を展開しているものと思われる。

佐伯さんの幼なじみの恋人を殺してしまったのも、そういった連中なんだ。想像力を欠いた狭量さ、非寛容さ。ひとり歩きするテーゼ、空疎な用語、簒奪された理想、硬直したシステム。僕にとってほんとうに怖いのはそういうものだ。僕はそういうものを心から恐れ憎む。なにが正しいか正しくないか――もちろんそれもとても重要な問題だ。しかしそのような個別的な判断の過ちは、多くの場合、あとになって訂正できなくはない。過ちを進んで認める勇気さえあれば、だいたいの場合取り返しはつく。しかし想像力を欠いた狭量さや非寛容さは寄生虫と同じなんだ。宿主を変え、かたちを変えてどこまでもつづく。そこには救いはない。

(前掲『海辺のカフカ』上巻)

「想像力を欠いた狭量さ、非寛容さ。ひとり歩きするテーゼ、空疎な用語、簒奪された理想」とは、強大理念―父性原理のことで、大島は、そしておそらく村上もこれにきわめて否定的である。その理念内容の正否よりも、何より「想像力を欠いた狭量さや非寛容さ」というその強理念性を「心から恐れ憎む」のである。これは、対人ストレス耐性小か無の遠藤周作による、強大理念性や非寛容性を強く批判する「善魔」批判と、本質的に同一と思われる。

こうして、各所で村上は、その小か非集団側性を反映して強理念性―父性原理批判を展開していると思われる。

②母性原理性

このような強理念や父性原理批判は、その母性原理に表裏するだろう。つまり、村上がもつのは、せいぜいが小集団側の〝善いこと、正しいこと〟としての弱小理念であり、基本的には母性原理的なのである。

例えば、『色彩を持たない多崎つくると、彼の巡礼の年』の多崎は、彼を陥れて仲間から追放し死の絶望にまで追いやった高校時代の同級生仲間シロ＝柚木を責めない。これは、彼のそして村上の母性原理性を反映した態度だろう。

それでも彼はシロを――ユズを――赦すことができた。彼女は深い傷を負いながら、ただ自分を必死に護ろうとしていたのだ。彼女は弱い人間だった。自分を保護するための十分な堅い殻を身につけることができなかった。迫った危機を前にして、少しでも安全な場所を見つけるのが精一杯で、そのための手段を選んでいる余裕はなかった。誰に彼女を責められるだろう。（前掲『色彩を持たない多崎つくると、彼の巡礼の年』）

『海辺のカフカ』でも、主人公・田村カフカが自分を捨てた母の罪を許す母性原理性がこの作品の肝と思われる。

これに関しては、まず、〝父を殺し、母、姉と交わる〟という呪いを父親の田村浩一にかけられ、それから逃れるために家を出たという田村カフカは、一見エディプスコンプレックスの問題を課されたかのようである。この、精神分析の創始者・ジークムント・フロイト（彼は対人ストレス耐性大だろう）がギリシャ神話に取材して提唱したエディプスコンプレックスは、集団側での不倫（親と子などの近親相姦）はどこまでも厳しく罰するという父性原理の物語だった。しかしカフカは、猫と話せる知的障害がある老人ナカタを介して父親を殺し、姉のメタファーである高松行きの夜行バスで出会ったさくらを犯し、母親のメタファーともいえる佐伯と交わっても、絶望することも罰せられることもなく、「森」のなかから現実世界へ戻り、たくましく成長を続けることになるようである。つまり『海辺のカフカ』は、その外見的設定とは異なり、エディプスコンプレックス―父性原理の問題にはまったく抵触することがない物語のようである。

その問題はむしろ、仏典に取材し精神分析医の古澤平作が提唱した「阿闍世コンプレックス」（小此木啓吾／北山修編『阿闍世コンプレックス』創元社、二〇〇一年）のほうと思われる。これは、母親が子どもの出生を望まず恐怖しながらも産むという罪を犯し、それに対して子どもは生まれつき母親に対する恨み（未生怨）を抱くが、これが母親との一体感の体験から、未生怨を超えて母親を許すに至るという母子の葛藤（コンプレックス）を扱ったものである。そしてその原理は、相手の罪を許すという母性原理である。つまり、父・田村浩一は芸術家だが、周囲の人間を傷つけひどい扱いをする人間で、母親はその子であるカフカに対しても恐怖と怒りを禁じえず、四歳になったばかりのときに姉とともにカフカを捨てた。カフカはそれによって「僕には母に愛されるだけの資格がなかったのだろうか？」と深く傷つき、魂をむしばみ、母親を恨んでいた。しかし父親殺害の疑いで警察に追われて逃げ込んだ「深い森」のなかで「母」・佐伯と出会い、これを許す。このクライマックスシーンに、まさに古澤の阿闍世コンプレックスの構造がそのまま表れてきているように思われる。

「私は遠い昔、捨ててはならないものを捨てたの」と佐伯さんは言う。「私がなによりも愛していたものを。私はそれがいつかうしなわれてしまうことを恐れたの。だから自分の手でそれを捨てないわけにはいかなかった。奪いとられたり、なにかの拍子に消えてしまったりするくらいなら、捨ててしまったほうがいいと思った。もちろんそこには薄れることのない怒りの感情もあった。でもそれはまちがったことだった。それは決して捨てられてはならないものだった」僕は黙っている。「そしてあなたは捨てられてはならないものに捨てられた」と佐伯さんは言う。「ねえ、田村くん、あなたは私のことをゆるしてくれる？」「僕にあなたをゆるす資格があるのですか？」彼女は僕の肩に向って何度かうなずく。「もし怒りや恐怖があなたをさまたげないのなら」「佐伯さん、もし僕にそうする資格があるのなら、僕はあなたをゆるします」と僕は言う。お母さん、と君は言う、僕はあなたをゆるします。そして君の心の中で、凍っていたなにかが音をたてる。

（前掲『海辺のカフカ』下巻）

このようにカフカは、交わりを通した一体感の体験から、恨み（未生怨）を乗り越えて、自分を捨てた「母」・佐伯の罪を許す母性原理をなすのである。

『1Q84』でも、暗殺者の青豆は、自らの娘を含む少女たちをレイプしたとされる宗教法人さきがけの教祖・深田保を殺害するが、それは天吾の命を「リトル・ピープル」から守るためで、深田自身もそれまで信じてきたような処刑されるべき巨悪などではないことが明らかにされている。また深田保の娘ふかえり（深田絵里子）も、さきがけの裏の仕事を請け負って彼女らを追及する牛河を許す。天吾も、母親を失わせて嫌い憎んでいた父親を、実の父親ではない、「頑強な狭い魂と陰鬱な記憶を抱え、海辺の土地で訥々と生き延びている一人の生身の男」（前掲『1Q84』第二巻）として許すに至る。主人公たちを追い詰めるリトル・ピープルもまた、教祖・深田保が言うように「リトル・ピープルが善であるのか悪であるのか、それはわからない。それはある意味で我々の理解や定義を超えたものだ。我々は大昔から彼らと共に生きてきた。まだ善悪なんてものがろくに存在しなかった頃から」（前掲『1Q84』第二巻）と、単純に巨悪、極悪と見なすことはできないようである。このように至るところで、いろいろな事情から、強大理念によって明確に処断できるような巨悪や極悪が存在しない、という構造に設定されているのである。したがって、父性原理を執行することができないという意味で、『1Q84』もまた全体的に母性原理的、ということができるように思われる。

このように、ほとんどの村上作品の基底には、小か非集団側に推定できる母性原理が、強大理念―父性原理批判に表裏して、いつも静かに流れていると思われる。

社会運動性小か無である

村上は、小か非集団側準拠を反映して、せいぜい小理念保持までで、中／大理念を介しての連帯性中／大による社会運動性中／大は示さず、社会運動性小か無になることが推定される。

①「デタッチメント」——社会運動性小か無

さて、一九四九年生まれの村上は全共闘世代で、その学生時代は全共闘運動、安保闘争、ベトナム反戦運動と、学生運動が華やかな時代だった。こうした社会のムーブメントには当然影響を受けたものと推定され、おそらく村上は学生運動に何らかのかたちで参加し、挫折し、そこでこれら強大理念批判に至って、以後社会運動は小か無になった、とみることもできる。次のような記述をみると、本人の意識もそのようである。

> ネット空間にはびこる正論原理主義を怖いと思うのは、（略）僕が一九六〇年代の学生運動を知っているからです。（略）純粋な理屈を強い言葉で言い立て、大上段に論理を振りかざす人間が技術的に勝ち残り、自分の言葉で誠実に語ろうとする人々が、日和見主義と糾弾されて排除されていった。その結果学生運動はどんどん痩せ細って教条的になり、それが連合赤軍事件に行き着いてしまったのです。そういうのを二度と繰り返してはならない。（村上春樹「僕はなぜエルサレムに行ったのか——独占インタビュー＆［エルサレム賞］受賞スピーチ」、文藝春秋編「文藝春秋」二〇〇九年四月号、文藝春秋、二〇〇九年）

「純粋な理屈を強い言葉で言い立て、大上段に論理を振りかざす」「正論原理主義」とは、対人ストレス耐性大の亀井が当時のマルクス主義運動で示した「すべては共産主義の公式によって割り切れた。僕の言うところは「正義」であり、僕の党派の行為はつねに「善」であり、反対するものはことごとく「反動」であり「悪」であった」（前掲『我が精神の遍歴』）というような強大理念性—父性原理のことであり、これを村上は否定的に評価している。つまりここで村上は、学生運動を経験したことで強大理念批判に至り、強大理念に導かれそして衰退していった学生運動を例に、現在はネット空間から始まるようにみえた社会運動に対する懐疑的立場を表明しているように思われる。

しかし、強大理念によって導かれた学生運動などの社会運動に挫折する場合、それが必ず強大理念自体やそれによる社会運動そのものへの失望に至るとはかぎらない。例えば、対人ストレス耐性大の亀井は、村上と同じくその学生時代に強大理念のマルクス主義とその運動には挫折したが、強大理念そのものへの失望に至ることはなく、転向によって新たな強大理念―古代・中世日本仏教、大東亜共栄圏思想（八紘一宇）、国際平和主義思想などを得て、その後も社会運動を推進する側に立ち続けている。すなわち、社会運動の挫折によって強大理念自体への失望や批判に至るのかどうかは、その個人次第による部分があるのではないかと思われる。それは、本書の対人ストレス耐性三類型論によれば、対人ストレス耐性小か無であれば、学生運動挫折によっておそらく本来的な強大理念自体への批判に容易に立ち返るのである。そして、対人ストレス耐性大であれば亀井のように学生運動挫折によっても強大理念自体に対する批判に至ることなどはなく、絶えず次なる強大理念を求め、それによる社会運動を展開していくと考えられるのである。この観点からは、村上の強大理念批判とこれによる社会運動性小か無は、本人が信じるように学生運動挫折の経験によるものではなく、その生来的な小か非集団側という、生理的ともいうべき条件による可能性が考えられる。

ともあれ村上は、この学生運動挫折の経験をへて、対人ストレス耐性大の大江の場合にみたように、現代もなお存在するもろもろの強大理念には関心をみせることなく、社会にもコミットせず（「デタッチメント」）に社会運動性小か無のまま、せいぜい小理念を取り扱うだけになったのだった。

②「コミットメント」しても社会運動性小か無のまま

しかし村上は、『ねじまき鳥クロニクル』の時期から、社会に対して「コミットメント」を始めたことを、一九九五年の心理学者・河合隼雄との対談で語っている。

コミットメント（かかわり）ということについて最近よく考えるんです。たとえば、小説を書くときでも、コミットメントということが僕にとってはものすごく大事になってきた。以前はデタッチメント（かかわりのなさ）というのがぼくにとっては大事なことだったんですが（前掲『村上春樹、河合隼雄に会いにいく』）

そして、同じ一九九五年一月の阪神淡路大震災、三月の地下鉄サリン事件発生を受け、作品中でも具体的に社会へのコミットメントを始めている。例えば、『アンダーグラウンド』（講談社、一九九七年）、『約束された場所で――Underground 2』（文藝春秋、一九九八年）では地下鉄サリン事件の被害者とオウム真理教信者に取材し、連作集『神の子どもたちはみな踊る』（新潮社、二〇〇〇年）では阪神淡路大震災を扱ったように、である。さらに村上は、二〇〇六年にノーベル文学賞受賞者を輩出しているフランツ・カフカ賞を受賞してからは、それまでほとんどみられなかった社会状況に具体的にコメントする機会を増やしている。本人は否定するだろうが、これらの以前はみられなかった社会状況への具体的なコメントは、多分に、ノーベル文学賞が政治的・社会的題材を扱う本書の視点でいうと中理念さらに大理念をテーマにする作家に与えられる傾向があることを意識しておこなっている可能性があるだろう。例えば、「ウォール・ストリート・ジャーナル」は、（対人ストレス耐性大と考えられる）ノーベル賞作家の大江と同候補作家の村上を比較した宇佐美毅の評論を紹介している。

同教授は、例えば大江氏の作品では、社会の中で少数派の人々の葛藤や原子力問題など、政治的・社会的問題が扱われるのに比べ、村上氏の作品はあまりそういう要素がみられない、と指摘している。このため、同氏の作品は強力なテーマや目的が欠けているとみられており、それがノーベル賞をいまだに受賞できない理由のひとつだろう、とみているようだ。実際、村上氏はこれまで、公の場に姿を現すことはあまりなく、政治的な発言もほとんどしてこなかった。しかし、二〇一二年、日本と中国の領土問題に関する緊張の高まりを受け、朝日新聞に寄稿している。同氏はその中で、日本が中国と対立し国家主義の傾向を強めることは、安酒を飲むようなもので、酔が回るのは早いが、ひどい二日酔いになる、と冷静な対処を求める意見を述べた。また二〇〇九年には、エルサレム賞授賞式で、イスラエルによるパレスチナ人の扱いを非難した。評論家の一部は、これらはノーベル賞を意識しての政治的発言ではないか、と幾分皮肉な見方をしているようだ。(NewSphere 編集部「村上春樹がノーベル賞を取れない理由 海外メディアが分析」「HUFFPOST」二〇一三年十月十一日〔https://www.huffingtonpost.jp/2013/10/07/haruki-nobel-prize_n_4060781.html〕)

しかしながら、前述で取り上げられている村上の社会状況への具体的なコメントは、「威勢のよい言葉も、美しい熱情溢れる言葉も」(前掲『夢を見るために毎朝僕は目覚めるのです』)ない、無器用極まりないもので、社会運動性を生み出しうるような言語活動にはまったくなりえない印象を与える。そして、『ねじまき鳥クロニクル』あたりから志向し始めたという、こうした社会へのコミットメントも実際に社会運動に結び付くようなものではないようである。村上は実際に、前述のようなコミットメントに言及する発言の前後も、人々と理念を介して連帯し社会運動に参加したり、これを推進したり、といった行動はまったくみせていないのである。ほかにも、『ねじまき鳥クロニクル』後のインタビュー(一九九九年)(前掲『夢を見るために毎朝僕は目覚めるのです』)で、村上は孤独=非集団側性のデタッチメントから連帯性によるかのようなコミットメントへの変化について語っているが、それを「形にならない連帯感」と述べていることから、それは本書の、理念を介した集団側性や社会運動性という実体化した連帯性そのものにはなりえないのではないかと思われる。

昔は一種の美学みたいなものがあって、孤独に生きていても、その美学というかスタイルをきちっと守っていればそれなりに十全に生きていけるという、一つのパースペクティブがあったんです。でも、最近少し変わってきたのは、形にならない連帯感と言うのかな、一種の共感状態のようなものが大事なんじゃないか、そういうものがないと、非常に危険な状態になるんじゃないかと思うようになってきた。(略)ものを書いて社会的な力を行使しているからには、そういう責任感もある程度引き受けるべきだろうと思うしね。(略)物語というかたちで、そういうことを少しでも果たしていければと思う。(同書)

それは同じく『ねじまき鳥クロニクル』発表後の対談で、河合隼雄によって指摘されていたことでもあった。

コミットメントというのは(略)人と人との関わり合いだと思うのだけれど、これまでにあるような、「あなたの言っていることはわかるわかる、じゃ、手をつなごう」というのではなくて、「井戸」を掘って掘って掘っていくと、そこでまったくつながるはずのない壁を越えてつながる、というコミットメントのありように、ぼくは非常に惹かれたのだと思うのです。(前掲『村上春樹、河合隼雄に会いにいく』)

このように、村上の社会への「コミットメント」は、強大/準中理念を掲げるものでも、それを介した連帯性も社会運動性も明らかには示すことがないものであり、特に社会運動性に関しては、『ねじまき鳥クロニクル』前もあとも変わらず、社会運動性小か無のままにあり続けているだろうと思われる。

したがって、村上は、その小か非集団準拠に規定されて社会運動性小か無にある、とみることができるように思われる。

現実主義、リアリズムで理想主義、ファンタジーではない

①村上自身は政治的・社会的に現実主義

村上は、小か非集団側準拠を反映して、強大理念を掲げる理想主義ではなく、いろいろな意味でその対極の現実主義であることが推定される。これをみていきたい。

まず、村上は社会的・政治的に現実主義である。つまり、現実主義の定義のひとつである「現実を最重視する態度。理想を追うことなく、現実の事態に即して事を処理しようとする立場」（前掲『大辞泉 第二版』）としての、理想主義とは対極にある現実主義である。それは村上が、前述のように、対人ストレス耐性大の亀井のように強大理念や理想をうたいあげるというような理想主義的側面が皆無であることに示されていると思われる。

> 僕は六〇年代後半から七〇年にかけての、いわゆる政治運動の時期に若かったわけで、その頃は理想主義みたいなものがしっかりあったわけですね。それが壊されてあっけなく消えてしまった。（略）三十年たって、（略）もう一度ポジティブなものを築き上げていく時期が来ているような気がする。（略）それも、偉そうなものじゃなく、ありきたりのものを作っていく時期が。（略）僕としては小さいものごとを集めることで、大きな物語を作っていきたいと思っています。正面からボンと大きなことを言うんじゃなくて。（前掲『夢を見るために毎朝僕は目覚めるのです』）

これは、「偉そうなもの」「正面からボンと大きなことを言う」理想主義ではなく、「ありきたりのもの」「小さいものごとを集めること」という現実主義的なものを集積させていく立場を表明しているものと思われる。あるいはこれは、対人ストレス耐性小か無の安吾が、「自らの絶対、自らの永遠、自らの真理」をいう理想主義に反

対し、「現実の欠陥を修繕訂正する実際の施策で足りる」「たいしたものでないもの（略）当たり前のものを守るべきだ」（前掲「幸福について」）として現実主義でいけ、といっていたのと同様だと思われる。

つまり、「絶対に正しい意見、行動（略）原理主義やある種の神話性に対抗」（前掲「『１Ｑ８４』への30年　村上春樹氏インタビュー（中）」）しようと考える村上は、政治的・社会的には大きな理想を掲げることをしないという、理想主義に対極的という意味で現実主義なのだろうと思われる。

②文学上の現実主義——マジックリアリズム

『大辞林』などによると、現実主義には、前述の政治的・社会的な理想主義の対極としての意味のほかに、単に「現実を重視する態度。リアリズム」（前掲『大辞林　第三版』）としての現実主義があるようだ。これは、理想主義があまり関与しない、生活上や文学表現上のあり方に用いる場合にあてはまる現実主義と考えられる。このうち生活上のあり方に関しては、村上はきわめて現実主義的であることを率直に告白している。

ぼくは、小説ではよく超常現象とか超現実的なことを書くのですが、現実生活ではそういうものを基本的に信じていないのです。（略）そういうことについてあまり考えたりもしない。（前掲『村上春樹、河合隼雄に会いにいく』）

僕は weird story（奇妙な物語）を好んで書きます。どうしてかはわからないけれど、そういう weirdness にとても惹かれるんです。僕個人について言えば、僕は極めてリアリスティックな人間です。ニューエイジみたいなものにはまったく関心がないし、輪廻にも予知夢にも占いにも星座表にも関心はありません。信じる信じない以前に、関心が持てない。（前掲『夢を見るために毎朝僕は目覚めるのです』）

それでは、超常現象とか超現実的なこと、あるいはweird story（奇妙な物語）を好んで書く村上は、文学的にはどうなのだろうか。

自らは「どうしてかはわからない」と述べているが、それは、少年期からのカフカやアメリカ人作家などの文学体験で、超常現象、超現実的なことやweird storyなどの面白さを知り、ストーリーテラーとして「想像豊かであること、人を楽しませること」（同書）のために、こうした超現実的なweird storyを書き始めたのではないかと思われる。しかし、政治的・社会的にも、そして生活上でも現実主義者である村上は、やはり文学でも現実主義、すなわち〝現実の模写・再現を重んじる写実主義、リアリズムの立場〟であることを必要とし、それをマジック・リアリズムとして実現させたのではないかと思われる。

ここでいうマジック・リアリズムとは、日常的で現実の世界と、非日常的で幻想的・魔術的な非現実の世界が混在していて、どこからどこまでが現実でどこからどこまでが幻想なのかを判然とさせない文学手法のことである。そこでは、舞台がごく日常の現実世界なのに、あたかも当然のように非日常的なこと、非現実的なことが起きてくる。このため、非現実で非日常的・神秘的なことが現実に起きてくるようなリアリティーが付加され、非現実で非合理的な世界を本当のことのように思わせるという、非現実、幻想、神秘性の現実主義化がもたらされるのである。

その典型例が、『ねじまき鳥クロニクル』で、地下の暗闇そして自分の魂のなかが、非現実、幻想的・魔術的な異界とつながっていて、それは自分の魂のなかに入っていくことによって入り込むことが可能な、現実ときびすを介して行き来することができる世界になっている、というような例である。同じく同作品で、ノモンハン事件などハイパーリアルな物語を挿入することによって、それのメタファーになるような超常的ストーリーにリアリティーを与えることなども、このマジック・リアリズムに加えていいと思われる。

そのほかにも村上は、本来的に非現実的なことが「起き」うるはずの内面世界や古代世界の出来事を、現実世界に投影することで、幻想的で魔術的な非現実の世界にリアリティーを与える手法を用いている。それは例えば、精神医学で認められた、普通に内界で異界が生じうる解離現象を使う、深層心理学であるユング心理学の元型、ペルソナ、影、アニマなどを使い非現実な世界に学術的なリアリティーを与える、『源氏物語』の時代では「現実」だった生霊などを登場させる、などの手法である。

僕の考える物語という文脈では、すべては自然に起り得ること（略）この遠隔的な父殺しみたいなことも、むしろ僕の考える世界にあっては自然主義リアリズムなんです。だからたとえばナカタさんが殺してカフカの手に血がつくというのは、まったく不思議ではない（略）それは当然あり得ることなんです。（略）なぜあり得ることかというと、普通の文脈では説明できないことを物語は説明を超えた地点で表現しているからなんです。物語は物語以外の表現とは違う表現をするんですね。（同書）

一方、村上は、終始完全に非現実の舞台で展開される空想世界を描く、例えば「ハリー・ポッター」シリーズ（静山社）や「スター・ウォーズ」シリーズ（20世紀フォックス）のようなファンタジー、ＳＦを書くことはない。それは、村上の文学上の現実主義である〝現実の模写・再現を重んじる写実主義、リアリズムの立場〟には少しも接近するところがないからである。つまり村上は、超常現象、超現実、weird storyを描く文学の面白さを、マジック・リアリズムなどを用いて現実主義的に表現することによって、その文学上の現実主義を実現しているものと思われる。

したがって、村上は、政治的・社会的には理想主義の対極として現実主義で、生活上も超常的なものはまったく信じない現実主義、そして文学上もマジックリアリズムなどを通じて現実主義、リアリズムに近接するなど、すべての面で、小か非集団準拠で推定される現実主義のあり方を認めることができると考えられた。

村上は小か非集団側準拠に表裏して、他存在を信じる強度小か無であり、祈り親和性も信仰性も小か無であることが推定される。それをみていきたい。

信仰性小か無、祈り親和性小か無である

まず村上は、例えば太宰や亀井のようにその作品中に祈りを表現することがほとんどないことから、祈り親和性小か無だと思われる。

例えば『ノルウェイの森』のワタナベトオルは、愛する直子を自殺で失い、その深い喪失感に突き動かされ一カ月間放浪するのだが、この際にも、繰り返し直子を思い出し涙を流しても、純粋に〝超越的なものに、何らかの救いを求める行為〟として祈ることはなかった。また、放浪から帰り、直子の同室者レイコと、直子の好きだった曲を演奏して二人だけの葬式をした際も、直子の冥福を祈るとか、直子の喪失からの救済を求めて祈るとかはせず、その葬式を終えた二人は夜通しセックスをするだけだった。また『ねじまき鳥クロニクル』の岡田トオルは、妻・クミコに失踪され、それを取り戻そうとする際も、クミコの救済を超越的存在に祈るなどということはせず、ただ異界でクミコを取り戻す闘いを始めるだけだった。そして『1Q84』では、暗殺者の青豆が、殺人ごとに「天なるお方」に祈るのだが、これも、子どものころに母親に従って宗教団体の証人会の信者になったことからの習慣で、条件反射の念仏のようなもののように思われる。太宰の例などにみるように、通常、著述家の祈り親和性がごく自然な行為として作品中に描かれることを考えると、ほとんどの作品の主人公が、祈りと無縁かあまり親和的でないことからは、作者・村上の祈り親和性も小か無ではないかと推定される。

そして祈り親和性は信仰性に表裏することがあることから、村上は信仰性小か無で、その小説作品中では明らかな信仰性を表す主人公が登場することはないことが推定される。

例えば村上は、ノンフィクションだが、『約束された場所で』（一九九八年）でオウム信者に取材しているが、それは取材に徹していて、作者の信仰性をうかがわせる内容は少しもない。長篇フィクションでは、『１Ｑ８４』で新興宗教の証人会、さきがけなどを扱っていて、そのなかで主人公・青豆は宗教団体の証人会の信者だった。しかしそれは幼少期に母親に従って入信しただけのことで「神なるものを憎み続けてきた」（前掲『１Ｑ８４』第三巻）青豆に、神に対する純粋な信仰自体はほとんどなかったと思われる。そんな青豆も、さきがけ教祖の深田保殺害後に妊娠し、子を宿したある日、「自分が神を信じていることに気づく」（前掲『１Ｑ８４』第三巻）。しかしその神は、「姿かたちを持った神ではない。白い服も着ていないし、長い髭もはやしていない。その神は教義も持たず、経典も持たず、規範も持たない。報酬もなければ処罰もない。何も与えず何も奪わない。昇るべき天国もなければ、落ちるべき地獄もない。熱いときにも、冷たいときにも、神はただそこにいる」（前掲『１Ｑ８４』第三巻）というものだった。つまり「教義も持たず、経典も持たない。報酬もなければ処罰もない」というその神は、理念性の有無によって人を評価したりしない、あるいは無理念性も罰しないという意味で母性原理的であり、ただ常に「そこにいる」というだけの、前述の対人ストレス耐性小か無の遠藤周作による〝沈黙同行神〞に似た神のようである。つまりこの証人会信者の青豆も、対人ストレス耐性大である亀井のように、強大理念性を背景に超越的存在や超越的現象を信じて一も二もなく信奉するという信仰性大とはほど遠い、遠藤について推論したような、他存在を信じる強度小を反映した信仰性小といえるのではないかと思われる。

このように、その長篇作品中でほとんど唯一信者である主人公の青豆もまた、祈り親和性小、信仰性小だったと推定されるように、どの作品中にも信仰性を明らかに示す主人公は登場していない。したがって、太宰や大江の例にみるように、通常著述家の信仰性が多く作品中に表現されることを考えると、作者の信仰性も小か無ではないかと推定されるのである。

そして実際に村上自身も、現実主義者であることに関連して、宗教的奇跡そしてそれに導かれるだろう信仰性大とは無縁であることを（一部前述したが）示唆している。

僕個人について言えば、僕は極めてリアリスティックな人間です。（略）超自然的なものごと、オカルト的なものごとを愛好するわけではありません。僕はそういう種類のものごと――つまり占いとか、正夢とか、幽霊とか、超自然現象とか、ＵＦＯとか、宗教的奇跡とか――にはほとんどまったく興味を持ってはいません。（前掲『夢を見るために毎朝僕は目覚めるのです』）

これらのことから、村上は、小か非集団準拠で推定される祈り親和性小か無、そして信仰性小か無と推定された。そしてその背景として、「僕は徹底した個人主義者だから、誰にも何も引き渡さないし、誰とも連帯しない」（同書）というように、他存在を信じる強度小か無であることも示唆された。

村上春樹は対人ストレス耐性小か無

結局、村上春樹の著作からは、小か非集団側準拠、これによる無理念でニヒリズムベースの非倫理性、欲情性大、そしてそこから小理念までの展開が認められた。また、この小理念性に表裏した強大理念批判、父性原理批判と母性原理性、そして生活面、特に政治面での理想主義に対極の現実主義、それを文学に反映させたマジック・リアリズムによる現実主義的表現が認められた。さらに、小か無連帯性、社会運動性小か無であり、また祈り親和性小か無、信仰性小か無からは、他存在を信じる強度小か無であることも推定された。このように、対人ストレス耐性小か無に推定される一連の価値観や価値意識の多くが、その著作に認められることから、村上春樹は対人ストレス耐性小か無として理解できるのではないかと考えられた。

時代や環境ではなく、対人ストレス耐性に規定されて価値観や価値意識の少なからぬ部分が形成されること

さて、すでに一部触れたことだが、このような検討によると、（その時代認識の成否は別にして）ポストモダンの時代に反応して村上春樹が登場した、などと捉えることは誤りではないかと思われる。すなわち、ポストモダンといわれる時代であっても、対人ストレス耐性大の大江健三郎は相変わらず強大理念＝「大きな物語」を追いかけ続け、一方、たとえポストモダンの時代でなくても、対人ストレス耐性小か無の村上春樹はせいぜい（弱）小理念＝「小さな物語」を主張する以外なく、彼が大江のように強大理念を主張することは決してないだろうと思われる。それは例えば、ポストモダニズムが流布する前の時代であっても、対人ストレス耐性小か無であっただろう遠藤周作が、弱小理念を訴え強大理念は強く批判し続けたように、である。また、明治から昭和への同じ時代に生きた対人ストレス耐性大の亀井がどの時代にあっても強大理念をもち続け、対人ストレス耐性中の太宰は中理念を、対人ストレス耐性小か無の安吾は一貫して無理念かせいぜい小理念を主張し強大理念を批判し続けたように、である。

つまり、対人ストレス耐性という生理的なものによって著述家の価値観や価値意識の少なからぬ部分が規定されるのであり、それはポストモダンかその前かといった時代的・環境的条件によって決められてしまうものではない、というのが本書の立場である。時代や環境的条件は、どのような作品が時代によって受け入れられるかを決めるもののひとつにすぎない。つまり、（もしそれが本当なら）ポストモダンの時代にあったために、（弱）小理念＝「小さな物語」を描くしかない対人ストレス耐性小か無の村上春樹の著作が、広く世界で受け入れられた要因のひとつになった、というのが真相ではないかと思われるのである。

第3章　「対人ストレス耐性三類型論」の応用
——世界の哲学、思想

「対人ストレス耐性三類型論」は、ヒトの生理的なあり方に基づくものであり、それが各人の一連の価値観や価値意識を説明するものであることから、時代や地域、また文学領域を超えて、例えば古典的思想家・哲学者から現代思想家・哲学者などにも適用できるものと推定される。それを確認していきたい。

1　対人ストレス耐性大だろうカント

例えば近代・欧州の、ドイツ観念論の創始者・イマヌエル・カント（一七二四—一八〇四年）は、対人ストレス耐性大として理解できるように思われる。

認識論から倫理論へ——『純粋理性批判』

カントは、『純粋理性批判』(熊野純彦訳、作品社、二〇一二年〔初版:一七八一年〕)で、人間の認識は次の三つからなると主張した。すなわち、現象としての対象を認識し、直観を与える能力としての「感性」、感性による対象のデータをまとめ上げる概念(カテゴリー)を認識する能力としての「悟性」、そして、原理から出発する、経験に先立つ「超越的」な「先験的理念」を用いて完全なもの、全体的なものを見いだす能力としての「理性」である。

しかし人間のこうした認識装置にはいずれも一定の制限があると考えた。つまり、感性には時間と空間の枠組みという限定、悟性には概念という形式で認識するという限定、理性には正命題と反命題がどちらも成立するというアンチノミー(二律背反)に至って形而上学に陥るという限定、である。したがって、これらによっては、「真理(物自体)」を言い当てることはできず、真理(物自体)、世界全体を捉える試みは形而上学に陥ると考えた。

ところでカントは、最も高次の認識である理性には、真理(物自体)、世界全体を捉える思弁的(形式的・論理的思考)側面としての「思弁的理性」と、道徳とは何かを知る実践的側面である「実践理性」があると考えた。このうちの、思弁的理性は前述のようにアンチノミーによって形而上学になってしまい、世界全体を捉えることはできないのに対し、実践理性のほうは、実践的・道徳的であるための指針になることができると考えた。そこでカントは、理性は、この実践理性によって道徳の本質を知ること、あるいは「私たちにとって道徳とは何か」を知ることに向かうべきとして、認識論から倫理論への移行をおこなったのだった。

大理念である「道徳法則」「最高善」——「実践理性批判」

こうしてカントは、この実践的理性について検討した『実践理性批判』(波多野精一/宮本和吉/篠田英雄訳〔岩波文庫〕、岩波書店、一九七九年〔初版:一七八八年〕)で、実践理性は「道徳法則」、および(後述する)「最高善」を求めるものである、とした。

ここでは、実践理性は、それ自身が行為の原因としての役割を果たすもの、という意味で、自然の物理法則に従わず自由なものだと考えた。そして、この実践理性の自由によってのみ規定される意志を「自由意志」と呼び、この自由意志が道徳の本質的条件と考えた。すなわち、この自由意志によって、各人によって異なる可能性がある欲求や快不快（「傾向性」）に流されずに、普遍的に作用しうるものとして自らに課したルールが道徳といえる、と考えたのである。

つまり、道徳の本質は、快や欲望といった目的ではなく、普遍的に作用しうるものとしての形式のうちにある、と考え、定言命法「汝の意志の格律が常に同時に普遍的立法の原理として妥当しうるように行為せよ」（同書）による道徳の定義を導いたのである。なお、ここで格律（マキシム）とは、欲求に基づく（幸福を求める）行為の主観的な原則のこと、あるいは「私はこういうことをしよう」というように意志を規定する原則のこと、自分の意志のルールのことを指す。

さて、この定言命法は少し砕いていうと、〝自分の行為の法則を、常に普遍的立法にかなうように整え、これを自分に課して行為せよ〟〝自分の行為の法則である格律を普遍的な道徳法則と一致させよ〟という意味になる。これは、道徳の根拠を、各宗教や各文化そして各人によって異なる可能性がある欲求や快不快（傾向性）から、人類に普遍的な（実践）理性へと置き換えることで、各人で異なったり、各宗教や各文化などによって異なるのではなく、世界全体で共有されるものとしての道徳にせよ、と主張しているのである。つまりカントの道徳は、各人、各地で異なることがないすべての人々、という意味で世界中の人々や大集団を対象にする〝善いこと、正しいこと〟としての大理念であることを示唆していると考えられる。ちなみに、このカントの定言命法としての道徳概念は、当時は、道徳の源泉は各習俗や各宗教といった特定のローカルなルールとして、せいぜい中理念と捉えられていたのとは対照的なものといえるだろう。

カントは、この「道徳法則」は、私たちの一人よがりな傾向性（欲求）を打ちのめすので、誰もがその素晴らしさに気づかずにはいられず、尊敬せざるをえず、「道徳法則」に従わざるをえなくなる、と考えた。カントは、その墓碑銘に「我が天なる星空と、我が内なる道徳法則、我はこの二つに畏敬の念を抱いて止まない」と記させ、大理念と思われる道徳あるいは「道徳法則」を大いに推奨したのである。

さらにカントは、人間の意志は幸福を求める傾向性（欲求）によって動かされるために、無限の努力によってそれを道徳と一致させていくことが必要だとして、道徳と幸福を一致させた徳福一致の「最高善」を推奨するに至ったのである。

「道徳法則」そして「永遠平和のために」は強大理念、理想主義

この実践理性が求めるとする「道徳法則」「最高善」が大理念であることは、これを国家に適用したカントの政治論『永遠平和のために』（宇都宮芳明訳〔岩波文庫〕、岩波書店、一九八五年〔初版：一七九五年〕）からも、確認できるだろう。すなわちカントはここで、実践理性による「道徳法則」を用いて、一切の戦争の契機が存在しない、戦争が絶対に生じない永遠平和状態が実現されることを論じているのである。

まずカントは、国家を人間と同じく一つの人格と捉え、国家には人間と同じく利害を求める傾向性と、「道徳法則」を求める実践理性があり、後者によって国家は定言命法を守る道徳的人格になると述べた。そして実践理性をもつ国家は、この定言命法を守る「道徳法則」を求める能力をもつゆえに、人類や世界に普遍的な〝善いこと、正しいこと〟として、一切の戦争の契機が存在しない、戦争が絶対に生じない永遠平和状態を樹立することが義務になるとした。そして、その実現は、理念上は世界共和国によるのだが、実際には国家間の国際連合によって永遠平和を追求してくことが有用であると考えた。さらに、永遠平和状態を実現するには、世界市民法の理念が必要で、これによって人々は永遠平和に向かっていることを実感することができると主張した。

こうして『永遠平和のために』で展開された政治論は、世界共和国、国際連合、世界市民法といずれも大理念

で、その主張は理想主義であり、これをカントは実践理性をもつ人類そして国家の義務として強く推奨したのである。したがって、このように実践理性に導かれた定言命法による「道徳法則」が、政治論で種々の大理念になっていることからも、「道徳法則」「最高善」が大理念であることが示唆されると思われる。カントはいう。

> 次のように言える。「まずもって純粋実践理性の国とその正義を求めて努力せよ。そうすれば汝の目的（永遠平和という恵み）はおのずからかなえられるであろう」、と。（同書。傍点は原著者のもの。以下同）

なお、大理念は相対的価値状況のもとでは、その準拠する大集団の善や正義、幸福を守るため、対立する理念に対してこれを罰し許さないという、強理念性を帯びると考えられた。そしてこの強理念性は、原理的には父性原理として表れるが、例えばカントは学生時代から平等たるべき学友同士の間で「精神的指導者でありかつ卓越者」（E・カッシーラー、門脇卓爾／高橋昭二／浜田義文監修『カントの生涯と学説 新装版』岩尾龍太郎／小泉尚樹／銭谷秋生／高橋和夫／牧野英二／山本博史訳、みすず書房、二〇一九年）で、「「父親的な交友能力を有し（略）」（Menzer,Paul:Kants Personlichkeit,Kant-Studien Bd. 29, 1924）（略）容易に反論を寄せつけない権威的な教師＝父親の面を濃厚にもって」（中島義道『カントの人間学』〔講談社現代新書〕、講談社、一九九七年）いたということから、父性原理的だったことが示唆される。

それは以後、自らの「批判哲学」に対する反論や修正にはわずかも我慢がならず、あらゆる批判者を容赦なく撃退することにつながっていく。彼は、ヨハン・ゴットリープ・フィヒテ、ヨハン・ゴットフリート・ヘルダー、ザーロモン・マイモン、カール・レオンハルト・ラインホルトらを冷遇あるいは攻撃し、賛同しなかったグレアム・ハーマン、モーゼス・メンデルスゾーンらとの関係を絶ったのだった。なかでもフィヒテの『知識学』を「批判哲学」を歪曲するものとして繰り返し批判し、「人倫の形而上学」（樽井正義／池尾恭一訳、坂部恵／有福孝岳

／牧野英二編『カント全集』第十一巻所収、岩波書店、二〇〇二年）でも異様なほど激昂した口調でこれを批判した。それは「カントの『批判』を守る戦いは宗教戦争の相貌を呈してくる」（前掲『カントの人間学』）といった印象を与えるもので、これらの対立する者への容赦ない批判や攻撃は、彼の大理念が強理念性を帯びていたことの傍証といえるのではないかと思われる。

すなわち、カントの実践理性に導かれた「道徳法則」「最高善」、それからの世界共和国や国際連合、世界市民法などによる世界の永遠平和論もまた、強理念性を帯びた強大理念だったと推測されるのである。

死後の名誉・業績評価大、歴史意識大、信仰性大

また、カントは、道徳と幸福の一致、徳福一致の「最高善」としての完全な道徳が実現する条件として、次の三つの「要請」があるとした（前掲『実践理性批判』）。①「自由」の要請：欲求や快不快（傾向性）に流されない、普遍的であれる条件。②「心の不死」の要請：肉体の死によって、完全な道徳へ進むことが妨げられないための条件。③「神」の要請：完全な道徳が実現された道徳世界を作り上げる原因としての条件。

ここで「要請」の①は、普遍的立法の原理である「道徳法則」を見いだすために、各人によって異なる欲求や快不快による傾向性に流されない、実践理性の自由によってだけで規定される「自由意志」が必要だ、と述べたものである。

「要請」の②は、人間の意志は傾向性によって動かされるために、徳福一致の「最高善」をなすという無限の努力が必要であることによる。無限の努力であることから、完全な道徳が実現するためには各人の死によってそれが中断されないことが必要になる。つまり、理念性（心）が各人の死によって中断されずに無限に受け継がれていくことが必要であるとして、「心の不死」が挙げられたのである。これは、「道徳法則」そして徳福一致の「最高善」の実現を目指しているカントが、理念性（心）の無限の継続として、死後の名誉・業績評価大であることや、生命を超える理念性への価値評価をしていることを示唆しているといえるだろう。

このような無限への進行は、同一の理性的存在者の実在と人格性とが無限に存続すること（我々は、これを心の不死と名づける）を前提してのみ可能である。それだからまた最高善は、心（Seele）の不死を前提してのみ実践的に可能となる、従ってまた心の不死は、道徳的法則と不可分離的に結びついているものとして、純粋実践理性の要請である。（同書）

世界には生命よりもはるかに重要なものがたくさんある。道徳性を守ることはそれよりはるかに重要である。道徳性を喪失するよりは、生命を犠牲にする方がよい。（カント「自殺について」、同、パウル・メンツァー編『カントの倫理学講義』所収、小西国夫／永野ミツ子訳、三修社、一九六八年）

さらにカントは、この「心の不死」――人格性の無限の存続、すなわち理念性の継続の重視から、「最高善」「道徳法則」の実現を目指すプロセスとしての歴史の重視を導いたと思われる。つまりカントにとって歴史は、理性によって「最高善」「道徳法則」の完成を目指す理念性の顕現史なのである。さらにそれが、人類全体を視野に入れた世界市民的なもので、世界の永遠平和を目指すものであることもあって、カントの歴史意識は大であったことが推定される。そしてたしかにカントは、世界は「最高善」「道徳法則」の実現を目指し進歩を続けるものであり、あとの世代がそれにより一層近づけるように、各世代は自らの時代のためだけでなく後代のために「道徳法則」の実現に向けて努力する義務がある、として、その人類進歩史観や歴史意識大を表明しているのである（カント「世界市民という視点からみた普通史の理念」『永遠平和のために／啓蒙とは何か 他3編』中山元訳〔光文社古典新訳文庫〕、光文社、二〇〇六年）。

また、「要請」の③では、「道徳法則」そして徳福一致の「最高善」を実現できるのは「道徳法則」が完全に守られている世界だけなので、こうした世界を造り上げる究極の原因である「神」を条件として掲げている。つまり、「道徳法則」「最高善」を可能にするために神が要請される、として、神を強く肯定し、宗教は道徳の基礎のうえに立つ、というように、「道徳法則」を畏敬してやまないカントはその信仰性大を表明したと考えられる。さらにカントによると、この実践理性が求める「道徳法則」「最高善」を実現しているのは、世界宗教としてのキリスト教とその神だけであり、「道徳法則」はキリスト教に到達する、として、カントのキリスト教信仰とその信仰性大を表明しているのである。カントは述べる。

> キリスト教の教えは、たとえ我々がこれをまだ教理と見なさなくても、この点に関して立派に最高善（神の国）の概念を開示している、そしてキリスト教における最高善の概念だけが、実践理性の最も厳格な要求を満足させるのである。（略）このようにして道徳法則は、純粋実践理性の対象および究極目的としての最高善を通じて、宗教に到達する。（前掲『実践理性批判』）

対人ストレス耐性大だろうカント

このように紹介しても（平原卓『本質がわかる哲学的思考』〔ベストセラーズ、二〇一八年〕を参照）、カント哲学は難解であり、その論理には理解しがたい部分が多い。それにもかかわらずカントは、結局、定言命法による「道徳法則」「最高善」、永遠平和論、世界共和国、世界市民法などの強大理念と理想主義を、父性原理をもって主張し、死後の名誉・業績評価大、歴史意識大、そして信仰性大など、対人ストレス耐性大に推定される一連の価値観や価値意識の多くを示したものと考えられる。したがって、彼は対人ストレス耐性大として理解できるのではないかと考えられた。

ちなみに、実生活でもカントは、青年期には多くの有力者の食卓に呼ばれ、そこで社交的な成功を収めている。そして自分の家を構えた盛年期以降は、対人ストレス耐性大の漱石の「木曜会」もはるかに超えるように、実に毎日、午餐に多彩な人々を迎えている。そしてそこで、快活、陽気で、ウィットに富む会話を楽しみ、世界の最新の出来事に関する話題の広さで会食者を感嘆させたという（前掲『カントの人間学』）。これは、例えば「いつも、たった独り」（前掲『クラクラ日記』）でいた対人ストレス耐性小か無の安吾などとは、きわめて対照的な生理的資質―対人ストレス耐性大だったことを示唆しているのではないかと思われる。

2　対人ストレス耐性中だろうヘーゲル

続く、ドイツ観念論の完成者ゲオルク・ヴィルヘルム・フリードリヒ・ヘーゲル（一七七〇―一八三一年）は、対人ストレス耐性中として理解できるように思われる。

『法の哲学』での中集団側性

①「法」――「自由」「良心」「倫理」の（中）集団側性

ヘーゲルはまず、普遍的な正しさとしての「法」の本質や原理を求め、それが意志の「自由」であると『法の哲学』（藤野渉／赤沢正敏訳〔「世界の名著」第三十五巻〕、中央公論社、一九六七年）で述べている。この「自由」は、単に衝動や欲求（傾向性）という「恣意」としての内面の現象ではなく、社会関係的なあり方、社会的な関係性のうちで実質化していくプロセスだと、ヘーゲルは考えた。そして、自らの「自由」の実現には、他者との関係性のなか、他者の承認による「人格の相互承認」によってだけで可能であるとして、「自由」は社会的な関係性のうちに実現していくものと考えた。すなわち、ヘーゲルの「自由」は、個人の内界の現象ではなく、「人格の相互承認」を必須とする社会性をまとった現象、集団側に属する現象としての概念なのである。したがってその人間観（概念）は、この「自由」をもつ、すなわち他者との相互承認、他者との関係性のなかでだけ存在できる、本質的に集団側の社会的存在としたのである。

次に「道徳」とは、「普遍的な正しさ（自由）を目指す意志」、つまり「法」「正しさ（自由）」を目指す意志であり、「自由」が完全に実現された状態である「万人の福祉（幸福）」としての「善」を目指すもの、とヘーゲルは考えた。この意味で、ヘーゲルの「道徳」は「万人」にとっての〝善いこと、正しいこと〟として大理念だろう。しかし、「万人の幸福」とは、「一切の人びと」であるから、社会の基本理念である「人格の相互承認」に反する行為をおこなう人の幸福も含むことになり、これを容認することはできない。したがって、ヘーゲルは、「万人の福祉（幸福）」とは実現不可能で空疎な概念だとして、この「一切の人びと」の〝善いこと、正しいこと〟としての大理念を否定した。

そしてそのうえで、それでもなおこの実現不可能な状態である「万人の福祉（幸福）」「善」を実現しようと意志する、という「良心」を、私たちの「自由」意志が到達する最終的な機能局面であると推奨した。しかし「良心」は、「私たちの心がけ」以上のものではなく、ただの思い込みや恣意になる場合があったり、それに気づかないまま偽善になってしまったり、あるいは、どうせ普遍的な正しさなどはない、自分の正しいと思うことが正しいことなのだ、とするアイロニーに陥る可能性がある。つまり、この「良心」とは、対人ストレス耐性中の太宰の項で述べたもの（「良心」）と同じように、大理念に伴うような絶対性や超越性はなく、「万人の福祉」も実現できないところの、中理念に相当するものではないかと考えられる。すなわちヘーゲルは、「道徳」の目指す、「自由」が完全に実現された状態である大理念としての「万人の福祉（幸福）」は実現不可能として否定し、「一切の人びと」の「福祉（幸福）」には及ばず、大理念に伴う絶対性や超越性もない中理念の「良心」を、私たちの「自由」意志が到達する最終的な機能局面として推奨したものと考えられる。

これと同時にヘーゲルは、「法」、普遍的な正しさ（自由）を目指す意志である「道徳」にかわって、普遍的な正しさ、善が具現化した実現可能なものである場合の「倫理」を、「自由」意志が到達しうる最終的なあり方として推奨した。すなわちここで「倫理」とは、「人格の相互承認」を出発点とし具体的な社会制度として実質化された「自由」のあり方のことで、それは、掟（法、ルール）と機構（家族、市民社会、国家）を骨格にしたものになると考えた。そして、普遍的な正しさである「法」とその本質である「自由」は、社会的な関係性のうちで実質化していくプロセスとして、この「倫理」の表れである各段階での社会的形態、すなわち「所有」「家族」「市民社会」「国家」などとして展開していくことになる、と述べたのである。

②「倫理」――「自由」「所有」の集団側性

そしてヘーゲルはまず、この「自由」が社会的な関係性のうちで実質化していくプロセス、「倫理」の最初の段階として、「所有」を提示する。というのもヘーゲルは、「自由」が実現するプロセスの原点には欲求があると考え、欲求の実現は、ほしい対象を手に入れること、「占有」によって開始されると考える。しかしそれは、欲求に基づく「早い者・強い者勝ち」であって、誰かに奪われてしまいかねないものなので、「占有」を確実にするには、周囲の人々との「契約」によってその対象は私のものであり、ほかの人のものではないことを相互に認め合う、「人格の相互承認」による「所有」に変える必要があると考える。つまり、そもそも「自由」は、相互の関係性という集団側性の社会的な理念として現実化しうるものだったが、それを実現する第一段階の「所有」もまた、「人格の相互承認」という集団側の社会的な理念によってなされるというのである。すなわち、普遍的正しさ、「法」の本質である「自由」も、その実質化のプロセスの最初の段階である「所有」も、ヘーゲルは社会的関係、集団側においてこそ成立するものと考えていて、これはヘーゲルの集団側性を示唆する所見と考えられる。

ちなみに、対人ストレス耐性小か無の安吾にとって、社会的関係のうえにない小か非集団内での女性との関係は「女房」も含めすべて、「そういう所有欲を持っておらんのだよ」（前掲「現代小説を語る」）というように、ヘーゲルがいう「占有」なのだった。そのため、たとえ「女房」であっても、「早い者・強い者勝ち」で誰かに寝取られても仕方ない、「寝取られることを覚悟しているということだよ」（同作品）と述べられたのだった。これに対し、対人ストレス耐性中の太宰の場合の「女房」は、社会的関係、集団側の人々の相互承認や社会的な契約をへた「所有」と考えられた。つまり、「女房」を寝取られることは、（中）集団側人間にとってはその生理的本質である「人格の相互承認」、相互の関係性を否定されることのため、「内面的なものぢゃない。肉体的に苦しむ」（同作品）と、生理的ともいうべき苦しみを生じるのである。これは対人ストレス耐性中の太宰の「女房」が、ヘーゲルがいう「所有」だったことを示唆しているものと考えられる。

③「倫理」の実質化――「家族」「市民社会」「職業集団」の中集団側性

続いて、ヘーゲルは、「倫理」の最初の実質的な形態―社会制度として「家族」を提示する。というのも、人間は社会的存在で、「倫理」とともにある人間の人倫的共同体、すなわち「倫理」の実体化した最初の形態―社会制度は、「家族」だというのである。つまり、本質的に他者との相互承認や他者との関係性のなかでだけ存在できるはずの人間は、一個の人格としてよりは、家族の成員として存在し、素朴な他者配慮の感覚を身に付け、その結果、個人が自分を目的にすることを許さず、家族の一体性や親密性は自己本位を容認しないようになる、と考えたのである。このように「倫理」の最初の実質的な形態―社会制度として「家族」を提示したことには、例えば非集団側とした場合の安吾の、絶対的に孤独な存在としての人間観とは本質的に異なる、ヘーゲルの集団側的な人間観の反映が示唆される。

さらにヘーゲルは、「倫理」の実体化した第二の社会制度として「市民社会」の段階を提示する。この「市民社会」とは、各メンバーが自分自身の欲求の実現を目的にして形成する形式的集合で、合理的利益追求のために形成した人工的集合体であるゲゼルシャフト（利益社会）、資本主義社会のことである。ここで人々は、各自の「所有」を相互に認め合う「人格の相互承認」のうえで欲求を満たすことになるので、各人は欲求を、ほかの人々にも受け入れられる、社会で認められるように普遍化させる必要があるとされる。さらに各人のさまざまな欲求を満足させるには、労働の分業体制が必要になり、相互依存などの相互関係が生きていくために必然、と認識されることになる。つまりこのヘーゲルの「市民社会」の概念にも、それが国家を超える大集団概念ではないこともあって、「人格の相互承認」、欲求の普遍化、相互依存などの相互関係性として、中集団側性の性格が投影されていると考えられる。

ヘーゲルによると、このような「市民社会」では、個人の能力差などによって格差や不平等が生まれるので、これを是正する司法活動、福祉行政、教養を与える公教育、「職業団体」が必要になるという。このうち特に「職業団体」は、団体のために貢献しているときに自らに価値があるという自負感を与え、自分の才能が社会的に承認される機会を得る場になる。つまり地域コミュニティーである「職業団体」は、社会的承認を得る場になり、「市民社会」のメンバーシップの感度を育む場であるとして、この中集団をヘーゲルは、特に重要な意味をもつものと評価したのである。

ちなみに、この「職業団体」は、文筆家であればほぼ「文壇」に相当するものと思われ、対人ストレス耐性大の亀井はこれを大いに肯定する一方、対人ストレス耐性小か無の安吾は、文壇のなかでのもみあいなどに強く反発し、文壇とは無縁で絶対の孤独を保ったのだった。そして、対人ストレス耐性中の太宰は、その中期を始めるにあたって自らを暖かく迎えてくれた「文壇を有りがたい所だと思った。一生そこで暮しうる者は、さいわいなる哉と思った」（前掲「東京八景」）と、これを評価したのだった。こうした亀井そして太宰の「文壇」肯定は、ヘーゲルの、「倫理」の実質化の一形態としての中集団、「職業集団」の肯定、重視に類似したものだろうと思われる。

④「倫理」の最終段階——最大の中集団、中理念としての「国家」

さらにヘーゲルは最後に、欲求の体系である「市民社会」に生じる格差や不平等などの矛盾を解決し止揚した、「倫理」の本質が実現されたその最高、最終段階の社会制度として「国家」を持ち出すに至る。そこでは、世論が法律制定に反映される議会や、公共の福祉を実現する政府の政策的活動によって、「市民社会」の経済的・階級的な分裂や矛盾が止揚されると考えた。また「国家」は、民族的な由来と伝統を共有する歴史を形成し、階級や地域を超えて人々をひとつの統一体に統合し、倫理的共同体の一員として再認識させる、国民統合の体系になるものと考えた。つまりヘーゲルは、「国家」は、「法」である普遍的な正しさが具現化された「自由」の実質化としての、「倫理」の最終段階とみて、中集団の最大形態である「国家」を高く評価したものと考えられる。

一方、ヘーゲルは、「国家」は「法」の最高段階なので、国内法より上の法によって規定されることはないとして、「国家」を超える国際法などの大理念を推奨しなかった。というのも、国際法は「国家」について単に「こうあるべし」と命じることしかできず、国際法は守られないこともある、戦争は絶対悪ではなく、「国家」間の争いは、合意が見いだされないかぎり原理的に戦争によってしか解決されない、外交はあくまで国益であって、それを超えた「摂理」のためではない、などと考えたからである。つまりヘーゲルは、対人ストレス耐性大のカントの『永遠平和のために』で展開された、「国家」を超える国際法、世界市民法、世界共和国、国際連合などの大理念をまったく推奨しなかったようである。

⑤『法の哲学』での中集団側性、中理念性

結局、以上をまとめると、ヘーゲルは『法の哲学』で、普遍的な正しさである「法」の本質としての「自由」が、現実には「人格の相互承認」によって成立するとして、これが集団側性の概念であることを示した。また、「法」を目指す意志である「道徳」が目指す、自由が完全に実現された状態、「万人の福祉(幸福)」は実現不可能としてこの大理念を否定し、その一方、「一切の人びと」の〝善いこと、正しいこと〟を実現するというのではない中理念に相当するだろう「良心」を、私たちの「自由」意志が到達する最終的な機能局面として推奨した。

さらに、「法」を目指す意志である「道徳」にかわって、普遍的な正しさである「善」が具体化され実現可能になった場合の「倫理」を、「自由」意志が到達する最終的なあり方として推奨した。そして、その「倫理」の最初の段階として提示した「所有」は、「人格の相互承認」「契約」によって成立するという集団側の概念であり、「倫理」の最初の実質的な形態―社会制度として提示した「家族」も、集団側的な人間観を反映するものだった。また、「倫理」の実体化した第二段階の社会制度としての「市民社会」も、「人格の相互承認」、欲求の普遍化、相互依存などの相互関係性と、中集団側の性格が投影されていた。そして特にそのなかの「職業団体」が、社会的承認を得る場になり「市民社会」のメンバーシップの感度を育む場だとして、その中集団側性に重要な意義を認めた。さらに最後に、この「市民社会」に生じる、格差や不平等などの矛盾を解決し止揚するものとして「国家」を、「倫理」の最終段階とみてこれを大いに推奨した。すなわち、中集団の最大形態である「国家」概念を最も高く評価し、その一方で、この「国家」を超える国際法、世界市民法、世界共和国、国際連合などの大理念は推奨しなかった。

また、このように「倫理」の最終段階として、中集団の最大形態「国家」を考えていることからは、「道徳」にかわる「倫理」もまた、中集団側までを対象にする〝善いこと、正しいこと〟としての中理念だと考えられた。

さらに、この「倫理」が実質化された各形態とされる「所有」「家族」「職業集団」「市民社会」「国家」などの諸概念も、中集団側にとっての〝善いこと、正しいこと〟とも解釈できることから、中理念あるいはそれに接続していく理念とみていいのではないかと考えられた。

『歴史哲学講義』での歴史意識中

ヘーゲルは、自らの歴史認識について、単なる事象生起や興味深いエピソードの羅列としての「初歩的歴史」ではなく、歴史を動かした指導原理を見いだして、その普遍的な指導原理に沿って再構築した「哲学的歴史」だと述べた。あるいは「理性が世界を支配し、したがって、世界の歴史も理性的に進行する」（ヘーゲル『歴史哲学講義』上、長谷川宏訳〔岩波文庫〕、岩波書店、一九九四年）と述べ、歴史を理念性の顕現史とみる歴史意識の存在を認めた。

そのうえでヘーゲルは、「歴史とは自由の意識が前進していく過程である」（前掲『歴史哲学講義』上）として、歴史は「自由」――その実質的に到達しうる機能局面が中理念の「良心」――が実現されていくプロセスとみた。この「法」の本質としての「自由」―「良心」が、社会制度として展開した「倫理」の最終段階が「国家」だったので、高度な社会制度をもち、世界に覇権を唱えたある国家の興亡の歴史、それがヘーゲルの歴史哲学なのだった。

すなわち、それはたとえいくつかの国家を論じていたとしても、常に本質的には一つの「国家」を論じているのであり、「国家」を超えた世界での「自由」の実現プロセスを描いているのではないと考えられた。したがってそれは、「国家」を超えた世界での理性の顕現史とみる歴史意識大ではなく、「国家」までの中理念（「自由」―「良心」）の顕現史として歴史を重視する歴史意識中と考えられた。

なお、この「理性的に進行する」「自由の意識が前進していく過程」は、後述する、ヘーゲルによって思考や存在そして世界の本質的な発展論理とされた「弁証法」によるとみていて、その歴史観は（観念論的）弁証法的進歩史観と考えられた。

信仰性中

ヘーゲルの信仰については、信仰心があつかった母親の影響のもと、終生プロテスタントだったことから、信仰を有していたことは明らかだろう。

しかしながら、牧師になるべくテュービンゲン大学で神学教育を受けたヘーゲルは、当時の啓蒙主義やフランス革命に影響を受けた。つまり、人間は理性と感性を併せ持つので、理性の実体である道徳と、感性から生じる宗教は不可分の関係にあり、宗教は道徳に霊感を与え、宗教によって道徳的に救われる感覚が生じると理解した。そして、理性による批判を受けない教条主義のキリスト教は腐敗した神権政治を生むので、キリスト教は理性による批判を受けた理性宗教になるべきと考えた。

ヘーゲルはさらに、宗教には知識（神学）だけでなく主体的な行動や実践が必要で、それは個人の信心だけでなく国家に対しても社会的な役割を果たすべきと考え、宗教は「道徳」―「倫理」の最終段階である「国家」と融合している必要があると主張した。

さて、ヘーゲルが目指した理性宗教は、その命名からもわかるように、理性の作用による事実命題に基づくものであるかどうかの検討（理性部分）に加えて、事実命題に基づくものなのか検討できない部分も含みながら信じる（宗教部分）というもので、それは他存在を信じる強度中に相当すると考えられた。さらに、宗教は「国家」と融合している必要があるとして、宗教の教義に、「倫理」の最終段階とした「国家」までを対象にする中理念性の限定を与えたのだった。

ここからヘーゲルは、明らかに信仰をもっていたとはいえ、例えば対人ストレス耐性大の亀井のように、超越的存在や超越的作用をただただ信奉するという信仰性大（教条主義宗教など）ではなく、「国家」に融合しうる中理念性までを他存在を信じる強度中で信心するという、信仰性中（理性宗教）だったのではないかと考えられた。

ヘーゲルの弁証法論理学は相反価値止揚理念

次にヘーゲルの論理学と認識論だが、ヘーゲルは、元来、問答や対話の術である弁証法を、思考と存在そして世界の本質的な発展論理とみて、これを大成した。すなわち、従来の形式論理学に対して、それを乗り越え、真に正しくかつ現実的なものとして、「弁証法論理学（ヘーゲル論理学）」（「弁証法」）を打ち立てた。この「弁証法」とは、どのような思考や存在そして世界（まとめてテーゼ）にも、必ず内的矛盾や対立（アンチ・テーゼ）が内包されていて、これを原因として、これらを止揚してより高次のもの（ジン・テーゼ）へと発展し運動していくという考えである。つまり、すべての思考と存在そして世界は、このテーゼ、アンチ・テーゼ、ジン・テーゼの三つの段階をへてより高次なものへ自己発展し、運動していくとする考えである。

ここであらためて用いている概念を説明すると、テーゼ（正、定立、即自）は矛盾を内包するがそれを十分自覚していない命題で、アンチ・テーゼ（反、反定立、対自）はテーゼと矛盾し対立する命題、そしてジン・テーゼ（合、総合、即自かつ対自）が、相反する二つの命題を止揚してより高いレベルで総合し発展させた命題のことである。つまり、この弁証法は、すでに対人ストレス耐性中の太宰の項で述べた、相反価値止揚理念のあり方にほとんど同値ではないかと考えられる。というのもそれは、相反する理念や価値と拮抗させる過程のなかでよりよい理念や価値を培っていく、あるいは相反する理念や価値を止揚させるかたちでよりよい理念に到達する、というものだったからである。これは、右で説明した弁証法による命題（理念）形成の論理とほとんど同値のように思われる。

また、対人ストレス耐性中はその準強理念性に表裏して、むしろ相反する価値と競合させたうえでの理念でなければ、どれほど〝善いこと、正しいこと〟であるかも評価できないと考え、相反価値止揚理念以外の理念はあまり採用できないのだった。そしてそれは、対人ストレス耐性大の強大理念の場合のように、ほかの価値との比較検討の余地や過程も示されずほとんど絶対的に〝善いこと、正しいこと〟として確信して信奉される、というものではなく、また、対人ストレス耐性小か無の弱小理念や無理念の場合のように、他理念との対立や抗争を回避するように控えめに提示される、というものでもなかった。したがって、相反価値止揚理念は、こうした大理念あるいは小か無理念ではない両者の中間の、中理念（準強理念）の形成に至る論理説、認識論と考えられたのだった。そして「弁証法論理学」を用いたヘーゲルも、カントにみた「道徳法則」「最高善」世界共和国、世界永遠平和論などの大理念は主張せず、「倫理」「良心」「市民社会」「職業団体」「国家」など、主に中理念を主張する思想家なのだった。この点にも、その提唱する「弁証法論理学」が、対人ストレス耐性中が生理的に用いざるをえず、また中理念に至ることになる相反価値止揚理念のあり方に、ほとんど同値である可能性が示唆されているように思われる。

対人ストレス耐性中だろうヘーゲル

このようにヘーゲルは、対人ストレス耐性中に推定される一連の価値観や価値意識の多くを示した。すなわち、その道徳・倫理学で、普遍的な正しさとしての「法」（その本質は「自由」）に関して、実現することができない大理念である「道徳」「善」「万人の福祉（幸福）」などにかわって、現実化しうるものとして中理念である「倫理」「良心」などを大いに推奨した。そしてこの「倫理」の実体化の過程としての「所有」「家族」「職業集団」「市民社会」を評価し、最後に「倫理」の最終到達段階として中理念でもある「国家」を最重要視する一方、対人ストレス耐性大だろうカントが主張した「国家」を超える世界共和国、国際連合、世界市民法などの大理念を評価することはなかった。

つまりヘーゲルは、中集団側に準拠する中理念としての「倫理」「良心」、中理念またはこれに接続していくともいえる「所有」「家族」「職業集団」「市民社会」「国家」などを推奨し、さらに歴史意識中（「国家」の弁証法的進歩史観)、信仰性中、そして対人ストレス耐性中に特異的な「相反価値止揚理念」に同値と思われる「弁証法的論理学」を提唱するなど、対人ストレス耐性中に推定される一連の価値観や価値意識の多くを示した。これらをまとめると、ヘーゲルは対人ストレス耐性中として理解できるのではないかと考えられた。

3　対人ストレス耐性小か無だろうニーチェ

一方、一応ドイツ観念論の系譜にあって、実存主義哲学の始祖ともいわれるフリードリヒ・ヴィルヘルム・ニーチェ(一八四四―一九〇〇)は、対人ストレス耐性小か無として理解できるものと思われる。

「遠近法」――ニヒリズム、エゴイズム汎観から、理想主義否定、強理念性否定そして無理念、淪落、アナーキズム性の肯定へ

ニーチェは、その基本的認識論として、主体による認識つまり主観的認識論の観点から、すべての認識や価値判断は、欲望によって判断が異なってくる誰かの「解釈」にすぎない、あるいは、自らの欲望に近いものを大きく感じ、遠いものを小さく判断する「遠近法」(遠近法的思考)による、と述べる。

> 事実なるものはなく、あるのはただ解釈のみ(略)世界は別様にも解釈されうるのであり、それはおのれの背後にいかなる意味をももってはおらず、かえって複数の意味をもっている。――「遠近法主義」(ニーチェ『権力への意志』下、原佑訳〔ちくま学芸文庫、「ニーチェ全集」第十三巻〕、筑摩書房、一九九三年)

そのため、例えば、西欧社会では絶対的であった「最後の審判」教義や、それによって清貧、純潔、博愛の生き方をしなければならないとするキリスト教道徳も、あるいは、古代ギリシャ哲学に由来する西洋哲学の、物事には本質、つまりイデアがあるということに起源をもつ善や理想、道徳思想なども、すべて一つの遠近法にすぎないと述べる。すなわち、このように絶対的とされてきた教義、理念、理想、正義なども、ひとつの「解釈」、人間の作りもの（「遠近法」）にすぎず、客観的に絶対的な善悪や正義などはないとして、これらの理念性一切に優越した価値を認めないニヒリズムを主張した。

さて、このニヒリズムは、大理念だけでなく中／小理念など、〝人々にとって善いこと、正しいこと〟であるすべての理念性の優越した価値を基本的に否定するものといえる。このうち、大／中理念は強理念性を帯びることになるので、ニーチェのニヒリズム—理念性否定は、そのまま強理念性への批判にもなると考えられた。つまり、先に例示したニーチェの道徳批判や西洋哲学批判には、信条（ドグマ）、主義、イデオロギーといった大理念の、〝正しさを絶対化するような信念〟の一切を徹底的に批判する強大理念性批判の内容が含まれていると考えられた。また、こうしたニーチェの理念性否定は、特に、大理念としての理想主義の否定の側面も含むことになると考えられた。

そして、この「遠近法」による、理念性に優越した価値一切を基本的に認めないニヒリズムは、理念間の価値の優劣や差を認めないということでもあり、この世界には絶対的な価値はないとする相対的価値観を導くものと考えられた。

さらに「遠近法」は、すべての価値判断が誰かの欲望に基づく「解釈」にすぎない、という観点から、理念性や善も無理念、悪も「すべて生あるもの」個々の欲望、つまり「保存・生長」「支配欲」のための価値評価だとみる、エゴイズム汎観を導くものだった。すなわち、すべては個々の欲望を反映した価値判断として、理念性、善を無理念、悪と同等におとしめると同時に、無理念、悪、あるいはキリスト教道徳が悪と見なしてきた三つの欲である肉欲、支配欲、我欲などの価値を、理念性や善と同等にまで引き上げたのである。

世界を解釈するもの、それは私たちの欲求である、私たちの衝動とこのものの賛否である。いずれの衝動も一種の支配欲であり、いずれもがその遠近法をもっており、このおのれの遠近法を規範としてその他すべての衝動に強制したがっているのである。（前掲『権力への意志』下）

このエゴイズム汎観を延長して、ニーチェはさらに、人間は本来、「精神的なもの」であるアポロン的（秩序、理性、節度、統制、〝行儀よく、落ち着いて〟）なものではなく、「肉体的なもの」であるディオニュソス的（バッカスの情動、感性、陶酔、狂乱、無秩序、〝思うまま、自分中心で〟）なものだ、と主張した。つまりディオニュソス的なものとして、無理念、淪落、肉欲、アナーキズム性を支持し、これによって人間のありのままの「生の肯定」をおこない、実存主義哲学の始祖ともいわれるようになったのである。

肉欲。自由な心の持ち主たちにとっては、無邪気で自由なもの、地上における楽園の幸福、一切の未来が現在に寄せる溢れるばかりの感謝。（ニーチェ『ツァラトゥストラ』下、吉沢伝三郎訳〔ちくま学芸文庫、「ニーチェ全集」第十巻〕、筑摩書房、一九九三年）

「永遠回帰」はニヒリズムおよびエゴイズム汎観、そして「生の肯定」へ

①「永遠回帰」は、「徹底的ニヒリズム」――大、中、小理念性、理想主義、強理念性否定を導く

ニーチェは、続いて客観的認識論の立場から、次のような「永遠回帰」説を掲げる。

無限の時間のうちでは、あらゆる可能な結合関係がいつかは一度達成されていたはずである。それのみではない、それらは無限回達成されていたはずである。しかも、あらゆる結合関係とその直接の回帰とのあいだには、総じてなお可能なその他すべての結合関係が経過したに違いなく、これらの結合関係のいずれもが、同一系列のうちで生ずる諸結合関係の全継起を条件づけているのであるから、このことで絶対的に同一な諸系列の円環運動が証明されているはずである。すなわち、それは、すでに無限にしばしば反復された、また、無限にその戯れを戯れる円環運動としての世界にほかならない。（前掲『権力への意志』下）

これは、自然科学で、エネルギー恒存の法則としてのエネルギー（物質）の有限性と時間の無限性に、ニュートン力学の決定論を当てはめた結果の、万物は機械的自然科学法則や因果律に従って、等しく無価値な状態が機械的に永遠に繰り返され回帰するはずだ、という「物理学的仮説」である。すなわち、世界は動機も目的も意味もなく、いわば永遠運動する自動機械のように永遠に回帰し、人間もこの宇宙の壮大な自動運転の一部にすぎない、という認識である。

この世界とは、（略）まったく等しいおのれの軌道と年月をたどりながらも自己自身を肯定しつつ、永遠に回帰せざるをえないものとして、いかなる飽満をも、いかなる倦怠をも、いかなる疲労も知らない生成として、自己自身を祝福しつつあるもの――永遠の自己創造の、永遠の自己破壊のこの私のディオニソス的世界、二重の情欲のこの秘密の世界、円環の幸福のうちには目標がないとすれば目標のなく、おのれ自身へと帰る円輪が善き意志をもたないとすれば意志のない、この私の「善悪の彼岸」（前掲『権力への意志』下）

この「永遠回帰」説からニーチェは、機械的自然科学法則に従い自動運動をするだけの世界自体に、これ以外の特別な世界として神的なもの、神聖なものは存在しないと述べる。つまり、世界には天国も地獄も、彼岸も神聖もないと。したがって、これらを基礎にする「善い／悪い」、人間の理想や絶対的価値、「目標」も「意志」も、この世界には存在しないとして、一切の「無意味性」、すなわちすべての理念性の存在否定としての「徹底的ニヒリズム」（前掲『権力への意志』上）を導いたのである。

私は、来たるべきものを、もはや別様には来たりえないものを、すなわちニヒリズムの到来を書きしるす。（略）いったいなぜニヒリズムの到来はいまこそ必然的であるのか？　それは、私たちのこれまでの諸価値自身がニヒリズムのうちでその最終的帰結に達するからであり、ニヒリズムこそ私たちの大いなる諸価値や諸理想の徹底的に考えぬかれた論理であるからである。（略）徹底的ニヒリズムとは、承認されている最高の諸価値が問題であるとき、生存を維持することは絶対にできないという確信である。それに加えて、彼岸とか、「神的」であり道徳の体現であるような事物それ自体とかを措定する権利を、私たちはいささかももってはいないという洞察である。（前掲『権力への意志』上）

さて、この「徹底的ニヒリズム」は、理想や絶対的価値そして「善い／悪い」のすべてである、大／中／小理念などすべての理念性の存在否定に相当するものだから、やはりこれも強理念性批判に相当する内容をもつことになると考えられる。

また、この「永遠回帰」説からのニーチェの理念性否定は、先の主観的認識論での「遠近法」による場合と同様の、大理念としての理想主義の全否定として特に注目される。それは、キリスト教での「神的なもの」「神聖なもの」や、西洋哲学でのプラトンの「イデア」やカントの「真理（物自体）」などの「真の世界」が、一切「永遠回帰」するだけのこの世界には存在しない、という認識から導かれるのである。というのも、これらを前提にすることによって、キリスト教の「最後の審判」教義や、カントの道徳哲学、「永遠平和」思想などの理想を目指すべき、というもろもろの理想主義が生まれてくるからである。ニーチェは、これらをすべて「永遠回帰」説から否定することによって、理想主義の完全否定をおこなったものと考えられる。

②ニーチェの中理念批判――「国家」「同情」批判

ニーチェが、先に例示した大理念にとどまらず、中理念も評価していなかったことは、ヘーゲルが「倫理」の最高段階とした「国家」をあまり重視していなかったことにも表れているだろう。例えば、ライプツィヒ大学卒業後にスイスのバーゼル大学に教授として就任するにあたりニーチェは、スイス国籍を取得する必要があったので、それまでのプロイセン国籍を放棄したが、この際にスイス国籍を取得することなく、終生無国籍者として生きた。ここには、ニーチェが生きていくうえで国家や国籍というものをあまり重視していなかったこと、それに準拠して生じる中理念も重視していなかった可能性がうかがえる。そしてニーチェはたしかに、その著作のなかで筆法鋭く、「国家」――中理念批判を執拗に繰り返しているのである。

国家だって？　それは何か？　さあ！　今こそ耳を開いてわたしの言うことを聞け。（略）国家とは、すべての冷ややかな怪物たちのなかで、最も冷ややかな怪物のことだ。じじつまた、それは冷ややかに嘘をつく。そして、次のような嘘が、その口からひそかにもれる。「われ、国家は、民族なり。」それは嘘だ！（略）多数者のためにわなを仕掛け、このわなを国家と称するのは、破壊者たちである。彼らは多数者の頭上に一つの剣と百の欲望とを掲げるのだ。（前掲『ツァラトゥストラ』上）

さあ見よ、国家が、彼ら、あまりに多数すぎる者たちを、みずからのほうへおびき寄せる有り様を！　国家が彼らを呑みこみ、かみくだき、反芻する有り様を！（略）そうだ、ここに多数者のために死ぬということが考案されたが、この死は生として自讃される。まことに、死を説教するすべての者たちに対する、心からの奉仕だ！　善人も悪人も毒を飲む者であるところ、わたしはそれを国家と呼ぶ。善人も悪人も、すべての者たちが自分自身を喪失するところ、それが国家だ。すべての者たちの緩慢な自殺が——「生」と呼ばれるところ、それが国家だ。（同書）

また、ニーチェは、（対人ストレス耐性中だろう）アルトゥル・ショーペンハウアーが人間最高の価値と述べた（中島義道『後悔と自責の哲学』〔シリーズ・道徳の系譜〕、河出書房新社、二〇〇六年）中理念の代表ともいうべき「同情（Mitleid）」、すなわち「他人の身の上になって、その感情をともにすること」（前掲『大辞泉 第二版』）を特に批判している。ちなみに、「同情」（同苦）は、苦しむ者とあくまで別の人格であることを自覚しながらのこと（前掲『後悔と自責の哲学』）で、その対象は非か小集団側ではない。つまり、非集団＝自分自身だったり、家族などの小集団が対象だった場合、別の人格としてでなく、一体になって苦しむことになるので「同情」するとはいわないのである。また、大集団側が対象の場合（人類、アジア人など）には、個人と個人の間の感情である「同情」が十分作用しないので、結局、「同情」の対象は主に中集団になり、それは中理念になるのである。

そしてニーチェは、『ツァラトゥストラ』の特に最終部である第四部の主要テーマに、「永遠回帰」を告知するために必要不可欠なこと、すなわち「最後の罪」としての「同情」の克服を挙げている。彼によると、困窮している人に同情することは、相手を自分より低くみることで、自分と対等と認めずに相手を軽蔑し、これによって相手に羞恥心を感じさせ、さらには、同情から施しを与えることは、相手に恩義よりも復讐心を抱かせることになるという。そして、同情する人は、同情することで密かに幸福感や優越感を覚えていて、困窮している人が幸せになると、同情する人々はその喜びを失うとして、「超人」として生きるときには、「同情は最大の愚行である」と、「同情」に対してきわめて否定的な見解を述べている。

それゆえ、高貴な者は、自分（の同情心）を戒めて、ひとに恥ずかしい思いをさせないよう心掛ける。高貴な者は、自分（の同情心）を戒めて、およそ悩んでいる者に対し羞恥を覚えるよう心掛けるのだ。まことに、わたしは、同情することにおいて至福を覚えるような、あわれみ深い者たちを好まない。彼らにはあまりにも羞恥心が欠けているのだ。わたしが同情深くあらざるをえない場合にも、わたしはそういう者であると称されたくない。かくて、わたしがそういう者であるときには、遠くからそうでありたい。じっさいまた、わたしは、まだ見知られないうちに、頭をおおい隠して、逃げ去りたい。そして、わたしは、きみたちにも、そうせよと命じる、わたしの友たちよ！（前掲『ツァラトゥストラ』上）

どの程度まで同情を警戒しなければならないか。――同情は、それが実際に苦しみを作り出すかぎり（略）およそ有害な感動に迷いこむことと同じように、ひとつの弱さである。同情はこの世の苦しみを増大させる。（略）その本質は、前に述べたように、有害なものである。たとえ一日だけであっても同情が支配するとしよう。すると、人類はそのために直ちに破滅するであろう。（ニーチェ『曙光』茅野良男訳〔ちくま学芸文庫、「ニーチェ全集」第七巻〕、筑摩書房、一九九三年）

繰り返しになるが、「同情」とは、対人ストレス耐性中である太宰のコミュニズムへのシンパ活動の主な要因の項で述べたように、中理念に相当する。つまりそれは、「愛情」「恋情」の主な対象である小集団側を超え、しかし個人対個人の感情として、個人的にどんな人なのか知りえないだろう全人類などの大集団側には及ばない、中集団側を対象にする〝善いこと、正しいこと〟としての中理念なのだった。この「同情」は「友情」と同じく、基本的には他存在を信じる強度中の「信頼」を介して成立する感情と考えられた。対人ストレス耐性中の太宰は、畢生の名作「人間失格」などにみるように、「信頼」「友情」そして「同情」などの中理念の価値を、その人生を懸けて擁護していたのだった。したがって、ニーチェがこの「同情」にきわめて否定的だったことも、彼が中理念を評価していなかったことを示唆する所見のひとつではないかと考えられる。

③「権力への意志」「超人」推奨——欲情、性欲、支配欲などの「生の肯定」、エゴイズム肯定としての小か非集団側性の肯定

「永遠回帰」説によると、万物は機械的自然科学法則や因果律に従って等しく無価値な状態が永遠に繰り返されるだけで、世界からは理念性は消え、ある理念によって善（光）や悪（影）が照し出されることはなくなる。すなわち、すべて真っ白（同じ）になる「徹底したニヒリズム」の世界としての「大いなる正午」が生じることになる。そしてニーチェによると、人間はこれを全否定するか、あるいはこれを「運命愛」をもって全肯定するしかないという。

後者の場合、すべての理念性の存在否定である「徹底的ニヒリズム」に表裏して、人間のおこないは、通常理念的行為と見なされる行為を含め、すべてに理念性（〝人々のために善い、正しいこと〟という性質）はなく、これに表裏して自分が欲することをするというエゴイズムなのだ、とするエゴイズム汎観をもつことになる。そしてこの見方には、私たちには生命体の根源的欲望として、より強く、より大きく、より高くなろうと意志する内在する能動性、「権力への意志」があり、これが私たちのすべての営為を動かすのだ、とする見解が付け加えられる。したがって、人間の「善い／悪い」「美醜」「真偽」といった理念性の序列も含め、すべての価値付けも根本的には「権力への意志」による「解釈」を源泉にしていて、およそ価値なるものの根拠は、生命体がもっている根本衝動としての「権力への意志」にある、と述べられることになる。

すべての「目的」、「目標」、「意味」は、すべての生起に内属しているただ一つの意志、すなわち権力への意志の表現様式であり変形であるにすぎない。目的を、目標を、意図をもつとは、総じて意欲とは、より強くなろうと欲すること、生長しようと欲することと同じことであり――またそのために手段をも欲することともなる。（前掲『権力への意志』下）

そして、この見解のうえでなされたニーチェの価値主張とは、次のような「超人」であるべきだ、というものだった。すなわち「超人」とは、「永遠回帰」を「運命愛」をもって受け入れ、「大いなる正午」としてのすべての理念性を否定する「徹底的ニヒリズム」を肯定する者である。そのうえで、「徹底的ニヒリズム」に表裏するエゴイズム汎観を基本的見方として、自分の感情や欲望、利益を最優先する自己中心主義でエゴイズムである「権力への意志」を体現する存在、のことである。

今や初めて大いなる正午がやってくるのだ、今や初めて高等な人間が――主人となるのだ！（略）さあ！さあ！そなたたち、高等な人間たちよ！今や初めて、人間の未来という山が陣痛に苦しんでいる。神は死んだ。今やわれわれは欲するのだ、――超人が生きんことを。（前掲『ツァラトゥストラ』下）

「人類」ではなく、超人こそ目標である！（前掲『権力への意志』下）

なお、ニーチェによると、生の本質は、精神的なものとしての「アポロン的」なものではなく、肉体的なものとしての「ディオニュソス的」なものにあるのだった。したがってその「権力への意志」もディオニュソス的（バッカスの情動、感性、陶酔、狂乱、無秩序、〝思うまま、自分中心で〟）なものであるとして、無理念、肉欲、欲情、淪落、アナーキズム性を支持する。すなわち、湧き上がる自らの欲情や性欲をおおらかに受け入れ、欲望のままに生きることを通じて、より大きく、強く、豊かな生を生きようとするのが、生命体に内在する能動性としての「権力への意志」なのである。そして、ディオニュソス的な芸術にこそ「権力への意志」が表れるとみて、ニーチェは次のように述べる。

> 私たちが事物のうちへと変貌や充実を置き入れ、その事物を手がかりに創作し、ついにはその事物が私たち自身の充実や生命欲を反映しかえすにいたる状態とは、性欲、陶酔、饗宴、陽春、敵を圧倒した勝利、嘲笑、敢為、残酷、宗教的感情の法悦にほかならない、とりわけ、性欲、陶酔、残酷という三つの要素である、――すべてこれらは人間の最古の祝祭の歓喜に属しており、すべてこれらは同じく最初の「芸術家」においても優勢である。（前掲『権力への意志』下）

繰り返しになるが、この「超人」思想は、すべての理念性も本質的には自己の欲望であることをもってエゴイズムである、というエゴイズム汎観―ニヒリズムを背景にしている。そのうえで、〝自らのために善いこと、正しいこと〟として、自分自身が価値付けた生を生きる自己中心主義であるエゴイズムを主張する。これによって、理念性を全否定すると同時に、無理念性（ニヒリズム）、エゴイズムの立場からの価値主張をしたものということができる。つまりニーチェの「超人」思想は、小か非集団側、対人ストレス耐性小か無での、無理念性（ニヒリズム）、エゴイズム汎観のベースに沿う、理念性を伴わない、自分のためだけの無理念的でエゴイスチックな価値主張、に相当すると考えられる。

> 純朴な人々の耳には不快に響くかもしれない危険を冒してでも、はっきり私は言っておく。エゴイズムは高貴な魂の本質に属する、と。私がエゴイズムと言っているのは、（われわれがそれである）ごとき存在には他

の存在が本然的に隷属しその犠牲になるべきであるという、あの動かしがたい信念のことだ。高貴な魂は、おのれのエゴイズムというこの事実を、何の疑いを抱くこともなく、そこに冷酷とか強制とか恣意とかを感ずることとさえなしに、むしろそれが事物の原法則に基づいたものであるかのように受け取る。——これに名をつけようとする段になると、高貴な者は言うであろう、「これは正義そのものである」と。(ニーチェ『善悪の彼岸』中山元訳〔光文社古典新訳文庫〕、光文社、二〇〇九年)

④本項のまとめ

やや長くなってしまった本項をまとめよう。ニーチェは、主観的認識論である「遠近法」説から、すべての価値判断は「遠近法」による「解釈」にすぎないとして、理念性の優越的な価値を否定するニヒリズムと相対的価値観による、理念性や強理念性そして理想主義否定をおこなった。また、「遠近法」による「解釈」は、それぞれの欲望によるものとして、すべての価値判断はエゴイズムと欲望の結果とするエゴイズム汎観を導き、それによって、無理念、欲望、あるいはキリスト教道徳が悪と見なしてきた三つの欲——肉欲、支配欲、我欲などの価値を、理念性や善と同等にまで引き上げた。さらにそれを延長させて、人間は本来的にディオニュソス的(バッカスの情動、感性、陶酔、狂乱、無秩序、〝思うまま、自分中心で〟なものとして、無理念、肉欲、欲情、淪落、アナーキズム性を支持し、人間のありのままの「生の肯定」をおこなった。

一方、客観的認識論である「永遠回帰」説からも、世界は自然科学法則に従い永遠運動を繰り返す自動機械にすぎず、そこには神的・超越的な神の国や天国、地獄などは存在しないとした。そして、これらを基礎にもつだろう理念性の存在自体を完全否定する「徹底的ニヒリズム」によって、理念性、強理念性、そして理想主義否定をおこない、この理念性による善悪という差異が消失した「大いなる正午」の概念に到達した。さらに、この〝人々のため〟という理念性の完全否定は、すべての営為は〝自らのため〟であるとするエゴイズム汎観に表裏していて、加えて私たちのすべての営為を動かしているのは「権力への意志」だと述べた。すなわち、ディオニュソス的に自らの欲情や性欲をおおらかに受け入れ、より強く、大きく、豊かな生を生きようと意志する、内在する能動性としての「権力への意志」である。こうしてニーチェは、この「徹底的ニヒリズム」のままに「永遠回帰」するしかない世界を「運命愛」をもって全肯定し、生命体の根源的欲望としての「権力への意志」にひたすら身を委ねる「超人」を推奨するに至った。これによって、生の本質とみるディオニュソス的なもの――無理念、肉欲、欲情、淪落、アナーキズム性を支持し、人間のありのままの「生の肯定」をおこなって、実存主義哲学の始祖ともうたわれるようになったのだった。

このようにニーチェは、主観的認識論である「遠近法」からも、客観的認識論である「永遠回帰」説からも、「徹底的ニヒリズム」（理念性否定とりわけ強理念性否定、理想主義否定）およびエゴイズム汎観、ディオニュソス的欲情、肉欲、アナーキズム性肯定というように、ほぼ同一の価値系列に到達しているとみることができる。このことは、こうしたニーチェの価値主張が、各認識論ではなく、その基底にあるニーチェのあるあり方（それは最後に述べるニーチェの生理的あり方だろう）に由来するものであることを示唆しているのではないかと考えられる。

「永遠回帰」は信仰性小か無を導く

万物は機械的自然科学法則に従って等しく無価値な状態が永遠に繰り返される、とする「永遠回帰」説からは、世界には超越者の意志などはたらいていない、物理現象があるだけ、と「神の不在」が導かれ、ニーチェは信仰性小か無であることが推定される。すなわち、「永遠回帰」の下の「大いなる正午」での「徹底的ニヒリズム」に定位して、キリスト教道徳を否定し、「インモラリスト（背徳者）」と呼ばれたニーチェは叫ぶ。

神は死んだ！（略）おれたちが神を殺したのだ！（略）世界がこれまでに所有していた最も神聖なもの最も強力なもの、それがおれたちの刃で血まみれになって死んだのだ（ニーチェ『悦ばしき知識』信太正三訳〔ちくま学芸文庫、『ニーチェ全集』第八巻〕、筑摩書房、一九九三年）

また、こうした内面的軌跡だけでなく、ニーチェの外形的軌跡からも、その信仰性小か無が推定できるだろう。敬虔なプロテスタントの牧師の家に生まれ小さいころから『聖書』に親しみ、幼少期から「小さな牧師さん」と呼ばれていたニーチェは、父を継いで牧師になるべく進学したボン大学で、神学部と哲学部に籍を置いた。しかし、早くも最初の学期で、母親の猛反対を退けて、神学の勉強をやめて信仰を放棄し、哲学へと邁進したのだった。牧師の息子が信仰を放棄することは当時のドイツの田舎では大変珍しいことで、このような外形的軌跡も、ニーチェの信仰性小か無を示唆しているように思われる。

「永遠回帰」からの歴史・伝統・文化意識小か無

また、「永遠回帰」説からは、次のように、〝すべての瞬間に存在は始まり、中心は至るところにあり、現在がすべてである〟といわれるような世界観が導かれる。これは過去の蓄積に価値を認めない、歴史・伝統・文化意識小か無をもたらすだろう。

一切は行き、一切は帰って来る。存在の車輪は永遠に回転する。一切は死滅し、一切は再び花咲く。存在の年は永遠に経過する。（略）すべての刹那に存在は始まる。（略）中心はいたるところにある。（前掲『ツァラトゥストラ』下）

おお、わが魂よ、私はおまえに「将来」と言い、「以前」と言うがごとく、「今日」と言うことを教え、またいっさいの「ここ」と「そこ」と「かしこ」とを超えて、おまえの輪舞を舞い行くことを教えた。（同書）

より具体的には、「永遠回帰」説は、キリスト教的な、歴史は神の計画が遂行される場で「最後の審判」というゴールに向かっていくという直線的歴史観や、ヘーゲルの、世界は弁証法的に高まっていくという弁証法的進歩史観を否定する。世界には「目的」も「統一」も「意味」もなく、歴史は自動機械による無意味で永遠に繰返される軌跡にすぎないものになり、そこに理念性の顕現史をみる歴史意識は小か無になってしまうのである。

世界は、なんら生成せず、なんら経過しないものである。（略）創造された世界という仮説など私たちは一瞬たりとも気にかける要はない。（前掲『権力への意志』下）

社会運動性小か無

ニーチェは、集団による社会運動を批判した。それは社会運動を、弱いために道徳的に「善い」弱者が、「正義」を掲げて集団で、強いために道徳的に「悪い」強者を糾弾する行為とみたためである。つまり、社会運動を、弱者や敗者のルサンチマンによる「復讐」、畜群による「奴隷一揆」とみて批判したのである。

特に、〝人民の解放のために〟〝理想社会の実現のために〟などを声高に強大理念を訴え、それを大衆（畜群）にたきつける扇動家たちを、「火のイヌ」であり、世界を火山灰で覆うだけの復讐家で醜い者として強く批判した。彼らは私的な怨念を晴らそうとしているだけであり、すべての革命家は「火のイヌ」である、と。このように主張したニーチェは、社会運動性小か無だったと推定される。

おまえたちは咆哮する術を、また灰で曇らせる術を心得ているのだ！（略）おまえたちがいるところ、その近くには、常に泥がなくてはならない。（前掲『ツァラトゥストラ』上）

外形的軌跡でも、ニーチェはボン大学在学中にフランコニアという、ドイツの自由主義的改革やドイツ統一を掲げる学生運動団体に加わった。しかし、その騒がしさや野蛮さに嫌悪感を抱いて、短期間のうちに脱退し、以後このような社会運動に関与した軌跡は認められない。このような外形的軌跡も、ニーチェの社会運動性小か無を示唆していると思われる。

ニーチェのまとめ――対人ストレス耐性小か無の一連の価値意識、価値判断

①ニーチェにみる対人ストレス耐性小か無の一連の価値意識、価値判断

ⓐ対人ストレス耐性小か無の一連の価値意識、価値判断

これまで述べたように、ニーチェは、その「遠近法」や「永遠回帰」といった主観的・客観的認識論から、「生の肯定」や「権力への意志」を体現した「超人」思想などを展開し、のちに生の哲学、実存主義哲学の始祖ともうたわれることになった、彼独自の価値観や価値意識を主張した。しかしながらそれらは、対人ストレス耐性小か無で推定できる一連の価値観や価値意識を、ほぼフルラインナップで示したものといえる。すなわちそれは、理念性否定のニヒリズム（「徹底的ニヒリズム」「大いなる正午」）、強大理念性批判、理想主義批判（「神的なもの」「イデア」「真理（物自体）」否定）、中理念批判（「国家」「同情」批判）、エゴイズム汎観―相対的価値観、欲情、淪落、アナーキズム性肯定（「ディオニュソス的」の肯定）、信仰性小か無（「神の不在」「インモラリスト」）、歴史意識小か無（「永遠回帰」説）、社会運動性小か無（「火のイヌ」批判）などの主張である。したがって、彼は対人ストレス耐性小か無として理解できるのではないかと考えられた。

なお、ニーチェは、（その時代認識の成否は別にして）ソビエト連邦崩壊に象徴されるポストモダンといわれる時代とは無縁な、そのはるか以前に活躍した哲学者でありながら、その「徹底的ニヒリズム」―強大理念（「大きな物語」）否定の側面などによってだろう、ポストモダニズムの魁と捉えられることがあるようだ。しかし、これは対人ストレス耐性小か無のニヒリズム、エゴイズム汎観をベースにした強大理念否定がその本質であり、これをポストモダニズムと捉えることは、同じく対人ストレス耐性小か無の村上春樹が同事情によって「ポストモダン文学の旗手」と捉えられたことと同様の過ちなのである。

ⓑニーチェ哲学もひとつの「解釈」

対人ストレス耐性小か無と推定できることに関連して、ニーチェ哲学もひとつの「解釈」、ということについて述べておきたい。

例えば、その主観的認識論で、相対的価値観を指し示す「遠近法」に基づく価値主張についてである。対人ストレス耐性大／中であれば、「理念対理念の闘い」としての対人ストレスにはある程度耐えることができるので、相対的価値観のもとで理念性主張をすることは何でもないことである。それは彼らの理念性には、対人ストレス耐性を背景に、相反する価値を打倒する強理念性を付帯させることができるからだ。したがって、ニーチェのように「遠近法」をもってすべての理念性の優越した価値を否定するニヒリズムに陥る必要はないのである。それにもかかわらず、ニーチェがこの「遠近法」から直ちにすべての理念性を否定するニヒリズムに至ったのは、対人ストレス耐性小か無の安吾と同じように、その抱く理念性概念が純理念だったことによると推定される。つまり〝誰にとっても善いこと、正しいこと〟であるはずの純理念は、強理念性を付帯できないために、「遠近法」による相対的価値観のもとでは断念せざるをえず、それは直ちに純理念＝理念性すべての存在の断念―ニヒリズムに至るしかなかったのである。そして彼が、強理念性を付帯させえない純理念をその理念性概念としてもっていたのは、それによって「理念対理念の闘い」としての対人ストレス発生を避けたかったからであり、これも彼が対人ストレス耐性小か無だったことを推定させるのである。

また、客観的認識論ともいうべき「永遠回帰」説自体、そもそもニュートン力学による決定論的世界観によるものだが、ニーチェの活躍期以前からの熱力学第二法則（一八五四年のルドルフ・クラウジウスの論）による、「永遠回帰」することはないエントロピー増大の法則などによれば、ニーチェの時代にあってもこれを自然科学的に正しいものと断言することはできなかったのではないかと思われる。つまりニーチェが一八八一年に別荘があったスイス東部のシルスマリアでこれを客観的認識説として直観する必然性は、もしかするとなかったのではないかと思われる。さらに当時ニーチェを取り巻く歴史世界でも、一七八九年のフランス革命以来の自由、平等、博愛などの理念を掲げた近代民主主義国家の建設など、この世界で理念性の実現がある程度可能なことは事実だったと思われる。そして、このことをもって、与えられた生を理念を掲げて生きていく、という選択も可能だったのではないかと思われる。それにもかかわらず、ニーチェは「永遠回帰」説を直観、選択し、さらにこれから当時の歴史事実に反する可能性が否定できない、すべての理念性の存在を否定する「徹底的ニヒリズム」を導いたのである。これも、理念を掲げた場合に生じる「理念対理念の闘い」としての対人ストレスの発生を回避しようとしたためではないかと考えられ、それはニーチェが対人ストレス耐性小か無だったことを推定させるのである。

つまり、ニーチェは、「遠近法」や「永遠回帰」といったその認識論から、彼が掲げた一連の価値意識や価値判断がほぼ必然的に導かれると信じていたと思われる。しかしながら、先に述べたとおり、「遠近法」は強理念性が付帯できるなら必ずしもニヒリズムを導かず、「永遠回帰」の選択による「徹底的ニヒリズム」も、必ずしも客観的で必然的な認識とはいえなかったのではないかと考えられた。つまり、ニーチェ自身がまさに、すべての価値判断は個体の欲望に基づく「遠近法」だと述べたとおり、これらの価値判断も、その欲望――おそらく対人ストレス耐性小か無という生理を防衛し維持すること――による、ひとつの「解釈」にすぎなかったのではないかと思われる。そして、客観的に、その一連の価値意識や価値判断が対人ストレス耐性小か無で推定できるものものほぼフルラインナップだったことからも、これらをニーチェは、対人ストレス耐性小か無という自らの生理から導いただろうことが推定されるのである。

②対人ストレス耐性小か無の安吾との類似

ちなみに、同じく対人ストレス耐性小か無である安吾の主張の主要なものは、純理念保持から理念性否定のニヒリズムへ、強大理念性批判、理想主義批判、エゴイズム汎観、アナーキズム性肯定、信仰性小か無、歴史・伝統・文化意識小か無、社会運動性小か無など、ニーチェのものと本質的に同一ではないかと思われる（安吾による直接のニーチェに対する一定以上の言及は、筆者が調べたかぎりでは確認できなかった）。例えば、前述の次のような安吾の言は、ニーチェとまったく同様のエゴイズム汎観を示しているものと考えられる。

エゴイズムはエゴイズムによって反逆され復讐されるのである。道義の頽廃を嘆くことのエゴイズムも同じこと、如何に嘆いてみたところで夫子自らの道義なるもののエゴイズムをさとらねば笑い話にすぎないだろう。（略）我々の秩序はエゴイズムを基本につくられているものであり、我々はエゴイストだ。（前掲「エゴイズム小論」）

また、ニーチェの「超人」思想の、湧き上がる欲情や性欲のままに生きろ、という内容は、安吾の「堕落」肯定論によく似た側面をもっている。すなわち、前述のその「堕落論」などで安吾は、かねてからもっていた人間に対する欲情や性欲そして堕落、淪落への全面的肯定を高らかに表明したのだった。

堕落という真実の母胎によって始めて人間が誕生したのだ。生きよ堕ちよ（略）戦争に負けたから堕ちるのではないのだ。人間だから堕ちるのであり、生きているから堕ちるだけだ。（前掲「堕落論」）

日本国民諸君、私は諸君に、日本人および日本自体の堕落を叫ぶ。日本及び日本人は堕落しなければならぬと叫ぶ。（前掲「続堕落論」）

欲望を欲することは悪徳ではなく、我々の秩序が欲望の満足に近づくことは決して堕落ではない。むしろ秩序が欲望の充足に近づくところに文化の、又生活の真実の生育がある（前掲「欲望について」）

つまりニーチェの「超人」思想とは、安吾の「堕落論」と同じ、ニヒリズム—エゴイズム汎観をベースに小か非集団側の論落、欲情、性欲充足などを全面的に肯定したものと思われる。

なお、実際の彼の人物像は、その著作から受ける雄弁で勇猛果敢な印象とは異なる。例えば大学の講義では後ろの席の学生には聞こえないほど声が小さく、会った人すべてが一致して「優しい人」と思うなど、「会ってみると弱々しい」人だったらしい（中島義道『反〈絆〉論』〔ちくま新書〕、筑摩書房、二〇一四年）。彼は、大学生時代に心酔したショーペンハウアーやリヒャルト・ヴァーグナーとも決別し、病弱を理由に三十三歳でバーゼル大学教授を辞してからは、終生在野の哲学者として各地に移り住んだ。処女作「悲劇の誕生」（一八七二年）を袋叩きにされてからは学会活動もなく、カントや漱石のように多くの人を集めて歓談の場を設けることも、また太宰のように師弟や知人、友人に囲まれて生きることもなかった。すなわち、著述家のルー・ザロメに失恋して以来、終生伴侶を得ず、親しい友人もおらず、そのほとんど唯一ともいうべき理解者の妹エリーザベトとさえも離反すること多く、学問的・社会的にも孤高の生涯を送ったのだった。このように、その人物像や外形的軌跡からも、対人ストレス耐性小か無の安吾のように「気の弱いキレイな人柄」（前掲「気の弱いキレイな人柄」）で、終生孤独の生活を送り、中集団側以上にあることはない、というような、対人ストレス耐性小か無だったことが示唆される。

③対システムストレス耐性大だろうニーチェ

最後に付言するが、ニーチェを、対人ストレス耐性とは逆の概念の対システムストレス耐性からみると、対人ストレス耐性小か無だろうニーチェは対システムストレス耐性大であることが推定される。ここでいう対システムストレス耐性とは、人間関係や内面的な理念性の程度（「内的評価システム」）で評価するのではなく、契約、ルール、法律、実績・能力評価、力関係、自然（物理）法則などの客観的・機械的に個人を評価できる「外的評価システム」によって評価されることで引き起こされるストレスに対する耐性、のことだった。つまりこれは、こうした「外的評価システム」を用いることに表裏する、内面的な理念性を否定する度合いに応じて生じるストレスに対する耐性といえるだろう。

そしてニーチェは、自然科学的認識説である「永遠回帰」によって、理念性を全否定する「徹底的ニヒリズム」の世界を肯定する「超人」思想を提唱したことからは、内面的な理念性の有無によらない客観的で冷酷ともいうべき自然科学法則の適用によるストレスへの耐性が大で、その対システムストレス耐性は大だったことが推定される。さらにニーチェは、この「永遠回帰」の世界を受け入れられず、理念性を捏造しなければ生きていけない人々、すなわちキリスト教道徳の禁欲主義や隣人愛、同情、利他主義など奉じなければ生きていけない人々――「弱者」を、ルサンチマンから奴隷道徳を奉じる「畜群」、などと口汚く非難したのだった。これらもやはり、その対システムストレス耐性大であることの表れといえるのではないかと思われる。

4　対人ストレス耐性によって規定される哲学内容

この三人は、十八世紀末からのドイツ観念論の系譜にある哲学者で、哲学研究に関する通常の視点からは、先行する哲学者の研究業績の影響を受けてその研究内容が決められた、と考えるのが常套である。しかしながら、例えば先行する研究業績に反対するのか、それを継承しさらに発展させていくのかは、その研究者によるのであり、したがってその研究内容の本質の多くの部分は、各人の対人ストレス耐性によって規定される、とみるのが本書の立場である。それは前述の三人の著名な哲学者の検討にみたように、対人ストレス耐性によって規定される一連の価値意識や価値観が、推定するとおりにほぼフルラインナップで、それぞれの業績に表れてくるからである。つまり本書は、先行する哲学業績に、その研究者がどのようにして批判的立場に立ったのか、あるいはなぜそれに賛同し発展させていったのかを、各人の対人ストレス耐性という生理的なあり方から説明するものなのである。最も抽象的な思惟というべき哲学といえども、先行研究によって研究内容が決まるのではなく、対人ストレス耐性という生理的なものによって研究内容の本質の多くの部分が規定されると考える。いわば、対人ストレス耐性大／中／小か無が、その認識論を決め、志向性を決め、そして哲学内容の本質の多くを決める、と考えるのである。

三者の再度のまとめにもなるが、こうして、対人ストレス耐性大だろうカントは、その認識論からは「真理（物自体）」を認識することができない「純粋理性」ではなく、「道徳法則」を認識しうる「実践理性」をもって、「我が天なる星空と、我が内なる道徳法則、我はこの二つに畏敬の念を抱いて止まない」として、「道徳法則」の達成を目指すべきだとした。すなわち、普遍的に成り立つ定言命法「汝の意志の格律が常に同時に普遍的立法の原理として妥当しうるように行為せよ」としての「道徳法則」、徳福一致の「最高善」、およびこれらを国家に適用した政治論で永遠平和論、世界共和国―国際連合論、世界市民論などの、大理念と理想主義を主張した。さらに、この道徳のうえに宗教を位置付ける信仰性大、「心の不死」による死後に残る名誉や業績の評価、歴史意識大など、対人ストレス耐性大に推定される一連の価値観や価値意識を示したのだった。

続く、対人ストレス耐性中だろうヘーゲルは、認識論で、対人ストレス耐性中に特徴的な中理念を導くことになる「相反価値止揚理念」と方法論的に同等だろう「弁証法」を選択した。彼は大理念の「道徳」「善」（「万人の福祉（幸福）」）は不可能として直接は目指さず、普遍的な正しさとしての「法」を実体化させる、中理念である「倫理」「良心」を推奨した。そして倫理の実現化される過程である「所有」「家族」「職業集団」「市民社会」さらにその最高形態として中集団最大の「国家」を推奨する一方、国家を超える世界共和国―国際連合論、世界市民論などの大理念を肯定することはなかった。ヘーゲルは弁証法＝「相反価値止揚理念」や、「良心」「倫理」「国家」などの中集団側での中理念を主張し、理性宗教として信仰性中で、「国家」に弁証法的発展をみる歴史意識中の歴史哲学を打ち立てるなど、対人ストレス耐性中に推定される一連の価値観や価値意識を示したのだった。

一方、対人ストレス耐性小か無だろうニーチェは、カントやヘーゲルの認識論とはまったく別物の、主観的な「遠近法」と客観的な「永遠回帰」の認識説をとった。これらによって、対人ストレス耐性小か無に特徴的なニヒリズムとして、一切の理念性や理想主義の否定（「大いなる正午」「徹底的ニヒリズム」）を、さらにすべての価値判断は個体の欲望に基づく「遠近法」であるとするエゴイズム汎観を延長して、エゴイズムとしての「権力への意志」とそれを体現する「超人」思想を提唱した。すなわち、「徹底的ニヒリズム」のままに、「永遠回帰」するしかない世界を「運命愛」をもって全肯定し、生命体の根源的欲望としての「権力への意志」にひたすら身を委ねる「超人」を推奨した。またこれによって、対人ストレス耐性小か無が生の本質とみるディオニュソス的な無理念、性欲、欲情、淪落、アナーキズム性を支持し、「生の肯定」をおこなった。ほかにも、「永遠回帰」から歴史意識小か無、「徹底的ニヒリズム」――「神の不在」から信仰性小か無、さらに「奴隷一揆」「火のイヌ」批判で社会運動性小か無を呈するなど、対人ストレス耐性小か無、小か非集団側に推定される一連の価値観や価値意識の多くを示したのだった。

これらはいずれも、その主張の多くが、対人ストレス耐性大／中／小か無それぞれから推定できるとおりの一連の価値観や価値意識だった。したがって彼らの哲学説は、先行する哲学研究に規定されてというよりは、それぞれの生理的条件である対人ストレス耐性に規定されてその研究内容を展開させていった、とみるべきものと考えられた。

5　対人ストレス耐性大だろうマルクス

さて、ドイツ観念論の系譜に沿って、最後に取り上げるのはカール・マルクス（一八一八―八三年）である。彼によるマルクス主義（マルキシズム）は、第一部で述べたように亀井や太宰が大きな影響を受け、安吾がそれに大反発した思想であるから、マルクスは本書で必ず取り上げるべき著述家と思われる。

ただしマルクスは、「フォイエルバッハに関するテーゼ」（一八四五年）で「哲学者たちはただ さまざまな方法で世界を解釈してきたにすぎない。重要なのは世界を変えることだ」（フリードリヒ・エンゲルス『フォイエルバッハ論』松村一人訳〔岩波文庫〕、岩波書店、一九六〇年）と述べたように、哲学者というよりは思想家、革命家そして経済学者とみるべきと思われる。したがって、ニーチェより約二十年先んじてはいるが、ドイツ観念論哲学者の系譜から少し外して、その最後に彼を論じてみたい。このマルクスは、第一部での亀井や太宰そして安吾での検討から推測されることと思われるが、対人ストレス耐性大として理解できると思われる。

マルクス主義は強大理念（「大きな物語」）

①マルクス主義とは

マルクス主義とは、主にマルクスとその盟友で社会主義者のフリードリヒ・エンゲルスによる思想体系である。マルクスは、下部構造（経済構造）が上部構造（法律、政治、文化）を規定するという唯物論にヘーゲルの弁証法を適用した弁証法的唯物論を、人類の歴史発展に適用し、人類史は生産力と生産関係の矛盾によって発展してきたとする史的唯物論を導いた。それは、生産力が発展すると、ある段階で古い生産関係は発展の桎梏となり、社会革命の機運が増し、上部構造が変革される、とするものである。そして、現在（当時）の資本主義でも、私的所有と市場経済によって、社会的なものにまで増大した生産との矛盾（資本蓄積と労働者との貧富の差）が限りなく増大し続けていて、私有財産を廃止した計画経済によって、人々が互いに協力し合う自由で対等な共産主義社会が実現するのは歴史的必然である、という説を唱えた。さらに、このような社会変革は歴史上常に階級闘争によって実現されてきたとみる立場（階級闘争論）から、現在（当時）の資本主義社会でも、資本家によって搾取され疎外された、大勢の組織化されたプロレタリア（労働者）による階級闘争勝利―プロレタリアート独裁によって、この共産主義社会が実現すると主張した。

マルクスは哲学的には、当時ドイツ哲学界を支配していたヘーゲルを継ぐ右派、中央派、左派のうち、政治的・宗教的に急進的なヘーゲル左派として出発した。そして、ヘーゲルの弁証法哲学やヘーゲル左派の哲学者であるルートヴィヒ・フォイエルバッハによる人間論的唯物論を批判的に受け継ぎ、法律、政治、文化などの上部構造を規定するのは生産力と生産関係（生産様式）という下部構造だ、という経済学的立場からその史的唯物論を打ち立てたと考えられる。

生産力が増大すると人間の生産様式が変わる。生産様式が変わると社会生活の様式も変わる。思想や社会関係もそれに合わせて変化していく。古い経済学はブルジョア市民社会のために生まれた思想だった。そして今、共産主義が労働者階級の思想となり、市民社会を打ち倒すことになる。（カール・マルクス『哲学の貧困』山村喬訳〔岩波文庫〕、岩波書店、一九五〇年）

このマルクス主義の主要部分で、またその理論的根拠でもある経済学説はマルクス経済学といわれ、主にその主著『資本論』で展開されている。すなわちそれは、資本家は自由競争によって労働者が生み出す労働賃金以上の価値である剰余価値を最大化する、という剰余価値説から出発する。そして、資本家の労働者への搾取による剰余価値が資本の利潤の源泉であり、これによって不可分資本（機械、設備、土地などの生産手段購入に投じる資本）にできるだけ多く再投資して、資本を無限に自己増殖させていくのが資本主義経済だと、その経済的運動法則を説明した。またマルクスは、資本主義を普遍的とみる古典派経済学を超えて、その史的唯物論から、矛盾を内包するそれは次の（最終的な）マルクス主義に至る歴史発展の一過程にすぎないとみる、歴史的性格を主張した。さらに資本主義は、その内包する矛盾からの延命のため、帝国主義、第三世界への搾取の激化、政府と金融が独占資本と協調して危機を脱する国家独占資本主義を生むことも指摘した。

ブルジョア市民社会の発展は労働者を生み出した。この労働者というのは労働力（自分の頭脳や肉体）の他には売れる物を何も所有していない人々のことである。労働者は自らの労働力を商品化し、資本家にそれを売って生活している。資本家は利益を上げるために購入した労働力という商品を、価値以上に使用して剰余価値を生み出させ、それを搾取しようとする（賃金額に相当する生産物以上の物を生産することを労働者に要求し、それを無償で手に入れようとする）。資本家が剰余価値を全部消費するなら単純再生産が行われるし、剰余価値の一部が資本に転換されれば、拡大再生産が行われる。拡大再生産が進むと機械化・オートメーション化により労働者人口が過剰になってくる。産業予備軍（失業者）が増え、産業予備軍は現役労働者に取って代わるべく現役労働者より悪い条件でも働こうとしだすので、現役労働者も危機に陥れる。こうして労働者階級は働けば働くほど窮乏が進んでいく。（小牧治『マルクス』〔「人と思想」第二十巻〕、清水書院、一九六六年）

労働者の貧困と隷従と退廃が強まれば強まるほど彼らの反逆も増大する。ブルジョアはプロレタリア階級という自らの墓堀り人を作り続けている。収奪者が収奪される運命の時は近づいている。共産主義への移行は歴史的必然である。（同書）

②マルクス主義の大理念性

このようなマルクス主義は、一国ではなく国を超えて世界中のプロレタリアート（労働者階級）の解放と幸福をうたった思想であるから、これは基本的には全人類に及びうる多くの人々にとっての〝善いこと、正しいこと〟を主張する大理念と考えられる。そして、その実現のためにマルクスは、各国の労働者代表からなる第一インターナショナル（国際労働者協会：一八六四年結成）を主導し、各国に支部を設けて、世界の共産主義革命を目指したのだった。つまり、前述のようにリオタールが、マルクス主義の終焉に象徴させて、「大きな物語」の終焉＝ポスト・モダンの時代が来たと述べたように、マルクス主義は大理念―「大きな物語」そのものなのである。

例えばマルクスは、一八四四年に創刊した思想誌「独仏年誌」の共同編集者であるアーノルト・ルーゲに、その大理念性を示す次のような手紙を書いている。そしてこのような視点は生涯のものであったと考えられる（ジャック・アタリ『世界精神マルクス――1818-1883』的場昭弘訳、藤原書店、二〇一四年）。

僕たちは、世界が発展させた原理を世界に広めようとしています。僕たちは世界に対してなぜ闘っているのかを、はっきりと示しているだけです。世界に対する意識は、世界から何を獲得するかということです。（カール・マルクス／フリードリヒ・エンゲルス『書簡集 1842-1851』大内兵衛／細川嘉六監訳〔「マルクス＝エンゲルス全集」第二十七巻〕、大月書店、一九七一年）

そしてマルクスは、第一インターナショナル以前に主導した国際秘密結社・共産主義者同盟の綱領だった『共産党宣言』（一八四八年）でいう。

労働者は政治権力の獲得を第一の義務とし、もって労働者階級を解放し、階級支配を絶滅するという究極目標を自らの手で勝ち取らなければならない。そのために万国のプロレタリアよ、団結せよ！（マルクス・エンゲルス『共産党宣言』大内兵衛／向坂逸郎訳〔岩波文庫〕、岩波書店、一九七一年）

ちなみに、マルクスの伝記を書いたフランスの社会経済学者ジャック・アタリは、マルクスの世界に向かう視点を「世界精神」という言葉で表し、マルクス主義が大理念であることを示唆している。

マルクスは世界最初の「グローバル」な思想家であり、「世界精神」をもった人物である。とりわけ資本主義の中にそれ以前の疎外からの解放の世界を、彼が見ていたことがわかる。（略）たとえ彼以前に、全体としての人間を考えた哲学者が他にもいたとしても、政治、経済学、哲学、科学、すべての中で世界を理解しようとしたものは他にはいなかった。（略）マルクスは、死の直前まで、世界の全体性、人間の自由の活力を抱き続けようとする。彼こそ世界精神である。（前掲『世界精神マルクス』）

③マルクスの「国家」批判

その一方で、対人ストレス耐性中であるヘーゲルが「倫理」の最高の実現体として称揚した中理念の「国家」を、マルクスは強く批判している。

例えばマルクスは、『ヘーゲル国法論批判』（一八四三年）で、「人間を体制の原理」とする「民主制（のちのマルクス主義）のもとでは類（共同性）が実在としてあらわれる」（括弧：筆者注）（カール・マルクス『ヘーゲル法哲学批判序論――付 国法論批判その他』真下信一訳〔国民文庫〕、大月書店、一九八五年）と述べた。つまり人間こそが具体物であり、国は抽象物にすぎないとして、市民社会や家族、そして人間を完成させるとしたヘーゲルの中理念・「国家」を否定した。

また、一八四四年の「独仏年誌」第一号から第二号に「ヘーゲル法哲学批判序説」を書いたが、ここでも次のようにヘーゲル哲学と「国家」を批判した。

哲学が批判すべきは宗教ではなく、人々が宗教という阿片に頼らざるを得ない人間疎外の状況を作っている国家、市民社会、そしてそれを是認するヘーゲル哲学である（前掲『ヘーゲル法哲学批判序論』）

さらにマルクスは『共産党宣言』で、プロレタリアが支配階級になった暁には自ら支配階級を排し、国家権力も「政治的性格を失う」「プロレタリアは祖国を持たない」（前掲『共産党宣言』）と述べ、やがてきたる共産主義社会では国家はその役割を終え、世界レベルでの自由な共同体が出現するとうたっている。

一八六七年の『資本論』でも、資本家は労働者の搾取のために国家を使った、国家は資本主義の共犯者であるばかりか責任者だと批判した(マルクス/エンゲルス『マルクス゠エンゲルス全集第二十三巻第二分冊　資本論Ⅰb』大内兵衛/細川嘉六監訳、大月書店、一九六五年)。

そして、一八七一年にはプロレタリアート独裁政府パリ・コミューンが樹立され、これを第一インターナショナルでマルクスは絶賛したが、二カ月後にこれを打倒した第三共和政アドルフ・ティエール政府、それを支援した宰相オットー・フォン・ビスマルクのドイツ帝国に対し、「各国の政府はプロレタリアに対する場合には一つ穴の貉」(エドワード・H・カー『カール・マルクス——その生涯と思想の形成』石上良平訳、未来社、一九五六年)と、国家を厳しく弾劾した。

この後、一八七五年ドイツの労働運動を統一すべくドイツ社会主義労働党が結成されたが、その綱領である「ゴーダ綱領」が「プロレタリアート独裁」にも触れず自由主義的でブルジョア的であると、マルクスはこれを批判した(カール・マルクス『ゴータ綱領批判』望月清司訳〔岩波文庫〕、岩波書店、一九七五年)。すなわちマルクスは、この綱領が「労働者階級はまず民族国家のなかで、その解放のために働く」と、最悪の敵である国家の正当性を受け入れていることに対し、マルクス主義者は国家の消滅に至らない綱領など受け入れることはできない、と激しく批判したのだった。そして、「プロレタリアート独裁」は個人の自由を問題にしてはならないが、「国家の抑制的組織」の消滅を組織しなければならないと、「国家」批判を最大の論点のひとつとした(前掲『世界精神マルクス』)。

ちなみにマルクスは、実生活でも、一八四九年にプロイセン政府によって国外退去命令が下り、パリ、そしてロンドンへと亡命してからは、どこの国籍も取得せず、「プロレタリアは祖国を持たない」(前掲『共産党宣言』)の言葉どおり、基本的にはコスモポリタンだった。これは小か非集団側準拠のためのアナーキズム性から「国家」を評価せず、無国籍だったニーチェとは対照的に、世界(大集団側)準拠のためのコスモポリタンとして「国家」を評価せず、無国籍だったと考えられる。

このように、対人ストレス耐性中のヘーゲルが称揚した中理念の「国家」をマルクスが一貫して批判したのは、そのマルクス主義が大理念だったことを反映した結果と考えられる。

④マルクス主義は理想主義

大理念は最大で全人類のための〝善いこと、正しいこと〟を説くので、その内容はより基本的で普遍性があり、その実現のためにはきわめて多くの体系的・具体的展開が必要になる。このことから、大理念は現実化が困難な、超越的な規範や価値という性質を帯び、理想主義の性格をまとうことになるのだった。

実際にマルクスは、到達されるとされた共産主義社会では、協同的な生産様式によって社会の必要に応じた生産という経済本来のあり方を回復し、余暇時間が拡大して「ひとりひとりの自由な発展が、すべての人々の自由な発展の条件となる、ひとつの共同体が現れ」（同書）、人間の全面発達、解放がなされると主張した。つまりそのマルクス主義は、世界の労働者階級の解放と幸福という、全人類に及びうる多くの人々の〝善いこと、正しいこと〟をうたう理想主義だったのである。

⑤マルクス主義の強理念性

国際秘密結社・共産主義者同盟の綱領でマルクス主義の目的と意義を明らかにした理論的宣言の書『共産党宣言』をみると、共産主義社会の実現のためには、プロレタリアートは武力闘争によって反革命勢力を打倒しなければならない、というのだから、マルクス主義の強理念性は明らかである。

共産主義者はこれまでの全ての社会秩序を暴力的に転覆することによってのみ自己の目的が達成されることを公然と宣言する。支配階級よ、共産主義革命の前に恐れおののくがいい、プロレタリアは革命において鎖

以外に失う物をもたない。彼らが獲得する物は全世界である。万国のプロレタリアよ、団結せよ。(同書)

実際のマルクス主義運動も、世界を革命と反革命側に分け、「味方でなければ敵」というレトリックによって反革命勢力を徹底的に壊滅する、という寛容性が低いものだったので(フランソワ・フュレ『幻想の過去――二十世紀の全体主義』楠瀬正浩訳、バジリコ、二〇〇七年)、このマルクス主義はきわめて強理念的に運用されていたと考えられる。

そしてやはり、マルクス主義運動を推進したマルクス当人もきわめて非寛容―強理念的姿勢の持ち主だったことを、ドイツ人革命家でのちにアメリカの陸軍将軍、政治家になったカール・シュルツが述べている。一八四八年当時、ボン大学学生だったシュルツは、ケルンで開かれた民主主義者の集会での、当時『共産党宣言』を発表して共産主義者同盟を指導していたマルクスを見て、五十年以上もたっていたにもかかわらず、その強烈な非寛容性―強理念性を次のように述べている。

彼は当時三十歳になったかならぬかといったところだったが、すでに高度な社会主義者グループのよくめだつ「顔」になっていた(略)彼ほど挑発的で我慢のならない態度の人間を私はほかに知らない。自分の意見と相いれない意見には謙虚な思いやりの欠片も示さない。彼と意見の異なる者はみな徹底的に侮辱される。(略)今でも記憶に鮮明に残っているのは、彼が「ブルジョア」ということばを口にする時の辛辣きわまりない侮辱である。自分と意見の異なる者は全て「ブルジョア」と看做され、嫌悪すべき精神的・道徳的退廃のサンプルとされ、糾弾された。(フランシスス・ウィーン『カール・マルクスの生涯』田口俊樹訳、朝日新聞社、二〇〇二年)

このように、『共産党宣言』で武力闘争による革命をうたい、実際のマルクス主義運動も世界を革命と反革命側に二分して反革命勢力を壊滅するというもので、それを推進したマルクス自身もきわめて非寛容―強理念的だったことから、マルクス主義の強理念性は明らかと考えられた。

⑥マルクス主義の強大理念性

これらの検討から、マルクス主義は大理念―「大きな物語」で強理念、すなわち強大理念ということができる。そしてこれは、第一部の亀井、太宰、安吾のマルクス主義へのそれぞれの反応から、示唆されることでもあった。

マルクスは歴史意識大

マルクスはその史的唯物論から、原始共同体、奴隷制、封建制、資本主義社会さらに共産主義社会へと、世界は階級闘争を介して弁証法的に発展していくと述べた。つまり、世界史に大理念性（マルクス主義）が実現される軌跡や顕現史としての「物語」(Historie) をみたのだから、世界規模の歴史に大理念性の実現と顕現史をみる歴史意識大ということができる。

一方ここには、対人ストレス耐性小か無のニーチェの「永遠回帰」説による、世界は無意味で永遠に繰り返される自動機械にすぎない、という理念性の顕現をみない歴史意識小か無の様相などは微塵もない。また、同じ弁証法を用いたヘーゲルの弁証法的進歩史観での、「倫理」の最終段階である「国家」までの中理念（「自由」その実際の機能局面としての「良心」）の顕現史、として歴史を重視する歴史意識中とも、それが「国家」を超えた世界のものであることから相違していると考えられる。

マルクスは社会運動性大

マルクスはほぼ終生、共産主義社会の実現に向けて、国際的な社会運動組織を繰り返し結成あるいは代表になって社会運動を続けた。つまり、強大理念のマルクス主義の実現に向けて、それに共鳴した世界の労働者からなる大集団側の大連帯性によって国際組織を形成し運動を続ける、という社会運動性大である。

それは具体的には、一八四六年にロンドンのドイツ人マルクス主義者の秘密結社・正義者同盟との連絡組織として共産主義通信委員会をエンゲルスらとブリュッセルに創設したことから始まる。四七年、マルクス、エンゲルスによる綱領（『共産党宣言』一八四八年）のもとで、正義者同盟と共産主義通信委員会が合同し国際秘密結社・共産主義者同盟を結成、四八年には、その中央委員会をパリに創設、自ら議長に就任した。そして五〇年には亡命したロンドンで共産主義者同盟を再結成した。

その後しばらく、『資本論』（一八六六年）執筆のための研究三昧の時期をへるも、一八六四年ロンドンでヨーロッパ各国の労働者代表が参加して第一インターナショナル（国際労働者協会）が発足、マルクスは総務評議会（執行部）と起草委員会の委員に選出され、かの「共産党宣言」に準じる規約を採択させた。そして七一年のプロレタリア独裁政府パリ・コミューン樹立に対しては、「労働者のパリは栄えある新しい社会の先駆けとして、そのコンミューンとともに永遠に讃えられることだろう。その殉難者たちは労働者階級の心の聖堂に祭られている」（カール・マルクス『フランスにおける内乱』村田陽一訳〔「国民文庫」第三十一巻〕、大月書店、一九七〇年）と、これを絶賛した。

このように、マルクスは、その科学的社会科学樹立のために書斎にこもった一時期を除いては、ほぼ生涯、大理念のマルクス主義による共産主義社会の実現を目指した国際的な社会運動を主導し、社会運動性大と考えられた。

そしてここには、対人ストレス耐性小か無の安吾の「社会生活に於ける闘争ということを好まないのだ。闘争ほど、社会の敵なる言葉はない」（前掲「戦争論」）といった、生理的ともいうべき社会運動（ストライキやデモ）忌避の姿勢は微塵もみることはできない。また同じく対人ストレス耐性小か無の村上春樹の、学生運動に対する「純粋な理屈を強い言葉で言い立て、大上段に論理を振りかざす」「正論原理主義」（前掲「僕はなぜエルサレムに行ったのか」）といった、強大理念性への懸念なども認めることはできない。そして同じく対人ストレス耐性小か無のニーチェの、強大理念を声高に訴える革命家「火のイヌ」への強い嫌悪感なども、微塵もなかったのである。

マルクスは他存在を信じる強度大―信仰性大

①マルクス主義がもつ宗教的容貌、マルクス主義者が示す信仰性

マルクス主義がもつ宗教的側面は、すでに各論者が指摘している。例えば、司祭で比較文学者のヨゼフ・ロゲンドルフは、マルクス主義がもつ宗教に類似した容貌を次のように指摘している。

その見せかけの厳密な論理性の背後には、経済史の恐ろしい展開につれて一歩一歩近づいてくる最後の審判の黙示録的な幻影の火が燃えている。実際、今世紀における全体主義哲学はすべて、キリスト教を追放した結果近代社会に出来た大穴を埋めるべく、反教会の旗印も鮮やかに乗り込んできた異教なのである。宗教のみがそそり立てることのできる忠誠と献身と雄々しさの感情は悉く彼等の手中に帰した。彼等もまた、キリスト教と同じように殉教者も、祭式も行列も、そしてドストエフスキーがすでに予言しているように、大審問官の宗教裁判まで、取りそろえている。（ヨゼフ・ロゲンドルフ『キリスト教と近代文化』野口啓祐訳〔「アテネ文庫復刻版」第三十巻〕、弘文堂、二〇一〇年）

自由主義の政治学者・猪木正道も、次のようにマルクス主義がもつ宗教的容貌を指摘した。

マルクスは教祖とし、資本論を聖典とする一大教会の形態をとり、法王、枢機卿、僧正、司祭といった大小の聖職者を生み出し、僧侶の差別さへあらわれる。マルクス主義が負のキリスト教（Negative Christianity）と呼ばれるのはこのためである。（猪木正道『共産主義の系譜 新版増補』〔角川ソフィア文庫〕、角川書店、二〇一八年）

このような多くの論者が指摘するマルクス主義がもつ宗教的容貌の本質は、その強大理念性にあると考えられる。すなわち、大理念であるだけに事実命題にどれほど基づくのか十分に検証できないまま、強理念性―非寛容性によって直ちに従わなければ罰されると、マルクス主義者はマルクス主義を信奉し信仰するに至るのである。このような信奉や信仰の対象だったマルクス主義は当然宗教的容貌をまとうことになり、やがては「反教会の旗印も鮮やかに乗り込んできた異教」「負のキリスト教」になるに至るのである。

マルクス主義者がマルクス主義を信奉し信仰せざるをえない状況がよく表れているのは、第一部で述べた亀井のマルクス主義信奉の過程だった。すなわち、亀井にとってマルクス主義は「新しい神の出現！」であり、「黒びかりする肉体をもって働く異様な神々の姿を思い、戦慄を禁じえ」ず、直ちに「新しい神に信従」し、新人会で修道僧のような生活に入ったのだった（前掲『我が精神の遍歴』）。

②マルクス自身も他存在を信じる強度大——信仰性大

このように、マルクス主義が宗教的容貌をまとい、マルクス主義者がそれを信奉し信仰せざるをえないことが、マルクス主義がもつ宗教的側面の指摘を生んできたのだが、このような宗教的なマルクス主義を作りそれを実践していったマルクス自身の信仰性はどうだったのだろうか。

若くしてヘーゲル左派にあって無神論者だったマルクスは、表立って信仰を有することはなかっただろう。実際、マルクスは『ヘーゲル法哲学批判序説』（一八四三年）で「宗教への批判はすべての批判の中で欠くべからざるもの」「宗教とは抑圧された人間のため息だ。心なき世界の心、魂なき状況における魂だ。すなわち人民の阿片なのだ」（前掲『ヘーゲル法哲学批判序説』）と述べているのである。

そしてエンゲルスが、マルクス主義は唯物史観と剰余価値の発見によって科学になった（『空想から科学へ』〔一八八三年〕）と述べたように、マルクスは科学的社会主義としてマルクス主義を打ち立てたのであり、自らもその価値命題＝マルクス主義は事実命題に十分に基づく科学説（〝科学的命題〟）だと信じていたと思われる。

しかし、科学説にはすべて、基本的にいくつもの疑義が考えられるのであり、それが全人類に及ぶ大理念になるほど、そのような疑義は増えていく可能性がある。例えば、上部構造（政治、法律、文化）は下部構造（経済）に規定されるという唯物説だが、両者の相関は当時も現在も十分に解明されてはいないだろう。それは、ドイツの社会学者マックス・ヴェーバーが「プロテスタンティズムの倫理と資本主義の精神」（一九〇四―〇五年）で、宗教（上部構造）が資本主義経済（下部構造）を規定することを主張したように、である。また、同じくヴェーバーが、歴史観は仮説であって永遠の真理ではなく、マルクスの唯物史観のように歴史の永遠の法則を発見したというのは真実であるか疑わしい、と述べたが、現代でもこれは疑義対象のままだろう。

このように、科学説にはすべて、基本的にいくつもの疑義が考えられるのであり、もし提唱者が科学者であるならば、それが事実命題に十分基づくのかの客観的な検証を、自然科学の場合はともかく社会科学であるだけに、どこまでも続けなければならなかったはずである。しかしマルクスはそのような検証の姿勢をまったくみせることなく、マルクス主義が科学説＝事実命題に基づくという絶対の確信をもって、共産主義社会実現のために邁進したのだった。これは、〝科学的命題〟と確信するためにかえって、それが事実命題に十分基づくかどうか検証する姿勢を弱めてしまったことに相当すると思われる。つまりマルクスは、事実命題に基づくかの検討を十分おこなわずに価値命題を奉じるという、他存在を信じる強度大、さらには〝事実命題に基づくものという証明がなされていない絶対的で超越的な物事や存在を信じること〟（広義の信仰）として信仰性大になったと思われる。科学説（〝科学的命題〟）であるという確信が、かえって検証の姿勢を弱めてしまい、マルクスの（本来の素質だろう）他存在を信じる強度大―信仰性大を招いてしまったのである。

科学説であったなら、基本的にいくつもの疑義が考えられ、マルクスはその正否をどこまでも客観的に検証していくべきだったのである。例えば、共産主義革命が「歴史的必然」というのなら、あらためて革命運動に身をていする必要はないはずで、科学者としてはその過程（の成否）を客観的に検証していく、という姿勢を主にするべきではなかったかと思われる。

このような、マルクスを含めたコミュニスト（マルクス主義者）のコミュニズム（マルクス主義）への姿勢を、フランスの歴史家フランソワ・フュレも「コミュニズム信仰」と呼んでいる。

それでもコミュニズム信仰は、人々の精神的エネルギーの全面的傾注の対象になることにおいて、他に突出した成果を挙げてきた。それは何よりもコミュニズム信仰が、科学と道徳を一つに結びつけているがごとき外観を呈していたからである。科学的理由と道徳的理由という、元来次元が異なるはずの基本的行動理由が、コミュニズムにあっては奇跡的に結びつけられていたのだった。コミュニズムの闘士は、歴史法則の完成に携わっていると信じながら、資本主義社会のエゴイズムと戦い、人類全体のために戦ったのである。（前掲『幻想の過去』）

フュレが「コミュニズム信仰が、科学と道徳を一つに結びつけているがごとき外観を呈していた」と述べたことの実体が、前述のマルクスを含むマルクス主義者たちの、〝科学的命題〟としての強大理念であるマルクス主義への信奉や信仰に相当するものだろう。

このマルクス主義でのマルクス自身の他存在を信じる強度の大きさは、例えばマルクスの伝記を書いたＥ・Ｈ・カーが「彼の信条の狂信的性格」という言葉で表している。

政治的な問題が討議される場合、彼の信条の狂信的性格のために、他の人々を同等の地位にある者として扱うことができなかった。彼の戦術はいつも相手を抑えつけることであった。（前掲『カール・マルクス』）

またマルクスと「独仏年誌」の共同編集長になったドイツの文筆家アーノルド・ルーゲも「狂信的エゴイスト」という言葉で、マルクスの他存在を信じる強度大の側面を表している。

マルクスは共産主義者を自称するが、実際は狂信的なエゴイストである。彼は私を本屋だとかブルジョアだとか言って迫害してくる。（略）その原因は彼の憎悪と狂気としか考えられない（レオポルト・シュワルツシルト『人間マルクス』竜口直太郎訳、雄鶏社、一九五〇年）

したがって、マルクスは、無神論者であり信仰を否定していたにもかかわらず、他存在を信じる強度大―信仰性大だったことが、強大理念のマルクス主義への絶対確信の姿勢と迷うことがないマルクス主義運動邁進の姿から、示唆されると思われる。

マルクス自身は対人ストレス耐性大

①マルクスの集団側性の大きさ

そこでマルクスの対人ストレス耐性そのものについてだが、マルクスは、妻イェニー、娘イェニーヒェン、ラウラ、エリノアなどの家族、盟友エンゲルス、ヴィルヘルム・リープクネヒト、アウグスト・ベーベルのような部下、ヴィルヘルム・ヴォルフ、ヨハン・ゲオルク・エカリエスのような同志など常に多数の人間に囲まれて生涯を送り、孤独のうちに生涯を終えた対人ストレス耐性小か無のニーチェなどとは対照的な、その集団側性を示している。

例えば、一八七三年肝臓病湯治のためにボヘミア地方の鉱泉保養地カルロヴィヴァリに滞在したとき、ウィーンの新聞はマルクスを「彼は適切なことば、すばらしい笑み、いきなり飛び出す啓発的なジョークを持ち合わせている。ウィットに富んだ女性を連れて（略）彼に会えば、彼はきっと彼の記憶の中から、豊かでよく整理された「宝物」を惜しげもなく提供してくれるだろう」（前掲『カール・マルクスの生涯』）と紹介した。彼を訪ねた者たちは、この恐ろしいマルクス主義の妖怪が実はハウスパーティー好きな男であることを知って驚く、と。このエピソードも、孤高に生きたニーチェとは対照的なマルクスの、社交的で人々との交流を好んだ、集団側での「日常生活上の些事」が平気である、その集団側性を示していると思われる。

そのなかでも、例えば盟友エンゲルスに対しては、「ふたりの間にはいかなる秘密もタブーもなかった。マルクスは自分のペニスに大きなできものができたときにも、その詳細をエンゲルスに報告するのをためらわなかった。ふたりが交わした膨大な書簡は、歴史、ゴシップ、経済学、子どもっぽい猥談、高次元の理念、低次元の親密さのまさにごった煮である」（同書）というように、太宰が友人たちに示したような「秘密の共有」による連帯性の素質を示している。これは「他存在を信じる各強度への裏切り」に対するある程度以上の耐性を示唆していると思われる。

②集団側での欲動性大、強理念性――対人ストレス耐性の大きさ

また彼は、前述の社会運動性大というあり方のなかで、その対人ストレス耐性の大きさを示している。例えば、一八四一年ベルリン大学卒業後に編集長になった「ライン新聞」の出資者のグスタフ・メヴィンセは、「トリーア出身のカール・マルクスは二十四歳の強烈な若者だった。頬からも腕からも耳からも鼻からも毛を生やした、傲慢で、不信心で、無限の自信にあふれた男だった」（同書）と述べたが、この印象は当時マルクスに接した多くの人が抱いた印象でもあったという。

そしてこの「傲慢で、不信心で、無限の自信にあふれた男」は、「強烈なまでの鈍感さを備えた情け容赦のない批評家」（同書）になって、社会運動組織形成後は多くの同志や反対者を批判し組織から除名したのだった。例えば、四六年に共産主義通信委員会をエンゲルスらとブリュッセルに創設したが、反対者を次々と除名して、マルクスは「民主的な独裁者」の悪名を得て批判された。このとき、フランスの無政府主義者ピエール・ジョゼフ・プルードンには「運動の最前線にいるからといって、新たな不寛容の指導者になるのはやめましょう」（同書）と参加を断られもしている。

そして、前述のように一八四七年、マルクスとエンゲルスの綱領（『共産党宣言』）のもとで、国際秘密結社・共産主義者同盟が結成されたが、マルクスの希望で、漸進的改善を主張したプルードン、反対の立場をとったドイツ人マルクス主義者ヴィルヘルム・ヴァイトリング、ヘルマン・クリーゲの三人を「共産主義の敵」と決議させている。このようなマルクスの共産主義者同盟の「独裁者」への就任の様子を、伝記作家フランシス・ウィーンは次のように述べている。

〈共産主義者同盟〉の古くからの同志ブフェンダーやレスナーはよく知っていたことだが、マルクスには類い稀な威圧感があった——その黒い眼、辛辣な機知、恐ろしいまでに分析的な頭脳。〈共産主義者同盟〉のメンバーはみなそれらに圧せられた。（同書）

つまりマルクスは、対人ストレス耐性小か無のニーチェのような「優しい人」「会ってみると弱々しい」（前掲『反〈絆〉論』）人とは、まさに対極的な人物だったのである。

マルクスは一八四八年にはケルンへ移り、プロパガンダのため「新ライン新聞」を発行し、その編集長になったが、その運営を独裁的におこない、ドイツ人革命家ステファン・ボルンは「どんなに暴君に忠実に仕える臣下であってもマルクスの無秩序な専制にはついていかれないだろう」（前掲『カール・マルクスの生涯』）と評している。

さらに、前述のように一八六四年ロンドンで第一インターナショナル（国際労働者協会）が発足。マルクスは「ドイツの労働者代表」として参加し、直ちに総務評議会（執行部）と起草委員会の委員に選出されたが、ほかの委員は「長年の策略家マルクスにとっては簡単な議事妨害と批評だけで左右できる相手だった」（前掲『カール・マルクス』）ため、第一インターナショナルの規約はマルクスの主導で成立したのだった。その後も、イギリスの労働組合主義やフランスのプルードン派、ドイツのフェルディナント・ラッサール（ヘーゲル左派の社会主義者）派、ミハイル・バクーニン（ロシアの社会主義者、無政府主義者）派などと権力闘争をしながら、おおむねマルクスの指導のもと運営されるようになっていった。

このようにマルクスは、社会運動を推進するにあたり常に集団側の中心にあって、集団内の権力闘争に勝ち、「不寛容の指導者」「独裁者」として「無秩序な専制」をおこなったようである。これらの所見は、集団形成への逡巡がない、強理念性を用いて集団のなかでたくましく生きていく、集団側で欲動（欲望、理念）を満たす欲動性が大きなマルクスの姿を示している。すなわち、強理念性─非寛容性を用いての「理念と理念の闘い」や、集団内にあっては不可避である「日常生活上の些事」に強い、マルクスの対人ストレス耐性の大きさを示唆していると考えられる。

なお、「理念対理念の闘い」というよりは、より理念性の低い「日常生活上の些事」に対する耐性については次のようなエピソードがある。マルクスは、フランス二月革命(一八四八年)に失敗しロンドンへ亡命してきた社会主義運動家のなかの「民主的なごくつぶし」たちを皮肉るパロディー『亡命者偉人伝』(一八五二年)を出版などして、これら「偽のリベラリスト」(前掲『カール・マルクスの生涯』)との闘いを続けていた。そして当時、友人のヨーゼフ・ヴァイデマイヤーへの手紙(一八五一年三月三十一日付)のなかで次のように述べる。

こうした状態がこれ以上続いたら、妻は精神的にきっとまいってしまうだろう。消えない不安、日々のちょっとした諍いが彼女をすり減らしてしまっている。そして、そのさいたるものに、本質的なことで私を攻撃できず、言語に絶する不名誉を私になすりつけることで復讐を試みる者たちの破廉恥な行為がある。ヴィリヒやシャッパーやルーゲやそのほか何人もの烏合の衆、彼らがその行為の担い手だ。(略)もちろん、私はそれらの汚い行為など笑い飛ばしてる。(略)それらが私の仕事のさまたげになったことは一瞬たりとない。(同書)

「日々のちょっとした諍い」「本質的なことで私を攻撃できず、言語に絶する不名誉を私になすりつけることで復讐を試みる者たちの破廉恥な行為」などは、「理念対理念の闘い」よりも「日常生活上の些事」による対人ストレスとみることができる。手紙では、これらを「笑い飛ばしてる。(略)それらが私の仕事のさまたげになったことは一瞬たりとない」とあり、マルクスの対人ストレス耐性は大きかったようである。それは、執拗な反論や攻撃を繰り返し、それをむしろエネルギーにしているらしいことからもわかる。マルクスの伝記を書いた作家フランシス・ウィーンは書いている。

彼はそのスポーツを愉しんでいた。標的にした者たちの像をゆがめることにどれほど愉しみを見出していたか、それは『亡命者偉人伝』に描かれている肖像を見れば容易にわかる。(略) 彼はこうしたことでエネルギーを消耗するというより、逆にこうしたことからエネルギーを得ているようにすら見受けられる。曖昧な偏向主義者や愚者に向けられる怒りも資本主義とその矛盾を明らかにした激しい感情も、源を同じくしているように思われる。(同書)

マルクスにとっては、対人ストレス耐性小か無の安吾のいったような「個人の対立」「一人と一人の対立」などは、「基本的な、最大の深淵」(前掲「続堕落論」)などではまったくなかったのである。

③マルクスの「鈍感力」

このようなマルクスの対人ストレス耐性の大きさを、「鈍感力」の観点からもみてみたい。すなわちマルクスは、その後第一インターナショナルで出版したパリ・コミューンを賛美した『フランスにおける内乱』(一八七一年)が評判になり、一躍各方面から非難や脅迫を受けるようになっていた。マルクスはその状況を、ドイツ人の友人ルートヴィヒ・クーゲルマンに次のように自慢げに伝えているのである。

私は今のところロンドンで一番誹謗中傷され、脅されている男になるという栄誉に浴している。片田舎で二十年牧歌的な暮らしをしてきた者にはありがたいことだ。政府の新聞――〈オブザーバー〉――は法的措置が取られることもあると私を脅してきた。取りたければ取ればいい！ あんなごろつきどもなど私にはどうでもいい！（前掲『カール・マルクスの生涯』）

そしてマルクスは常々、「自らの道を進み、言いたいやつには言わせておけ」というダンテの格言を好んで引用したという（同書）。

このような、自らへの非難や中傷への自慢は、マルクスが「理念対理念の闘い」あるいは「日常生活上の些事」がまったく平気であることを示している。そして集団側にあって、このような非難や中傷のなか、自らの信じる理念や理想に邁進する姿は、第一部で述べた渡辺淳一の「鈍感力」に相当するといえるだろう。

すなわち渡辺は、「傷つくことを恐れず人と深く関わり、希望をもって世界を広げてい」く、人の批判など何するものぞと自らの夢や主張を追い求めるような、「集団の中で逞しく勝ち残っていける」（前掲『鈍感力』）性能を「鈍感力」と名付け、第一部の検討によればそれは対人ストレス耐性大に相当するのだった。そして、マルクスの前述のような社会運動上そして集団側でのありようは、まさにこの渡辺の「鈍感力」そのままであり、その対人ストレス耐性大を示唆するのである。つまり、繰り返し社会運動組織を打ち立てるなど「傷つくことを恐れず、人々との深い関わり、希望をもって世界を広げてい」く、集団内幹部として集団内の権力闘争に勝って「集団の中で逞しく勝ち残っていける」、そして「自らの道を進み、言いたいやつには言わせておけ」（前掲『カール・マルクスの生涯』）と「これで行くと決めたら周囲の思惑や批判など「われ関せず」と敢然として行く」のだから、マルクスには「鈍感力」があるといえるだろう。

なお、マルクスの「鈍感力」は、次のような私的領域でも、純粋なその姿をのぞかせているように思われる。例えば、一八四一年にベルリン大学を卒業したマルクスは、婚約した（のちに妻になる）イェニーを七年間故郷トリーアに残したまま、思想活動や若者としての放埒な生活を送っていた。さらにはロマン派の詩人ベッティーナ・フォン・アルニムのとりこになってしまい、「もしあなたの愛が冷めてしまったら」と心配するイェニーに対し、「なんとも鈍感きわまりないことに、彼女をトリーアに連れて帰り、若きフィアンセに会わせるといったことまでするのである」（同書）。そしてこのような行動をとってしまうマルクスを、伝記作家フランシス・ウィーンは「厚顔で鈍感なマルクス」（同書）と評しているのである。

④マルクスは対人ストレス耐性大

このように、その人間像や日常そして社会生活上の多くの諸側面から、マルクスの対人ストレス耐性が大きかったことが推定された。それは、集団側性の大きさ、集団側での欲動性の大きさ、そして「鈍感力」の大きさなどから推定される、「理念と理念の闘い」や集団内での「日常生活上の些事」そして「他存在を信じる各強度への裏切り」からなる、対人ストレスへの耐性そのものの大きさだった。そしてこれは、彼が世界中のプロレタリアートという大集団側に準拠し、強大理念のマルクス主義を介した世界のプロレタリアとの大連帯性のもと、社会運動性大にあり続けたことから、その程度は大であり、マルクスは対人ストレス耐性大だと推定された。

マルクスのまとめ——対人ストレス耐性大と推定

①マルクスは対人ストレス耐性大と推定

このように、ドイツ観念論の系譜にありながら、主に思想家、革命家、経済学者としてその最後に取り上げたマルクスは、対人ストレス耐性大に推定できる一連の価値観や価値意識の多くを示したと考えられる。すなわちマルクスは、下部構造（経済構造）が上部構造（法律、政治、文化）を規定するという唯物論に、世界は生産力と生産関係の矛盾によって発展するという、ヘーゲルの弁証法を適用した史的唯物論を打ち立てた。そしてその史的唯物論から導いた、世界のプロレタリアートによるブルジョアジーへの階級闘争勝利によって共産主義社会が実現する、としたマルクス主義は強大理念─「大きな物語」で、世界中の労働者の解放と幸福をうたう理想主義だった。さらに、その史的唯物論は、原始共同体、奴隷制、封建制さらに資本主義社会が共産主義社会に発展していくという、世界の歴史に強大理念のマルクス主義実現の軌跡をみる歴史意識大だった。また、マルクス主義自体が宗教と類似した構造をもち、マルクス主義者はこれを信奉し信仰することにも表れているように、マルクス主義が科学説（〝科学的命題〟）であるという強い確信がかえって検証の姿勢を弱めてしまい、事実命題に基づくかの検討を十分おこなわずに価値命題を奉じるという、マルクス自身の他存在を信じる強度大─信仰性大が推定された。そしてマルクスは、強大理念のマルクス主義を介した世界の労働者との大連体性のもと、共産主義革命─共産主義社会の実現を目指したという社会運動性大だった。さらに、その直接の人間像や日常そして社会生活上の多くの諸側面からもマルクスは、「鈍感力」で示されるような、「理念と理念の闘い」「日常生活上の些事」「他存在を信じる各強度への裏切り」による対人ストレス耐性が大であることが示唆された。

したがって、強大理念性、理想主義、歴史意識大、他存在を信じる強度大─信仰性大、社会運動性大、「鈍感力」など、対人ストレス耐性大に推定される一連の価値観や価値意識の多くが認められたことから、マルクスは対人ストレス耐性大として理解できるのではないかと考えられた。

②マルクス主義に対する第一部の三者の反応の説明

第1部で述べた、日本の北方に生まれ、同時代を生きた日本の三人の著述家のマルクス主義への反応も、その提唱者であるマルクスが対人ストレス耐性大であることから説明できると考えられる。

つまり、亀井は同じく対人ストレス耐性大として、強大理念のマルクス主義に強く問題意識を喚起され、「新しい神の出現！」として「異様な神々の姿を思い、戦慄を禁じえ」ず直ちに「新しい神に信従」、共産党員になって八年間マルクス主義運動に没頭していった。そして、太宰は対人ストレス耐性中として、「人間の世の底に、経済だけでない、へんに怪談じみたものがある」と、マルクス主義に十全な問題意識は喚起されず、より「友情」「人情」「信頼」などの中理念に導かれ、四年間のシンパ活動というほどほどの反応を示した。一方、安吾は対人ストレス耐性小か無として、マルクス主義に問題意識を喚起されることはなく、のちには「無限の未来に絶対の制度を押しつけるなどとは、無限なる時間に対し、無限なる進化に対して冒瀆ではないか」と、マルクス主義運動への批判を表明したのだった。このように、マルクス主義への三者の反応は、一般に、対人ストレス耐性大だった提唱者マルクスに対する各対人ストレス耐性（大／中／小か無）による反応―相互批評、として理解できるのではないかと考えられた。

③ニーチェと村上春樹のポストモダン説の誤り

前述のようにフランスの哲学者リオタールは、ソビエト連邦崩壊に象徴されるような、「大きな物語」（強大理念であるマルクス主義など）の終焉を反映して、世界に「小さな物語」―小理念が広がりつつあるとみる状況を（その時代認識の成否は別にして）「ポストモダン」と捉えた（前掲『ポストモダンの条件』）。

そして、ニーチェの項でも述べたが、その「徹底的ニヒリズム」―強大理念（「大きな物語」）批判と「超人」思想―エゴイズム（無か小理念）主張などをもってだろう、彼をポストモダンの魁とみる見方もある。しかし、マルクスに約二十年遅れて誕生したニーチェは、マルクス主義には何の影響も受けなかったようで、したがって、この強大理念（「大きな物語」）・マルクス主義の否定を含むポストモダンの先駆けとしての位置付けには何の根拠もないと思われる。つまり、マルクスは対人ストレス耐性大として、いつの時代でもそうであるように、強大理念（マルクス主義）を提起しただけである。一方、ニーチェは対人ストレス耐性小か無として、いつの時代でもそうであるように、「徹底的ニヒリズム」によって強大理念を否定し、エゴイズム（「超人」）思想を唱えたにすぎない。

両者はどんな時代にあっても、それぞれの生理に従って相反する説を表明する、というのが真相なのである。そして、相反する説であることをもって後者が前者を否定するポストモダンの先駆けになった、などという捉え方に真実はないのである。これは前述のように、対人ストレス耐性小か無の生理に従って強大理念を否定し、せいぜい小理念をつづっただけの村上春樹を、「ポストモダン文学の旗手」とみるのと同様の過ちなのであった。

第4章　「対人ストレス耐性三類型論」の応用
——現代日本の哲学、思想

最後に、現代日本の思想家・哲学者について述べるが、これもサンプル的で、系統的な検討といえるものではない。検証の一途と捉えていただきたい。ただし、現在活躍中の思想家や哲学者たちなので、先の村上春樹と同様に、少し詳しく検討してみたい。

1　対人ストレス耐性小か無だろう中島義道

前章で取り上げたドイツ観念論の創始者カント研究で知られる中島義道は、対人ストレス耐性小か無としてよく理解できると思われる。その略歴だが、中島は、東京大学法学部を卒業し文学部哲学科修士課程を修了した後、ウィーン大学で哲学博士号を取得。主にカント哲学、時間論、自我論を専門として、ヨーロッパ文明批判や日本の騒音・景観問題批判でも知られ、マスメディアでは「戦う哲学者」ともいわれる。「哲学の教科書」「ウィーン愛憎――ヨーロッパ精神との格闘」「うるさい日本の私」「孤独について――生きるのが困難な人々へ」「愛という試練――マイナスのナルシスの告白」「カントの人間学」「カントの自我論」「ニーチェ――ニヒリズムを生きる」「明るいニヒリズム」など著書多数で、大学教授を定年前に退職してからは私塾の哲学塾カントを主宰している。

中島は非か小集団側

この中島は、まず、次のように自らがほとんど非集団側であること、集団側には準拠していないことを率直に告白している。

私は子供のころから、濃密な人間関係を憎悪してきた。家族、夫婦、友人、師弟等の美名のもとに、互いに相手を支配しようとし、束縛しようとする関係である。麗しい恋人関係、親子関係、友人関係、師弟関係などは、欺瞞以外の何ものでもないと思ってきたし、いまでもそう思っている。（中島義道『非社交的社交性――大人になるということ』〔講談社現代新書〕、講談社、二〇一三年）

そして中島は特に、準拠していない中集団側以上に対して関心がもてない、非か（可能性として）小集団側人間であることも率直に告白するのである。

私には、「私の属する地域社会、（かつては）大学、国家等々の共同体の一員としていかに生きるべきか？」という問いがない。「ない」というより、この問いそのものに対して違和感、さらには嫌悪感を覚える。（略）私は基本的にたまたま知り合った他人のうちごくわずかの他人には関心があるが、それ以外の他人には無限に無関心であり、基本的にはどう生きてもいい。（前掲『反〈絆〉論』）

中／大理念には関心をもたず、無か小理念に専心する中島

①中／大理念は問題にならず、無か小理念だけが重要

次に、非か小集団側に準拠するだろう中島は、中集団側以上の人々にとって重要な中／大理念には何の関心ももたず、個人のエゴイズム―無理念か（可能性として）せいぜい小集団側に関わるだけの小理念にしか関心がないことを、その周囲に集まる若者たちに仮託して述べている。

私のもとに集まる若者たちの大部分は、（略）環境問題より、国際テロ問題より、アフリカの貧困問題より、人口減少問題より、高齢化社会問題より、原発問題より、「やがて死ぬこの自分が生きる問題」こそが、切実な問題なのだ。よって、それを棚に上げておいて、一般的に「ドースル」と議論できる人々と同じ空気は吸えない者たちなのである。（略）「日本をドースル」というような、あるいはサンデル教授の熱弁するような「よりよい社会の実現」という粗雑で瑣末な問題ではない。「よりよい社会を実現しても死んでしまうではないか？」という問いを抑え込むことができない者たち、あるいは「生きていることに意味はあるのか？」という一般化した問いではなく、「この自分が生きていることに意味があるのか？」と問う者たちなのである。（前掲『非社交的社交性』）

この若者たち、そして中島にとっては、環境問題、国際テロ問題、アフリカの貧困問題、人口減少問題、高齢化社会問題、原発問題や「日本をドースル」というような中／大理念は、「「よりよい社会の実現」という粗雑で瑣末な問題」でしかなく、これに関心を持つことはできない。一方、「自分がはたしてこれから生きていけるの

か」「この自分が生きていることに意味があるのか？」というエゴイズム（無理念）あるいは（可能性として）小理念に関心があり、それを「もっと根源的なこと」（同書）として重大視しているのである。

ここで、こうした「生きることに意味があるのか」「生きていけるのか」という問題は、人類一般あるいは多くの人々にとっての問題ではないことに注意する必要がある。つまり、「人間に生きる意味があるのか」「人類は生きていけるか？」といった問いになると、それは中／大理念に関わる問題になりかねない。あくまで「自分が」「この自分が」生きることの意味、生きていけるか、を問いかけていること、つまりエゴイズム―無理念あるいは（可能性として）小理念の問題であることが、留意すべき点になる。

②哲学上の中／大理念批判と無か小理念推奨

また中島は、カント倫理学などほかの問題について論じるなかで、その持論ともいうべき中／大理念批判を示唆していることもある。

例えば、中島は自らを律して、カント倫理学がいう、「完全義務」（それを守らないと非難される義務）と「不完全義務」（守らなくとも非難はされないが、守ると賞讃される義務）が衝突するときは「完全義務」を優先せよ、そして自らが真実と信じていることをせよという「真実性の原則」を用いるべきだと述べる。そのうえで、真実と他人の幸福が対立するとき、通常おこなわれる後者を優先することに疑問を呈している。

真実と他人の幸福が対立するとき、当然のごとく他人の幸福を優先してはならないのではないか？　それほどたやすく、真実性の原則を打ち捨ててはならないのではないか？　私がカント倫理学にいまなおこだわっているのはまさにここである。ほとんどの日本人が問題にもしないこと、すなわち他人の生命を守るため、他人の幸福を促進するために嘘をつくこと、それはやはり無性に気持ちが悪いのだ。これがくるりと回転して、他人が私の幸福を慮って嘘をつくことも、額がじっとり汗ばむほど気持ちが悪いのだから厄介至極である。(中島義道『人生に生きる価値はない』新潮社、二〇〇九年)

中島は、他人の幸福を優先することへの疑問の理由として、カント倫理学の「完全義務」優先と「真実性の原則」を挙げている。しかし、他人の幸福を優先することは「無性に気持ちが悪い」「じっとり汗ばむほど気持ちが悪い」というのは、中／大理念に対する、非か小集団側としての生理的違和感の告白ではないだろうか。というのも、次の引用でも中島は、「他人の幸福を！」というスローガンを正面に掲げて運動しているあらゆる人」、つまり中／大理念を掲げる人々に対して「反吐が出るほどの違和感」、生理的ともいうべき嫌悪を率直に吐露しているからである。

半隠遁の十年のあいだ、真実を他人の幸福より優先するという信念に百パーセント忠実に生きてきたわけではないが、予想通り、他人の幸福を第一に目指して(それを主要動機にして)何かをすることが病的なほど厭になってしまった。これに呼応して、「他人の幸福を！」というスローガンを正面に掲げて運動しているあらゆる人に対して、反吐が出るほどの違和感を抱くようになった。こういう輩より、自分の幸福を動機の第一にしている(と公言している)人のほうが、私にはずっとさわやかに感じられる。なぜなのか？　思うに、その振舞いには嘘がなく、なんとも清潔だからである。(同書)

「他人の幸福を！」というスローガンを正面に掲げての運動とは、〝多くの人々にとって善いこと、正しいこと〟としての中／大理念を主張すること、そしてそれによる社会運動性中／大だろう。非か小集団に準拠するだろう、中／大理念に生理的に適合しない中島は、自らに照らし合わせて、そこに「自分の幸福のため」というエゴイズム性を強く感じとらずにはいられない。つまりエゴイズム汎観である。中島には、準拠する中／大集団側のための〝善いこと、正しいこと〟つまり中／大理念を生理的に、つまり本心から求めることができる対人ストレス耐性中／大の存在を、想像できないのではないかと思われる。そして非か小集団側に準拠するために、中島は彼らのエゴイズムを隠す「欺瞞や醜さ」（同書）を嫌悪する一方で、「嘘がなく、なんとも清潔」に「自分の幸福を動機の第一に」するエゴイズム（無理念）あるいは（可能性として）小理念を、大いに推奨するのである。

強理念性批判——「善魔」批判

さらに、先に中／大理念は準拠する中／大集団を背景に強理念性を帯びることを述べたが、中／大理念を批判するなかで中島は、とりわけその強理念性を批判する。例えば、中／大集団側は、中／大理念を介しての集団行動、つまり先にも触れた（のちに取り上げる）社会運動性中／大で、その強理念性をよく表すようになるので、それを中島は激しく批判している。

> 集団行動は、ある集団によるほかの集団の「教化」というかたちに落ちつくことが多い。（略）そうでないなら（略）数の論理によって打ち破られるからである。（略）自分たちは完全に正しいという姿勢をとる。相手は完全にまちがっているという単純な二元論を演技する。（略）人類を自分の敵と味方にするという暴力を犯し、結局は悪の限りを尽くす結果になる。正義の名のもとに、（略）人間はありとあらゆる「悪」をなしてきた（略）正義の念に燃えた徹底的な、しかも組織的集団的戦いは地上で最も危険なものである。（略）人々の人格を崩壊させ個人の感受性を枯渇させ、ありとあらゆる微妙なもの、繊細なもの、小さなもの、割り切れないもの、複雑なもの、矛盾を含むものに対する感受性（それが人間を豊かにしている）を摘みとるから（略）精神を限りなく荒廃させるからである。（中島義道『うるさい日本の私、それから』洋泉社、一

九九八年）

集団行動そして社会運動には、集団側性を背景にして必然的に強理念性が伴うことになり、それによって「人類を自分の敵と味方にするという暴力を犯し」「正義の名のもとに、（略）人間はありとあらゆる「悪」をなしてきた」と、中島は中／大理念とそれによる社会運動性中／大の強理念性を厳しく批判しているのである。これは、先に述べた対人ストレス耐性小か無の遠藤周作の、中／大理念に伴う強理念性―非寛容性に対する「善魔」批判と、ほとんど同一といっていいだろう。例えば近年も中島は、東日本大震災以降日本社会を席巻するようになった「絆」に対して、その強理念性を懸念している。

〈絆〉を絶対的正義と確信し、それをすべての人に高圧的に押し付けるとき、それは、かつてのキリスト教国家が、アジア、アフリカ、中南米に住む「野蛮人」を殺戮し、改宗しながら、このすべては「正義（キリスト教）の布教」だと居直ったようなものである。（略）その時代や社会において「疑いえないほどよいとされていること」こそ、同時に個人を最も暴力的に圧殺するということであり、このことこそ「繊細な精神」の敵、すなわち哲学の敵だということである。（前掲『反〈絆〉論』）

中島による中理念批判――「同情」「信頼」「国家」批判

①中島の「同情」批判

（対人ストレス耐性中だろう）ショーペンハウアーが「人間最高の価値」とまで述べた、中理念の代表ともいうべき「同情」についても、中島は前述の対人ストレス耐性小か無のニーチェと同じく、これを批判している。

同情（同苦）がいかにまやかしかは、冷静に考えてみればすぐわかる。もし「同情（同苦）」が同じ苦しみを生きることだとすると、私が健康でいて末期癌で死に行く人に同情（同苦）するとはいかなることでしょうか？　自分は眼が見えるままで盲人に同情ずるとはどういうことでしょうか？　娘が誘拐されて殺された母親に同情（同苦）することは、――まともな人なら――できないはずです。しかも、瞬間的に――奇跡的に――同じ苦しみを分かち合ったとしても、彼（女）は盲人のままであり、私は眼が見えるままなのです。彼（女）が死ぬまで背負う重荷に比べて、その一瞬の同情（同苦）にいったい何の価値があるのでしょうか？　考えれば考えるほど、われわれは苦しみあえぐ人に対して同情（同苦）できないこと、いや同情（同苦）してはならないことがわかってきます。（前掲『後悔と自責の哲学』）

ニーチェの項で述べたように、家族や恋人の不幸であれば、ほぼ一体になって苦しむだけで、それに「同情」するなどといっていられないように、同情とは小集団側の人を対象にする小理念ではなく、主に中集団側を対象にする中理念なのだった。そのため、非か小集団側に準拠する中島にとっては、この準拠しない中集団側の「無関心であり、基本的にはどう生きてもいい」（前掲『反〈絆〉論』）はずの人々に対する理念は、生理的に適当なもの、自然なものとは感じられない。そして、そこにみてしまう作為性、つまり他人に対して〝善いこと、正しいこと〟をしようとする傲慢さやエゴイズム、鈍感さ、さらに他者への強制性といった強理念性を批判したくなるのである。

その人の「苦しみ」を共有することによって、何らかの「快」を得てしまっている。そこには、自分は本来苦しまなくていいはずなのに、苦しんでいる人に同情（同苦）することができること（自分は優れた者であること）に対する満足感と、自分は現に眼前の人が被っている苦しみに陥っていないという満足感がある。健常者が盲人に同情しても、健常者が盲人になるわけでも、盲人の目が見えるようになるわけでもない。健常者の目が見え、盲人の目が見えないことは変わらない。言いかえれば、同情する者は最も根本的な事態が変わらないにもかかわらず、同情するという自分の傲慢さを、あえて言えば自己欺瞞を骨の髄まで自覚するべきなのである。(同書)

中島が「同情」に批判的なのは、それは苦しみあえぐ人々とあくまで別の人格であることを自覚しながらおこなうべきことなのに、彼らと一体化できると錯誤し希望していること、あるいは無意識的に、自らは健常な別人格であることから一種独特の快感を得たまま、苦しみあえぐ人々を不幸と決めつけ哀れむことで侮辱しているから、である。そして、他人に同情することが大好きな人の鈍感さ、さらにそれをほかの人々にも要求する傲慢さ、「つまりその善人づらした横暴さはいくら非難しても足りない」(前掲『後悔と自責の哲学』)からである。

これはほとんど、前述のニーチェによる「同情」批判と同一といっていいだろう。というのもニーチェは、困窮している人に同情することは、相手を自分より低くみることで、自分と対等と認めずに相手を軽蔑し、これによって相手に羞恥心を感じさせると述べていたのだから。そして、同情する人は、同情することで密かに幸福感や優越感を覚えていて、困窮している人が幸せになるとその喜びを失うとして、「超人」として生きるときには「同情は最大の愚行である」と、同情がもつ傲慢さや、鈍感さなどを強く批判していたのだから。

②中島の「信頼」批判

また、中理念の代表のひとつであり、他存在を信じる強度中の「信頼」についても、中島は批判的である。

信頼とは信頼しようという意志なのであり、頭をもたげてくる疑いを必死に払いのけて、疑わないように疑わないように自分をもっていく意志なのである。だから、これは意図的に真実を見ようとしない点で、（サルトルの言葉を使えば）自己欺瞞である。こうした心情に絡め取られている人は、自分に対しても相手に対しても、誠実でないといえよう。（中島義道『「人間嫌い」のルール』〔PHP新書〕、PHP研究所、二〇〇七年）

主に中集団側で作用する他存在を信じる強度中の「信頼」は、非か小集団側にとっては、他存在を信じる強度無か小を超える部分が生理的に適合しない、不自然で不必要なものと感じることになる。そのため、それは「頭をもたげてくる疑いを必死に払いのけて、疑わないように疑わないように自分をもっていく意志」であり、「自己欺瞞」で「誠実でない」ものにみえるのではないかと思われる。また中島は、非か小集団側の一形態だろう「人間嫌い」の立場からも、中集団側にいる場合の「支配」や「押しつけ」を招くものとして、「信頼」を批判している。

信頼は、善きにせよ悪しきにせよ人を縛る。よって、人から縛られたくない人間嫌いは、こうした信頼関係から自然に身を退く。人間嫌いにとっての理想的人間関係とは、相手を支配することなく、相手から支配されることのない、相手に信頼や愛を押しつけることも、相手から信頼や愛を押しつけられることもない関係である。（同書）

そして結局は、対人ストレス耐性中で中集団側の太宰が「走れメロス」で高らかにその尊さをうたいあげ、「人間失格」で身命を賭してその保持を訴えた「信頼」さえも、「人間嫌い」の中島は批判してしまうのである。非か小集団側だろう中島にとっては、「信頼」の中集団側を形成しようとする性質が「相手を支配する暴力」「一抹の胡散臭さ」（これは対人ストレス中である）にみえてしまい、批判せざるをえなくなるようである。

信頼とは、弱さもずるさも含んだ自分の気持ちに誠実に相手と関係を築きたいという意志によってではなく、あるべき理想の関係を相手とのあいだに築きたいという意志によって成立する。（略）メロスはこうした悲壮な仕方でセリヌンティウスを支配しており、彼もメロスを支配している。この美しい信頼関係に潜む相手を支配する暴力を知っているからこそ、人間嫌いはここに一抹の胡散臭さを感ずるのだ。眼を凝らしてみれば、そこに「美」ではあるが「真」でも「善」でもないものが見えてくるのである。（同書）

③中島の「国家」批判

さらに、対人ストレス耐性中のヘーゲルが、「倫理」の最高段階として称揚した最大の中集団「国家」という中理念についても、中島はこれをまったく評価しないようである。つまり、国家には何も期待せず、その領域での問題に関心をもてず、「適当な時期に消滅してもいい」というほどに、中島は「国家」を評価していない。

私にはこの少子化問題とやらがまるでわからない。いやわかるが、まったく興味がないのである。（略）さらには、日本が適当な時期に消滅してもいいのではないかと思うのだが――こういう「思想」に賛同する同胞は絶対的少数派である（らしい）。ついでに「暴言」を吐いておくと、私は国家にほとんど期待していない。国家は、私になるべく何もしないでほしいだけである。そして、できれば強国＝大国を目指すことだけはやめてほしい。（前掲『人生に生きる価値はない』）

ほかにも、例えば二〇一四年の従軍慰安婦報道に関する「朝日新聞」バッシングに関連して、その国家意識が皆無であることを告白している。

私にとってたいそう不思議なことに、みな何らかの共同体（人類のため、国家のため、社会のため）に戦っているのである！（略）みな、いかにも善や正義を論じているようであるが、そのじつ共同体の幸福だけ、すなわち共同体のソン・トクだけを論じているのであって、カントによれば、ここには真に重要な道徳的問題は何もない。真に重要な道徳的善は「誠実性」だけであって、そのために人類が全滅しても、国家が滅んでも、家族が皆殺しになっても仕方ないのだ。（前掲『反〈絆〉論』）

中島は、この「朝日新聞」バッシングのなかで交わされた多くの中／大理念性の訴えそのものを、（まさにそのとおりなのだが）「いかにも善や正義を論じているようであるが、そのじつ共同体の幸福だけ、すなわち共同体のソン・トクだけを論じている」として評価しない。小か非集団側に準拠する中島は、「共同体のソン・トクだけを論じている」中／大理念は評価できないのである。彼は、国家や社会という共同体の幸福を考えることは、カントが述べる道徳的善、「誠実性」に比べて無に等しいといい、「その〔「誠実性」の：引用者注〕ために人類が全滅しても、国家が滅んでも、家族が皆殺しになっても仕方ない」というほどに、ヘーゲルが「倫理」の最高段階とした「国家」という中理念や、カント自身も訴求した人類全体の「永遠平和論」などの大理念を、評価することはできない。これも、その非か小集団準拠のためと思われる。

純理念の不可能性から、ニヒリズム、エゴイズム汎観、アナーキズムへ

①純理念の不可能性からニヒリズムへ

このように中／大理念を批判する中島が、それでも〝多くの人々にとっての善いこと、正しいこと〟である理念性として思い描くことができるのは、対人ストレス耐性小か無の安吾の項で取り上げた純理念のようである。

例えば彼は、「幸福」が満たすべき条件として次の四つを挙げている。

（一）自分の特定の欲望がかなえられていること。（二）その欲望が自分の一般的信念にかなっていること。（三）その欲望が世間から承認されていること。（四）その欲望の実現に関して、他人を不幸に陥れない（傷つけない、苦しめない）こと。（中島義道『不幸論』〔PHP新書〕、PHP研究所、二〇〇二年）

このうちの一から三は、「幸福」が自分を含め〝多くの人々の善いこと、正しいこと〟として、理念性であることを示している。さらに四は、この「幸福」が、すべての人々にとって善い、正しいもので、それに困って反対するような人がいないという、純理念に近いものであることがわかる。しかし、相対的価値観（ニーチェの「遠近法」）のもとにあると思われる現実世界では、この純理念は存立しえないことは明らかである。したがって中島は、この相対的価値状況で、純理念としての「幸福」は不可能と述べる。

すべての他人を苦しめないというふうに条件をきつくすれば、ただちにだれも幸福にはなれないことが導かれる（結局、私はそう言いたいのだが）。（略）だれも苦しめずに生きることはできないからである。ひとは正しいことによっても苦しむのであり、すぐれたことによっても苦しむのである。イエスですら、多くの人を苦しめた。ユダヤの王が生まれたという噂によって、ヘロデ王を苦しめ、多くの律法学者たちを苦しめ、英雄的な救世主を求めていた民衆を裏切り苦しめた。処刑されることにより、母マリアをも苦しめた。まして、ひとがある崇高な信念のもとに偉大な事をなそうとすると、かならず膨大な数の人を苦しめる。大石内蔵之助も、妻子をはじめ、浪人たちの親や妻や子や恋人を苦しめた。ホロコーストに送られるはずの多数のユダヤ人を逃亡させたオスカー・シンドラーも、ナチスの高官たちを、ユダヤ人の絶滅を願う狂信的な反ユダヤ

主義者たちを苦しめた。（同書）

この見解は、相対的価値状況のもとでは、純理念としての「幸福」が不可能であることを述べているものである。さらにこれは、「崇高な信念のもとに偉大な事をなそうとすると、かならず膨大な数の人を苦しめる」というように、相対的価値状況のもとでは、「幸福」に限らずすべての純理念が不可能であること、すなわち純理念一般の不可能性を示唆しているものである。したがって、中／大理念を批判し、無か（可能性として）小理念を除くと純理念しか理念と認められない場合、相対的価値状況において中島は、対人ストレス耐性小か無の安吾がそうだったように、多くの理念性を否定するニヒリズムに至るしかないのである。

②中島のニヒリズム

彼は、対人ストレス耐性小か無だろうニーチェと同じく、自らの基本的立場としてニヒリズム＝無理念、アナーキズムを提示する。まず、その認識するところはニヒリズムである。

ニーチェは、人生には、人間には、そして世界には何の意味もないことをずばりと言ってのけた。国家の強大化、民族の進展、文化の繁栄、来世における救済、正義の実現、貧困の解消、幸福の追求（略）などのあらゆるまじめな仕事は、それ自体として無意味であり無価値なのである。人生に何らかの意味、価値、目的を認めること、それは大いなる錯覚なのだ。真理という厳かなもの、善や美と並び立つ価値あるものが存在しているわけではない。真理とは「永遠回帰」なのだ。哲学するとは、ニヒリズムの極限形式である。「無意味なものが永遠に」という残酷きわまりない真理をそのまま受け容れることにほかならない。（前掲『非社交的社交』）

ここで中島はニーチェを引き合いに出して、自らのニヒリズムの立場を説明している。しかし、その実体は「国家の強大化、民族の進展、文化の繁栄、来世での救済、正義の実現、貧困の解消、幸福の追求」といった主に中／大理念の否定であり、これは通常これらの理念がもつと思われる優越した価値の否定に相当している。しかしながら、彼そしてニーチェはエゴイズム、後者は特に「権力への意志」の推奨によって、エゴイズムの価値は否定していない。すなわち、中島そしてニーチェのニヒリズムは「人生に何らかの意味、価値、目的を認めること、それは大いなる錯覚なのだ」といいながらも、すべての価値の否定はおこなっていないのである。

ここでいう価値とは、前述のとおり、〝人々にとって善いこと、正しいこと〟としての理念性を含む、〝人にとって意義があること〟であり、これは〝個人にとってだけの善い、正しいこと〟であるエゴイズムを含む、理念性よりも広い概念なのだった。中島そしてニーチェは、そのニヒリズムの提示によって、理念性は否定してもエゴイズムは否定しておらず、価値そのものの存在を否定しているのではないのである。その証拠に、例えばニーチェは、ニヒリズム（理念性の否定）とエゴイズムを強く肯定する「超人」の称揚、という価値主張をおこなったのである。

③中島のエゴイズム汎観、アナーキズム

そして中島の、エゴイズム汎観、続いてアナーキズムである。

中島は、〝多くの人々にとっての善い、正しいこと〟である（中／大）理念性否定のニヒリズムに表裏して、すべての営為は〝自分のために善いこと、正しいこと〟だとするエゴイズム汎観をもつことになり、それを証明する一環として、自らの主張がエゴイズムであること、（中／大）理念性を帯びないことにいつも注意を払っているようである。例えば、大学退職後の二〇〇八年に始めた私塾・哲学塾カントについて中島は次のように述べ

ている。

まず、誤解のないように断っておきますと、私は他人のために（他人の役立つために、他人を救うために）、哲学塾を開いたのではありません。そういう考えがほとんどないのが私の信条（生き方）であって、私はただ「自分のために」開設したのです。（略）大学教授を辞め（略）これからは何事にもさまたげられずに、「死」のみを扱って生きよう（略）だが、そのころは私の本も以前より売れなくなり、印税だけではやはり不安だと思い立ち、「死を解決する」ための資金源として「哲学塾」を始めた次第です。（中島義道「〝戦う哲学者〟はなぜ「哲学塾」を作ったか――自分のための、ホンモノの哲学ができる場所」「東洋経済ONLINE」二〇一四年十一月二十八日〔https://toyokeizai.net/articles/-/54279〕）

彼は「他人のため」という理念性のにおいを振り払って、「自分のために」やるのだ、とエゴイズムとしての装いを堅持するのである。そして、他人より自らを優先するエゴイストであることが、自らの信条であると述べる。

相手をほとんど拘束しない人間関係を望む（略）自己中心的な自立した者同士の淡い関係である。常に自分を第一にし、相手を第二にする、自己犠牲精神の欠如したエゴイスト同士のドライな関係である。（前掲『人生に生きる価値はない』）

このような中島は、理念性を含め、すべての営為にエゴイズムをみるエゴイズム汎観を、次のような見解を通して示唆している。

他人の幸福を第一の動機にしている人の身体には、巧妙な嘘の臭いが付きまとっている。正しいことをしているのだから賞賛されるはずだという思い込みにまみれている。彼（女）に向かって、「じつは自分の幸福のためでは？」という疑惑を向けたとたん、目を吊り上げて憤慨し、それを「侮辱」ととらえる（略）いかなる行為にせよ、それを目指す自分の動機のうちに渦巻いているであろう欺瞞や醜さを直視しようとしない（同書）

このような中島のエゴイズム汎観については、このあとも折に触れて確認していきたい。

次に、理念性を認めないニヒリズムとエゴイズム汎観からは、理念に由来し形成される一切の既成の政治的・社会的・文化的権威、権力や社会、組織、文化、伝統の価値を、否定し破壊するアナーキズムが導かれることが推定される。このような態度を、中島はしばしば騒音問題や景観問題批判での「破天荒で型破り」（前掲『うるさい日本の私、それから』）、秩序破壊的な行動のなかに垣間見せている。そして次のようなふとした独白にも、そのアナーキストとしての心情が吐露されているように思われる。中島はあるとき、人生に生きる価値はないと感じながら時間論について思索し、飛行機に乗る合間に次のように思ってしまう。

飛行場の広大な待合室でくるくる忙しそうに立ち働く人々、買い物をする人々、ゲートに急ぐ人々、離陸時間まで椅子に深く腰を下ろして黙々と待つ人々。ああ、このすべてはなくていい。いや、ないほうがいい。（略）いま、飛行している全世界の飛行機が、そして私の乗り込む飛行機をはじめこれから離陸する全世界の飛行機が墜落したらどんなにいいだろう。（略）そうだ、そんなことをしなくても、いま刻々と世界は消えているのだ。だから、私がタリバンのように自爆テロを企てなくても、全世界はみずから消滅しつつあるのである。しかも、永遠に復活しないというかたちで。問題は、それにもかかわらず、「あった」という過去形を用いることによって世界が消えていないかのような錯覚がわれわれを縛りつけていることだ。この錯覚から解放されれば、私は「全部なくなればいい！」と呟きながら、憎しみと憐れみをもって周囲の人々を眺める必要もないのだ！（中島義道『明るいニヒリズム』ＰＨＰエディターズ・グループ、二〇一一年）

このような独白は、アナーキスト的ではない人ならば思念することさえもないのではないかと思われる。そしてここでの「全部なくなればいい！」で表されるアナーキズムは、前述のような一時的な心情吐露としてだけでなく、中島によってより哲学的に「観念的世界爆破計画」として意識されてもいたようである。

自分の新たな著書『明るいニヒリズム』（ＰＨＰエディターズ・グループ）について一度講義することにした。（略）四十人もの聴講者を前に、「死」を撃退する方法、ニヒリズムは正しい、観念的世界爆破計画などを熱く（？）語った。（中島義道『真理のための闘争――中島義道の哲学課外授業』河出書房新社、二〇一二年）

哲学の道に迷いこんだときから、目標はただ一つであった。それは堅固にそびえ立っているかのように見える「客観的世界」を解体することである。（前掲『明るいニヒリズム』）

ほかにも、すでに一部引用したものだが、東日本大震災後の日本社会を覆った「絆」喧伝に関連して、その哲学的倫理を守るためには「人類が全滅しても、国家が滅んでも、家族が皆殺しになっても仕方ない」というかたちでも、そのアナーキズム性を吐露しているのではないかと思われる。

カントによれば（略）真に重要な道徳的善は「誠実性」だけであって、そのために人類が全滅しても、国家が滅んでも、家族が皆殺しになっても仕方ないのだ。（略）猫も杓子も道徳的善や正義の名のもとに、実はソン・トクだけを議論しているときに、こうした観点を提起することそのことが大事なのではないかと思う。（前掲『反〈絆〉論』）

このようなアナーキズムは、例えば、大／中集団側に準拠して生きる対人ストレス耐性大／中の亀井や太宰などは念頭に浮かべもしなかったと思われる。一方、対人ストレス耐性小か無、小か非集団側の安吾であれば、「私は偉大な破壊が好きであった。私は爆弾や焼夷弾に戦きながら、狂暴な破壊に劇しく亢奮していた（略）偉大な破壊、その驚くべき愛情。偉大な運命、その驚くべき愛情」（前掲「続堕落論」）などと、比較的容易にこれを採ることができたのではなかったかと思われる。中島と安吾のアナーキズムは、ともに、非か小集団側に準拠するゆえんではないかと思われる。

中島が主張するのはエゴイズムか小理念

中／大理念を批判し、ここまでみてきたようなニヒリズムやエゴイズム汎観をへて、結局中島が主張するのは、エゴイズム（無理念）か小理念のようである。

すでに述べたように彼は、環境問題、国際テロ問題、アフリカの貧困問題、人口減少問題、高齢化社会問題、原発問題や「日本をドースル」というような中／大理念は、「「よりよい社会の実現」という粗雑で瑣末な問題」で、これに関心はもつことはできない。その一方で、「自分がはたしてこれから生きていけるのか」「この自分が生きていることに意味があるのか？」というエゴイズム（無理念）あるいは（家族などを含む場合など、可能性として）小理念に関心があり、それを「もっと根源的なこと」（前掲『非社交的社交』）として、より重視せざるをえないのだった。

また、彼が信じる価値だろう、カントによる、幸福追求ではなく理性の声に従って誠実に生きるという「誠実性」、あるいは理性だけに耳を傾けて自らが真実と信じていることをするという「真実の法則」、ブレーズ・パスカルによる「いま・ここ」で生じている個々の物か個々の出来事を重視する精神としての「精神の繊細さ」なども、自らだけのあるいはせいぜい彼の手に届く身近な人々にとっての〝善いこと、正しいこと〟としてのエゴイズム（無理念）か小理念に至るだけのもののように思われる。例えば、「人間嫌い」を自認する（前掲『「人間嫌い」のルール』）彼は、いう。

人間嫌いとは、つまるところ自分の信念と感受性に忠実に、世間と妥協しないでどこまで生き抜くことができるか、平たく言えば「わがまま」をどこまで貫けるか、実験している人種である。私の場合、これは言葉を無視しないこと、発せられた言葉そのものを尊重することに収斂する。（略）私は（略）私の言葉を無視し切り捨てようとする人、私の言葉を文字通り受け取らず、言葉の背後の意味を探ろうとする人（略）を見つけるや否や「現行犯」で逮捕して、ぐいぐい責めたてる。この前も朝日カルチャーセンターの女性事務員（Ｉさん）と激しい闘争に突入した。（前掲『人生に生きる価値はない』）

これらの態度の背景にある「自分の信念と感受性」だろう「誠実性」「真実の法則」「精神の繊細さ」なども、「平たく言えば「わがまま」」、エゴイズムと、自ら認めているように思われる。

この著書（『人生に生きる価値はない』）を出版した時期（二〇一一年十月）に彼は、東日本大震災（二〇一一年三月）後の日本社会や世界の諸問題にはそれほど（と推定）目もくれず、朝日カルチャーの事務職員が講義時間と報酬に関して説明不足だったこと、一連の事務職員の対応が「不誠実」と思われたことなどの小事に抗議して、一書（前掲『真理のための闘争』〔二〇一二年三月出版〕）を著したりしている。そして、その問題提起も、少人数に関わるだけの小事で、せいぜい小理念を形成する程度の問題であることを自ら認めてもいる。

面白さは皆無であり、問題の金も高々二百万円程度の話であり、配役も私を初めとしてチマチマした小人ばかりだから、事件そのものには誰も見向きもしないだろう。（略）期待に反して、アホだなあと思う方も多いだろう、そんなことしていないでほんとうの哲学をしろとイラつく方も少なくないだろう。そういう方に、あらかじめ私は答えておく。「これこそほんとうの哲学なのです！」（同書）

すでに引用したように、中島にとっては、「私は大多数の人が怒ることに怒りを覚えず（年金の記入漏れ問題にも、政治家の裏金問題にも何の怒りも覚えない）、大多数の人が問題にもしないことに対しては猛烈に怒りを覚える」（前掲『人生に生きる価値はない』）というように、その関心は中／大理念が関係する社会的・世界的問題にはなく、エゴイズムかせいぜい小理念が関わる、ほとんど個人的な問題のほうがはるかに重要なのである。これも、彼が非か小集団にだけ準拠するゆえだろうと思われる。例えば、中島は大震災から三年後の二〇一四年十二月に東日本大震災に関連して『反〈絆〉論』を著しているが、これも〈絆〉という中／大理念性批判だった。

これらは、非か小集団側の安吾が、当時（一九五一年）の日本社会での戦後経済復興、朝鮮戦争勃発、サンフランシスコ講和条約（日本国主権回復）―日米安保条約締結など、はるかに重要と思われる社会的問題をほとんど取り上げることがなかった一方で、社会的問題としてではなくあくまで安吾個人およびその近傍の人々の問題として、国税局との税金闘争や伊東競輪不正告発のために、長文「負ケラレマセン勝ツマデハ」「光を覆うものなし」などを著した姿によく似ている。

中島の罪責性意識小か無

一方、中島はその膨大な著作のなかで、あらゆる哲学領域について議論を展開しているにもかかわらず、哲学上の大問題である罪責性意識を、あまり正面から論じていないことが目を引く。たしかに罪責性があることを各所で記してはいる。例えば、自己愛のために他人を、恋人や家族をさえ自然に愛することができない自分を「マイナスのナルシス」（中島義道『愛という試練──マイナスのナルシスの告白』紀伊國屋書店、二〇〇三年）と呼び、これに深い罪責性を認めている。

私の人生は病的な自己愛に悩みつづけてきたものであった、と言っていいであろう。それが自分なのだと居直った瞬間に罪悪感にとらえられる。自分に病的に執着してしまうこと、その裏返しとして、ひとを自然に愛することができないことは、たいそう深いところに達した私の傷である。（同書）

「たいそう深いところに達した私の傷である」とは罪責性認識大を示し、これに悩み苦しむ罪責性意識も大きいのではないかと思わせるが、実はそうではないかもしれない。つまり中島は、前述に続けてこの罪責性を認定（肯定）してしまうのである。

とはいえ、開き直りかもしれないが、五〇代の半ばを過ぎて、そういう自分を受け入れるほかないと思うようになった。それを鍛えるほかないと思うようになった。それは、なるほど自分も苦しみ他人も苦しめるおぞましいものであるが、その「欠点」を伸ばすほか、私は私らしく生きることができないようである。（同書）

もう自分もいつかひとを自然に愛することができるようになるというような「高望み」は捨てることにしよう。（略）深く心の中を探れば、私は誰をも自分自身を大切にするほど大切にはできないし、誰に対しても自分自身に対するほどの関心ももちえないし、誰が喜んでも悲しんでもそれにすなおに共感できない男なのである。私はこれを完全に認めよう。自分の有罪を認めよう。（同書）

亀井や太宰の項で検討したように、対人ストレス耐性大／中に由来すると考えられる罪責性意識大／中は、生涯変わらないか、むしろ年代（経験）を増すごとに深まっていくので、これを認定（肯定）してしまうようなことにはならないのである。それは、人生をへるほどに、不可抗力的な大／中理念からの転向や、他存在を信じる強度大／中への裏切りの繰り返しを通じて深まっていくものだからである。しかし中島は、前述のように五十代半ばを過ぎてからとはいえ、自己愛による罪責性を「受け入れる」ようになったと述べている。このことからは、それ以前からすでに罪責性意識は大きなものではなかった可能性が推定されるのである。例えば、中／大理念を信奉することもなく、次項で述べるように、他存在を信じる強度も大や中ではなかった中島は、もともと、罪責性意識を深めていく契機もあまりなかったのではないかと思われる。さらに、もし罪責性意識大／中つまり自らの罪悪性に悩み苦しむ程度が大きければ、亀井や太宰にその例をみるように、それを救済しうる信仰か大／中理念の信奉や祈り、あるいは自殺に至る、といった行動が不可避になるのだが、中島にはそのような行動は認められなかったのである（学生時代の自殺未遂は進路の悩みであって、罪責性意識とは関係がなかった〔中島義道『孤独について――生きるのが困難な人々へ』（文春文庫）、文藝春秋、二〇〇八年〕）。

結局、中島は、五十代半ばを過ぎてからとはいえ、自己愛による罪責性を「私はこれを完全に認めよう。自分の有罪を認めよう」、それによってむしろ「私は私らしく生きることができ」ると、罪責性認定大を明言していて、これに表裏してその罪責性意識も小さいこと、そしてそれらは五十代以前からすでにそうだったのではないかと推定されるのである。これを、より一般的な観点から述べると、この罪責性認定大と罪責性意識小か無は、対人ストレス耐性小か無だろう安吾や遠藤、ニーチェなどと同じく、ニヒリズムを人間の本質とみるエゴイズム汎観という認知的ベースに由来するというべきである。したがって、それはほとんど生来的なものと考えられるのである。

中島の他存在を信じる強度小か無、祈り親和性、信仰性無

①中島の他存在を信じる強度小か無

すでに述べたように、対人ストレス耐性中の太宰が、「走れメロス」でその価値をうたいあげ、「人間失格」で身命を懸けてその保持を訴えた、他存在を信じる強度中の「信頼」を批判していることからは、中島はそれ以下の他存在を信じる強度小か無であることが推定される。そして実際に、次の引用に「私は少年のころから他人を信頼しなかった」とあるように、中島はずっと他存在を信じる強度小か無だったのではないかと思われる。

孤独を恐れる人は幸せな少年時代・青年時代を送った人に多い（略）自然に他人を信頼するという姿勢がつちかわれてきた。だからそうした他人に支えられないと恐ろしいのだ。（略）私は少年のころから他人を信頼しなかった。とくに同年齢の子供たちは、ほとんどすべて敵であった。私の目にはみんなわざと「子供らしさ」を演じている。そして「子供らしさ」という武器で大人たちをだましている、しかもそのことで私を徹底的に苦しめている悪人に見えた。（同書）

また中島は、非か（可能性として）小集団側準拠であることからも、他存在を信じる強度小か無と推定される。

そしてたしかに、カント哲学に事寄せて、（中／大）集団側にいないことを通じて自らが他存在を信じる強度小か無であることを示唆しているように思われる。

人間はありとあらゆる欲望から自由でなければならない、すなわち、「克己心」を持たねばならない。そうカントは確信している。そのさい（略）「幸福でありたい」という欲望からの自由が一番難しいのである。その中心には、他人から愛されたい、評価されたい、信頼されたい、守られたい、という欲望がある。この欲望が強烈であると、自分の信念を曲げても他人（たち）に従い、他人（たち）に気に入られるように行為してしまう。カントによると、こうした行為の結果、いかにすべてがうまく運ぼうと、いかに心が爽快であろうと、自分の「うち」なる声（理性）のみに耳を傾けて行為するという「真実の原則」に反するゆえに、その行為は道徳的に悪いのである。（前掲『非社交的社交』）

ここで「他人から愛されたい、評価されたい、信頼されたい、守られたい、という欲望」とは、「信頼」などの他存在を信じる強度中（以上）を介して「他人（たち）」によって構成される（中／大）集団側にありたい、という欲望と思われる。中島はカントに倣い、この欲望によって「自分の信念を曲げても他人（たち）に従い、他人（たち）に気に入られるように行為してしま」い、それは「「真実の原則」に反するゆえに、その行為は道徳的に悪い」と批判する。これは非か小集団側にある立場からの、「信頼」などの他存在を信じる強度中（以上）によって形成される「他人（たち）」との（中／大）集団側の生への批判に相当し、中島の他存在を信じる強度が小か無であることを示唆するものではないかと思われる。

②中島は祈り親和性小か無、信仰性小か無

他存在を信じる強度小か無であることは、そのまま祈り親和性小か無、信仰性小か無であることが推定される。まず、次のように述べる中島には、祈り親和性はほとんどないと思われる。

科学の成果を固く信じていながら、なぜ現代日本人は猫も杓子も神社に詣でて今年の幸せを祈るのか。（略）善男善女はなぜ幸せを祈り、私はなぜ祈らないのか。思うに、彼らは、――漠然とにせよ――自分の祈る行為が人間の意志を超えた何者かの耳（？）に届き、それが自分の幸せの実現に何らかの影響を及ぼすと信じているからであろう。そして、私はそれを寸毫も信じていないからである。（中島義道『観念的生活』〔文春文庫〕、文藝春秋、二〇一一年）

もともと、墓には物体としての骨があるだけであり、それを「拝む」ことは無意味だと思っていた。墓に向って死者に語りかけるのも単なる幻想である。（前掲『「人間嫌い」のルール』）

これは、対人ストレス耐性大の漱石による「こころ」の「先生」が、両親の墓前で「未来の幸福（略）私の運命を守るべく彼らに祈」ったことや、裏切ったKの墓前で「私の生きているかぎり、Kの墓の前にひざまずいて月々私の懺悔を新たに」（前掲『こころ』）しようとした祈り親和性大とは、何と相違した見解だろうか。

そして、「永遠回帰」から世界に何らの神秘的・宗教的・道徳的意味も目的も認めないというニーチェの「徹底的ニヒリズム」を受け入れ、それを克服するというごまかしがない「清潔さ、健康さ、居心地のよさ、一言でいえば（略）「明るいニヒリズム」」としての「真正のニヒリズム」（前掲『明るいニヒリズム』）のうえに立つ中島には、信仰性もほとんど無であることが推定される。

「永遠回帰」の思想（略）それは、単純この上ない真理であって、この世の何ものもいかなる意味（目的）もない、ということ。（略）地震が起きて何万人が死ぬのも、帰宅したら妻子が殺されているのも、ただそうなったに過ぎない。（略）いかなる背後の（スピリチュアルな）意味もないのである。すべてはただ生ずるだけなのだ。（略）すべて生起する事柄には何の宗教的＝道徳的意味（目的）もない。（前掲『人生に生きる価値はない』）

このように「永遠回帰」そして「真正のニヒリズム」のうえに立つ中島は、やはり信仰性小か無、そして祈り親和性小か無であり、それはその膨大な著作のなかに明らかな祈り親和性、信仰性を示す記述がないことからも明らかと思われる。

中島の死後の名誉・業績否定、歴史・伝統・文化意識無

①中島の死後の名誉・業績否定

中島は、非か小集団側に準拠する安吾とまったく同じく、人間の死後は無であると、実感的に死後の名誉や業績を否定している。

いかに懸命に生きても、真も善も美も何もわからないまま死んでしまう。あとは宇宙の終焉に至るまで私は（たぶん）永遠の無であり、おまけに百万年もすれば人類が存在したあらゆる証拠はこの宇宙から完全に消滅してしまう。（同書）

あるいはその時間論からは、まず、「物質状態もすべて〈いま〉の状態であって、その一部に「過去」が場所を占めているわけではないし、そのどこかから過去への通路が開かれているわけでもない。（略）過去はもはや「ない」」（前掲『明るいニヒリズム』）として、過去の存在を否定している。

〈いま〉がすべてで、〈いま〉以前はすでに無く、過去はない（過去の時間空間配置はすでに存在しない）。未来も（常に）まだない、確かにあるのは〈いま〉だけ、また百五十億の世界の歴史もなく、数億の人類の歴史もなく、これからの人類の歴史もない（同書）

さらに、ニーチェの「徹底的ニヒリズム」をそのままに受け入れる「真正のニヒリズム」、つまり「ニヒリズムは「永遠回帰」すなわち「世界が徹底的に無意味なことを自覚すること」」（同書）の立場から、人間の人生に意味や価値はないことを主張している。

私も他の誰も生きている意味・価値・目的はないという明晰な直観に基づく人生への態度＝世界への態度であり、人類や地球や宇宙が存在していることに何の意味もないという直観が、これをしっかり裏打ちしている。（同書）

このように、時間論から過去の存在を否定し、ニヒリズムから人間の人生に意味はないとする中島は、哲学・思想的にも、特に人間の死後の名誉や業績を否定することになる。

信濃追分の油屋に泊まる。（略）宿の斜め前に、堀辰雄文学記念館がある。（略）こういう記念館を訪れると、無性に虚しくなる。本人は死んでしまい、その後に様々な遺品が展示されている。このこと自体の虚しさと、このすべてもいつか無くなるという虚しさとが交錯する。後世に何かを遺すという思想そのものが、根本的な錯覚のような気がするのだ。だから、私の書いたものはすべて私が死ぬ瞬間に消え去って構わない。いや、そのほうがいい。私の遺体もそこらに転がしておけばいい。(前掲『観念的生活』)

中島のこの記述は、すでに引用した安吾による次の、死後の名誉・業績否定の言と何とよく似ていることだろう。

余の作品は五十年後に理解されるであろう。私はそんな言葉を全然信用していやしない。(略)死んでしまえば人生は終わりなのだ。(略)芸術は長しだなんて、自分の人生よりも長いものだって、自分の人生から先の時間はこれはハッキリもう自分とは無縁だ。(前掲「教祖の文学」)

あとでも触れるが、中島はこれらを「永遠回帰」などの哲学的考察から導いたと信じていると思われるが、例えば非か小集団側の安吾との多くの価値観や価値意識の一致などからは、これらは結局、非か小集団側準拠性によるものだろうと推定される。すなわち、世代継続性が少ない非か小集団側準拠と、名誉、業績を形作る中/大理念性の否定―ニヒリズムの影響による、両者に共通した死後の名誉・業績否定だろうと思われるのである。

②中島の歴史・伝統・文化意識無

前項の死後の名誉・業績否定と同じようにして、非か小集団側の中島には歴史・伝統・文化意識は認められない。すなわち中島は、「真正のニヒリズム」から理念性を否定するので、理念性の顕現史、造形や儀式、様式としての歴史や伝統、文化を重視する考えは認められないだろう。特に、「〈いま〉がすべてで、〈いま〉以前はすでに無く、過去はない（過去の時間空間配置はすでに存在しない）」（前掲『明るいニヒリズム』）とする前述の時間論からは、存在しないという過去に価値を見いだす歴史意識は認められないことになる。

古代エジプトの諸王朝も、ローマ帝国もフランス革命も明治維新も（略）すべて観念にすぎないのだ。つまりまったく存在しないのに（なぜなら過去は「ない」のだから）あたかも「ある」かのように意味付けした仮象なのである。（略）全人類史は文字通り跡形もなく消えてしまったのである。（略）せいぜいそこには「あたかもあるかのように」言語によって捏造された精巧な仮象が舞っているだけだからである。（略）百五十億の世界の歴史もなく、数億の人類の歴史もなく、これからの人類の歴史もない（同書）

また同じく、そのニヒリズムと過去の存在を否定する時間論から、理念性の顕現史、造形や儀式、様式としての歴史や伝統、文化を評価しようとしない。

私は、いわゆる〝知的な財産〟ってほとんど評価しない人間なんです。法隆寺だって、桂離宮だって、なくなったってていい。だって厳密に言うと、あれらはただ「今」あるだけですから。われわれが今ある物質の塊に「古い」とか「価値ある」という意味を付けているだけです。

だから、今モーツァルトの全作品がなければないで構わない。ローマに行っても、パリに行っても、私はほとんど感動しない。ミケランジェロを見てもボッティチェリを見てもなんともない。明日、全部焼けても構わない。（ＭＯＣ〔モック〕編集部「中島義道氏インタビュー第３回 人生を切り拓く、哲学的な言語感覚。幸せが見つかる場所とは?」「ＭＯＣ」〔https://moc.style/world/interview-philosopher-nakajimayoshimichi-03/〕）

これも、同じく非か小集団側準拠の安吾が歴史や伝統、文化を否定して述べた、「京都の寺や奈良の仏像が全滅しても困らない（略）法隆寺も平等院も焼けてしまって一向に困らぬ。必要ならば、法隆寺をとりこわして停車場をつくるがいい」（前掲「日本文化私観」）といった言と、何とよく似ていることだろう。

中島の社会運動性小か無

また中島は、非か小集団準拠である安吾が、その大学生時代に隆盛を極めていたマルクス主義運動と無縁だったのと同じように、一九六〇年代の全共闘世代でありながら、当時の学生運動とはまったく無縁だった（前掲『孤独について』）。

そのような中島も、大学院修了後のウィーン留学から帰国してのちは、ヨーロッパ社会とは異質な日本社会のうるささ、醜さに直面して「拡声器騒音を考える会」に参加し、拡声器やテープによる管理放送などのうるささに抗議し、また「京都の景観を考える会」を発起し、意味もないキャッチフレーズを掲げて都市の美観を損ねることに対して反対している。しかしながら、それを実現するために集団で具体的に活動する社会運動は拒絶し、安吾の税金闘争や伊東競輪不正告発事件と同様に、一人による、自分のためだけの、つまりエゴイズムとして活動を続けているようである。

私たちのスタンスはなかなか微妙である。一方で、私たちは敵をはっきり見据えて「社会の現状を変えよう！」という熱い信念のもとに闘っている多くの市民運動家や社会運動家とは一線を画している。個人の信念に基づいて行動することはあっても、他人を巻き込み多人数で行動することはない。（中島義道「『静かさとはなにか』あとがき」、福田喜一郎／加賀野井秀一／中島義道編著『静かさとはなにか――文化騒音から日本を読む』所収、第三書館、一九九六年）

私は自分で直接聞いた「音」に向かって苦情を言うという原則を守っている。「私が」不快なのであり、社会を改革しようなどという　――だれも望んでいない――　企てはとうに諦めているのだ。（中島義道『うるさい日本の私――「音漬け社会」との果てしなき戦い』洋泉社、一九九六年）

あまり言わずにおくと私の「からだ」に変調をきたし、（略）適当にガス抜きをしているのだ。ただ、自分の信念のために、いやもっと即物的に自分の健康を保つために、続けているのである。（前掲『うるさい日本の私、それから』）

こうした中島が、社会運動に反対する理由のひとつとして挙げるのは、それが彼のエゴイズム汎観にそぐわない点といえるだろう。中島は、社会運動として、集団で〝多くの人々のために善いこと、正しいこと〟をする場合、自分の幸福のためにおこなうという、エゴイズム性が隠蔽されてしまうことを、次のように述べる。

私は、日本哲学界のために働くことは皆無であり、大学改革のために尽力することもなく、本務校である電気通信大学のために努力することもまったくない。もちろん世界平和のため、環境問題のため、障害者差別と闘うため（略）等々、いかなる社会運動にも参加しない。つまり、私は社会を「よくする」ことからまったく降りている。（略）こういう「りっぱな」仕事をすることは、自分の力を実感でき、生きがいを感ずることができ、多くの人から尊敬され、感謝され、有能と思われ（略）というおびただしい報酬が与えられる（略）そうした仕事の達成に満足を覚え、幸福を感ずるとしたら、やはり怠惰であり傲慢であると思う。（前掲『不幸論』）

さらに中島は、社会運動に反対する理由のひとつとして、「そうしたくてもできない多くの人を、彼らは不幸にし、苦しめ、傷つけている」（同書）と、社会運動や集団行動の強理念性、つまり非か小集団側・遠藤の「善魔」性を挙げているのである。この点は、すでに一部引用しているが、次のような一文に明言されている。

私が数を背景にした集団行動を嫌う理由は、集団行為は原理的に醜いから、原理的に不正だから、原理的に悪だからである。それは一時的な戦術であるにせよ、自分たちは完全に正しいという姿勢をとる。相手は完全にまちがっているという単純な二元論を演技する。これが私にはやりきれないのだ。このとき、人々は個人の言葉をつぶしはじめ集団の言葉を吐き出し、精神は限りなく粗っぽくなり、人類を自分の敵と味方にするという暴力を犯し、結局は悪の限りを尽くす結果になる。正義の名のもとに、多くの苦しんでいる人々を救うというスローガンのもとに、人間はありとあらゆる「悪」をなしてきた（略）正義の念に燃えた徹底的な、しかも組織的集団的戦いは地上で最も危険なものである。（前掲『うるさい日本の私、それから』）

中島は、中／大理念によって集団でその実現を目指す活動である社会運動については、それに必然的に伴うことになる強理念性を、「集団行為は原理的に醜いから、原理的に不正だから、原理的に悪だから」と批判しているのである。そして「正義の念に燃えた徹底的な、しかも組織的集団的戦いは地上で最も危険なものである」と、遠藤がいうその「善魔」性を強く批判する。

その一方で中島は、集団による社会運動ではなく、単独者の運動にすることは評価している。彼は正確にも、非か小集団側とそれ以外の中／大集団側の区別には気づいているかのようである。そのうえで、自らの非か小集団側としてのあり方、社会運動性小か無を道徳的価値があると評価している。例えば、彼は次の引用で、「共同体の利害やその時代の風潮にはほとんど疑問を抱かない人」＝中／大集団側と、「そうではない人、そこで「悩む」人」＝非か小集団側に、「人類は（略）二分される」と述べている。そのうえで、後者を「単独者」として評価するのである。

人類は、共同体の利害やその時代の風潮にはほとんど疑問を抱かない人、あるいは抱いてもほとんど悩まずにそれに同調する人と、そうではない人、そこで「悩む」人とに二分される。（略）後者の人（略）はその生きにくさの代償として、みずからそれを選び取っている限り、とくにいかなる徒党も組まず、「単独者（der Einzelne）」として選び取っている限り、大いに価値があるのではないか？（略）前者の場合、自分の信念と感受性を貫くことは容易であり、かつ褒美が待っている。よって、それはいかなる道徳的価値もない。しかし、後者の場合、とりわけそれを「単独者」として選び取っている場合、大変な困難と社会的非難が待ち構えている。よって、それは勇気が必要であり、絶大な価値があるのである。（前掲『反〈絆〉論』）

このように、中島は、社会運動のエゴイズム隠蔽性とその強理念性＝「善魔」性、そして対する「単独者」の困難性＝価値性をもって、社会運動を批判した。これは、より基本的には、非か小集団側にあって、無か小理念をもつだけである安吾や村上などと同様に、中／大集団側に立って、社会運動として強理念性を帯びた中／大理念を主張することへの、生理的不適合感があったためではないかと思われる。そしてたしかに中島は次のように、社会運動―集団行動に伴う強理念性への生理的ともいうべき違和感を、「私の美意識は警告を発する」という表現で著しているように思われる。

私は個人で闘争しているから、私の美意識はギリギリ保たれる。しかし、集団で行動するとなると、とたんに私の美意識は警告を発するのである。（略）私が数を背景にした集団行動を嫌う理由は、集団行為は原理的に醜いから、原理的に不正だから、原理的に悪だからである。（前掲『うるさい日本の私、それから』）

中島は対人ストレス耐性小か無

①中島は対人ストレス耐性小か無

したがって中島は、対人ストレス耐性小か無に典型的な一連の価値観や価値意識を、ほぼフルラインナップで示していることから、対人ストレス耐性小か無として理解できるのではないかと考えられる。

それはすなわち、自ら率直に表明した非か小集団側性を基点にした、ニヒリズム─理念性否定、強理念性批判、中理念（「同情」「信頼」「国家」）批判、無理念性肯定─エゴイズム汎観、アナーキズム性、罪責性認識大、罪責性認定大、罪責性意識小か無（と推定）、他存在を信じる強度小か無、祈り親和性小か無、信仰性小か無、死後の名誉・業績評価無、歴史・伝統・文化意識無、社会運動性小か無などの一連の価値観や価値意識である。なお、中島の小理念性については、表面上いくら否定しても滲み出てくる家族愛などにみてとることができるのではないかと思われる（中島義道『ウィーン愛憎──ヨーロッパ精神との格闘』〔（中公新書）、中央公論社、一九九〇年〕など）。

中島自身は、これら一連の価値意識や価値判断を、カント哲学やニーチェ哲学などを含め自らの哲学的考察の末に導いたと信じていると思われる。しかし客観的にはこれらが、対人ストレス耐性小か無である安吾、遠藤、村上、ニーチェらの一連の価値観や価値意識と多くが重なることから、これらは対人ストレス耐性小か無という生理的条件に規定されて導かれた結果、とみるのがより妥当ではないかと思われる。例えば、中島自身、極端に対人関係を回避することをもって、対人ストレス耐性小か無であることを表明しているようにみえる記述もある。

じつは誰とも会いたくない。誰とも話したくない。とりわけ、私は他人の訴えを聞きたくない。他人の考えを知りたくない。（略）私は、どうしても他人と淡泊に付き合うことができない。「淡水の交わり」ができないのである。他人とはいつかどこかでかならずぶつかり、ぶつかると（略）「死闘」に入る可能性が多く、だから私は他人を避けるのだ。私は徹底的に身を引く。（前掲『孤独について』）

そして、この対人ストレスを回避すべく、結局は、集団側ではなく、孤独―非集団側を好むことになるのである。

あなたは自分を含めた人間が嫌いなのだ。それはもうしかたないことである。人間の醜さがことごとく見えてしまうあなたは、敏感なのだから。そして、そうでない人は鈍感なのだから。（略）それでいいではないか。だが、そういうあなたは社会的には排除される。だから、あなたも社会から離れようではないか。（同書）

こうしたあり方は、対人ストレス耐性という生理的な条件に規定されたもので、そうした生物学的な相違によることを中島自身も薄々感じているのではないかと思わせる記述もある。

何も考えない、あるいは社会的に有用なことしか考えない、明るい瞳を持った周囲の人間たちを冷静に（決して軽蔑することなく）眺め、彼らと距離をもって付き合う道（非社交的社交）を探ってみたらどうであろうか？　こうした善良な人間どもは、味方でないことはもちろんだが、敵ではないのだ。ただ、自分とは恐ろしいほど異質な生物なのである。（前掲『非社交的社交』）

ここで中島は、「社会的に有用なことしか考えない、明るい瞳を持った」（中／大）集団側の人間とは異質な存在としての、非か小集団側の生き方を「非社交的社交」として勧めている。それは、（中／大）集団側の人間との生物学的ともいうべき相違を、「恐ろしいほどに異質な生物」として薄々感じとっているためのようである。さらに中島は、社会運動性の項で引用したように、「人類は、共同体の利害やその時代の風潮にはほとんど疑問を抱かない人、あるいは抱いてもほとんど悩まずにそれに同調する人と、そうではない人、そこで「悩む」人とに二分される」（前掲『反〈絆〉論』）と、「人類」を中／大集団側と非か小集団側とに「二分」していた。これも対人ストレス耐性小か無と対人ストレス耐性中／大との生物学的―生理的な相違を感じとっていることの反映といっていいのではないかと思われる。

②中島の「鈍感」（対人ストレス耐性大）批判

先に引用した「人間の醜さがことごとく見えてしまうあなたは、敏感なのだ」（前掲『孤独について』）にみるように、中島自身は基本的には自らを「敏感」と判断しているようである。そして、「私は軽蔑する。（略）鈍感な人を、よく考えない人を、自己批判精神が欠けている人を」（前掲『不幸論』）というように、「鈍感」な人を軽蔑しているようだ。

さて中島は、ここで引用した『不幸論』では、「幸福」を批判して「幸福は、盲目であること、怠惰であること、狭量であること、傲慢であることによって成立している」（同書）と述べている。そしてそのなかで、「渡辺淳一や石原慎太郎のような凡庸な作家でも、現代日本でもてはやされているのであるから、さしあたり幸福の条件は充たしている」（同書）と、わざわざ名前を挙げて渡辺淳一を批判している。

中島は、彼の「幸福」を「盲目で怠惰で傲慢である」と批判しているのだが、これらの性質はまさに「私は軽蔑する（略）鈍感な人」（同書）だと述べていることに相当すると思われる。そしてこの渡辺淳一の著した『鈍感力』を本書では対人ストレス耐性大の典型例として挙げたことからは、中島がいう「鈍感」とは対人ストレス耐性大で、その逆の「敏感」さが対人ストレス耐性小か無に相当する、というひとつの証左になるのではないかと思われる。

そしてこの「鈍感」な人々、対人ストレス耐性大の人間を、中島は心底から批判している。

> 最近、人間として最も劣悪な種族は鈍感な種族ではないかと思うようになった。この種族は、（いわゆる）善人にすこぶる多い。それも当然で、善人とはその社会における価値観に疑問を感じない人々なのだから。彼らは、人間の（男女の、人種の）平等のように、考えれば考えるほど途方に暮れてしまう問題にコミットしない。なぜなら、このことに疑問を感じないからであり、感じても追及しないからであり、そうしないのはつまるところ鈍感だからである。しかも、最も悪質なことに、自分の鈍感さがいかに巨大な加害性をもっているか想像もしない。よって、いささかの自責の念もない。それどころか、疑問を抱き続ける人を排斥しようと身構えているほど加害的である。（前掲『人生に生きる価値はない』）

中島は、「その社会における価値観」としての理念性に疑問を感じないままこれをもち、それに疑問を抱く人との「理念対理念の闘い」である対人ストレスに耐性をもつために、それをもち続け、対抗する者を「排斥しようと」する人を批判している。すなわち、「巨大な加害性」―強理念性をもつ対人ストレス耐性大の「鈍感な種族」を、心から批判しているのではないかと思われる。

③相互批評としてのカント哲学解釈の誤り、そして「ニーチェの徒」

ⓐ対人ストレス耐性大のカントへの誤投影

このような中島には、そのカント解釈に、自らの対人ストレス耐性小か無を対人ストレス耐性大だろうカントに投影した誤りのあることが推定される。

例えば、中島によるとカントは、人間は「課せられているが答えられない問い」にからめとられ、どう努力しても「道徳的に善くはなれない」、「すべての「目的」は、人間理性が自然に持ち込んだものにすぎない」と述べるニヒリストにされてしまい、「もうほとんどニーチェである」（同書）などといわれてしまう。しかしながら、定言命法による「道徳法則」や、世界共和国、国際連合、世界市民法などによる世界永遠平和論などの強大理念を、声高に生涯唱え続けたカントは、中島やニーチェのような繊細なニヒリストとは対極的な存在なのである。また、この「道徳法則」のうえにキリスト教義を置いたカントは、心からキリスト教を信奉していて、世界に神秘や奇跡そして宗教的意味の存在を認めない「徹底的ニヒリズム」のニーチェや中島とは、完全に異質な人間なのである。

さらに中島は『モラリストとしてのカント』（北樹出版、一九九二年、のちに前掲『カントの人間学』に改題）を著し、カントを「モラリスト」と捉えているようである。そして「モラリスト」の条件として、「一、壮大な哲学体系の構築や深遠な形而上学的（あるいは神学的）問いかけを避ける。（略）二、地球規模の環境破壊、人口爆発、マルクス主義の崩壊などの「大問題」に対しては（人並みにおもしろいとは思うが）究極のところ突き放した関心しか抱かない。（略）三、あくまでも関心の中心は「人間」であり、しかも人間集団ではなく個々の人間である。（略）四、（略）最も切実で重要な問題を見透している（略）それは、今生きているすべての人がもうじき確実に死んでゆくという不条理（略）この不条理の光りのもとでは、この世のすべての事象はほぼ等価となる。国家の存亡に関わる「大問題」は目前の「些細な問題」程度に姿を縮め、日常の「些細な問題」は世界を揺るがす「大問題」と同等な大きさに拡大される」（同書）の四つを挙げている。

しかしカントは、「批判哲学」を体系化したことからは一に相当せず、「道徳法則」や世界永遠平和論、世界市民論など大理念を論じていることからは二、三に相当せず、同じく価値に優劣を認めないニヒリズムには無縁であったことから四に相当しないことから、この「モラリスト」とは最も遠くにあった人物だと考えられる。一方、この「モラリスト」としての四条件の多くは、本節の中島についての検討からみると、彼自身の、対人ストレス耐性小か無としての価値意識や価値観をそのまま掲げたものにみえる。そして中島は、「（カントは）確実に三以下においては高得点で合格する」などと述べてしまい、対極にある対人ストレス耐性大だろうカントに、これらを大いに誤投影してしまっているのである。

❺同じ対人ストレス耐性小か無としての「ニーチェの徒」

一方、同じ対人ストレス耐性小か無だろうニーチェに対しては、大筋で中島はこれに賛同していて、そのニーチェ理解は正確なものと思われる。ただし当初は、中島は、おそらくは同類（対人ストレス耐性小か無）であるための近親憎悪から「ニーチェ、それは若いころから私にとって「嫌悪」の対象であった」（中島義道『善人ほど悪い奴はいない――ニーチェの人間学』〔角川ｏｎｅテーマ21〕、角川書店、二〇一〇年）と、これに反発していたようだが。

例えば、一般には依然として、ニーチェには神への信仰があるなどと解釈する論者があとを絶たないにもかかわらず、中島はニーチェが信仰性小か無であることを直ちに断言することができる。そして、その「徹底的ニヒリズム」を、直観的に肯定することができる。

私とニーチェとの「出会い」は、「永遠回帰」の思想がある時はっとわかったからである。それは単純この上ない真理であって、この世の何ものもいかなる意味（目的）もない、ということ。（前掲『人生に生きる価値はない』）

新しい神をそなえてはならない。新しい価値はまったくないこと、新しい神はないこと、そういう希望を抱かせる何らかのものを積極的に立ててはならないこと、あらゆるものは無価値であり無意味であること、すなわちひたすらニヒリズムに徹すること、これこそツァラトゥストラ＝モーゼが「永遠回帰」というただ一つの戒めをもって新しい板に書き込んだ内容なのである。（中島義道『ニーチェ――ニヒリズムを生きる』〔河出ブックス〕、河出書房新社、二〇一三年）

またニーチェは、キリスト教や道徳の基本であり、ショーペンハウアーが最高の人間的価値とした中理念「同情」（Mitleid）を徹底的に批判したが、同じく対人ストレス耐性小か無として中島は、前述のように、その「同情」批判論に心から賛同する。

これらのニーチェの洞察が、私はなんとからだの芯までじんと響くようによくわかることであろう。同情する者が同情するという愚行をせざるをえないことに対して羞恥をおぼえていれば、その場合のみ同情は悪臭を発することはない。（略）同情を寄せられた者はみな、羞恥心に喘ぎ、同情を与えてくれた者とのあいだに溝を感じるのだ。（前掲『善人ほど悪い奴はいない』）

そして中島が執拗に繰り返す次のような「善人」批判は、ニーチェの「畜群」批判にそのまま置き換えることができるだろう。ここでの「善人」とは、強者ではなく自らと同じ弱者のために〝善いこと、正しいこと〟をしようとする人で、「畜群」とはこのような「善人」の群れを指すニーチェによる概念である。同じく対人ストレス耐性小か無として中島とニーチェは、すべての理念性を否定するニヒリズムの地平に立つことができないこれらの「善人」「畜群」を、理念性をまとっているがゆえに、かえって「最も有害な害悪」と批判するのである。対人ストレス耐性小か無によって無自覚にもたれた、それゆえ反省のない（強）理念性への批判の一端と思われる。

自分は何も悪いことをした覚えはないと思い込んでいる、まったく手のつけられないほど欺瞞的な輩に変身してしまう（略）「弱さに居直っている善人」であるあなたこそ、最も「害悪を及ぼす」とニーチェは言いたいのだ。

『そして、たとえ悪人どもがどんな害悪をなすにもせよ、善人どもの害悪こそ有害な害悪なのだ！　また、たとえ世界を中傷する者たちがどんな害悪をなすにせよ、善人どもの害悪こそ最も有害な害悪なのだ。』（中島義道「ツァラトゥストラ」第三部「新旧の諸板について」一、前掲『ニーチェ』）

善人とは弱者であるために自分は善良であると思いこんでいる人のこと、言い換えれば、弱者であるゆえの「害悪」（ああ、それは何という害悪であろう！）をまったく自覚しない人のことである。善人は、まったく自己反省することなく、むしろ強者による永遠の被害者を気取るのだ。強者に翻弄され続ける哀れな者という自己像を描き続けるのである。これ以上の鈍感、怠惰、卑劣、狡猾、すなわち「害悪」があろうか！（前掲『善人ほど悪い奴はいない』）

そしてついには、あらゆる目的も理由も意味もない「徹底的ニヒリズム」の「永遠回帰」のもと、不幸であることをただただ受け入れる中島は、自らを「ニーチェの徒」とまでいうのである。

フリードリヒ・ニーチェの唱える「永劫回帰」（略）ありとあらゆる理由づけも慰めも希望も捨てて、パスカルの言うように「気を紛らすこと」に逃れることもなく、自暴自棄になることもなく、絶望に陥ることさえなくて、ただひたすら「偶然や無意味」を肯定する者、それがニーチェによれば真実を見ている最も強い人間なのだ。（略）ただ、人間はだれも幸福にはなれないという事実をまるごと受け取るだけである。そのかぎり、私はニーチェの徒であるかもしれない。（前掲『不幸論』）

❸対人ストレス耐性以外の生理的要因

しかしそのような中島も、ニーチェに違和感や異論を覚える部分がある。それは、「徹底的ニヒリズム」をただ受け入れる「真正のニヒリズム」にとどまらず、ニーチェがこれを強く肯定せよ、などと精神を高揚させようとするところなどである。

すなわち、中島は、ニーチェのニヒリズムは「永遠回帰」が示す世界の無意味性＝ニヒリズムの自覚と、その無限回の繰り返しを強く肯定する「権力への意志」＝ニヒリズムの克服、からなる「能動的ニヒリズム」だとする。そのうえで、次のようにこれを批判している。

ニーチェはニヒリズムを考え尽したが、ところどころ「行きすぎて」しまった。彼はニヒリズムに留まり続けるという（略）「高貴さ」を忘れてしまったのである。能動的ニヒリズムは、「ニヒリズムの克服」という下品な臭いに満たされている。はたして、ニヒリズムは「克服」する必要があるのだろうか？（前掲『明るいニヒリズム』）

どう考えてみても、ニーチェはニヒリズムという言葉を捻じ曲げて使っている。つまり生起したことをすべて肯定し愛する能動的ニヒリズムは、もはやニヒリズムではない。すべて生起したことをそのまま（涙を呑んで）承認するより仕方ない態度こそニヒリズムである。彼岸において清算される（最後の審判？・極楽？）ことをもって、現世のあらゆる不幸に耐えることはニヒリズムである。だが、その虚偽に気づいたからといって、なぜ現世をそのまま肯定しなければならないのか、わからない。（前掲『観念的生活』）

中島の基本的世界認識として、すべての理念性の存在を否定する「徹底的ニヒリズム」はニーチェと同じである。そして、これをただ受け入れて、あらゆることに理由も意味もないことを見つめ続けて、ほかに解決を求めないこと、これが「真正のニヒリズム」（「明るいニヒリズム」）であるとする。しかしニーチェは、「能動的ニヒリズム」によってそれを「然り」と強く肯定し愛することによって、「ニヒリズムの克服」という行き過ぎを犯している、と批判するのである。

こうした、対人ストレス耐性小か無から導かれる同一の認識「徹底的ニヒリズム」に対する、ニーチェと中島の対応の違いについては、これを対人ストレス耐性から説明することはできない。それは端的に述べると、ニーチェは〝精神的高揚〟を必要とする人間で、そのためにニヒリズムを強く肯定し愛する「能動的ニヒリズム」を必要とし、中島のほうは〝精神的高揚〟を必要としなかったために「涙を呑んで」ニヒリズムにとどまり続けるだけの「真正のニヒリズム」（「明るいニヒリズム」）ですませることができた、ということと思われる。そうなった理由については、おそらくは〝精神的高揚〟で表されるような精神、意識の活動状態といった、対人ストレス耐性以外の生理的要因の影響があるのではないかと推定するが、その詳しい検討はほかの機会に譲りたい。

中島は対システムストレス耐性大

契約、ルール、法律、実績・能力評価、力関係、自然（物理）法則などといった「外的評価システム」が作用する場合のストレスである対システムストレスは、個人の善意、良心、理念、理想、信仰の程度、他者との信頼関係の有無などといった、一般に個人の内的な理念性の程度を評価する「内的評価システム」が作用する場合のストレスである対人ストレスとは、逆の概念に相当するものだった。したがって、対人ストレス耐性小か無と思われる中島は、対システムストレス耐性大であることが推定される。

例えば中島が、「慰められたい、救われたい、安心したい、楽になりたい」（前掲『人生に生きる価値はない』）といった信仰や正義、信頼などによるすべての理念性の作用を否定し、「永遠回帰」による「徹底的ニヒリズム」を肯定して、世界がただ自然科学的・機械的運行であることを受け入れる「強い人間」（前掲『不幸論』）であるのは、対システムストレス耐性大であるゆえんである。それは、すでに述べたとおり、対人ストレス耐性小か無のニーチェについても同様だった。

フリードリヒ・ニーチェの唱える「永遠回帰」（略）あらゆる理由づけも慰めも希望も捨てて（略）ただひたすら「偶然や無意味」を肯定する者、それがニーチェによれば真実を見ている最も強い人間なのだ。（同書）

その一方では、こうした世界の自然科学的・機械的運行というシステムストレスに耐えられず、世界に「意味」や「目的」、理念性の顕現を求めてしまう対システムストレス耐性がない人々のあり方を、「弱さ」と評価する。

ほとんどの人はこのことを承認しようとしない。打ち消そうとしても、気がつくと人生に何かしらの意味＝目的を求めてしまっている。そうした弱さを完全に拒否すること、それをニーチェは延々と言い続けているだけである。（前掲『人生に生きる価値はない』）

あるいは、「他人から愛されたい、評価されたい、信頼されたい、守られたい」そして「幸福でありたい」という、集団側にあって人々との信頼や良心、思いやりなどによって生きて幸福になりたい、さらに「外的評価システム」だけによっては生きていけない、という集団側の人間を「心の弱い人」として、（すでに一部引用したが）その対システムストレス耐性のなさを批判している。

「幸福でありたい」という欲望からの自由が一番難しいのである。その中心には、他人から愛されたい、評価されたい、信頼されたい、守られたい、という欲望がある。（略）「心の弱い人」は、この意味における「幸福でありたい」欲望の強い人ではないかと思う。彼（女）は幸福が実現されている間は安泰だが、一旦不幸に陥ると、あるいは不幸の恐れがあると、途端に生きる気力を失う。（前掲『非社交的社交』）

また中島は、ウィーン留学から帰国後に気づいた、日本が音漬け社会であることに対して、批判ばかりでなく次のような十項目余りの改善策を提案している。それは、自己決定することを嫌がり自己責任を回避する、そのため管理放送・管理標語の洪水を招いている日本人の「からだ」を改造すべく、〝規則を直ちに徹底しろ、規則違反には厳罰をもって当たれ、あらゆる温情主義は許すな〟などといった内容のものだった。つまり、こうした「あらゆる「温情主義」を捨てる」改善策を社会に提言してしまう姿にも、ルールや規則の機械的な適用が平気である中島の、対システムストレス耐性大が反映しているのではないかと思われる。

一、何ごとにあたっても懇切丁寧なガイダンスをやめる。新しい場に放り込まれた者に対してはむしろなるべく「不親切」にし、みずから動きださねば何ごとも進まないことを思い知らせる。（略）三、危険をみずから察知し克服する能力を養う。したがって、危険の警告は最小限度に押さえる。その方法は、個々の口頭伝授あるいは書類のかたちにし、一斉放送による警告は全廃する。（略）六、規則は、しだいにではなくただちに徹底させる。七、規則違反に対しては厳罰をもって対処する。あらゆる「温情主義」を捨てる。駐輪禁止の場に置いてある自転車はただちに廃棄処分にする。私語をやめない学生はただちに退場させる。暴走族を見つけたらただちに逮捕して、オートバイを没収し、そのうえ百万円くらいの罰金を取る。（略）九、すべての人に勤勉を要求し、怠惰な人間は保護しない。「聞き損ねた」とか「カン違いした」とか「眠っていた」とかの怠惰が原因でみずから損失を被った人の言い分を聞かない。十、社会的ルールは「からだ」に染み込ませて理解させるのではなく、理づめで理解させる。（前掲『うるさい日本の私、それから』）

すでに述べたように、中島は、基本的には自らを「敏感」（対人ストレス耐性小か無）と判断し、「鈍感」（対人ストレス耐性大）な人々を大いに批判していた。しかしながら中島は対システムストレス耐性大であり、この側面からみると中島自身が大いに「鈍感」なのである。

つまり中島は基本的には、対人ストレス耐性小か無から生じるニヒリズムのための理念性の否定に、あるいは理念性を評価しようとする「内的評価システム」の否定に対して、「鈍感」なのである。そして、対システムストレス耐性大、つまり契約、ルール、法律、実績・能力評価、力関係、自然（物理）法則などといった「外的評価システム」による客観的で機械的な評価が平気であるために、これに耐えがたい人々、例えば対システムストレス耐性小か無で対人ストレス耐性大の人間にとっては、何とも中島は「鈍感」にすぎると思われるのである。音漬け社会の改善策として、このようなルールや規則の容赦ない機械的な適用を提案してしまうのも、彼が対システムストレスに「鈍感」であるがゆえと考えられる。

2　対人ストレス耐性中だろう小林よしのり

次に取り上げるのは、漫画「東大一直線」「おぼっちゃまくん」「ゴーマニズム宣言」などのヒットで知られる小林よしのりである。彼は、漫画家でありながら、差別語自主規制問題、部落差別問題、薬害エイズ問題やオウム真理教事件などの解明に一定の役割を果たし、さらに従軍慰安婦問題、新しい歴史教科書をつくる会参加、「戦争論」論争などで、「戦後日本社会を覆っていたのは自虐史観だ」と主張し、「天皇論」、イラク戦争反対、TPP（環太平洋戦略的経済連携協定）反対、原発反対、「立憲的改憲」論などを通して保守思想をリードするなど、現代思想・論壇で一定の位置を占めるに至っているように思われる。このように、漫画家でありながら実は現代日本の思想界の一角を占めているといっていい小林よしのりは、対人ストレス耐性中として理解できると思われる。

中集団側

小林の準拠集団は、国家までの共同体での人間関係をすべての基礎としていることから、中集団のようである。というのも、次のように小林は、「人間」は日本までの「共同体」の関係性のなかで成立する「社会的存在」（小林よしのり『「個と公」論――新ゴーマニズム宣言 SPECIAL』幻冬舎、二〇〇〇年）である一方、大集団側に準拠するような「地球市民などいない」と述べているからである。

今 ここにいるわしは 祖父たちからつながる歴史のタテ軸と 社会の種々の共同体に属するヨコ軸の 交差する一点という制約を受けて「個」を形成する「自己決定能力」という時の自己・自分・個というものは これらの関係性の凝集点である 自分は自分一人では生きられない 社会の中でしか生きられないという認識から「公」につながる糸口が見えてくる(小林よしのり『戦争論――新ゴーマニズム宣言SPECIAL』幻冬舎、一九九八年)

そもそも国の風土や、習慣や、言葉や、宗教や、歴史が違えば、人々の「面白い」と思う感性すら違ってくるということにやっと気付いた!(略)人間は誰でもその国の風土や習慣や歴史によって作られている。地球市民などいないのだ。それぞれの国の、お国柄や、公共性に影響された人々が世界中にいる。(小林よしのり『天皇論――ゴーマニズム宣言SPECIAL』小学館、二〇〇九年)

「社会の中でしか生きられない」「人は社会的存在である」(前掲『「個と公」論』)という見方は、対人ストレス耐性中であるヘーゲルの、「他者の承認」による「人格の相互承認」によってのみ実現される「自由」をもつところの、本質的に集団側、社会的存在とする人間観に同じものと考えられる。小林がヘーゲルに言及することはないと思われるが、次のようにたしかに、「他者の承認」「人格の相互承認」を得ていない自由を否定するかたちで、本質的に集団側の社会的存在としたヘーゲルの人間観とほとんど同等の人間観を述べている。

人はどこかに「帰属」する、誰かに「承認」されるという「束縛」があって、初めて安定が得られるものだ。

（略）人は自由に耐えられない。家族からも、社会からも、組織からも自由、国家からも法律からも自由、そんな存在はもう人間ではない。それは人間というより獣に近い。（前掲『天皇論』）

ここで、「どこかに「帰属」する、誰かに「承認」されるという「束縛」がない「組織からも自由、国家からも法律からも自由、そんな存在はもう人間ではない」と述べているように、小林は共同体に所属しない非か小集団側を「人間」とみることはできないようである。つまり、例えば対人ストレス耐性小か無の安吾や中島、ニーチェなどが必死に守った孤独、非集団側のあり方への評価はなしである。そして、その人間観や自己意識は個を意識しながらも集団内にあるという、地球市民は否定するがゆえに、中集団側性を示していると思われる。

わしはそもそも「共同体から切り離された個人」というものの存在を認めない。「近代的個人」とか「個の確立」という考えそのものが信仰だとおもっている。（略）個人は関係の綾の中に成り立つ。従って「共同体」が、個人を安定させるためにどうしても必要である。（略）「個人」は己の人格を公に表現したり、集団の規律に従ったり、あるいは私的な情念や集団への帰属にこだわったりいろんな表れ方をする。そのバランスを取るために法律や道徳が必要なのだ。（略）公共性なき「私」、集団性なき「個」など、人格としては不完全なだけである。（小林よしのり『修身論――ゴーマニズム宣言PREMIUM』マガジンハウス、二〇一〇年）

中理念性

①中理念としての「公＝国」、天皇制

理念面に関しては、小林は国家までの中集団側を対象にする中理念「中くらいの物語」を主張する一方、後述するように、対人ストレス耐性大の、国家を超えた世界までを対象にするグローバリズム、ヒューマニズム、世

界平和主義などの大理念、「大きな物語」は実体がない空論と批判する。同じく、対人ストレス耐性小か無の無理念やニヒリズム（虚無主義）などは論外、と非難している。

すなわち次のように、理念性を考えると小林はいつも、国家までの人々にとっての〝善いこと、正しいこと〟である中理念に到達してしまうようである。それは、「愛する者のために」「なすべきことの到達点であり」、また「公」の「到達点でもある」ようだ。

我々の持つ公共心が　どのくらいまでの範囲まで通用するべきと考えているかと言えば　やっぱり日本国内だろう　「公」とは「国」のことなのだ（略）人のために死ぬとなると難しい　愛する者を守るために死ねるか？（略）母親だって我が子になら「あなたのために死ねる」と言えるはずだ　「愛する者のために」と言った時　その愛する者は　彼女（あるいは彼）の家族や地域が育んできたはずで（略）さらに彼女の用いる言語や彼女を取り巻く自然・慣習が育んできたはずだ　彼女を取り巻く「公」が　かくも素晴らしき彼女を育ててくれたと言えるだろう　「自分のために」を超えたところに「公＝国」が現れる　「愛する者のために」は「その愛する者を育んだ国のために」とかなり近い　（略）まだ人を愛したことがないものは「愛する者のために死ねる」という感覚もわからないだろうし　「自分のため以外に死んでたまるか」と「エゴだけの個」にとどまっているのも無理はない　「自分のために」を超えた時「愛する者のために」の向こうに「国のために」が立ち上がってくる（前掲『戦争論』）

この『戦争論』のあと、『天皇論』で小林は、中理念として、「日本国体の原理」とする天皇制を肯定している。この際には、天照大神が地上へ降りるニニギノミコトに授けた「天壌無窮の神勅」が、天皇が日本を治めるべき原理の源である、神話が皇統の根拠である、と述べている。そして、「神話の中には民族性を決定づける魂がある」ために、理念性の集大成ともいうべき、国を舞台にする「中くらいの物語」＝神話を、天皇制肯定の根拠に用いる立場を表明している。この、「日本国体の原理」＝天皇制という中理念主張で小林は、対人ストレス耐性小か無の安吾の「ボクは天皇制そのものがなくならなきゃいかんと思っている（略）本当はアナーキズムが好きなんだよ」（前掲「スポーツ・文学・政治」）とする天皇制消退論とも、ニーチェ、中島の「永遠回帰」からの「徹底的ニヒリズム」とも無縁な存在であることがわかる。

フィクションだろうと物語だろうと、天皇の権威の根源が神話だ！（略）神話からの連続性を認めなければ、天皇の権威の正統性を保証できないのだ！（略）神話とは、人の一生でたとえれば二〜三歳児の記憶のようなものだ。（略）三つ子の魂百まで、と言うように、この時期に形成された魂が人の一生を決定づける。それと同様に神話の中には民族性を決定づける魂がある。（略）天照大神は地上へ降りるニニギノミコトに「天壌無窮の神勅」を授けた。（略）「皇統」も「国体」も、この「天壌無窮の神勅」によって成立しているのだ。日本は天皇が治めるべき国であり、皇統が「天壌とともに窮まり無く」栄え続ける。これが日本国体の原理である。（小林よしのり『新天皇論――ゴーマニズム宣言 SPECIAL』小学館、二〇一〇年）

②中理念「同情」「友情」「情」の重要視

対人ストレス耐性中では、太宰が「走れメロス」でうたいあげた「友情」（「友人の間の情け」〔前掲『大辞林 第三版』〕）、同じくショーペンハウアーが称揚し、対人ストレス耐性小か無のニーチェ、中島が批判した「同情」（「他人の身の上になって、その感情をともにすること」〔前掲『大辞泉 第二版』〕）、そして「人情」（「人としての情け。他人への思いやり」〔同書〕）などの「情」を、中理念として重要視する。これらは個人に発しながらも小集団を超え、しかし大集団には至らない、中集団側で作用するものだから、中集団側で重要な対人関係上の心理作用、さらに中集団側にとっての〝善いこと、正しいこと〟として中理念そのものにもなると考えられた。そして小林も、次のように、薬害エイズ問題で「情」「友情」「同情」を重視し、これらを介した「個の連帯」による薬害エイズ被害者救済運動を推進したのだった。

この件に関しては「友情だけで」でいいじゃないか！「弱者すべてを救うべきだ」なんて言いだしたら青山吉信になっちまう　オウムの信者と全く同じになっちまう　どうも龍平はヘンだ　被害者なら「自分のことだけで精一杯」でいいのに　イデオロギーをしゃべると切実感がなくなるじゃないか！　弁護士や学生たちと話してる時もそうだった　彼らは一様に（略）「同情はいけない」と言う　「自分の怒りとして考えるべき」と「共感」をもとめる（略）なんで薬害を「自分の怒りとして」考えられるの？　そりゃ　ウソだ！「同情」でも「友情」でもいいの！　「同情」なら情のつながりでいいが（略）「共感」はイデオロギーに転化する　原発も共感　広島も共感、沖縄も共感　従軍慰安婦も共感（略）弱者全部に共感（略）いいかげんにしろって！　それはサヨクでありオウムだ！（略）わしは　この運動を「情」でやっている（略）わしは二年前　龍平や原告少年たちが仕事場にやってきたあの時の（略）「情」の貯蓄で今やっているのだ（小林よしのり『脱正義論――新・ゴーマニズム宣言スペシャル』幻冬舎、一九九六年）

ここで小林が、薬害エイズ被害者救済運動を推進するうえで、普遍的な弱者救済といった大理念＝イデオロギーへの「共感」を介することは「ウソだ！」と同調できず、「同情」「友情」そして「情」だけでいいとその実感を述べていたのは、その中理念保持を反映していたためではないかと思われる。

③「信頼」の重視

中理念の「信頼」についても、対人ストレス耐性中の太宰が「走れメロス」でうたいあげたように中理念の「友情」と不可分に結び付いているので、薬害エイズ問題の際に「友情」を重要視した小林は、この「信頼」も評価していることが推定される。

例えば小林は、二〇一〇年から「身を修め、現場で戦う覚悟をつくる公論の場」としての「ゴー宣道場」を始めているが、その集団形成の要件として、次のように「「信頼関係」を築ける者たち」、「一人一人の顔が見えて、信頼関係を築ける「道場」」であることを表明している。

わしがあえて少人数の「道場」にしたのは、「信頼関係」を築ける者たちと、公には話せない密教の部分まで踏み込んで話し、そこから「公論」を立ち上げるという作業をしなければ、もう今の言論の状況に未来はないと思ったからだ。（略）つまり、数を集めて圧力団体になったり、数を作って結束するような集団にはならないということだ。（略）基本は一人一人の顔が見えて、信頼関係を築ける「道場」でなければならない。（小林よしのり『本家ゴーマニズム宣言』ワック、二〇一〇年）

このように、その後の言論活動を支え、「公」＝日本を形成するための集団である「ゴー宣道場」の条件として、中集団側と規定できる「信頼」を用いていることからは、小林がこの中理念を重要視していることがうかがえる。一方、このような「ゴー宣道場」を始めた小林には、対人ストレス耐性小か無の中島による「信頼」の相互支配性批判や、ニーチェや安吾の徹底的な孤独、孤高からの他者への信頼との無縁、といったあり方が、その思念に入り込む余地はまったくないようである。

④「良心」「倫理」の重視

次に「良心」とは、対人ストレス耐性中である太宰の項で述べたように、何が善で何が悪かを知らせ、善を命じ悪を退ける個人の道徳や倫理のことだった。あるいは、道徳や倫理を生み保つ心の作用であり、同時に道徳や倫理をその内容とする、といってもいいものだった。そしてこの「良心」によって、人は社会的動物として社会に関与するうえで、自分が属する社会に益するようにはたらきかけることになるのだった。つまり「良心」とは、個人に発する心性だが、社会や国家に及ぶ中集団側についての「公」や〝善いこと、正しいこと〟をもたらすものとして、やはり中理念といっていいものと考えられた。そして小林は、次にみるように、中理念の代表ともいうべきこの「良心」や「倫理」(「道徳」)を特に称揚しているのである。

「生命至上主義」(略)そもそも「命を大切にする」という考えは、良心でも倫理でもない。「生きながらえる」ことだけでは倫理にならない。(略)人間は、死に直面して良心の呼び声に耳を澄まし、本来的な自己に立ち返るものである。(略)「私の命」と「他人の命」との二者択一の状況に置かれたとき、誰の命を大切にするのかという問いだ。(略)自分の中には「私心」と「公心」が同居している。死に直面する極限状況で「公心」を選ぶことが、つまり「良心」を呼び出すことである。「公のために死ぬ」、あるいは、「国のために死ぬ」ということは、良心の問題と繋がっている。(略)「私心」「私欲」に良心はない。「公心」「愛国心」にこそ、良心に繋がるものがある。(略)人間は「命の大切さ」を意識しても、良心を呼び起こせない。むしろ人間の不安の源泉である「死の断絶」の可能性に直面したときにこそ、倫理の扉は開くのである。良心を呼び出すということは、公的な自分を呼び出すということである!(小林よしのり『ゴーマニズム宣言EXTRA――パトリなきナショナリズム』小学館、二〇〇七年)

「生命至上主義」「私心」というエゴイズムより、所属する社会に益する「公心」「愛国心」を導く中理念の「良心」「倫理」を、小林は推奨する。そしてこれは、対人ストレス耐性中のヘーゲルの、「自由」意志が実質的に到達しうる機能局面としての「良心」、および「自由」を目指す「道徳」にかわる実現可能なものとしての「倫理」推奨と一致する価値観だと思われる。

大理念批判

このように各中理念を推奨する一方で、中集団側（国家まで）に準拠する小林としては、それ以上の、全世界に及ぶ大集団側の〝善いこと、正しいこと〟を主張する大理念は、空想的・非現実的、空論などとして批判せざるをえないものと推定される。

例えば、小林は『戦争論』のなかで、日露戦争以降、大東亜戦争敗戦までの四十年間を日本史での「異胎」として否定する（対人ストレス耐性大と思われる）司馬遼太郎の「司馬史観」を批判しているが、その司馬による「空想的平和論」（前掲『「個と公」論』）も批判している。この「空想的平和論」は、世界が地球レベルの「公」の時代に入ったとして世界の平和を構想する大理念で、つまり対人ストレス耐性大であるカントの世界永遠平和論に類するもので、これを小林はまさに「空想」「むり」として評価しない。

まず、司馬は著書『風塵抄』のなかで述べている。

世界が、国家や民族的確執を超えて、地球レベルの『公』の時代に入ったこと（略）たがいによろこびあいたい（略）各国代表は、議場に入る前、手荷物預り所に〝宗教〟と〝国益〟と〝民族感情〟という三つをあずけてしまう（略）二十一世紀には、この〝空想〟の世が来らんことを（司馬遼太郎『風塵抄』〔中公文庫〕、中央公論社、一九九四年）

これに対して小林は、「「空想」「むり」。（略）しばいたろか。（略）合掌」（前掲『「個と公」論』）と、一も二もなく批判しているのである。

また、『戦争論』を批判するなかで、対人ストレス耐性大だろう大江健三郎が、戦後民主主義を、フランス、アメリカそして日本へと伝えられてきた世界に「普遍的な思想」＝大理念として捉え、これを信奉していることを、次のように批判する。これも大理念批判である。

「普遍的な思想」だって。（略）じゃ、イスラムとかはどうなるんかね？　おかしいねえ、もはや世の中には別の価値観があるってことを認められないのかねー。もう完全に宗教の域だよなあ。（略）民主主義の中では、民衆がファシズムを願うこともあるんだよ。あなたはナチスを肯定するんですね。わしは否定するよ（笑）。わしはナチスを否定するから、民主主義も絶対化しない。そう言うしかないね。（前掲『「個と公」論』）

同じく『戦争論』批判のなかで思想家・吉本隆明が、憲法第九条は「人類が持ちうる最高の理念」と、大理念としてこれを主張したのを、次のように「人間」（中集団側）にはありえようもない空論と批判している。

「最高の理念」っていう言葉が問題だよね。つまり「人を殺さぬこと」という理念を人類が持てば、それは「最高の理念」だよ。でも人類がいる限り、結局人を殺すんよ。そんな「最高の理念」なんて作ったって、達成してしまった途端、人類が人類じゃなくなるってことなんだから。「最高の理念」だなんて言ってもしょうがないわなー。非常に愚かな、全然達成しようもない、人間じゃなくなる理念になっとるのかもしれんのだからね。わけわからん話だよね。（前掲『「個と公」論』）

さらに、前記のように「国家」までの中理念を支持する一方、それを超える「グローバリズム」はマルクス主義と同様のイデオロギー＝大理念として、次のように否定する。

わしは、グローバリズムで資本が国境を越えていくこと自体が、そもそも資本主義自体の崩壊だと思っているんだよ。資本主義は本来、国家が管理できるものだった。（略）全世界が日本と同様の豊かさを手に入れるのは絶対に不可能（略）そういう資本主義によるユートピア思想は捨てたほうがいい。わしには国境のほうが大切で、もう国ごとに閉じていればいいという感覚しかないんだよ。グローバリズムというのはマルクス主義と変わらないイデオロギーなんだから。（小林よしのり『はじめての支那論』〔幻冬舎新書〕、幻冬舎、二〇一一年）

その具体例として、例えばＴＰＰに反対する弁は、実体はグローバリズムという大理念への反対になっている。すなわち、ＴＰＰは関税撤廃や自由貿易のグローバリズム、「世界普遍主義的な資本主義」「世界市民」を内容とするイデオロギー＝大理念であり、日本の文化的・経済的国柄を破壊し、関税自主権や主権など国家の防衛機能を放棄するものとして、これに反対しているのである。

ＴＰＰ参加を行えば、いずれすべての「関税」と、さらに「非関税障壁」までが「例外なく」撤廃されることになる。つまりみずから関税自主権を放棄し、主権を手放すのであり、国家より市場を優先する「世界市民」のイデオロギーに組することになるのだ！（小林よしのり『反ＴＰＰ論――ゴーマニズム宣言 SPECIAL』幻冬舎、二〇一二年）

右も左もいい加減に幻想を追い求めるのはやめにしてほしい。グローバリズムなんて世界普遍主義的な資本主義はあり得ない。（略）国柄の数だけ資本主義があると考えるのが正しい。日本は日本流の資本主義を貫くべきだ（同書）

また最近の、ＬＧＢＴ（性的マイノリティーの人々）を扱った企画で休刊に追い込まれた論壇誌「新潮45」（新潮社）をめぐる問題でも、大理念だろう「人権」よりも中理念の「国家」重視の弁を述べている。

わしは自分が保守だと思っています。リベラルとは違って、人権は自然権だとは考えていない。人権は国家がなければ守れないと思っているから、国家を重視します。（「耕論」「朝日新聞デジタル」二〇一八年十月十二日付〔https://www.asahi.com/articles/ASLBC5V6SLBCUCVL023.html?iref=pc_ss_date〕）

準強理念性

小林の著作のシリーズ名「ゴーマニズム宣言」のタイトルからも推定できるように、小林は、多くの批判や反発に対しても平気で闘争する強理念性をもっている。例えば、オウム真理教問題でその信奉者と闘い、慰安婦問題で女性擁護・人権運動家と闘い、対アメリカ追随を批判して従来保守と闘うなど、中理念を掲げて、常に誰かと闘うこと自体に異論はあまりない。

わしは嫌われ（略）憎まれ（略）くやしがられ（略）しっとされ（略）殺したいと思われている！　へへッ（略）インターネットの中には「小林よしのりを殺す掲示板」というのまであって　わしへの誹謗・中傷・デマ　脅迫の大洪水だったが（略）うわははは　このどす黒い憎悪のブラックホール　夢中ね　わしに夢中

なのねーっ（略）今や　左翼・反権力　市民派の人たちはみんな「反・小林」だろう　うおっほーん　いやなに　これしきのこと（略）「それにしてもふと見渡せば「反・小林よしのり」をこ～んなにいっぱい作ってしまった　嫌ってる　嫌ってる　クスッ　憎んでる　憎んでる　ウフッ（略）どこまでも　どこまでも嫌われてやる　日本中「反・小林よしのり」になっちまえ！（小林よしのり『よしりん戦記――ゴーマニズム宣言SPECIAL』小学館、二〇〇三年）

このように、「反・小林よしのり」勢力の増殖を漫画化してしまうほどに、小林には「理念対理念の闘い」に余裕、つまり対人ストレス耐性そして強理念性が認められる。しかし、小林の「ゴーマニズム」は、自ら〝傲慢〟（ゴーマン）だという自己反省も伴っていることから示唆されるようにそれは強理念そのものではなく、彼がもっているだろう中理念がまとうところの準強理念性ではないかと思われる。つまり、その表現活動（漫画）によって、「抑圧」される人、「傷つく人」が出てくるが、それでも「或る者には光を照射することを信じて描く」と、他対抗性や他罰性をある程度示しながら価値主張する、という準強理念性である。

不屈のわしの魂は　〇歳の時から喘息の神によって　きたえ抜かれて作られたのだ！　今度はわしが世間に抑圧を与えてやる番だ　喘息の苦しみの何百分の一の抑圧にすぎんと思うが　しかと受けとめてバネにしてもらいたい　わしは優しい男だ　自ら苦しみつつ　かますのだ　かます際　とばっちりを受けて　傷つく人がでるのも仕方ない　それが毒のある作品なのだ！　毒をくらう度胸のある者だけ　読みなさい　これだけ毎週かましてると「私は先生のファンだったのに　今回は許せません　傷つきました」とぬかす手紙が段々増えてきた　さっさと読むのをやめなさい　これは毒です（略）名作を描くのだ　当たり障りのないものは描けない！　それが或る者には光を照射することを信じて描く（小林よしのり『ゴーマニズム宣言差別論

スペシャル』解放出版社、一九九五年）

また、先に述べた中理念に関する一般論から、準強理念性とは、価値相対性に対抗して中理念を主張できるということでもあった。したがって小林は、相対主義に陥るな、価値主張せよ、理念をもてと、準強理念性―中理念を肯定する。そこに、価値相対性下での「理念対理念の闘い」としての対人ストレス発生に対する、対人ストレス耐性小か無による躊躇はない。すなわち、安吾やニーチェ、中島が示したような（準）強理念性への懸念や、遠藤の「善魔」批判などが顔をのぞかせる余地はないのである。

価値判断を厳密に行う理性を、我々は持たねばばらない。（略）我々日本人は倫理なき民ではダメだ！我々は多神教を克服せねばならないのではないか？（略）日本は多神教（略）あの神様も、この神様もありでいい（略）あっちも正しい、こっちも正しいってことで価値判断しなくていい（略）でもそれって価値相対主義（略）八〇年代のお古思想（略）多神教＝相対主義の国の倫理の不在がいよいよ危険な時代に突入したと、直観せざるを得ない。やはり多神教の相対主義国では、一神教の国のようにビジョンを持つことができないのだ！（略）相対主義から脱して、一神教（倫理）を希求せねばならない！　多神教（相対主義）では、価値判断もできぬふぬけではないか！（小林よしのり『挑戦的平和論――ゴーマニズム宣言 EXTRA』下、幻冬舎、二〇〇五年）

相反価値止揚理念

そして、価値相対主義を克服するというその理念は、準強理念を実現するところの、相反する価値を止揚させて形成する相反価値止揚理念のかたちを、やはり多く採っているように思われる。

例えば小林は、人間は私人であるとともに公人であるという人間観を用いる。この両側面の葛藤と止揚、つまり相反価値止揚理念のかたちで人間を捉えるのである。

すなわち、「「私」と「公」のバランス」（前掲『「個と公」論』）が大事で、「私」と「公」という相反価値を止揚させることで適正な人間、「私人」ではない「個人」に到達できると主張する。これはすでに述べた、中集団側に準拠するのが「人間」、とする人間観から導かれるものと考えられる。つまり、中集団側ということが、物理的に集団とは別の存在である「私」が、同時に中集団側に準拠する「公」も備える、という「私」と「公」という相反価値を止揚させた存在としての人間観を導くのである。

「公」と「私」の間の緊張関係から、決然と行為を選び取る「個人主義」ならば肯定できるのだが、この日本では「公」と「私」が完全に分離していて（略）「公」を否定することが個人主義と考えられているので、そのような個人ならとても肯じえない。（略）「公」だけに人格を回収されて「私人性」をないがしろにしてしまう愚も警戒しなければならないが（略）我々は社会全体のことを考える「公民」という存在でもある（略）「公」のことを考えるのは市民の特権だったのである。（同書）

つまり「「私」と「公」のバランス」（同書）が大事で、「私」と「公」を止揚させた存在としての「個人」を推奨するのである。

「プライベート」にふけっていくと、やっぱりみんな「個人」ではなく「私人」になってしまったわけよね。（略）だから「公」を組み込んだ「個人」になろう、「公共性」を考えた個人になろうというふうに考えたら、やっぱり「国」っていうものも考えなきゃならない。だから、必ずしも「個人」よりも「国」の方が大きいとかっていうふうにはわしは言わないよ。「公」と「個人」、あるいは「私」の間の緊張関係、その中でどうやって動くのかって話をしているわけだからね。(略)個人と公、個人と国家の綱引きとか緊張が大切だ(同書)

また、例えば、『戦争論』に関連して、特攻隊についても、「私人性」と「公人性」という相反する価値やあり方の超克として捉えている。小林が一貫している、相反価値止揚理念に沿う人間観の表れのひとつと考えられる。

特攻隊にもそれぞれ将来の夢があり、生きたいという気持ちはあった。当然である。だが人間には私人性と公人性があり、ぎりぎりの状況で私心を捨て、公心を選んで死んでいったものが特攻隊である。(略)「公心」を示す資料は無視し、「私心」で出撃前夜に泣き叫ぶ姿を創作(捏造)までして、「基地に神はいなかった」と言う。サヨク・イデオロギーで、事実をねじ曲げ、特攻隊員を愚弄しているのだ!(小林よしのり『日本のタブー』〔「ゴーマニズム宣言NEO」第二巻〕、小学館、二〇〇九年)

このような人間観に表裏することだが、人間に必要な「自由」についても、(一部はすでに引用したが)自由と束縛の相反価値を止揚させたものとして「自由」概念を捉えていたのだった。

人はどこかに「帰属」する、誰かに「承認」されるという「束縛」があって、初めて安定が得られるものだ。(略)人は自由に耐えられない。家族からも、社会からも、組織からも自由、国家からも法律からも自由、そんな存在はもう人間ではない。それは人間というより獣に近い。(略)自分を一番自由にしてくれる束縛を求めて人は踠き苦しむのである。(前掲『天皇論』)

制限と束縛のない自由など実はない！　すでにそんな空をつかむ自由に堪えきれぬ人々がこんなに出てきているではないか！　個は制限と束縛の中で完成される　自分を一番自由にしてくれる束縛は何か？　それを大事に思う心を育てよう（前掲『戦争論』）

この小林による「自由」は、対人ストレス耐性中の太宰が「パンドラの匣」のなかで、相反価値止揚理念として捉えた「自由思想」概念と同一のものだろう。すなわち太宰は、「自由思想」に対する相反価値として「圧制や束縛」（前掲「パンドラの匣」）を挙げ、「鳩が自由思想」であり、それは「空気の抵抗」という相反価値（「圧制や束縛」）に打ち勝ち「飛び上がる事が出来」てはじめて意味がある思想になると、相反価値止揚理念としての「自由思想」を語ったのだった。

一方これは、「青空の下へ！　自分一人の天地へ！」（前掲「石の思い」）と、「制限と束縛」（前掲『戦争論』）のない非集団側（孤独）での自由を願った対人ストレス耐性小か無の安吾の〝自由〟、小林によって「人間というより獣に近い」（前掲『天皇論』）と見なされるだろう〝自由〟とは異なるものだった。

さらに小林の場合、主に日本の「自存自衛」のための「政策」、つまりより中理念と捉えているだろう大東亜戦争肯定論もまた、この相反価値止揚理念だといえる。すなわち、大東亜戦争に対してはまず、欧米の侵略に対して日本の独立を維持するため、さらに加えて神国日本を盟主として植民地化されているアジア諸国を覚醒させ独立を促すため、という大東亜共栄圏思想の理念性を認める。そして同時に、それは後付けの理念であり、アメリカなどの石油禁輸に遭っての石油獲得を目的にし、軍国主義によるアジアに多大な被害をもたらした、初めから勝ち目がない無駄に兵士を死なせただけの戦争、という相反する見方を競合させる。そしてそのうえで、両者を止揚して大東亜戦争肯定の主張を導いているのである。

当時の政府が（略）軍の暴走に歯止めをかけるシステムを失い　ズルズルと勝ち目のない戦争の泥沼にはまっていったらしいこと　明らかに戦線を拡張しすぎて（略）戦闘死より餓死ばっかりしてたこと（略）軍規違反で悲惨なこともしただろう　それら否定的な側面をすべて反省したとしても（略）日本の自存自衛のため「政策」の延長として戦争という策をとったのだ（略）大東亜戦争という政策には　欧米人の人種差別意識を痛打し　アジアの独立をうながし（略）帝国主義時代の幕を引いたという功績があるのではないか！（略）日本には自衛のため　さらには欧米列強によるアジアの全植民地化を防ぐという「正義」がある！（略）日本の戦争に正義はあった！（前掲『戦争論』）

また、例えばリトアニア大使・杉原千畝のユダヤ人救済をもたらし、小林の場合主に中理念の「国是」「国策」として捉えているだろう「八紘一宇」についても、相反価値止揚理念としてこれを評価している。すなわち、「八紘一宇」は、大東亜戦争での後付けの思想であり、ユダヤ人の資本と技術利用、そしてアメリカへの影響力を期待する下心があった、しかしながら、それらを踏まえてもなお、国是としてあくまで人種差別をしないことをうたった理念、相反価値止揚理念とみることができるのだ、と。

政府は「八紘一宇」の国是のもと人種差別をしない方針で、ユダヤ人排斥はせず、公正に扱うことを一九三八年「猶太人対策要綱」で決めていたって。（略）百歩譲って下心があったとしても、それでも現実にユダヤ人を救っているじゃないか！（略）「情は人の為ならず」って言葉、知らないの？　だいたい国策としてやることなんだから、それくらいの意図があるのは当然と言えば当然の話（前掲『「個と公」論』）

本節ですべての価値判断について検討する紙幅はないが、これらの検討にみるように、小林による主要な価値主張は、しばしば相反価値止揚理念のかたちをとっているのではないかと思われる。

ニヒリズム否定、エゴイズム汎観否定、アナーキズム否定

①ニヒリズム否定

すでに触れていることだが、準強理念性を帯びた中理念を主張する小林は、対人ストレス耐性小か無の安吾の理想を排した現実主義や、同じくニーチェや中島の「永遠回帰」などから導かれるニヒリズムも強く否定している。

例えば、大東亜戦争での大東亜共栄圏思想という理念＝「物語」を取り上げて、「物語の解体に我々は耐えられない」と理念性に対する生理的ともいうべき必要性を率直に告白し、それをなくした場合の虚無主義やニヒリズムを批判している。

日本国民が総力戦で戦った戦争の「物語」（略）玉砕も散華も悠久の大義も死に対する意味づけである。無意味な死という物語の解体に我々は耐えられない。死を意味づける物語が消滅した世界では、特急列者の中で女性がレイプされていても誰も助けようとしない虚無主義だけが蔓延する。（小林よしのり『世論という悪夢』〔小学館101新書〕、小学館、二〇〇九年）

小林は、対人ストレス耐性小か無のニーチェが推奨した、「物語」＝理念性が失われて自然科学的・機械的に「永遠回帰」するだけの「徹底的ニヒリズム」の世界を、「運命愛」をもって全肯定するという「超人」にはなれないようである。

さらに小林は、戦後日本社会についても、生命より理念性に価値がある場合がある、として「武士道」に含まれる倫理を例に、「生命至上主義」によって導かれるニヒリズムを批判する。

左翼と親米保守派は「命どぅ宝」＝「生命至上主義」という一枚のコインの裏表であり、真・善・美の価値の探求を捨て去った戦後民主主義者、つまり神を捨てた者たちだったのである。（略）命こそが宝で豊かさの保障があれば正義など要らない！（略）正義も大義も要らない、より善きもの、より美しきもの、より崇高なもの（略）という倫理への希求を放棄した「神なき民」（略）「武士道」に通底する価値は、やはり「死の思想」ではないか！　ためらわず刀を抜き死を選択する覚悟は、「生命至上主義」があらゆる価値を圧倒して、正義も大義もないというニヒリズムに堕していく日常を超克する。つまり、儒教との合体以前から、すでに「武士道」には倫理が含み込まれているのである！（前掲『挑戦的平和論』下）

そして若者に対しても、ニヒリズムに陥るな、理想を捨てるな、と理念や理想を強く主張している（ただしこの場合の理想は、小林が中理念を主張していることから、実現不可能な大理念ではなく、実現可能な中理念としての理想だろう）。対人ストレス耐性小か無の現実主義そして「徹底的ニヒリズム」などとは遠いところに小林は生きているのである。

若者は違うのよ。価値を求めている。若者は常に価値を求めていて、生活のために情報だけが必要な人種じゃないのよ。（略）若い人には希望がある。だから例えばわしのところに来た二十一歳の新秘書・みなちゃんを見てるとやっぱり未来に希望を見ていると感じるわけ。ニヒリズムに浸っていない。（略）そういう人物も、歳をとるうちに自分の本当の理想を忘れてしまっている恐れもある。だから、幾つになっても理想を捨てないプロフェッショナルになれというメッセージを送り続けているんです。「絶対に理想は達成できるぞ。くそリアリズムみたいなものに巻き込まれるな」とね。（前掲『よしりん戦記』）

②エゴイズム汎観否定

小林は、「堕落論」の安吾、「超人」思想のニーチェなどにみてきた、対人ストレス耐性小か無のエゴイズム汎観からの、人間の本性としてのエゴイズムの全面肯定の立場はとらない。すなわち中理念を主張する小林は、人間の本性としてのエゴイズムの全面肯定などは決してしないのである。例えば、『戦争論』への反響を検討するなかで、小林は戦後日本社会で「公」が後退し「私」が横溢していることの根源としてエゴイズムを批判する。

日本においての異常性は「公」を忌避するのみで「私人性」だけを肯定し、「私欲」のみを押し進めていけば「公」が出来上がるなどと、ほとんどの知識人・文化人・マスコミが戦後一貫して間違った観念を流布してしまったことにある。彼らは「個人主義」と言えば聞こえはいいが、その実は「私人主義」である。日本は公共社会のことを考える「公民」が著しく減少してきて、今や「私民」社会と言っていい。「市民」はいない。「私民」のみだ。「私民主義者」どもは結局その論拠の到達するところ、「人間のエゴイズムは肯定すべき」と開き直ってしまう。（前掲『「個と公」論』）

ここには、対人ストレス耐性小か無の安吾の敗戦直後の「堕落論」などでのエゴイズム汎観―人間の本性としてのエゴイズムに対する全面肯定は認められない。安吾は小林とは違って、「人間は生き、人間は堕ちる。そのこと以外の中に人間を救う便利な近道はない」（前掲「堕落論」）、「我々の秩序はエゴイズムを基本につくられているものであり、我々はエゴイストだ」（前掲「エゴイズム小論」）と、エゴイズム全面肯定の弁を述べていたのだった。

ちなみに小林は、最近作『新・堕落論』で、主に中理念を喪失している「平成」の国民の状態を「堕落」とみて、この堕落を極めることで新たな価値―中理念を生み出すべきだと主張している(小林よしのり『新・堕落論―ゴーマニズム宣言SPECIAL』幻冬舎、二〇一八年)。これは対人ストレス耐性大の亀井の〝堕落論〟と同じく、「堕落」を次なる理念性主張のためのステップとみている点で、安吾のエゴイズム汎観全肯定の「堕落論」を読み誤っている。つまり小林の『新・堕落論』は、対人ストレス耐性小か無である安吾のエゴイズム汎観や淪落の全面的肯定を、自らの対人ストレス耐性(後述するように対人ストレス耐性中だろう)をもって、新たな中理念を生み出すための一過程と誤投影したのである。それは同書内で引用している、同じく対人ストレス耐性小か無であるニーチェの、「永遠回帰」からのエゴイズム汎観―「徹底的ニヒリズム」を全面肯定する「超人」思想を、理念主張の論と誤解釈しているらしいのと同じ誤りと考えられる。ニーチェは前述のように、小林のエゴイズム批判とは正反対の、エゴイズム全面肯定論を主張していたのだった。

エゴイズムは高貴な魂の本質に属する。(略)これに名をつけようとする段になると、高貴な者は言うであろう、「これは正義そのものである」と。(前掲『善悪の彼岸』)

③アナーキズム否定

また小林は、アナーキズムを否定する。次の引用のように、「国家の安定、統一を維持するには、その中心に必ず権威が必要」と述べる小林は、アナーキストには程遠い。

国家に権威を認めるからこそ、人は法律に従い、社会秩序が保たれる。国家が権威を失った無秩序の実例は、

> 現在も世界の至る所に存在する。権威なくして人間社会は成り立たないのだ。国家の安定、統一を維持するには、その中心に必ず権威が必要である。（前掲『天皇論』）

また、「公共心」を重視する次のような言にも、小林がアナーキストは非難されるべきもの、と考えていることが示されている。

> もっと程度の低い知識人になると「公＝権力」としか考えない。「公共心」（パブリック・マインド）という言葉さえ知らないのだ。（略）人が社会的存在である以上「公共心」という一種の慣習的ルールが必要である、と暗黙に了解するフシがあっても、「公」を認めたら「権力」も認めてしまうことになると拒否反応を起こし、国家や権力を否定したいあまりに「公共心」さえ否定するに及ぶ輩（アナーキスト）もいる。（前掲『「個と公」論』）

やはり中集団側の小林にとって、「国民の統合」「国家の物語」という中理念は疑いなく必要なもので、次の引用で「無政府主義では話にならない」といっているように、アナーキズム（無政府主義）は論外なのである。

> 国民の統合の象徴、国家の物語の核は必要である。そのことを天皇と国民の、双方から自覚し合う情熱は、礼節ある距離感で維持し続けねばならない。これを崩したい者が代わりに持ち出す物語の核は、しょせん「愚」民主主義か、あるいは社会を平板化する社会主義・共産主義、国家の物語自体がいらないという単なる無政府主義では話にならない。（前掲『挑戦的平和論』下）

このような小林には、対人ストレス耐性小か無の安吾や中島、そして人間にディオニュソス的本質をみるニーチェなどの、アナーキズムを肯定する性格はまったく認められないといえるだろう。すなわち小林は、対人ストレス耐性小か無が肯定する、理念に由来し形成される政治的・社会的・文化的権威や権力を否定して、そのエゴイズム汎観から、個人の欲望や快楽を実現させるディオニュソス的性格を人間の自然で当然とするアナーキズムとは、完全に無縁なのである。

罪責性意識中

小林に、罪責性意識はあるようだ。それは中理念――「情」「信頼」「良心」「倫理」を肯定している以上、人性の不如意や不可抗力的な外的状況変化などによってこれに反した場合に、必然的に罪責性意識中として生じてくると推定することができる。

例えば小林は、幼少期に、アリを虫眼鏡で焼く虐待をしてしまったことから、人生初期からの罪責性意識の発生を描いている。

アリさん　熱地獄だーっ（略）このとーとつな地獄死に何の意味があるのか？　アリさんわかるかーっ　何の意味もないんだっ　神のきまぐれだっ　この存在の無意味さに　アリさん　たえられるかーっ　わしは泣きながら帰った（略）一晩中　罪悪感に苦しんで悪い夢を見た　「存在と意味」「神と運命」「罪と罰」　師、アリさんは哲学と宗教の命題を幼年期のわしの潜在意識に植えつけてくれたのである（前掲『修身論』）

成人後も、準強理念性の項でも述べたように、表現活動（漫画）で、それが中理念性を主張するものとして「或る者には光を照射することを信じて描く」（前掲『差別論スペシャル』）が、どうしても傷つける人がいることに「傷つける苦しみと罪悪感は　いつもキリキリと感じている」と、罪責性意識中を抱いている。
また、例えば、いじめられ自殺に対する対処でも、いじめた者への「良心」そしてそれを裏打ちする罪責性意識中の発生を求めていて、ここからも小林が罪責性意識中の発生は人間には当然だと考えていることがうかがえる。

大河内清輝くんがいじめられ自殺！（略）彼らにはほとんど反省の色も見られんそうで　学校側もかばっているという（略）殺人まがいのことをやった今　とことん罰を与えないで　いつどうやって人間の良心を教える⁉　やつらを人間として生かすには　きっちり「罪悪感」というものを芽生えさせろ！　それが親や教師の義務だ！（前掲『修身論』）

中理念の「情」「信頼」「良心」「倫理」を主張する小林には、例えば対人ストレス耐性小か無の安吾や遠藤などのように、無理念やニヒリズムベースのために罪責性意識が発生しない、などという悩みがあろうとは、想像もできないことのようである。

祈り親和性中、信仰性中

①祈り親和性中

小林は、随所で祈り親和性をもっていることを示している。そしてそれは、何の躊躇や疑問もなく全存在を投げ出し雀躍としてぬかずく、といった祈り親和性大ではなく、抑制を伴いながらそれでも祈るという、祈り親和性中と思われる。
例えば、彼の妻が重い病気のため大手術を受けたときに、何もできない自分は祈るしかなかったと、祈りを自然に実践している。

自分の愛する人が大手術をすることになってね、手術室に入っていく姿を見たら、やっぱりわしは照れながら祈っていたね。無力で、どうしようもないじゃない。その大手術が成功するかわからない、万が一、大変なことになるかもしれないっていう状況の中に置かれたら、まるっきし無力すぎて、自分でやってあげられることがなさすぎて、祈るしかない。だから照れながら祈っていたよ。そういうものでしょ、人間は。(前掲『「個と公」論』)

「祈るしかない」と祈り親和性を認めるが、「照れながら祈っていたよ。そういうものでしょ、人間は」という姿に、対人ストレス耐性大の亀井のような祈り親和性大ではない、自己を委ねる度合いを少し抑えた祈り親和性中が示されているように思われる。その一方では、対人ストレス耐性小か無の安吾にみたような祈りへの生理的拒否反応である祈り親和性(小か)無は、ここにはない。

ほかにも、雅子皇太子妃(当時)の適応障害の回復については「祈るしかない」と「静かに気長」な祈りを肯定しているのも、同様の表れと思われる。

我々にできることは祈ることだろう。静かに気長に回復を祈ることだ。天皇陛下と皇族の方々が「民、安かれ」と祈ってくださってるのだから、我々も祈りの力を信じるしかない。(前掲『新天皇論』)

また、小林は、「祭祀王」(前掲『挑戦的平和論』下)である天皇を肯定するなかで、より率直に「祈り」の肯定も表明している。

近代合理主義に染まってしまうと、「祈る」なんて行為は非合理的で、非科学的で、無意味に思える。この世の中も、なるようにしかならない、祈ろうが祈るまいが、何もかわりゃしないと思うだろう。（略）だが合理主義は結局は利己主義に行き着いてしまうものだ。（略）国の中心に、公のために祈る無私の存在「天皇」を置くというのは、国を安定させるために人類が考えうる最も賢明な策であり、他に類を見ない偉大な英知なのである。（略）世界に誇るべき、日本にしかない価値が、皇室の祭祀にはあるのだ（略）こんな時こそ国民が皇室のために祈っていればいいのだ。（略）わしが奇妙に思うのは（略）保守派の者たちが、祈りの奇跡を信じていない合理主義者であることだ。（略）人間の理性が万能だという驕りを、国民が捨てなければならない。（前掲『天皇論』）

なお、小林はここでも、近代合理主義と十分競合させたうえで、つまり相反価値止揚理念として「祈り」を肯定している。つまりこれは、近代合理主義を反映した事実命題に基づくものかどうかの検討と、事実命題に基づくものか検討できない部分の両方を含むような祈り親和性中になるものと考えられる。そして、このような小林は、靖国神社へも何のためらいもなく参拝できるのである。

わしは靖国神社に参拝して手を合わせる時　「日本を守りたいと思います」（略）と心につぶやき　その後は「安らかに（略）」（略）としか願わない（略）死者（略）彼らはきっと迷いの淵にある現代日本の弱い人たちの願いを引き受けてくれていることだろう（小林よしのり『靖国論――新ゴーマニズム宣言 SPECIAL』幻冬舎、二〇〇五年）

繰り返しになるが、ここには、対人ストレス耐性小か無の安吾などにみられた祈りへの生理的拒否反応はいささかもみられず、小林が祈り親和性小か無とはまったく無縁であることを表しているといえる。

②信仰性中

また小林は、信仰心も否定していない。あからさまな信仰性大としての「信仰」表明はしてはいないが、次のように、自らを含め日本人一般に信仰心があることを示唆していることから、潜在的な部分も含め、信仰性中ではないかと推定される。次の引用は同時に、祈らない人間などとは絶対に付き合うことはできない、と祈り親和性への率直な肯定の言にもなっている。

大体日本人が無宗教ということはありえない　自分を超越する何者かに「畏怖の念」を抱いたこともなく「敬虔な気持ち」になったことがない人間など　絶対に信用できない　もし共産党員やマルクス主義者が「私は敬虔な気持ちになど　なったことは一度もない」と言ったら　そんなやつとは絶対つきあえない（略）「敬虔な気持ちになったことがない人間」というのが　空恐ろしい気がするからだ　そんなやつは　ある日　小学校に乱入し　次々に子供を刺してしまいそうな気がするじゃないか！（略）あるいは一軒家に侵入して　家族全員を皆殺しにした後　悠々とアイスクリームを食べたり（略）神も仏も霊魂も　死者の世界も　意識下ですら信じていない人間（略）自分を超越する何かに　すがることが絶対にない人間とはお友だちになりたくない　不気味なニヒリズムに精神が浸食されていそうで　ある日　突然　発狂しそうで恐い（同書）

①小林の死後の名誉・業績評価中

中集団側に準拠する場合、個人による中理念成就は中集団内で世代を超えて伝えられ、それは死後の中集団の維持と発展にも寄与するために、小林は死後の名誉・業績評価中だと推定される。

そして、死後の名誉・業績評価は、〝人間は生きることがすべて、死ねば無となる〟という生命至上主義からは生まれないものだった。したがって小林は、まず、この生命至上主義に疑問や批判を呈している。それはすでにニヒリズム否定の項で部分的に触れているのだが、小林はその『沖縄論』でも、「命より上位の価値について考えぬ限り」反戦平和は成就できないと、沖縄の反戦平和運動の生命至上主義、「命どぅ宝」に疑問を呈している。

命は手段であって、目的ではないのではないか？　命より上位の価値について考えぬ限り、沖縄県民は日本政府の考える安全保障の枠内に組み込まれるのは必然ではないのか？（略）「背に腹はかえられん」「命どぅ宝じゃけん」というニヒリズムの浸透こそが、結局は人間から誇りを奪うのに、最も強力な武器なのだ。（略）「命どぅ宝」はつまり「生活どぅ宝」であり、やがて「お金どぅ宝」となる。（小林よしのり『沖縄論――新ゴーマニズム宣言SPECIAL』小学館、二〇〇五年）

また、生命至上主義は死の絶対的無意味性と表裏するものであり、小林はこれも批判すると推定される。そしてたしかに小林は、『戦争論』を批判した（対人ストレス耐性小か無だろう）評論家・宮崎哲弥を批判するなかで、死は無意味ではないと述べ、死後の名誉や業績を肯定していたのだった。

インタビュアー・時浦兼：宮崎（哲弥）氏は「意味のある生」と「意味なき生」の区別などは存在しない、

生そのものに意味があり、死は絶対の無意味である、「生の真意は「死なないこと」のみである」と強調していますが。

小林：「死は絶対の無意味である」なんて言うちょるが、マリリン・モンローやジェームス・ディーンはなんでいまだに伝説なんだよ。太宰や三島の死はいまだに意味をもっちゃってるじゃないか。（前掲『「個と公」論』）

この小林の評価姿勢は、対人ストレス耐性小か無の安吾などの生命至上主義、「人間は生きることが、全部である。死ねば、なくなる。名声だの、芸術は長し、バカバカしい」（前掲「不良少年とキリスト」）とは、まったく正反対ということができる。

そして、このような小林が、明確に死後の名誉や業績を肯定しているのは、やはり『戦争論』のなかだと考えられる。小林は、『戦争論』で、負ける戦はするな、といった合理主義を排し、大東亜戦争は敗れてもなお、欧米の侵略に対する日本の独立、アジア諸国の覚醒という大義という「物語」を残したと、死後の名誉や業績を肯定する立場をとっているのである。

まっとうな作戦によって死んだ無数の兵隊たちにも（略）無謀な作戦によって殺されたに等しい死に方をした兵や民衆にも　感謝し哀悼の意を表するために　わしは「名誉」と「物語」を捧げたい「むだ死に」ではない　少なくとも　わしがその死を忘れない　次の世代も忘れさせない（略）命より尊いもの死を賭けて守るべきものはあるということだ（略）あの戦争で死んだ兵やすべての民は　祖国の歴史と風土に命を捧げ家族と日本の未来を守るために死んだと言っていい（略）戦争には屈辱と誇りが交錯する　しかし「すべてがムダだった」とわしは言いはしない「物語」はある！（前掲『戦争論』）

こうした小林による死後の名誉や業績の肯定は、より一般的には、中集団側での中理念―「中くらいの物語」主張の表れの一形態ということができる。その意味で、小林の死後の名誉・業績評価は中と考えられる。そして作者が自ら述べるように、この『戦争論』を描いたモチーフとは、「祖国の歴史と風土」（同書）を守るという中理念―「中くらいの物語」としてみた場合の大東亜戦争や大東亜共栄圏思想の肯定と、その中理念肯定の一形態である死後の名誉・業績評価中だったと考えられる。

福沢の言う「瘠我慢の説」（略）つまり合理主義を排し（略）「士風こそを後世に伝えよ」（略）まさに大東亜戦争にわしが共鳴するゆえんのところを福沢はすでに、この時点で言ってくれてる（略）これこそが、わしが『戦争論』を描いたモチーフになっとる。（前掲『「個と公」論』）

②歴史・伝統・文化意識中

国家までの中集団側に準拠するために小林は、国家レベルまでの歴史を評価する歴史意識中であることが推定される。また同様に、中集団＝国家までの共同体で形成し伝えられる伝統や文化を評価する伝統・文化意識中であることが推定される。そしてたしかに小林は、前述したように、まずその人間観である「個人」を成立させるために不可欠なものとして国の歴史を重要視していたのだった。

「個人」は社会のヨコ軸と歴史のタテ軸の（略）交差する一点に位置する「個人」であり（略）歴史を持つ者こそが〝人間〟（前掲『戦争論』）

さらに小林は、一部前述したように、言葉（国語）、感性、美意識そしてこれらによる人間の理性を規定するものとして、国の歴史や伝統や文化の重要性を認め、歴史・伝統・文化意識中を示していたのだった。

理性の前提になる言葉（国語）や、人間の感性や美意識を規定してしまう歴史や伝統の重要性に気付く（略）やはり国の風土や習慣や歴史から、人間の感受性は自由ではない！　自分の感受性や才能そのものが、逃れがたく日本という国に育てられてしまっている！　アメリカに育った者、中国・韓国に育った者、インドや中東やヨーロッパやロシアに育った者（略）人間は誰でもその国の風土や習慣や歴史によって作られている。地球市民などいないのだ。（前掲『天皇論』）

これをより具体的にみていくと、まず、日本人を成立させるものとして中集団である日本の歴史を重視する歴史意識中のようである。

国民とは、単に、日本列島に棲息する霊長類ヒト科の動物のことではない。国の歴史を受け継いで初めてヒトは「国民」になる。国の歴史が消滅してしまったら「国民」も何もないのだ。（同書）

同様だが、日本の「歴史」に「原理」という理念性の形成があり、それによって日本人のアイデンティティーを見いだせるとして、日本の歴史を重視する歴史意識中なのである。

我々は国家に帰属する者であって、国家の恩恵による安寧を享受して暮らしている。（略）「歴史」を見直す運動自体が民族のアイデンティティを見直すことであり、それはまず民族の「原理」があるとして考えない限り、決して語れないものではないか。「原理」がなければ、日本人であろうとなかろうとかまわない。中国人にでもなればいい。（小林よしのり『テロリアンナイト』〔新・ゴーマニズム宣言〕、小学館、二〇〇二年）

より詳しく述べると、「自国の歴史」が「自分とは何か？」という個人のアイデンティティーを形成する、それなしには個人のアイデンティティーは失われ浮遊する、日本人は「日本という国の歴史と文化から離れられないし、それを大事にしてきちんと見つめなければ、未来もない」として、自国の歴史や伝統、文化の価値を評価する歴史・伝統・文化意識中なのである。

オウム事件（略）何故若い人がカルトにはまってしまうのか（略）歴史から切り離されて浮遊した個人が、「絶対」を求めたから、ということ（略）いま若い人たちは、自分は歴史からも国からも浮き上がって、ふわふわ漂っている個人にすぎないという感覚に陥っている。（略）そのために彼らはアイデンティティーを求めるあまり、いろんなカルトや、怪しげな自己啓発セミナー、左翼の隠れ蓑になっている市民運動などに絡めとられていく。挙句の果てに、援助交際や、キレてすぐ人を殺すやつなど、いろんなのが出てくる。そうなってくると、やっぱり自国の歴史というものに目を向けなければ仕方がなくなるわけ。〝自分とは何か？〟ということに解答を出さなければ仕方がない。それに、アメリカ人やヨーロッパ人が何と言おうと、わしらは、日本という国の歴史と文化から離れられないし、それを大事にしてきちんと見つめなければ、未来もないということだよね。（略）歴史を見直すことによって、自分探しやカルトなどに埋没している、今の若者たちの風潮を静めなければならないという感覚でやる（前掲『よしりん戦記』）

また、一般論として検討したように、歴史が将来にわたる中集団の維持と発展に使用できる点からも、中理念の顕現史としての国の歴史を重視する歴史意識中であることも明確に述べている。

知識人の中には「歴史教科書はいらない　歴史教育はいらない」という暴言がある。「一国平和主義」に脳の芯まで冒された馬鹿知識人どもは、「歴史事実　歴史解釈　過去をめぐる評価」が、国益を左右する武器になり得る時代に突入したということがわからない。朝鮮半島と中国は、この先も「反日」を手離すことなしに、アイデンティティを束ねられないだろう。（略）我々は子孫の代を守れるのか？（略）現在、日韓歴史共同研究などというムダなことをやっている。「歴史を建て直す」という言葉を持ち、都合の悪い歴史は改謬するのが当然というのは韓国の歴史だ。日本人は日本人の歴史を大切にせよ。外国と共通の歴史なんかいらない。（小林よしのり『平成攘夷論――新ゴーマニズム宣言SPECIAL』小学館、二〇〇七年）

このような観点から生じる歴史意識中のひとつの表れとして、すでに大理念反対の例としても挙げた、小林によるTPP批判がある。すなわち、当時の首相・管直人は、明治維新、太平洋戦争敗戦、そしてTPPという「第三の開国」を、これまでと同じ変革と創造力で乗り切ろうと述べた。しかし小林は、これらは外国の軍事力に敗れて主権を失った屈辱の歴史というのがその本質で、過去のこうした「開国」の歴史を踏まえればTPPには反対すべきだと主張した。そして、当時の民主党政権への「歴史性をとことん喪失している」という批判を通じて、その歴史意識中を明らかにしている。

「開国をなし遂げた」と誇らしげに言うとは！　無知なのか　狂っているのか（略）管直人というのは、日本人としての歴史性をとことん喪失している。「第一の開国」によって結ばされた不平等条約を解消するために、日本は莫大な犠牲を払って日清・日露、二回もの戦争をしなければならなかったのだぞ！（略）こういう時こそ、歴史に学ばなければならない。だが管はこう言っていた。『過去の開国にはない困難も伴います。経験のない変化、価値観の多様化、その中で安易に先例や模範を求めても、有効な解は見つかりません。』　歴史に学んでも意味はない、と言ったわけである。（前掲『反ＴＰＰ論』）

ちなみに小林は、郷里・福岡の伝統行事や文化、生活習慣を非常に大切にしていて、これもその歴史・伝統・文化意識中の表れだと考えられる。そしてこれは、対人ストレス耐性中の太宰の、郷里、家の伝統、行事、文化、儀式などを大事にした生活態度とよく似ている。

一方、このような小林には、あらためていうまでもなく、非か小集団側に準拠するだけの対人ストレス耐性小か無の歴史・伝統・文化意識小か無を認めることがない。すなわち、安吾の現実主義や合理性からの「法隆寺も平等院も焼けてしまって一向に困らぬ」（前掲「日本文化私観」）、あるいはアメリカ軍の空爆に「偉大な破壊、その驚くべき愛情」（前掲「続堕落論」）をみるといった歴史・伝統・文化破壊の姿勢を認めることはできない。あるいは、同じくニーチェや中島の「永遠回帰」からの「徹底的ニヒリズム」による歴史・伝統・文化否定、あるいはその時間論からの「〈いま〉がすべてで、〈いま〉以前はすでに無く（略）百五十億の世界の歴史もなく、数億の人類の歴史もなく、これからの人類の歴史もない」（前掲『明るいニヒリズム』）といった、過去や歴史そのものの存在否定などを、わずかたりとも認めることはないのである。

社会運動性中

小林は、中集団側に準拠することから、中理念を介した中連帯性によって、社会運動性中を示すことが推定される。

この社会運動の典型例というべきデモに関して、一九七〇年代の初めに大学生になった小林は、左翼系学生サークルに入りデモに参加してはいる。しかしすでに全共闘運動終息後の「三無主義」の時代でもあり、学生運動には意義を感じず、いまは自分のことをやらなければならない、と早くに運動から離脱している。この経験の影響か、以来、社会運動の典型であるデモ自体には批判的になっている。例えば近年の、安倍晋三内閣の安保法案に反対する学生集団SEALDsのデモに対しても、集団性に埋没して個が失われている、議論をするのが民主主義なのに議論ができないからデモをしている、などと批判している。

しかし、理念を介して連帯し「社会問題の解決や、社会制度そのものの改良・変革を目的として行われる」（前掲『大辞泉 第二版』）集団運動、としての社会運動すべてに批判的になることはなかったようである。というのも、一九九二年に「ゴーマニズム宣言」を連載し始めて、九四年の薬害エイズ問題では、学生らの「支える会」の運動に参加し、厚生労働省へのはたらきかけを集団でおこなっている。

それは小林としては、被害者そして支援する学生への中理念＝「同情」「友情」を介した「個の連帯」、中連帯性による社会運動性中だったようである。しかし「支える会」が一部政党に指導され、イデオロギーへの「共感」を介して組織化された社会運動性大に化していく側面があることを知ってからは、運動へ批判的になり、厚労省の謝罪を得たことを期に、薬害エイズ問題からは手を引いている。この経過を『脱正義論』で、次のように述べる。

薬害エイズの運動は「個の連帯」だったんだ　組織を作るためのものではない　もうまもなく解散してバラバラの個に戻るのだ（略）この運動が　全面的に純粋な正義だけで成功したものと思われちゃかなわん（前掲『脱正義論』）

ダメだった　ひどいもんだ（略）もう個人ではなく　支える会という組織の者になって　組織に関わる者は

すべて善で　内部を守ることにこだわってしまっている（略）すでに東京の「支える会」自体がれっきとした組織であり　団体と化していたのだ！　学生も個ではなく　すでに組織の人だったのだ！　政治家は最初から政治をやっていたのだ　学生たちを支配下に置くべく（略）さらばだ　個の連帯は　幻想だった（同書）

しかしその際も、次に述べるように、小林は社会運動そのものを否定するのではなく、社会運動性大は批判する一方、「あくまで個として生活してゆける自信を持っていながら、ここぞという時には限定した目標を掲げて連帯して闘う」という社会運動性中は認めているようである。

八〇年代のニヒリズムに飽き足りず、しかし八〇年代のエゴイズムを内側にセットして、あくまで個として生活してゆける自信を持っていながら、ここぞという時には限定した目標を掲げて連帯して闘うのだ。（略）勝利した後に速やかにそれぞれの終わりなき日常に復帰し（略）じっくりと次なる闘いのために己の牙を研ぎ始める（同書）

そして小林は、その後一九九七年には「新しい日本歴史教科書を作る会」に参加し、戦後日本を覆い続ける自虐史観や教科書への従軍慰安婦記載などの是正を求めて、集団で変革していこうとする活動をおこなった。さらにその後、前述のように二〇一〇年からは、「身を修め、現場で戦う覚悟をつくる公論の場」として、国家や社会を論じる場である「ゴー宣道場」を始めている。その設立の弁が、すでに「信頼」の項で引用したが、大集団によるのではなく、中理念「信頼」を介した中集団による中理念――「公論」形成を求めるという、中連帯性による社会運動性中を目指したもののようである。

このように小林は、学生時代の経験の影響か、社会運動の典型というべきデモ自体には批判的である。しかしながら、繰り返し、中理念を介して中集団側で中連帯性を形成し、中理念実現のための討論、アピールなどの集団活動はしている。つまり、日本国内の「社会問題の解決や、社会制度そのものの改良・変革を目的として行われる」（前掲『大辞泉 第二版』）集団活動としての社会運動性中を示していて、こちらが彼の本態と考えられる。例えば、近年の二〇一七年四月の安倍内閣による共謀罪制定反対でも、ジャーナリストと連帯し、共謀罪に反対する運動に参加している。その弁は次のようである。

ジャーナリストらが共謀罪で記者会見をするそうだ。（略）呼ばれたので参加する。左翼系の知識人が多いが、仕方ない。国会で火をつけた状態になったから、社会的責任がある。「わしは個人で戦う」なんて恰好つけてもいられない。どうせ負ける戦いなんだが、子孫のために反対した者もいたんだと歴史に刻もう。（小林よしのり「共謀罪、明日、記者会見。今夜、生放送。」「小林よしのりオフィシャルｗｅｂサイト」二〇一七年四月二十六日［https://yoshinori-kobayashi.com/12959/］）

なお、薬害エイズ訴訟運動後の『脱正義論』での「ここぞという時には限定した目標を掲げて連帯して闘うのだ」や、この共謀罪制定反対運動参加の際の「社会的責任がある。「わしは個人で戦う」なんて恰好つけてもいられない」の言には、小林が、対人ストレス耐性小か無で、生理的に近い社会運動性拒否とは無縁な人間であることが端的に示されているといえるだろう。

すなわち、これらの言葉には、安吾の「ストライキという手段は、好きではない。社会生活に於ける闘争ということを好まないのだ」（前掲「戦争論」）の言、村上春樹の「孤独に生きていて（略）形にならない連帯感」（前掲『夢を見るために毎朝僕は目覚めるのです』）程度を大事にする態度、ニーチェの「畜群」「扇動家集団」をいとい集団活動などとは無縁な「超人」を推奨する思想、中島義道の「集団行為は原理的に醜いから、原理的に不正だから、原理的に悪だから」(前掲『うるさい日本の私、それから』)の言、などで表される対人ストレス耐性小か無の社会運動性小か無とは、小林がまったく無縁な存在であることが示されている。

一方、社会運動を自己目的化したり、大理念＝イデオロギーに「共感」し連帯性大でといった、社会運動性大に向かおうとする傾向に対しては、これを批判する。

例えば、先に引用した、薬害エイズ訴訟運動での「正義」とは、イデオロギーとしての大理念であり、これへの「共感」を介しての大連帯性や社会運動性大の方向への変化は拒否する、というのが『脱正義論』の真意だったと思われる。学生時代の、学生運動＝マルクス主義運動からの離脱にも、社会運動性大の傾向への批判意識があったのではないかと思われる。また、戦後民主主義思想、世界反戦平和思想、人権などの大理念を掲げ、世界への大連体性をもって平和運動を主導している対人ストレス耐性大だろう大江健三郎に対しても、「「普遍的な思想」だって。(略)もう完全に宗教の域だよなあ」(前掲『「個と公」論』)と、その大理念性や社会運動性大に小林は批判的だった。

本項のまとめになるが、小林は、薬害エイズ訴訟運動や、新しい歴史教科書運動、「ゴー宣道場」活動などで、繰り返し、理念実現のために一定の人々とともに集団活動する社会運動性を示してきたといえる。それは、「個」の「同情」「友情」「情」や「信頼」そして「国家」までの共同体に関する中理念を介した連帯性中によって、社会運動性中をなしてきたものと考えられる。

小林よしのりは対人ストレス耐性中

このように小林が示してきた一連の価値観や価値意識が、ほぼ対人ストレス耐性中が示すフルラインナップであることから、彼は対人ストレス耐性中として理解できるのではないかと考えられた。それはすなわち、中集団側準拠を基点にした、中理念(「友情」「同情」「情」「信頼」「良心」「倫理」、「公」＝「国家」、天皇制)肯定、大理念批判、無理念・ニヒリズム批判、アナーキズム批判、エゴイズム汎観否定、相反価値止揚理念主張、準強理念性（価値相対性否定）、罪責性意識中、祈り親和性中、信仰性中、死後の名誉・業績評価中、歴史・伝統・文化意識中、連帯性中（「個の連帯」）、社会運動性中などからなる、一連の価値観や価値意識だった。

ちなみに、近著の『民主主義という病い』で小林は、民主主義を正面から批判している（小林よしのり『民主主義という病い――ゴーマニズム宣言SPECIAL』幻冬舎、二〇一六年）。それは民主主義を、フランスという異国での国王主権から国民主権へ移行する革命に始まり、現代でもアメリカがイラク戦争などで中東地域にも広げようとしている、国家を超えた多くの人々や人類全体にとっての〝善いこと、正しいこと〟として、大理念＝イデオロギーと捉えるからである。

その一方で小林が推奨するのは、こうした世界に普遍的と考える民主主義ではなく、国ごと、国柄によって違う民主主義だという。そしてそれを作り上げるには、その国の歴史に根差すことが必要不可欠だという。日本であれば、明治維新での五箇条の御誓文の第一条「広く会議を興し、万機公論に決すべし」が日本の民主主義の原点であり、その後の明治憲法による議会制と自由民権運動、大正時代での政党政治、普通選挙実現を目指す大正デモクラシー、その理念だった「民本主義」（吉野作造）、「天皇機関説」（美濃部達吉）などにみる立憲君主制における民主主義に連なる、日本なりの民主主義を作り上げることである。

そして、大東亜戦争敗戦後のアメリカの占領下で降って湧いたようなアメリカ流そしてイデオロギー＝大理念である、現在の「国民主権」の「日本国憲法」による民主主義を改めて、こうした日本の歴史を踏まえた憲法や民主主義を形成すべきだと主張する。その内容は、「公の精神」を中心に「民主化を進めてきた」という日本の歴史に根差した知恵としての「公平・公正・公民」の価値のもと、「「公」の体現者たる天皇の下で、君臣一体の「公共性」を基にした政治」である「公民主義」（同書）だとのことである。

具体的には、愚民政治（アテナイ直接民主主義の末期など）や民主主義によって作り出される独裁政治（ワイマール憲法下でのアドルフ・ヒトラーの独裁など）を防ぐために、「公心」を査定する一定の試験を受けて合格した者だけが国政に関わるという、ある種のノブレス・オブリージュ（高貴なる義務）を課された者たちによる貴族政治のようにもみえるが、その内容も現実性も定かなものではない。しかしながら、対人ストレス耐性中だろう小林は、その生理にそぐわない大理念としての人類に普遍化された民主主義を批判し、自国の歴史を踏まえるべしという歴史・伝統・文化意識中によって、その生理に適合する中理念としての、〝国ごとの民主主義〟を主張している、とはいえそうである。

3　対人ストレス耐性小か無だろう古市憲寿

最後に取り上げるのは、まだ著作もそう多くなく、その思想を確立したともいえないが、メディアへの露出は多く、政府の専門家委員会にも選ばれることがある、少壮の社会学者・古市憲寿である。彼は、対人ストレス耐性小か無として理解ができると思われる。

小集団側準拠

①小集団側に準拠

古市は、「「自分」と「自分のまわり」」や「仲間」からなる「小さな世界」「小さなコミュニティ」のなかで生きていけばいいと述べ、「出会ったことがない、行ったことがない、見知らぬ人や物や場所のことは「どうでもいい」」（古市憲寿『絶望の国の幸福な若者たち』講談社、二〇一一年）というように、より小集団側準拠のようである。というのも、古市はまず若者について次のように述べる。

若者たちが「今、ここ」にある「小さな世界」の中に生きているならば、いくら世の中で貧困が問題になろうと、世代格差が深刻な問題であろうと、彼らの幸せには影響を及ぼさないことになる。彼らが自分たちの幸せを測る物差しにするのが、自分と同じ「小さな世界」に属する「仲間」だとすれば、「仲間」以外の世界がどんな状況になっていようと関係がない（同書）

このように古市は、「若者」は「小さな世界」――より小集団側に準拠していることを述べているが、著者自らもこれら「若者」と同じであることは、次のような文章からわかる。

僕は、それほど想像力が豊かな人間ではない。（略）正直、出会ったことがない、行ったことがない、見知らぬ人や物や場所のことは「どうでもいい」と思っている。そんな僕の想像力が及ぶ範囲といったら、せいぜい「自分」と「自分のまわり」くらいだ。（略）見知らぬ誰かに対しては、責任も感じないし、同情も抱かないし、羨望も覚えない。そんなの、思い上がりだとさえ思う。（同書）

これは、対人ストレス耐性小か無だろう中島義道が述べた「私は基本的にたまたま知り合った他人のうちごくわずかの他人には関心があるが、それ以外の他人には無限に無関心であり、基本的にはどう生きてもいい」（前掲『反〈絆〉論』）という、非か小集団側の人間としての率直な告白とほぼ同じと思われる。古市にとっては、相互承認してアイデンティティーを保障し合うという準拠集団は、「仲間」としての「小さなコミュニティ」という小集団であって、社会や国に及ぶ中集団ではないようである。

僕たちは（略）自分が付き合う人やコミュニティを自由に選択していくことができる。複数のコミュニティに所属してもいいし、参入や離脱も可能だ。ルールがなくても緩く続いていく関係。そのような実利実益から離れたコミュニティが増えることで、承認先は分散され、僕たちのアイデンティティを保障してくれるものにもなる。それらのコミュニティで提供されるぬくぬくとした相互承認のおかげで、若者たちは社会の様々な問題を解決せずとも生きていけるようになる。（略）自分たちで身の丈にあった幸せを見つけ、仲間たちと村々している。何かを勝ち得て自分を着飾るような時代と見切りをつけて、小さなコミュニティ内のささやかな相互承認とともに生きていく。（同書）

ちなみに、対人ストレス耐性中の小林は、「地球市民などいないのだ」（前掲『天皇論』）と大集団側準拠を否定し、「国家」という中集団側ではじめて「人間」が形成されるというように、その生理的ともいうべき中集団側準拠を示したのだった。これとは対照的に古市は、「正直、出会ったことがない、行ったことがない、見知らぬ人や物や場所のことは「どうでもいい」」と中集団側以上への準拠を率直に否定し、「仲間」との「小さな世界」での相互承認が「アイデンティティを保障してくれる」と、その小集団側準拠を表明している。

②中集団は「イリュージョン」「想像」

例えば、この小集団を超える中集団については、「イリュージョン」（幻想、錯覚〔前掲『大辞林 第三版』〕）、「想像」（現実には存在しない事柄を心の中に思い描くこと〔前掲『大辞泉 第二版』〕）として、現実のものとはみていないようである。古市の小集団側準拠ゆえの見解といえるだろう。

世の中って、自分で確かめたわけではない妄想やイルュージョンで成立していることが多くあります。この本でも書きましたが、「日本」や「日本人」というのも一種のイリュージョンだと言えると思います。（前掲『絶望の国の幸福な若者たち』）

著書『絶望の国の幸福な若者たち』のなかの「かっこよく言えば「想像の共同体」」と題した節でも、「日本」も「日本人」も「想像」で、現実にあるものではないと批判する。ここに、対人ストレス耐性中である小林の「人間」（対人ストレス耐性中）を成り立たせる要件としての、「共同体」「公」＝「国家」「日本」などの見方はまったくみられない。

一度も出会ったことがないはずなのに、「日本人」というだけで仲間という意識を持てる。一度も行ったことがない地域でも「日本」というだけで自分の国と考えることができる。「日本」や「日本人」というのは、「僕たち日本人」とみんなが想像することで成立しているのである。「想像の共同体」（同書）

小理念推奨

そして古市は、小集団側準拠をもとに、主に小理念を支持するばかりのようである。

「一泊二日で友達と千葉にバーベキューに行く幸せ」（略）若者に広まりつつある新しい「幸せ」の形（略）超越的な何かを欲しがるわけではない（略）仲間との小さな幸せ。そういう価値観が若者の間で広がっていること。それはちっぽけかも知れないけど、大切な「希望」のような気がしている。（同書）

あるいは、小集団側にとっての〝善いこと、正しいこと〟が幸福の基礎であると考え、小理念を第一に価値付けているように思われる。

社会全体を無理やり変えようとしても、ダイエットのようにリバウンドするのがオチだ。（略）まず「今、ここ」で暮らす自分や仲間を大切にすること。自分たちが生きやすい環境を作ろうとすること。（略）「やさしい革命」は、「今、ここ」にいる「僕たち」を充実させることから始まる。（古市憲寿『だから日本はズレている』〔新潮新書〕、新潮社、二〇一四年）

一方、やはり、小集団を超える、中集団側についての〝善いこと、正しいこと〟を考えたとしても、それは「魔法」＝非現実としか評価しない。例えば、『絶望の国の幸福な若者たち』のなかの「「日本」という魔法の中で」と題された節で、「日本人」を応援すること、「日本」をよくしたい、と考えるのは、「魔法」をかけられているためで、現実をみているのではないと批判する。

なぜ出会ったことがない人々で構成された集団の試合を必死に応援できるのか、なぜ神奈川県の学生が、四国で起きた事件に心を痛めるのか。なぜ政治家でも官僚でもないおじさんが「日本の経済」を憂うのか。それは、彼らには、というか僕らには、ある魔法が掛かっているからである。一度も出会ったことがない人を「日本人」だと思い、一度も訪れたことのない場所を「日本」だって思ってしまう魔法。「日本」という国家が明治以来百四十年もの間、掛け続けてきた魔法。その魔法は「ナショナリズム」と呼ばれている。（前掲『絶望の国の幸福な若者たち』）

このように、ワールドカップなどで「日本」「日本人」を応援することは、中集団側に準拠する「ナショナリズム」などの中理念に連なることで、これは小集団側に準拠する古市には、「魔法」＝非現実にかかっていると説明する以外ないのである。

中／大理念批判

①中／大理念（「大きな世界」「日本」）批判

先にも触れているが、古市は、小集団側準拠のために「「小さな世界」の幸せ」である小理念しか考えないのが普通であり、次のように、「大きな世界」についての中理念以上に対しては批判的に傾く。

自分の生活に満足できていない人ほど「国を変えたい」とか、大きなことを言う傾向がある気がします。身近な人との関係一つうまくマネジメントできないで、何が「国」だ——とか思うんですけど。（略）ミスチルの「ＨＥＲＯ」って歌がありますよね。主人公は、世界中の命が救われることよりも、身近な人との愛を大切にしようとする。公の「大きな世界」よりも、愛すべき人たちのいる「小さな世界」を守ることがテーマになっています。（略）「大きな世界」ではなくて日常という「小さな世界」の幸せを大切にできる佐藤さん（筆者註：俳優・佐藤健）のような人が増えていること、それは希望のような気がするんです。（同書）

これは、戦後まもなく、小か非集団側に準拠する対人ストレス耐性小か無の安吾が、当時のレジスタンスや平和運動などの社会運動を批判して、小市民の幸福が第一に大事だ、と述べたことにきわめてよく似ている。これは小か非集団準拠者による中／大理念批判と思われる。

小市民の生活が人間を代表する生活だ。人間は小市民以上にはなれないし、小市民以上の幸福は本当はないんだと思う。（略）日本とか何とかいったって、要するに銘々の個人生活が問題だと思うんです。それは問題の基礎だ（略）。ちっとも問題にされないのが不思議だと思うよ。（前掲「幸福について」）

②中理念の「国家」「日本」への低評価

また、中理念以上への批判のひとつの表れと捉えることができるものに、古市の、〝戦争が起きたら降伏し、支配されてもいい、日本はなくなってもいい〟という主張がある。すなわち、『絶望の国の幸福な若者たち』の「日本が終わってしまってもいい」とする節では、この表題によく示されているように、対人ストレス耐性中のヘーゲルが「倫理」の最高形態と称え、同じく小林が「人間」を形成する「公」を形作る共同体としてきわめて高く評価した、中理念の「国家」「日本」への評価は認められない。

政府が「戦争を始めます」と言っても、みんなが逃げちゃえば戦争にならないと思う。もっと言えば、戦争が起って、「日本」という国が負けても、かつて「日本」だった国土に生きる人々が生き残るのならば、僕はそれでいいと思っている。（略）「日本」がなくなっても、かつて「日本」だった国に生きる人々が幸せなのだとしたら、何が問題なのだろう。国家の存続よりも、国家の歴史よりも、国家の名誉よりも、大切なのは一人一人がいかに生きられるか、ということのはずである。（略）僕には「日本が終わる」と焦る人の気持ちがわからないし、「日本が終わる？　だから何？」と思ってしまうのだ。歴史が教えてくれるように、人はどんな状況でも、意外と生き延びていくことができる。（前掲『絶望の国の幸福な若者たち』）

これに関しても、前述のように、対人ストレス耐性小か無の安吾が、古市に先立つこと約七十年前の大東亜戦争敗戦後に、〝戦争が起きて侵略されても構わない、我々の日々の生活、文化が続いていくのならそれでいい〟

と述べていたのだった。古市ときわめてよく似た、小か非集団準拠者による中理念「国家」への評価の低さの表れだと考えられる。

我々に防ぎようもない暴力的な侵略がはじまったら、これはもう無抵抗、無関心、お気に召すまま、知らぬ顔の半兵衛に限る。（略）どこかの国が侵略してきて、婦人が強姦されて、男がいじめられ、こき使われても、我関せず、無抵抗。（略）我々の文化に、生活の方法に、独自な、そして高雅なものがあれば、いずれは先方が同化して、一つのものになるだろう。我々は無関心、無抵抗に、与えられた現実の中で、自分自身の生活を常に最もたのしむことだけ心がけていればいいのである。（略）セッカチな理想主義が、何より害毒を流すのである。国家百年の大計などというものを仮定してムリなことをやるのがマチガイのもとだ。

（前掲「野坂中尉と中西伍長」）

なお、古市は、このような中理念「国家」「日本」への低評価の根拠として、資本主義の発達やグローバル化などによって「国家」というものの経済面からの意義が失われつつある、という説を挙げている。しかしこれも、社会学者の誰もが賛同するような確立された説ではない。例えば、近年の第四十五代アメリカ大統領ドナルド・トランプの「アメリカ・ファースト」のスローガン、ロシアのクリミヤ併合、中国の拡大主義、クルド人独立運動、カタルーニャ独立運動、スコットランド独立運動、イギリスのEU（ヨーロッパ連合）離脱、イスラム国家（IS）樹立運動など、冷戦終結後のグローバル化の動きに対抗するように、「国家」の意義はますます増大しているといえるのではないかと思われる。すなわち、古市が中理念の「国家」を評価しないのは、確立された社会学的説に基づくというよりは、実はすでに述べたとおり、彼が小集団側に準拠するために中集団である国家、中理念である「国家」は評価することができない、というのが本当の理由ではないかと思われる。それは例えば、約七十年前の、現代のような資本主義の発達もグローバル化などもなかった時代に、同じ小か非集団準拠の安吾が「国家」に対する低評価を表明していたように、である。

③中理念の「修身」「公」「日本」「国家」への批判

また古市は、中理念である「修身」「公」にも批判的である。まず、中集団側準拠、対人ストレス耐性中の小林が一書（前掲『修身論』）を著して、その価値を推奨した中理念「修身」も、小集団側に準拠するだけの古市には、「日本」「日本人」というイリュージョンに基づく明治政府による作為の産物で、現実のものとはいえないようである。

一般庶民を教育するだけとすると支配層にとって脅威となってしまう。知恵をつけた民衆が反乱を起こしたりするかも知れないからだ。そこで「みんな」には「日本」という国家に対して忠誠心を持ってもらうことにした。「修身」という教科が義務教育に盛り込まれ、「みんな」に「僕たちは立派な日本人だ！」「日本人として、天皇のため、国のため尽そう！」と思い込ませようとしたのである。（前掲『絶望の国の幸福な若者たち』）

また、同じく小林が、「公民主義」を唱えるほど強く推奨した「公」＝「公共的」「社会的」態度に対しても、そもそもそれらが「本物」がどうかわからない、実現するものなのかさえわからないと、決して賛成する側にいかない。それは、それらが中集団側のための〝善いこと、正しいこと〟である中理念に結び付いていくからで、小集団側に準拠するだけの古市には適当なものとは思われないためだろう。

果たして「公共的」や「社会的」な態度は、手放しに礼賛していいものなのだろうか。本当にみんなが「公共的」で「社会的」になるべきなのだろうか。僕は「みんなが社会に興味を持つべきだ」と素朴に言うことができない。まずは「みんな」という部分。当たり前だけど、「みんな」が社会に興味を持って、一生懸命考えたところで、それで自動的に「良い社会」が完成するわけじゃない。（略）そして、もっと難しいのは「公共性」や「社会性」っていったい何だ、という話だ。たとえば、ネット右翼や在特会など、過剰に排他的な人びと（略）彼らが考える「公共的」で「社会的」な態度は、時に誰かを傷つけ、迫害する危険性も秘めている。（略）「本物の公共性」ではない、「良い社会性」ではないと糾弾するのは簡単だ。だけど、「本物」や「良い」というのは誰がどのように決めればいいのだろうか。（同書）

そしてやはり、「日本」「国家」の評価という、小林による最大ともいうべき中理念の主張も、「一種のイリュージョン」（同書）と、これを評価することはない。古市は、前述のように、小集団側に準拠する人間のため中集団側に準拠する者の中理念は「イリュージョン」＝錯覚、「魔法」＝非現実として、これらを否定的に捉えるしかないのではないかと思われる。

「もし戦争が起ったら、国のために戦うか」という設問に「はい」と答える日本人の割合は一五・一％（略）ぶっちぎりで低い国防意識だ。（略）福沢諭吉（四五歳、大阪）は、江戸時代の民衆を指して「一命を棄るは過分なりとて逃げる者多かる可し」と悲観していた。そこで人々を教育しなくちゃいけない、誰をも「国民」にしなくちゃいけないと訴えたわけだ。しかし、福沢がそう言ってからはや一三〇年。彼の想いはむなしく、江戸時代と何ら状況は変わっていないように見える。福沢先生ごめんなさい、だけど僕はこの状況を、歓迎すべきことだと思っている。（略）近代国家とナショナリズムのセットは、「富国強兵して戦争に勝つ」や「経済成長して世界一豊かな国になる」というような、わかりやすい目標がある時代には効果的に機能する。（略）だが、それには多くの犠牲がつきまとう。だったら、もういっそそんな魔法は消えてしまってもいいんじゃないか。（略）ワールドカップの時は大声で日本を応援しても、（略）戦争が起ったとしてもさっさと逃げ出すつもりでいる。そんな若者が増えているならば、それは少なくとも「態度」としては、非常に好ましいことだと僕は思う。国家間の戦争が起る可能性が、少しでも減るという意味において。（同書）

④『希望難民ご一行様』にみる中／大理念性否定

ほかにも、例えば、彼が修士課程で研究したピースボート調査（古市憲寿『希望難民ご一行様――ピースボートと「承認の共同体」幻想』〔光文社新書〕、光文社、二〇一〇年）でも、若者がむしろピースボート体験（「共同性」）によって理念性（「目的性」）を失うとして、理念性維持の困難性のかたちをまとって中／大理念を批判し、「若者をあきらめさせろ」などという主張までしている。

まずここでピースボートとは、世界平和・民主主義・人権・地球環境問題などを介した国際交流を目的にするNGOが主催する、世界一周などをおこなう旅行船舶のことである。そして、これに乗船した若者たちが、自分の居場所としての「共同性」と、起業などの夢や、憲法第九条堅持、世界平和、環境保護などの中／大理念を実現すべく活動する「目的性」を得る。しかし、下船後一年が経過するころには、ルームシェアやホームパーティーなどで「共同性」は保っていたが、世界平和活動や憲法第九条堅持などの理念性実現の活動は一切おこなわず、「目的性」は失われてしまっていたという。この調査結果を古市は、「共同性」が「目的性」を「冷却」させる、と解釈し、理念性維持の困難性のかたちで、主に中／大理念性への否定的所見を論じた。また、この社会学的検討とともに、メトリクラシー（業績主義）が壊れ、教育、資格によってキャリア・アップを可能にするキャリアラダーという仕組みもない現代日本社会では、夢をもっても成功せずに不幸に陥るだけだから夢や理念は抱くな、「若者をあきらめさせろ」と、より積極的に夢や理念性否定の主張をしたのである。

しかしながら、こういった主張は、古市が信じるところの社会学的―客観的検討に基づくものとはいえないようである。例えば、その「社会学的調査」の実態を具体的にみていくと、その核心は、二〇〇八年五月十四日出港の六十二回クルーズ総乗船客約九百人のうちの、二十代までの若者約三百六十人、そのなかでも「共同性」と「目的性」が高い「セカイ型」三十三人についての状態経過調査のようである。しかしそのうち肝心の下船後の状態を確認したというインタビューが、どのような内容（形式、質問内容、スケール使用の有無など）で、しかも「セカイ型」の三十三人のうちの何人についてなされたのかも記されていない。また、古市は二百人近い若者が参加したという帰国一周年パーティーでピースボート的なイベントがなかったことに強い印象を受けたようだが、そこに「セカイ型」が何人参加したのかさえも調べられていないようである。このように、二十代までの若者のうちでも一割以下の「セカイ型」、それも実際には何人に対して、また確かに〝「共同性」によって「目的性」が消失していた〟のかが、どのように確認されたかも不明な「インタビュー調査」を根拠に、〝一般に若者は「共同性」によって「目的性」が「冷却」される〟などと結論することはできないと思われる。しかし、その後古市は、例えば次のように、そのようにとれる発言を繰り返している。

ピースボートに乗船する若者を対象とした研究で、「共同性」が「目的性」を「冷却」させると結論した。つまり、集団としてのある目的のために頑張っているように見える人々も、結局はそこが居場所化してしまい、当所の目的をあきらめてしまうのではないか、ということだ。（前掲『絶望の国の幸福な若者たち』）

また、「目的性」を本当に「あきらめてしま」ったのかの判定も、一年後の帰国一周年パーティーで「セカイ型」を含む（とあくまで古市が推定している）若者が誰も政治的活動していなかった、ということだけで下すことはできないだろう。例えば、一年後に活動の様子がなくても、その直後にでも社会的問題が起きれば、彼らが活動を再開する可能性はあるだろう。つまり、その後も事あるごとに再燃するというような場合には、「「共同性」が「目的性」を「冷却」させると結論」することなどできない可能性が考えられるのである。

例えば、古市のこの一年後の確認という「調査」によっては、対人ストレス耐性中の小林の「勝利した後に速やかにそれぞれの終わりなき日常に復帰し、（略）じっくりと次なる闘いのために己の牙を研ぎ始める」（前掲『脱正義論』）というような社会運動性中の存在を確認することはできないだろう。その確認には、客観的に「目的性」の「冷却」を判定しうるような調査尺度を導入し、その後の大きな社会的問題の発生を含みうるような一定以上の期間で、この調査尺度などを用いたインタビューを継続しておこなうことなどが必要だろう。例えば、下船（二〇〇八年九月四日）の二年半後に勃発した東日本大震災では、全国から数多くの若者が被害者救済のボランティア活動そして原発反対運動に参加した。ここにもやはりピースボート参加の「セカイ型」が参加しなかったのか、といった調査は、「目的性」が本当に「冷却」されてしまったのか、の調査になるのではないかと思われる。

このように、古市の〝「共同性」が「目的性」を「冷却」する〟という主張は、社会学的に検証された見解というには程遠いものと思われる。むしろこの研究は、小集団側準拠の古市が中／大理念性の価値を認めることができないという（おそらくは）意識されていない自身の見解をベースにして、初めから中／大理念否定の結論に向けて、そのような結論を期待できそうなピースボートに乗船して（不完全な）「社会学的検討」をおこなった、とみるのが妥当な部分があるかもしれない。例えば古市は、この調査以前にすでに、「若者の右傾化」などの社会的活動あるいは「目的性」―理念性の増大に対して、それは一時的な「つかの間の「祭り」」で継続性がないだろうと冷笑し批判しているのである（前掲『絶望の国の幸福な若者たち』）。すなわち、『希望難民ご一行様』の前書きの次のような「注意！」も、古市の生来的な中／大理念性否定という基本的見解のためではないだろうか、と思われるのである。

「若者の夢をあきらめさせろ」「ピースボートの世界一周クルーズは、若者をあきらめさせるための航海である」「コミュニティは希望の冷却装置である」などと本書の発見と主張は、どこまでもネガティブ（前掲『希望難民ご一行様』）

しかし、若者のなかにも、例えばかつての対人ストレス耐性大の亀井や大江、カントなどのように、生理的―自然体で大理念を保有できる人は一定数以上いるものと思われる。そのため、彼らにとって、「社会学的検討」の装いをまとって「若者をあきらめさせろ」と、実は古市生来の中／大理念性否定の主張を展開されたならば、それは「大きなお世話」以外の何物でもないだろう。古市は、今後も同様な主張を繰り返すだろう。しかしその根拠にこの社会学的調査とは言い難いピースボート研究があるとしたなら、根拠薄弱な主張を続けている、という可能性が生じると思われる。

アナーキズム・ニヒリズム的傾向

古市には、その中／大理念否定の影響か、その現実化、蓄積たる既成の権威、権力、組織、伝統などなくなってもいいと、アナーキズム肯定の心性を呈するものと推定される。例えば、すでに引用した、戦争が起きるなどして「日本が終わってしまってもいい」（前掲『絶望の国の幸福な若者たち』）というのも、既成の組織、権威、権力などなくなっていいという、アナーキズム心性の表れの一端である可能性が考えられる。

また、アナーキズムにしばしば並行するものだが、無か小理念肯定と中／大理念否定からは、ニヒリズムの傾向が生じてくることが推定される。何事に対しても、理念性を否定あるいは抑制する、ニヒリズム的傾向、態度が生じてくるのである。例えば前述の『希望難民ご一行様』で古市は、起業などの夢や、憲法第九条堅持や世界平和実現などの理念主張に対し、若者を諦めさせる必要がある、希望の冷却回路の確保が必要だなどと、理念性否定のニヒリズム的姿勢を表明していた。ほかにも次のように、東日本大震災後に日本社会の「希望」を語る人々に対し、ごまかすべきではない、現実をみろ、と冷笑してニヒリズム的態度を示している。

「三・一一後」の世界に「希望」を見出している人がいる。たとえば日本人が自分たちの手で、日本という国を支えようとする契機になるのではないか、というように。東浩紀（三九歳、東京都）は「日本人」が「めずらしく、日本人であることを誇りに感じ始めている。自分たちの国家と政府を支えたいと感じて居る」現象に「希望」を見出そうとする。（略）だけど、本当に大変なのは新体制を築いていく時だ。そこでは多くの犠牲が生まれる。その長期になるだろう困難期を、「希望」なんて言葉で誤魔化すべきではないと思う。（略）だから「三・一一後の希望」論は、評論や分析というより宣言のようなものだ。希望論者自身が、責任を持ってこの国に「希望」を作り出していくというのならば、生温かく見守ってあげるほかない。（同書）

また、日本や世界の戦争博物館を巡ったあと、著者誕生のはるか以前の実際には見聞していない大東亜戦時下の日本社会のありようについても、対人ストレス耐性大の亀井や対人ストレス耐性中の小林のように、国民のなかに「大東亜共栄圏思想（八紘一宇）」「健全なる道義」などの理念性の浸透をみることはまったくなく、ただ無理念、ニヒリズムの側面をみて、それは現代も同じであると述べている。

よく共通の敵を前にすると、人は団結できるといわれる。しかし、戦時下の日本を見る限り、どうやらそれは嘘らしい。誰もが「愛国」や「滅私奉公」を叫びながら、私利私欲のために動く。ひどい欠乏状態の中で、多くの人は公共心など持てるはずがなかった。結局、あの戦争でこの国の何もかも変わったというよりも、僕たちはあの戦争から何も変わらなかったんじゃないかという気さえしてくる。（古市憲寿『誰も戦争を教えられない』〔講談社＋α文庫〕、講談社、二〇一五年）

これも、やはりこの著書の六十年以上前に記された、こちらは実際の見聞による対人ストレス耐性小か無である安吾の「堕落論」の、次のような戦中・戦後の日本社会にニヒリズムやエゴイズム汎観をみた記述とよく似ている。時間を隔てても現れる、同じ小か非集団側による理念性否定、ニヒリズム的見方ではないかと思われる。

国民酒場ではギャング共が先頭を占領して（略）タバコの行列では、隣組のオカミサン共がさらに悪どく先頭を占領して権利の独占を当然としており、ギャングの魂も良民の魂も変りはなく、（略）魂は日本中なべて変るところなくギャングの相を呈していた。底をわれば、すべてがギャングであった（前掲「魔の退屈」）

歴史・伝統・文化意識小か無

古市は、せいぜい小理念をもつ小集団側準拠ということから、理念性の顕現史やその造形、儀式、様式としての歴史・伝統・文化意識は小か無と推定される。

例えば古市は、日本の歴史や伝統、文化は、明治政府が「近代国民国家」としてやっていくために、「乱暴にパッケージした」「作られたオハナシ」として、これらにあまり価値を認めないのだった。ここには、対人ストレス耐性中で中集団側に準拠する小林が、日本の歴史や伝統、文化が「人間」「日本人」を形成するもの、そして中集団「日本」を形成し維持するものとして重視した、歴史・伝統・文化意識中はまったく認められない。

日本は欧米を真似て、強い中央集権政府のもと、経済成長と戦争を行う「近代国民国家」になることを選んだ。（略）「みんな」が「同じ国民」という意識を持っていなくては、戦争が起きた時に「日本」のために戦ってくれない。（略）「みんな」が自分のことを「日本人」と思ってもらうためには共通の物語も必要だ。そこでまず「日本の歴史」が作られた。僕たちは学校で二〇〇〇年前の佐賀県にあったちょっと大きな村のこと（吉野ヶ里遺跡）や、一三〇〇年前に起こった奈良県での兄弟げんか（壬申の乱）や、四〇〇年前に部下に裏切られたおじさんのお話（本能寺の変）を「日本の歴史」として教わる。身分も地域も違う出来事を、その当時の日本領土を基準にして、乱暴にパッケージしてしまったのだ。そして「日本文化」も作らなくちゃいけない。現代を生きる僕たちは古今和歌集も能も歌舞伎も「日本文化」だと思っているが、古今和歌集は天皇家のプライベートアンソロジーだし、能は室町期の武士文化だし、歌舞伎は近世庶民文化だ。それらをひっくるめて「日本文化」ということにしてしまったのだ。（前掲『絶望の国の幸福な若者たち』）

また、世界各地の「戦争を記憶し、それを現在に伝えるミュージアム」である戦争博物館を訪れたあとに古市は述べる。すなわち、個人の戦争体験記憶などの「小さな記憶」は確かなものである。しかし、多くの人々の体験記憶を総合して形成される国の歴史などの「大きな記憶」は、多くがもはや古すぎて再構築は難しく、さらに、そもそも記憶はそれぞれの立場によって異なるものなので原理的に構築することが不可能ではないか、と。この古市による歴史構築の不可能性の見解も、その歴史意識の小ささをもたらしていると考えられる。

あの戦争から約七十年が過ぎ、それを「大きな記憶」として再構築していくのは非常に困難だろう。あの戦争は、もはや古すぎる。（略）戦争経験者だからといって、「戦争」のすべてを知っているわけではない。前線で戦う兵士たちは戦局のマクロ的視点を持ち得ないし、作戦本部にいる司令官は銃弾の熱風を感じることはない。銃後の人々には限られた情報しか与えられなかった。同時代を生きることと、その時代に起こったことをすべて把握することはまるで違う。（略）こうして考えていくと、果たして「戦争を教える」とか、「戦争を知る」なんてことが本当に可能なのかという気がしてくる。（略）基本情報でさえも、いかに戦争を「知る」ことが困難かを浮き彫りにする。（略）そもそも歴史の全貌を間違いなく後世に伝えるなんてことは原理的に不可能だ。（前掲『誰も戦争を教えられない』）

さらに、「古い戦争」の記憶は現在の「新しい戦争」を理解するには邪魔にさえなるもの、と述べ、国レベル以上で捉えた「大きな記憶」としての戦争の歴史に意義を認めない。これも、古市の歴史意識小か無を反映する見解のひとつと思われる。

戦争の歴史は、常に技術の発展と共にあった。これからも「戦争」の形はどんどん変わり続けていくだろう。そんな時代に平和を構築するために、「古い戦争」の記憶はどれだけ役に立つのだろう。（略）日本で戦争が起こった時代と現代では、国際情勢も社会環境もまるで違っている。安易に過去と現在を比べても限界がある。そもそも歴史の全貌を間違いなく後世に伝えるなんてことは原理的に不可能だ。（略）「古い戦争」の呪縛は、「新しい戦争」への想像力を奪ってしまうのかもしれない。その意味で、忘却は希望でもある。（同書）

なお、このくだりは、前述だが、対人ストレス耐性中の小林が、歴史意識が欠如している、と激しく非難した当時の菅直人首相が、〝ＴＰＰを推進する際は、新しい事態だから歴史に学ぼうとしても無駄〟と述べた姿勢とよく似ている。

菅はこう言っていた。『過去の開国にはない困難も伴います。経験のない変化、価値観の多様化、その中で安易に先例や模範を求めても、有効な解は見つかりません。』歴史に学んでも意味はない、と言ったわけである。（前掲『反TPP論』）

したがって、彼の著書の『誰も戦争を教えられない』（旧題『誰も戦争を教えてくれなかった』〔講談社、二〇一三年〕）という書名によく象徴されている著者・古市の主張とは、「大きな記憶」＝国レベル以上の戦争の歴史構築の不可能性の主張であり、それをもとにして歴史に価値を認めない歴史意識小か無を展開したといえるだろう。

しかしながら、対人ストレス耐性中のヘーゲルや小林などにみたように、国の歴史は「普遍的な正しさ」である「法」の本質としての「自由」――「良心」が実現されていくプロセス（ヘーゲル）、あるいは「人間」（対人ストレス耐性中）形成のための必須要件（小林）とみて、過去と現在を問わずこれを最重要視する見解も続いている。したがって、古市のこの歴史構築の不可能性の説も一般的に確立された見解には程遠いと思われる。つまりこれも、客観的検討に基づくというより、小理念以上をもつことなく世代継続性も少ない小集団側準拠の古市の、歴史意識小か無を反映した見解ではないかと推定される。古市は小集団側準拠ゆえ「小さな記憶」しかいらず、中集団以上のより「大きな記憶」にリアリティーも必要性も認めない。そのために、中／大理念の顕現史たるより「大きな記憶」＝国家の歴史そして文化、伝統を評価するに至らないのではないか、と推定されるのである。

死後の業績・名誉評価小か無

古市は小集団側準拠のために、中／大理念を抱かず、小集団の世代を超えた継続性も低いため、歴史・伝統・

文化意識と同様に死後の業績・名誉評価も低いことが推定される。
例えば古市は、戦争拒否の弁のなかで、死後名を残すヒーローになどならなくていいことを述べる。

戦争が起きたら、いち早く逃げようと思っているんですけど、実はそういう態度って国際的に見ると珍しいんです。（略）僕はそれをすごく「いいこと」だと思うんです。たとえ歴史に名前を残すようなヒーローになれなかったとしても、死んでしまっては元も子もない。だったら自分と、自分の周りの大切な人たちを守ることを第一に考えるべきだと思います。（前掲『絶望の国の幸福な若者たち』）

これは、六十年以上の時間を隔てて、前述の小か非集団側の安吾の「死んでしまえば人生は終わりなのだ。（略）芸術は長しだなんて（略）自分の人生から先の時間はこれはハッキリもう自分とは無縁だ」（前掲「教祖の文学」）という死後の業績・名誉評価を認めない言と、本質的に同じ主張と思われる。

一方これらは、対人ストレス耐性中の小林の、すでに引用した次のような、命より尊い価値はある、「名誉」と「物語」があるといった、死後の業績・名誉評価の姿勢とは正反対のものなのである。

わしは「名誉」と「物語」を捧げたい（略）あの戦争で死んだ兵やすべての民は　祖国の歴史と風土に命を捧げ　家族と日本の未来を守るために死んだと言っていい（略）「物語」はある！（前掲『戦争論』）

社会運動性小

古市は、小集団側準拠のためせいぜい小理念をもつだけで、中／大理念を介した連帯性中／大をもって社会運動性中／大を示すということはなく、社会運動性小であることが推定される。例えば、先のピースボート研究の結論は、社会運動やデモに対する次のような否定的評価である。

「共同性」による「あきらめ」は、現代日本における社会運動の難しさと同時に、その「安全性」を示すものである。（略）もし彼らが何らかの活動によって「居場所」が見つけられたら、その「共同性」によって「目的性」は「冷却」される。もしも「居場所」が見つからなかったとしても、それはただの「フェスティバル型共同体」（Bauman 二〇〇〇＝二〇〇一）としてつかの間の「祭り」を繰り返すだけだ。（略）「世界平和」を目指して日本でデモを繰り返したり、社会変革のために闘いを続けたり、「やればできる」と自己啓発に励むよりも、仲の良い友だちとバーベキューでも囲んでくだらない話を夜な夜な続ける方がよっぽど幸せじゃないのか。（前掲『希望難民ご一行様』）

ここで古市は、社会運動やデモに対する否定的評価の根拠として、「共同性」が「目的性」を「冷却」すること、キャリアラダーがない日本社会で夢や理念性は実現できない、運動も続けることはできないことなどを挙げている。しかし、前述のように、これらは社会学的に確立された見方ではないと思われる。したがって、これらを根拠に取り上げたことを含め、古市の社会運動やデモに対する否定的評価は、小集団側準拠である彼がせいぜい小理念をもち社会運動性小でしかありえない自己のあり方を、社会に投影したものではないかと思われる。

これと同様の古市の社会運動性小は、それ以後繰り返し発生した社会運動増加に対する評価にも表れている。例えば、二〇一〇年に前後しておこなわれた、外国人参政権や中国の尖閣列島「侵略」に反対する若者たちによる愛国デモに対し、社会へのインパクトはあまりない、若者たちの閉塞感を紛らわせるための表現活動などとして「生温かく見守ってあげればいい」と述べ、デモをほとんど評価していない。

社会的なインパクトを与えることが目的ならば、必ずしもデモやパレードといった運動の形式を取る必要はない。（略）社会に与えるインパクトは企業家たちに比べればほぼ皆無に等しいだろうが、それで本人たちが少しでも幸せになるのなら、それを生温かく見守ってあげればいい。本章で見てきた「日本」を変えるために運動を続ける若者たち。彼らの活動は、閉息感を紛らわせるための表現活動だったり、承認を求めるための「居場所」探しという毛色が強かった。それでいいのだ。家に閉じこもっているよりは、太陽の下で街を歩いたほうが健康にも良さそうだ。（略）ただ、もう少し建設的な方法もあるし、社会にはもっと楽しいこともあると思うけど。（前掲『絶望の国の幸福な若者たち』）

その後、二〇一一年五月八日の、東日本大震災での福島原発事故を受けて起きた渋谷のスクランブル交差点や表参道をめぐった「原発やめろデモ」に対しても、不安に対する「ガス抜き」、一時の「お祭り」程度にしか評価しておらず、冷笑的である。

今はまだ福島の事故があり、原発問題に興味がある人も多い。だけど「お祭り」は長くは続かない。そして「お祭り」を続かせようと思って、堅い組織ができた途端、それはつまらないものになったりする。（略）まあどちらにしても、震災後の休日の過ごし方として、デモに行ってみるのも悪くないだろう。（略）参加してみたらたくさんの人がいて、何やらお祭り気分で（略）何やらわからない達成感を得て帰る。原発に対する不安を解消する「ガス抜き」にはなったろう。（同書）

その後の、二〇一三年十二月五日の特定秘密保護法反対の官邸前デモに対しては、政治家や官僚が影響を受けていることを実際に見聞して、デモも無意味ではない程度には考えるようになったようである。しかしやはり

「自分でデモに参加しようとは思わない」というように、古市は依然社会運動性小のままと思われる。

僕もかつてはデモのことを冷笑的に眺めていた。今でもデモに参加しようとは思わない。しかし、それが全くの無意味だとも思わなくなった。だがデモに一時期ほどの勢いがなくなってしまったのもまた事実だ。

（前掲『だから日本はズレている』）

対人ストレス耐性小か無だろう古市

①対人ストレス耐性小か無を示唆するエピソード

古市は、まだその主論をなしていないだろう、若手の論客の一人にすぎない。しかし、そのような若手であっても、彼が示してきた一連の価値観や価値意識が、対人ストレス耐性小か無が示すフルラインナップに近いものであることから、彼は対人ストレス耐性小か無として理解ができるのではないかと考えられる。それはすなわち、小集団側準拠を基点にした、小理念性、中／大理念否定、アナーキズム・ニヒリズム的傾向、歴史・伝統・文化意識小か無、死後の業績・名誉評価小か無、社会運動性小などの所見である。

ちなみに、彼の対人ストレス耐性が小さいだろうことは、次のようなエピソードに直接表れているのではないかと思われる。それは、あるテレビ番組（『ワイドナショー』フジテレビ）での芸能人がブログ活動で批判を受けていることを批評するなかでの古市の発言に、政治学者・三浦瑠璃が「結構傷つきやすいじゃん」と批評したことにひどく狼狽した、というエピソードである。

古市氏は「バカを相手にしていてもしょうがないかな」と、無関係にもかかわらず誹謗中傷する人々を批判し「『この人から好かれても嬉しくないな』と思った」などと自分の考え方を披露する。だが三浦氏は、この発言に失笑し「でも、結構傷つきやすいじゃん」と一刀両断したのだ。古市氏が「まあ、だから、その」と弁明するも、続けて三浦氏は「事前に言われる前にバンドエイドを貼りにくい性格」と指摘する。この三浦氏の発言には、古市氏が狼狽しながらも弁明を試みる、すると、隣でその様子を見ていたヒロミが「なんでお前、そんなにおびえているんだよ」とツッコミを入れ、スタジオの笑いを誘っていた。(「古市憲寿氏 自身の弱点を指摘され動揺「結構傷つきやすいじゃん」」「ライブドアニュース」二〇一七年七月二日付〔http://news.livedoor.com/article/detail/13280891/〕)

三浦は古市の、批判に対する傷つきやすさを指摘しているが、これは「理念対理念の闘い」としての対人ストレスへの耐性が小さいことの指摘に相当し、これに古市がひどく狼狽したことは、その指摘が正鵠を射ていることを物語る。これは例えば、「嫌われてやる　日本中「反・小林よしのり」になっちまえ!」(前掲『よしりん戦記』)と、このような批判、「理念対理念の闘い」をものともしない他人ストレス耐性中の小林とは、明確に異なる古市の対人ストレス耐性の小ささを物語るエピソードではないかと思われる。

②古市は対人ストレス耐性小か無の一連の価値意識や価値観を示し続ける

彼自身は社会学者ということもあり、多くの社会学説を検討し、調査データ分析をもとに学術的・社会学的に結論を導いていると信じているだろう。しかし、先のピースボート研究にその例をみるように、その結論が学術的・社会学的に導かれた結論とは言い難い側面がある。また、より一般的に人文科学は、数値で厳密に正否を検証できる自然科学とは違い、同じデータをもとに異なる解釈をし、異なる学説を唱えるということも可能である。すなわち人文科学的そしてそのなかの社会学的見解は、学術的に結論を導いたつもりであっても、諸学説とデータに対する本人の選択と解釈を反映する場合がある。そして、その選択と解釈は、本人の対人ストレス耐性の影響を受け、その生理に沿う結論や見解を導いている可能性があるというのが、本書の見解なのである。

実際に、これまで取り上げた各領域の著名な著述家たちは、それぞれの対人ストレス耐性に応じた一連の価値意識や価値観をほぼフルラインナップで示していた。そして同様に、古市も対人ストレス耐性小か無から推定される一連の価値意識や価値観をフルラインナップといえるほど示していることからは、それらが学術的に、というよりは対人ストレス耐性小か無という生理特性から導かれたものであることを推定させるのである。そして、社会学者という立場からは、古市は今後も中／大集団をその検証対象にしていくだろうが、その結論はいつも決まって、その領域で生じる中／大理念を否定するものになることが予想される。それは例えば、社会的イベントの発生に応じて繰り返し盛り上がりをみせることになるだろう中／大理念に対し、「イリュージョン」「魔術」に惑わされるな、「あきらめさせろ」と反対し、同じく社会運動性中／大に対しても、どうせすぐに「冷却」される、だからそうした活動は「生温かく」見守ってやればいい、と冷笑的態度をとること、などである。

つまり、今後も古市はずっと、対人ストレス耐性小か無で推定される一連の価値意識や価値観である、(いまだに検討してない領域も含め）小集団側準拠、小理念主張、中／大理念否定、強理念批判、ニヒリズム・アナーキズム傾向、信仰性小か無、祈り親和性小か無、歴史・伝統・文化意識小か無、死後の業績・名誉評価小か無、社会運動性小などを主張していくものと予想される。

古市は、これまで検討してきた著名な著述家、思想家、哲学者たちとは違って、今後思想・研究分野（そして最近は文学領域）でどれほどの業績を打ち立てていくのかもわからない、発展途中の社会学者、著述家といえるだろう。しかしそれでもこの古市を取り上げたのは、基本的にはどのように展開していくのかもわからないはずの彼の今後の思想展開を予測することによって、本書の「対人ストレス耐性三類型論」の妥当性を検証したいという意図もあったのである。すなわち、今後の古市の思想展開が、はたして対人ストレス耐性三類型論の予想するとおり、対人ストレス耐性小か無で推定される一連の価値意識や価値観になるのかどうか、それが同理論の検証のひとつになるのである。そしてそれは、対人ストレス耐性三類型論が国内外、また古典から現代そして未来にわたっても有効かどうかの、ひとつの検証ともなるのである。

なお、老婆心ながら付け加えておくと、たとえ古市自身がこのような対人ストレス耐性三類型論による予測を知ったとしても、この予測を意図的に変えることは、一時的にはともかく、いつまでもできるものではない。それは、対人ストレス耐性三類型論はストレスに対する耐性というより生理的なあり方に基づくものなので、その予測する一連の価値意識や価値観を意図的に変え続けることはできない、と考えられるからである。

第5章

「価値生理学」序論

──「対人ストレス耐性三類型論」のまとめ

第2部では、それほど明確な系統性もなく検討したものだが、文学、哲学、思想、社会学などの多領域の、古今そして国内外の著名な著述家・思想家などから、「対人ストレス耐性三類型論」によって導かれる一連の価値観や価値意識の多くが認められた。また、現在若手である著述家を例に、将来にわたっても同様の価値意識や価値観の主張がなされることを推定した。

なお、あらためて述べると、「対人ストレス耐性三類型論」とは、対人ストレス耐性大／中／小か無という生理的ともいうべき三類型に応じて、集団側準拠（集団側性）、欲動性／欲情性、連帯性、他存在を信じる強度、理念性、強／弱理念性、罪責性意識、罪責性認定、父性／中間／母性原理性、理想／折衷／現実主義、信仰性、祈り親和性、歴史・伝統・文化意識、死後の業績・名誉評価、社会運動性などからなる一連の価値観や価値意識が、それぞれ大、中、小か無を示す、というものだった。そして、この対人ストレス耐性の逆の概念として対システムストレス耐性が考えられた。

もとより、ヒトのすべての価値観や価値意識がこの対人ストレス耐性から説明できるものではないが、その少なくない部分がこれによって説明できると思われ、本論で取り上げた多数の著述家・思想家などについての検証も、この「価値生理学」序論――「対人ストレス耐性三類型論」の正しさを支持する所見ではないかと考えられた。

以上、大変長い記述になってしまったので、本書の全体のまとめを最後におこなっておきたい。

1 第1部のまとめ
――対人ストレス耐性大の亀井勝一郎、対人ストレス耐性中の太宰治、そして対人ストレス耐性小か無の坂口安吾

本書の第1部では主に、明治の末葉に同じように日本の北部の裕福な家庭に生まれ、大正中期から昭和初頭にかけて青少年期を過ごし、大東亜戦争敗戦後の昭和まで活躍した、著名な三人の文学者を具体的な検証例として、「対人ストレス耐性三類型論」を展開した。

すなわちそれは、対人ストレス耐性大の亀井勝一郎、対人ストレス耐性中の太宰治、そして対人ストレス耐性小か無の坂口安吾である。彼らは、大正からのマルクス主義、大東亜戦争期での大東亜共栄圏思想、戦後の国際平和主義思想などの大理念――「大きな物語」が社会を次々と覆うなか、対人ストレス耐性によって規定される一連の価値観や価値意識をもって三者三様に、これらに対する反応を示したのだった。つまり、これら大理念の隆盛に対して、亀井は対人ストレス耐性大に推定されるとおりこれらに大いに反応（信奉）し、太宰は対人ストレス耐性中に推定されるとおりこれらにほどほどの関与を示し、安吾は対人ストレス耐性小か無に推定されるとおりこれらに無反応だった。

そして、その生涯でも、それぞれ一貫してそれぞれの対人ストレス耐性から推定されるとおりの一連の価値観や価値意識を展開したのだった。

すなわち亀井は、大集団側に準拠し、常に強大理念を信奉して父性原理的であり、そのため「新生のみが人間の条件」と転生―「新生」の繰り返しが不可避となって罪責性意識大になり、その救済を求めてマルクス主義には「新しい神の出現！」、古代・中世日本仏教に対しては「私は歓喜踊躍して拝んだ」などと信仰性大で、また「祈りこそ人間の真の覚醒」と祈り親和性大だった。『我が精神の遍歴』などに著したように、終生理想主義的であり、共産党員としてのマルクス主義運動参加を典型に、各時期の大理念を実現すべく社会運動性大で、また「限られた古代精神、文化に（略）帰るべき理想と原理がある」と歴史・伝統・文化意識大、「肉体は滅びるが、彼の思いは必ず何びとかによって伝えられる」と死後の業績・名誉評価大だった。つまり亀井はその諸著作で、対人ストレス耐性大に推定される、大集団側準拠、強大理念性、父性原理、理想主義、罪責性意識大、信仰性大、祈り親和性大、歴史・伝統・文化意識大、死後の業績・名誉評価大などを展開したと考えられた。

そして太宰は、文士仲間などから国家共同体までの中集団側に準拠し、「信頼」「友情」「同情」「人情」「良心」「倫理」などの中理念を信じて生きた。そしてそれらを、「走れ！　メロス。私は信頼されている。私は信頼されている」（前掲「走れメロス」）の「走れメロス」や、「戦闘、開始。（略）是非とも、戦いとらなければならぬものがあった。新しい倫理」（前掲『斜陽』）の「斜陽」、「神に問う。信頼は罪なりや」（前掲『人間失格』）の「人間失格」などの、諸著作のテーマにして生涯訴え続けた。その中理念は準強理念で、それを実現するために価値と相反価値を競合し止揚させた「相反価値止揚理念」のかたちを多く採り、それは太宰の「排除と反抗」の前期そして後期の玉川心中死に至る「反立法の役割」としても表れた。また、「人情」「同情」などの中理念を介したマルクス主義へのシンパ活動などを典型に、連帯性中、社会運動性中を示した。こうした中理念に対する不可抗力的な裏切りの繰り返しからは、罪責性認定中、罪責性意識中が生まれ、これは中理念を指示し支持する中間原理の「中間神」への信仰性中、祈り親和性中へと導いたのだった。そして、例えば中理念の「信頼」の完全喪失に至った場合は、その中間神によって「もはや、自分は、完全に、人間で無くなりました」と「人間失格」

（前掲『人間失格』）と処断されてしまうのだった。彼は中集団側に準拠することから郷土や国家までの歴史・伝統・文化意識中、また死を賭して「信頼」「友情」を守ろうとしたメロスにも投影されるように、死後の業績・名誉評価中だった。一方、罪責性認定中を反映して、マルクス主義などの大理念は信奉する資格はないと考え、また戦後隆盛をみたアメリカ流民主主義、国際平和主義思想などの大理念は「新型便乗」として批判した。あるいは「家庭の幸福は諸悪の本」として小理念にも否定的だった。つまり太宰はその諸著作のなかで、対人ストレス耐性中に推定される、中集団側準拠、中理念推奨、準強理念性、相反価値止揚理念、大理念と小理念批判、祈り親和性中、中間原理の中間神への信仰性中、歴史・伝統・文化意識中、死後の業績、名誉評価中などを展開したと考えられた。

一方、安吾は、幼少期から「青空の下へ！　自分一人の天地へ！」と非集団側を志向し、青年期までの「純理念」を矢田津世子との「初恋」の断念、つまり価値相対性に触れることによって喪失してからは、「私の心の何物かの重い澱み」としての無理念（ニヒリズム）、さらに「我々の秩序はエゴイズムを基本につくられている」（前掲「エゴイズム小論」）とするエゴイズム汎観に長く沈潜した。以後、それをベースに「日本文化私観」「文学のふるさと」などで、「京都の寺や奈良の仏像が全滅しても困らないが、電車が動かなくては困るのだ」（前掲「日本文化私観」）と歴史・伝統・文化意識小か無と現実主義や合理主義を、「死ねばなくなる人間なのだから」（前掲「教祖の文学」）と死後の名誉・業績評価小か無を示した。そして戦後は「堕落論」で、「日本国民諸君、私は諸君に、日本人および日本自体の堕落を叫ぶ」と、無理念、エゴイズム、淪落を全肯定する論を展開した。彼は「共産主義はきらいであった。彼らは自らの絶対、自らの永遠、自らの真理を信じているから（略）私は、革命、武力の手段を嫌う」などと、一貫して強大理念批判をおこない、「小市民以上の幸福は本当はない」（前掲「幸福について」）と小理念を推奨した。そしてデモやストライキを「世界の奇観」と集団運動の強理念性を批判し、学生時代にマルクス主義運動とまったく無縁だったことを典型に、社会運動性小か無の生涯だった。また、母性原理的であることに表裏して「正義！　正義！　私の魂には正義がなかった」と罪責性認定大、罪責性意識小か無であり、生理的拒否反応を示すほど祈り親和性小か無、信仰性小か無だった。つまり安吾はその諸著作のなかで、対人ストレス耐性小か無に推定される、小か非集団側準拠、無理念性、ニヒリズム、エゴイズム汎観ベース、強大理念批判、小理念推奨、母性原理、罪責性認定大、罪責性意識小か無、信仰性小か無、祈り親和性小か無、歴史・伝統・文化意識小か無、死後の業績・名誉評価小か無などの一連の価値観や価値意識を展開したと考えられた。

三者間の相互批評については、その多くが、三者の対人ストレス耐性の相違から説明しうるものと考えられた。

2　第2部のまとめ

「価値生理学」序論――「対人ストレス耐性三類型論」

これらの三者の検討を踏まえ、文学作品における〝主人公は作者である〟とは、フローベールの「ボヴァリー夫人は私だ」を典型によくいわれることだが、その意味は、作者と主人公の対人ストレス耐性が同一、あるいは作者は自らの対人ストレス耐性以外の人物を主人公として描くことはできない、という意味と考えられた。

また一般的に、対人ストレス耐性大／中／小か無の相違から一連の価値観や価値意識の相違が生じるということから、文学史上さらには思想・哲学史上などでの各論争、相互批評の多くを、異なる対人ストレス耐性間の相互批評という観点からこれを理解、整理し、より客観的に評価できる可能性が考えられた。

さらにこのような、対人ストレス耐性という生理的なあり方によって一連の価値観や価値意識が規定されるという「価値生理学」序論――「対人ストレス耐性三類型論」は、それが対人ストレス耐性という生理的なあり方によることから、成育歴や環境によらず、同じ対人ストレス耐性に対しては同じ一連の価値観や価値意識が推定できると考えられた。また、同じくそれが生理的なあり方によるということからは、古代から現代まで、日本そして世界と、時代や地域を超えて「対人ストレス耐性三類型論」が普遍的に成立すること、さらにそれは文学領域に限らず、哲学、思想、社会学など多くの領域でも認められると考えられた。また、一連の価値観や価値意識が比較的混在せずに認められることから、人は比較的ディスクリートにこの三類型のどれかに分類できることも推定された。

なお、対人ストレス耐性の逆の概念である対システムストレス耐性についても、対人ストレス耐性三類型論と同様に、逆の三類型としてディスクリートに分布すると考えられた。

日本近現代文学にみる「対人ストレス耐性三類型論」——夏目漱石、大江健三郎、遠藤周作、村上春樹

次に、この一般的推論をもとに第2部では、この「対人ストレス耐性三類型論」の妥当性を、文学以外の領域も含めて、古今、国内外の著名な著述家から広く検証した。それは、対人ストレス耐性大の夏目漱石、大江健三郎、カント、マルクス、そして対人ストレス耐性中のヘーゲル、小林よしのり、さらに対人ストレス耐性小か無の遠藤周作、村上春樹、ニーチェ、中島義道、古市憲寿などについての検討だった。

その結果、まず日本文学領域では、近代から現代文学に至る各作家から、それぞれの対人ストレス耐性に応じた一連の価値観や価値意識がほぼフルラインナップで認められ、「対人ストレス耐性三類型論」の妥当性が示唆された。

すなわち、夏目漱石は、「明暗」を典型として「自己本位」の欲動性大の世界を描き、この世界では「こころ」の「先生」が親友Kへの裏切りとそれによる自殺に対し自ら「人間の罪」と評したように、原罪性意識＝罪責性意識大になるのだった。そして、これに対する救済として、「門」「行人」「こころ」などの諸作品で信仰性

大、祈り親和性大の方向性が示唆され、それは「則天去私」に連なるものと考えられた。また欲動性大の世界では「浪漫的の道徳」が必要になるとして理想主義的であり、「人間の歴史は（略）正しくこれ理想発現の経路に過ぎん」（前掲「文芸と道徳」）と歴史・伝統・文化意識大でもあった。漱石は実生活でも「漱石山脈」ともいわれるほど多くの人々との深い関わりを継続し、大集団側にあったことが示唆された。

大江健三郎は、家庭さえも「国際的人間、全地球的な人間の生き方のモデルとして」（前掲『あいまいな日本の私』）ある、とみるほどに大集団側に準拠し、いわゆるポストモダンの時代にあっても民主主義、世界反戦平和、ヒューマニズムなどの大理念を奉じて理想主義的で、世界そしてアジアの人々と大連帯性を示し、現在でも反核・反戦デモに参加するなど社会運動性大だった。そしてこの社会運動性大を維持・発展させるためにも歴史意識大で、これに表裏して「繋ぐ」「再生」（前掲『燃えあがる緑の木』）により死後の名誉・業績評価大だった。また、その大理念は非寛容性—強理念性を帯びた強大理念であり、これに表裏してだろう罪責性意識大になり、特に『洪水はわが魂に及び』以降は「魂の問題」「祈り・許し」をテーマにして宗教的問題に傾倒し、祈り親和性大と信仰性大の傾向を示した。

したがって、漱石、大江はその諸著作のなかで、時代を隔てて亀井と同様に、大集団側準拠、欲動性大、強大理念、理想主義、罪責性意識大、祈り親和性大、信仰性大の傾向、歴史・伝統・文化意識大、死後の名誉・業績評価大、社会運動性大などの、対人ストレス耐性大としての一連の価値観、価値意識の多くを展開したと考えられた。

一方、遠藤周作は、無理念、ニヒリズム、淪落（欲情性）のあり方をベースに「白い人」「黄色い人」など初期諸作品を著し、「海と毒薬」では大学病院医師の戸田がアメリカ兵捕虜の生体解剖に参加してしまったあと、良心の痛みや罪責性意識がいっこうに生じてこない自らを「なぜや、なぜ俺の心はこんなに無感動なんや」と、自らの罪責性意識無に驚く姿も描いた。「沈黙」「イエスの生涯」「キリストの誕生」では、教義に従えない人間の罪責性を罰することなく許す罪責性認定大、母性原理を示した。さらに、現実主義（リアリズム）に沿って、何があっても「沈黙」し続け、超越的作用を示さず「じっさいは無力で何の奇跡もしなかった」沈黙し同行するだけの〝沈黙同行神〟を描き、クリスチャンであることとリアリズムを結合させた信仰性小を示した。その母性原理の表れとしてはほかに、「いかに正しいこともそれを限界をこえて絶対化すると悪になる」として、大理念に伴う強理念性に強い懸念を示す「善魔」批判を展開した。それは、中世・十字軍運動や近世・帝国主義時代での植民地拡大の精神的支柱とされたキリスト教、征服戦争（ジハード）でのイスラム教、フランス革命で多数の血を流させた民主主義、現代の大粛清を生んだマルクス主義などの強大理念に対する批判だった。

　村上春樹は、「わたしたちはまた絶対の孤独の中にいる」と小か非集団側を標榜し、その作品テーマはどれも無理念、ニヒリズム、欲情性大をベースに「とても小さな物語」に至るという小理念をテーマにするものだった。例えば、『ノルウェイの森』は「僕」と直子、緑との愛、『ねじまき鳥クロニクル』は岡田亨が失踪した妻・久美子を取り戻そうとする物語、『1Q84』は青豆と天吾の愛を求める物語、『騎士団長殺し』は「私」とその妻、子、少女・秋山まりえを守る物語だった。また遠藤の「善魔」批判と同じく、「想像力を欠いた狭量さ、非寛容さ。ひとり歩きするテーゼ、空疎な用語、簒奪された理想、硬直したシステム。僕にとってほんとうに怖いのはそういうものだ」（前掲『海辺のカフカ』上巻）と、強大理念性や父性原理批判を展開した。これに表裏して、例えば『海辺のカフカ』ではカフカ少年が自分を棄てた罪責性深い「母親」を許す「阿闍世コンプレックス」における母性原理が描かれていた。またこの母性原理性に表裏して、罪責性認定大、罪責性意識小か無と考えられた。そしてこれを反映してか、「僕個人について言えば、僕は極めてリアリスティックな人間です。（略）宗教的奇跡とかにはほとんどまったく興味を持ってはいません」（前掲『夢を見るために毎朝僕は目覚めるのです』）と、信仰性小か無、祈り親和性小か無を示した。また、マジックリアリズムに類する手法で、超現実的・超常的世界を描きながら「僕の考える世界にあっては自然主義リアリズムなんです」（同書）と、そのベースにあるリアリズム

(現実主義)を実現した。社会的には、長く「デタッチメント」であり、『ねじまき鳥クロニクル』後は社会に「コミットメント」するようになったというが、それも「形にならない連帯感」であり、過去の学生運動を「純粋な理屈を強い言葉で言い立て、大上段に論理を振りかざす」(前掲「僕はなぜエルサレムに行ったのか」)と忌避した村上は、社会運動性小か無のままと考えられた。

つまり、遠藤や村上はその諸著作のなかで、時代を隔てて安吾と同様に、無理念、ニヒリズム、欲情性大ベース、現実主義(リアリズム)、小理念推奨、強大理念批判、母性原理、信仰性小か無、祈り親和性小か無、社会運動性小か無など、対人ストレス耐性小か無としての一連の価値観や価値意識の多くを示したものと考えられた。

世界の哲学領域(ドイツ観念論)にみる「対人ストレス耐性三類型論」——カント、ヘーゲル、ニーチェそしてマルクス

さらに、文学以外の領域でも、時代や地域を超えて、各著述家はそれぞれの対人ストレス耐性に沿った一連の価値観や価値意識を展開していることが認められた。例えば、古い哲学領域であるドイツ観念論の系譜に連なるカント、ヘーゲル、ニーチェは、それぞれの対人ストレス耐性大/中/小か無に応じた一連の価値観や価値意識を、それぞれの哲学説として展開したものと考えられた。

すなわちドイツ観念論の創始者カントは、「実践理性批判」で、実践理性が目指す最高善である、定言命法「汝の意志の格律が常に同時に普遍的立法の原理として妥当するように行為せよ」による「道徳法則」を、全人類に普遍的な大理念として推奨した。そしてこれを政治論に適用した「永遠平和のために」で、世界共和国、国際連合、世界市民論による世界永遠平和論として大理念や理想主義を主張したが、それは対立する者を絶対に許さないという、「宗教戦争」の相貌も帯びた強大理念だった。また、この「道徳法則」を実現する条件としての「心の不死」によって死後の名誉・業績評価大を、「道徳法則」が実現されるプロセスとして歴史を重視する歴史・伝統・文化意識大を、さらに「道徳法則」の到達点にキリスト教を置く信仰性大を示した。実生活でも漱石

の「木曜会」もしのぐだろう対人交流を毎日繰り広げた。つまり、カントはその哲学説のなかで、強大理念、理想主義、信仰性大、歴史・伝統・文化意識大、死後の名誉・業績評価大そして大集団側準拠など、対人ストレス耐性大としての一連の価値観、価値意識を展開したと考えられた。

続く、ドイツ観念論の完成者ヘーゲルは、「法の哲学」で、普遍的な正しさとしての「法」の本質である「自由」や、「法」を目指す意志である「道徳」を目指すとしても、それらを含め「万人の福祉（幸福）」である「善」などの大理念は実現不可能としてこれを認めず、それらが実現可能なかたちとなった「良心」「倫理」などの中理念を推奨した。そして「倫理」の実質化されたものとして「所有」「契約」「家族」「職業団体」「市民社会」さらにその最高形態として「国家」までの、「人格の相互承認」をおこなう中集団側と中理念を推奨した。その一方では、カントの「国家」を超える世界共和国、国際連合、世界市民法などの大理念は肯定しなかった。認識論（論理学）としては、準強理念を実現する相反価値止揚理念に同一と思われる「弁証法的論理学」を打ち立て、さらに「歴史とは自由の意識が前進していく」弁証法的発展の過程（弁証法的進歩史観）として、それを世界に覇権を唱えた「国家」の興亡の歴史と捉えて、歴史・伝統・文化意識中を示した。また、教条宗教でなく理性による批判を受けた理性宗教を唱え、信仰性中も示した。つまりヘーゲルはその哲学説のなかで、中集団側準拠、中理念推奨、相反価値止揚理念（弁証法）、信仰性中、歴史意識中など、対人ストレス耐性中としての一連の価値観や価値意識を展開したと考えられた。

一方、ドイツ観念論の系譜にあり実存哲学の先駆者ともいわれたニーチェは、「あるのはただ解釈のみ」とする「遠近法」と、世界は動機も目的も意味もなく物理法則に従う自動機械として永遠に回帰するとする「永遠回帰」説を提唱した。そしてこれらによって、「大いなる正午」の「徹底的ニヒリズム」、エゴイズム汎観、罪責性認定大、欲望をおおらかに認めるディオニュソス的あり方を肯定し、「運命愛」をもってこれらを肯定して生きる「権力への意志」を体現した、「超人」を推奨した。その「徹底的ニヒリズム」によってカントの大理念はもちろん、ヘーゲルの中理念――特に「同情」「国家」を批判し、さらに「永遠回帰」説からその弁証法的進歩史観も否定して、「世界は、なんら生成せず、なんら経過しない」と歴史・伝統・文化意識小か無を示した。また「神は死んだ!」と叫び「インモラリスト(背徳者)」として信仰性小か無を、社会運動を「火のイヌ」や畜群による「奴隷一揆」と批判して社会運動性小か無を示した。実生活でも、安吾と同じく小か非集団側にあって生涯孤独であり、「繊細で優しい」人だった。つまりニーチェはその哲学説のなかで、小か非集団側準拠、無理念性、ニヒリズム、エゴイズム汎観(ディオニュソス的)、罪責性認定大、中/大理念否定、歴史・伝統・文化意識小か無、信仰性小か無など、対人ストレス耐性小か無としての一連の価値観や価値意識を展開したと考えられた。

最後に、ドイツ観念論の系譜にありながら、思想家、革命家、経済学者でもあるマルクスである。まずその思想のマルクス主義は、世界のプロレタリアートによるブルジョアジーに対する武力闘争、つまり階級闘争勝利によって共産主義社会が実現するのが歴史的必然、とする強大理念(「大きな物語」)で、かつ世界中の労働者さらには人類の解放と幸福をうたう理想主義だった。また、下部構造が上部構造を規定するという唯物論にヘーゲルの弁証法を適用したその史的唯物論は、原始共同体、奴隷制、封建制さらに資本主義社会が共産主義社会に発展していくという、世界の歴史に強大理念のマルクス主義実現の軌跡をみる歴史意識大だった。さらに、マルクス主義自体が宗教と類似した構造をもち、マルクス主義者はこれを信奉し信仰することにも表れているように、マルクス主義が科学説であるという強い確信がかえって検証の姿勢を弱めてしまい、事実命題に基づくかの検討を十分おこなわずに価値命題を奉じるという、マルクス自身の他存在を信じる強度大―信仰性大が推定された。そしてマルクスは、強大理念のマルクス主義を介した世界の労働者との大連体性によって、共産主義社会の実現を目指した社会運動性大だった。さらに、その直接の人間像や日常・社会生活上の多くの諸側面からも、マルクスは「鈍感力」で示される対人ストレス耐性大であることが示唆された。つまりマルクスはその思想や生活のなかで、強大理念性、理想主義、歴史意識大、他存在を信じる強度大―信仰性大、社会運動性大、「鈍感力」など、対人ストレス耐性大としての一連の価値観や価値意識を展開したと考えられた。

そして、第一部で検討した亀井、太宰、安吾のマルクス主義へのそれぞれの反応も、一般的に、その提唱者であるマルクスが対人ストレス耐性大であることに対する各対人ストレス耐性による相互批評、として理解できると考えられた。また、ニーチェや村上春樹らに対する、マルクス主義以後としてのポストモダン説には根拠がなく、時代とは関係なく、それぞれの著述家はその対人ストレス耐性に導かれ所説を展開する、というのが真相と考えられた。そしてこのような諸点もやはり、「対人ストレス耐性三類型論」の妥当性を示唆するものと考えられた。

したがって、哲学領域でも、各人の哲学説や思想は、その純粋な思惟によると思わせながら、対人ストレス耐性大／中／小か無という各人の生理的なものに規定される部分が少なくなく、「対人ストレス耐性三類型論」の妥当性を示していると考えられた。

現代日本思想・哲学領域にみる「対人ストレス耐性三類型論」——中島義道、小林よしのり、古市憲寿

そして、現代日本のカント哲学者の中島義道も、幼少期から非か小集団側にあることを「「共同体の一員としていかに生きるべきか?」という問いがない」(前掲『明るいニヒリズム』)と明言し、ニーチェの「徹底的ニヒリズム」に近接した「明るいニヒリズム」を提唱し、無理念、エゴイズムあるいはせいぜい小理念までを推奨した。それに表裏して、対人ストレス耐性中の太宰が身命を懸けた「信頼」、ショーペンハウアーが「人間最高の価値」とした「同情」、そして同じくヘーゲルが「倫理」の最高段階とした「国家」などの中理念に懸念を示した。さらに「「よりよい社会の実現」という粗雑で瑣末な問題」として中／大理念を批判し、これに伴い「正義の名のもとに(略)人間はありとあらゆる「悪」をなしてきた」と、遠藤の「善魔」批判と同一の強大理念批判を展開した。また、「集団行為は原理的に醜い」と社会運動の強理念性を批判して、社会運動性小か無だった。また、

「〈いま〉がすべてで、〈いま〉以前はすでに無く、過去はない」とするその時間論から歴史・伝統・文化意識無、死後の名誉・業績評価無を、ニーチェの「永遠回帰」説から「すべて生起する事柄には何の宗教的＝道徳的意味（目的）もない」として信仰性無、祈り親和性無を示した。つまり中島はその所説のなかで、対人ストレス耐性大のカント研究者であるにもかかわらず「ニーチェの徒」として、非か小集団側準拠、無理念性、ニヒリズム、エゴイズム汎観ベース、罪責性認定大、中／大理念否定、強理念性批判、歴史・伝統・文化意識無、死後の名誉・業績評価無、信仰性無、祈り親和性無など、対人ストレス耐性小か無としての一連の価値観や価値意識を展開していると考えられた。

一方、思想領域では、漫画家・小林よしのりが、人間は「歴史のタテ軸と　社会の種々の共同体に属するヨコ軸の　交差する一点」として、ヘーゲルと同じ共同体内での「人格の相互承認」による中集団側人間観を表明した。そして、対人ストレス耐性中の太宰が訴えた「友情」「同情」「人情」「信頼」、同じくヘーゲルが称揚した「良心」「倫理」「国家」、あるいは「公＝国」「日本国体の原理」としての天皇制、などの中理念を主張した。これらは、やはり太宰と同じ相反価値止揚理念として、例えば「私」と「公」という相反価値の止揚による「個人」や、アジア侵略と日本の自存自衛とアジアの覚醒、という相反価値を止揚させた大東亜戦争肯定論などとして主張された。さらにこれらは、「ゴーマニズム宣言」として「日本中「反・小林よしのり」になっちまえ！」といえるような準強理念性を伴って主張された。また、中理念を介した個と個による連帯性中であり、「「わしは個人で戦う」なんて恰好つけてもいられない」とばかりに、薬害エイズ問題の「支える会」「新しい日本歴史教科書をつくる会」、「ゴー宣道場」主宰などと、繰り返し社会運動性中を示した。一方、対人ストレス耐性大に関連するグローバリズム、人権、民主主義、カントが称揚したような「世界市民」などの大理念は、マルクス主義と変わらないイデオロギーで空論と批判し、同時に対人ストレス耐性小か無の安吾、ニーチェなどが主張しただろう無理念、ニヒリズム（虚無主義）、エゴイズム汎観、アナーキズムなどは論外、と非難した。さらに「「歴史

事実　歴史解釈　過去をめぐる評価」が、国益を左右する武器になり得る」として歴史・伝統・文化意識中、そして「歴史を持つ者こそが〝人間〟」であると死後の名誉・業績評価中であり、罪責性意識中に表裏して「自分を超越する何かに　すがることが絶対にない人間とはお友だちになりたくない」とばかりに、祈り親和性中、信仰性中を示した。つまり小林はその所論のなかで、中集団側準拠、中理念推奨、準強理念性、相反価値止揚理念、大理念批判、無理念（ニヒリズム）批判、罪責性意識中、祈り親和性中、信仰性中、歴史・伝統・文化意識中、死後の名誉・業績評価中など、対人ストレス耐性中としての一連の価値観や価値意識を展開していると考えられた。

一方、年若い社会学者・古市憲寿は、著書『絶望の国の幸福な若者たち』で「僕の想像力が及ぶ範囲といったら、せいぜい「自分」と「自分のまわり」」と、より小集団側準拠であることを告白し、「仲間との小さな幸せ。そういう価値観が（略）大切な「希望」」（前掲『絶望の国の幸福な若者たち』）と小理念を推奨した。一方、対人ストレス耐性中のヘーゲルや小林が高く評価した中理念である「国家」「日本」に対して、政府が国民にかけてきた「魔法」「イリュージョン」と否定的だったように、中集団側以上に関わることに対してはリアリティーがないと評価しなかった。例えば、社会学的検討としているが、「「共同性」は「目的性」を「冷却」させる」「国の大失敗は一億以上に迷惑がかかるから本当に止めてほしい」（同書）などと述べて、憲法第九条堅持、人権、世界平和などの中／大理念に否定的だった。また、中／大理念を介した社会運動性中／大に対しても、「「共同性」による「あきらめ」」は、現代社会における社会運動の難しさ」を示す、「つかの間の「祭り」を繰り返すだけ」（同書）と冷笑的で否定的だった。さらに「「小さな記憶」は確かなものであるが（略）国の歴史などの「大きな記憶」は（略）原理的に構築することの不可能なもの」と歴史・伝統・文化意識小か無、そして「歴史に名前を残すようなヒーローになれなかったとしても、死んでしまっては元も子もない」（同書）と死後の名誉・業績評価小か無だった。つまり古市はその所論のなかで、半世紀以上前の安吾ともよく似た、小集団側準拠、中／大理念批判とニヒリズム傾向、および小理念推奨、社会運動性小か無、歴史・伝統・文化意識小か無、死後の名誉・業績評価小か無など、対人ストレス耐性小か無としての一連の価値観や価値意識のいくつかを示していると考えられた。そしてそれらは、今後の思想展開にも継続されると推定された。

このように、すべての論者を網羅したものには程遠いのだが、現代日本思想・哲学領域でも、「対人ストレス耐性三類型論」が妥当である可能性が示唆された。

あとがき

これまで述べた「価値生理学序論——対人ストレス耐性三類型論」は、本書で初めて提案したもので、まだ検証の途中にある説にすぎない。そのため、この「対人ストレス耐性三類型論」を用いた場合、どのような価値判断をすべきなのかについては明確には論じていない。それは基本的には、この説の検証をある程度すませたあとにおこなうべきことと考えるためである。しかしながら、予告篇のように、これについて少し述べるならば、次のようである。

各価値観や各価値意識は、その対人ストレス耐性のあり方によってある程度決定する。つまり、各人の主張や価値判断の理由として、それぞれの生理である対人ストレス耐性に適合する、という部分があると考えられる。この認識をもとに、それぞれの主張や価値判断を評価するのである。というのも、その主張の由って来るものを知ったうえで評価することは、それを知らずに評価するよりは、より客観的な評価を下しうると考えるためである。

例えば、このように各主張や各価値判断がそれぞれの対人ストレス耐性に規定される部分があったとしても、各時代や各集団で必要とされ、より適合的といえる主張や価値判断というものは存在するだろう。例えば、国（集団）が世界に向けて広がっていこうという時期に適合するのは、対人ストレス耐性大の、世界に及ぶ大集団側に準拠した一連の価値観や価値意識だろう。逆に国（集団）が閉じて国内で安定化していくという時期に適合するのは、対人ストレス耐性中そして対人ストレス耐性少か無の、国内に限定された中／小か非集団側に準拠した一連の価値観や価値意識だろうと推定される。ただし、いつの時代でも、各対人ストレス耐性が準拠する各集団性に基づく一連の価値観や価値意識を、常に一定以上評価しておく必要はあるのだが。

このように、自らのものも含めて各人の主張や価値判断のよってきたるもの——対人ストレス耐性——を知ったうえで、集団が置かれた状況や時期を考え合わせ、その評価をおこなうのである。このほうが、それらが対人ストレス耐性に規定される部分があることを知らずに評価するよりも、より客観的で適切な評価が下せるのではないかと思われる。

「あとがき」に際して、本書で提案した「価値生理学序論——対人ストレス耐性三類型論」によってどのように価値判断をするのが適当なのかという問題のごく一端を、概略的にだが述べた。こうした価値判断の評価については、本書をごらんいただいたうえで読者諸賢のご意見をうかがうことができれば、著者としてこれ以上の幸せはないと考える。ご一読いただけることを祈念する次第である。

最後に、本書がなるにあたっては、青弓社の矢野恵二氏のご協力を得た。氏はいち早く本書の趣旨を理解され、粘り強く、面倒極まりない編集の労をとられた。ここに記して感謝の意を表したい。

二〇一九年十月

［著者略歴］
田中健滋（たなか けんじ）
1953年、北海道生まれ
精神科医、前電気通信大学教授
専攻は精神医学
著書に『日本人の利益獲得方法』（新曜社）、『統合的分裂病病態論――精神病理学と生物学的精神医学の統合的理解』（創造出版）、共著に『大学生のための「健康」論――健康・運動・スポーツの基礎知識』（道和書院）、『分裂病症状をめぐって』（星和書店）、『第5回読売論壇新人賞入選論文集‘99』（読売新聞社）など

価値《かち》生理学《せいりがく》序論《じょろん》　坂口安吾、太宰治、亀井勝一郎を読み解くことから

発行　2019年12月25日　第1刷
定価　6000円＋税
著者　田中健滋
発行者　矢野恵二
発行所　株式会社青弓社
〒162-0801 東京都新宿区山吹町337
電話 03-3268-0381（代）
http://www.seikyusha.co.jp
印刷所　三松堂
製本所　三松堂

ISBN978-4-7872-9250-6　C0095